文治堂

明清之际
江南词学思想研究

李康化

著

上海交通大学出版社
SHANGHAI JIAO TONG UNIVERSITY PRESS

内容提要

　　本书主要研究了明清之际江南词学思想的流变,介绍了众多词学流派的特点、发展及代表人物等。涉及云间词派和陈子龙、西陵词派和"西陵十子"、柳州词派和曹尔堪、广陵词派和王士禛、阳羡词派和陈维崧、浙西词派和朱彝尊、松陵及梁溪词派的尤侗之和顾贞观等。本书适合对古代文学尤其是明清文学感兴趣的读者。

图书在版编目(CIP)数据

　　明清之际江南词学思想研究/ 李康化著. —上海:
上海交通大学出版社,2025.3
　　ISBN 978 - 7 - 313 - 22825 - 3

　　Ⅰ.①明…　Ⅱ.①李…　Ⅲ.①词(文学)—诗歌研究—华东地区—明清时代　Ⅳ.①I207.23

　　中国版本图书馆 CIP 数据核字(2020)第 011345 号

明清之际江南词学思想研究

MINGQING ZHIJI JIANGNAN CIXUE SIXIANG YANJIU

著　　者:李康化
出版发行:上海交通大学出版社　　　　　　　地　　址:上海市番禺路 951 号
邮政编码:200030　　　　　　　　　　　　　电　　话:021 - 64071208
印　　制:上海颛辉印刷厂有限公司　　　　　经　　销:全国新华书店
开　　本:710 mm×1000 mm　1/16　　　　　印　　张:23
字　　数:361 千字
版　　次:2025 年 3 月第 1 版　　　　　　　印　　次:2025 年 3 月第 1 次印刷
书　　号:ISBN 978 - 7 - 313 - 22825 - 3
定　　价:88.00 元

序

　　清词素有"中兴"之誉，然而清词之"中兴"并非一夜之间一蹴而就的，也不是一进入清代，清词就"中兴"了。文学有其自身的发展规律，因此，文学史的分期也有它自己特殊的规律性。政权更迭有其突变的一面，而文学并不会随之发生突变，因此不能以政权更迭的时间点来代替文学史分期的时间点。年历上的时间或文学材料不能作为文学史的划分标准，自然也不能成为文学思想史的划分依据。那么清代词学兴盛渊源于何时？如何演进？李康化以"明清之际江南词学思想"为论题，将中国 20 世纪之前的词学思想演变史分为自宋至明嘉靖前和自明嘉靖至清末两个历史时期，以常州词派确立为标志，又将第二个时期分为前后两截，前截是转换中由纷繁走向统一，后截是承继中由统一趋于分化。同时将前截分为三个阶段：一是明嘉靖至明崇祯，属于明代的词学思想；二是自崇祯至康熙十八年，一方面沿袭明代词学思想的余绪，又对清代词学思想产生了深远的影响；三是自清康熙十八年浙西词派成立至清嘉庆间常州词派成立前，浙西词派一统词坛。本论著即以第二阶段为研究重心。这样，将崇祯到康熙初年的几十年间视作一个前后相继、传承有序、相对独立的发展阶段来研究，是完全符合明清之际词学发展的实际情况的，可谓独具识见，深中肯綮。康化的论著以十分翔实的资料，对明清之际江南词学思想作了全方位的描述，对明清之际江南词学思想的发展轨迹亦作了清晰的勾勒，还就明清之际江南郡邑性词派的词学思想与江南文化的互动依存关系作了许多富有新意的探索。

首先，论著以明清之际江南词人文化生态和文化空间为视角，对江南郡邑性词派、词人群体的词学思想形成和演变的文化成因，作了富有新意的探索。作者认为，明清之际词学的区域特征十分明显，词人主要集中在"东南"地区，即环太湖流域的江南地区，包括江苏省的江宁、镇江、常州、苏州、松江各府，以及浙西的杭州、嘉兴、湖州三府，并对其成因作了深入的分析，其中科举人文、文化世家、政治现实和士人习俗是比较重要的外在因素。鼎盛人文、绵延世家、惨烈现实和奢靡习俗，交织出一张文化网络，构成了明清之际江南词人的文化生态，明清之际的江南词人正是在这样的文化生态中从事词学活动。江南科举兴盛，人才荟萃，为词学的繁荣提供了一块土壤；而文化世家则为江南词学输送着源源不断的词学人才，明清之际的江南词人群体，尤其是柳洲词派、阳羡词派，都具有家族性的特征；剃发令、科场案、奏销案、文字狱，则是清初江南士人面临的严酷政治现实，吴伟业所谓"诗祸史祸，惴惴莫保"，是当时江南士人的普遍心态，为此，"胸中各抱怀思，互相感叹，不托诸诗，而一一寓之于词"。

其次，作者将视角转向明清之际江南词人群体与"三缘"（地缘、亲缘、学缘）的关系。明清之际江南词人群体带有明显的郡邑性地域特征，如云间、西陵、柳洲、阳羡、梅里、松陵等词派（或词人群），无不具有浓厚的地域色彩。这里所谓的"地缘"，既是江南词人从事词学活动的自然空间，更是他们共同拥有的空间经验和人文氛围。江南地区富饶便捷的地理环境、繁荣昌盛的市镇经济、丰富厚重的人文传统，都为文化世家的涌现创造了良好的条件，因此江南词人的词学活动具有"亲缘"色彩。从词人谱系来看，带有明显的家族化特征，词人之间多有血缘关系，两代三代从事词学活动的家族为数甚多，如云间周氏家族、柳洲曹氏家族都是祖孙三代从事于词，又如西陵沈氏、阳羡蒋氏则是父子从事于词，而兄弟同场唱和的更是不胜枚举，如云间宋存标、宋徵璧兄弟，西陵丁澎、丁漼兄弟，柳洲钱继登、钱继振、钱继章兄弟，阳羡陈维崧、陈维岳、陈维嵋兄弟等。此外，也不乏以"姻缘"为纽带联结成的词人群体，如陈维崧与曹亮武是中表兄弟，朱彝尊与陆菜为中表兄弟，钱炎是朱彝尊女婿，钱枋为王庭女婿等。至于明清之际江南词人群体中个体之间具有的密切学缘关系，更是一个普遍的存在，其中既有同地同道之间的相互酬唱，也有师承关系的"师弟"唱和，前者如陈子龙、李雯、宋徵舆三人之间时有酬唱，并结为唱和集《幽兰草》，宋琬、王士禄、曹尔堪三人之间亦常相唱酬，并结为《三子倡和集》，更大规模的同道唱和，如曹尔堪、陈维崧等17人的《广陵唱和词》，曹尔堪、龚鼎孳等26人的《秋水轩倡和词》，以及王士禛、陈维崧等10人的《红桥倡和词》；后者如徐士俊与陆进、王士禛与汪懋麟、朱彝尊与柯煜，在词学思想上前后传承，有明显的师承关系。这样，分散性的文化世家，借助"三缘"，凭借联姻和师承，或同里相聚，或同族相从，或同门相承，他们以文会友，诗词唱和，使词学活动逐步由分散化走向了群体化，词风也由个体性的艺术创造，融合为地域性的共同风貌。这就最终促成了郡邑性词派的形成，本书对此所作的探索，是独具慧眼，颇具新意的。

最后，对江南各郡邑性词派之间的关系也作了深入而有见地的分析。尽管作者说本书的用意仅在于厘清明清之际词人群体词学思想的历史面貌，无意于勾勒明清之际词学思想的发展衍变史程，因而对江南词人群体之间词学思想的起承转合并未作明晰的梳理。而实际情况是，在梳理江南各郡邑性词派的词学思想时，作者心中一直有一根江南词学思想衍变的主线，行文中也一直以此主线来贯串。如云间词派与江南各郡邑性词派之间的传承和演变轨迹，就是这样一条主线，对此，作者作出深入而富有创见的阐述。明清之际江南词学思想滥觞于崇祯年间的云间词派，陈子龙主张"风骚之旨，皆本言情"，认为言情是一切文学体式的基石，并且严格地从词体的艺术特性出发为词立下了界标，认为词之用意要寄深于浅，思趣隽永；词之铸调要寓繁于简，气脉流畅；词之设色要避重就轻，色调秾丽；词之命篇要舍露取隐，韵味悠长。与此相应，陈子龙也是按照这样一种词体意识从事填词的，并表现为用"意象的暗示来言情"和"以闺情的托喻言情"两条途径。也正是在这样一种词体意识下，陈子龙刻意维护词体本色，着力提升词体品格，在晚明词史上济溺振衰，诚可谓其心可嘉，厥功至伟。但同时带来的弊端是以词"别有一种风格"为口实，返回到"以《花间集》中所载为宗"的历史老路，暴露出审美眼光的褊狭。尤其是云间后学认为"五代犹有唐风，入宋便开元曲，故专意小令，冀复古音，屏去宋调"，从而将词导向逼仄的险境。对此，江南各郡邑性词派都有一定程度的修正，如广陵词坛的词学思想虽然赓续和传承了云间词派的流风余韵，但又不是对云间词派词学观的简单重复。广陵词人对云间词派的突破，主要体现在他们在词学思想上视界更加开放，无论是在创作上还是在理论上都追求风格的多样化，重视长调词，推崇南宋词尤其是辛弃疾词等，都是广陵词人突破云间词派藩篱的重要标志，更是广陵词人转变清初词风的重要标志。清初阳羡词派推崇辛弃疾，浙西词派推崇姜夔，无不与广陵词坛有关。

康化自 20 世纪 90 年代开始研究中国词学，颇有建树。《明清之际江南词学思想研究》是在其博士论文的基础上修改而成的，并于 2001 年由巴蜀书社出版，出版以后得到了学界的好评，影响很大。现在将由上海交通大学出版社重版，作为他的师友，自然为他感到高兴。康化执意要我为他的著作作序，盛情难却，只能把自己阅读时的点滴感想写出来，以为赘言，求教于专家和广大读者。

齐森华
甲辰年春于沪西师大一村

再版前言

　　中国古人常常以文化同质性及山川地形构建富有文化内涵的地理区划，如江南、塞北、中原、西域等等。时至今日，有的不复重要，有的隐入尘烟，唯有"江南"历数千年之演进，依然熠熠生辉。但"秦楚五千里，何处是江南"（王质《水调歌头》）？杜甫"正是江南好风景，落花时节又逢君"中的"江南"是长沙，王观"若到江南赶上春，千万和春住"中的"江南"是宁波。作为地理区划，"江南"是流动的，它是一个历史地理概念。

　　先秦时代包括今天所谓的"江南"的整个南方，都属于中华文明的中心地带——中原的文化边缘。当时的南方，楚国国力虽日渐强大，但国君屡次自称蛮夷。先秦文献记载中，均有南方与中原文化相左的地方，如"今也南蛮□舌之人，非先王之道"（《孟子·滕文公上》），"宋人资章甫而适诸越，越人断发文身，无所用之"（《庄子·逍遥游》）。南北朝时期，南渡汉人的文化心态发生了微妙的变化：根植于南方的大族，早已盘踞了吴郡沃野和长江下游的良田，北方的大族为了寻找落脚之地，不得不到偏远的会稽，以至南人视北方为落后地区，原来的中心与边陲也调换了位置。长时间地栖居江南，南来的北人，一方面思念北方，一方面又自以为南人，与南方的诗人们同声唱起"江南好"。从这个意义上说，"江南"所指的空间，不妨说是一个具有历史地理特殊性的精神地域共同体，而不是具体的地理空间。正如许倬云《我者与他者——中国历史上的内外分际》所说，"江南"是由特定的人物、事件、论述、象征、记忆、想象与幻想彼此相互作用而催生的超越经验与理性、融合概念与史识、打通大叙事与小细节的话语。

木心在《文学回忆录》里以一名诗人的直觉，说江南分"有骨的江南"和"无骨的江南"。明清易代之际，江南那么多的士大夫，出于捍卫华夏文明的责任，在清廷的剃发令下达之后，不惜一切代价，毁家纾难，前仆后继，慷慨赴死，大大出乎清朝统治者的意料。这一段历史给江南文化增添了悲壮而光彩的一笔，为一向奢靡阴柔的江南文化注入了士人的风骨。"扬州十日""嘉定三屠"既是汉人历史的至暗时刻，也是诗性江南的血性呈现。

传统诗词在传承"江南精神共同体"方面功不可没。就创作者而言，唐圭璋《两宋词人占籍考》称两宋词人中有词流传且有籍贯可考者共734人，其中地属江南的浙江200人，江西120人，福建91人，江苏71人，四地词人所占比例高达65.7%。明清之际词学的区域特征也十分明显，词人主要集中在"东南"一带，即环太湖流域的江南地区。职是之故，我在撰写博士毕业论文时，即以"明清之际江南词学思想研究"为题，深描江南郡邑性词派、词人群体的词学思想，并从江南词人文化生态和文化空间维度探索其形成和演变的文化成因。同名著作2001年由巴蜀书社出版，并于2008年荣获第四届夏承焘词学奖。

江南不仅是一个地域，而且是一种观念。自唐宋到明清以迄今日，中国人只有在江南才能超越生存的政治，拥有了一种后来叫作"生活方式"的生活美学。当代中国人对理想生活的那点念想，都折叠在既古典又新潮的"江南"二字之中。近年来，上海以江南文化为底色、海派文化为特色、红色文化为亮色，立足对中华优秀传统文化的自信和国际大都市文化发展的需求，着力推进"三大文化"建设。在此背景下，上海学术界对江南文化的研究日趋繁荣，以往关于江南文化的研究成果也得以重新刊布。《明清之际江南词学思想研究》初版印数较少，此次再版，除了对少许注释作了补充，内容未作修订。

　　感谢齐森华先生对我的学业指导和工作关照。他不仅是我的博士生导师，而且是我的人生楷模。2019 年 9 月 10 日，众弟子齐聚中山公园为先生八十五华诞寿，我赋诗《贺齐森华先生八五华诞》："江南秋色正澄鲜，雅苑清筵祝永年。妙理辞章齐大道，深研戏曲著鸿篇。弦歌袅袅传千室，桃李菁菁映百川。耆硕清标元自贵，松身鹤寿得安眠。"此后五年，先生身染沉疴，常年住院，于 2024 年 10 月 20 日驾鹤西去，"秉正待人持通处事明德终究沁黄土，凌峰布局汲井传薪高情永远映青山"。拙著再版，是对先生永远的纪念。

乙巳上元于上海交通大学

目 录

引　言

　　如果我们将历史理解为一个流动的过程（时间的不中断的延绵），那么，任何对历史的分期（时间的切割）将都是极为困难的。而且，历史学的任务是展示事件的连续而不是把它看作互不连贯的碎片，展示这种碎片不是真正的历史。诚如荷兰文学史家休·辛格所认为的那样，"时期"的价值是极其有限的，是一个人为的术语，时期的划分虽然必要，但这种划分肯定有很大的随意性。[1]任何分期都是从一定的模式和原则出发，整合和建构出来的历史，使时间纳入一定的结构和系统中，而不可能顾及历史的每一个侧面。这是历史分期所面临的一个二律背反。

　　但这个二律背反是不可回避的。尽管分期在将时间之流抽象为若干阶段时必然会简化时间，但这种简化和抽象又是研究的必要手段。取消分期也就取消了历史研究本身，取消了把握时间的可能性。诚然，文学史研究的目的是建构过程而不是消解过程，但建构过程的手段正是把过程加以切割，这样做虽貌似远离对象而实则是为了更好地把握对象。放弃分期将意味着任凭时间处于混乱无序的自在状态，因而无法把握历史的形成和发展。[2]

　　现在的问题是，如何使分期的原则和标准更加合理，如何通过分期来达到建构过程的目的。特定的分期原则和分期标准必须从特定的对象中合乎逻辑地抽象出来，必须适合对象的特殊本质。就文学史而言，它的分期标准必须符合文学的特殊性，而不是简单套用通史或社会史、经济史、政治斗争史、思想观念史等的分期方法和分期标准，后者不是从文学的发展中概括出来的，当然也就不能担当划分文学时期的使命。因此，文学史分期标准研究的逻辑起点应该是：它必须是从文学自身的特征和历史规律性中抽象出来。

但长期以来，文学史的分期标准是背离文学史本质特征的。它"把文学视为仅仅是人类政治、社会或甚至是理智发展史的消极反映或摹本"，[3]将政治史、社会史或文化史等某一非文学的历史类型的分期法强加于文学史。我国的古代文学史都是采用通史的朝代分期法或社会形态分期法（有时将几个朝代缩合，但依据的仍不是文学自身的发展规律，如秦汉、魏晋南北朝等）。由此，我们认为，以崇祯十七年（1644）农历三月十九日明思宗朱由检自缢于煤山，立国276年的朱姓王朝至此社稷倾垮，或以甲申（1644）五月初三日清摄政睿亲王多尔衮率师入占北京，一个以满族贵族集团为主体的新的封建王朝开始全面统治中国为标志，将文学史划分为明文学与清文学，是缺乏前提的，毕竟社会史上的划时代性与文学史上的划时代性不是一回事，这个时间点是政治上的突变标志，但不是文学上的突变标志。

文学思想史是与文学史密切相关的，至少它们所关注的对象都涉及文学现象。年历上的时间或文学的材料不能作为文学史的划分标准，自然也不能成为文学思想史的划分依据。但文学思想史并不等同于文学史，一个时代以观念形态表现的文学见解，并不总是与该时代的文体发展同步，因为观念形态的理性认识与感性形态的文体之间，总有一定的距离。此外，文学史是文学的历史，而文学思想史是文学思想的历史；文学史必须描述文学的史的面貌，而文学思想史要描述的是文学思想的发展脉络。文学史一般只涉及创作实际，而文学思想史除此之外还涉及文学批评与文学理论。如果一部文学思想史写出来让人感到它是一部文学史，那便是它的失败，至少是它的作者缺乏理论的素养，缺乏思辨的能力。

清代词学艳称"中兴"，有论者指出主要表现在三个方面：第一，是创作的普及和繁荣，并在此基础上出现了诸多有一定理论体系、有一定风格特色、有相当大的优秀作家群的词学流派；第二，是对于唐宋金元的词学遗产有了比较深入、全面而正确的认识和评价，出现了以朱彝尊《词综》、张惠言《词选》为代表的一大批历代词选与当代词选，并在此基础上对于词体的思想内容、道德倾向、风格特征、价值功能等问题有了进一步的认识；第三，是对于词律、词韵的研究有了很大进步，出现了诸如万树《词律》、戈载《词韵》等获得词学界多数人公认的格律标准的专著，词的创作与接受走上了比较规范的道路。[4]清一代的词学活动可概括为词的数量、质量和规范化三方面的进步，并以此为依据认定清词"中兴"，这只能表现清代词学的逻辑结果，并不能展示清代词学的演进过程，而我们更为关注的是作为过程的"史"的意义，即清代词学兴盛渊源于何时，如何演进。事实上，清初就有人提出清词"中兴"的相关命题，如李渔说"自有词之体制以来，未有盛于今日者"（《笠翁一家言·文集》卷一《名词选胜序》），梁清标说"南唐北宋以还，几数百年，振兴之功，于今为烈。若荔裳独步于莱阳，海庵扬芬于吴苑；西樵、阮亭，兄弟竞爽；绎堂、子山，同邑联镳；其年、椒峰，启兰陵之秀；顾庵、羡门，蔚浙水之宗。一时才子，各自名家，亦既彬彬矣。继起之英，指不胜屈"（丁澎《菊庄词序》引），丁澎甚至说清初"填词之盛，轶南唐北宋而上"（《扶荔堂文集》卷一《东白堂词选序》）。不过李渔诸人所谓的"盛"仅是就清词之创作一端而言，并没有涉及词学思想，而要确定清代词学是否"中兴"，清代的词学思想是无法绕开的。

20世纪之前的中国词学思想演变历程大体可分为两个时期：一是自宋至明嘉靖前，这是中国词学思想的生成确立期；二是自明嘉靖至清末，这是中国词学思想的转换深化期。中国词学思想发展的第二个时期以常州词派的确立为标志，基本上又可分为前后两截：前截的特征是在转换中由纷繁走向统一，后截的特征是在承继中由统一趋于分化。本文的研究范围在于第二个时期前截的中国词学思想。这个范围内的词学思想当然不是铁板一块，其间有雷同，也有变异。为研究方便，我们将其分为三个阶段：第一阶段自明嘉靖至明崇祯前，这个阶段的词学思想是真正意义上的明代的词学思想，在中国词学思想史上别具一格，独树一帜；第二个阶段自明崇祯至清康熙十八年（1679），这个阶段的词学思想既沿袭了明代词学思想的馀绪，又对有清一代的词学思想产生了深远的影响，在中国词学思想史上具有举足轻重的地位；第三个阶段自清康熙十八年浙西词派成立至清嘉庆年间常州词派成立前，这个阶段基本上是顺应康乾盛世的浙西词派的词学思想一统词坛。说第二阶段的词学思想肇始于崇祯朝，首先在于清初的词人群体如云间词派、西陵词人群、柳洲词派、浙西词派等的兴起大都可溯源至此，这将在下文的有关章节中得到印证；其次还在于清初的许多词学理念在此时已有所酝酿，如沈雄之师周永年（1582—1647，字安期，吴江人）有云："词与诗曲，界限甚分，惟上不摹《香奁》，下不落元曲，方称作手。"（沈雄《古今词话·词品》下卷）此论在清初已成常识，董以宁《蓉渡词话》、曹溶《古今词话序》等都有称说，而周永年是较早言及此义者。又如胡震亨作于崇祯三年（1630）的《宋名家词叙》，推崇毛晋刊刻《宋名家词》是"备乐一经于宋，俟千古之言乐者之采择"，于溢美之中推尊词至"乐"的地位、"经"的地位，可谓开陈维崧"选词所以存词，其即存经存史也夫"（《词选序》）之论的先河。至于将康熙十八年（1679）作为第二、第三阶段的界限，主要是因为是年举行的博学鸿词考试不仅使康熙帝对"竹箭之丛"的东南地区"求贤若渴"的政治战略得以实现，而且对有清一代的学术思潮（包括词学审美理想）产生了深远的影响，这一点先贤时彦多有阐发，兹不赘述。本书在顾及第一、第三阶段的同时，将研究重心放在第二阶段，又以此一阶段的江南词人作为重点考察对象，故题曰《明清之际江南词学思想研究》。

注释：

〔1〕参乌·威斯坦因《文学史上的分期与运动》，《比较文学研究资料》第412页，北京师范大学出版社1986年。

〔2〕参陶东风《文学史哲学》第276—278页，河南人民出版社1994年。

〔3〕韦勒克、沃伦《文学理论》第306页，生活·读书·新知三联书店1984年。

〔4〕参朱崇才《词话学》第19—20页，台北文津出版社1995年。

第一章
词学中兴与明代词学思想

在明代词史上，杨慎的地位应当居首席，他不仅创作了 344 首词（据王文才《杨慎词曲集》），还辑纂了《词林万选》《填词选格》《百琲明珠》等词选，著述了《词品》等词评。而对杨氏一生而言，嘉靖三年（1524）因"议大礼"而被贬云南是一件关涉极大之事，杨氏词学方面的活动，均始于贬谪云南期间。若拓宽视野，我们认为，此时前后也是明代词学乃至中国词学史的分界线〔另一个参照是，王阳明卒于嘉靖七年（1528），而王阳明及其后学的思想对明代词学思想的影响不容轻忽〕。

第一节　词学中兴　始于嘉靖

明祚 276 年，倘以嘉靖三年为界标一分为二，则前期 156 年，而后期仅 120 年。但令人无法回避的事实是，后期在词人、词选、词评方面均远迈前期。

一、词人

赵尊岳《明词汇刊》是目前规模最大的明词丛书，除却词话一部（李渔《窥词管见》）、词谱二部（程明善《啸馀谱》、万惟檀《诗馀图谱》）、词选五部（杨慎《百琲明珠》、钱允治《类编笺释国朝诗馀》、周铭《林下词选》、卓回《古今词汇》、王昶《明词综》）、合集唱和四部（王端淑

《名媛诗纬初编诗馀集》、蒋平阶等《支机集》、倪瓒等《江南春词集》、徐士俊等《徐卓晤歌》），共收 250 人词集 256 种（杨慎有《升庵长短句》、《升庵长短句续集》两种，夏言有《桂洲集》《桂洲集外词》两种，顾璘有《凭几词》《山中词》《浮湘词》三种，王夫之有《鼓棹初集》《鼓棹二集》《潇湘怨词》三种）。今按 250 人之生卒年（生卒年不详则视科名等情况）先后排列如下：

姓　名	生　卒	籍　贯	词　集
林唐臣	元末明初	闽漳	登州词
杨　琢	元末明初	休宁	心远楼词
叶　兰	元末明初	鄱阳	寓庵词
魏　观	元末明初	蒲圻	蒲山渔唱
镏　炳	洪武年间	鄱阳	鄱阳词
贝　琼	约 1294—1379	浙江桐乡	清江词
倪　瓒	1301—1374	无锡	云林词
张以宁	1301—1370	福建古田	翠屏词
梁　寅	1303—1389	新喻	石门词
刘　基	1311—1375	青田	诚意伯词
刘三吾	1312—？	湖南茶陵	坦斋先生词
陶　安	1315—1371	安徽当涂	陶学士词
陶宗仪	1316—1403 后	浙江黄岩	南村诗馀
黄　淮	1316—1449	浙江永嘉	省愆词
杨　荣	1317—1440	福建建安	杨文敏公词
张宇初	？ —1410	贵溪	岘泉词
杨　基	1330—1378 后	四川乐山	眉庵词
王　行	1331—1395	江苏吴县	半轩词
董　纪	洪武年间	上海	西郊笑端词
高　启	1336—1374	苏州	扣舷词
瞿　佑	1347—1433	钱塘	乐府遗音

姓　名	生　卒	籍　贯	词　集
林　鸿	洪武年间	福建福清	鸣声词
胡　俨	1361—1443	南昌	顾庵诗馀
王　偁	1363—?	广西永福	虚舟词
张　肯	洪武年间	钱塘	梦庵词
史　迁	洪武年间	金坛	青金词
解　缙	1369—1415	江西吉水	解学士诗馀
程本立	？—1402	浙江桐乡	巽隐诗馀
李　祯	1376—1452	江西庐陵	运甓词
朱高炽	1378—1425	凤阳	仁宗皇帝御制词
朱有燉	1379—1439	凤阳	诚斋词
王　直	1379—1462	江西泰和	抑庵诗馀
王　洪	1380—1420	钱塘	毅斋诗馀
郑　棠	永乐年间	浙江浦江	道山词
倪　谦	？—1479	南京	倪文僖公词
聂大年	1402—1456	江西临川	东轩词
卢　格	1412—1489	浙江东阳	荷亭诗馀
丘　濬	1418—1495	海南琼州	琼台词
叶　盛	1420—1474	江苏昆山	篆竹堂词
姚　绶	1422—1495	浙江嘉善	穀庵词
王　越	1423—1498	河南浚县	黎阳王太傅诗馀
张　宁	景泰年间	浙江海盐	方洲诗馀
张　弼	1425—1487	华亭	东海词
马文升	1426—1510	河南禹县	马端肃公词
沈　周	1427—1509	苏州	石田诗馀
周　瑛	1430—1518	福建莆田	翠渠词
史　鉴	1434—1496	江苏吴江	西村词

续表

姓　名	生　卒	籍　贯	词　集
吴　宽	1435—1504	苏州	匏翁词
陆　容	1436—1496	太仓	式斋词
章　懋	1437—1522	浙江兰溪	枫山先生词
戴　冠	1442—1512	河南信阳	邃谷词
桑　悦	1447—1503	常熟	思玄词
罗　玘	1447—1519	河南孟县	圭峰先生词
李东阳	1447—1516	湖南茶陵	怀麓堂词
林　俊	1447—1523	福建莆田	林见素词
李　堂	成化年间	鄞县	堇山诗馀
章玄应	成化年间	乐清	雁荡山樵词
倪　岳	成化年间	钱塘	青溪诗馀
黄　潜	成化年间	福建莆田	未轩词
傅　珪	成化年间	清苑	北潭词
魏　偶	弘治年间	鄞县	云松近体乐府
李万年	弘治年间	江西丰城	饥豹词
杨　旦	弘治年间	福建建安	偲庵词
朱　裒	弘治年间	永州	白房词
刘　玉	弘治年间	江西吉安	执斋诗馀
郑　满	弘治年间	慈溪	勉斋词
谢　迁	1449—1531	余姚	归田词
王　鏊	1450—1524	苏州	震泽词
陈　铎	1454—1507	南京	草堂馀意
杨循吉	1456—1544	苏州	松筹堂词
赵　宽	1457—1505	江苏吴江	半江词
邵　宝	1460—1527	无锡	容春堂词
祝允明	1461—1527	苏州	枝山先生词

续表

姓　名	生　卒	籍　贯	词　集
蒋　冕	1463—1533	广西全州	湘皋词
罗钦顺	1465—1547	江西泰和	整庵诗馀
费　宏	1468—1535	江西铅山	费文宪公词
王九思	1468—1551	陕西户县	碧山诗馀
毛　宪	1469—1535	江苏武进	古庵先生词
唐　寅	1470—1523	苏州	六如居士词
顾　潜	1471—1534	昆山	静观堂词
桂　华	正德年间	安仁	古山词
崔　桐	正德年间	维扬	东洲词
舒　芬	正德年间	进贤	梓溪词
李　汎	正德年间	歙县	镜山诗馀
徐子熙	正德年间	上虞	丹峰词
李　默	正德年间	瓯宁	群玉楼诗馀
方　凤	正德年间	昆山	改亭诗馀
陈　霆	嘉靖年间	浙江德清	水南词
朱宪炜	嘉靖年间	辽藩	种莲诗馀
许　论	嘉靖年间	灵宝	默斋诗馀
朱公节	嘉靖年间	山阴	东武山人词
夏　旸	嘉靖年间	江西贵溪	葵轩词
周复俊	嘉靖年间	昆山	泾林词
王立道	嘉靖年间	无锡	具茨诗馀
薛应旂	嘉靖年间	武进	方山先生词
朱东阳	嘉靖年间	山阴	濯缨馀响词
陈　淳	嘉靖年间	苏州	陈白阳先生词
顾鼎臣	1473—1540	昆山	顾文康公词
王廷相	1474—1544	河南兰考	内台词

姓　名	生　卒	籍　贯	词　集
何孟春	1474—1536	湖南郴州	何文简公词
顾　璘	1476—1547	南京	凭几词、山中词、浮湘词
边　贡	1476—1532	济南	华泉词
陆　深	1477—1544	上海	俨山词
韩邦奇	1479—1555	陕西朝邑	苑落词
严　嵩	1480—1569	江西分宜	钤山堂词
夏　言	1482—1548	江西贵溪	桂洲集、桂洲集外词
顾应详	1483—1565	南京	箬溪词
孙承恩	1485—1565	华亭	西草堂词
张　綖	1487—1543	高邮	南湖诗馀
聂　豹	1487—1563	江西永丰	双江诗馀
杨　仪	1488—1558后	常熟	南宫诗馀
张　治	1488—1550	湖南茶陵	龙湖先生词
杨　慎	1488—1559	四川新都	升庵长短句、升庵长短句续集
李　濂	1489—1566后	河南祥符	乙巳春游诗馀
朱让栩	1490？—1547	凤阳	长春竞辰馀稿
周　用	？—1547	江苏吴江	周恭肃公词
朱　朴	嘉靖年间	浙江海盐	西村词
徐应丰	嘉靖年间	上虞	平山词
任　环	嘉靖年间	山西长治	山海漫谈词录
陈士元	嘉靖年间	湖北应城	归云词
崔廷槐	嘉靖年间	平度	楼溪乐府
胡汝嘉	嘉靖年间	南京	沁南词
杨　爵	1493—1549	陕西富平	杨忠介公词
陈如纶	1499—1552	太仓	二馀词

续表

姓　名	生　卒	籍　贯	词　集
袁　袠	1499—1548	吴县	袁礼部词
吴承恩	1500? —1582	江苏淮安	射阳先生词
黄正色	1501—1576	江阴	斗南先生辽阳诗馀
朱曰藩	1501—1561	江苏宝应	山带阁词
徐　阶	1503—1583	华亭	世经堂词
赵贞吉	1508—1576	四川内江	赵文肃公词
沈　铼	1507—1557	会稽	青霞词
王慎中	1509—1559	福建晋江	道岩先生词
赵时春	1509—?	甘肃平凉	洗心亭诗馀
王尚纲	? —1536	河南郏县	苍谷诗馀
孙　楼	1515—1583	常熟	百川先生长短句
万士和	1516—1586	宜兴	履庵诗馀
顾起纶	1517—1587	无锡	九霞山人词
周思兼	1519—1565	华亭	胶东词
徐　渭	1521—1593	山阴	徐文长先生词
王世贞	1526—1590	太仓	弇州山人词
张凤翼	1527—1613	苏州	处实堂词
王祖嫡	1531—1592	河南信阳	师竹堂词
王世懋	1536—1588	太仓	王奉常词
王家屏	1536—1603	大同	复宿山房词
吕　坤	1536—1618	开封	去伪斋词
莫云卿	1537—1587	云间	小雅堂词
焦　竑	1541—1620	南京	澹园词
安绍芳	1548—1605	无锡	西林词
潘炳孚	1553—1640	嘉善	珠尘词
陈继儒	1558—1639	华亭	陈眉公诗馀

续表

姓　名	生　卒	籍　贯	词　集
冯琦	1559—1604	山东临朐	北海词
徐媛	1560—1620	吴县	络纬吟
孙承宗	1563—1638	河北高阳	孙文忠公词
王衡	1564—1607	太仓	缑山词
李日华	1565—1635	嘉兴	恬致堂诗馀
葛一龙	1566—1640	江苏吴县	艳雪篇
赵完璧	嘉靖年间	胶州	海壑吟稿
吴敏道	隆庆年间	江苏宝应	观槿长短句
莫秉清	万历年间	云间	采隐诗馀
马朴	万历年间	陕西大荔	阆风馆诗馀
夏树芳	万历年间	江阴	消暍词
李应策	万历年间	陕西蒲城	苏愚山洞词
汪廷讷	万历年间	休宁	坐隐先生诗馀
茅维	万历年间	浙江湖州	十赉堂词
王乐善	万历年间	河北霸县	鹦适轩词
岳和声	万历年间	嘉兴	餐微子词
范守己	万历年间	洧上	吹剑诗馀
王濬初	万历年间	山阴	薇垣诗馀
卢维桢	万历年间	漳浦	瑞峰诗馀
卢龙云	万历年间	南海	四留堂词
宫抚辰	万历年间	黄冈	贵希函诗馀
范允临	万历年间	华亭	输寥馆诗馀
苏惟霖	万历年间	江陵	西游诗馀
张萱	万历年间	博罗	西园诗馀
杨涟	1572—1625	湖北应山	杨忠烈公词
来继韶	1573—1627	萧山	舜和先生词

姓　名	生　卒	籍　贯	词　集
俞婉纶	1575—1618	苏州	自娱集
查应光	？—1637	休宁	丽崎轩诗馀
郑以伟	？—1633	上饶	灵山藏诗馀
冯元仲	1579—1660	慈溪	天益山堂词
李　嵩	万历年间	荣河	醒园诗馀
吴　奕	万历年间	武进	观复庵诗馀
刘　铎	万历年间	江西吉安	来复斋词
徐　熥	万历年间	福州	幔亭词
方于鲁	万历年间	新都	佳日楼词
黄道周	1585—1646	福建漳浦	黄忠端公词
陈龙正	1585—1645	嘉善	几亭诗馀
阮大铖	1587—1646	怀宁	咏怀堂词
施绍莘	1588—1640	华亭	秋水庵花影词
胡文焕	万历年间	钱塘	全庵诗馀
高　濂	万历年间	钱塘	芳芷楼词
沈宜修	1590—1635	吴江	鹂吹
沈自徵	1591—1641	吴江	君庸先生词
李应升	1593—1626	江苏江阴	落落斋词
刘荣嗣	？—1638	河北曲周	简斋诗馀
罗明祖	天启年间	福建南平	纹山先生诗馀
傅　冠	天启年间	江西进贤	宝纶楼词
余绍祉	崇祯年间	星源	晚闻堂词
刘应宾	天启年间	沂水	平山堂诗馀
刘　芳	崇祯年间	嘉善	清唤斋词
赵上春	崇祯年间	常熟	保闲堂词
李天植	1591—1672	平湖	蜃园诗馀

续表

姓　名	生　卒	籍　贯	词　集
季来之	1594—1667	泰州	季先生词
张　岱	1597—1679	山阴	陶庵诗馀
陈洪绶	1598—1652	诸暨	宝纶堂词
程可中	崇祯年间	休宁	程仲权词
陆　钰	崇祯年间	海盐	射山诗馀
王永积	1600—1660	无锡	心远堂词
卢象升	1600—1638	宜兴	卢忠烈公词
祁彪佳	1602—1645	山阴	祁忠惠公词
商景兰	1604—?	会稽	锦囊诗馀
来　镕	1604—1682	萧山	倘湖诗馀
吴脉鬯	1605—?	蓬莱	昱青堂词
卓人月	1606—1636	仁和	蕊渊词
易震吉	崇祯年间	南京	秋佳轩诗馀
杨　宛	崇祯年间	南京	钟山献诗馀
周拱辰	崇祯年间	嘉兴	圣雨斋诗馀
陈子龙	1608—1647	华亭	陈忠裕公词
叶纨纨	1610—1632	吴江	芳雪轩词
陈子升	1611—1671 后	广州	中洲草堂词
陆世仪	1611—1672	太仓	桴亭词
李　渔	1611—1680	兰溪	笠翁诗馀
吴　易	1612—1646	吴江	吴长兴伯词
今释澹归	1614—1680	仁和	遍行堂词
蔡道宪	1615—1643	晋江	蔡忠烈公词
吴　绡	1615?—1695 后	常熟	啸雪庵诗馀
彭孙贻	1615—1673	海宁	茗斋诗馀
叶小鸾	1616—1632	吴江	返生香

续表

姓　名	生　卒	籍　贯	词　集
胡　介	1616—1664	钱塘	旅堂诗馀
陈孝逸	1616—？	临川	痴山词
王夫之	1619—1692	衡阳	鼓棹初集、鼓棹二集、潇湘怨词
张煌言	1620—1664	鄞县	张尚书词
吴　骐	1620—1695	华亭	颙颔词
汤传楹	1620—1644	吴县	湘中草
邹　枢	？—1681	吴江	十美词纪
沈　谦	1620—1670	仁和	东江别集
曹元芳	崇祯年间	海盐	淳村词
万时华	崇祯年间	南昌	溉园诗馀
盛于斯	崇祯年间	南陵	休庵词
潘廷章	崇祯年间	海宁	渚山楼词
陈尧德	崇祯年间	吴县	安甫诗馀
王道通	崇祯年间	嘉定	简平子诗馀
释正嵒	崇祯年间	仁和	豁堂老人词
曾　灿	1626—1689	宁都	六松堂诗馀
陆宏定	1629—？	海宁	凭西阁长短句
屈大均	1630—1696	番禺	道援堂词
陈恭尹	1631—1700	顺德	独漉堂诗馀
夏完淳	1631—1643	华亭	夏内史词
查　容	1636—1685	海宁	渐江词
葛　筠	康熙年间	丹阳	名山藏词

（按，瞿佑生卒年参李剑国《瞿佑续考》，《南开学报》1997 年第 3 期；杨基生卒年参杨隽《杨基生卒年考辨》，《四川师院学报》1990 年第 2 期。）

　　由此可知，前期 156 年间词人仅 87 位，而后期 120 年间有词人 163 位，其中嘉靖一朝 45 年间就有词人 50 多位。词学中兴，始于嘉靖，殆不虚也。诚然，上述词人并非都是"明人"，如倪瓒、梁寅、陶宗仪一般视作元人，而曾灿、陆世仪、陈恭尹、王夫之、屈大均、沈谦、李渔、葛筼、查容等，一般视为清人，但这并不影响我们对明代词人的整体判断。作于康熙十四年（1675）的严沆《见山亭古今词选序》谓"明自孟载、季迪、伯温而后，作者盖寥寥矣"，有违史实。

二、词选

明代词选据估计不下一二百种，名家各有其选，门派各有其选，书坊也竞相选词。在前代的词选中，"花草"最受青睐，明末词人徐士俊的概括极为生动："《草堂》之草，岁岁吹青；《花间》之花，年年逞艳。"（冯金伯《词苑萃编》卷八引）现就《草堂诗馀》的刻本窥探词学兴盛的时间。

《四库全书总目提要》卷一九九谓宋人王楙《野客丛书》曾提及《草堂诗馀》。今查《宝颜堂秘笈·正集》（第六）所收《野客丛书》卷一一，王楙原话："《草堂诗馀》载张仲宗《满江红》'蝶粉蜂黄都褪却'，注：'蝶粉蜂黄，唐人宫妆。'仆观李商隐诗有曰：'何处拂胸资蝶粉，几时涂额藉蜂黄'，知《诗馀》所注为不妄。唐《花间集》却无此语。或谓蝶交则粉落，蜂交则黄落。"按，"蝶粉蜂黄"一语见《满江红》（昼日移阴），此词元至正三年（1343）庐陵泰宇书堂刻本、明洪武二十五年（1392）遵正书堂刊本等均不载，嘉靖二十九年（1550）顾从敬分调本《草堂诗馀》始有之，乃周邦彦作。但王楙的话中提到《草堂诗馀》这一事实，可证《草堂诗馀》产生于宋庆元以前，因为王楙《野客丛书序》作于宋宁宗庆元元年（1195）。

《草堂诗馀》在明代的刻本有：

（1）【明洪武二十五年（1392）遵正书堂刊本】。前集二卷、后集二卷。是本题作《增修笺注妙选群英草堂诗馀》，全编计选词 367 首，其中注明"新添"之什凡 83 首，注明"新增"之什凡 23 首。

（2）【明成化十六年（1480）刘氏日新堂刊本】。前集二卷、后集二卷。题"《增修笺注妙选群英草堂诗馀》，宋何士信辑"，二册。今国家图书馆有藏本。按，叶德辉《书林清话》卷四云："刘叔简，名锦文，所设坊曰

'日新堂'，刻书甚多。"

（3）【影钞元至正癸未（1343）庐陵泰宇书堂本】。前集二卷。该本无目录，亦无"何士信编选"字样，有"至正癸未新刊，庐陵泰宇书堂"牌记。半叶十二行，与原本同。今国家图书馆有藏。

（4）【明嘉靖十七年（1538）陈钟秀校刊本】。二卷。原题《精选名贤词话草堂诗馀》，半叶十行，行二十二字。有"闽沙太学生陈钟秀校刊"字样。上卷183阕，下卷181阕，较洪武本少3首，无"新增""新添"字样，有陈宗谟序。

（5）【明高儒著录本】。四卷。见高儒《百川书志》。按，高儒《百川书志》成书于嘉靖十九年（1540）。

（6）【明嘉靖二十八年（1549）刘时济刊本】。四卷。题《新刊古今名贤草堂诗馀》。见《标注续录》。按，王国维《庚辛之间读书记·读〈草堂诗馀〉记》云："《新刊古今名贤草堂诗馀》（此疑宋人旧题）四卷，前有嘉靖己酉李谨序。序后有总目。卷一标题下有'皇明进士知歙县事四会南津李谨纂辑，歙县教谕秀州曾丙校次，歙丞饶馀刘时济梓行'三行。末有刘时济跋。李序及总目标题下均有'三衢童子山刊行'一行。……此本首天时，次地理，次人物，次人事，次器用，次花鸟，亦各六类，次第亦复不同。"今藏于南京图书馆。

（7）【明嘉靖二十九年（1550）顾从敬重编分调本】。四卷。题《类编草堂诗馀》。卷一小令，卷二中调，卷二、卷四长调，录词448首，较洪武本多76首，辑录词话为笺。刊本半叶十一行，行十九字。卷内题"武陵逸史编次，开云山农校正"。前有何良俊序。该本系据何士信原选重编，参赵万里《校辑宋金元人词》。按，顾从敬，字汝所，号武陵逸史，上海人。顾定芳之子。顾定芳（1489—1554），顾英之孙，精通医术，尝以荐召为太医院御医。国家图书馆藏明嘉靖年间翻宋本《重广补注黄帝内经素问二十四卷》，卷末刻"明修职郎直圣济殿太医院御医上海顾定芳校"一行。顾英，顾定芳祖父，天顺三年（1459）举人，官至广南知府，致仕归构南溪草堂，年七十五卒，有《草堂集》。顾澄，顾定芳父，成化中输粟千石赈饥民。据嘉庆《松江府志》卷五三，顾定芳有六子。顾从礼字汝田，工书；顾从德字汝修；顾从义字汝和，善书能诗。然《松江府志》所载顾定芳六子姓名不全。赖何良俊才知定芳六子中尚有一子名从敬字汝所。《朱邦彦集》称顾定芳有子顾从仁字汝元，嘉靖二十六年（1547）卒。另一子姓名无考。

（8）【明嘉靖三十三年（1554）杨金刊本】。前集二卷、后集二卷。分类本。收词殆同《增修笺注妙选群英草堂诗馀》。杨金序曰："旧集分为上下卷，今仍之，刻于睦之郡斋。时嘉靖甲寅春日，当涂杨金识。"该本国家图书馆有藏，四册，有江藩跋。

（9）【明嘉靖间高唐王刊篆文本】。一卷。题《篆诗馀》。按，此本原题《阳春白雪》，见郑振铎《跋嘉靖本篆文阳春白雪》。其内容全见于分类本《草堂》前集卷上，只是次序略有不同而已。

（10）【明嘉靖春山居士校刊本】。前集二卷、后集二卷。原题《增修笺注妙选群英草堂诗馀》。半叶九行，行十八字，与明洪武本大抵相似。但收词少谢无逸《江神子》（杏花村馆酒旗风）和鲁仲逸《惜馀春慢》（弄月馀花）二首，又，周邦彦《瑞鹤仙》（悄郊原带郭）有目无词，故实少三首。今藏上海图书馆。

（11）【明万历十二年（1584）张东川刻本】。四卷，题"《类编草堂诗馀》，翰林院荆川唐顺之解注，翰林院钟台田一隽精选"。卷一小令，卷二中调，卷三、卷四长调，共343首。另，目录中无而书中有者，则有周邦彦《西平乐·春思》一首。有张东川跋。

（12）【明万历十六年（1588）勉斋澹圣学重刻本】。六卷。题《重刻类编草堂诗馀评林》。以调分列。明人田一隽重编，唐顺之解注，李廷机批评。有曹丹云墨笔点校。

（13）【明万历二十二年（1594）书林郑世豪宗文书舍刊本】。六卷，题《新刻注释草堂诗馀评林》。原郑振铎藏，今藏国家图书馆（存三卷）。按，建安书林郑氏为当时刻书家族，郑少垣、郑世容刻《三国志传》，郑瑞我刻《战国策玉壶冰》八卷，郑世魁刻《玉车拔锦》三十三卷等。世容、世魁、世豪应为兄弟行。

（14）【明万历三十年（1602）乔山书舍刊本】。六卷。题《新锓订正评注便读草堂诗馀》，董其昌评定，曾六德参释。今藏国家图书馆。按，万历三十九年辛亥（1611）书林龙田刘氏乔山书舍曾刻《注解伤寒百证歌发微论》四卷，万历四十年壬子（1612）又刻《类证伤寒百问歌》四卷。国家图书馆藏万历年间所刻《刻京台增补渊海子平大全》六卷，题"闽书林乔山堂刘大易绣梓",卷五末有"龙飞万历庚子（1600）春月闽建乔山书舍刊行"牌记。以此,乔山书舍主人为刘大易,乔山书舍与乔山堂为同一书坊名。

(15)【明万历三十年（1602）余氏沧泉堂刊本】。二卷。题《新刻增修笺注妙选群英草堂诗馀》,目录内标"新锲妙选群英草堂诗馀"。半叶九行,行二十一字。卷上标题下有"书林余氏沧泉堂重刊"一行,卷末有"万历壬寅孟冬,书林余氏秀峰梓行"十四字二行牌记。卷上收词 217 首（内新添 48 首,新增 1 首）,卷下收词 155 首（内新添 31 首,新增 1 首）,总计 372 首,排序与洪武本大致相同。

(16)【明万历三十二年（1604）书林郑世豪刊本】。六卷。题《新刻注释草堂诗馀评林》。翰林院九我李廷机批评,翰林院启东翁正春校正,闽书林云竹郑世豪梓行。版心作"评释草堂诗馀"。朱批套印。卷一到卷三春景,卷四夏景,卷五秋景,卷六冬景,收词 450 首,为《草堂诗馀》各版本（指正集）之最。今藏上海图书馆。

(17)【明万历三十五年（1607）胡桂芳重辑本】。三卷。题《类编草堂诗馀》,宋何士信辑,明金溪胡桂芳重辑,黄作霖刊刻。按,该本书名与顾从敬分调本同,而实为分类本,用顾本改分时令、名胜、花卉、禽鸟、宫闱、人事、杂咏七类。今藏国家图书馆。

(18)【明万历四十二年（1614）钱允治等合刊本】。三种共十三卷,其中《类选笺释草堂诗馀》六卷、《续草堂诗馀》二卷、《国朝诗馀》五卷。半叶九行,行二十字。《类选笺释草堂诗馀》用顾从敬本,题"上海顾从敬类选,云间陈继儒重校,吴郡陈仁锡参订"。《续草堂诗馀》又名《草堂诗馀续集》《续编草堂诗馀》,原为毗陵长湖外史所辑,万历中有单刻本,合刊本增笺释,题"长洲钱允治笺释,同郡陈仁锡校阅"。《国朝诗馀》乃钱允治辑,题"长洲钱允治功甫编,同邑陈仁锡明卿释",亦有单刻本。合刊本前有万历四十二年陈仁锡二序、钱允治二序及嘉靖二十九年何良俊原序。

(19)【明万历四十三年（1615）书林自新斋余文杰刊本】。六卷。题《新刻题评名贤词话草堂诗馀》,济南于麟李攀龙补遗,四明眉公陈继儒校止,书林泰垣余文杰绣梓。封面有"分类草堂诗馀狐白,余泰垣梓行"两行。首页大字体何良俊序,序后有"龙飞万历岁次乙卯孟秋月谷旦自新斋余泰垣重梓以广其传云"一句。收词430首,卷一至卷三春景凡224首,卷四夏景62首,卷五秋景92首,卷六冬景52首。今国家图书馆、上海图书馆有藏。按,余文杰,字泰垣。余氏乃建安刻书世家。参叶德辉《书林清话》卷二。

(20)【明万历闵映璧校订本】。五卷。题《评点草堂诗馀》,卷内题"西蜀升庵杨慎评点,吴兴文仲闵映璧校订",朱墨套印。半叶八行,行十八字。前有"洞天真逸升庵杨慎撰"的草书体《草堂词选序》(按,此序又见其所著《词品·序》)。万历四十八年(1620)朱之藩刻《词坛合璧》四种,该本即是其一。卷一、卷二小令,实为顾本卷一小令;卷三中调,相当于顾本卷二中调;卷四长调,相当于顾本卷三长调,不过杨评本止于苏轼《水龙吟·杨花》,而顾本则止于周邦彦《忆旧游·春恨》;卷五长调,相当于顾本卷四长调。又,杨本比顾本多一首长调,即周邦彦《西平乐·春思》。该本今国家图书馆、上海图书馆有藏。按,万历汤显祖评点本《花间集》,亦是朱墨套印,后有无瑕道人万历四十八年(1620)跋,跋中提及《草堂》《花间》二书。无瑕与映璧意同,应为一人。明版《秦汉文钞六卷》署名"杨融批点,闵日斯迈德、闵子容洪德、闵文仲映璧裁定",前有万历四十年(1612)臧懋循序曰:"我湖闵氏称望族,古文词大半为其家刻。"以此知闵氏为有名的刻书商、文化世族。闵映璧,字文仲,号无瑕道人。

(21)【明万历四十七年(1619)师俭堂刻本】。四卷。题《新刻李于麟先生批评注释草堂诗馀隽》,古歙吴从先宁野甫汇编,公安袁宏道中郎甫增订,仁和何伟然欲仙甫参校,师俭堂萧少衢依京板刻。前有"己未仲冬临川毛伯丘兆麟题于听月轩斋头"一行。全书收词426首,大致仍以春夏秋冬四景排列。今上海图书馆有藏本。

(22)【明万历间上元昆石山人刊本】。四卷。用顾从敬本,略增故实。见《标注续录》。

(23)【明末翁少麓刊沈际飞评正本】。四集十七卷。题《镌古香岑批点草堂诗馀四集》。其中《草堂诗馀正集》六卷,云间顾从敬类选,吴郡沈际飞评正,卷一小令134首,卷二小令、中调97首,卷三中调56首,卷四、卷五、卷六长调158首,共445首;《草堂诗馀续集》二卷,毗陵长湖外史类辑,姑苏天羽居士评笺,卷上95首,卷下92首,共187首;《草堂诗馀别集》(历朝词选)四卷,吴郡沈际飞评选,东鲁秦士奇订定,收词

462 首；《草堂诗馀新集》（明词选）五卷，钱允治原编，沈际飞重编。刻本半叶九行，行十九字。正集前有陈仁锡撰、秦士奇书之序；西陵来行学颜叔书（隶书体）"草堂诗馀原序"；"吴门鸥客沈际飞天羽父自题"序，名曰"序草堂诗馀四集"；鹿城沈瓒馨儒氏跋（行草）；古香岑《发凡》九条。正集有何良俊序，封面有"唐宋诗馀选正集"字；续集有豫章黄河清原序，有"宋元诗馀选、续集，翁少麓梓行"一行；别集有沈际飞序；新集有钱允治原序。上海图书馆有藏本。

（24）【明汲古阁词苑英华本】。四卷。题《草堂诗馀》，用顾从敬本而删去原本中词话笺注。

（25）【明叶盛著录本】。一册，见《篆竹堂书目》。按，叶盛（1420—1474），江苏昆山人，有《篆竹堂词》（见《明词汇刊》）。此本年代恐怕较早。

（26）【明经业堂刊韩愈臣校本】。四卷。用顾从敬分调本为底本，高阳韩愈臣校刊。

（27）【明天启五年（1625）周文耀朱墨套印本】。安徽省图书馆藏。

（28）【明万贤楼自刊本】。此本题目、卷数同明末翁少麓刊本。今藏国家图书馆。

（29）【明崇祯间吴门童涌泉刊本】。此本殆重刊明末翁少麓刊本。

（30）【明李良臣东璧轩刻本】。华东师范大学图书馆藏。

（31）【明祝枝山小楷书本】。见《标注续录》。

（32）【明陈第世善堂著录本】。七卷。见陈第（1541—1617）《世善堂藏书目录》。

（33）【李西涯辑南词本】。知圣道斋旧藏。

明代《草堂诗馀》版本 33 种（这尚不包括《草堂诗馀》的追随者，如《天机馀锦》《花草粹编》《草堂诗馀别录》《草堂遗音》《花草新编》《草堂诗馀隽》《诗馀广选》《词菁》等），嘉靖前仅 5 种，即第一、二、三、二十五、三十一种，而嘉靖一朝就有 8 种。词选的不断翻刻这一事实，表明当时的人们已经将目光投注到词这一领地。

三、词评

与词的创作、词选翻刻的繁荣相一致，明人论词也在嘉靖后蔚为壮观。今将明人较具理论价值的词论胪列如下：

孙作《天籁集序》	洪武十年（1377）
叶蕃《写情集序》	洪武十三年（1380）
马洪《花影集自序》	
（见杨慎《词品》卷六）	
陈敏政《乐府馀音序》	天顺七年（1463）
吴讷《文章辨体序说·近代词曲》	天顺八年（1464）前（参彭时《文章辨体序》）
李宗准《遗山乐府后记》	弘治五年（1492）
陈霆《渚山堂词话》及自序	嘉靖九年（1530）
李濂《批点稼轩长短句序》	嘉靖十五年（1536）
毛凤韶《中州乐府后序》	嘉靖十五年（1536）
彭汝实《近刻中州乐府叙》	嘉靖十五年（1536）
张綖《淮海词跋》	嘉靖十八年（1539）
杨南金《升庵长短句序》	嘉靖十六年（1537）
唐锜《升庵长短句序》	嘉靖十九年（1540）
许孚远《升庵长短句序》	大致同上
王廷表《升庵长短句续集序》	嘉靖二十二年（1543）
钟宷《桂洲集序》	嘉靖二十年（1541）
吴一鹏《桂洲集序》	嘉靖十七年（1538）
皇甫汸《桂洲集跋》	嘉靖十七年（1538）
石迁高《桂洲集跋》	嘉靖十九年（1540）
陈宗谟《草堂诗馀序》	嘉靖十七年（1538）
任良幹《词林万选序》	嘉靖二十二年（1543）
何良俊《草堂诗馀序》	嘉靖二十九年（1550）
简绍芳《长春竞辰馀稿序》	嘉靖二十七年（1548）
陈如纶《二馀词自叙》	嘉靖二十九年（1550）
王九思《碧山诗馀自序》	嘉靖三十年（1551）
朱曰藩《南湖诗馀序》	嘉靖三十一年（1552）
宋廷琦《碧山诗馀跋》	嘉靖三十年（1551）
徐师曾《文体明辨序说·诗馀》	嘉靖三十三年至隆庆四年间

<table>
<tr><td></td><td>（1554—1570）</td></tr>
</table>

杨慎《词品》及自序　　　　　　　　嘉靖三十年（1551）

周逊《词品序》　　　　　　　　　　嘉靖三十三年（1554）

王世贞《弇州山人词评》　　　　　　嘉靖四十四年（1565）

何良俊《四友斋丛说·词曲》　　　　万历元年（1573）前

（按，《四友斋丛说》初刊于隆庆三年（1569），续八卷重刻于万历元年）

俞彦《爰园词话》　　　　　　　　　约万历间

〔按，或谓俞彦（1572—1641 后）为万历二十九年进士，但《明清进士题名碑录》不载〕

王祖嫡《师竹堂词自叙》　　　　　　约万历初

顾梧芳《尊前集引》　　　　　　　　万历十年（1582）

陈耀文《花草粹编自序》　　　　　　万历十一年（1583）

李蓘《花草粹编序》　　　　　　　　万历十五年（1587）

杜祝进《百琲明珠序》　　　　　　　万历四十一年（1613）

陈仁锡《续诗馀序》　　　　　　　　万历四十二年（1614）

钱允治《类编笺释国朝诗馀序》　　　万历四十二年（1614）

黄河清《续草堂诗馀序》

沈际飞《草堂诗馀别集序》及《诗馀四集序》

　　　　　　　　　　　　　　　　　万历十八年（1590）后

汤显祖《花间集序》　　　　　　　　万历四十三年（1615）

闵映璧《花间集跋》　　　　　　　　万历四十八年（1620）

茅暎《词的·凡例》　　　　　　　　万历四十八年（1620）前

（按，《词的》载入朱之藩《词坛合璧》，而朱氏《词坛合璧》刻于万历四十八年）

温博《明万历茅刊花间集补序》

谭尔进《南唐二主词题词》　　　　　万历四十八年（1620）

茹天成《重刻绝妙词选引》　　　　　万历四十二年（1614）

朱之藩《词坛合璧序》　　　　　　　万历四十八年（1620）

谭元春《辛稼轩长短句序》　　　　　约崇祯间

胡震亨《宋名家词叙》　　　　　　　崇祯三年（1630）

夏树芳《刻宋名家词叙》　　　　　　大致同上

孟称舜《古今词统序》　　　　　　　崇祯二年（1629）

徐士俊《古今词统序》　　　　　　　崇祯六年（1633）

云外僧俺俺唵香《徐卓晗歌序》

曹勋《草贤堂词笺序》　　　　　　　崇祯四年（1631）

钱继登《草贤堂词笺序》　　　　　　崇祯八年（1635）

陈龙正《四子诗馀序》　　　　　　　崇祯八年（1635）

潘啸龙《古今诗馀醉自序》　　　　　崇祯九年（1636）

陈琏《古今诗馀醉序》　　　　　　　崇祯九年（1636）

管贞乾《诗馀醉附言》　　　　　　　崇祯九年（1636）

顾起纶《花庵词选跋》

王象晋《重刻诗馀图谱序》　　　　　崇祯八年（1635）

万惟檀《诗馀图谱自叙》及凡例

陈继儒《诗馀图谱序》　　　　　　　崇祯十一年（1638）

单恂《诗馀图谱序》

张慎言《诗馀图谱序》　　　　　　　崇祯十年（1637）

文震孟《秋佳轩诗馀序》　　　　　　崇祯八年（1635）

徐汧《秋佳轩诗馀序》　　　　　　　崇祯十四年（1641）

南洙源《秋佳轩诗馀序》　　　　　　崇祯十三年（1640）

周永年《艳雪词序》

郑以伟《灵山藏诗馀自序》

另外，明人著作略微论及词的尚有：

叶子奇《草木子》　　　　　　　　　洪武十一年（1378）后

李东阳《麓堂诗话》　　　　　　　　正德十一年（1516）前

朱存爵《存馀堂诗话》　　　　　　　嘉靖二十六年（1547）前

胡应麟《诗薮》　　　　　　　　　　万历十八年（1590）

胡震亨《唐音癸签》　　　　　　　　万历间

王骥德《曲律》　　　　　　　　　　天启四年（1624）

由上可见，嘉靖前之词论仅 8 种，而嘉靖后有 70 种，嘉靖一朝就有
26 种。当然，仅着眼于词论数量（实际上这个数量对比也并不公平，因为
嘉靖后的某些词集常有多篇词序，而本文将之分别统计），认定词学中兴
始于嘉靖，结论或许并不能令人信服。但不容置疑的是，嘉靖后的明人更
多地眷顾词坛，而且他们的词学思想迥异于前贤，对后世有深远的影响。

第二节　明代词学思想主潮辨述

本节所谓"明代"，仅指明嘉靖朝至崇祯朝前这一时段。

论词于明，鲜有不称其中衰者。明词中衰固是事实，但历来关于明词中衰之论证常失于偏颇。兹举其二端：

一曰明词中衰源于明代制举炽盛。钱允治作于万历四十二年（1614）的《类编笺释国朝诗馀序》云："我朝悉屏诗赋，以经术程式。士不囿于俗，间多染指，非不斐然。求其专工称丽，千万之一耳。"徐世溥（1607—1657后）《悦安轩诗馀序》亦云："近者用制义取士，白首伏习章句，无暇及斯；而逸才淹滞宦途者，则又往往演古事稗说为大曲，被之歌舞，用以适意而取名，故诗馀之道微矣。"（《倚声初集》前编卷二）此言颇有明代以经术程式而导致明词创作衰微之意味。明代于洪武三年（1370）下诏定科举法，规定"中外文臣皆由科举而进，非科举者毋得与官"（《明史》卷七〇《选举志》二），直接影响明代文人的价值取向："众情所趋向，专在甲科。"（《明史》卷六九《选举志》一）此种价值取向确实从一个方面造成了明代诗文创作不如前代的大局："明代功名富贵在时文，全段精神，俱在时文用尽，诗其暮气为之耳"，[1] "（明）三百年文士之精神，专注于场屋之业，割其馀以为古文，其不能尽如前代之盛者，无足怪也"。[2] 但明代文人的此种价值取向与明词衰微关涉不大，因为词的创作本来就是在时文之外进行的，在词创作鼎盛的宋代，也是如此。[3] 更何况，词的衰微与否，与制举并无必然联系，李渔在这一点上的辩驳极有说服力："不知者曰：唐以诗抡才而诗工，宋以文衡士而文胜，元以曲制举而曲精。夫元实未尝以曲制举，是皆妄言妄听者耳。夫果如是，则三代以上，未闻以作经举士，两汉之朝，不见以编史制科，胡亦油然勃然，自为兴起而莫之禁也。"（《笠翁一家言·文集》卷一《名词选胜序》）以此观之，明词的衰微并非是明代以经术取士的代价。

二曰明词中衰源于明代《草堂诗馀》盛行。此说之卓然大家首推朱彝尊，其作于康熙十七年（1678）的《词综·发凡》云："（明代）《草堂诗馀》所收最下，最传，三百年来，学者守为兔园册，无惑乎词之不振也。"无疑朱氏首先指出了一个事实，即明代《草堂诗馀》确乎流行天下且为

"学者守为兔园册",这除了《草堂诗馀》在明代被不断翻刻可以为证外,还可从当时词人多以《草堂》为词学范式中得到印证。如陈霆《渚山堂词话》卷二评陈铎《木兰花慢》云:"论者谓其有宋人风致,使杂之《草堂》集中,未必可辨也。"杨慎《词品》卷二评朱翌《点绛唇》(流水泠泠)云:"如此清俊,亦仅有者,惜未入《草堂》之选。"[4]从他们的言说方式看,《草堂诗馀》在明代是颇受尊崇的。但朱彝尊将明词之不振归咎于《草堂诗馀》之盛行并不高明。一方面,朱彝尊对《草堂诗馀》的认识本身存有偏见。对《草堂诗馀》之不满并非自朱彝尊始,明人已有此种意识,如张綖在编定于嘉靖十七年(1538)的《草堂诗馀别录》的自跋中说:"当时集本亦多,唯《草堂词话》流行于世,其间复猥杂不粹。"张綖是推崇秦观的,其编定《草堂诗馀别录》时,苏轼入选13首,秦观入选8首,为选词最多者。这固然与秦观乃其乡邑先贤有关,更是因为秦观词的美学特质符合张綖的审美趣味。张綖作于嘉靖十八年(1539)的《淮海词跋》云:"陈后山云:'今之词手,惟有秦七、黄九。'谓淮海、山谷也。然词尚丰润,山谷特瘦健,似非秦比。"张綖既然推崇"丰润"之词,自然贬斥俚俗之《草堂》。与张綖的思维脉线类似,朱彝尊是不遗余力地标举"醇雅"这一词学审美理想的,故而也厌弃《草堂》。但张、朱殊不知《草堂诗馀》就其本质而言原是一部南宋书坊商人根据当时市井选歌说唱需要而编辑的以北宋词为主体选域的词选。[5]作为书坊所编面向市井的通俗性选歌唱本,入选俚俗浅鄙之作自当不足非议。张、朱在词乐失传的时代错误地认为它是读本并在此错认的基础上加以抨击,就显得有点强加于人。另一方面,《草堂诗馀》的盛行并不意味着明词必定走向衰微。事实上,在《草堂诗馀》的影响下,明人也创作出了一大批杰作,如"尝和《草堂诗馀》几及其半"(《渚山堂词话》卷二)的陈铎,所作"具澹、厚二字之妙,足与两宋名家颉颃",[6]"草稿未削,已流布都下"的夏言词,"豪壮典丽,与于湖、剑南为近"(《人间词话附录》),令钱谦益深以其未入《草堂》为憾。[7]尽管明词大都徘徊于"花草"格局之内,但我们能盖棺论定地说词"榛芜于明"(高佑钐《陈维崧〈湖海楼词〉序》)吗?以一种价值标准去绳衡评判另一种价值标准,本身没有多少合理性可言。

其实,明词的衰微主要(但不是唯一)是因为戏曲的勃兴,[8]这是文学历史演进的必然,是文学体裁更替的必然。文学体裁的更替根因于不同时代人们的性情之异，根因于不同时代人们审美需要的变更。从文学本体论层面上说，性情是诗艺唯一的本源和内质，当诗艺的原有表现形态不足以适合和满足发展着的时代新出现的性情时，就必然为别的表现形态所替代。词体本来是讲求音乐性的，郑樵尝言："古之诗，今之词曲也，若不能歌之，但诵其文而说其义理，可乎？"（《通志》卷四九《乐府总序》）刘祁亦云："唐以前诗在诗，至宋则多在长短句，今之诗在俗间俚曲。"（《归潜志》卷一三）但词体演进到明嘉靖年间，词乐已寥寥无几，李开先《歇指调古今词序》中有如下记载："唐宋以词专门名家……在当时皆可歌咏，传至今日，只知爱其语意，自《浪淘沙》《风入松》外，无有能按其声词者。"词乐既已失传，那么后人为了填词，只能通过制定词谱的办法，由倚声填词变为亦步亦趋地按谱填词。但明人在词乐失传的时代不是如后来清人一样将词视为一种抒情文体，而还是一味强调词须可歌，如谢榛，其《四溟诗话》所谓"词与诗为二物，是以宋诗不入弦歌也"，虽旨在强调宋诗与宋词之不同，但亦有词须可歌之意，填词至此，自当衰微。李蓘《花草粹编序》有云："北曲起而诗馀渐不逮前，其在于今，则益泯泯也。盖士大夫既不素娴弦索，又不概谙腔谱，漫焉随人后而造次涂抹，浅易生硬，读之不可解，笔之冗于简册。"所言甚是。

即便就语言艺术形式与音乐艺术形式而言，词至明中期也均无法与新兴的曲体相比。王骥德《曲律》卷四在指出"诗不如词，词不如曲，故是渐近人情"时说"词之限于调也，即不尽于吻，欲为一语之益，不可得也。若曲，则调可累用，字可衬增。诗与词不得以谐语方言入，而曲则惟吾意之欲至，口之欲宣，纵横出入，无之而无不可也"，"宋词句有长短，声有次第矣，亦尚限边幅，未畅人情。至金元之南北曲而极之长套，敛之小令，能令听者色飞，触者肠靡，洋洋缅缅，声蔑以加矣"。王氏从艺术形式自身的特性来考察文体与人情的因缘关系，从文学艺术的内在构成要素来说明文学发展演变的原因，其说是甚为精辟的。而这正是杨慎《词品》卷一所说"近日多尚海盐南曲，士夫禀心房之精，从婉娈之习者，风靡如一，甚者北土亦移而耽之"[9]的原因。既然明人醉心更渐近人情的曲体，词之创作自然不盛，即便填词，也会以曲语为之，故吴衡照说："金元工于小令、套数而词亡。论词于明，并不逮金元，遑言两宋哉！盖明词无专门名家，一二才人如杨用修、王元美、汤义仍辈，皆以传奇手为之，

宜乎词之不振也。"(《莲子居词话》卷三)

明代词的创作衰微固是词家共识，但如果由此演绎出明人卑视词体的结论（事实上已有不少学者这样认定，如吴梅），不仅不符合逻辑，更不符合历史。诚然，明人词论中还常见"词于不朽之业最为小乘"(《爱园词话》)、"词曲于道末矣"(《渚山堂词话序》)的表述，但这只是他们沿袭习惯的说法，并不代表他们对词之体性的认识。从总体上讲，明代"词衰"，但"词学不衰"。就对待词体的态度而言，明人并不采取卑视姿态，在一定程度上还体现出尊体的努力。

其一，明人能在文学源流论的层面上正视词体。杨慎所谓"宋之填词为一代绝艺，亦犹晋之字、唐之诗"(《词品》卷二)，钱允治所谓"汉人之文，晋人之字，唐人之诗，宋人之词，金元人之曲，各擅所能，各造其极，不相为用"(《类编笺释国朝诗馀序》)，茅一相所谓"春秋之辞命，战国之纵横，以至汉之文，晋之字，唐之诗，宋之词，元之曲，是皆独擅其美不及相兼，垂之千古而不可泯灭者"(《题词评曲藻后》)，均颇有"一代有一代之文学"的意味。一代有一代之文学的深刻意义，不是在于简单地以政治朝代的更替作为文学时代的界限，而是在于把文学体裁与时代精神相挂钩。特定的时代与特定的文学体裁之间的关系常常表现为特定的审美心理与特定的文学体裁的关系。特定的时代心理结构总是与特定的文学体裁达到最高程度的契合，并促使这种体裁成为前者的最佳载体。宏伟整齐的律诗与唐代（尤其是盛、中唐）开拓向上、乐观进取的社会心理和时代精神有内在的一致性，长短错落的词体在宋代繁荣也与当时感伤深细的时代精神密切相关。从中晚唐开始，"时代精神已不在马上，而在闺房，不在世间，而在心境"。[10]这种时代精神所导致的士人内向、凄迷的心理体验和情感律动，"诗体又不足以达，或勉强达之，而不能曲尽其妙，于是不得不别创新体，词遂肇兴"。[11]以此观之，我们能说明人认定词劣于诗吗？王世贞在嘉靖四十四年（1565）作《艺苑卮言》时说："词者，乐府之变也，词兴而乐府亡矣，曲兴而词亡矣，非乐府与词之亡，其调亡也。"[12]王氏别具慧眼地指出诗、词、曲的递传嬗变并不是一个诗体相互取代的过程，而是每一诗体因其所赖以存在的音乐的消亡而在新的时代无复再盛时的光彩，更不能与新兴的诗体相抗衡。稍后的俞彦在《爱园词话》中也说："周东迁之后，世竞新声，三百之音节始废。至汉而乐府出。乐府不能行之民间，而杂歌出。六朝至唐，乐府又不胜诘曲，而近体出。五代至宋，诗又不胜方板，而诗馀出。唐之诗，宋之词，甫脱颖，已遍传歌工之口。"这段论述颇符合我国诗歌形式演变和音乐发展的前三个阶段——先秦雅乐、六朝清乐、唐宋燕乐相互关系的实际情况，其中谓"乐府又不胜诘曲，而近体出""诗又不胜方板，而诗馀出"，的确抓住了六朝乐府诗向近体律绝演化、近体律绝向词体演化的关键。这种由诗而词不是变衰而是变异的文学发展史观，显然也不存在卑视词体之意。当然，明人也有卑视词体的，胡应麟就在作于万历十八年（1590）的《诗薮》内编卷一中从"体以代变""格以代降"的文学观出发，谓："宋人不得不变而之词，元人不得不变而之曲，词胜而诗亡矣，曲胜而词亦亡矣。"但胡应麟并非专门针对词作这番议论，而且，即便如此，他还是遭到沈际飞"以体裁贬词"（《草堂诗馀四集序》）的批评，足见明人之于词体，从总体上看，不是卑视，而是正视。

其二，明人能在文体本体论的层面上辨认词体。明人对词体的辨认，是通过对诗、词、曲的体类特征之辨来进行的。诗、词、曲尽管作为抒情诗的不同品类在根本上是同源同质的，但作为各自独立的文体，无疑又有其各自不同的特质。王骥德《曲律》卷四所谓"词之异于诗也，曲之异于词也，道迥不相侔也"，就指出了它们各自不同的"道"，包括音律、技法和风格。就音律而言，"诗馀谓之填词，则调有定格，字有定数，韵有定声。至于句之长短，虽可损益，然亦不当率意为之"（徐师曾《文体明辨序说·诗馀》）；就技法而言，"诗词虽同一机杼，而词家意象，亦或与诗略有不同。句欲敏，字欲捷，长篇须曲折三致意，而气自流贯，乃得"（朱存爵《存馀堂诗话》）；就风格言，"乐府以曒径扬厉为工，诗馀以婉丽流畅为美"（何良俊《草堂诗馀序》）。"诗馀以婉丽流畅为美"是明人对词之体性认识的主流。正是基于这样的认识，明人在选择宋代的效仿对象时，大都崇尚婉曲的周、秦而排斥质直的苏、辛[13]："词曲不尚雄劲险峻，只一味妩媚闲艳，便称合作。是故苏长公、辛幼安并置两庑，不得入室"（王骥德《曲律》卷四），"周清真、秦少游、晏叔原诸人之作，柔情曼声，摹写殆尽，正辞家所谓当行、所谓本色者也"（何良俊《草堂诗馀序》）。明人的这种"本色"论，并非只是宋人本色论的翻版。陈师道的本色之论，虽未有明确定义，但从其指"退之以文为诗，子瞻以诗为词"

为"非本色"(《后山诗话》)来看,当兼顾风格和音律而言。而张炎《词源》卷下所谓"须是深加锻炼,字字敲打得响,歌诵妥溜,方为本色语",似专以锻炼工巧、合于音律为词家本色。明人的本色论也是兼顾风格和音律的。"本色"一词,顾名思义,本来之颜色之意,用于理论批评时,则指自然面目,如徐渭云:"世事莫不有本色,有相色。本色犹俗言正身也;相色,替身也。"[14]但就风格而论,明人的本色论并不是要找回词的真正"本色",而是在于推举词的另一种风格。而这种推举,实际上又是与明人的词的正变观相关联的。关于词之正变,宋代王灼的《碧鸡漫志》论述极为充分;但在明代,似张綎的提法最具理论意义:"词体大略有二:一体婉约,一体豪放。婉约者欲其辞情蕴藉,豪放者欲其气象恢弘。盖亦存乎其人,如秦少游之作多是婉约,苏子瞻之作多是豪放。大抵词体以婉约为正。"[15]张綎既将"豪放"视为"词体"之一种,而又以"婉约"为词体之"正",但并没有指出以婉约为正的根据。如果词以"本色"为正宗,那么"词体以婉约为正"就没有依据,因为所谓"本色",即词的原生状态,并不是《花间集》所体现的那种风貌,而是早于《花间集》的"言闺情及花柳者尚不及半"(王重民《敦煌曲子词集·序言》)的敦煌曲子词所体现的那种风貌。而敦煌曲子词的风貌是极为庞杂的,未尝以婉曲绮丽为原则。故张綎这里所说的"正"的意义,一如李之仪(1048—1127)《跋吴思道小词》所云,是在"以《花间集》中所载为宗"的前提下认定词"自有一种风格"。明人这种对词之体性的辨认不正表明他们没有卑视词体吗?(当然,辨体也不等于尊体。)

　　其三,明人能在词体发生论的层面上推尊词体。词的起源,本该是一个历史事实而不应是一个"问题",事实上却成了词学研究领域历来歧说纷纭的问题。明人在这个问题上的主要观点是从音乐的角度认定词源于《诗》《骚》。钟宬《玉堂馀兴引》云:"词也者,固六义之馀而乐府之流也,比声成音,亦自与政相通,而能使人兴起,故曰:今之乐犹古之乐也。"钟氏从"与政相通"的视角指出词乃"六义之馀",并得出"今之乐犹古之乐"的结论。其后二年,即嘉靖二十二年(1543),任良幹在《词林万选序》中说:"古之诗,今之词也。二《雅》二《颂》,有义理之词也。填词小令,无义理之词也。在古曰诗,在今曰词,其分以此。……然其比于律吕,叶于乐府,则无古今,一也。虽然,邪正在人,不在世代,于心，不于诗词。若《诗》之《溱洧》、《桑中》、'鹑奔'、'鸡鸣'，虽谓之今之淫曲可也。张于湖、李冠之《六州歌头》，辛稼轩之《永遇乐》，岳忠武之《小重山》，虽谓之古之雅诗可也。填词之不可废者如此。"任氏在推尊词体的方式上显然比钟案高明得多，因为即便承认词"与政相通"（宋人即有此种言论），也无法推衍出"今之乐犹古之乐"，钟氏之说明显不符合逻辑。任良幹虽然也说诗词"比于律吕，叶于乐府，则无古今"，但只是就诗词都须配乐而言，并没有说它们配的"乐"是一致的，此其一；任良幹显然也意识到诗词所表现的内容有正邪之别，正邪在人心，不在诗词，诗中有淫曲，词中有雅诗，这是不可否认的事实，此其二。

不过，无论是钟案还是任良幹，他们的尊体都是错位的，他们都没有明确意识到词体产生过程中的这样一个基本事实：燕乐的兴盛是词体产生的前因，词体产生是乐曲流行的后果。他们都是在这样的传统背景下推尊词体的：任何一种文学形式，只要想跻身文学结构的中心，就不得不借鉴"诗骚"的抒情特征，否则难以得到读者的承认和赞赏。需要指出的是，明人在词体起源问题上的探讨，其主要意义不在于给人一个正确的结论（或给后人提供一个批评的口实），而在于彰显他们推尊词体的努力。因为明人的推尊词体和宋人、清人不同，明人是在确认词体的前提下攀附"诗骚"的，朱曰藩的话可为佐证："魏晋以还，历代制作，只郊庙、宴飨乐章，稍存雅则，自馀闺情宫怨之什，梦如也。然美人托咏于显王，宓妃取谕于贤臣，使其哀音柔弄，果足以达诚所天，一旦聆之，为之眩然回心焉，是故亦讽谏之一端也，可尽少哉。"（《南湖诗馀序》）

明人既然在本色论的风格方面绍述宋人词"别具一种风格"之论，自然在词体功能上也赋予词以一定的规定性，那就是"婉娈而近情"（王世贞《艺苑厄言》）。当然，视言情为词体的基本功能并非始于朱明，宋晁补之关于苏轼词"短于情"的评论就曾引出一段关于"情"的公案。但如果把审美趣味分解为理、情、欲三个层次，那么宋代至明初的词人就多半是从情到理，以理节情。如陈敏政谓瞿佑词"寓意讽刺，所以劝善而惩恶者，又往往得古人古诗之遗意"（《乐府遗音序》），叶蕃谓刘基"写其忧世拯民之心"的《写情集》"益然而春温，肃然而秋清，靡不得其性情之正"（《写情集序》）。而到嘉靖朝后，词人大多从情到欲，以欲激情。如杨慎在《词品》卷三谈及韩琦和范仲淹两位宋代名公的词"情致委婉"的言情特征时说："大抵人自情中生，焉能无情？但不过甚而已。宋儒云：'禅家有为绝欲之说者，欲之所以益炽也。道家有为忘情之说者，情之所以益荡也。圣贤但云寡欲养心，约情合中而已。'予友朱良矩尝云：'天之风月，地之花柳，与人之歌舞，无此不成三才。'虽戏语，亦有理也。"就最根本的价值取向来说，儒道禅都追求一种现世人生中超越的精神价值，而不是留驻于现世人生中的自然感性层面。因而，在欲和理的关系中，欲永远处于被支配、被规范的从属地位。杨慎这里尽管仍赞同"约情合中"、情不过甚，即欲的满足的合理化，但其立论的基点毕竟是"人自情中生，焉能无情"，更何况他所理解的情和欲主要不是社会性和政治性的情感，而是人的生存和享乐欲望的满足，例如人需要的"风月""花柳""歌舞"。在词的功能上，杨慎显然从以理节情向以欲激情迈出了有力的一步。

但杨慎并未直接接触到词的体性问题，明确把言情视为词体的基本特质的是沈际飞。沈氏在《草堂诗馀四集序》中说："文章殆莫备于是（指词）矣，非体备也，情至也。情生文，文生情，何文非情？而以参差不齐之句，写郁勃难状之情，则尤至也。"他认为任何文体都是表现情感的，但词的形式特征最宜于把人内心的情感表现得委曲尽致。尽管沈氏对词缘何最宜于抒述婉娈之情语焉不详，但结论无疑是正确的。需要提及的是，沈氏这里所谓的"郁勃难状之情"，并非如有些论者所理解的那样专指男女之情，而是包含家国情、英雄情、青衫情和儿女情的，只是和其他明人一样，这些"情"不被纳入诗教传统，而被自然恣意抒写。

明代中期主情的词学思想，自有其深刻的文化底蕴，那就是心学的流行。在明代，心学与诗学的关键性演变大致同步。心学的集大成者王守仁卒于嘉靖七年（1528），也就是说，影响嘉靖后明代诗学的，主要是心学异端泰州学派的思想。泰州学派思想发展的基本趋势是背离内圣之学而走向自然人性论。泰州学派直接影响明代文学，枢纽是既是心学家又是文学理论家的李贽。作为心学家，李贽明确指出自然欲望的满足和物质利益的追求是人生目的："穿衣吃饭，即是人伦物理，除却穿衣吃饭，无伦物矣。"（《焚书》卷一）作为文学理论家，李贽文学思想的真正核心是"以自然之为美"："盖声色之来，发于性情，由乎自然，是可以牵合矫强而致乎？故自然发于性情，则自然止乎礼义，非性情之外复有礼义可止也。惟矫强乃失之，故以自然之为美耳，又非于性情之外复有所谓自然而然也。"

（《焚书》卷三《读律附说》）李贽这酣畅淋漓的议论，固然并非无可补充之处，但"自然发于性情，自然止乎礼义"的情理合一主张，对传统诗教之冲击，对抒情领域之拓展，其功用自当不言而喻。在李贽的影响下，汤显祖、公安"三袁"等论诗也都着重表现人与生俱来的自然本性。

我们不能断言上述诗学观念与明人词论之言情说有直接关系，但我们可以断定文学的主情原则在当时绝不仅仅只是围绕传统诗论而展开，心学异端作为一种清新的精神氛围为词论背景抹上了底色应是毋庸置疑的，否则，我们就很难解释明代中期词论家何以对词言情的体性特征会产生如此浓厚的兴趣。

文学主情论在某种程度上体现了明代中期人们艺术审美趣尚的一些新变化，对自隋以来屡遭指责的彩丽竞繁的六朝文学艺术风格的重新评估，就是一个重要方面。李梦阳《章园饯会诗引》有云："今百年化成，人士咸于六朝之文是习是尚，其在南都为尤甚。"（《空同集》卷五六）这表明明人是肯定六朝文学的地位的，而对六朝文学地位的肯定，又反映了明人对六朝妍艳绮丽的文学风格和缘情绮靡的文学功能的认同。如六朝时提出"诗缘情而绮靡"（陆机《文赋》）的诗学主张，明人给予积极的阐释："绮靡者，情之所自溢也。不绮靡不可以言情。"（顾起元《锦研斋次草序》）由此，杨慎所谓"大率六朝人诗风华情致，若作长短句，即是词也"（《词品》卷一），王世贞所谓"六朝诸君臣，颂酒赓色，务裁艳语，默启词端"（《艺苑卮言》），论填词必溯六朝，就可以得到合理的解释。明人对情之价值内涵开拓所体现出的某种深入性和丰富性，并不是对六朝文学言情论的简单重复，但这两个时期在强调文学之言情功能上是一致的。

与言情说相表里，明人对词之价值的认定在于感人而非教化，申明"不感人非词也"（周逊《刻词品序》）。王世贞强调词的创作要追求"一语之艳，令人魂绝；一字之工，令人色飞"，达到"移情而夺嗜"（《艺苑卮言》）的效果，也是就作品要感人的效应角度而言，并非是审美趣味的偏颇。至于王祖嫡所说的词"多托意闺闱，寄情花鸟，雅致俊才，得以自运，故凄婉流丽能动人"（《师竹堂词序》），更是指出了词能动人的原因。固然，王世贞们的这种追求可能在一定程度上致使词的创作出现"陈言秽语"（朱彝尊《词综·发凡》），但"风月烟花之间，一语一调，能令人酸鼻而刺心，神飞而魂绝，亦惟词曲为然"（茅一相《题词评曲藻后》）。更何况正如徐师曾所说，词能感人，"殆不可谓俗体而废之也"（《文体明辨序说·诗馀》）。明人这种对词之特有的移情奋志的审美价值的肯定，事实上是对将词纳入诗教传统的词学观的发难，是与明人对词之体性的体认相一致的。

与崇情抑理词学观相联系的另一个问题，是明人词论中呈现出的崇俗倾向。王世贞所谓"（词）柔靡而近俗也，诗噍缓而就之，而不知其下也"（《艺苑卮言》），显然是以"俗"作为区分诗词的一个重要标识。而《草堂诗馀》在明代异乎寻常的流行，则从一个侧面折射出明人对"俗"的亲和和认同。当然，这里的"俗"不是道德观念上的"淫俗"，而是艺术内容上的"浅近"。徐渭甚至将"浅近"视为词之本质："晚唐、五代，填词最高，宋人不及，何也？词须浅近，晚唐诗文最浅，邻于词调，故臻上品；宋人开口便学杜诗，格高气粗，出语便自生硬，终是不合格，其间若淮海、耆卿、叔原辈，一二语入唐者有之，通篇则无有。元人学唐诗，亦浅近婉媚，去词不甚远，故曲子绝妙。"（《南词叙录》）就词其体制来说，"近雅而不远俗"（《词旨》上），可说是雅自得体，"俗"未必不得体（上引任良幹之语可参）。但自宋以来，词论家对"俗"总是持批评态度，柳永词的遭遇就是一个明显的例证。徐渭对柳永等人的"俗"词持肯定态度，[16]反映出明人的词学审美理想与宋人迥不相侔。由此，我们说，明代的词学思想在中国词学思想史上别具一格，独树一帜。

第三节　明清之际江南词人文化生态

文学与地域的关系极为密切，中国古代文人对此均有所论列，如孔尚任云："盖山川风土者，诗人性情之根柢也。得其云霞则灵，得其泉脉则秀，得其冈陵则厚，得其林莽烟火则健。凡人不为诗则已，若为之，必有一得焉。"（《孔尚任诗文集》卷六《古铁斋诗序》）明清词学的区域特征十分明显，从第一节的列表中，我们已经可以看出明代词人主要集中于江南，在清代，此种现象更为突出。周铭（1641—?）有云："词学之盛，莫逾今日，而今日之以词著，半萃东南。"（顾茂伦《松陵绝妙词选序》）这里所谓"东南"，是指环太湖流域的江南地区，即长江以南属于江苏省的江宁、镇江、常州、苏州、松江各府及太仓直隶州，浙西的杭州、嘉兴、湖州三府所属各县，同时包括在自然地理上隶属江北而在人文地理上归属江南的扬州。现在的问题是我们必须对这一现象作出解释。

原因有内在的，也有外在的。关于内在因缘，将在后面的章节中谈及，本节先谈几点比较重要的外在因缘：一是科举人文，二是文化世家，三是政治现实，四是士人习俗。

一、科举人文

江南素称人文渊薮，康熙帝在二十三年（1684）南巡时所作的《示江南大小诸吏》诗中，有"东南财富地，江左人文薮"之句，乾隆帝也称"三吴两浙，为人文所萃"（见同治《苏州府志》卷首）。考察明清时期江南的人文背景，科举文化是一个极为重要的参照系。明清两代，科举取士，三年一度中式的进士，是明清人才的最主要部分。区区江南一地，由科考脱颖而出者，堪为全国之最。江南进士以其人数多、名次前、仕宦显而成为明清时期最为著名的地域人文集团。据朱保炯、谢沛霖编《明清进士题名碑录索引》统计，明清两代自明洪武四年（1371）首科到清光绪三十年（1904）末科，共举行殿试 201 科，外加博学鸿词科，不计翻译科、满洲进士科，共录取进士 51 681 人，其中明代为 24 866 人，清代为26 815 人。江南共考取进士 7 877 人，占全国 15.24％，其中明代为3 864人，占全国的 15.54％；清代为 4 013 人，占全国 14.95％。当然，江南进士在全国的比例前后起伏变化较大，不能一概而论。需要指出的是，自嘉靖二十九年到嘉庆元年（1550—1796）的 95 科，全国进士24 957 人，江南多达 4 657 人，占 18.66％，是江南进士在全国比例最高的一个阶段，其中康熙二十七年（1688）和五十一年（1712）分别高达33.56％和31.64％，进士集中在江南的程度达到顶峰。

江南进士不但数量在全国位列第一，而且其科试名次在全国最为显赫。明代文魁（状元、榜眼、探花及会元），南直隶和浙江占了将近一半，其中江南人居多。清代江南更是魁星光芒四射，状元 112 人（不计 2 个满状元），江南各府 58 人，占半数以上。特别是苏州一地，占了整整四分之一。苏州状元之多，以致苏州人汪琬在词馆日，将状元夸为苏州"土产"（钮琇《觚剩》续编卷四《苏州土产》）。顺治四年（1647），武进吕宫首

膺清代江南状元，此后自顺治十五年到康熙三十三年的 14 个状元，清一色
全是江南人（顺治、康熙年间的 29 个状元，江南占了 23 个）。顺治四年到
康熙二十七年（1688）的 16 科探花，只有 2 科不是江南人。

明清江南进士数量多，但分布极不平衡。现以县为单位，列表展示两
代各县进士的数量。

清代江南进士分县统计表

地　区	数量	地　区	数量	地　区	数量
苏州府 吴县	203	常州府 武进	208	杭州府 钱塘	339
长洲	147	阳湖	68	仁和	379
元和	54	无锡	130	海宁	117
昆山	48	金匮	40	富阳	17
新阳	8	江阴	62	余杭	24
常熟	105	宜兴	97	临安	8
昭文	25	荆溪	24	于潜	
吴江	50	靖江	16	新城	5
震泽	17			昌化	3
合计	657	合计	645	合计	892
松江府 华亭	67	江宁府 上元	99	嘉兴府 嘉兴	83
上海	60	江宁	86	秀水	85
青浦	51	句容	14	嘉善	92
娄县	54	溧水	5	海盐	62
奉贤	5	溧阳	75	石门	31
金山	6	高淳	11	平湖	74
南江	6	江浦	7	桐乡	64
		六合	14		
合计	249	合计	311	合计	491
太仓州 太仓	68	镇江府 丹徒	118	湖州府 乌程	108
镇洋	24	丹阳	33	归安	153
崇明	23	金坛	60	长兴	36
嘉定	56			德清	66
宝山	8			武康	9
				安吉	7
				孝丰	
合计	179	合计	211	合计	379

资料来源：范金民《明清江南进士数量、地域分布及其特色分析》，《南京大学学报》1997 年第 2 期。

上表表明，清代江南进士分布不但极不平衡，而且极为集中。江南进士主要产生在苏州、杭州、松江、常州、湖州、镇江等城市及其郊区。所谓江南文才甲天下，只是指某些地区，而非整个江南。

江南聚族而居，殷实大族在科考中最富竞争力，因此，江南进士不仅集中在某些地区，而且还集中在有限的几姓几族之间。就明清两代而论，整个江南之顾氏、沈氏、陆氏、钱氏、蒋氏等家族，考中进士者特别多。顾姓进士全国共为 279 人，江南多达 191 人；沈姓进士全国共为 582 人，江南多达 375 人；陆姓进士全国共为 330 人，江南为 209 人；钱姓进士全国 306 人，江南为 180 人；蒋姓进士全国 303 人，江南 110 人。无锡之秦、顾、华，宜兴之路、任、储，武进之恽、庄，海宁之陈、查，长洲之彭，昆山之徐，吴江之叶，常熟之翁，都是世代科第不绝的簪缨望族、阀阅大家。

无锡秦氏、华氏都是累世大族，甲科赫奕，是一般家族所难望其项背的。其家族所取进士在《明清进士题名碑录索引》等书中可以查到，在此不一一列出。其中直系三代进士，较著者有秦松龄（顺治十二年）、松龄子道然（康熙四十八年）、道然子蕙田（乾隆元年）；华启直（嘉靖四十一年）、启直孙允诚（天启二年）、允诚孙王澄（康熙十八年）等。

苏州地区是苏南科举最为发达的地区。康熙末年任江苏布政使的杨朝麟在《紫阳书院碑记》中称："本朝科第莫盛于江左，而平江一路尤为鼎甲萃薮，冠裳文物，竞丽增华，海内称最。"平江即苏州旧称。汪琬称状元为苏州"土产"，这反映了苏州地区的科举盛况，不仅所出人物多，而且质量也高。这其中望族无疑又占了绝对优势。如吴县缪彤（康熙六年状元）、彤子曰藻（康熙五十四年榜眼）、曰苣（雍正元年）、曰藻子敦仁（乾隆四年）、遵义（乾隆二年）。长洲张孟球为康熙二十四年（1685）进士，长子学庠、次子绍贤为康熙四十八年（1709）同科进士，三子应造为康熙五十四年（1715）进士，四子企龄、五子景祁也分别中了康熙四十七年（1708）、雍正元年（1723）举人。

吴江地区以叶氏家族科举最为发达，明清两代所取进士有：叶绅（成化二十三年）、绅孙可成（嘉靖二十三年）、可成侄重第（万历十四年）、重第子绍袁（天启五年）、绍袁子燮（康熙九年）、燮兄子舒崇（康熙十五年），重第侄绍颙，与绍袁为同榜进士，叶绅弟十世孙逢金（乾隆五十四年）。此即所谓"七世进士"。

宜兴历史上也是人文荟萃，三代以上出进士的地方望族，如路云龙（万历八年）、云龙子文范（崇祯元年）、文范子进（崇祯元年）。路氏家族考中进士的还有路迈（崇祯七年）、迈弟遴（顺治九年），路朝阳（崇祯十三年）、路仍起（康熙四十八年）、路衡（康熙五十四年）、路觐（雍正八年）、路应廷（嘉庆二十二年）、路履样（光绪二年）。

宜兴储氏以丰义一支科举成就最为突出。万历十七年（1589）、四十四年（1616）丰义储氏八世昌祚、显祚兄弟先后中进士，这成为丰义储氏家族史上的一个重要转折。从此储氏进士蝉联，代不乏人。

宜兴丰义储士鲁家族进士世系表

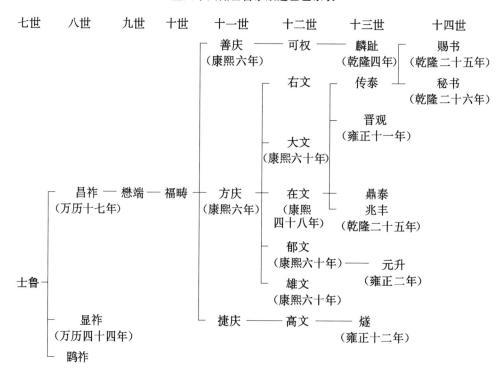

七世	八世	九世	十世	十一世	十二世	十三世	十四世

至于嘉兴府的巍科人物，据潘光旦先生《明清两代嘉兴的望族》的考察，明代有 12 人，清代有 28 人；而明代 12 人中出身望族的 10 人，清代 28 人中出身望族的 17 人。

以上对部分家族所取进士情况的介绍，显示了江南望族在科举上的巨大成绩。如果将举人及贡生等计算在内，则声势将更为浩大。如吴江分湖

叶氏家族"七世进士，登乡榜者尤多"（道光《分湖小志》卷五《别录上》
"轶事"）；昆山徐氏家族"以进士为大官者凡四人，举人乡者又数人"
（汪琬《尧峰文钞》卷一五《乡饮宾徐府君墓志铭》）；长洲彭氏家族一门
在清代就出了2个状元、1个探花、14个进士、31个举人、7个副榜、130
馀个附贡生，"科目之盛，为当代之冠"（昭梿《啸亭续录》卷三《彭氏科
目之盛》）。

当然，江南科举兴盛，人才荟萃，并不是明清之际词学兴盛的充要条
件，因为一方面科第望族并不一定寄兴于词。如武进庄氏家族，倘就考中
进士人数而言，可谓中国科第第一家族，从明弘治九年（1496）至清光绪
二十年（1894），绵延整整四百年，血系清楚，彰彰可考。但家族成员主
要的贡献在经学，词学无闻焉。另一方面，仕途不顺者也并不一定就不能
在词学上有所成就。事实是，江南科第兴盛只是为词学的繁荣提供了一块
土壤。即使作为某种中介环节，科举制艺文化对教育、文学、艺术乃至政
治、经济各个文化层面的发展都起到特定的不应轻忽的推促作用，至少在
文化前期育成上，在全社会、全地域文化水准的普遍提高方面，不应被排
斥在对封建文化考察的视野之外。

二、文化世家

关于世家，洪亮吉在《开沙于氏族谱序》中曾提出"以功德显、以文
章著、以孝友称"三个标准（《更生斋文甲集》卷二）。但由于洪氏这里用
的功德、文章和孝友都是一个综合性概念，如他所谓功德，就包括热心乡
里公益事业，因而作为标准显然过于宽泛，也难以把握。相比较而言，薛
凤昌的意见更为简明。薛氏在《邃汉斋文存·吴江叶氏诗录序》中认为世
家的三个标准是："一世其官，二世其科，三世其学。"这三项标准，其实
也是对世家的初步分类：簪缨世家、科举世家和文化世家。当然，这样的
分类不是绝对的，分类无非是有所侧重而已。事实上，在江南，所谓"簪
缨世家"无不带有浓厚的文化气息，而所谓"文化世家"，也难与"簪缨"
绝缘。政事与文事，有时是可以统一的。

江南的簪缨世家和文化世家是互相影响的。在古代中国，"学而优则仕"
是士人的理想，也是家族的追求。武进黄氏家族说："诵诗书者，日就月将，

于以高大门阀，而宗族为之光宠；勤稼穑者，春耕秋获，于以丰衣足食，而俯仰自有盈馀。"（《唐夏黄氏宗谱》卷二《宗约·务职业》）这里清楚地指出了两条人生路向："耕"只能保证生活，"读"可能走向仕途。因此，在许多家族，读书就成了突出的庭训。但原本为了奋迹飞腾、显祖荣亲的"读书"一旦成了风气，也就带来当地风气的"文"化。王鏊说："徐（氏）为洞庭巨族，而家世好文。"（《震泽集》卷二七《静庵处士墓志铭》）只要稍稍翻检江南各县的地方志和各姓的谱牒，"家世好文"的又何止洞庭徐氏呢？

但文化世家毕竟不同于簪缨世家，文徵明《文氏族谱续集·序》说："吴中旧族以科第簪缨世其家者多有，而诗文笔翰流布海内累世不绝则莫如文氏。"这一区别很重要。因为文化世家也许同时是簪缨世家，但簪缨世家不一定就是文化世家。史有"君子之泽，五世而斩"之说，几乎概括了簪缨世家的普遍现象，可是，此说并不适用于文化世家的衍化历史。《列朝诗集·丁集（中）》陆师道的小传里，钱谦益论述陆氏等一大批"吴门前辈"师承文徵明风范，"遗风馀绪，至今犹在人间，未可谓五世而斩也"。这话说的是事实。异姓师承尚如此，兼家教庭训与师承法乳于一体的家学承传，某种精神透过血缘的延续，无疑尤见韧劲难绝。簪缨世家往往"五世而斩"，是因为其所维系的命脉大抵是政治经济转化的物态因素，而文化世家所承传的更多的是心态因素、精神因素，其子孙在这方面具有的不辱家风的心绪既特强，又易坚持。"诗书之泽，衣冠之望，非积之不可，而师资源委，实以兴之"，文徵明《相城沈氏保堂记》中提到的这个"积"，文化世家子弟固远较簪缨科第世家的子孙容易实践，而"师资源委"的条件也并不一定会随家族的政治社会地位的衰落而失落。文化史上那么多"慈闱"庭教，乃至母织儿读的所谓"机声灯影"的掌故，正从一个方面印证了文化世家的遗风馀绪不仅"五世"难斩，而且通常表现为积之弥深，续之弥远。[17]为省篇幅，兹随举一例作具体说明。吴门袁氏是一闻名于世的文化家族，在明代成化、弘治年间出了"袁氏六俊"或称"汝南六俊"，即袁表（1488－1553）、袁褧（1495—1560）、袁袠（1499—1548）、袁褒（1499—1576）、袠裹（1502—1547）、袁裘（1509—1558）六兄弟。清初汪琬《袁氏六俊小传》（《尧峰文钞》卷三五）和《题袁氏册后》（《尧峰文钞》卷三八）二文对此族"文学斌斌"的情况有具体介绍。袁氏兄弟的高、曾祖以下三数辈均业贾，只是到袁袠、袁裘的父亲袁霭

"虽在廛井，而不忘占毕，益悬金购书，以迪诸子"，始渐渐"隐然为文献之族"。与"六俊"同时的文徵明的《广西提学佥事袁君墓志铭》和《袁府君夫妇合葬铭》叙之甚详。自"六俊"以后，此家族文学、艺术、藏书、刻书的家风屡世不衰，确是与当时的皇甫氏等族同为吴中文化大族。后来袁褧的儿子袁尊尼（1523—1574），袁褧的曾孙袁于令（1592—1668），更是闻名遐迩的文学家、戏曲家。汪琬是清初古文大家，实即袁褧的四世孙女婿，袁曼容（1568—1589）的孙女婿，袁用宁（1591—1637）的女婿。从他的文章中可以看到此族文化性格的承传。直到清代嘉庆年间，钱大昕（1728—1804）为之作《五砚楼记》的袁廷梼（1762—1809），仍保家风，为举国闻名的"藏书四友"之一，与黄丕烈、顾之逵、周锡瓒齐名。后来继承其学的是他的女婿贝墉，此人即鸦片战争时期作《咄咄吟》的著名诗人贝青乔的堂兄。提及上述关系，以见文化世家间所构成的姻亲关系，甚至以一家族为母体不断衍展出新的文化望族，正是地域特定的一种文化景观。

清代的词人群体，尤其是柳洲词派和阳羡词派，具有明显的家族性特征，岂能与江南这片"文"化的土壤脱离干系？

三、政治现实

清初士人面临的政治现实是剃发令、科场案、奏销案、文字狱。

剃发令的公布在顺治初年。顺治元年（1644）四月，清摄政王多尔衮率军入关，便下令关内外兵民剃发，一律改从满族的发式。但是由于南方未定，出于策略考虑，清廷又暂时收回成命，答应"照旧束发，悉从其便"（《清世祖实录》卷五）。第二年六月间，在一些明朝降臣的建议下，清政府重新下令，厉行剃发，宣布："遵依者为我国之民，迟疑者同逆命之寇，必置重罪。已定地方仍有明制，不遵本朝制度者，杀无赦。"（《清世祖实录》卷一七）甚至对上章为此事进谏的官僚也格杀勿论。一时间，"留头不留发，留发不留头"，成为清廷的一项绝对命令。汉族人民自古以来就持有这样的传统观念："身体发肤，受之父母，不敢毁伤，孝之始也。"（《孝经注疏》卷一）而"剃发令"强烈触犯了汉族人民的民族感情，因此激起了人民广泛而强烈的反抗，反剃发的斗争席卷江南。在清廷的血腥屠杀下，反剃发的风波很快就被平定了，汉人最终改换了发式，做了满族贵族的臣民，但是，剃发所造成的精神侮辱和文明亵渎，长时间地在人们的心灵上留下创伤。

"科场案"发生于顺治十四年初冬。是年秋，各地如期举行省试。十月，给事中任克溥参奏顺天乡试应举士子陆其贤用银三千两贿买考官得中，又说"北闱之弊，不止一事"（王先谦《东华录》）。清廷闻之震怒，经严厉拷问之后，下旨将考官李振邺、张我朴、蔡元禧及举人田耜、邬作霖等立斩，家产籍没，父母、兄弟、妻子俱流徙尚阳堡。科臣严贻吉知情不举，也一并斩首。举人王树德、陆庆曾、孙旸等二十馀人本拟处死，次年四月，诏从宽免死，各责四十板，流徙尚阳堡。就在顺天闱案发生后一个月，即顺治十四年十一月，给事中阴应节又参奏江南主考官方猷等"弊窦多端，物议沸腾"，其中最彰著者是所中之举人方章钺。方章钺乃少詹事方拱乾第五子，与方猷联宗，且素有交情。方猷"乘机滋弊"，将方章钺录取。顺治帝闻奏，命"将人犯拿解刑部""严查明白"（王先谦《东华录》）。次年十一月江南闱案结案，两名主考官方猷、钱开宗俱正法，十八名房考除已死的卢鼎铸外，生者皆绞决。又主考和房考的妻子、家产皆籍没入官。举人方章钺、吴兆骞等八人俱责四十板，家产籍没入官，父母、兄弟、妻子一并流徙宁古塔。

近人孟森《科场案》一文指出："专制国之用人，铨选与科举等耳……凡汲引人材，从古无有以刀锯斧钺随其后者。铨政纵极清平，能免贿赂，不能免人情；科举亦然，士子之行卷，公卿之游扬，恒为躐取科第之先导，不足讳也。前明如程敏政、唐寅之事，沈同和、赵鸣阳之事。关节枪替，经人举发，无过蹉跌而止。至清代乃兴科场大案，草菅人命，甚至弟兄叔侄，连坐而同科，罪有甚于大逆。"孟森还认为，清廷之所以这样做，无非是要示汉族知识分子以颜色，加强控制，"束缚而驰骤之"，使他们不敢公然表示出与新朝二心。

在科场案中，被判罪的多为江南文人。南闱不必说，北闱所株累者也多是南士。对北闱与南闱的处置，也是南闱重得多。北闱仅杀两房考，且法官拟重判，而特旨改轻。南闱则法官拟轻，而特旨改重，考官全部被杀。北闱考生仅流放尚阳堡（今辽宁开原县东），南闱考生则流放至当时更为荒僻的宁古塔（今黑龙江宁安县西）。在当时人的心目中，宁古塔

"去京七八千里，其地重冰积雪，非复世界，中国人亦无至其地者""向来流人，俱徙上阳堡（当作尚阳堡），地去京师三千里，犹有屋宇可居，至者尚得活。至此，则望上阳如天上矣"。（王家桢《研堂见闻杂记》）对南闱的处置之所以要重得多，同清朝统治者的心态有关。让他们记忆犹新的是，清兵入关后，在江南地区遭到最顽强的抵抗，不少反清斗争就是江南士人领导的。而且他们知道，十几年来，江南士人始终没有完全帖服，很多人暗中与郑成功或永历政权相联络，伺机推翻新朝。清朝统治者对此一直耿耿于怀，寻机报复，现在终于找到借口，大发淫威。待案结时，"师生牵连就逮，或就立械，或于数千里外银铛提锁，家业化为灰尘，妻子流离，更波及二三大臣，皆居间者，血肉狼藉，长流万里"（王家桢《研堂见闻杂记》），江南地区密布愁云惨雾，江南士子顿觉惊怖恐慌，吴伟业分别写给陆庆曾、孙旸和吴兆骞的三首七言歌行《赠陆生》《吾谷行》和《悲歌赠吴季子》，写出了对在"科场案"中无端被祸文士的"无数奖借，无数牢骚，无数怜惜"（孙铉《皇清诗选》），尤其是《悲歌赠吴季子》中"受患只从读书始"的愤极绝望之语，包含着对蓄意摧残汉族文士与汉族文化的满族统治者的怨恨之火。

清初"奏销案"是一桩发生在顺治十八年（1661）追比绅衿地主通欠钱粮的案子，在过去史学家的论著中，有称"辛丑江南奏销案"者。20世纪30年代明清史学家孟森，因该案革黜人数之多、逮捕刑责之异，认为"案亦巨矣，而《东华录》绝不记载"，遂将史传志铭记载中有关这一案件的材料辑出，成《奏销案》一文。中国历史第一档案馆藏顺治朝户部史料中，有节录户部题本一件，看来当是清廷发动奏销案的文件，其全文如下：

少师兼太子太师、户部尚书加一级臣车克等谨题，为钦奉上谕事。

顺治十八年三月十九日，臣部恭捧上谕，谕户部：近观直省钱粮通欠甚多，征比难完，率由顽劣绅衿，自恃豪强，蔑玩法纪，抗粮不纳，习以为常。地方官瞻徇情面，不肯尽法征比，以致民生愈困，国课日亏，深可痛恨。以后着各该督抚按，责分道府州县各官，力行禁饬，严加稽察，如绅衿仍前抗粮者，即开列拖欠实数，指名申报该督抚按，严拿解京，从重治罪。如地方官不行察投，该督抚按严察，一并题参重处。其内外大小各官及进士、举人、贡生之兄弟、宗族、亲戚，悬挂绅士牌扁，倚藉势力，抗粮不纳，把持官府，贻累小民，尤为可恶！以后严行禁革。如有仍前悬挂牌扁者，着该督抚按及地方官，严察拿解来京，并知情故纵本官，一并治罪。如该督抚按及地方官，遇有前项弊端，不行察解，事发一并从重议处。尔部即传谕内外大小各衙门，通饬遵行。特谕。钦此。钦遵，恭捧到部。

该臣等议得，钱粮关系重大，刻不容缓。每年或有水旱灾伤及土地抛荒等项，该抚按题报，臣部复令看明，即行题蠲。至于现在成熟应纳正赋，俱系兵饷，亟需自应照数完解。今直隶各省逋欠钱粮，非尽系小民拖欠，多由地方顽劣绅衿（衍一"绅"字）衿，自恃豪强，抗拒官长，兼之霸占民地，不纳租税，并有内外大小各官及进士、举人、贡生之兄弟、宗族、亲戚，悬挂绅士牌扁，倚藉势力，把持官府，抗粮不纳。不肖有司官员，又畏惧权势，不能大破情面，尽力征比。上司官徇庇下官，致使积欠日甚。今奉有上谕，应通行各该督抚按藩司，严行道府州县等官，于接到上谕之日始，严行晓谕，即将应纳钱粮，照数输纳。如该属内绅衿，仍有逋欠不完，并有绅衿之兄弟、亲戚、宗族仍旧悬牌，倚势不完者，该地方官即将欠数花名，申报督抚按题参，遵照上谕，俱严拿解京送刑部，照悖旨从重治罪。若绅衿故纵伊兄弟、宗族、亲戚悬挂牌扁者，一并解京送刑部，以悖旨例从重治罪。其该地方官仍前不行申报督抚按，即将府州县等官题参，送吏部即作隐匿从重治罪。如该督抚按仍前不行严察题报，或别有发觉，即照徇庇之例，从重治罪。应通行内外各衙门一体遵行可也。理合具题，恭候命下臣部，转行遵奉施行。臣等未敢擅便，谨题请旨。

顺治十八年三月十三日题，本月十五日奉旨：依议通行。严饬。[18]

这不一定是户部题本的全文，但所录题本中的谕旨和户部的议得文字，还是完整的，从中可以看出：清廷的这个文件，不像是一般整顿赋役的文件，倒是很像一件要在全国范围决意发动一场打击绅衿欠粮行动的文件。因为文件中规定，只要绅衿逋欠钱粮，于接到谕旨，严行晓谕后，仍有不完，即不管多少，都要严拿解京送刑部，照悖旨从重治罪。这是异乎寻常的。通常清廷对于绅衿逋欠钱粮，皆由地方官指名参奏，或是由地方官按照欠粮分数多少，分别处理。如顺治十一年覆准，"如有豪绅劣衿，挟制官府、抗不纳粮、诡寄包揽者，指名参赛"；顺治十五年覆准，"钱粮各论分数，欠至八分九分十分者，文武乡绅，革去品级顶带，责四十板，折赎。候选候考进士、举人，革黜，责四十板。贡监生员，革黜，责四十板，枷号两个月。欠至五分六分七分者，乡绅，革去品级顶带，责三十板。贡监生员，革黜，责四十板，枷号一个月。欠至四分以下者，乡绅，革去品级顶带，责二十板，折赎。进士、举人，革黜，责二十板。贡监生员，革黜，责二十板。丁忧告假回籍官，抗粮不论分数，俱降三级，未完钱粮，各照数严追。其绅衿包揽别户钱粮拖欠者，不论分数，俱革黜，责四十板，枷号三个月"；顺治十七年又题准"州县奏销时，注明绅衿、衙役所欠分数，造册申报抚按题参，以惩积玩"。（《大清会典》卷二四《赋役一·奏报》）而清廷这个文件却规定："如该属内绅衿，仍有不完……该地方官即将欠数花名，申报督抚按题参，遵照上谕，俱严拿解京送刑部，照悖旨从重治罪。"这就等于说，钱粮不完，不问分数，都要严拿解京送刑部。如果不是意在打击绅衿地主逋欠钱粮，怎么会如此不分青红皂白都作为钦案解京呢？无怪乎私家记载奏销案"某探花欠一钱，亦被黜。民间有探花不值一文钱之谣"。（董含《三冈识略》卷四）还有记载："昨见吴门诸君子被逮过毗陵，皆银铛手梏，举徒步赤日黄尘中，念之令人惊悸。"（邵长蘅《青门簏稿》卷一一《与杨静山表兄书》）

清廷发动奏销案，对全国逋欠钱粮的绅衿地主，只是震慑一时的举动。因为不能区别对待，就不是政策。所以发动奏销案文件下达不久，《研堂见闻杂录》就说："奏销案提解诸人，于康熙元年五月，特奉旨，无论已到京未到京，皆解放还乡。"这一时的举动却是一场浩劫，江南绅衿一万三千馀人，"尽行褫革，发本处枷责，鞭扑纷纷，衣冠扫地"（董含《三冈识略》卷四），吴伟业、彭孙遹、叶方蔼、韩菼、董含、董俞、王昊、邵长衡、顾予咸、徐元文、汪琬、曹尔堪、计东、钱陆灿、秦松龄、宋实颖、翁叔元、龚百药、邹祇谟、黄永、董元恺、徐喈凤、任绳隗等著名士人均未能幸免，诚所谓"奏销一案，绅衿一网打尽，从来所未见也"

（王抃《王巢松年谱》顺治十八年条），以至一时间，"仕籍、学校为之一空"（董含《三冈识略》卷四），形成"苏、松词林甚少"（王士禛《香祖笔记》卷七）的状况。对于奏销案，孟森也有精辟之见："特当时以故明海上之师，积怒于南方人心之未尽帖服，假大狱以示威，又牵连逆案以成狱。"（《心史丛刊·奏销案》）

　　入清以后文人因文字而招致惨祸者比比皆是。顺治四年（1647），函可和尚由南京返回故里广东，被南京守城的清兵搜出其自撰的记录抗清志士悲壮事迹的《变纪》书稿和福王答阮大铖信件，结果，函可和尚被械送北京，关进刑部大狱，次年流放沈阳。顺治五年（1648），江苏武进举人毛重倬为坊刻制艺所写的序文只写干支，不书"顺治"年号，被人告以"目无本朝"，毛重倬及有关人士皆置于法。同年，江苏江阴人黄毓祺在泰州被人告发，从其处搜获南明鲁监国颁给他的铜印和一本诗集，诗集中多"悖逆"之语，于是黄毓祺被解送南京监狱，不久病死狱中，其子二人发旗下为奴。差不多与黄毓祺案件同时，江苏常熟人、明季诸生冯舒也因其《怀旧集》手抄本自序中只书"太岁丁亥"，不写清朝国号、年号，并诗中有忌讳语，而被定为讥讽毁谤本朝之罪，死于狱中。顺治六年（1649），昝质（字无疑）"以诗故，死于狱"（《陈迦陵文集》卷一《石汀子诗序》）。至于庄氏《明史》案、沈天甫之狱、戴名世《南山集》案等，更是震动天下的大狱。文字狱的屡兴不已，愈演愈烈，在文人士大夫中造成了浓重的恐怖气氛，未遭文字狱之累的吴伟业晚年回忆当日情状时尚有"诗祸、史祸，惴惴莫保"（《梅村家藏稿》卷五七《与子暻书》）之语，可见当时士人的精神状态。

　　清初的此种现实与清词的关联，可在徐士俊为《三子倡和词》所作的序中得到彰显。毛先舒《潠书》卷二《题三先生词》对曹尔堪、宋琬、王世禄三人的江村唱和作了如下交代："始莱阳宋夫子为浙臬，持宪平浙，以治未一岁，而无妄之狱起，既而新城王西樵、吾乡曹子顾亦先后以事或谪或削，久之得雪。今年夏月，适相聚于西湖，子顾先倡《满江红》词一韵八章，二先生和之，俱极工思，高脱沉壮，至其悲天悯人、忧谗畏讥之意，尤三致怀焉而不能已。呜呼，何其厚也！"江村唱和成《三子倡和词》一卷，刊于康熙四年（1665），有徐士俊序。序云："盖三先生胸中各抱怀思，互相感叹，不托诸诗，而一一寓之于词，岂非以诗之谨严，反多豪放，词之妍秀，足耐幽寻者乎？"

四、士人习俗

由于天时地利，江南对物质享用的智能发挥，实系由来已久。但到明嘉靖后，诚朴之风熄而奢侈日甚一日，"正（德）、嘉（靖）以前，南部风尚最为醇厚"（《客座赘语》卷一），此后"风俗自淳而趋于薄也，犹江河之走下，而不可返也"（范濂《云间据目抄》卷二）。试以"奢靡为天下最"（龚炜《巢林笔谈》卷五）的苏州为例。南宋范成大《吴郡志》对苏州曾有如此述论：

> 吴中自昔号繁盛，四郊无旷土，随高下悉为田，人无贵贱，往往皆有常产，以故俗多奢少俭，竞节物，好游邀。

范成大这里"人无贵贱"之说，"贵贱"的畛畦仍是"士、农、工、商"，而实际上真正奢靡的无疑是"士"之上层"富贵之家"。明代成化、弘治年间太仓陆容的《菽园杂记》里有典型记载：

> 江南自钱氏以来，及宋、元盛时，习尚繁华。富贵之家，于楼前种树，接各色牡丹于其杪。花时登楼赏玩，近在栏槛间，名"楼子牡丹"。

比起酒池肉林的豪侈来，这诚是小玩意一件，但变着法儿追逐声色之好由此已可俱见。文中提到的"钱氏"指晚唐五代吴越王钱镠父子，当时其割据辖区自浙中、浙西一直延至今苏南地域。该历史时期是三吴地区经济文化的一个繁荣发展阶段。据陆容说，当时的苏州确实最不俭朴：

> 江南名郡，苏、杭并称，然苏城及各县富家，多有亭馆花木之胜，今杭城无之，是杭城之俭朴愈于苏也。湖州人家绝不种牡丹，以花时有事蚕桑，亲朋不相往来，无暇及此也。严州及于潜等县，民多种桐漆桑柏麻苎，绍兴多种桑茶苎，台州地多种桑柏。其俗勤俭，又皆愈于杭矣。苏人隙地多榆柳槐樗楝穀等木，浙江诸郡，唯山中有

之，馀地绝无。苏之洞庭山，人以种橘为业，亦不留恶木。此可以观民俗矣。

陆容所记非常具体，有说服力，浙东（绍兴、台州）、浙西（湖州、严州即今建德）均俭于杭州，杭州又俭于苏州。于潜（即今临安县）的近靠杭州，洞庭的比邻苏州，奢俭亦有别，显然正是城乡的差异。值得注意的是陆氏说农桑之家在花时"无暇"顾及种花、赏花，这里关涉一个"有闲"的问题；又提到茶、桑、果农们是不会种不出产农副产品的"恶木"，只有苏州城里人植此观赏。这也就透出富贵之家将"唯山中有之"的林木搬进城中，植入园林，以构成"城市山林"的信息。而"城市山林"的自娱式生活基础无疑又是财之"富"。有闲和有钱，是豪侈华靡享受的基石，这是肯定的。[19]

关于明清吴中习俗之奢侈，可参阅的文献甚多，如王琦《寓圃杂记》、钮琇《觚剩》、王应奎《柳南随笔》、龚炜《巢林笔谈》、袁栋《书隐丛说》及无名氏《韵鹤轩杂著》，兹不赘述。然而，奢侈不是文化，充其量只是一种生活方式，或者说是追求物质享受和感官刺激的形态。奢侈无美可言，更与雅无缘。但与奢侈挥霍和夸富斗豪似乎只有一纸之隔的追新逐奇、广聚博藏是文化，既是文化行为，又是文化心态的外现。试以藏书为例。

江南藏书风气极为盛行，昆山叶氏、徐氏，嘉兴曹氏、朱氏，都是著名的藏书世家。图书也是家族的一份财产（明代无锡邵宝将祖上遗书专门集中存放于家庙中，具有一种明显的财产意识，见其《容春堂后集》卷二《冉泾邵氏家庙碑铭》）。藏书（包括购书、修书等）也是一种自娱式生活，它也需具备"有闲"和"有钱"两个前提。但这份财产因其具有智力与精神属性而超越了物质本身的意义。财产是可以继承的，但当他们将图书作为遗产遗留给子孙们时，首先强调的不是可计算的财产的物质属性所体现的价值，而是图书所演绎出来的文化意义及影响。汪琬《传是楼记》有云："先生（徐乾学）召诸子登楼而诏之曰：'吾何以传女曹哉？尝慨为人父祖者，每欲传其土田货财，而子孙未必能世富也；欲传其金玉珍玩鼎彝尊罍之物，而又未必能世宝也；欲传其园池台榭歌舞舆马之具，而又未必能世享娱乐也。吾方鉴此，则吾何以传女曹哉？'因指书而欣然笑曰：'所传者惟是矣！'

遂名其楼曰'传是'。"这段被人广为援引的话是颇有意味的。

"藏书不如读书",这是常熟著名藏书家张海鹏的一句名言。因为士人之于诗,"得其片言,足以益神智,治身心;见其行事,足以广学识,辨理义"(徐乾学《憺园集》卷三六《好古》)。一如在逛园时会欣赏花草亭榭,在品艺时会把玩金玉宝石,在"广学识,辨理义"的读书过程中,士人自然会对书中的文辞、行实作出自己的评判。明清之际词学评点之风盛行一时,如王士禛《衍波词》、彭孙遹《延露词》、陈世祥《含影词》、徐喈凤《荫绿轩词》、丁澎《扶荔词》、刘榛《董园词》、彭桂《初蓉词》、孙琮《山晓阁词集》、顾璟芳《唐词蓉城汇选》等,都有其他词人随文评点。这除了是在文学本体上对明朝评点手法的沿袭外,难道与当时士人独特的立身方式没有关系?

鼎盛人文,绵延世家,惨烈现实和奢靡习俗,交织出文化网络,构成了明清之际江南词人的文化生态。明清之际的江南词人正是在这样的文化生态中从事词学活动。

注释:

〔1〕吴乔《答万季野诗问》,《清诗话》第 34 页,上海古籍出版社 1978 年。

〔2〕黄宗羲《明文案序》,《南雷文定》前集卷一。

〔3〕王炎《双溪诗馀自序》云:"予为举子时,早夜治程文,以幸中于有司,古律诗且未暇著意,况长短句乎?"

〔4〕《点绛唇》(流水泠泠),黄大舆《梅苑》卷一〇误作惠洪词,黄升《唐宋诸贤绝妙词选》卷九亦然。杨慎《词品》有许多条目抄自黄升《绝妙词选》而不注明,在卷二也将此词作惠洪之作,显系袭宋人之误。兹据《全宋词》改。

〔5〕参萧鹏《群体的选择——唐宋人选词与词选通论》,文津出版社 1992 年。

〔6〕赵尊岳引况周颐语,见《明词汇刊》第 779 页,上海古籍出版社 1992 年。

〔7〕沈雄《古今词话·词话》下卷。

〔8〕将明词的衰微归咎于戏曲的勃兴,其实不是一种公平的价值评判。譬如,人们在评价诗文时,主要是以诗文本身为参照系,而在评价词时,除了在纵向上以词为参照系外,还总要在横向上拉曲作陪衬。首先将曲与词对立起来,忽视两者的互动关系;其次将曲之盛与词之衰的过程并联起来,凸显两者的参照关系;最后得出结论:"曲愈工而词愈晦。"(陈廷焯《白雨斋词话》卷三)这个在不周全的逻辑中推导出的结论自然也不应该成为定论。笔者此处谓"明词的衰微主要是因为戏曲的勃兴",意在指出明代多元的文学样式(就抒情文体而言,主要是曲),给作家提供更多的选择馀地,词由于自身的原因不居于创作主流位置(与曲相较),因而总的成就逊于其他文体。

〔9〕 此语亦见杨慎《丹铅总录》卷一四、何良俊《四友斋丛说》卷三七。杨慎《词品》
　　 作于嘉靖三十年（1551），《四友斋丛说》初刊于隆庆三年（1569），续八卷重刻
　　 于万历元年（1573），故作杨说。

〔10〕 李泽厚《美的历程》第155页，文物出版社1981年。

〔11〕 缪钺《诗词散论》第54页，上海古籍出版社1982年。

〔12〕 俞彦《爰园词话》云："词何以名诗馀，诗亡然后词作，故曰馀也，非诗亡，所以
　　 歌咏诗者亡也。词亡然后南北曲作，非词亡，所以歌咏词者亡也。谓诗馀兴而乐
　　 府亡，南北曲兴而诗馀亡，否也。"可参。

〔13〕 不厌弃苏轼的有张綖、夏言等。夏言《行香子·答杨正郎仪惠古今词钞》云：
　　 "风流谷老，豪宕坡仙，最爱他气格高、辞锋健、意机圆。"

〔14〕 徐渭《西厢序》，《徐文长佚草》卷一。

〔15〕 见明万历二十九年（1601）游元泾校刊《增正诗馀图谱》。类似的观点还有：
　　 "（词）有婉约者，有豪放者……要当以婉约为正，否则虽极精工，终乖本色"
　　 （徐师曾《文体明辨序说·诗馀》）；"词须婉转绵丽，浅至儇俏……至于慷慨磊
　　 落，纵横豪爽，抑亦其次"（王世贞《艺苑卮言》）；"词贵香而弱，雄放者次之"
　　 （沈际飞《草堂诗馀》正集卷一）；"幽俊香艳为词家当行，而庄重典丽者次之"
　　 （茅暎《词的·凡例》）。又按，以"婉约"论词，行于明清，但宋人有以之论诗
　　 者，如《许彦周诗话》评女仙诗"湖水团团夜如镜，碧树红花相掩映。北斗栏干
　　 移晓柄，有似佳期常不定"为"亦婉约可爱"。所举之诗，颇类小词。

〔16〕 明人也有对"浅近"之柳永词持批评态度的，如吴一鹏《少傅桂洲公诗馀序》
　　 云："古之善词者，温庭筠、韦庄、冯延巳之流，失之浮艳；周美成、柳耆卿、
　　 康伯可之流，失之浅近；辛幼安、刘改之、陈同甫之流，失之粗豪。"但此种论
　　 调在明代为数极少。

〔17〕 参严迪昌《"市隐"心态与吴中明清文化世族》，《苏州大学学报》1991年第1期。

〔18〕 参赵践《清初奏销案发微——从清廷内阁中枢一个文件说起》，《清史研究》1999
　　 年第1期。

〔19〕 参严迪昌《明清新兴世族与吴文化的发展》，《苏州大学学报》1992年第1期。

第二章

云间词派与明清之际
江南词学思想的滥觞

　　明清之际所谓"云间派"，大抵就诗歌而言，与词无涉。钱谦益在成书于顺治六年（1669）的《列朝诗集·丁集中》卷一〇《唐謩音汝询》中说唐氏习王（世贞）李（攀龙）之学，"故其为诗，未能超诣"，最后附上一句："盖亦云间流派如此。"钱氏不仅指明了所谓云间流派是就诗歌而言，而且间接点明了云间诗派的诗学宗尚在于步武王李之学。吕留良《送陈紫绮东归寄柳津北上》诗云："师友渊源一室传，羡君才艳出天然。新诗渐脱松江社，宿习还参临济禅。""松江社"即"几社"。几社创于崇祯二年（1629），取义于"绝学有再兴之几"，以陈子龙、李雯等"云间六子"[1]为首。李雯《蓼斋集》卷二四《陈卧子〈属玉堂诗〉叙》谓己"二十出，与卧子交，又三年而始学作诗"，可见李雯、陈子龙等于崇祯二年创立几社并非为诗歌。但诗酒唱和是几社的一个重要课程是无疑的。杜登春《社事始末》谓"几社六子自三六九会议诗酒唱酬之外，境外交游，概置不问。至于朝政得失，门户是非，尤非草莽书生所当与闻"，陈寅恪先生也认为"几社诸名流之燕集于南园，其所为所言，关涉制科业者，实居最少部分，其大部分则为饮酒赋诗放诞不羁之行动"。[2]因此，就诗学而言，云间诗派与云间几社其实是一回事，杨钟羲《雪桥诗话》谓"云间几社，李舒章与陈卧子承复社而起，要以复王李之学"，与钱谦益对云间诗派宗风的评定如出一辙，可为佐证。但是，我们不能由此就认定云间诗派也确立于几社成立之年。对云间诗派，笔者未见述其确立于何时的有关文字。宋徵舆《林屋文稿》卷一〇《云间李舒章行状》云："时同郡陈卧子子龙初举孝廉，名藉甚，性一往无所推许，见舒章诗文，则洒然改容曰：此空同、于麟间人也。走其舍与定交。……已而姑苏姚学士现闻、会稽倪学士鸿宝亟称两人才，桐山方密之以智时以隽才闻于江北，起而应之，于是海内翕然称云间之学，好文者争言陈李矣。甲戌，徵舆以诗受知于卧子，先已获从舒章游，至是相得益欢。丁丑，舒章馆于徵舆之家，而卧子是年举进士，以母丧归，三人相聚里居，互相劘切，所谓诗篇甚富，各梓为一编，间传于世，而舒章《仿佛楼稿》尤著。……徵舆年十八，从同郡诸高材生后，既稚且狂，诸公或与或否，其深知徵舆而曲庇其短者，惟夏考功彝仲及卧子、舒章三人耳。"宋徵舆这段作于顺治五年（1648）的追忆文字，是厘清云间诗派缘起的重要文献。陈子龙与李雯定交，时在崇祯二年，见陈子龙《自撰年谱》卷上及《陈忠裕全集》卷二五《仿佛楼诗稿序》。据上文，宋徵舆与陈子龙结识，时在崇祯七年（1634），与李雯结交尚略早于此时。这就是说，"云间三子"在崇祯七年已全部订交。又，宋徵璧《平露堂集序》（见《陈忠裕全集》卷首）云："犹忆乙、丙之间，陈子偕李子舒章、家季辕文唱和勤苦。徐子阇公戏之曰：'诗何必多作，我辈诗要须令一二首传耳。'一时闻者以为佳谈。"乙、丙分别为崇祯八、九年。至崇祯十年（1637），三人之诗"各梓为一编，间传于世"，"于是言诗者辄首云间，而直方与大樽、舒章齐名，或曰陈李，或曰陈宋，盖不敢有所轩轾也"（吴伟业《梅村家藏稿》卷二八《宋直方〈林屋诗草〉序》）。据此，我们认为，云间诗派大致形成于崇祯十年（1637）。

但云间词派的形成当略早于崇祯十年。清初人谈及云间词人，常以"云间诸公""云间诸子"[3] 相称，所谓"诸公""诸子"，当指陈子龙、李雯、宋徵舆及宋存标、宋徵璧等人。彭宾《彭燕又先生文集》卷二《二宋唱和春词序》云："忆二十五年前，大樽方弱冠，自叹章句之学，束于世资，蹉跎十年，不得恣意作诗，间与余私分一韵，依仿古则，挥写情性。余尔时食贫授徒，既乏敏质，又鲜专工，遂使风雅之道，凌轹前后者，以让吾友，至今恨之。大樽憎予之懒，喜舒章之勤。若子建、尚木，年龄虽不大远，而同人之工于倚声者，宋氏最先，则推为前辈矣。既复得辕文。大樽见其拟古诸篇，踊跃狂叫，自此劈笺开衮，赠答流连，赋咏之馀，尽醉永夜。然大樽每与舒章作词最盛，客有嘲之者，谓得毋伤绮语戒耶？大樽答云：'吾等方少年，绮罗香泽之态，绸缪婉恋之情，当不能免。'"据此，云间词人填词最早者为宋存标、宋徵璧，而陈子龙也于"少年"之时染指艳词。黄道周曾说："云间宋徵舆、李雯共拈春闺风雨诸什。"（沈雄《古今词话·词话》下卷引）李雯《蓼斋集》卷三五《与卧子书》云："春令之作，始于辕文。此是少年之事，而弟忽与之连类，犹之壮夫作优俳耳。我兄身在云端，昂首奋臆，太夫人病体殊减，兄之荣旋亦近，计日握手，不烦远怀。"此书作于崇祯十年（1637）。宋徵舆既为"春令"之原作者，则此原始之"春令"当作于宋徵舆与柳如是情好关系最密之时，即崇祯五年至六年之间。[4] 直接与柳如是有关之陈子龙"少年"时所为艳词和间接与柳如是有关之李雯"少年"时连类的"春令"之作，当都是仿宋徵舆"春令"原作继续赋咏酬和之什。这些"春令"之作后都被收入《幽兰草》。

《幽兰草》三卷，明末刻本，有陈子龙题词。卷上李雯词 42 首，卷中陈子龙词 55 首，卷下宋徵舆词 48 首。《幽兰草》是李雯、陈子龙、宋徵舆三人酬和之作的结集，为说明这一点，兹将有关词作列表如下：

李　雯	宋徵舆	陈子龙
《蝶恋花·落叶》	《蝶恋花·落叶》	《蝶恋花·落叶和舒章》
《苏幕遮·咏枕》	《苏幕遮·枕》	《苏幕遮·咏枕》
《浣溪沙·咏五更》	《浣溪沙·五更》	《浣溪沙·五更》
《眼儿媚·咏画眉》	《锦帐春·画眉》	《锦帐春·画眉》
《浪淘沙·咏夏燕》	《一剪梅·咏燕》	《一剪梅·咏燕》
《渔家傲·咏新柳》	《惜分飞·新柳》	《惜分飞·新柳》
《西江月·梅花》	《西江月·梅花》	《虞美人·梅花》
《桃源忆故人·春寒》	《桃源忆故人·春寒》	《南乡子·春寒》
《鹊踏枝·风情》	《虞美人·风情》	《鹊踏枝·除夕和舒章》
《临江仙·咏春潮》	《菩萨蛮·春潮》	《丑奴儿令·春潮》
《渔家傲·咏雪》	《渔家傲·咏雪》	
《谒金门·红叶》	《谒金门·红叶》	
《醉花阴·重阳和辕文作》	《醉花阴·重阳》	
《画堂春·秋柳》	《画堂春·秋柳》	

李　雯	宋　徵　舆	陈　子　龙
《长相思·秋风》	《长相思·秋风》	
《清平乐·秋晓》	《清平乐·秋晓》	
《蝶恋花·秋闺》	《玉楼春·秋闺》	
《阮郎归·秋深》	《阮郎归·秋晚》	
《更漏子·秋夜》	《生查子·秋夜》	
《卜算子·除夕》	《小重山·除夕》	
《浪淘沙·秋海棠》	《醉桃源·咏秋海棠》	
《一剪梅·别意》	《千秋岁·别意和王介甫韵》	
《踏莎行·立春》		《虞美人·立春》
《南乡子·冬闺》		《南乡子·冬闺》
《山花子·初夏》		《山花子·夏夜》
《虞美人·咏春雨》		《菩萨蛮·春雨》
《苏幕遮·春晓》		《蝶恋花·春晓》
	《青玉案·春暮》	《青玉案·春暮》
	《临江仙·小春》	《临江仙·小春》
	《醉落魄·春闺风雨》	《醉落魄·春闺风雨》
	《浣溪沙·杨花》	《浣溪沙·杨花》
	《玉蝴蝶·美人》	《玉蝴蝶·美人》
	《醉红妆·咏萤》	《醉红妆·咏萤》
	《天仙子·春恨》	《天仙子·春恨》
	《菩萨蛮·不寐》	《醉花阴·不寐》
	《月仙子·春月》	《南柯子·春月》
	《虞美人·黄昏》	《点绛唇·黄昏》

　　另外，李雯之《少年游·代女郎送客》和《木兰花·代客送女郎》，据陈寅恪先生考证，分别是代柳如是和陈子龙而作；而柳如是《戊寅草》中的31首小令，也大都与陈子龙诸人有关，如《踏莎行·寄书》《浣溪沙·五更》，陈子龙也有同题之作。陈子龙与柳如是于崇祯八年（1635）

春夏间分袂离居，《幽兰草》可能结集于是年晚些时候。陈子龙的《幽兰草题词》是云间词派的第一份理论宣言，如果以上的推断不误，则云间词派当形成于崇祯八年（1635）。

第一节　《词坛妙品》与云间词人名录

《词坛妙品》十卷，又名《清平初选后集》《清平续选》，题"西村张渊懿砚铭选定，箕山田茂遇翯渊同评"，钱芳标、曹尔堪、王士禛、彭孙遹、尤侗、董俞、陈维崧、计南阳、吴绮、宋实颖十人参阅，有计南阳康熙十七年（1678）序。据其凡例称，原书名《清平初选》，以天启、崇祯以前明人诸作为前集，清人诸作为后集。前集未见刊刻、著录。后集以词谱体编排，前五卷为小令，凡137调；次二卷为中调，凡67调；末三卷为长调，凡92调，共收318家词1162首。《清平初选后集》有康熙十七年（1678）初刻本，今藏国家图书馆；宣统三年（1911）石印本易名《词坛妙品》。

云间词派之有《词坛妙品》，犹阳羡词派之有《瑶华集》，浙西词派之有《国朝词综》，入选词人都不以地域为限，但由于操选政者均为派中人物，故又以选录本派词人为主。《词坛妙品》所录云间词人如下：

姓　名	字　号	词　集	入选词数
张渊懿	字元清，号砚铭，又号蛰园	《月听轩诗馀》	100
田茂遇	字翯渊，号楳公	《绿水词》《清平词》	75
宋徵舆	字直方，一字辕文	《海闾倡和香词》	53
宋徵璧	字尚木，又字让木	《歇浦倡和香词》	24
董　俞	字苍水，号樗亭	《玉凫词》二卷	24
计南阳	字子山		21
李　雯	字舒章，号蓼斋	《蓼斋词》	17
宋泰渊	宁河宗		12
钱芳标	字葆酚，号莼鲛	《湘瑟词》四卷	12

续表

姓　名	字　号	词　集	入选词数
张天湜	字止鉴		11
宋大麓	字舜纳		10
徐允贞	字丽冲	《贞灯草》	7
林　襄	字平子		7
周茂源	字宿来，号釜山	《鹤静堂词》	6
王顼龄	字颛士，号瑁湖	《螺舟绮语》	6
吴　骐	字日千	《颇颔词》	6
周　纶	字鹰垂	《不碍云山楼词稿》	5
金是瀛	字天石，号蓬山	《芝田词》	5
林子威	字武宣	《贞娱草堂词》	5
沈亿年	字矩承，号幽祈		5
钱德震	字武子		4
周积贤	字寿王		4
王鸿绪	字季友，号伊斋	《横云词》	3
范　缵	字武功，号筜溪	《四香楼词钞》	3
蒋平阶	原名雯阶，字大鸿，字驭闳	《支机集》	3
钱　毅	字子璧	《倡和香词》	3
施　樟	字吕授		3
曹垂灿	字天琪，号绿岩	《竹香亭词》	3
宋存标	字子建，号秋士	《秋士香词》	3
曹　重	字十经，号南陔	《潘锦词》	2
沈　荃	字贞蕤，号绎堂		2
王　颢	字西园		2
张锡怿	字越九，号宏轩	《树滋堂诗馀》	2
冯　瑞	字繁文，号霄燕	《棣华堂诗馀》	2
沈　友	字友夔，号青霜		2

续表

姓 名	字 号	词 集	入选词数
张光曙	字淇园	《砚北词》	2
王广心	字伊人		2
徐尔铉	字九玉，号核庵		2
周稚廉	字冰持	《容居堂词》三卷	2
王宗蔚	字汇升，号峡文		2
杜登春	字九高		2
顾 衡	字孝持，号藿庵	《盘谷词钞》	2
沈道映	字彦澈，号近岑		2
林子卿	字安国		2
钱金甫	字越江		1
蒋无逸	字左箴		1
张一鹄	字友鸿，号忍斋		1
董 含	字阆石		1
吴懋谦	字六益		1
程文彝	字梓园		1
张有光	字星灿		1
袁国梓	字丹叔，号若遗		1
蒋雯鬲	字蕉原		1
杨 瑄	字玉符		1
沈 麐	字天鹿		1
许缵曾	字鹤沙	《宝纶堂词》	1
王九龄	字子武	《松溪词》	1
徐洪基	字安士		1
韩 范	字友一		1
高层云	字谡园，号二鲍	《改虫斋词》	1
林企佩	字鹤招		1

姓　名	字　　号	词　　集	入选词数
赵子瞻	字半眉	《赵半眉词》	1
周金然	字广居，号广庵	《南浦词》三卷	1
冯樾	字个臣		1
叶永年	字丹书，号砚孙	《玉壶词》	1
单昭儒	字孝求	《读易堂词》	1
张安茂	字子美，号蓼匪		1
张世绥	字紫垂		1
宋祖年	字子寿		1
吴胐	字冰蟾		1
彭开祐	字孝绪		1
柏古	字斯民		1
宋际	字峨修		1
吴元龙	字长仁，号卧山		1

以上云间词人凡74家。由于《词坛妙品》中入选词人均以字号相称，有数十人的原名、里籍无法考察，但其中肯定还有不少是云间词人，因而《词坛妙品》所录之云间词人绝不止74家。

佟世南《东白堂词选初集》15卷，录374家词1 670首，其中小令823首，中调328首，长调519首。此书收录云间词人22家，《词坛妙品》未录者7家：

> 陈子龙，字人中，更字卧子，号大樽，有《湘真阁存稿》《幽兰草》。
> 施绍莘，字子野，号峰泖浪仙，有《秋水庵花影集》。
> 顾同应，字仲从，号宾瑶，有《药房词》《秋啸词》（按：《东白堂词选初集》原作顾从敬，此据《瑶华集》改）。
> 蒋未央，字景旂。
> 单恂，字质生，号莼僧，有《竹香庵词》。

夏完淳，字存古，别号灵胥小隐，有《玉樊堂词》。

宋思玉，字楚鸿，有《棣萼轩词》。

蒋景祁《瑶华集》22卷，录507家词2 467首，其中云间词人61家，未见于上述二书者18家：

陆振芬，字兰陔。

叶映榴，字苍岩，号炳霞。

卢元昌，字文子，有《半林词》。

张集，字殿英，号曼园。

高曜，字远修。

张冀，字豫章，更字寄亭。

钱柏龄，字介维，号立山。

庄永言，字祉如（按：丁绍仪《清词综补》卷五作"叶永言"）。

陆祖琳，字孝毅，有《澹香词》。

姜遴，字敬直，原字万青，有《榆园词》。

陶尔毂，字颖儒。

董黄，字德仲，有《白谷山人词》。

路鹤徵，字湘舞，有《畹荇词》。

高骞，字不骞，一名槎客，有《罗裙草》。

吴全融，字雪园。

李圣芝，字秋生。

戴王旭，字莹若。

宋庆长，字简臣。

陈维崧《今词苑》3卷，录110家词462首，其中卷一小令213首，卷二中调95首，卷三长调155首。此书录云间词人14家，未见录于上述三书者2家：

陆崑，字玉垒。

章有湘，字玉筐。

宗元鼎《诗馀花钿集》3卷，卷首一卷录38家词276首，其中云间词人4家，均未见录于上述诸书：

金维宁，字德藩。
王廷机，字岩士。
俞瑞，字懋宣，一字秋岩。
范箴，字心一。

蒋重光《昭代诗选》38卷，录569家词3412首。其中顺康间云间词人29家，另有闺秀4家。未见录于上述诸书的是：

徐允哲，字西崖，有《响泉词》。
孙致弥，字恺似，号松坪，有《梅沜词》。
赵维烈，字承哉，有《兰舫词》。
张梁，字大木，一字奕山，有《幻花庵词钞》八卷。
黄之隽，字石牧，号唐堂，有唐堂词》。
曹鉴冰，字苇坚，有《绣馀试砚稿》。
李瑷，有《来凤吟》。
袁寒篁，有《绿窗小草》。
欧珑，字白神，号琼仙，有《琼仙零翠》。

姚阶《国朝词雅》24卷，录492家词2556首。其中录云间词人41家，另有闺秀9家。未见录于上述诸书的是：

张铭，字西又，有《紫庭诗馀》。
徐念肃，字羽廷，号慎斋，有《弇嗒堂诗馀》。
徐宾，字虞门，有《芝云堂词》。
姚宏绪，字起陶，号听岩，有《宝善堂词》。
徐振，字沙村，有《山辉堂词》。
华宗钰，字荆山，号秋巇，有《寻云遗草》。
林企俊，字宫升，号蓬轩，有《楚粤吟草》。

林企忠，字中水，号寓园，有《翠露轩词》。

朱霞，字初晴，号石顽。

焦袁熹，字广期，号南浦，有《直寄词》。

陈崿，字岠岚，号慧香，有《呵壁词》。

屠文漪，字涟水，有《莼洲词》。

赵虹，号饮谷，有《采香词》。

周稚炳，字怀蓼，有《琼靡词》。

楼伊，字敬思，号西浦，有《叩拙词》。

缪谟，字虞皋，有《雪庄词》。

林令旭，字豫仲，号晴江，有《凝香词草》。

陈燕兰，号垞香，有《树背词》。

曹焕曾，字祖望，号春浦，有《长啸轩词》。

李朓，字冰影，有《鹃啼集》。

章有渭，字玉璜。

陈敬，字端宁，号髻儒。

叶慧光，字妙明，有《疏兰词》。

许玉晨，字云□，有《琴画楼词》。

庄焘，号磐山。

廖云锦，号织云。

王芬，号蕙田，有《十燕巢阁词》。

张玉珍，字蓝生，有《得树楼词》。

此外，王昶《明词综》中尚有 5 位明清之际云间词人不见录于上述诸书：

冯鼎位，字素人。

邵梅芳，字景悦。

邵嶙，字云章。

王凤娴，字瑞卿。

张引元，字文殊。

王昶《国朝词综》中有 6 位清初云间词人不见录于上述诸书：

> 王之蓍，字季猷。
> 叶大忠，字向日，有《浪鸥萍草》一卷附词。
> 张德纯，字能一。
> 雷维鑫，字吟銮。
> 屠宸桢，字周士，有《醉经草堂诗稿》附词。
> 邵崐，字天章。

丁绍仪《清词综补》录清初云间词人凡 33 家，未见于上述诸书者4 家：

> 张彦之，一名恋，字洮侯，有《峭岩词》。
> 周积忠，字子厚，一字西临。
> 邬景超，有《光霁楼词》四卷。
> 路鹤翔，字闻皋。

（嘉庆）《松江府志》卷七二《艺文志》录明末清初云间词人词集 37种，未见录于上述诸书者 7 种：

> 杨枢，字运之，有《雅歌谱》。
> 范文若，字更生，有《博山堂乐府》。
> 张燧，字景明，号皇人，有《菖竹居词》（按：嘉庆《上海县志》
> 卷一八《艺文志》作“《万竹山居词》”）。
> 陈继儒，字仲醇，号眉公，有《晚香堂词》二卷　　（以上明代）。
> 曹鼎曾，字九和，有《清辉阁词》。
> 曹炯曾，字世宏，号梅州，有《采韵词》。
> 汪思遵，字建士，有《潭西诗馀》　　（以上清代）。

最后还应提及的有：

　　莫秉清，字紫仙，一字葭士，有《采隐诗馀》。

　　彭师度，字古晋，号省庐，有《彭省庐先生诗馀》。

　　王泰际，字内三，有《冰抱集》。

　　王道通，字晋卿，有《简平子诗馀》。

　　汪价，字介人，有《半舫词》。

　　沈龙，字友夔，号青霜。

　　张大受，字日容，有《匠门书屋词》。

　　据上文，明末清初云间词人多达171家。当然，上述云间词人并不就是云间词派词人。关于云间词派的专题研究是笔者日后的课题，这里不厌其烦地搜逸，仅想概见当时云间一地的词学盛况。

第二节　陈子龙词学思想再诠释

　　陈子龙是云间词派的宗主，他的词学思想其实就是云间词人的创作纲领，遗憾的是，后人对其词学思想颇多误解。本节从理论与创作相结合的角度，在词体意识与词体期待、词史演进与词径追求等方面诠解陈子龙的词学观，以期对传统的观点有所修正。

　　陈子龙一生以主要的精力创作诗文，而仅将词视为"诗馀""小道"。[5]陈子龙对词的态度，是与其特定的词体意识密切相关的。所谓"词体意识"，即是对词体传统和词体惯例的意识。任何一个词人都生活在词体的传统与惯例中（但最先创造词体的人从逻辑上讲是没有词体背景的）。即便从中唐算起，到陈子龙的时代，词体也已有大约九百年的历史。在这约九百年的演进史中，词体已形成词之为词的特定规范。我们不是说陈子龙必得恪守业已形成的词体细则，而是说陈子龙只能在词体规范的阈限内思考而不可能完全摒弃词体规范。这样，外在的词体规范就内化为内在的词体意识。陈子龙的词体意识是在与诗的甄别中得到彰显的，彭宾《彭燕又先生文集》卷二《二宋倡和春词序》中一段似从未见人提及的陈子龙论词之文字，为他的词体意识提供了有力的证明：

> 大樽每与舒章作词最盛，客有喟之者，谓得毋伤绮语戒耶？大樽答云：吾等方少年，绮罗香泽之态，绸缪婉恋之情，当不能免。若芳心花梦，不于斗词游戏时发露而倾泄之，则短长诸调与近体相混，才人之致不得尽展，必至滥觞于格律之间，西昆之渐流为靡荡，势使然也。故少年有才，宜大作于词。

陈子龙认为，少年"绮罗香泽之态，绸缪婉恋之情"，当于词中倾泻，否则会伸延于近体，从而使近体诗与词相混而流为靡荡，西昆派即是历史佐证。宋初西昆体诗之流为靡荡，是西昆派诗人"争奇逞妍，更赋迭咏，铺锦列绣，刻羽引商"（杨亿《武夷新集》卷七《广平公唱和集序》）的结果，不能归咎于词体的浸淫。但陈子龙这里要表明的实际上是宋初诗词体貌上的一致，而这一点无疑又是符合史实的，如曾被归入西昆派的晏殊，[6]其词常用一些细巧精美的语言意象来表达内心的幽约之情，与西昆派诗人"雕章丽句"（杨亿《西昆酬唱集序》）表现出来的诗体面目有相似之处。但陈子龙认为，这种靡荡的色貌不应在诗中出现，而应为词所独有，他《幽兰草》中的 55 首词没有如火肝肠，只有如花色貌，正可为他的这种词体意识张目。若将其《长相思》诗与《踏莎行·寄书》词相比较，则诗词之殊一眼可辨。此二首诗词都写收寄情书的感喟，但诗甘愿割爱，能以"但令君心识故人，绮窗何必常相守"的放达自慰；词则刻意伤心，不以"两情若是久长时，又岂在朝朝暮暮"的理性自持。陈诗是坚忍与赤忱相融的志节宣示，陈词为苦痛与焦虑交迫的情感迸发。这也表明在陈子龙看来，体式的限制并非仅关乎形式，同时也应属主题上的问题。他所谓"词者，乐府之衰变，而歌曲之将启"（《幽兰草题词》），将词视为六朝乐府之衰变，虽然并不符合词之发生论的事实，并且承袭了王世贞"六朝诸君臣，颂酒赓色，务裁艳语，默启词端"（《艺苑卮言》）的意绪，但显然更是他自己词体意识的表白。

这里就产生了一个问题，即在陈子龙之前既有抒写"绮罗香泽之态，绸缪婉恋之情"的惯例，如柳永词"绮罗香泽之态，所在多有"（刘熙载《艺概·词曲概》），又有"一洗绮罗香泽之态，摆脱绸缪宛转之度"（胡寅《酒边集序》）的传统，如苏轼词"逸怀豪气，超然乎尘垢之外"，陈子龙既然认定婉畅秾逸之词"非独庄士之所当疾，抑亦风人之所宜戒"

（《三子诗馀序》），为何崇前者而抑后者呢？这就牵涉陈子龙的词体期待。词体期待是在阅读词时所形成的对词体特定的注意类型或阅读态度，由传统的词体规范内化而成。陈子龙说词"虽曰小道，工之实难"（《三子诗馀序》），并在《王介人诗馀序》中从创作的角度提出四大"难"，具体而微地表明了自己的词体期待，亦即词欲"称体"的四项标准。为说明问题，兹不惮词费，将《王介人诗馀序》抄录如下：

> 宋人不知诗而强作诗，其为诗也，言理而不言情，故终宋之世无诗焉。然宋人亦不免于有情也，故凡其欢愉愁怨之致，动于中而不能抑者，类发于诗馀，故其所造独工，非后世可及。盖以沉至之思而出之必浅近，使读之者骤遇如在耳目之表，久诵而得沉永之趣，则用意难也。以嬛利之词而制之实工炼，使篇无累句，句无累字，圆润明密，言如贯珠，则铸调难也。其为体也纤弱，所谓明珰翠羽，尚嫌其重，何况龙鸾，必有鲜妍之姿，而不借粉泽，则设色难也。其为境也婉媚，虽以警露取妍，实贵含蓄，有馀不尽，时在低徊唱叹之际，则命篇难也。……（王翃）小令长调，动皆擅长，莫不有俊逸之韵，深刻之思，流畅之调，秾丽之态，于前所称四难者，多有合焉。……王子示予以诗，则又澹荡庄雅，规摩古人，远非宋代可望，而后知王子深远矣，王子非词人也。

王翃（1603—1653），字介人，嘉兴人。王庭《王介人传》有云："壬午冬，予游会稽，介人踵至。郡司李陈卧子子龙，诗家申韩。凡所持论，视予与介人有加严。见介人诗，勿能难也；见介人诗馀，更骇而叹，为作序，序中并称其诗有盛唐之风。"（《王介人集》卷首）据此，陈子龙《王介人诗馀序》当作于崇祯十六年（1643）。（按，陈子龙罹难后，王翃有《哭陈卧子》诗以悼之："天柱西崩日气衰，孤臣饮血痛无辞。生将完体从鱼腹，死有留名在豹皮。亡国自吴潮尚怒，招魂入楚赋恒悲。故人堕泪龙潭水，入梦还惊下榻时。"）陈序首先一点还是在于诗词之辨：他既将王翃之词推冠当代，又指出其诗"澹荡庄雅"，从而不把王翃锁定于"词人"的位置，表明了诗较之于词更具"深远"之义的态度。陈子龙认为"终宋之世无诗"，是明七子诗学观的孑遗，如《李空同集》卷四八《方山精舍记》曰："宋无诗，唐无赋，汉无骚。"《何大复集》卷三八《杂言》曰："秦无经，汉无骚，唐无赋，宋无诗。"不过陈子龙说得更为明白，即"宋无诗"并非指宋代没有诗歌，而是指宋代之诗"言理而不言情"，没有具情之诗。诗歌可以抒写"情致"，也可以表现"理趣"，即便承认宋诗"言理而不言情"，也不能说宋人"不知诗"，陈子龙以自己的美学趣尚为标尺去绳衡宋诗所得出的结论，显然有失公允。[7]但陈子龙认为宋词高于宋诗在善于言情，并以此独步千古，"非后世可及"，却是知言。自宋代以来，论者就一直以"曲尽人情"为词之特性，如胡寅曰"名曰'曲'，以其曲尽人情耳"（《酒边集序》），王炎曰"长短句命名曰'曲'，取其曲尽人情"（《双溪诗馀自序》），陈模曰"盖曲（指词）者，曲也，固当以委曲为体"（《论稼轩词》），陈继儒曰"夫'曲'者，谓其曲尽人情也"（《施子野花影集序》）。陈子龙说："夫风骚之旨，皆本言情。"（《三子诗馀序》）言情是一切文学体式的基石。从上引陈子龙作于崇祯十一年秋的《长相思》诗，全从苏轼《水调歌头·丙辰中秋作兼怀子由》词转出看，陈子龙虽薄宋诗，却喜宋词，这一"薄"一"喜"，全在于"情"之有无。

但既然"风骚之旨，皆本言情"，则"言情"并非词之特质，乃是文学体裁之共性。陈子龙显然不满足于在共性的层面肤泛地谈论词之体性，他严格乃至苛刻地从词体的艺术特性出发为词立下了界标：立意（即"用意"）要寄深于浅，思趣隽永；谋篇（即"铸调"）要寓繁于简，气脉流畅；铸词（即"设色"）要避重就轻，色调秾丽；定格（即"命篇"）要舍露取隐，韵味悠长。而且，陈子龙的"四难"思考，是以"其为体也纤弱""其为境也婉媚"为出发点与归结点的。词体纤弱之论，早已有之，如吴可《藏海诗话》云："晚唐诗失之太巧，只务外华，而气格卑弱，流为词体耳。"王世贞《艺苑卮言》亦谓《金荃》《兰畹》之命名"皆取其香而弱也"。陈子龙词体"纤弱"的体认，实未脱明人习气。词境尚婉媚与词体尚纤弱其实只是一个问题的两个方面，陈子龙同样躬行不返。他的词深受秦观的影响，《满庭芳·送别》词即和秦观，可为例证。秦观在词里引进了一种升华过的情观，如"两情若是久长时，又岂在朝朝暮暮"（《鹊桥仙》），陈子龙就不认为此种"警露"之风格适合"词"，而以体式异同为基础，将之融入自己的"诗"，"但令君心识故人，绮窗何必常相守"

（《长相思》），保持"词"高度哀悱的性格。陈子龙《三子诗馀序》云："思极于追琢而纤刻之辞来，情深于柔靡而婉娈之趣合，志溺于燕婧而妍绮之境出，态趋于荡逸而流畅之调生。是以镂裁至巧，而若出自然，警露已生，而意含未尽。"这其实是对《王介人诗馀序》词学思想的凝练概括，而这一概括又可见陈子龙对此种词学观的执着。

吴可在《藏海诗话》中从反面指出了词体卑弱的特质，李之仪为吴可词作跋时亦认为"长短句于遣词中最为难工，自有一种风格……大抵以《花间集》中所载为宗"（李之仪《姑溪居士文集》卷四〇《跋吴思道小词》）。陈子龙的词体期待从根本上说只是李之仪的词学风格论的延续。词体期待既然是词体规范的内化形态，而规范作为一种传统惯例从总体上看又是趋向保守的，那么词体期待往往也有极大的保守性。陈子龙的词学观也没有幸免，只要比较与其大约同时的孟称舜的词学观就可明白。孟称舜作于崇祯二年的《古今词统序》云："诗变而为词，词变而为曲。词者，诗之馀而曲之祖也。乐府以曒逐扬厉为工，诗馀以宛丽流畅为美。……盖词与诗、曲，体格虽异，而同本于作者之情。……故幽思曲想，则张、柳之词工矣，然其失则俗而腻也，古者妖童冶妇之所遗也。伤时吊古，苏、辛之词工矣，然其失则莽而俚也，古者征夫放士之所托也。两家各有其美，亦各有其病。然达其情而不以词掩，则皆填词者之所宗，不可以优劣言也。"这里所谓"乐府以曒逐扬厉为工，诗馀以宛丽流畅为美"，乃是何良俊在《草堂诗馀序》中提出的命题。吴师曾《文体明辨序说·诗馀》沿袭之。孟称舜提出的"词与诗、曲体格虽异，而同本于作者之情"的主情论观点，其实是晚明词论家的共识，陈子龙对此并无异议，他所谓"风骚之旨，皆本言情"显然其源有自。孟称舜认为，词史上的婉约、豪放之词，虽"各有其美，亦各有其病"，但都是作者之情的表露，"皆为当行，皆为本色"，"不可以优劣言"，皆可为填词者所宗。这就完全打破了自王世贞以来（包括徐师曾）词分正变、以正（婉约）为贵的偏见。但陈子龙并没有秉承这一通变的词学观，未能认同婉约、豪放"皆填词者之所宗"的箴言，以词"别有一种风格"为口实，返回到"以《花间集》中所载为宗"的历史老路，暴露出审美眼光的褊狭。

陈子龙在词之体性上审美眼光有褊狭之嫌，在词之演进上历史眼光也有复古之短。但需要指出的是，一方面，复古并不等于复源，即追溯词之最初源头；另一方面，复古的旗帜下也有本体的思考，即追寻词之审美理想。集中表现陈子龙词史观的著名词学论文《幽兰草题词》曰：

> 词者，乐府之衰变，而歌曲之将启也。然就其体制，厥有盛衰。晚唐语多俊巧，而意鲜深至，比之于诗，犹齐梁对偶之开律也。自金陵二主以至靖康，代有作者。或秾纤婉丽，极哀艳之情；或流畅淡逸，穷盼倩之趣。然皆境由情生，辞随意启，天机偶发，元音自成。繁促之中，尚存高浑，斯为最盛也。南渡以还，此声遂渺，寄慨者亢率而近于伧武，谐俗者鄙浅而入于优伶。以视周、李诸君，即有彼都人士之叹。元滥填词，兹无论已。明兴以来，才人辈出，文宗两汉，诗俪开元，独斯小道，有惭宋辙。其最著者为青田、新都、娄江，然诚意音体俱合，实无惊魂动魄之处。用修以学问为巧便，如明眸玉屑，纤眉积黛，只为累耳。元美取境似酌苏、柳间，然如凤凰桥下语，未免时堕吴歌。此非才之不逮也，巨手鸿笔，既不经意，荒才荡色，时窃滥觞。且南北九宫既盛，而绮袖红牙，不复按度，其用既少，作者自稀，宜其鲜工也。吾友李子、宋子，当今文章之雄也。……今观李子之词，丽而逸，可以昆季璟煜，娣姒清照。宋子之词，幽以婉，淮海、屯田，肩随而已。

陈子龙这段论词文字清晰地勾勒了自晚唐至当代的词体演进轨迹，认定晚唐为词之滥觞期，南唐北宋为词之鼎盛期，南宋元明为词之衰颓期，当代为词之复振期。陈子龙于诗文有复古倾向（但他的复古其实是为了创新，并非泥古不化），如他明确宣称"文以范古为美"（《佩月堂诗稿序》），认为"既生于古人之后，其体格之雅，音调之美，此前哲之所已备，无可独造者也"（《仿佛楼诗稿序》）。于词，陈子龙亦有复古之意，不过不是复古到《敦煌曲子词》，而是复古到南唐北宋。陈子龙对南唐北宋词的推崇，从他评判当代词人时常以南唐北宋词家为标尺中可以见出。如他评李雯词"昆季璟煜，娣姒清照"，评宋徵舆词肩随秦、柳，评宋九秋词"方驾金陵（南唐），齐镳汴雒（北宋）"（《宋子九秋词序》），评王翃词与"升元（李璟）父子，汴京（北宋）诸公，连镳竞逐"（《王介人诗馀序》），无不以南唐北宋词为参照。但他推崇南唐北宋词，一如他对晚唐词有所不满一样，又不纯粹是因为复古，而是同时杂有他的词体期待。晚唐词语虽俊巧，但意乏深至，与陈子龙词要有"沉至之思""沉永之趣"的期待不甚契合，自然不能成为陈子龙的拟议对象。而据上文所述，南唐北宋词是深契陈氏之词体意识的，或者说，陈氏之词体意识正是由南唐北宋词之传统规范内化而生的，他的词体意识的形成与他对南唐北宋词的推崇之间不是先后或因果关系，而是二而一的转换生成关系。

　　陈宏绪《寒夜录》卷上引卓人月语曰："我明诗让唐，词让宋，曲让元，庶几吴歌挂枝儿、罗江怨、打枣竿、银铰丝之类，为我明一绝耳。"[8]卓人月列出了明代"词让宋"的结论，但对导致这一结论的因缘未置一词。陈霆《渚山堂词话》卷三云："我朝才人文士，鲜工南词，间有作者，病其赋情遣思，殊乏圆妙，甚则音律失谐，又甚则语句尘俗，求所谓清楚流丽，绮靡蕴藉，不多见也。"陈霆对明代文士"鲜工南词"的表现（赋情遣思殊乏圆妙；音律失谐；语句尘俗）识见颇深，但对明人为何"鲜工南词"付诸阙如。王世贞《艺苑卮言》云："我朝以词名家者，刘诚意伯温秾纤有致，去宋尚隔一层；杨状元用修好入六朝丽事，似近而远；夏恹公谨最号雄爽，比之辛稼轩觉少精思。"王世贞指陈明初及中叶最具代表性的词人的不足，其用意无非是要表明明代词坛之不振的事实。陈子龙赓续了王世贞对于明词的态度，并进一步将王世贞推向批评的席位，指出刘基之弊在于用意不深，杨慎之弊在于铸词不纤，王世贞之弊在于造境不婉。在此基础上，陈子龙又指出明词之所以有如许弊病而"有惭宋辙"的原因：一是才人文士于词多不经意，二是南北九宫曲盛极一时。而才人文士于词多不经意多半是由南北九宫曲盛极一时造成的，故明词之衰归结为一点，即是明代戏曲的勃兴。以戏曲的勃兴为明词衰微之由是符合史实的，本文第一章第二节已有论述。以此观之，陈子龙对明代词学的批评不只是其复古思潮的派生物，同时也是他对明代词学作理性思考后得出的史论。陈子龙对南宋词的评价是遭后人误解最深的。陈子龙虽然说过"南渡以还，此声遂渺"，但这是基于他自己的词体意识和南宋词"寄慨者亢率而近于伧武，谐俗者鄙浅而入于优伶"的史实得出的，并不表明他"于词亦不欲涉南宋一笔"（王士禛《花草蒙拾》）。事实上，陈子龙论词的"佳处"和"短处"，并不以"北宋""南宋"的时代划分为标尺。他对北宋词赞赏有加自不待言，他对南宋词也并非一笔抹杀，这集中体现在他对《乐府补题》的评价上。南宋末年，西僧杨琏真伽在元人令下盗墓开棺，祸及六座皇陵以及众多高官坟冢，总数达101座，[9]整个事件令人发指、齿冷。六陵遗事在文学上永志人心的是由唐珏与十三位宋室遗民共填的37首咏物词，这些咏物词经集成书，以《乐府补题》为名问世知名。明初以降，《乐府补题》诸作惨遭烟遗，唯陈子龙慧眼独具，从托喻的角度重理诸词。《历代词话》卷八引陈子龙语云："唐玉潜与林景熙同为采药之行，潜葬诸陵骨，树以冬青，世人高其义烈。而咏莼、咏莲、咏蝉诸作，巧夺天工，亦宋人所未有。"这表明，陈子龙对六陵遗事及《乐府补题》情有独钟。遗憾的是，陈子龙对《乐府补题》的评价迄今未为论者所重视。

陈子龙说《乐府补题》诸作"巧夺天工"，不是因为《乐府补题》的道德与政治内容，但这并不意味着《乐府补题》诸词没有政治内容。我暂不评说《乐府补题》的政治寓意，只想指出，陈子龙本人之词是颇有现实指向的。陈子龙说南唐北宋词"皆境由情生，辞随意启，天机偶发，元音自成"，严迪昌先生据此认为陈子龙忽视此"机"此"音"与时代社会播迁不可分离的关系，[10]但就陈子龙"这一个"而论，其词"情""意"之中其实已经包含"机""音"。晚明硕学周铨《英雄气短说》一文云："夫天下无大存者，必不能大割；有大忘者，其始必有大不忍。故天下一情所聚也。情之所在，一往辄深。移之以事君，事君忠；以交友，交友信；以处世，处世深。……惟儿女情深，乃不为英雄气短。尝观古来能读书善文章者，其始皆有不屑之事，后乃有不测之功。触白刃，死患难，一旦乘时大作，义不反顾，是岂所置之殊乎？"[11]我们当然不能据此推断明末所有文士之词艳情与忠君相通，但就陈子龙而言，艳情与忠君是相通的，甚至"情"有足以涵盖"忠"者，[12]而非此前"英雄感怀，有在常情之外"（刘辰翁《辛稼轩词序》）。陈子龙少年时曾大作艳词，但最终成了壮士。他的艳情之词与忠君之词几无差别，他晚年的忠君爱国语几乎都借自他早年的绮罗红袖话。如其《桃源忆故人·南楼春暮》和《点绛唇·春日风雨有感》，前者作于1636年，写的是陈子龙对柳如是的相思之情；后者作于1647年，寄的是陈子龙对旧王朝的黍离之悲。二词主题毫不相干，抒情手法却几无二致，语言与意象也多有雷同，都是风吹落花，泪染春雨。由此可见，陈子龙的"情"与"忠"其实是相融的，他本人并没有无视"天机""元音"之所从来。后来王士禛等次韵《湘真阁词》拟其形态，失其精神，是摹拟者之过，不能归咎于陈子龙。顾璟芳评陈子龙《蝶恋花·春闺》词云："先生文高两汉，诗轶三唐，苍劲之气，正与气节相符，乃其词独风流婉约，堪付十八歌喉传称。河南亮节，作字不胜绮罗；广平铁心，梅赋偏工柔艳，于先生益信。"（《兰皋明词汇选》卷四）此语将陈子龙的诗文与词进行对比，认为其词风不但与其诗、文迥不相侔，也与其为人处世外在的刚强遒劲作风判若两人，固不为无见。但"河南亮节""广平铁心"云云，也仅是泛泛之论，如同胡寅评向子诹《酒边词》，谓"后之人昧其平生，而听其馀韵，亦犹读《梅花赋》而未知宋广平"（《酒边集序》）。不过，在词的创作中，陈子龙绝不用与自己诗风相近的"豪放"词风来写豪情，也极少（不是没有）用宜于铺展壮阔之景和深广之志的长调慢词来纵情宣泄家国之怀，而是走小令路子，以轻灵细巧之境，寓幽约怨悱之情，创造出一种凄丽哀婉的词风。陈子龙《幽兰草》中的 55 首词，以春天为描写对象或抒情背景的约占五分之四，而且这些咏写春天的词篇，几乎无明朗的色调，大都为哀怨的笔墨。如：

无语欲摧红，断肠芳草中。

（《菩萨蛮·春雨》）

华年一掷随流水，留不住，人千里。此际断肠谁可比？

（《青玉案·春暮》）

落花春梦两无凭，满眼离愁留不住，断送多情。

（《浪淘沙·春恨》）

试问晚风吹去，狼藉春何处？

（《桃源忆故人·南楼春暮》）

为谁相送海西头，应有玉箫吹断凤凰楼。

（《南柯子·春月》）

愁杀匆匆春去早，又恨恹恹春未了。

（《木兰花令·寒食》）

地下伤春应不老，香魂依旧娇芳草。

（《苏幕遮·清明》）

可春心断也，何曾断了，荡尽人间路。

（《探春令·游丝》）

　　陈子龙作于明亡之前的"春天"之词，部分深囿于客观条件，如《青玉案·春暮》作于崇祯八年（1635）春暮，从时令上说是写实的。但此时在"南楼"同居的陈子龙和柳如是对成为合法夫妻的可能性缺乏信心，而柳如是也"因得悉其家庭之复杂及经济之情势，必无长此共居之理，遂渐次表示其离去之意"，[13]因此，词中"落红如梦"的暮春景象，实寓有二人爱情的春天行将结束之意。不过，即便我们承认陈子龙在词中融进了自己与柳如是的悲欢离合之真切体验，我们还是不得不承认陈词之意象与境界的美学意义已大大超过对某个特定人物、某种特定景物的具体描写，如《青玉案·春暮》中的"华年一掷随流水，留不住，人千里。此际断肠谁可比"，看作是对大明河山将易主、社稷将倾圮的托喻也未尝不可。至于可以明确判定为明亡后所作的那些伤春词，其哀时托志之意就更无疑义了。[14]如：

　　　　满眼韶华，东风惯是吹红去。

　　　　　　　　　　　　　　　　（《点绛唇·春日风雨有感》）

　　　　问天何意，到春深，千里龙山飞雪？

　　　　　　　　　　　　　　　　（《念奴娇·春雪咏兰》）

　　　　雨下飞花花上泪，吹不去，两难禁。

　　　　　　　　　　　　　　　　（《唐多令·寒食》）

　　　　杨柳迷离晓雾中，杏花零落五更钟。

　　　　　　　　　　　　　　　　（《山花子·春恨》）

　　　　绿柳新蒲，昏鸦春燕，芳草连天。

　　　　　　　　　　　　　　　　（《柳梢青·春望》）

　　　　夭桃红杏春将半，总被东风换。王孙芳草路微茫，只有青山依旧对斜阳。

　　　　　　　　　　　　　　　　（《虞美人·有感》）

　　　　荒草思悠悠，空花飞不尽，覆芳洲。临春非复旧妆楼，楼头月，波上对扬州。

　　　　　　　　　　　　　　　　（《小重山·忆旧》）

　　　　东君无主，多少红颜天上落，总添了数抔黄土。最恨你年年芳草，不管江山如许。

　　　　　　　　　　　　　　　　（《二郎神·清明感旧》）

顾璟芳评陈子龙《念奴娇·春雪咏兰》词云："此大樽之香草美人怀也，读《湘真阁词》，俱应作是想。"（《兰皋明词汇选》卷七）要说陈子龙词首首都有寄托，未免涉于穿凿。但如果说陈子龙明亡后之咏春诸词多半为即小见大的哀时托志之作，则大致不差，尽管这些咏春词有作于暮春的现实背景。[15] 以此词言之，上片春雪兰残、美人不见的意境，喻示政局之恶；下片追忆风露情怀，期盼佳节寻芳，寄托故国之思。"曾在多情怀袖里，一缕同心千结"，与《唐多令·寒食，时闻先朝陵寝，有不忍言者》所谓"回首西陵松柏路，肠断也，结同心"一样，词旨深刻，而无一语直说，让人在由飞雪、美人、香草等意象织成的词境中去体会其言外之意、味外之旨。可以说，以意象的暗示来言情是陈子龙依据自己的词体意识去制词的一条重要途径。

陈子龙依据自己的词体意识去制词的另一条途径是以闺情的托喻去言情，其所谓"言情之作，必托于闺襜之际"是最好的表白。陈子龙在为徐允贞、王宗蔚、计南阳三人之词作序时说："夫并刀吴盐，美成所以被贬；琼楼玉宇，子瞻遂称爱君。端人丽而不淫，荒才刺而实谀，其旨殊也。三子者，托贞心于妍貌，隐挚念于佻言，则元亮闲情不能与总持赓和于临春结绮之间矣。"（《三子诗馀序》）"并刀""吴盐"指周邦彦《少年游》（并刀如水）一词。据张端义《贵耳集》卷下，"道君幸李师师家，偶周邦彦先在焉。知道君至，遂匿于床下。道君自携新橙一颗，云江南新进来，遂与师师谑语。邦彦悉闻之，隐括成《少年游》"。周邦彦因此职事废弛。周邦彦的被贬是因为其艳词暴露了帝王的冶游生活（此仅是小说家言），这也表明其艳词无伤于大雅。"琼楼玉宇"指苏轼《水调歌头》（明月几时有）一词。张宗橚《词林纪事》卷五引《坡仙集外纪》云："神宗读至'琼楼玉宇，高处不胜寒'，乃叹曰：'苏轼终是爱君。'"苏轼的怀人之词寄寓着对君主的忠悃之诚，不能仅以情词视之。陈子龙通过周邦彦和苏轼的例子，表明词当"托贞心于妍貌，隐挚念于佻言"，以婉约绵丽的词体来表现温柔敦厚的讽谏内容。在此基础上，陈子龙认为，不能把陶渊明《闲情赋》与江总的艳体诗相提并论。《陈书·江总传》谓江总善为诗，然"伤于浮艳""多有侧篇"，讽谏无有，谀词皆是。陶渊明之《闲情赋》虽被昭明太子视为"白璧微瑕"，其实乃是"伤己之不遇，寄情于所愿，其爱君忧国之心惓惓不忘，盖文之雄丽者也"（王观国《学林》卷七）。江总之艳诗岂可与陶渊明之闲情同日而语！陈子龙的诸多情词也都是"托贞心于妍貌，隐挚念于佻言"的。如其《江城子·病起春尽》云：

> 一帘病枕五更钟，晓云空，卷残红。无情春色，去矣几时逢？添我千行清泪也，留不住，苦匆匆。　　楚宫吴苑草茸茸。恋芳丛，绕游蜂。料得来年，相见画屏中。人自伤心花自笑，凭燕子，骂东风。

此词陈寅恪先生认定是陈子龙因柳如是而作，并释词题之"病"字曰"在昔竺西净名居士之病，乃为众生而病。华亭才子陈子龙之病，则为河东君而病"，且谓"词中'晓云空'之'云'，即指阿云也"。[16] 按，此词未见于结集于明亡前的《幽兰草》，而见于《湘真阁存稿》，见清顺治刻本《倡和诗馀》卷五。顾璟芳《兰皋明词汇选》卷三评陈子龙《浪淘沙·忆昔》（此词亦见于《湘真阁存稿》）云："《湘真词》皆申、酉以后作，故令人如读《长门篇》，幽房为之掩涕。"以此衡之，陈寅恪先生之说未确。钱仲联先生认为此词用比兴手法悼明之亡，上片春"留不住"云云，喻明政权垮台；下片"楚宫吴苑"，地点分明，指南京弘光朝的灭亡；"游蜂"之"恋芳丛"，喻包括陈子龙在内的爱国志士眷恋故明，奉唐王、鲁王等为首领，为复国而斗争；"东风"者，喻"无情"地"卷残红"（朱明政权）的清王朝。钱氏知人论世，所言甚确。[17] 但从陈钱二氏的分歧正可见出陈子龙以佻言妍貌写哀宣志的词径。

以意象的暗示言情不是陈子龙的专利，同为"云间三子"的李雯亦然，只不过与陈子龙相比，李雯不是倾心于"春天"，而是更着意于"秋天"，其《幽兰草》中的 42 首词，以秋天为描写对象或抒情背景的有 20首，约占了一半。以闺情的托喻言情更非云间词派所独有，南宋后期的刘克庄早就明确提出作词者应该"借花卉以发骚人墨客之豪，托闺怨以遇放臣逐子之感"（《后村题跋》卷二《跋刘叔安感秋八词》）。但李雯以及其他云间词人均没有如陈子龙一样的系统的词学主张，宋人虽有托闺怨以言情者，但没有形成一种显著的倾向。唯有陈子龙在自己词体意识的指导下，刻意维护词体本色，着力提升词体品格，在晚明词史上济溺振衰，诚可谓其心可嘉，厥功甚伟。这正是陈子龙的意义。

第三节 词学思想的变异与云间词派的终结

顺治四年（1647），陈子龙、夏完淳殉难，李雯"以父丧归葬，事竣还朝卒"，而宋徵舆也恰好在这一年中进士，"云间三子"因生死殊途和政治分野而烟消云散。但我们并不能由此认定云间词派至此名存实亡，宋徵舆兄弟和蒋平阶师弟的词学主张在清初词人中的影响（不管是肯定的还是批评的）表明他们在后人心目中仍是云间词派的代表。需要指出的是，顺治七年（1650）《倡和诗馀》六卷的刊刻和顺治九年（1652）《支机集》三卷的行世，表明云间词派的词学思想发生了重要转变。

《倡和诗馀》六卷，其中宋存标《秋士香词》一卷 29 首、宋徵璧《歇浦倡和香词》一卷 36 首、宋徵舆《海闾倡和香词》一卷 34 首、钱穀《倡和香词》一卷 29 首、陈子龙《湘真阁存稿》一卷 29 首、宋思玉《棣萼轩词》一卷 30 首（存 18 首）。宋徵璧《倡和诗馀序》云："予自髫岁习短长调，既而奉先生之言，怵惕不复理绮语。兵火以来，荷锄草间，时值暮春，邂逅友人于东郊，相订为斗词之戏以代博弈。曾不旬日，各得若干首，嗣自赓和者，又有钱子子璧、家兄子建、舍弟辕生、辕文，皆能以渊调寄其离心，深情发为秀句，挹子晋之风流，人人玉管；揽广陵之烟月，树树琼花者矣。……予家壎篪竞爽，其武（宋之绳）、玉叔（宋琬），俱研京练都，卓然大雅，不屑意于鼞悦。子建（宋存标）、辕生（宋徵岳）、辕文（宋徵舆）所撰新词，各有专集，兹俱不载，仅录一时同堂唱和之篇，一题而旗鼓各陈，一韵而宫商互异，此又唐宋诸贤所未尝有，足以助艺苑之佳谈者矣。眷维子璧长于抒藻，子建勇于任才，辕生妙于运笔，辕文神于构思兼精于持论，凡鉴别妍丑，毫发不爽。惟予姿禀平钝，谨守绳尺而已。乃谬厕珠玉之侧，则睹南威而增嫫母之惭，奏幽兰而叹东野之鄙，敢曰与诸子肩随哉。因予家小阮，翩翩俊逸，其于子建，犹晏氏之有小山也，从予学词。予所与往复商榷者如此。"此段文字明白地表述了《倡和诗馀》的缘起及各唱和者的品格。宋徵璧等人唱和诗馀"时值暮春"，故他们所填词多为咏春之作，如《秋士香词》中题名"春雨""春病""春闱""春夜""春愁""春游""春晓""春阴""春望""春寒"者有 11 首，合题名"清明""寒食""杨花"者，凡14首，占《秋士香词》的一半。宋徵璧《歇浦倡和香词》亦是如此，并有题名"送春""落花"者。宋徵舆有《念奴娇·春雪咏兰》，陈子龙亦有《念奴娇·和尚木春雪咏兰》，都是和宋徵璧之作。陈子龙卒于顺治四年五月十三日，《倡和诗馀》中唱和之词当始于顺治二年至四年间的某一个暮春。《倡和诗馀》中各人之词都署撰者和选者姓名，惟《湘真阁存稿》一卷撰者和选者没有署名，当是选者在新朝对陈子龙之声名有所顾忌的表现。又，清顺治刻本《棣萼香词》二卷，题歇浦村农宋尚木、智月居士钱子璧、兼葭秋士宋子建、於陵孟公陈大樽、冠云主人宋辕生、佩月主人宋辕文撰，末附楚鸿童子宋思玉之作。宋徵璧作于顺治六年（1649）的《棣萼香词叙》云："予兄弟倡和之作，是为《棣萼集》，则伯兄子建所选定诗文也。其曰香词者有三：其一为诗馀，其次则南曲，又其次则北剧，而南曲先行。"以此观之，可知《倡和诗馀》乃宋氏家族才士文人诗文集之一种，且在顺治六年尚未梓行。另外，李雯有《蓼斋集》47卷、《蓼斋后集》5卷，石维昆序，顺治十四年西爽堂刻本。前集卷三一、三二为词，凡114首，后集卷四有词8首。《蓼斋后集》作于甲申（1644）之后，其间词如《风流子·送春》《浪淘沙·杨花》等，亦当为与上述同人唱和之作，如宋徵璧有《摸鱼儿·送春》，陈子龙有《忆秦娥·杨花》。

《支机集》三卷，今藏上海图书馆。明清之际云间词人常合诸同人之作为一集，如陈子龙、李雯、宋徵舆之有《幽兰草》，徐允贞、王宗蔚、计南阳之有《三子诗馀》。《支机集》亦然，卷一蒋平阶撰，子蒋守大（曾策）、蒋无逸（左箴）校，凡61首；卷二周积贤撰，弟周积忠（西临）校，凡72首，又有和蒋平阶词2首，故共74首；卷三沈亿年撰，弟沈英节（旌叔）校，凡81首，又有和蒋平阶词10首，故共91首。是集有赵尊岳刻本，见其《明词汇刊》，但多有空缺。施蛰存先生依赵刻本，从《瑶华集》《倚声初集》诸书校补十馀字，编入《词学》第二、三期，但终因未睹原本，诸多脱落之处亦付阙如。

宋徵璧有《抱真堂诗稿》八卷，顺治九年（1652）自刻本。宋徵璧为诗凡三变，"始则年少气盛，世方饶乐，盖多芳泽绮艳之词焉，是未免杂乎郑卫；既当兵数起无宁岁，慨然有经世之志，盖多感慨闵激之旨焉，是为齐秦之音及小雅之变；今天下想望太平，故其为诗也，深婉和平，归于忠爱，庶几乎召南之有《羔羊》《素丝》，大雅之有《卷阿》《飘风》"（陈子龙《抱真堂诗稿序》）。宋氏自谓"髫岁习短长调"，顺治五年（1648），他"取《花间》《草堂》二书论之，补以诸家杂编之可诵者，其体视《粹编》而去取精当，灿然成书，名曰《唐宋词选》"（宋徵舆《林屋文稿》卷三《唐宋词选序》）。宋徵璧《倡和诗馀序》是云间词派后期词学思想的重要文献，曾被节选入《倚声初集》前编卷二，兹将相关文字抄录于下：

> 词者，诗之馀乎？予谓非诗之馀，乃歌辩之变，而殊其音节焉者也。盖楚大夫有云：惆怅兮私自怜。又曰：私自怜兮何极。即所谓有美一人，心不怿也。词之旨本于私自怜，而私自怜近于闺房婉娈。斯先之以香草，申之以寒修，重之以蛾眉曼睩，瑶台婵娟。乃为骋其妍心，送其美睇，振其芳藻，激其哀音。其丽以则者，则盘中织锦，寓意于刀环，管蒯憔悴，兴怀于膏沐；而丽以淫者，玉卮金盎，翠帐翡衾，不难解琚珮以明心，指芍药而相谑，虽正变不同，流滥各别，要有取乎言简而味长，语近而指远，使览而有馀，诵而不穷，有耽玩留连终不能去者焉。故瞻北渚之降，则满堂为之目成，讽长门之篇，则幽房为之掩涕。盖涉欢必笑，而言愁每叹，其道然也。……夫倚声首推二李，然《草堂》仅仅二词，未免存乎见少，后主急景凋年，词极凄婉，其高者洵可追蹑太白，乃其卑者率尔之态，丁无足称。使能本之以性情，澹之以风骨，又且茂于篇卷，以当二李，不居然有傲色乎。

当陈子龙说"风骚之旨，皆本言情"（《三子诗馀序》）时，他更为强调的其实是"骚"而非"风"，他的词多以意象的暗示和闺情的托喻去言情，正是对《离骚》香草美人传统的秉承。宋徵璧赓续了陈子龙的这一观念，更为明确地提出词乃歌辩之变，而非诗之馀。从《离骚》"启九辩与九歌兮"、《天问》"启棘宾商，九辩九歌"，知《九歌》和《九辩》皆为远古遗传之歌曲名。屈原之《九歌》和宋玉之《九辩》，皆为沿用古题而写新辞。宋徵璧所谓"歌辩"，即指屈宋之《九歌》《九辩》。但宋徵璧认为词非《诗》之馀并非是为了推尊词体，他认为词乃"歌辩"之变而殊其音节，也不是视词为"歌辩"之附庸。他以词为歌辩之变究其实是为云间词派自陈子龙以来以闺情托喻言情的词学主张寻觅堂皇的依据。"惆怅兮私自怜""私自怜兮何极""有美一人兮心不怿"皆出自《九辩》，王逸《楚辞章句·九辩序》云："《九辩》者，楚大夫宋玉之所作也。……宋玉者，屈原弟子也，闵惜其师忠而被逐，故作《九辩》以述其志。"扬雄《法言·吾子》云："诗人之赋丽以则，辞人之赋丽以淫。"他以有无讽喻教化作用为标尺，将屈原之赋视为"诗人之赋"，而将宋玉之赋归入"丽以淫"的"辞人之赋"之列。宋徵璧认为，"丽以则者"与"丽以淫者""虽正变不同，流滥各别"，但在"皆本言情"上是一致的，"盖涉欢必笑，而言愁每叹，其道然也"，而且，在"立意"和"定格"上也几无二致，都要"取乎言简而味长，语近而旨远"。这其实就是陈子龙"四难"说的延伸。

陈子龙的"风骚之旨，皆本言情"在其弟子蒋平阶身上也有所体现。蒋平阶初名雯阶，字斧山，"少从夏考功、陈黄门游，晚更不适意，避越，自称为杜陵生"，诗"娴雅茂美，得之考功、黄门者为多"（宋祖昱《酿川集序》）。蒋平阶《天台宴》词序云："夫国风之正变也，其于男女妃匹之际，帏房宴笑之私，不啻详矣，而仲尼经之。然则圣人之于人情，得其正者，有不讳也。或以予词过婉丽，疑非古道，岂知言哉。"（《支机集》卷一）他以孔子视《国风》中写"男女妃匹之际，帏房宴笑之私"的艳诗为"经"为口实，为自己词"过婉丽"辩护，并没有多少合乎逻辑的理由。但他的辩护也有一定的合理性，原因在于他一方面强调艳情绮语"从闺襜中实地得来"（郑景会《柳烟词评》引），另一方面又指出"陶令闲情，不减田居之致；张衡定志，未仿招隐之风。闲有冶篇，讵乖本志"（《支机集序》）。实际上，蒋平阶的许多词都别有寄托，如《临江仙》"禁苑花残春殿闭，玉阶芳草萋萋。露华空洒侍臣衣。景阳钟断，愁绝梦回时。　　客里杜鹃归不去，一春常自孤飞。数声啼上万年枝。似将幽恨，说与路人知"，似为凭吊崇祯而作。他的《虞美人》《小重山》等，均当另有怀抱。

对宋词人的月旦甲乙也是这一时期云间词人的论词热点。宋徵璧于此论述最为详尽。他说：

> 吾于宋词得七人焉：曰永叔，其词秀逸；曰子瞻，其词放诞；

日少游，其词清华；曰子野，其词娟洁；曰方回，其词新鲜；曰小山，其词聪俊；曰易安，其词妍婉。他若黄鲁直之苍老而或伤于颓，王介甫之劖削而或伤于拗，晁无咎之规检而或伤于朴，辛稼轩之豪爽而或伤于霸，陆务观之萧散而或伤于疏，此皆所谓我辈之词也。苟举当家之词，如柳屯田哀感顽艳而少寄托，周清真蜿蜒流美而乏陡健，康伯可排叙整齐而乏深邃。其外则谢无逸之能写景，僧仲殊之能言情，程正伯之能壮采，张安国之能用意，万俟雅言之能叶律，刘改之之能使气，曾纯父之能书怀，吴梦窗之能累字，姜白石之能琢句，蒋竹山之能作态，史邦卿之能刷色，黄花庵之能审格，亦其选也。词至南宋而繁，亦至南宋而敝，作者纷如，难以概述。夫各因其姿之所近，苟去前人之病而务用其所长，必赖诸子倡和之力也夫。歇浦村农漫题，时维顺治庚寅花朝。

此段论词文字作于顺治七年（1650），见《倡和诗馀》。《倚声初集》前编卷二和《词苑丛谈》卷四引此文时除末句"诸子倡和"均作"后人"外，文字上别无二致，但均未署"歇浦村农漫题，时维顺治庚寅花朝"。按，宋徵璧《棣萼集南曲总评》曾谓自己"仿钟嵘作《宋名家词品》，伯氏（宋存标）见而悦之，命予总评南曲"，则《宋名家词品》作于《南曲总评》之前。据前引宋徵璧《棣萼香词序》（1649）"其曰香词者有三，其一为诗馀，其次则南曲，又其次则北剧，而南曲先行"，可知宋徵璧《棣萼集南曲总评》当作于《倡和诗馀序》之前。以此观之，《宋名家词品》当作于《倡和诗馀序》之前，而不可能均作于顺治七年。前引论词文字当即《宋名家词品》，盖《倡和诗馀》成于顺治七年，宋氏遂改"后人"为"诸子倡和"并署上日期以当《倡和诗馀》之又一序。

宋徵璧首先将宋词分为"我辈之词"和"当家之词"两种。在宋氏看来，所谓我辈之词，重在情感之抒发；所谓当家之词，兼取声律之谨严。宋徵璧对我辈之词和当家之词都既有赞许，也有不满，与孟称舜所谓"豪放""婉约"词"各有其美，亦各有其病"是同一意思。吴骐云："文章专论才，词兼论情。才贵广大，情贵微密。苏长公词，有气势而少缠绵，才大而情疏也；柳耆卿、周美成缠绵矣而乏气势，情长而才短矣。"（《延陵处士集》卷二七《题董苍水玉凫词稿》）就词分南北宋而言，尽管宋徵璧标为高格的七家均属北宋，但他对南宋词人仍多首肯，如他褒扬张孝祥、姜夔、蒋捷、史达祖、黄升诸家"能用意""能琢句""能作态""能刷色""能选格"，尤为难得的是，他对辛弃疾、陆游之词也多有肯定。总之，宋徵璧历数宋词名家时，视界较广，设格较宽，证以"各因其姿之所近""去前人之病而务用其所长"的通达之论，足见其并非一味"泥于时代"。至于他"词至南宋而繁，亦至南宋而敝"的断语，虽然不是他这篇词论前后逻辑演绎的必然结果，却是他全部词体意识的题中之义，这是毋庸置疑的。但不管怎么说，宋徵璧在词学风格论上要比陈子龙开放得多，也高明得多。

但蒋平阶师弟将云间宗旨推向了褊狭的仄径。云间词人于诗文词主张复古，但明确主张复古到《花间》的，当始于蒋平阶。毛奇龄就曾说："予乡曩时有创为西蜀南唐之音者，华亭蒋大鸿也，其法宗《花间》。"（《西河集》卷四七《倚玉词序》）蒋平阶说："词章之学，六朝最盛，余与阳羡陈其年、萧山毛大可、山阴吴伯憩，力持复古，今得冰持，而海内有五矣。"（《容居堂词评》，见《百名家词钞》）其弟子沈亿年也说："五季犹有唐风，入宋便开元曲。故专意小令，冀复古音，屏去宋调，庶防流失。"（《支机集·凡例》）不仅如此，沈亿年还主张从词体形制上复古，他说："唐词多述古意，故有调无题。以题缀调，深乖古则。吾党每多寄托之篇，间有投赠之作，而义存复古，故不更标题。"（《支机集·凡例》）蒋平阶"创为西蜀南唐之音"，"法宗《花间》"，有其理论上的必然，沈亿年说："温丽者，古人之蕴藉，疏放者，后习之轻佻。诗道且然，词为尤甚。我师三正，微引其端，敢申厥旨，以明宗尚。"（《支机集·凡例》）蒋平阶师弟在词学实践中于自己的词学主张恪守不悖，《支机集》"皆小令，无长调，温厚馨逸，直逼《花间》"（赵尊岳语，见《明词汇刊》）可以佐证。但即便如此，他们仍无法掩饰因主张复古而导致的严重缺陷，王士禛在《花草蒙拾》中就击中了他们的要害："此论虽高，殊属孟浪。废宋词而宗唐，废唐诗而宗汉魏，废唐宋大家之文而崇秦汉，然则古今文章，一画足矣，不必三坟八索，至六经三史，不几几赘疣乎？"

但云间词人对此依然执迷不悟。云间词派后期名家如钱芳标、董俞、周稚廉、宋思玉等，在填词和论词基本上仍是以《花间》为极则。钱芳标和董俞并称"钱董"，周稚廉《渔家傲·十二月闰词》词序云："董孝廉风吹稻陇，挂东壁之耰锄；钱中翰水涨鱼梁，着萧滩之蓑笠。……或寄思香草，湘兰沅芷，义实本于离骚；或托兴禽鱼，虫臂鼠肝，达有同乎庄叟。靡不雕章缛彩，尽态极妍。较其工力，凤凰与黄鹤齐驱；播之笙簧，彤管并香奁争秀。苏学士铜喉铁板，律吕每至龃龉；徐孝穆锦口绣心，俳偶不无缵绩。岂若斯之家怀荆璞，人握隋珠，丽而不佻，典而有则者哉。"钱芳标有《湘瑟词》四卷，"秾纤合度，摇曳成姿，拗益加妍，在疑雨疑云之际；淡还生妍，在非花非雾之间"（吴绮《湘瑟词序》），与他的词论极为契合："诗变而为词，盖滥觞于《香奁》诸什，至宋人而其制大备。当时匠哲，咸推秦、柳，皆以旖旎缠绵之思，运其风艳，是知柔情冶语，原属当行；爽致雄裁，终非本色。"（《玉凫词评》，见《百名家词钞》）不过，钱芳标不如蒋平阶师弟那般有严重的复古倾向，他曾指出"拟尽《香奁》，只合算作粉本临摹形似，论真色终输"（《湘瑟词》卷一《无闷·偶阅〈林下词选〉戏题》）。周稚廉有《容居堂词钞》一卷词 208 首，"不袭苏学士粗豪"，"庶几张郎中旖旎"（宋思玉《容居堂词钞序》），"好作绮语，不过《花影》之流亚耳，尚不足为妖也"（陈廷焯《白雨斋词话》卷三）。冯瑞《棣华堂词》"婉宕多风，艳冶有则"，被计南阳誉为"大雅之遗音，词家之正体"（计南阳《棣华堂词评》，见《百名家词钞》）。康熙十七年（1678），张渊懿、田茂遇选辑的《清平初选后集》10 卷梓行，这既是云间词人的集中展示，也是云间词派词学思想的最后呈现。该选的论词宗旨是"以《花间》中所载为宗"，这从他们之间的相互评定中可以见出，如张渊懿评金是瀛《河满子·偶忆》"神韵极似《花间》"（《词坛妙品》卷一）；田茂遇评张渊懿《谒金门·无题》"写情事不佻不露，自能婉折尽致，杂之《花间》无辨"（《词坛妙品》卷三）。张渊懿、田茂遇二人操选《词坛妙品》，"意欲其曲而婉，思欲其巧而俊，采欲其艳而纤，调欲其变而雅，吐纳乎《香奁》《金荃》之腴，而进退乎李、晏、秦、柳之度"（计南阳《词坛妙品序》），意向与陈子龙"四难"说甚为迹近，与蒋平阶师弟的词学观也是一脉相承的。

　　康熙七年（1668），云间词人说："吾党之词，见称海内者，陈李前驱，辕文骖驾，俱已玉树长埋，宿草可悼矣。尚木清华，莼僧香丽，而或乘五马以徙鳄鱼，投三杼而栖白燕。近制寥寥，未易多得也。"（《玉凫词序》）至康熙十八年（1679），云间词派的问题已不在于词人填词之数量，而在于他们的词学取向与他们的先辈有了分野。此时浙西词派崛起词坛，云间词人明显有向浙西词派倾斜之势，如钱芳标"论乐府，宫商核，谈雅调，淫哇斥"（王顼龄《满江红·冬日葆酚访予南村，有事诗馀之选，下索里语入集，赋此志谢》），宋泰渊、宋思玉为词"不至于皂隶《花间》，舆台屯田不止"（彭宾《彭燕又先生文集》卷二《二宋倡和春词序》），周稚廉为词"艳而不纤，利而不滑，刻入而无雕琢之痕，奇警而无斧凿之迹，可与仿佛者，惟溧阳彭爱琴、秀水朱竹垞耳"（钱芳标《容居堂词评》，见《百名家词钞》），而"张砚铭《雏鹃草》独能删削靡曼之词，咸归雅洁，而出以工致"（沈雄《古今词话·词评》下卷），他们都有以浙西词人朱彝尊之"醇雅"为标尺的倾向。如果说吴骐作于康熙十五年（1676）的《宋南陔词序》还只是体现了云间词派力图改进本派词学思想过于褊狭的缺陷，那么高层云的词学实践表明云间词人确实已完全投向了浙西词派。吴骐《宋南陔词序》云："余尝谓诗词俱原本三百，但词家专宗郑卫耳。顾其体，大约有三：唐及五代，势险节短，极淫艳中自然峻洁，盖《子夜》《读曲》之遗音，真词家正宗而变态未极。子瞻、稼轩以经济之才，悒郁挫折，忠爱怨悱，寄情小词，龙象蹴踏，何暇计步植木哉？故诗具宏肆，而词体则疏。南宋诸名公以长短句咏物写景，细润缜密，浏亮饱满，赋体之工，略无遗恨，虽锋颖逊唐，而自开蹊径，昔人所未有也。大概唐词结构如六朝乐府，苏辛词结构如歌行，南宋词如小赋，后人斟酌三者之间，谓唐与南宋之词可融为一，而苏辛之词独其单。"（《延陵处士集》卷一七）吴氏将唐宋词分为三类，并指出它们各自的风格特征，基本上是符合词史实际的。而吴氏对三类词都表示首肯，又可见出他对唐宋词人的接受并不是纯粹从一己的审美标尺出发，这正是自宋徵璧以来的云间词人较为公允的词学风格论，是对陈子龙和蒋平阶词学风格论的补充和纠正。它的出现表明云间词人的词学思想已有所发展，而发展也就意味着脱离了原来的轨道。事实正是如此，云间词人高层云不仅在词学创作上"逼似竹垞、宝酚一类，阅之乃上凌梦窗、白石，有非竹垞诸公可以尽其长也"（曹溶《改虫斋词评》，见《百名家词钞》），而且在词学思想上与浙西词人朱彝尊成了"同调"（朱彝尊《鱼计庄词序》），"论词意无不合"（朱彝尊《〈罗裙草〉题辞》）。以此，云间词派在无言之中被消解，自是题中之义。

注释：

〔1〕据杜登春《社事始末》，"几社六子"指杜麐徵（仁趾）、夏允彝（彝仲）、周立勋（勒卣）、徐孚远（闇公）、彭宾（燕又）、陈子龙（卧子）。陈子龙《陈忠裕全集》卷二五《六子诗序》所谓"六子"与《社事始末》所载同。侯方域《壮悔堂文集》卷二《大寂子诗序》谓"孝廉（指彭宾）初起云间，与夏考功允彝、陈黄门子龙、周太学立勋、徐孝廉孚远、李舍人雯，互相唱和，声施满天下，当时谓之'云间六子'"，与杜、陈二人所谓"六子"略有不同。

〔2〕〔4〕〔13〕〔16〕参陈寅恪《柳如是别传》第282页、第82页、第248页、第249页，上海古籍出版社1980年。

〔3〕如"云间数公论诗拘格律，崇神韵，然拘于方幅，泥于时代，不免为识者所少，其于词，亦不欲涉南宋一笔，佳处在此，短处亦在此"（王士禛《花草蒙拾》）；"云间诸公论诗宗初盛唐，论词宗北宋，此其能合而不能离者也"（曹禾《珂雪词话》）；"词曲家非当行本色，虽丽语博学无用。丽语而复当行，不得不以此事归之云间诸子"（邹祗谟《远志斋词衷》）；"云间诸子填词，必不肯入姜之琢语，亦不屑为柳七俳调。舒章舍人，是欧、秦入手处"（沈雄《古今词话·词评》下卷引曹尔堪语）。

〔5〕视"词"为"小道"是云间词人的一致意见。陈子龙要"作为小词，以当博弈"（《幽兰草题词》），宋徵璧亦然，见其《倡和诗馀序》。李雯亦认为填词"犹之壮夫作优俳"（《蓼斋集》卷三五《与卧子书》）。但他们又认为词"虽曰小道，工之实难"（陈子龙《三子诗馀序》），"诗词小道，非少年情兴不能作，非终身刻意不能佳"（郑景会《柳烟词评》引蒋平阶语）。

〔6〕景德三年（1006），杨亿在《晏殊奉礼归宁》一诗中称赞晏殊是"垂髫婉娈便能文，骥子兰筋迥不群。南国生刍人比玉，梁园修竹赋凌云"（《武夷新集》卷五）。而此时杨亿等人的《西昆酬唱集》尚未结集（1008年才结集）。换言之，晏殊开始文学活动的时间应在西昆体流行之前。但刘攽《中山诗话》云："祥符天禧中，杨大年、钱文僖、晏元献、刘子仪以文章立朝，皆宗尚李义山，号西昆体。"

〔7〕对宋诗持否定态度是云间词人的一致看法。宋徵舆《林屋文稿》卷四《既庭诗稿序》云："既庭曰：夫诗何以必汉魏初盛唐也，岂无宋欤？余曰：诗贵雅而宋嗲；诗贵远而宋肤，诗有时而广，而宋则荒；诗有时而俭，而宋则陋；诗有时而怨，而宋则怼；诗有时而文，而宋则缋。君子之于诗，非贱宋也，贱其与诗反也。"陶及申《酿川集序》引蒋平阶语云："西京以前，学士家无竞为文，率皆因事记述，敷词达旨，虽成篇章，实无体要。自司马、邹、枚之徒出，而后作意为文，于是递相祖述，由汉魏六朝以迄唐宋，文不一体，各有源流，较其盛衰，宋元之间最为陋劣。盖举古人体格，荡然不顾，而自据俚俗之言以为新得，遂无复大雅之风也。若济南李公一言，为当今所最诋诃者，实文家不易之论。其言曰：拟议以成其变化。每命一篇，必先以古人某体为依据，然后格法定，而词采副之，如是持之又久，变化自生。若舍古人之体格而欲自为文□□□明智巧，终难入作者之室。"但陈子龙反对宋诗就内涵言，宋徵舆反对宋诗就风格言，蒋平阶反对宋诗则纯是复古，三人的指向并不尽同。

〔8〕《古今词统》所录黄河清《续草堂诗馀序》有眉批云："明诗虽不废，然不过山人、

纱帽两种，应酬之语，何足为振。夫诗让唐，词让宋，曲又让元，庶几吴歌挂枝儿、罗江怨、打枣竿、银铰丝之类，为我明一绝耳。"据此可知为卓人月语。《古今词统》书前署名"卓人月珂月汇选，徐士俊野君参评"，或是就其大体而言。

〔9〕参黄兆显《乐府补题研究及笺注》，香港学文出版社 1975 年。

〔10〕见严迪昌《清词史》第 14 页，江苏古籍出版社 1990 年。

〔11〕见卫泳《古文小品冰雪携》，清刻本。

〔12〕参孙康宜《陈子龙柳如是诗词情缘》，允晨文化实业股份有限公司 1992 年。

〔14〕刘扬忠先生认为，陈子龙大量的感春之句，"就是用主观化色彩极浓的春残花败的意象，喻示明王朝之将亡或已亡，并表达作者对于一败涂地的时局的忧伤、企望终至失望的复杂感情"。见其《论陈子龙在词史上的贡献及其地位》，《第一届词学国际研讨会论文集》第 309 页，"中研院"文哲所 1995 年。

〔15〕陈子龙《湘真阁存稿》见于《倡和诗馀》，宋徵璧《倡和诗馀序》云："予自髫岁习短长调，既而奉先生之言，忸怩不复理绮语。兵火以来，荷锄草间。时值暮春，邂逅友人于东郊，相订为斗词之戏以代博弈。曾不旬日，各得若干首。"

〔17〕钱仲联先生之见解见江苏古籍出版社《金元明清词鉴赏辞典》。柳文耀认为陈子龙此词作于顺治三年（1646）三月的绍兴，"寄托着诗人对业已遇难的恩师（黄道周）的悲悼"（见其《飞雪龙山何处是——陈子龙〈念奴娇·春雪咏兰〉词作年、作地及主题考》，载《学术月刊》1997 年第 2 期）。

第三章
西陵词人群及其词学
思想的源流变迁

　　《杭州府志·〈白榆集〉小传》云:"先舒著《白榆集》,流传山阴祁中丞(彪佳)之座,适陈卧子于祁公座上见之,称赏,遂投分引欢,即成师友。其后西泠十子,各以诗章就正,故十子皆出卧子先生之门。国初,西泠派即云间派也。""西陵十子"初无定指,据康熙《杭州府志》卷三一《人物三》沈叔培小传,沈叔培"与同郡毛先舒、周禹吉、李式玉等善,称'八子'"。吴百朋《西泠十子咏》诗(见《国朝杭郡诗辑》卷二)则以陆圻、徐继恩(世臣)、柴绍炳、陈廷会、沈兰先(甸华)、孙治、陆楷(梯霞)、张纲孙、毛先舒、虞黄昊为"十子"。"西陵十子"的最终定名,当与《西陵十子诗选》的选辑、刊行有关。柴绍炳《柴省轩先生文钞》卷六《西陵十子诗选序》云:"近世士大夫风流丕扇,户被弦管,人怀珠玉,雌黄相轧,私衷酷薄。第屈指闻见,时论共推,即青土、皖城、云间及我郡耳。三邦之秀,各有成书。我郡英彦如林,竞飐菁藻。曩仆与景宣将举《西陵文选》之役,拟网罗群制,勒成一编,遭乱忽忽,兹事不果。年齿增长,旧游凋谢,鲲庭(陆培)玉折,骧武(陆彦龙)兰摧。因念岁月匆匆,事会难必,相知定文,宜属何等。于是毛子驰黄,悯焉叹兴,要仆暨诸子,先以次第唱酬有韵之言,斟酌论次,录而布诸。"可见在《西陵十子诗选》之前先是有柴绍炳与陆圻的《西陵文选》之役,只是兹事未果,故以韵文先行。张丹作于康熙二十四年(1685)的《从野堂诗自序》(见《张秦亭诗集》卷首)云:"二十九岁时,与友人陆大丽京、柴二虎臣、孙大宇台、沈四去矜、毛五稚黄、丁七飞涛朝夕吟咏,因有西陵十子之选。"

张丹生于万历四十七年（1619），二十九岁时值顺治四年（1647），则《西陵十子诗选》之役始于顺治四年。毛先舒《思古堂集》卷三《万里志序》亦云："庚（1650）、辛（1651）间，余辈有西陵十子之选。"今传辉山堂本《西陵十子诗选》十六卷刊于顺治七年（1650），有柴绍炳、沈兰先、耻庵道人三序及毛先舒所作《略例》六则。《西陵十子诗选》之役既在顺治四年至七年间，其后之称"西陵十子"者，就专指包括沈谦在内的陆圻、柴绍炳、吴百朋、陈廷会、孙治、张纲孙、丁澎、虞黄昊、毛先舒十人了，如蒋平阶《东江集钞序》云："世变后，尤致力于古文词，厥有'西陵十子'，与予特善，沈子去矜，则其一也。"毛先舒《沈去矜墓志铭》亦谓，明亡后"去矜遂自托迹方技，绝口不谈世务，日与知己者余与张祖望登南楼，抒啸高吟……时称为'南楼三子'。景宣故亦南楼客也。又与柴虎臣、吴锦雯、陈际叔、孙宇台、丁飞涛、虞景铭，称'西陵十子'"。

　　尽管西陵十子多为学人，"经注史辑，各有专家"（毛先舒《西陵十子诗选略例》），不徒以诗名，但因《西陵十子诗选》之故，后人多以"诗派"目之，如陈康祺《郎潜纪闻》卷一四云："康熙间陆圻景宣、毛先舒稚黄、吴百朋锦雯、陈廷会际叔、张纲孙祖望、孙治宇台、沈谦去矜、丁澎飞涛、虞黄昊景明、柴绍炳虎臣称'西陵十子'，所作诗文淹通藻密，符采灿然，世谓之'西泠派'。"[1]以此观之，"国初西泠派即云间派"所谓"西泠派"，其实只是就诗而言，与词无涉。

　　还需要指出的是，虽然"十子皆出卧子先生之门"，但就词学思想而言，西陵与云间相去甚远。如顺治年间的云间词人沈亿年论词云："五季犹有唐风，入宋便开元曲，故专意小令，冀复古音，屏去宋调，庶防流失。"（《支机集·凡例》）西陵词人之词学取径较云间为宽，如毛先舒云："论者偏于情艳，一涉雄高，谓非本色。余以为诗亡论南、雅、三颂，即十三国风，颇多壮节。倘欲专歌东门之茹虑而废小戎，非定论也。"（《东苑文钞》上卷《题吴舒凫诗馀》）王晫《沈通声兰思词话》亦云："词固以含蓄蕴藉为工，然爽直真至，亦是一派。"（《霞举堂集》卷一〇）此种言论，西陵词人所在多有，但在云间词人那里很难听到。更为重要的是，西陵词人至多只能称为一个群体，而不能称"派"。这是因为，一方面，西陵词人反对"派"的观念，如毛先舒作于康熙四年（1665）的《答孙无言书》云："今之论文，每云某家某派，不知古人始即临模，终期脱化，遗筌舍筏，掉臂孤行，盘薄之馀，亦不知其所从出。初或未尝无纷纷同异，久之论定，遂更尊之为家派耳。古来作者率如此。规规然奉一先生而株守之，不堪其苦矣。"（《溉书》卷七）另一方面，西陵词人不具备形成流派的前提，即没有大致相同的主张和一致公认的宗主。西陵十子是西陵词人的中坚，但十子中以词名者仅张纲孙、毛先舒、沈谦、丁澎四人。张纲孙留下的论词文字甚少，具体主张不得而知。毛、沈、丁三人的论词文字不少，但词风宗尚各有偏好：毛先舒主清真，沈谦主屯田，丁澎主稼轩。

第一节　《西陵词选》与西陵词人群名录

陆进作于康熙十八年（1679）的《巢青阁集自序》云："壬子（1672）被放，枯坐无聊，适沈子遹声、吴子琇符、张子砥中、俞子季瑮有词社之订，未免见猎心喜，又复成帙。"《西陵词选》的操选始于康熙十二年（1673），当是此次西陵词人结社的结果。现存《西陵词选》8 卷并卷首《西陵宦游词选》一卷，陆进、俞士彪同辑，康熙十四年（1675）刻本，有梁允植、陆进、丁澎、俞士彪四序及《凡例》八则。《凡例》第四则谓"兹选修饰，端赖良友若野君、飞涛、祖望、丹麓、遹声、琇符之功居多，而稚黄、仲昭、砥中、紫凝并有校雠之助云"，表明《西陵词选》的选政实际上是西陵词人的一次集体活动。又，《西陵词选》的阅定者如曹尔堪、尤侗、曹溶、吴绮、王士禛、陈维崧、彭孙遹、毛奇龄、蒋平阶、陈玉璂、纪映钟、李天馥、徐喈凤、董俞、黄周星、吴刚思等人，均非西陵词人，表明《西陵词选》的影响绝非限于西陵一隅。

《西陵宦游词选》一卷，选录当时任职杭郡的非杭籍官员 10 家词 78 首：宋琬 10 首，赵进美 7 首，嵇宗孟 3 首，梁允植 17 首，孟卜 2 首，牛耒 12 首，张瓒 12 首，赵钥 6 首，李式祖 6 首，毛万龄 3 首。《西陵词选》八卷收 184 家词 665 首，其中小令（卷一至卷三）308 首，中调（卷四卷五）169 首，长调（卷六至卷八）188 首。录词 10 首以上者凡 16 家：沈丰垣（32）、陆进（31）、俞士彪（30）、沈谦（30）、张台柱（30）、毛先舒（23）、丁澎（23）、王晫（16）、徐昌薇（15）、徐灿（15）、张纲孙（14）、吴仪一（14）、潘云赤（13）、张云锦（12），徐士俊（11）、洪升（11）。
兹将《西陵词选》所录词人列表。

姓名	字　号	词集	入选词数	小令	中调	长调
陆进	字荩思	《付雪词》	31	14	4	13
俞士彪	字季琭，一名佩	《玉蕤词》	30	12	5	13
徐士俊	字野君	《云诵词》	11	8	1	2
朱一是	字近修，号欠庵	《梅里词》	6	1	1	4
陈之遟	字次升，号定庵		2	0	2	0
徐之瑞	字兰生	《横秋堂词》	7	0	2	5
沈捷	字子逊，号大匡		1	1	0	0
曹元芳	字介皇		1	1	0	0
陆圻	字丽京，号景宣		1	0	0	1
沈谦	字去矜，号东江	《东江词》	30	10	8	12
关键	字扃之，号六钤	《送老词钞》	1	1	0	0
严沆	字子餐，号颢亭		2	0	1	1
王舟瑶	字白虹	《水云堂词》	3	0	2	1
丁澎	字飞涛，号药园	《扶荔词》	23	11	7	5
顾豹文	字季蔚，号且庵		1	0	0	1
陆嘉淑	字冰修	《辛斋诗馀》	3	2	0	1
张竞光	字又竞，号觉庵		1	0	0	1
张纲孙	字祖望，一名丹	《秦亭词》	14	4	4	6
毛先舒	字稚黄，一名骙	《鸳情词》	23	11	7	5
朱万化	字伯弘		3	2	1	0
胡介	字彦远，号旅堂	《河渚词》	2	1	0	1
张戩	字晋侯		1	1	0	0
柴绍炳	字虎臣		1	0	1	0
王嗣槐	字伯昭	《啸石斋词》	3	1	0	2

续表

姓名	字　号	词集	入选词数	小令	中调	长调
徐　灏	字潊生		4	2	0	2
翁远业	字届子		1	1	0	0
吴景斌	字云举	《采韵斋词》	6	1	4	1
王　潞	字又韩		1	0	0	1
张士茂	字彦若		2	0	1	1
包景行	字次山		1	1	0	0
傅感丁	字雨臣		1	0	0	1
诸长祚	字永龄		1	1	0	0
俞文辉	字天杼，号木公		3	1	1	1
张　翀	字天羽		1	0	0	1
陈　论	字谢浮		1	0	1	0
李式玉	字东琪	《曼声词》	9	3	2	4
童　雯	字圣郊		2	0	2	0
丁　漋	字素涵	《秉翟词》	4	4		
诸九鼎	字骏男	《松风词》	3	2	0	1
俞　灏	字殷书		4	3	0	1
吴农祥	字庆伯，号星叟	《梧园词》	2	0	0	2
沈士钌	字宝臣		1	1	0	0
吴任臣	字志伊		1	0	0	1
严曾榘	字方贻，号柱峰	《叠萝词》	1	0	1	0
姜光祚	字载锡		1	1	0	0
邵德延	字公远		1	0	0	1
王绍雍	字尧飔		3	2	0	1
陆本征	字吉人	《奇赏居词》	1	0	0	1
许　凤	字德远		1	0	0	1
皇甫熙	字上有		1	0	1	0

姓名	字　号	词集	入选词数	小令	中调	长调
姜培胤	字宣贻	《池上楼词》	6	3	2	1
马翀	字汉雯		1	0	1	0
金璐	字公在		2	1	0	1
吴复一	字元符		1	0	1	0
沈家恒	字汉仪，号巨山	《非秋词》	2	1	1	0
陆次云	字云士，号天涛	《玉山词》	3	1	1	1
陈可先	字缵先		3	0	3	0
金长舆	字载师	《峤庵词》	2	1	1	0
黄敬修	字右序		1	1	0	0
沈圣祥	字武仲		2	0	1	1
关仙渠	字槎度		1	0	1	0
王晫	字丹麓，号松溪	《峡流词》	16	7	6	3
沈叔培	字御泠	《东苑词》	3	3	0	0
汪光被	字幼安		2	0	1	1
章昞	字天节		3	2	1	0
赵宪斌	字尹施		3	0	2	1
朱尔迈	字人远		2	1	1	0
杨汪度	字千波		1	0	0	1
徐汾	字武令	《碎琴词》	5	3	0	2
周禹吉	字敷文	《青萝词》	2	2	0	0
汪霦	字昭采，号蕴石		2	0	0	2
张振孙	字祖定		1	1	0	0
沈世培	字飞文		1	0	1	0
柳葵	字靖公	《馀清堂词》	4	3	1	0
汪鹤孙	字闻远，号梅坡	《蔗阁词》	4	1	0	3
潘云赤	字夏珠	《桐扣词》	13	9	3	1

续表

姓名	字　号	词集	入选词数	小令	中调	长调
邵锡申	字天自		1	1	0	0
诸匡鼎	字虎男	《茗柯词》	5	3	0	2
陆信征	字恂如		1	0	1	0
周郇孙	字艺功		1	0	1	0
洪云来	字茂公，号台山		4	1	2	1
沈丰垣	字遹声，号柳亭	《兰思词》	32	14	6	12
洪　升	字昉思	《啸月词》	11	3	1	7
张台柱	字砥中	《洗铅词》	30	17	3	10
吴仪一	字璸符，号吴山	《草堂词》	14	4	6	4
王廷璋	字德威	《莆庵词》	2	2	0	0
陆　隽	字升璜		1	0	1	0
沈苔祥	字秋湄		1	1	0	0
赵　瑜	字瑾叔		1	1	0	0
詹夔锡	字允谐		2	1	1	0
陈　恭	字而安，号石楼		1	1	0	0
沈谦益	字禹诫		2	1	1	0
邵斯扬	字于王		2	2	0	0
俞美英	字璪伯	《渔浦词》	7	6	0	1
陆自震	字子容	《览凤楼词》	3	2	0	1
沈嘉诏	字次柔		2	2	0	0
严曾相	字右君		2	2	0	0
蒋汉纪	字波澄		1	1	0	0
胡大潆	字文漪		2	0	1	1
徐张珠	字月涵		3	0	2	1
沈长豫	字石谦		1	1	0	0
宋　琦	字受谷		1	1	0	0

姓名	字　号	词集	入选词数	小令	中调	长调
陆鸿图	字丽符		2	0	1	1
吴相如	字右廉		1	0	1	0
沈圣清	字叔义		1	1	0	0
卓胤域	字永瞻		1	0	0	1
陆　寅	字冠周	《暗香词》	4	1	2	1
聂鼎元	字汝调	《扈芷斋词》	6	3	2	1
陈奕禧	字六谦		2	0	1	1
钱　璜	字右玉		2	1	1	0
姜锡熊	字旗六		1	1	0	0
张泰飔	字惠襄		3	1	0	2
查嗣琛	字德尹		1	0	0	1
沈士则	字天益		2	0	2	0
钱来修	字幼鲲		1	0	1	0
孙兴宗	字云成	《蔗山近稿》	1	1	0	0
沈长益	字时音		1	0	1	0
王武功	字雏荣		2	2	0	0
吕　澳	字山浏		3	0	2	1
黄弘修	字式序		1	0	1	0
邵斯衡	字瑶文		1	0	1	0
沈元琨	字瑶铭	《殊亭词选》	2	2	0	0
钱　橶	字茂人		1	1	0	0
高式青	字则原		4	1	1	2
沈圣昭	字弘宣		3	2	1	0
胡　埏	字潜九		2	2	0	0
陈调元	字调士		1	1	0	0

续表

姓名	字　号	词集	入选词数	小令	中调	长调
章士麒	字玉凫	《见山亭词》	6	4	0	2
谢起蛟	字征霞		1	0	1	0
张天锡	字纯嘏		1	0	1	0
高云龙	字登五		1	1	0	0
朱敞	字衡岳		2	2	0	0
詹弘仁	字惠公		1	0	1	0
王升	字东曙		1	1	0	0
汤显宗	字文钊		1	1	0	0
徐昌薇	字紫凝	《春晖堂词》	15	10	2	3
张应参	字丽西		1	0	0	1
柴震	字尺阶		3	2	0	1
王绍曾	字孝先		1	1	0	0
杨大龄	字与百		1	0	1	0
沈游	字楚云		2	2	0	0
姚期颖	字升秀		2	0	1	1
沈载锡	字因友		2	1	1	0
朱纪	字涵度		1	1	0	0
徐学龙	字乘六		1	1	0	0
凌克潘	字宗翰		1	1	0	0
胡嗣显	字长民		1	1	0	0
沈炳	字骏明		1	1	0	0
张云锦	字景龙	《啸竹轩词》	12	8	2	2
吴艾	字长龄		1	0	1	0
沈渶	字方舟	《玉树楼词》	5	0	4	1
沈沸	字溯源		1	0	1	0
朱溥	字亦大		1	0	1	0

姓名	字　号	词集	入选词数	小令	中调	长调
陈景鏊	字又王		1	0	1	0
陆曾绍	字德衣		2	0	1	1
陆曾禹	字汝谐		3	1	1	1
陆　浣	字青雪		1	0	1	0
余一淳	字体崖		3	2	0	1
释正岊	字豁堂	《同凡草词》	1	1	0	0
释大瑸	字石公		1	1	0	0
释济日	字句玹,号逸庵	《逸庵词》	7	3	4	0
释超直	字问石		1	0	1	0
释灯演	字灵奕		1	1	0	0
徐　灿	字湘苹	《拙政园词》	15	9	2	4
顾若璞	字和知	《卧月轩词》	2	2	0	0
顾之琼	字玉蕊	《玉树楼词》	3	3	0	0
黄字鸿	字鸿耀		1	0	1	0
傅敬芬	字孟远		1	0	0	1
葛　宜	字南有	《玉窗遗词》	1	1	0	0
顾长任	字重楣	《霞笈仙姝词》	1	1	0	0
张　昊	字槎云		1	1	0	0
俞　璨	字宜宜		3	0	2	1
陆瑶英		《闲窗词》	2	2	0	0
周中玉			1	0	0	1
钱凤纶	字云仪		1	0	1	0
柴静仪	字季娴	《静香室词》	2	1	1	0
严曾杼			2	2	0	0
顾仲姒			1	1	0	0
林以宁	字亚清	《墨庄诗馀》	3	2	1	0

续表

姓名	字　号	词集	入选词数	小令	中调	长调
邵斯贞			2	1	1	0
杨琇	字倩玉	《远山楼词》	6	2	3	1
翁与淑			1	1	0	0
张　琼			1	0	0	1
赵　氏			1	0	0	1

按，谷辉之先生博士论文《西陵词派研究》亦有对《西陵词选》入录词人及入选词数的统计，但与本书结论均有出入。

又，刊刻于康熙十七年（1678）的佟世南《东白堂词选》15 卷，收词人 374 家，其中西陵词人 135 家，占总数的三分之一强，因此，《东白堂词选》在一定程度上可视为《西陵词选》的一个续集。《东白堂词选》所录西陵词人有 96 家见于《西陵词选》，另外 39 家则为《西陵词选》所未录，兹胪列如下：

马洪，字浩澜，有《花影集》。

卓人月，字珂月，号蕊渊，有《寤歌词》。

丁介，字于石，号欧冶。

陈成永，字元期，号仪山。

陈仲永，字昌期，号海山。

陈慈永，字贞期，号博山。

陈敳永，字雍期，号学山。

仲九章，字雯公。

仲恒，字道久，号雪亭，有《雪亭词》。

仲嗣瑠，字田叔。

仲九皋，字闻天。

钱元修，字安侯。

钱肇修，字石臣，号杏山，有《檗园诗馀》。

黄延，字继序。

黄扉，字时序。

郑景会，字丹书。

王绍隆，字圣则，号绥山。

钱廷枚，字照五。

李璇，字东莱。

顾有年，字响中。

杨之顺，字景唐。

严曾模，字予正。

毛宗宣，字山颂。

黄埠，字无傲。

潘睿隆，字圣阶。

张宇泰，字令文。

陈云武，字定之。

吴扮，字次榆。

张文宿，字白厓。

吴本泰，字药师，号梅里，有《绮语障》。

周雯，字雨文。

徐灏，字大津。

陈之群，字兴公。

柴际溶，字雨苍。

王枢，字次躔。

卓回，字方水，号休园。

卓允基，字次厚，有《芳杜词》。

卓天寅，字火传，号亮庵。

王修玉，字倩修。

又据《百名家词钞》和《瑶华集》，未见录于上述二书的西陵词人尚有：

邵锡荣，字景桓，号二峰，有《探酉词》。

赵吉士，字天羽，有《万青阁诗馀》。

高士奇，字澹人，号瓶庐，有《蔬香词》《竹窗词》。

程光禋，字奕先。

俞兆曾，字大文。

金张，字介山。

查容，字韬荒，号渐江，有《浣花词》。

查嗣琏，字夏重，改名慎行，字悔馀，有《他山词》。

据此，西陵词人已达231家，但明末清初西陵词人当还不止此数，蒋重光《昭代词选》中就有诸多词人如吴景斌、周世荣、徐旭升、吴湘、钟筠等未为上述诸书著录。从传承先后看，二百多位词人大抵可分为三代：第一代多为明遗民，以徐士俊、卓人月、朱一是为先驱；第二代以西陵十子为核心，十子中又以沈谦、毛先舒、丁澎三人为中坚；第三代大多为西陵十子的门人或子弟，以陆进、陆次云、俞士彪、洪升为骨干。[2]

第二节　《古今词统》与徐士俊词学思想

《古今词统》16卷刊刻于崇祯六年（1633）。但崇祯间与其异书异名而同体同内容的尚有两种刻本：一为《草堂诗馀》，题陈继儒评选；一为《诗馀广选》，署"陈继儒眉公评选，卓人月珂月汇选，徐士俊野君参评"。此三选今皆有存本，据赵万里《校辑宋金元人词·古今词统十六卷跋》，《草堂诗馀》乃《古今词统》的后印本，兹不具论。《诗馀广选》当是《古今词统》的初刻之名。《诗馀广选》书前有陈继儒序，书后附录《徐卓晤歌》一卷。陈继儒（1558—1639）字仲醇，号眉公，松江华亭人，其序略云："予友卓珂月，生平持说多与予合。己巳秋，过云间，手一编示予，题名《诗馀广选》。予取而读之，则自隋唐宋元以迄于我明，妙词无不毕具。其意大概谓词无定格，要以摹写情态，令人一展卷而魂动魄化者为上。他虽素脍炙人口者，弗录也。"己巳为崇祯二年（1629），时陈继儒已72岁，《诗馀广选》当刊刻于是年。崇祯六年（1633），是书易名为《古今词统》重新刊刻，仍为16卷，附《徐卓晤歌》一卷，各卷选调选词及卷首附录一依原书未加改动，唯将陈继儒《诗馀广选序》改题为孟称舜《古今词统序》。序文几无二致，仅前引一段文字改为："予友卓珂月，生平持说多与予合，己巳秋过会稽，手一编示予，题曰《古今词统》。予取而读之……"

此外又另增徐士俊崇祯六年《古今词统序》一篇，书前署名"卓人月珂月汇选，徐士俊野君参评"。

由于《诗馀广选序》和《古今词统序》内容几无二致而署名不同，因而有必要对此序的作者作一考辨。按理，此序题名陈继儒在先，当为陈继儒作。徐喈凤《荫绿轩词证》云："陈眉公曰：'幽思曲想，张柳之词工矣，然其失则俗而腻也；伤时吊古，苏辛之词工矣，然其失则莽而俚也。两家各有其美，亦各有其病。'斯为词论之至公。"徐喈凤所引陈继儒之言，正见《诗馀广选序》，可见徐喈凤亦是认定此序为陈继儒作。徐喈凤《荫绿轩词证》附刻于其《荫绿轩词》后，《荫绿轩词》有徐士俊序。徐序云："家竹逸司李滇南归来将田，不惜间关万里，优游于愿息斋中者十数年。……记二十年前，与伯氏默庵相聚长安卓太史邸中，日夕谈诗以为快。事既而从中翰参藩南楚，曾遗诗一卷于余，其首章即送竹逸司理滇南句也。"徐喈凤（1622—1689）字鸣岐，号竹逸，顺治十五年（1658）进士，官云南永昌推官，顺治十八年（1661）以"奏销案"降调后退归家乡。由此可知，徐士俊《荫绿轩词序》当作于康熙十七年（1678）左右。徐士俊既为徐喈凤《荫绿轩词》作序，又于徐喈凤称引陈继儒之语未予改正，是默认此序为陈继儒所作，抑或是未曾见到《荫绿轩词证》？但若从此序本身出发，以之归于陈继儒名下似有不妥。此序唯一可用以考证的文字是："予友卓珂月，生平持说，多与予合。己巳秋，过云间/会稽，手一编示予，题曰《诗馀广选》/《古今词统》。"此段文字很有意味。作序者与卓人月是朋友，但与徐士俊可能不相识，否则不可能对徐士俊只字不提。25 卷《雁楼集》对陈继儒和孟称舜也是只字未提，亦可为证。卓人月于崇祯二年（1629）到底是过云间还是过会稽，或者都曾去过，难以辨考，但就"予友卓珂月，生平持说，多与予合"看，此序为孟称舜所作可能性较大。陈继儒《施子野花影集序》云："夫曲者，谓其曲尽人情也。"陈氏之论，并非"风骚之旨，皆本言情"之意，而是"曲者，曲也，固当以委曲为体"之意，与此序之观点甚不合。而且，卓人月反对"昔人论词曲，必以委曲为体，雄肆其下"的成见，在《古今词统》中"并存委曲、雄肆二种，使之各相救"，[3] 与陈继儒之观点也非"极合"。孟称舜（1594—1684）[4] 字子塞，浙江会稽人，顺治六年（1649）贡生。据焦循《剧说》，卓人月曾为孟称舜《残唐再创》杂剧作序，并谓其创作杂剧乃是为"感愤时事而立言"(《残唐再创·小引》)。孟称舜"文拟苏韩，诗追二李，词压苏黄"(陈洪绶《娇红记序》)，于杂剧则辑有《古今名剧合选》。[5]孟称舜在作于崇祯六年(1633)的《古今名剧合选序》中反对"北主劲切雄丽，南主清峻柔远"(王世贞《曲藻序》)的观点，认为"南之与北，气骨虽异，然雄爽、婉丽，二者之中亦皆有之"，"岂得以劲切、柔远画南北之分耶"。他认为曲与诗、词相类，"其端正静好与妍丽逸宕，兴之各有其人，奏之各有其地，安可以优劣分乎?"由此出发，他把杂剧分为婉丽、雄爽两类：一为《柳枝集》，取柳永《雨霖铃》"杨柳岸、晓风残月"之意；一为《酹江集》，取苏轼《念奴娇》"一尊还酹江月"之意。孟氏此举无疑是把婉丽与雄爽两种风格放在了平等的位置上，这与《古今词统序》的思想甚为吻合，也与卓人月的思想"极合"。以此观之，陈继儒的《诗馀广选序》实系伪托，本为孟称舜《古今词统序》。徐喈凤所见当为《诗馀广选》而非《古今词统》，故其《荫绿轩词证》有引陈继儒之语。徐士俊虽为徐喈凤《荫绿轩词》作序，但可能没见过《荫绿轩词证》，故于徐喈凤引陈继儒之语未予改正。

《古今词统》各卷之卷首题作"草堂诗馀卷某"，卷首附录有"旧序""杂说"二项。"杂说"共六篇：张炎《乐府指迷》(即《词源》卷下)、杨万里(应为杨缵)《作词五要》、王世贞《论诗馀》、张綖《论诗馀》、徐师曾《论诗馀》和沈际飞《诗馀发凡》(仅铨异、比同、疏名、研韵四则)。"旧序"凡八篇：何良俊《草堂诗馀序》、黄河清《续草堂诗馀序》、陈仁锡《续诗馀序》、杨慎《词品序》、王世贞《词评序》、钱允治《国朝诗馀序》和沈际飞《诗馀四集序》与《诗馀别集序》。以此可以推知，《古今词统》其实是《草堂诗馀》系列的总汇萃。

《草堂诗馀》原是一部南宋书坊商人根据当时市井选歌说唱需要而编辑的词选，大约编选于宋孝宗、光宗两朝，宋宁宗庆元以前。陈振孙《直斋书录解题》卷二一仅著录二卷，称其为"书坊编辑者"。今天所能见到《草堂诗馀》的最早刻本是元至正三年(1343)癸未庐陵泰宇书堂刻本，题《增修笺注妙选群英草堂诗馀》。据目录，知其分前集、后集。今仅存前集二卷(后集用明洪武本配全)，收词177首，内有"新增""新添"等字样，藏日本京都大学文学部狩野文库(台北"中央研究院"历史语言研究所有影抄本)。从目录看，前集分春景类、夏景类、秋景类、冬景类；

后集分节序类、天文类、地理类、人物类、人事类、饮馔器用类、花禽类等 11 大类，下分 66 小类。由此可知，此刊本为分类本。元至正十一年（1351）辛卯双璧陈氏刊本标题、分类均同至正癸未本，唯前后集均存，今藏国家图书馆。此本书前有"建安古梅何士信君实编选"牌子，为他本所无，可惜何士信其人事迹不详。但此本多处征引黄升《花庵词选》，可知何士信不会早于黄升，大概是理宗、度宗年间的闽中士子。此本前集收词 205 首，后集收词 170 首。明嘉靖二十九年（1550）顾从敬分调编次本《类编草堂诗馀》四卷，题"武陵逸史编选，开云山农校正"。开云山农不详何人。顾从敬字汝所，号武陵逸史，上海人。此编依词调排列，按词调之篇幅长短，划分为小令、中调、长调三大类别，其中卷一为小令，46 调159 首；卷二为中调，45 调 86 首；卷三为长调，43 调 100 首；卷四亦为长调，59 调 98 首，共计 193 调词 443 首，较何士信本增多近 70 首。但此选的价值不在于其选词数量的增加，而在于选词形式的变化。它变原先的分类法为现在的分调法，反映了唐宋词乐既已失传之后词家对词体声律的寻找和补救心理。这里的"调"不是指宫调，而是仅仅着眼于篇幅字数。小令、中调、长调三分法起于明张綖的《诗馀图谱》，但词谱从唐宋时代的乐律谱发展到明清时代的文字平仄谱，这个变化的基本起点不是张綖的《诗馀图谱》，而是顾从敬的《类编草堂诗馀》。从词学批评的角度看，三分法理论经由顾从敬引进词选后，才在社会上迅速流行开来，并在明代中叶以后逐渐成为词学理论界的一个热门话题。明清之际，沿用顾从敬三分法选词的词选不计其数，举其大者，如陈耀文《花草粹编》、吴承恩《花草新编》、茅暎《词的》、陈溟《精选国朝诗馀》、孙默《国朝名家诗馀》、顾彩《草堂嗣响》、戈元颖《柳洲词选》、邹祗谟《倚声初集》、蒋景祁《瑶华集》、张渊懿《词坛妙品》、赵式《古今别肠词选》、吴绮《记红集》、陆进《西陵词选》、夏秉衡《清绮轩词选》、顾璟芳《兰皋明词汇选》、陈维崧《今词苑》、佟世南《东白堂词选》、陆次云《见山亭古今词选》，等等。

这一分法在其发展过程中孳乳出另一种变体，即废除容易引起争议的小令、中调、长调概念，选词严格依据字数多寡排列，字少者在前，字多者在后。《古今词统》就是这种变体。徐士俊《古今词统序》述该书体例："兹役也，吾二人渔猎群书，衷其妙好，自谓薄有苦心。其间前后次序，一以字之多寡为上下，自十六字至于二百三十字有奇。如岁朝之酌，先其少者，后其老者……又必详其逸事，识其遗文，远征天上之仙音，下暨荒城之鬼语，类载而并赏之。虽非古今之明主，亦不愧词苑之功臣矣。"全书依词调字数多寡排列，起16字的《十六字令》，终234字的《莺啼序》。后来孙致弥辑《词鹄初编》15卷，依仿《古今词统》的做法。《词鹄初编·凡例》云："字数从少至多，自十四字起至二百四十字止，一洗《草堂》小令、中调、长调本色。"此外，如卓回《古今词汇》、陈鼎《同情集词选》及康熙《御选历代诗馀》亦采用此法。相较而言，此法更为科学。但《古今词统》在词学思想史上的意义绝不止此，它更为重要的意义在于选词者兼重婉约与豪放，推动了品鉴南宋词的风气的转变，徐士俊《古今词统序》谓取词不拘一格，"曰幽曰奇曰淡曰艳曰敛曰放曰秾曰纤，种种毕具，不使子瞻受词诗之号，稼轩居词论之名"，可为佐证。而这实际上与选词者本人的词学思想相关。

徐士俊（1602—1681），本名翔，字野君，后更名士俊，生平详见王晫《霞举堂集》卷四《徐野君先生传》，所著《雁楼集》25卷以"标举性灵为宗"（《霞举堂集》卷一〇《十二家文集记》），其中卷一三为词，凡186首。卓人月（1606—1636）字珂月，一字蕊渊，所著《蕊渊集》12卷刊刻于崇祯十年（1637），有薛寀、谭贞默、闻启祥三人序，其中卷一二为词，凡86首。据《雁楼集》卷二四《祭卓珂月文》，知徐、卓定交在天启五年（1625）。《蕊渊集》卷六《社饮二首》写及文友间的诗酒唱和，序云："辛未仲夏，缔同社十四子，小饮于摩婆堂，野君仿杜工部八仙歌以纪之，余复隐括成二律焉。"辛未为崇祯四年（1631），但实际上，至迟在四年前的丁卯（1627），同社就已经成立了，《雁楼集》卷五《丁卯七夕卓左车先生集同社十九人于桃叶渡各赋一事得王方平》诗就记录了一次由卓人月之父卓发之（1587—1638，字左车，号莲旬）召集的聚会。又据《复社纪略》，徐、卓二人曾于崇祯二年（1629）入复社。徐、卓二人在词学上的合作有两次：一是《徐卓晤歌》，一是《古今词统》。王晫《霞举堂集》卷四《徐野君先生传》云："同里卓珂月，才人也，少年负盛名，走四方如骛，一日偶见先生作，惊曰：'里有名士，生二十有馀年，予亦生二十有馀年，而不相闻名，予过矣。'即日具书币，延之于家，诗晨酒夕，欣得良友，自此有《徐卓晤歌》传于人间。"又徐士俊《付雪词序》云："忆予与珂月作《徐卓晤歌》时，已三十年矣。"《付雪词序》作于顺治十一年

（1654），则《徐卓晤歌》当作于天启五年（1625），亦即徐卓初交之时。今传《徐卓晤歌》一卷附于《古今词统》之后，凡 136 首，其中徐士俊 69 首，卓人月 67 首。《徐卓晤歌》基本上仍承袭《花间》《草堂》风貌，但诚如王庭所说，"蕊渊于词家独辟生面……余见其与徐士俊栖水倡和，有《晤歌》诸篇什。迄今倚声之学遍天下，盖得风气之先者"（沈雄《古今词话·词评》下卷引）。《古今词统》的编纂，最初出自卓人月。徐士俊《古今词统序》（亦见《雁楼集》卷一五）述其缘起："先是余有《三样笺》之辑（按，《雁楼集》中有《征三样笺启》），一子夜，一竹枝，一回文。而珂月又以竹枝旧属诗馀，遂拔其尤而去。回文则如《菩萨蛮》数阕，复稍稍拦入焉。摔碎菱花，作蕊珠宫瘦影，岂不令徐郎懊恨。珂月曰：无恨也，使子仅知《三样笺》之为美，而不知此书之尤美，亦何异世人但知《花间》《草堂》《兰畹》之为三珠树，而不知《词统》之集大成也哉。"可见卓人月对《古今词统》极为自负。徐士俊后来对此选也颇为自负，他曾对友人云："弟与珂月，旧有《词统》一书，颇堪寓目。近闻仁兄亦已购得，竟作案头怪石供可也。"（《雁楼集》卷二〇《与邵于王》）《古今词统》上起隋唐，下迄当代，凡录 492 家词 2 051 首，其中隋 1 家、唐 33 家、后唐 2 家、后晋 1 家、南唐 5 家、前蜀 4 家、后蜀 7 家、宋 216 家、金 21 家、元 91 家、明 111 家。邹祗谟称"卓珂月、徐野君《词统》一书，搜奇葺僻，可谓词苑功臣"（《远志斋词衷》），王庭称"《词统》一书，为之规规而矩矩，亦词家一大功臣也"（沈雄《古今词话·词评》下卷），王士禛也有"《词统》一书，搜采鉴别，大有廓清之力"（《花草蒙拾》）之语，其与邹祗谟编《倚声初集》，就是用作《词统》之续。

邹祗谟云："珂月《蕊渊》、野君《雁楼》二集，亦复风致淋漓，艳诀竞响。但过于尖透处，未免浸淫元曲耳。其间野君持论更优，观其序陆荩思词数语，可谓得词理三昧。"（《远志斋词衷》）既然徐士俊"持论更优"，而卓人月又鲜有论词文字传世，那么，我们就以徐士俊的词学观来透视西陵词人的早期词学思想。

尤侗云："昔西里卓珂月、徐野君两先生有《词统》一书，予童时即喜读之。今卓君逝矣，徐君岿然独存，风雅嗣音，鼓吹不绝。"（《西堂杂俎三集》卷三《璧月词序》）徐士俊那被邹祗谟叹为"得词理三昧"的论词文字，见其作于顺治十一年（1654）的《付雪词序》："盖诗之一道，譬诸康庄九逵，车驱马骤，不能不假步其间。至于词，则深岩曲径，丛竹幽花，源几折而始流，桥独木而方度。""康庄九逵"在阔，在大；"深岩曲径"在狭，在小。徐士俊以形象的比喻来说明诗词之别"诗道大而词道小"（《古今词统序》），指出了诗词各自的文类特质，虽然有失明晰，却也别具会心。但这并不意味着他只考虑诗词之异而无视其同。其《荫绿轩词序》（此文不载于《雁楼集》）云："词与诗虽体格不同，其为抒写性情，标举景物一也。若夫性情不露，景物不真，而徒然缀枯树以新花，被偶人以祛服，饰淫靡为周柳，假豪放为苏辛，号曰诗馀，生趣尽矣，亦何异诗家之活剥工部、生吞义山也哉。"在徐士俊看来，无论是诗还是词，作为文学，其内质均在于抒写性情，标举景物。词若无真性情（真景物其实也是真性情），纵然设色新艳，模拟工巧，亦是了无生趣。他选辑《古今词统》时以"曰幽曰奇曰淡曰艳曰敛曰放曰秾曰纤，种种毕具，不使子瞻受词诗之号，稼轩居词论之名"为原则，并且认为"苏以诗为词，辛以论为词，正见词中世界不小，昔人奈何讥之"（沈际飞《诗馀四集序》徐氏眉批，见《古今词统》），都是与他开放的言情说词学观密切相关的。需要指出的是，这是徐士俊词学观中较为通达的一面，并不是其词学观的全部，更非其词学观的主流。其《古今词统序》云："非诗非曲，自然风流，统而名之以'词'，所谓'言'与'司'合者是也。考诸《说文》曰：'词者，意内而言外也。'不知内意，独务外言，则不成其为词。词从司者，反后为司，盖出纳之吝，谓之有司，后之宽大之道，当与有司相反。夫词为诗馀，诗道大而词道小，亦犹是也。故诗从寺，寺者朝廷也；词从司，司者官曹也。小令中调长调，各有司存；宫商角徵羽五声，各有司存，不可乱也。乱者理之，故词亦作嗣，从翦，翦者理也，治也。又作辞，从辛，辛者新也。《汉志》曰：'悉新于辛。'词固以新为贵也。又《说文》曰：'辛象人股，壬象人胫。'故童、妾二字，皆从辛省。汉人选妃册曰'秘辛'，犹言股间隐处也。然则词又当描写柔情、曲尽幽隐乎。"这段以拆字法进行的词学论述，从逻辑上讲是无法成立的，毕竟对作为文字的"词"的说解并不等于对作为文学的"词"的诠解。但徐士俊不是从逻辑上推衍出关于词这种文学体裁的合目的性的见解，这一点是值得注意的。徐士俊首先指出词是一种自具面目的文学体裁，"非诗非曲，自然风流"。徐士俊所谓"上不类诗，下不类曲者，词之正位也"（沈雄《古今词话·词话》下卷）的表白，最能体现他独立的词体意识。在承认词是一种独立体裁的前提下，徐士俊认为词之内质在于"意内而言外"，其中尤以内意为重。"意内而言外"谓之词的主张，影响最大的当数张惠言。但以"意内而言外"论词，元人陆文圭就已提出。陆文圭《玉田词题辞》云："'词'与'辞'字通用，《释文》云：'意内而言外也。'意生言，言生声，声生律，律生调，故曲生焉。"陆氏援引"意内而言外"这一概念，旨在强调词的"言外之意"。但徐士俊援引此语除了蕴含这一种意义之外，尚包含着词之深意与语言之间的关系这一命题，其所谓"不知内意，独务外言，则不成其为词"可为佐证。可惜后人在"意内言外"论上都没有将徐士俊此说的全部内涵加以发扬，而仅赓续其词要有"内意"，即要有寄托的一面，如邹祗谟《远志斋词衷》云："阮亭常为予言，词至云间，《幽兰》《湘真》诸集，言内意外，已无遗议。柴虎臣所谓华亭肠断，宋玉魂销，称诸妙合，谓欲专诣。斯言论诗未允，论词神到。"

在此基础上，徐士俊又提出词"以新为贵"，"当描写柔情，曲尽幽隐"。词"以新为贵"亦属泛泛之论，无须赘言。这里问题的关键是词当"描写柔情，曲尽幽隐"。在徐士俊看来，诗词虽然在抒写性情、标举景物的总体方向上是一致的，但由于它们体格不同，它们在抒写什么性情、怎样抒写性情等方面迥不相侔。由于"诗道大而词道小"，故词"断以清新婉媚者为上，非情之近于词，乃词之善言情也。……《诗》三百篇，妇人女子列其首；汉魏乐府，闺房欢燕居其多。要以气服于内，心正于怀，读等身之书，作言情之什"（徐士俊《题兰思词》）。显然，徐士俊认为诗词虽然都要抒写性情，但相较而言，词更便于作者倾泻情感。这里的情感可以蕴蓄诸多意志，或柔靡或庄雅，但既然是以"词"这一载体作为抒泻情感的通渠，则最好通过"寓言"艳情以达到目的。因为这一手段一方面便于作者倾泻情感，另一方面由于"意内言外"的关系又不至于流为靡荡。如此填制而成的词，其色貌自是"清新婉媚"的，而这也正是徐士俊所期望的。由此我们明白，徐士俊虽然在选词时声称要做到"种种毕具，不使子瞻受词诗之号，稼轩居词论之名"，但他的词学审美理想是倾向于"清新婉媚"的，这可以在其词创作中得到印证。《雁楼集》卷一三的186首词，步辛弃疾者仅3首：《东坡引·闺情步辛稼轩韵》《卜算子·次稼轩韵》和《祝英台近·春别次辛稼轩韵》；步苏轼者7首：《洞仙歌·次坡公孟蜀宫词韵》《水调歌头·次坡公中秋韵》《水龙吟·次坡公杨花韵》《百字令·次坡公赤壁韵隐括前赤壁赋》《百字令·再次坡公韵隐括后赤壁赋》《卜算子·次坡公悼超超韵为寒氏悼亡》《西江月·次坡公悼朝云韵为寒氏悼亡》，其中后二首还是和卓人月之作，并非自己的选择。从《徐卓晤歌》的内容及创作手法看，徐士俊填词多从情词入手，如《南乡子·伤春次珂月韵》："花信挂愁肠，一线春魂昨夜殇。早起惜花花不语，朝阳，薄雾轻烟混一场。　珠翠更谁量，撇却堤头瑟与簧。独自拥衾留昔梦，萧娘，待得郎来换好妆。"卓人月评曰："袁昭令评野君是柳耆卿后身，要非虚语。"（《徐卓晤歌》）邹祇谟《远志斋词衷》谓徐士俊词"过于尖透处，未免浸淫元曲耳"，盖指此类词而言。徐士俊晚期之词其实是另一番面貌，如《如梦令·自题生照》："试问梅溪何在，琴里暗香犹爱。花下一编书，经过沧桑变态。无碍，无碍，赋骨骚情不坏。"

第三节　"西陵十子"词学思想的
　　　　合同与歧异

西陵十子中，沈谦、毛先舒、丁澎三人均有词集传世。沈谦有《东江别集》五卷，民国九年（1920）铅印本，前三卷为词，凡 201 首；毛先舒有《鸳情集选》一卷，为沈谦所选，康熙学古堂刊本，存词 131 首；丁澎有《扶荔词》四卷，有康熙十九年（1680）刻本，有词 243 首。关于丁澎，容下再述。此处先谈沈谦和毛先舒。

沈谦与毛先舒定交于崇祯十二年（1639），见毛先舒《东江集钞序》。甲申变后，二人与张纲孙合称"南楼三子"，后又皆列名"西陵十子"。沈谦《答毛稚黄论填词书》云："至于填词，仆当垂髫之年，间复游心，音节乖违，缠绵少法。窃见旧谱所胪，言情十九，遂尔拟撰。"毛先舒《菩萨蛮》（之二）词序云："忆余十一二时，喜小词，一夕得首二句，苦吟不续，今犹记之，因足而成篇，题曰《西风》。"但其《鸳情词选自题》则云："余年二十馀尝学为填词。"沈、毛二氏均生于明光宗泰昌元年（1620），故沈谦涉足词坛较毛先舒略早，据毛先舒《与沈去矜论填词书》，毛氏学词尝得沈氏教诲。沈、毛在三十馀年的交往中，于词学形成了诸多一致的见解，举其大者，有如下数端。

一是不卑视词体。沈谦作词"好尽安排，取法未高……且时时阑入元曲"（谢章铤《赌棋山庄词话》卷八），如"人也劝奴，为何守这冷冷清清地"（《十二时慢》），绝类曲语。但沈谦论词时是极力反对词似曲的："承诗启曲者，词也，上不可似诗，下不可似曲。"（《填词杂说》）此类从创作角度指明词别具体貌的论调，此前此后并不鲜见。前有徐士俊"上不类诗，下不类曲者，词之正位也"（沈雄《古今词话·词话》下卷引），后有曹溶"上不牵累唐诗，下不滥侵元曲者，词之正位也"（《古今词话序》）。沈谦进一步的观点在于词曲与诗文之间不必轩轾，"词曲犹之乎诗文也，有龙门、剑阁之奇，即有茂苑、秦淮之丽；有日华星采之瑞，即有微云疏雨之幽。安见《桃叶》《竹枝》，不可媲美《关雎》《卷耳》也"（《东江集钞》卷六《陆荩思诗馀序》）。此种"人或谓之剩技，予独谓之全功"的词体识见突破了诗尊词卑的价值评判，无疑给了词这一文学体裁以合理公正的归位。在这一点上，毛先舒也体现出同样的立论勇气。毛先舒对词之称呼多沿传统惯例，如云"填词虽属小道"（《填词名解略例》）、"填词不足道耳"（《题吴舒凫诗馀》）、"填词，末技也"（《汪闻远填词序》），但他并不卑视词体，他指出"填词缘起于六朝，显于唐，盛于宋，微于金元"，亦"一代之制也"（《填词名解略例》）。他又对胡应麟《诗薮》以宋词、元曲为王朝衰亡之由提出批评："夫格由代降，体骛日新，宋、元词曲，亦各一代之盛制。必谓律体以下，举属波流，则汉宣论赋，已比郑卫；李白举律，亦自俳优。是则言必四声，而篇必三百，乃为可耳。"（《诗辩坻》卷四）这种以通变观来看待词曲的观点，显然是符合文学体制发展史实的。毛先舒《潠书》卷四《填词名说》：

> 填词者，填其词也，不得名"诗馀"。填词不得名"诗馀"，犹曲自名"曲"，不得名"词馀"。又诗有近体，不得名"古诗馀"，楚骚不得名"经馀"也。盖古歌皆作者随意造之，歌者寻变，入节传之，以声而歌，故乐有谱歌无谱也。后世歌法渐密，故作定例，而使作者按例以就之，平平仄仄，照调制曲，预设声节，填入辞华。盖其法自填词始，故填词本按实得名，名实恰合，何必名"诗馀"哉！

　　此段论词文字从词之起源的角度入手，循"名"质"实"，驳斥了词为"诗馀"的谬说，完全符合词兴起背景的史实。尽管后来汪森在词的起源问题上也有"古诗之于乐府，近体之于词，分镳并驰，非有先后，谓诗降为词，以词为诗之馀，殆非通论"（《词综序》）的通达之论，但汪氏之语较毛氏之论为晚出，论其功则首推毛先舒。应当指出，不管是沈谦，还是毛先舒，不卑视词体并非有意推尊词体，他们都没有刻意推尊词体的期待。只是相较而言，沈谦的不卑视词体只是一种文体直觉，而毛先舒的不卑视词体则以一种通变的理论为前提。毛先舒作于康熙元年（1662）的《丽农词序》云："天地之开人以文章也，有不得不开之势。故文人之趋于变也，亦有不得不变之势。善论文者因势以为功，不善论文者反之。夫《三百》降而为楚骚也，商、周之作者，必不知后之复有骚也。骚之降而为汉乐府也，屈、景之徒，必不知后之复有乐府也。等此而递下，亡不然已。尝疑孔子录诗而遗古《元首》《南风》《涂山》《五子》诸作，大略取周为多，间及商先王而止，毋亦以时代殷遥，稍从迁祧之例也欤？今世文章家泥古而罕知尽变，与溯而追源，则欣然欲往；与顺而穷流，则掉头去之，曰：是慆音也，宕往而不返者也。嗟乎！千古旦暮耳，其可以一成之规画之欤？"（《潠书》卷一）毛先舒以文人有不得不变之势为理论基石，以孔子重视文学的发展趋势，略古重今，不讲《元首》等歌而讲《三百》为实践例证，强调了词曲的出现是文学发展的必然。毛先舒这种从理论推衍中得来的词体识见较之沈谦直接给出结论的词体直觉，显然更具理论意义。

　　二是强调词之言情与移情功能。沈谦借用李贽"至文"的概念云："至文无亲疏，虽疏必亲；至文无大小，虽小亦大。"（《东江集钞》卷六《陆荩思诗馀序》）李贽认为，依从格套法度固然可以作文，但绝不能作出"天下之至文"（《焚书》卷三《杂说》），"至文"是不计较技巧和法度，仅追求言情与达意的。沈谦说："'晓风残月''大江东去'，体制虽殊，读之若身历其境，惝恍迷离，不能自主，文之至也。"（《填词杂说》）这不仅是从词之艺术风格上对婉约、豪放作出不可偏废的评价，而且是从"词不在大小浅深，贵于移情"的内质出发提出对制词者的要求。沈谦本人多次谈及情为词移的切身体验，如云："柳屯田'每到秋来'（《爪茉莉·秋夜》）一曲，极孤眠之苦。予尝宿御儿客舍，倚枕自歌，能移我情，不知文之工拙也。"（《填词杂说》）词之能移情，是词本身深于情的表现，移情与言情其实只是一个问题的两面：移情指向读者，而言情指向作者。对移情的肯定其实也是对言情的要求，沈谦评价他人之词多从"情"处着眼，即是证明。如他谓范仲淹《御街行》《苏幕遮》"虽是赋景，情已跃然"，谓苏轼《水龙吟·次韵章质夫杨花词》"直是言情，非复赋物"，他自所为词"言情最为浓挚"（《古今词话·词评》下卷）。不过，沈谦主要是从读者接受的角度论词"情"。相较而言，毛先舒虽也关注词"情"，如谓邹祗谟《丽农词》"不但娱目，直移我情也"（《潠书》卷六《与邹讦士书》），但主要是从作者填制的角度提出要求。其作于康熙四年（1665）的《答孙无言书》："文字以精神所至为主，而格律故不可尽拘也。……小词历落疏纵，当其神来，亦复自喜，豪苏腻柳，总付水滨。"（《潠书》卷七）此处"精神"当包括"情"与"志"（其实，"情""志"，一也）。在毛先舒看来，词乃抒情言志之载体，只要做到通情达意，采取的方式大可不必整齐划一。在此基础上，他和沈谦一样，认为"词句参差，本便旖旎，然雄放磊落，亦属伟观"（《毛驰黄集》卷五《与沈去矜论填词书》），"诗亡论南、雅、三颂，即十三国风，颇多壮节。倘欲专歌东门之茹虑而废小戎，非定论也"（《东苑文钞》卷上《题吴舒凫诗馀》）。

三是追求离合之技法。沈谦云："白描不可近俗，修饰不得太文，生香真色，在离即之间。"[6]具体说来，"学周、柳不得见其用情处，学苏、辛不得见其用气处，当以离处为合"。周邦彦、柳永词善于写情，但其明显的言情处，反而情不深，流于俚俗，不如其借景色写或含蓄不见用情，情反而真实深刻，如周邦彦"待花前月下，见了不教归去"（《法曲献仙音》）、"天便教人，霎时斯见何妨"（《风流子》）等词句，"卞急迁妄，各极其妙""真深于情者"（《填词杂说》）。苏轼、辛弃疾直接用气之词有粗豪之敝，而不直接抒发豪气之词，反见其气之豪放，此之谓词离而气合。总之，沈谦认为"能于豪爽中着一二精致语，绵婉中着一二激厉语，尤见错综"，不会流于"尖弱""平板"和"粗率"（《填词杂说》）。毛先舒也认为"词家之旨，妙在离合"（《与沈去矜论填词书》）。他说，"词家刻意、俊语、浓色，此三者皆作者神明。然须有浅淡处平处，忽著一二乃佳耳。如美成《秋思》，平叙景物已足，乃出'醉头扶起寒怯'，便动人工妙"；又说"词贵开宕，不欲沾滞，忽悲忽喜，乍远乍近，斯为妙耳。如游乐词，微须著愁思，方不痴肥。李（清照）《春情》词本闺怨，结云'多少游春意''更看今日晴未'，忽尔拓开，不但不为题束，并不为本意所苦，直如行云，舒卷自如，人不觉耳"（《诗辩坻》卷四）。从美学角度言，"合"凭借描写，但太合则"黏"；"离"依赖烘托，然太离则"脱"，有离有合，方能不黏不脱。试以情景之关系言之。清初论词要情景相合者甚众，如尤侗"文人之词，未有不情景交集，声色兼妙者"（《艮斋倦稿·文集》卷三《南耕词序》），彭孙遹"历观古今诸词，其以景语胜者，必芊绵而温丽者也；其以情语胜者，必淫艳而佻巧者也。情景合则婉约而不失之淫，情景离则儇浅而或流于荡"（《松桂堂集》卷三七《旷庵词序》）。但清初论词须情景相合者，首推毛先舒。毛先舒在作于顺治八年（1651）的《与沈去矜论填词书》中就说："情景者，文章之辅车也。故情以景幽，单情则露；景以情妍，独景则滞。"[7]词之内涵，不出情景二字，但一味抒情，易失之刻露；一味摹景，易流于板滞，只有情景糅合运用，相配得宜，方能臻情景交融之境。尽管毛先舒对情景关系的认识尚未达到如徐喈凤所说"词中情景不可太分，深于言情者，正在善于写景"（《荫绿轩词证》）和李渔所说"词虽不出情景二字，然二字亦分主客。情为主，景是客，说景即是说情，非借物遣怀，即将人喻物"（《窥词管见》）的高度，但他的情景观作为他离合说的组成部分，显然是符合填词实践的。

以上从对词体的态度、词的功能和填词的技法三个方面指出沈谦、毛先舒在词学思想上一致的方面，但沈、毛二氏在词的体貌和拟议对象上分歧甚大，这一点是至为重要的。

沈谦虽然说词"上不可似诗，下不可似曲"，但他又认为"诗与曲又俱可入词，贵人自运"（《填词杂说》）。毛先舒则说："足下论曲与词近，法可通贯。鄙意仍谓尚有畦畛，所宜区别。"（《与沈去矜论填词书》）由此生发开来，沈、毛二人至少在三个方面存在分歧：一是婉约、豪放是否要分出上次；二是词是否要微著金粉；三是柳永之词是否可为拟议对象。为说明问题，兹先将沈、毛二氏在顺治八年的论辩文字中的相关部分移录于下：

　　窃以足下于此，靡所不合，而微指所向，则祢祀柳七。仆视足下，已不啻倍蓰，何足知柳长短。然妄谓足下才过柳十倍，顾反学柳，柳不足为足下师也。……仆观高制，恒情多景少，当是虑写及月露，使真意浅耳。然昔之善述情者，多寓诸景，梨花榆火，金井玉钩，一经染翰，使人百思。哀乐移神，故不在歌哭也。足下又云：才藻所极，宜归诗体；词流载笔，白描称隽。仆抑谓不然。大抵词多绮语，必清丽相须，但避痴肥，无妨金粉。故唐宋以来作者，多情不掩才，譬则肌理之与衣裳，钿翘之与鬓髻，互相映发，百媚斯生，何必裸露，翻称独立。且闺襜好语，吐属易尽，巧竭思匮，则鄙袤随之。真则近俚，刻又伤致，皆词之敝也。又若作骚赋及六季、唐初诗，当极艳藻耳，然《抽思》《九辩》《长门》《登楼》，皆斐亹清绝，语不极华。晋代《子夜》，纯抒本色；贞观王绩，质馀于文，况外是他众体？而猥称镂金展采，诗家能事，何耶？故称诗则雅尚鸾龙，谈词则独去雕饰，恐非徒病词，抑亦祸诗道已。乃若词句参差，本便旖旎，然雄放磊落，亦属伟观。成都、太仓，稍胪上次，而足下持厥成言，又益增峻，遂使"大江东去"竟为逋客，"三径初成"没齿长窜，揆之通方，酷未昭晰。借云词本庳格，调宜冶唱，则等是以降，更有时曲。今南北九宫，犹多犎铎之响，况古创兹体，原无定画，何必抑彼南辕，同还北辙，抽儿女之狎亵，顿壮士之愤薄哉？

——《毛驰黄集》卷五《与沈去矜论填词书》

至于填词，仆当垂髫之年，间复游心，音节乖违，缠绵少法。窃见旧谱所胪，言情十九，遂尔拟撰。仆意旨所好，不外周、柳、秦、黄、南唐李主、易安、同叔，俱所愿学，而曾无常师。"晓风残月"，累德实多；"阳五伴侣"，必且为当世所唾耳。……仆惟填词之源，不始太白。六朝君臣，赓色颂酒，朝云龙笛，玉树后庭，厥惟滥觞。流风不泯，迨后三唐继作，此调为多。飞卿新制，号曰《金荃》；崇祚《花间》，大都情语。艳体之尚，由来已久，奚俟成都、太仓，始分上次？及夫盛宋美成，就官考谱；七郎奉旨填词，径辟歧分，不无阑入。甚至燔柴凤架，庆年颂治，下及退闲高咏，登眺狂歌，无不寻声按字，杂然交作。此为词之变调，非词之正宗也。至夫苏、辛壮采，吞跨一世，何得非佳？然方之周、柳诸君，不无伧父。而"大江"一词，当时已有"关西"之讽，后山又云："正如教坊雷大使舞，虽极天下之工，要非本色。"小吏不讳于面讯，本朝早定其月旦。秦七雅

词，多属婉媚，即东坡亦推为"今之词手"。他如子野"秋千"、子京
"红杏"，一时传诵，岂皆激厉为工，奥博称绝哉？至于情文相生，著
述皆尔；浮言胪事，淘汰当严。仆于诗文亦然，非特填词而异矣。若
夫狎色之喻，仆复有言。夫宣姜好发，不屑鬈髽；虢国秀眉，并损黛
粉。丹漆白玉，永谢文雕。吾恐先施蒙秽，湔涤尚堪；嫫母假饰，訾
厌必倍。以仆向作，政复此病，不图足下反以单情见让也。

　　　　　　　　——《东江集钞》卷七《答毛稚黄论填词书》

　　毛、沈之论首先一点在于词体风格是否要有多样性。从理论上说，风
格的多样性原应是不容置疑的，因为这是风格的个体性、主观性、独特性
与风格的时代性、客观性、一般性相统一的必然结果和要求。毛、沈二人
在词体风格上的分歧并不在于对时代生活的丰富性的认识，而在于对作家
精神的个体性的认识，因为他们对时代生活的丰富性的认识是阙如的，他
们在论词中从来就没有提及这一点。就作家精神的个体性而言，由于每个
作家的阅历、遭际、胸襟、教养以及审美情趣等方面各不相同，其所创作
的作品必然表现出不同的体貌，而无论是哪一种体貌，都是作者个人情性
的反映，因而都应给予公允的承认。沈谦对作者的个人情性应当说也有一
定的认识，如他说"稼轩词以激扬奋厉为工，至'宝钗分，桃叶渡'一
曲，昵狎温柔，魂销意尽，才人伎俩，真不可测"，实际上就是承认辛弃
疾作为一个个体情性的复杂性。又如他从"至文"要有移情功能的角度出
发，认为"'晓风残月''大江东去'，体制虽殊，读之若身历其境，惝恍
迷离，不能自主，文之至也"，对婉约的柳永之《雨霖铃》和豪放的苏轼
之《念奴娇》并无轩轾之意。但沈谦的这种态度只停留在词要言情移情的
层面，而不是风格论层面。一旦在风格论层面谈论这一问题，他的态度就
有很大不同。他在《答毛稚黄论填词书》中以柳永、周邦彦词为正宗，以
"燔柴凤架，庆年颂治，下及退闲高咏，登眺狂歌"之词为"变调"，以
苏、辛为"伧父"，[8] 以秦、张为"词手"，说到底是以秦、柳、周诸人之
词为上，以苏、辛诸人之词为次。沈谦还认为，词以婉约为上、豪放为
次，并不始于杨慎、王世贞，而是从词体产生之日起即是如此。沈谦认为
填词不是始于李白，而是滥觞于六朝，六朝之文学风貌是"彩丽竞繁，而
兴寄都绝"，故作为六朝文学之苗裔的词自当以绮靡艳丽为宗。六朝文学

之体貌与词是有某种契合之处，但以六朝为词之滥觞是不符合词之发生论事实的。《金荃》《花间》虽以艳体为尚，但并不能说明晚唐之词只有此一种色貌，事实上在《花间》之前的敦煌曲子词就是色彩斑斓、格调纷呈的。沈谦为词"笃尚婉至"（毛先舒《毛驰黄集》卷六《沈氏词韵序》）说到底还是未能走出李之仪词"自有一种风格……大抵以《花间集》中所载为宗"（《姑溪居士文集》卷四〇《跋吴思道小词》）的樊篱，因而是有失偏颇的。毛先舒则不仅在词要言情的本体论层面认为"豪苏腻柳，总付水滨"（《潠书》卷七《答孙无言书》），"专歌东门之茹虑而废小戎，非定论也"（《东苑文钞》卷上《题吴舒凫诗馀》），而且在词之风格论层面上认为"词句参差，本便旖旎，然雄放磊落，亦属伟观"。毛先舒对沈谦词分"上""次"提出两点质疑：一是如果承认"词本庳格，调宜冶唱"，则作为词之馀的"曲"当更应以艳冶婉至为尚，但事实是"今南北九宫，犹多鼙铎之响"，这如何解释？二是词自诞生之日起，并没有如沈谦所云，规定要以"婉至"为宗，因而，即便追溯词源，也无须"抽儿女之狎亵，顿壮士之愤薄"。毛先舒的这两点反问很有力量，而这种力量正是来自他比沈谦更为通达的词体风格论。

与风格多样化相关联的一个问题是作家语言的差异。文学是语言的艺术，语言风格是文学风格极为重要的组成部分。需要指出的是，从风格意义上谈语言，实际上不是笼统抽象地谈语言的生动性或形象性，也不是枝节披离地从语法学角度分析语言结构或成分，而是着眼于作家独特的遣词造句方式以及此种方式所表现出来的作家创作个性。但无论是沈谦还是毛先舒，他们谈论的词的语言问题其实很简单，并没有而且也不可能达到我们现在所要企及的高度。他们只是关注词的语言是否需要修饰而已，也就是要不要"情""采"关系中的"采"的问题。当然，这个问题也是与词体风格密切相关的。毛先舒对"诗则雅尚鸢龙""词则独去雕饰"深致不满，他认为，从诗歌发展史上看，骚赋及六朝、唐初诗，"当极艳藻耳"，但也有许多诗"语不极华"，如《九辩》《登楼》等，至于晋代《子夜》、贞观王绩之诗，更是"纯抒本色"，"质馀于文"，何来"鸢龙"？毛先舒认为，一如"才藻所极，宜归诗体"是不恰当的一样，"词流载笔，白描称隽"也是有失偏颇的。他认为，词只要不堆砌辞藻，避免"痴肥"，对其语言作适当的藻饰，做到清丽相兼，固无不可，未必一定要以"白描称隽"，犹如艳丽衣裳与自然肌理相衬现、斑斓钿翘与清美鬓髻相映发而崭露的美貌，未必不如自然之肌理，相反，自然之肌理有可能因裸露而不如着装之体态富有美感。值得强调的是，毛先舒关于词之语言是否要雕饰的论述，其实不仅仅关乎词之语言本身，而是指向这样一个事实，即诗与词之区分并不在于所用的语言。他所谓"称诗则雅尚鸾龙，谈词则独去雕饰，恐非徒病词，抑亦祸诗道已"，是他关注这样一种事实的有力佐证。而毛先舒指明的这种情形，正是符合实际的，诗词之别确实不在于它们的语言。退一步说，即便毛先舒没有觉察到这一点，而仅将思考停留在词的语言层面上，他的论述也是合乎情理的。清代常州词派主要词论家周济曾说："毛嫱西施，天下美妇人也。严妆佳，淡妆亦佳，粗服乱头，不掩国色。飞卿，严妆也；端己，淡妆也；后主则粗服乱头矣。"（《介存斋论词杂著》）毛先舒之意大致与周济同，只是没有周济说得明确而已。但沈谦则不然。他虽然也说"情文相生，著述皆尔"，但在谈及词之语言时，则崇尚"白描称隽"。（沈谦后来对自己的观点有所修正，其《填词杂说》云："白描不可近俗，修饰不可太文，生香真色，在离即之间。"）沈谦的初衷或许是不错的，他恐词人以文采假饰情性，流于文胜质衰，甚至有文无质。但犹如不能由对盆中脏水的厌恶变成对盆中婴儿的抛弃一样，对文采假饰的担忧不能变成对文采藻饰的剥离。宣姜"不屑鬒髢"，好发如故；虢国"并损黛粉"，秀眉依然。但宣姜、虢国对自己的"发""眉"略加修饰，难道就面目可憎了吗？因此，沈谦对词的语言以白描为高的一元强调，说到底也不是仅指向语言层面的问题，而是在于对一种词体风貌的追求。沈谦非常强调"本色"，他说："男中李后主，女中李易安，极是当行本色。"而他所谓的"本色"，就是主张直抒情性，不假雕饰。他说："秦少游'一向沉吟久'，大类山谷《归田乐引》，铲除浮词，直抒本色，而浅人常以雕绘傲之。"（《填词杂说》）毛先舒也谓沈谦本人"尝慨周、柳不作，斯道放坠，最下者既不及情，而高才之士，又往往仗气骋博，离去本色。故其为词，雅不矜壮采，而笃尚婉至"（《毛驰黄集》卷六《沈氏词韵序》）。

与风格相关联的另一个问题是词的拟议对象。沈谦谓自己"意旨所好，不外周、柳、秦、黄、南唐李主、易安、同叔，俱所愿学，而曾无常师"，对毛先舒谓自己"微指所向，则祢祀柳七"不是很满意。确实，沈谦对秦观、李清照甚为推崇，其《东江集钞》卷九《东江子杂说》云："读韩翃之诗、秦少游之词、杨升庵之曲，一浪子耳。考其生平，凛凛忠节，而色厉者反摘其言而訾之。吾谓《闲情》出于彭泽，故不为白璧之瑕。"其《填词杂说》云："予少时和唐宋词近百阕，独不敢次'寻寻觅觅'一篇，恐为妇人所笑。"他对柳永之词颇有微词，认为"'晓风残月'，累德实多；'阳五伴侣'，必且为当世所唾耳"。但是，沈谦的词论与其创作是不敷一致的。理论与实践的难敷一致也是习见之事，只是在此种情况下，作为后世的批评者，在考察词论家的词学思想时，就不能仅停留在词论家的词论上，而应与其创作绾合起来，如此方能真正把握其词学思想命脉。沈谦虽然对柳永之词有所不满，但认为柳永之词"率从屯田待制浸淫而出"（沈雄《古今词话·词评》下卷），"只以香奁见长"（陈廷焯《云韶集》），"且时时阑入元曲"（谢章铤《赌棋山庄词话》卷八），沈谦的《浪淘沙·春恨》："弹泪湿流光，闷倚回廊。屏间金鸭袅馀香。有限青春无限事，不要思量。　　只是软心肠，蓦地悲伤。别时言语总荒唐。寒食清明都过了，难道端阳。"显然属"词人之词"，[9] 未脱屯田蹊径，明人习气。实际上，沈谦之未脱屯田蹊径，与其对艳词的态度有关（最根本的是与他同时是曲家有关）。沈谦对艳词是首肯的，他对秀法师以"泥犁"呵责黄庭坚表示不满："山谷喜为艳曲，秀法师以泥犁吓之，月痕花影，亦坐深文，吾不知以何罪待谗诐之辈。"[10] 沈谦论词既重"言情"，又重"本色"，填词流于艳冶也算是自然归结了。毛先舒则明确宣称柳词不足为师。[11] 毛先舒虽然认为"文字以精神所至为主"，但对"精神"又加以质的规定。他反对"艳情"，自己作词"弗敢淫"（《潠书》卷一《平远楼外集自序》）。他对沈谦作词"微指所向，则祢祝柳七"深致不满，但对王晫《峡流词》"旖旎风流，又兼远韵，清豪顿挫，不堕嘈杂"（《霞举堂集》卷二一《峡流词评》）则叹赏有加，颇可见出其审美趣尚。究其实，毛先舒是反对粗俗鄙浅之作的，他说"《草堂诗馀》有胡浩然者，最粗俗可厌"，柳永词"情语多俚浅，如'祝告天发愿，从今永无抛弃'，开元曲一派，词流之下乘也"（《诗辩坻》卷四）。为了达到既言情又不流于秽的词体期待，毛先舒提出了两条途径：一是在内涵上强调寄托。如他对自己所作文词多"感仳离而悲怨旷"的解释是"是托也，非志也。夫人衷有所隐，而辞有弗能已，则更端以达之。《离骚》之志，美人目君，张衡《四愁》，非直为错刀，绣段而已也"（《濮书》卷一《平远楼外集自序》）。作词而强调寄托，有作者有意为之者，也有作者迫于情势而不得不为之者。毛先舒之强调寄托，尤重在后者。他认为邹祗谟《丽农词》"讽刺揄扬，隐而微中"，与《诗经》无异，是因为邹祗谟"射策中甲科，中更不得意（指邹祗谟因'奏销案'而削落），其缠绵侘傺之思，不能不于词发之，而必本太史公所称《国风》《小雅》，以为托始"（《濮书》卷一《丽农词序》）。至于宋琬、王士禄、曹尔堪三人以事或谪或削，冤狱得雪后，聚首湖上唱和，"悲天悯人，忧谗畏讥之意，尤三致怀焉而不能已"（《濮书》卷二《题三先生词》），"各抱怀思，互相感叹，不托诸诗，而一一寓之于词，岂非以诗之谨严，反多豪放，词之妍秀，足耐幽思者乎"（徐士俊《三子倡和词序》）。二是在技法上注重离合。上文曾谈及沈、毛二人均追求离合之技法，但实际上，沈谦追求离合只停留在理论上，并未付诸实践。而毛先舒不仅在理论上着力指出"词家之旨，妙在离合"，而且在实践过程中亦是身体力行。这样的差异反映在他们各自的拟议对象上，就表现为沈谦手模柳永，毛先舒心追周邦彦。毛先舒以"寄托"与"离合"为标尺，指出"宋词人并称周、柳，其实柳不逮周甚远，盖清真词虽描摹闺襜，而不及亵，为能不失大雅之遗，屯田方之则堕矣"（郑景会《柳烟词评》引），是有一定道理的，但并不完全符合周、柳词之实际。其实，周、柳之别仅在于词之技法而已，若就内涵言之，周间有不及柳者。宋代王灼云："柳（永）何敢知世间有《离骚》，惟贺方回、周美成时时得之。"（《碧鸡漫志》）宋人已认为周邦彦之词寄托深微。但周词所写实多为与歌妓间之狎情绮思，虽较柳词含蓄，然终与美人香草之趣迥异，如《瑞龙吟》《芳草渡》《满路花》等，皆可见其所欢多为青楼女子，宜乎张炎《词源》评其"意趣却不高远"，刘熙载《词概》亦谓"周旨荡"也。故就内容言之，周词不过"悲欢离合，羁旅行役之感"（王国维《清真先生遗事》）而已，实不如柳词中凭高念远一类来得深刻，亦不若柳词描写都会繁荣者能反映现实。柳词虽颇伤卑俗而为世所訾议，但不能一概驳倒，实际上，"耆卿词当分雅俚二类。雅词用六朝小品文赋作法，层层铺叙，情景兼融，一笔到底，始终不懈；俚词袭五代淫诀之风气，开金元曲子之先声，比于里巷歌谣，亦复自成一格"（龙榆生《唐宋名家词选》引夏敬观手批《乐章集》语）。事实上，毛先舒也正是主要从技法的角度认定柳不逮周的，他说"语不离则调不变宕，情不合则绪不联贯。每见柳氏句句粘合，意过久许，意犹未休，此是其病，不足可师"（《与沈去矜论填词书》），"周美成词家神品，如《少年游》'马滑霜浓，不如休去，直是少人行'，何等境味。若柳七郎，此处如何煞得住"（王又华《古今词论》引）。毛先舒对柳永的批评其实只是针对其俚词而言。柳永之俚词在内涵上"好尽"（吴梅《词学通论》谓柳词"备足无馀""事实必清"），寄托无有；在语言上鄙俗，浑成缺失。而毛先舒追求的词作典范则是"意欲层深，语欲浑成"（王又华《古今词论》引），因此，柳永毫无疑义地遭到毛先舒的拒斥，而周邦彦则理所当然地进入毛先舒的期待视界。如周邦彦《解连环》（怨怀无托）一词，写怨别之情，首二句点明因所欢见弃，是以心乱如麻，而思念之情，消凝无已，却偏说"信妙手，能解连环"。盖自信能挥剑斩断情丝，永不再为情所苦，故"似风散雨收，雾轻云薄"，此为一层转折。然而多年情谊，又岂能说断就断？故目睹旧日楼台，手种红药，尽皆触处生愁，此是另一层转折。下片由眼前之红药联想至汀洲之杜若，而伊人已舟移岸曲，远在天涯，昔人传情达意之书函，都尽成毫无意义之空话，是以怨恨难平，竟拟将昔日音书，全都烧掉，此又一层。更自音书设想，倘若对方能顾存情义，千里寄梅，足见其心中尚有我在，则此生为斯人憔悴瘦损，亦在所不辞，至此又是一层。全篇纲目在"怨怀无托"四字，层层转进，莫不就此曲尽发挥。而柳永之词多直陈而非曲说，夏敬观手批《乐章集》"耆卿多平铺直叙，清真转变其法，一篇之中，回环往复，一唱三叹"，可谓切中肯綮。由此正可表明周邦彦词乃"层深而浑成"者，而柳永非是。

　　需要补充的是，毛先舒偶尔也会对俗词表现出一定程度的宽容，其《潠书》卷一《四子西湖竹枝序》云："世之论者，徒以词多昵昵之响，于大雅或乖。余谓填词变而为曲，曲变而为吴歌，为《挂枝》，流荡极矣，而终有所不能废。"毛氏认为词从唐人《竹枝》诸歌变化而来，又向曲及《挂枝》变化而去，虽然由古朴趋于通俗，却是文体通变的必然，因而，即便是《挂枝》，也值得肯定。毛先舒既然肯定了通俗的《挂枝》，至少表明他对俗词的态度有所松懈。而晚年沈谦也做出修正初衷的词学努力，其《东江集钞》卷七《与邹程村》云："仆童年刻意过程，时多透露，前蒙登拔，皆其少篇。近亦幡然一变，将尽扫《云华》之旧，不知足下之许我否也。"沈谦"尽扫《云华》之旧"后面目如何不具论，他既"每读《三家诗馀》，辄叹风流之美"，而邹祗谟又谓"《云华词》，其模仿屯田处，穷纤极眇，缠绵儇俏。然毛驰黄云：'柳七不足师。'此言可为献替。盖《乐章集》多在旗亭北里间，比《片玉词》更宕而尽。郑繁雅简，便启《打枣》《挂枝》伎俩"（《远志斋词衷》）。但沈谦与毛先舒的各自努力并不足以改变他们词学思想歧异的主流。

丁澎是西陵十子中的入仕清廷者。政治道路的分野当然并不意味着词学思想的迥异，但作为不同王朝的臣民，处境无疑很不相同。不同的境遇自然也就有不同的词学思想。沈谦、毛先舒在词学思想上虽然存有不同意见，但作为都是受陈子龙影响的明遗民，他们在词学思想上还是没有全部脱离陈子龙的樊篱。如沈谦谓"词要不亢不悲，不触不悖，蓦然而来，悠然而逝。立意贵新，设色贵雅，构局贵变，言情贵含蓄，如骄马弄衔而欲行，邃女窥帘而未出，得之矣"（《填词杂说》），就明显脱胎于陈子龙的"四难"说。毛先舒云："宋人词才，若天纵之，诗才若天绌之。宋人作词多绵婉，作诗便硬；作词多蕴藉，作诗便露；作词颇能用虚，作诗便实；作词颇能尽变，作诗便板。"（王又华《古今词论》引）这里对宋诗与宋词特点的概括基本符合宋诗、宋词实际，但这不是"天纵""天绌"的问题。毛先舒之所以仅从现象评论，而未能顾及诗词在宋代的不同发展，明显是受到陈子龙宋诗"言理而不言情，故终宋之世无诗焉"（《王介人诗馀序》）的影响。毛先舒就曾说："盖诗必求格，而情语近昵，则易于卑弱；词则昵乃当行，高顾反失之。"（《诗辩坻》卷三）又如在拟议对象上，尽管沈谦手模柳永，毛先舒心追周邦彦，但柳、周都是北宋词人，也就是说，在沈、毛眼中，北宋词是要高于南宋词的，毛先舒更是明确提到这一点："北宋词之盛也，其妙不在豪快，而在高健；不在艳袤，而在幽咽。豪快可以气成，艳袤可以意工，高健、幽咽则关乎神理骨性，难可以强也。"（王又华《古今词论》引）而这与陈子龙在《幽兰草题词》中表现出来的词史观是基本一致的。

但丁澎走出了陈子龙的范围（至于走出以后怎么样，那是另外一回事），集中体现在词体态度和拟议对象两个方面。在词体态度上，陈子龙仍视词为"小道"，但他还有一句附加语："虽曰小道，工之实难。"沈谦、毛先舒虽然并不卑视词体，但他们从没有刻意推尊词体的期待，而丁澎尊体的愿望极为强烈。丁澎尊体的路径主要有二：一是诗词皆合声之辞，二是诗词皆德业之馀。两条路径殊途同归：诗词同源。

先说诗词皆合声之辞。丁澎《扶荔堂文集》卷一《东白堂词选序》云："古者国有采诗之官，别其声以播乐，藏于有司，而用之宗庙朝廷，下至乡人聚会，此太史之职也。世久失其传，而诗亡。汉武帝定《郊祀》《房中》，以立乐府。采声入乐，则有赵、代、秦、楚之讴，犹有《雅》《颂》之遗风。魏晋相沿，慆音滥耳，而诗再亡。降而六季，元声日微。自隋置清商府，博采旧章，以为正声。至唐，能合管弦者，惟《明君》《杨叛儿》等八曲，二体之制起，一时竞工篇格，而诗三亡。然而未亡也。古人尝欲留不尽之意，以遗今人，而令今人尽之。今人亦思用古人不尽之意，而留其所不尽者，以待后之人，乃所为馀也。故有尽者辞，无尽者声也。凡叶其调，则谓之辞；度其辞，则谓之声。歌行主人声，引、操、吟、弄被丝竹。有声必有词矣，词则未有不歌者也，此诗馀之肇于唐而盛于宋者，所以补乐章之散佚，以续古诗之亡乎。"在丁澎看来，每一种诗体都是"辞"与"声"的组合，诗体的演进是"辞"与"声"的组合不断变化的结果。当"辞"与"声"失去密切糅合时，这种组合所形成的诗体就趋于消亡。所谓诗"亡"，乃是指诗之"辞"亡，非谓诗之"声"亡，盖"有尽者辞，无尽者声也"。"声"是不断变化的，原来的"辞"与变化了的"声"无法接榫。而当变化了的"声"与新的"辞"组合，就形成另外一种诗体。因此，诗与词说到底无非是不同的"声"与不同的"辞"组合而成的两种诗体，其间并无尊卑之分。丁澎《饮水词评》云："宋初周待制领大晟乐府，比切声调十二律，柳屯田增至二百馀阕，然亦有昧于音节，如苏长公犹不免铁绰板之讥。今饮水以侍卫能文，少年科第，间为诗馀，其工于律吕如此，惜乎不能永年，悲乎。"此段话颠倒了柳、周之时间次序，甚为无识，但折射出丁澎对词要"比切声调"的看法，对其词乃"声"与"辞"的组合的观点亦是一个印证。既然诗词并无尊卑之分，那么，词是否可以不被称为"诗之馀"呢？丁澎认为，词还是"诗之馀"，不过这里的"馀"不是剩馀的"馀"。丁澎指出，词不曰"诗"而名之以"词"，"以其变也"，"夫有正，必有变，犹之风有变风，雅有变雅，递变而为词也"（《西陵词选序》）。"词"作为"诗"之变，并非完全脱离了诗，它也有合于诗者。丁澎说："按其调，而知之也。《殷雷》之诗曰'殷其雷，在南山之阳'，此三五言调也。《鱼丽》之诗曰'鱼丽，于罶鱨鲨'，此二四言调也。《还》之诗曰'遭我乎猱之间兮，并驱从两肩兮'，此六七言调也。《江汜》之诗曰'不我以，不我以'，此叠句调也。《东山》之诗曰'我来自东，零雨其濛。鹳鸣于垤，妇叹于室'，此换韵调也。《行露》之诗曰'厌浥行露'，其二章曰'谁谓雀无角'，此换头调也。凡此烦促相宜，短长互用，以启后人协律之原，岂非《三百篇》实祖祢哉？"（《西陵词选序》）丁澎所谓"短长互用"，是指在"烦促相宜"情境下的必然结果，而并非创作主体的初衷。丁澎其实只是想从声调的角度指出，词虽是诗之"变"，但它与诗一样，在声调上也有"三五言调""二四言调""六七言调""叠句调""换韵调""换头调"，因而仍是诗之馀。但前贤时彦没有注意到丁澎的推衍是在"按其调"的前提下进行的，所以误以为丁澎是从长短句式的角度入手推尊词体。

再说诗词皆德业之馀。丁澎作于康熙十二年（1673）的《定山堂诗馀序》（见《清名家词》）云："文章者，德业之馀也。而诗为文章之馀，词又为诗之馀，然则天下事，何者不当用其有馀者哉。……诗馀者，《三百篇》之遗，而汉乐府之流系也。其源出于诗，诗本文章，文章本乎德业，即谓诗馀为德业之馀，亦无不可者。"丁澎所谓"天下事，何者不当用其有馀者哉"，实系"馀"字的字面文章，与词学理论毫无关涉。但其"诗馀为德业之馀"的理论，虽或系龚鼎孳词实践所引发，或本于《左传》"其上立德，其次立功，其次立言"的说教，但作为对"诗馀"的新诠释，终究是脱出了历来多半从文体源流立说的旧辙。诚然，正如高建中先生所说，"丁氏合目的性的理论推演，存在着非科学性的严重缺陷"，[12]但确实体现了丁澎推尊词体的强烈愿望。

不管是认为诗词皆合声之辞，还是强调诗词皆德业之馀，丁澎的最终用意在于表明诗词同源，仅不同调而已（尽管他还承认词是诗之变）。其《峡流词序》云："夫诗言志，声依永，声者志之馀也。诗变而为词，其文则宛转而悠长，其音则涣散而啴缓，所以烦手惕心，荡涤神志者，莫尚乎声。要之诗以律贵，词以声和，若《芝房》《赤雁》，不登八阕之音；《渌水》《阳阿》，未入四始之室。迨乎含英唤采，选声发蕴，固异调同工也。"也就是说，诗变为词，诗、词之"文"与"音"（也即"辞"与"声"）自然不侔，但诗、词在入乐上有同源关系，"诗以律贵，词以声和"。因此，尽管诗、词如乐府之《芝房》《赤雁》不同于葛天氏之诗歌八阕，《渌水》《阳阿》之曲不同于《三百篇》，但它们仅是不同调而已（即其"辞"所配合之"声"不同），其为"志之馀"则一。故而，诗词实则同源，所谓词为诗之"馀"，实即词为诗之"变"之意。

在拟议对象上，沈谦、毛先舒仍然株守陈子龙的词以南唐北宋为盛的观点，丁澎则极力推崇南宋的辛弃疾。丁澎《南溪词评》云："词以温韦为则，自欧秦姜史，盛极而衰，至明末习气颓唐，迄今日而始盛，其犹诗之在开元天宝欤？""词以温韦为则"，尚是陈子龙的论调；"自欧秦姜史，盛极而衰"，则是云间词人宋徵璧的论调了。但宋徵璧之于姜夔与史达祖，仅肯定其"能琢句"和"能刷色"，对于辛弃疾，虽肯定其"豪爽"，较陈子龙"寄慨者亢率而近于伧武"的全盘否定略显通达，但终究还是责其"伤于霸"。丁澎则较宋徵璧更进一步，其《梨庄词序》云："文生乎心，发乎情，夫词也，诗之馀固已，情深而文明。吾人心与情，非志之馀耶？古今词人无虑千百家，迨北宋为极盛。苏子瞻、陆放翁诸君，特以遒丽纵逸取胜。至辛稼轩，其度越人也远甚，馀子瞠乎后矣。三百馀年以词名家者，文成、孟载而下，不可概见。钱宗伯牧斋、周司农栎园不为词，娄东、合肥诸先辈始倡宗风，皆侧身苏陆之间，于稼轩之绪，乃徐有得也。稼轩才则海而笔则山，博稽载籍一乎己口，好学深思多引成言，史迁之文，魏武之乐府，庶几乎似之。唐宋以来，言词必推辛，犹言诗必推杜，横视角出，一人而已，以视后人，吹已萎花而香，饮既啜醨而甘，以称塞海内。"此序约作于康熙十五年（1676），历来对辛词之评价，以此为最。丁澎对辛弃疾的赞誉，主要体现在两个方面：一是在风格上，二是在技法上。就风格而言，丁澎认为苏轼、陆游仅只以"遒丽纵逸"取胜，而辛弃疾则又度越之，惜乎丁澎对辛弃疾之风格没有评说。以史实衡之，辛弃疾以阳刚之气熔铸、改造了传统词风，且形成了"刚柔交融"与"摧刚为柔"两种新的词风类型，并以此独步词坛。因此，丁澎的结论是正确的。就技法而言，丁澎认为辛弃疾"博稽载籍一乎己口，好学深思多引成言"，也就是说，辛弃疾能以辞赋古文手段（包括对话手法、组织章法、议论和语言等）寓之于词，这也是符合实际的。就丁澎本人的词学创作而言，"绝不似柳郎中，有秽亵语"（这一点沈谦就未能幸免），[13]而是如辛弃疾，寄慨悲凉，气势腾越，如《贺新郎·塞上》："苦塞霜威冽。正穷秋，金风万里，宝刀吹折。古戍黄沙迷断碛，醉卧海天空阔。况毳幕、又添冷月。榆历历兮云槭槭，只今宵、便老沙场客。搔首处，鬓如结。　　羊裘坐冷千山雪。射雕儿、红翎欲堕，马蹄初热。斜韡紫貂双纤手，挝罢银筝凄绝。弹不尽、英雄泪血。莽莽晴天方过雁，漫掀髯、又见冰花裂。浑河水，助悲咽。"悲凉沉远，苍劲浑厚，"凄楚回环，伤情欲绝"（《词苑丛谈》卷五引王士禄语）。而毛先舒虽也有苍凉之作，如《念奴娇·漫兴》："天乎何意，著江干，憔悴斯人被褐。风去台空，山自在，灵气鬼神诃喝。柳叶藏莺，桃花扑马，兴到谁能遇。临风鲡酒，千堆跳起波沫。　　不晓点点浮沤，从何缘起，缩取精魂活。尝尽世间，滋味好无过。桂辛椒辣，消息微乎，乾坤大矣，裈虱谁蹭脱。刘郎已误，露英不救干渴。"沈谦评曰："磊落雄奇，横口横笔，当令稼轩辟易百步。"但毛先舒最驰名也最能代表其主导词风的并非此等词，而是为他赢得"毛三瘦"之誉的词："不信我真如影瘦"（《玉楼春·闺晚》）、"鹤背山腰同一瘦"（《临江仙·写意》）、"书来墨淡知伊瘦"（《踏莎行·书来》）。以此观之，作为西陵十子中的词学代表，沈谦、毛先舒、丁澎三人的词学思想并不相同，因而以他们为代表的词人就不能形成一个词派，只能依托地域以一个词人群的形态呈现于词坛。

第四节　西陵十子后进的词学思想

西陵词人群的第三代词人，大都是西陵十子的门人或子弟。陆进曾从徐士俊、毛先舒、沈谦学词，见《巢青阁词自序》。潘云赤、沈丰垣、俞士彪、张台柱、王升、王绍曾、唐弘基、洪升都是沈谦门人，称"东江八子"，沈谦之《东江集钞》多由他们校定。陆寅为陆圻子，张振孙为张纲孙弟，沈圣昭为沈谦子，丁潆为丁澎弟。陆曾绍、陆曾禹为张纲孙门人，柴震、聂鼎元为毛先舒门人。若按词人的词学师承源流看，基本上又可分为两部分：一是由徐士俊传授词学的北墅词人群体，包括陆进、陆次云等；一是由沈谦传授词学的临平词人群体，包括俞士彪、洪升、张台柱等。王晫则既与徐士俊为忘年交，又与沈谦及其门人相善。但不管是北墅词人，还是临平词人，西陵词人后进在论词原则上基本趋于一致。这种一致集中体现在他们操选的词选上。

　　"作词难，选词尤难。"[14]选词到底难在何处？王晫《霞举堂集》卷五《与友论选词书》云："夫历下选唐诗，非选唐诗也，选唐诗之似历下者，是以历下选历下也。竟陵选唐诗，亦非选唐诗也，选唐诗之似竟陵者，是以竟陵选竟陵也。今之选词亦然。习周、柳者，尽黜苏、辛；好苏、辛者，尽黜周、柳。使二者可以偏废，则作者似宜专工，何以当日有苏、辛，又有周、柳？即选者亦宜独存，何以旧选列周、柳，又列苏、辛？况苏、辛亦有便娟之调，周、柳亦有豪宕之音，何可执一以概百也。故操选者，如奏乐，然必八音竞奏，然后足以悦耳；如调羹，然必五味咸调，然后足以适口。如执一音以为乐，执一味以为羹，而谓足以适口悦耳者，断断无是理也。"从理论上说，选集是阐发一种美学主张的重要形式，选家的眼光正是一种美学主张的体现。各人所选，或得其性情之所近，或因乎风气之所趋，皆可随所著录，自成一家，具各肖其人之学识。诚如鲁迅先生所指出的，"选本可以借古人的文章，寓自己的意见"（《集外集·选本》）。从这个意义上讲，历下选唐诗而似历下，竟陵选唐诗而似竟陵，亦无可厚非。但是，唐诗似历下者为一种，似竟陵者亦为一种，此外尚有诸多种，它们在风格意韵上各具特质，但在审美价值上并无高低之分，犹如紫罗兰与红玫瑰，各具风神，但不能说它们在美学上有高低之分。历下、竟陵选诗之缺失，就在于偏好与己相似之诗的同时，贬低其他同样具有美学价值而与己之美学取向不同的诗歌，这就暴露出他们审美眼光的褊狭。就词而言，周、柳之词是一种格调，苏、辛之词亦是一种格调，此二种格调确实具有不同的色貌，但它们在美学上并无优劣之分。而且，苏、辛之词中有周、柳之格调者，周、柳之词中亦有苏、辛之格调者，沈谦就曾说辛弃疾词"以激扬奋厉为工，至'宝钗分，桃叶渡'一曲，昵狎温柔，魂销意尽"（《填词杂说》），因此，将此二种格调之词断然划开并硬分轩轾，其实并不高明。王晫所谓"执一音以为乐，执一味以为羹，而谓足以适口悦耳者，断无是理也"，是颇在理的。可惜自来操选政者，很少能认识到这一点。其尤甚者，名为选词，实为选人，如王晫所说，"若夫交深者，词虽不工，亦选至什百；交不深者，词虽工，亦不过二三。爱者存之，憎者删之"（《与友论选词书》）。对以人选而不以词选的弊端，叶燮曾有一番慨叹，其《己畦集》卷三《选家说》云："今之选家则不然，名为文选，而实则人选。文选一律也，人选则不一律也，或以趋附，或以希求，或以应酬交际，其选以人衡，何暇以文衡乎？不以文衡，于是文章多弃人，天下多弃文矣。"至于"以刻资之厚薄，为选词之多寡"，"以酒席之丰俭，为选词之去留"（王晫《与友论选词书》），更是等而下之了。王晫认为，选词"毋以己意横于胸中"，"便娟者无失其为便娟，豪宕者无失其为豪宕，合苏、辛、周、柳为一堂"，方不致贻笑后人。应当说，王晫的眼界是很开阔的。由陆进、俞士彪主持编选并刊行于康熙十四年（1675）的《西陵词选》，可谓是王晫这种选词观的实践。俞士彪《西陵词选序》云："其间学为周、秦者，则极工幽秀；学为黄、柳者，则独标本色；或为苏、辛之雄健，或为谢、陆之萧疏；或年逾耄耋而兴会飚举，或人甫垂髫而藻采炳发；闺中之作，夺清照之丽才；方外之篇，鄙皎如之亵句。连章累牍，唯恐其穷；片玉寸珠，不嫌其寡。可谓各擅所长，俱臻其极者矣。"可见其选词兼收并蓄，不拘一格。

西陵词人后进选词标准如此，论词原则亦是如此，只要看几则论词文字就可明白："词固以含蓄蕴藉为工，然爽直真至，亦是一派"（王晫《霞举堂集》卷一〇《沈遹声兰思词话》）；"词有两体，闺裳之作，宜于旖旎，登临赠答，又以豪迈见长，以秦柳之与苏辛，并足千古也"（姜垚《柯亭词话》引陆进语）；"词有四种，曰风流蕴藉，曰绵婉真至，曰高凉雄爽，曰自然流畅。风流蕴藉而不入于淫亵，绵婉真至而不失之鄙俚，高凉雄爽而不近于激怒，自然流畅而不流于浅易，斯皆词之上乘也"（张台柱《词论十三则》）；"填词体制不一，有香艳者，有秾丽者，有娟秀者，有柔婉者，有豪放者，有雄壮者"（郑景会《柳烟词评》引俞美英语）。共同的选词标准和论词原则，本来是有可能促进词学流派的产生的。历史上文学流派的产生，无不以其共同的文学主张为前提。但西陵词人后进共同的词学审美理想是一个开放的视界，他们的创作也是"人擅苏辛，家工周柳"（方象瑛《健松斋集》卷三《诸虎男茗柯词序》），没有一个主导的风格，因而西陵词人最终还是没能形成一个流派。陈撰《秋林琴雅序》曾提到："近称西泠派，或踪迹《花间》，或问津《草堂》，星繁绮合，可为极盛。乃缘情体物，终惜体制之未工。"按，厉鹗《秋林琴雅》四卷，有徐逢吉康熙六十一年（1722）序，则陈撰此序亦当作于此时。以此观之，所谓"近称西泠派"，无非是后人对明清之际西陵词人群的一个追赠，并不契合当时西陵词人的组织形式。事实上，至康熙十八年（1679）浙西词派兴起之时，西陵词人就投向了浙西词派，未等到康熙末年而又冠以"词派"。西陵词人之被纳入浙西词派，一个重要标志是卓回关于《古今词汇》的观点的转变。

《古今词汇》初编十二卷、二编四卷、三编八卷，康熙十八年（1679）刻本。初编、二编题"休园山人钞，梨庄较""休园山人同子令式钞，白云、梨庄同较""休园山人同从孙长龄钞""令式同侄松龄钞"，三编则题"休园山人子令式钞，从孙长龄、松龄较""锦江卓氏长龄钞，松龄较"。参订者有严沆、朱彝尊等三十馀人。初编收唐宋金元词家 282 人词 1 292 首（未包括无名氏词 15 首），二编收明词家 134 人词 464 首，三编收清初词家 208 人词 713 首。每编均按调之字数排列，与《古今词统》编排方式同。卓回字方水，号休园，卓人月弟。卓回《梨庄词序》云："余去秋游通、潞，偶以语严子颢亭，击节称快云：'子盍归而谋诸梨庄，急公所好于天下，令人知溯源穷流？'岂惟观水之术应如是？将词苑功臣，唯二子莫与京。"又其《词汇缘起》云："是书肇自乙卯（1675）之七月，与严司农颢亭执手潞河，深言：'近日词家多，会者犹少，由未得古词善本为模楷，譬曰饮水，不问源流。子往秣陵，盍图之？'不知先是予与雪客已有订，特剞劂无资，安能公之天下。"严颢亭名沆，浙江余杭人，康熙十四年（1675）曾为陆次云、章昢所同选之《见山亭古今词选》作序，同年，他又望卓回与周在浚共操选政，"令人知溯源穷流"。由《词汇缘起》，可知卓回《梨庄词序》作于康熙十五年（1676）。

卓回在辑《古今词汇》之初，与周在浚在词学审美理想上并不相左，其《词汇缘起》云："品填词者有本色当行之目，予初不解，及观张于湖、钱功甫诸君持论，大概倾倒于香奁软美之文，而义心风调，似非魂梦所安，乃犹未敢竟斥其非，恐为诸方检点耳。至王元美则直云：'慷慨磊落，纵横豪爽，不作可耳，作则宁为大雅罪人。此岂有识之言耶？'予意作词，何尝尽属无题，如遇吊古、感遇、旅怀、送别及纵目山川、惊心花鸟等题，安得辄以软美付之？可知香奁自有香奁之本色当行，吊古诸题自有吊古诸题之本色当行。倘概以软美塞填词之责，必非风雅之笃论也。"概言之，卓回和为其兄《古今词统》作序的孟称舜一样，认为豪放、婉约皆为当行，皆为本色，不可偏废。其《梨庄词序》亦谓周在浚之词与"稼轩之神味差浑洽"，表现出对辛派词风的认同。卓回自所为词，亦是"一往奔逸，豪迈之气，跌宕自喜，不屑屑以冶情绮语见长，真得乎眉山之神，而极稼轩、放翁之能事者也"（金镇《休园长短句序》）。周在浚《梨庄词》之《贺新郎·钱塘卓方水年七十，走数百里来白下，觅予合选〈词汇〉，于其垂成，作此志喜再用瑶星韵》二首中云：

　　辛似天边鹤。听云中、一声长唳，翔翔高泊。且道涪翁能绝俗，却又怪他穿凿。苏又别、生成丘壑。柳七苦遭脂粉涴，但红牙低按供人乐。医俗眼，少灵药。　　　　吾曹肯使源头涸？漫搜求、缥缃秘籍，互加斟酌。大雅独存真不易，陈腐何能生活？况又是、依人葡萄。堆垛馆饤尤可叹，叹昔今、传习非真钵。披毒雾，见寥廓。

　　举世何为者，展双眸、纷纷攘攘，尘埃野马。只有披裘垂钓客，来入汝南诗社。共太息、淫风变雅。戛戛陈言之务去，看谁能自把胸怀写。学绮语，苦无暇。　　　　惭予双眼难高下。展残篇、研朱和露，任情挥洒。尔我忘形无芥蒂，去取胸怀不挂。更何必、经冬历夏。七十老翁偏好事，夜焚膏、手录更三打。垂成日，快心也。

可见周在浚与卓回在选词上去取"无芥蒂"。要说他们有什么异议的话，周在浚主张标举辛弃疾的决心更强些，态度也更明确些，[15]而卓回则将"软美"与"慷慨"两种格调之词相提并论，因此，周、卓之别在于对"软美"之词的态度，不在于对"慷慨"之词的态度。他们对"慷慨"之词都是首肯的。《词汇初编》入选词数最多的两位是辛弃疾（89首）和苏轼（51首），颇能说明问题。

但我们只要仔细看一下《词汇初编》中入选词数达15首的词人名单，便可发现卓回对宋末词人亦颇青睐：

辛弃疾（89）	苏　轼（51）	周邦彦（45）	吴文英（39）	秦　观（36）
蒋　捷（30）	程　垓（28）	刘克庄（24）	黄庭坚（22）	陆　游（22）
周　密（22）	张　炎（21）	欧阳修（20）	姜　夔（19）	王沂孙（19）
周紫芝（17）	晏几道（17）	史达祖（15）	黄　刀（15）	毛　滂（15）

吴文英、蒋捷、周密、张炎、姜夔、王沂孙、史达祖等均是宋末词

人，除吴文英外，他们更是浙西词派的拟议对象。可以说，《词汇初编》的操选已经逗露出西陵词人词学思想的转变。

至操选《词汇三编》时，卓回实际上已经将周在浚撒开了。卓回《词汇三编·凡例》云："忆与梨庄铅椠经始，拟《三编》系以今词，非四五百页不尽诸家之胜也。忽忽三年，梨庄兴且阑珊，予又衰迟日甚，既患采取不周，复以梓费乏绝，从坐客之论，细而为二百馀页……"《词汇三编》选录的是"今人词"，原也是由卓回、周在浚合作的，刊刻时卓回删去一半，推说是"梓费乏绝"。事实显然并非如此，删去的是周在浚主张入选的作品。其尤甚者，卓回不仅删去了周在浚主张入选的作品，而且也删去了周在浚操选《词汇三编》的署名权，而归之于其子孙名下。卓回指责周在浚"兴且阑珊"，无非是一种推诿他人的策略而已。

卓回在选《词汇三编》时，对"软美"之词的态度没有变。《词汇三编》卷四录王晫《鹧鸪天·忌日墓前哭母》云："长别云轩廿七年，疏慵无计慰慈颜。那堪半世终天恨，只共三更梦里言。　　思往事，泪如泉。生成薄命有谁怜。凭将杯酒荒城滴，鸦噪阴风白日寒。"卓回后记云："宋词陈与义《太常引》，今词王晫《鹧鸪天》，并至性血泪，特表而出之，以见香奁不足以尽词也。"（此语亦见王晫《霞举堂集》卷三〇《峡流词评》）但卓回对辛派之词已不如此前那么赞赏。其《词汇三编·凡例》云："词调风气聿开，拘士褊心，专尚香奁，弊流鄙亵。于是英人俊物，襟怀宕往者，起而非之，悬旌树帜，聚讼不休。余以为皆非也。夫矜奇负气，舍稼轩、坡老安仿？缠绵温丽，舍清真、花庵奚归？然苏、辛未尝乏缠绵温丽之篇，黄、周时亦露矜奇负气之句，大要不失'绝妙好辞'四字宗旨耳，此可令两家扪舌者也。"这段貌似平正的论词文字所折射出的词学观点，其实已与其《词汇缘起》中的论词观点有了距离。其在《词汇缘起》中认为不同的题材可以用不同的风格去表现，但这不同的风格皆为当行本色；而在《词汇三编·凡例》中则以略具贬义的"矜奇负气"评定辛词，其非难辛词之意十分明显。而且，他以"绝妙好辞"为论词之指归，正可表明他选《词汇三编》时词学思想已与选《词汇初编》时有所不同。"绝妙好辞"是宋末人的观点，从上文入选《词汇初编》的名单看，卓回首先是肯定辛、苏，而后才是南宋词人；此时则首先以宋末词人之风格为美学取向，而对辛词略致不满。而对宋末词人的推崇，正是成立于与《古今词汇》刊刻为同一年的浙西词派的主要词学理想，因此，西陵词人最终被纳入浙西词派，是顺理成章之事。

注释：

〔1〕陈康祺此处"诗""文"并提，其实"文"只是顺及而已。西陵十子之文，号称"西陵体"。毛际可《安序堂文钞》卷一二《西陵五君子传》云："陈廷会字际叔，钱塘人，补博士弟子，甲申后忽弃去，以布衣老。与同郡柴绍炳、孙治为沉博绝丽之文，号西陵体。"陆菜《雅坪文稿》卷七《柴高士传》谓柴绍炳"尝叹启、祯间文气苶弱，与同志创为西陵体"。全祖望《鲒埼亭集》卷二六《陆丽京先生事略》云："讲山先生陆圻，字丽京，杭之钱塘人也。……与其弟大行培，并有盛名。……大行举庚辰（1640）进士。当是时，先生兄弟与其友为登楼社，世称为西陵体。"

〔2〕参吴熊和师《〈西陵词选〉与西陵词派》，《吴熊和词学论集》第411页，杭州大学出版社1999年。

〔3〕朱颖辉《孟称舜的〈古今词统序〉》引卓人月《古今词统序》语，见《古代文学理论研究》第十一辑（上海古籍出版社1986年）。但现存《古今词统》并无卓人月序，未知朱氏何见。

〔4〕参平步青《霞外攟屑》。

〔5〕《古今杂剧合选》与《古今词统》其实是同一类性质的书，而此二书可能都是受李腾鹏《皇明诗统》的影响。李腾鹏字时远，号槐亭，南皮人。其所辑《皇明诗统》42卷，以诗系人，以时代先后为序，收录了明初迄万历间1 800多位诗人的12 000馀首诗作。

〔6〕沈谦《填词杂说》。沈谦对"生香真色"极为看重，沈雄《古今词话·词评》下卷"吴骐《芝田集》"条引沈谦语云："日千词专工小令，读之不纤不诡，不浅不深，生香真色，在离即之间。"沈谦《东江集钞》卷七《邹程村》亦云："仆以填词一道，于今为盛。约者见肘，丰者假皮，学周柳或近于淫哇，仿苏辛半入于噍杀，生香真色，磊砢不群，此三家之所以独绝也。"

〔7〕毛先舒《毛驰黄集》卷五。沈雄《古今词话·词品》下卷作宋徽璧语，似误。

〔8〕李式玉也认为"柳七为当行，而苏大为溢格"，"稼轩诸作，未免伧父"，但李氏是从"文与音协"的要求出发才得出"苏辛诸公，自属闰位"的结论的，与沈谦所取视角并不相同。见其《巴馀集》卷八《与毛稚黄论词书》。

〔9〕邹祗谟《远志斋词衷》："阮亭尝云：有诗人之词，有词人之词。诗人之词，自然胜引，托寄高旷，如虞山、曲周、吉水、兰阳、新建、益都诸公是也。词人之词，缠绵荡往，穷纤极隐，则凝父、遏周、纯僧、去矜诸君而外，此理正难简会。"

〔10〕沈谦《填词杂说》云："彭金粟在广陵，见予以小词及董文友《蓉渡集》，笑谓邹程村曰：'泥犁中皆若人，故无俗物。'大韩翃、秦观、黄庭坚及杨慎辈皆有郑声，既不足以害诸公之品，悠悠冥报，有则共之。"邹祗谟《远志斋词衷》亦记此事："广陵寓舍，一日，彭十金粟雨中过，集读《云华》《蓉渡》诸词曰：'此

非秀法师所呵耶？如此泥犁，安得有空日？'又曰：'自山谷来，泥犁尽如我辈，此中便无俗物败人意。'为之绝倒。"均从侧面反映沈谦所作为艳词。

〔11〕毛先舒《与沈去矜论填词书》云："足下才过柳十倍，顾反学柳，柳不足为足下师也。"邹祗谟《远志斋词衷》云："《云华词》，其模仿屯田处，穷纤极眇，缠绵儇俏。然毛驰黄云：柳七不足师。此言可为献替。盖《乐章集》多在旗亭北里间，比《片玉词》更宕而尽。郑繁雅简，便启《打枣》《挂枝》伎俩。阮亭与仆于文友少作，多所删逸，亦是此意。"

〔12〕方智范等《中国词学批评史》第 196 页，中国社会科学出版社 1994 年。

〔13〕沈雄《古今词话·词话》下卷。

〔14〕陈廷焯《白雨斋词话》卷八。此前有类似的观点，俞彦《爰园词话》："非惟作者难，选者亦难耳。"严沆《见山亭古今词选序》："词虽小技，匪惟作者之难，而选之者尤不易也。"胡胤瑷《明词汇选叙》："操选之难，自古为然。"周铭《林下词选·凡例》："选词之难，十倍于诗。"

〔15〕周在浚云："凡词无非言情，即轻艳悲壮，各成其是，总不离吾之性情所在耳。"又云："辛稼轩当弱宋末造，负管乐之才，不能尽展其用，一腔忠愤，无处发泄，观其与陈同父抵掌谈论，是何等人物。故其悲歌慷慨抑郁无聊之气，一寄之于词。今乃欲与搔头傅粉者比，是岂知稼轩者？王阮亭谓石勒云：'大丈夫磊磊落落，终不学曹孟德、司马仲达狐媚，稼轩词当作如是观。'予谓有稼轩之心肠，始可为稼轩之词。今粗浅之辈，一切乡语猥谈，信笔涂抹，自负吾稼轩者，岂不令人齿冷。"（徐釚《词苑丛谈》卷四引《借荆堂词话》）

第四章

《柳洲词选》与柳洲
词派词学思想

　　顺治十六年（1659），陈增新、蒋璨、曹鉴平、李炜、李炳、魏允柟、魏允枚八人合辑的《柳洲诗集》十卷刊行。《四库全书总目·柳洲诗集十卷》提要云："柳洲在嘉善熙宁门外，顺治初，增新与同里魏学渠等结诗社相倡和，称'柳洲八子'。其后攀附者日众，因遴次所作，录为一编，共七十馀人。其诗体格相似，大抵五言多宗选体，七言悉学唐音，犹明季几社馀派也。"吴熊和师已经指出，这段话至少有两处错误：一是八子会文的时间，二是八子指称的对象。[1]《柳洲诗集·凡例》云："我里人文蔚起，莫盛于丁丑、戊寅间，切磨道谊，敦尚古学，则'柳洲八子'实首功焉。"魏学渠作于顺治十六年（1659）的《柳洲诗集序》亦云："我里僻处越西，提封最狭，而尚节义，工文章，海内颇以小邹鲁相推许。岁丁丑、戊寅间，余兄弟盟八人于柳洲，讲经艺治事之学，以其暇为诗古文辞。"可见"八子"会文在崇祯十年（1637）至十一年（1638）间，而非顺治初。"柳洲八子"又称"魏里八子"，光绪《嘉善县志》卷三二李陈玉《魏里八子序》云：

　　　　魏里有八子。魏学濂、学洙、学渠、子桓、子建、子丹也，伯仲雄长，有古邺遗风。濂俊而艳，洙奇而锐，渠都而雅。若钱继振，则在伯叔间。子由俊杰，或过其兄；子瞻流动，或长其弟也。鸣珂佩玉，珊珊其来者，钟鼓帷帐，而移而具，则郁之章有焉。少年美致，举止不胜衣，单花吐艳，二女匿笑，则蒋玉立、吴亮中。其文大雅，齑沸槛泉,正侧俱清。昔之论昌黎韩子,文尚古澹,诗名奇奥,若出两手者,曹尔堪填词香艳,撝文庄朴,意甚不苟,几几乎似之。之八子者,匪独魏里之才,皆天下之士也。

可见"柳洲八子"指魏学濂、魏学洙、魏学渠、钱继振、郁之章、蒋玉立、吴亮中、曹尔堪八人,而陈增新不与焉。[2] 至于说柳洲诗人"五言多宗选体,七言悉学唐音",也不甚明了。《柳洲诗集·凡例》明确宣称"我党力崇正始,义归骚雅……五言古诗以汉魏六朝为宗,登选唐音颇少;七言古诗规摹四杰,宪章李杜,要不落张、王、元、白境中也",又何必笼统地说"多宗选体""悉学唐音"? 从李陈玉《魏里八子序》仅谓曹尔堪工词看,"柳洲八子"主要针对诗文而言(但《柳洲诗集》未登郁之章只字,不知何故),但"八子"当兼工填词,因为除郁之章外,七人都有词传世,其尤著者,吴亮中有《非水居词笺》三卷,魏学渠有《青城词》三卷,曹尔堪有《词笺》五卷、《南溪词》二卷等。[3] 不过,柳洲词派的形成当在"八子"会文之前,曹尔堪《词笺》五卷刻于崇祯八年(1635),而王屋《草贤堂词笺》十卷有曹尔堪之父曹勋作于崇祯四年(1631)的序,可见刊刻更早。

第一节 《柳洲词选》与柳洲词人名录

《柳洲词选》六卷,钱煐、戈元颖、钱士贡、陈谋道合辑,共收 158 家词 535 首。卷一 124 首,卷二 97 首,卷三 94 首,卷四 77 首(目录中为 81 首),卷五 78 首,卷六 65 首。其中卷一卷二为小令,卷三卷四为中调,卷五卷六为长调。词选于目录后有所选词人的姓氏录。姓氏录分两部分,前者为"先正遗稿姓氏",凡 41 人,名下都有小传,此书编辑时皆已过世;后者为"名公近社姓氏",凡 117 人,名下注字,无小传,此书编辑时尚在人世。"先正遗稿姓氏"中"吴亮中"小传云:"吴亮中,字寅仲,原名熙,字止仲,顺治己丑进士,官部曹,有《词笺》行世。丁酉卒于京邸。"丁酉为顺治十四年(1657),《词笺》即《非水居词笺》。又,顺治十七年(1660)大冶堂刊本《倚声初集》于《柳洲词选》多有称引。由此可断定,

《柳洲词选》刊刻于顺治十四年至十七年之间。兹将“先正遗稿姓氏”和“名公近社姓氏”列表如下。

先正遗稿姓氏

姓　名	字　号	词　集	入选词数
吴　镇	字仲珪		2
孙　询	字廷言		1
姚　绶	字公绶	《榖庵词》	7
陆　埘	字秀卿		2
朱　愚	字汝明		1
袁　仁	字良贵		1
沈　爚	字世明，号伯远		2
沈士立	字元礼，号贞石		1
戈　止	字永清		1
支大伦	字心易，号华苹	《华苹词》	1
袁　黄	字坤仪，号了凡		1
沈师昌	字仲贞，号长浮		1
朱廷旦	字尔谦，号旋庵		1
支如玉	字宁暇，号德林		1
钱士升	字御冷，号塞庵		1
魏大中	字之罘，号廓园		4
徐石麒	字宝摩，号虞求		1
孙茂芝	字若英		1
陈龙正	字惕龙，号几亭	《几亭诗馀》	6
曹　勋	字允大，号峨雪		2
夏允彝	字彝仲，号瑗公		1
沈　泓	字临秋，号悔庵		2
支如璔	字美中，号小白		1

续表

姓　名	字　号	词　集	入选词数
周丕显	字君谟，号知微		1
凌斗垣	字丽天		2
刘　芳	字墨仙	《清唤斋词》	3
魏学濂	字子一		9
沈受祉	字止伯，号止庵		1
孙绍祖	字君裘		1
朱颜复	字克非，号无怀		1
朱曾省	字鲁彦，号退谷		2
魏学洙	字子闻		2
钱　栴	字彦林		3
潘炳孚	字大文	《珠尘词》	4
吴亮中	字寅仲，原名熙，字止仲	《非水居词笺》	6
钱　棅	字仲驭，号约庵		3
曹尔坊	字子闲		4
夏完淳	字存古，初名复	《玉樊堂词》	5
陈　秉	字夏臣		1
钱　烨	字子明		1
凌如升	字日旦		1

按，夏允彝、夏完淳父子是华亭人，嘉善籍。夏完淳又是钱栴之婿，尝与魏允枬、钱墨辈为诗古文社。《柳洲词选》据以入选，并非无据。

名公近社姓氏

姓　名	字　号	词　集	入选词数
钱继登	字龙门		7
王　屋	字孝峙	《草贤堂词笺》	7
李　标	字子建	《东山遗稿》	4
钱继振	字尔玉		4

姓　名	字　号	词　集	入选词数
钱继章	字尔斐	《雪堂词笺》	11
钱棻	字仲芳		6
徐远	字道招		6
孙圣兰	字子操		2
沈湛	字渊伯		5
沈煌	字火文		4
孙缵祖	字霄客		2
沈淀	字上子		3
魏学渠	字子存	《青城词》	6
曹尔堪	字子顾，号顾庵	《南溪词》	10
沈受祜	字古叔		2
支隆求	字武侯	《泊庵词》	2
蒋玉立	字亭彦		3
支遵范	字文侯		2
柯耸	字素培，号岸初		3
陈增新	字子更		5
周宏藻	字丙仲		2
褚伟	字骏如		2
朱辂	字子殷		1
蒋国荣	字功夏		1
丁璜	字夏玉		2
颜黄	字子坤		1
沈权之	字孝威		2

姓　名	字　号	词　集	入选词数
计　善	字廉伯		8
李　炜	字赤茂		6
计　能	字无能		5
毛　蕃	字稚宾		8
曹伟谟	字次典		5
王蔚章	字豹彩		1
王　纶	字言如		4
吕　鼎	字新水		4
王　恺	字怡仲		2
柏之荣	字向臣		1
魏允柟	字交让		4
李　炳	字烛昆		5
顾珵美	字辉六		4
郁　褒	字子弁		1
李　鄂	字伟生		2
陆树骏	字声子		2
张　辰	字北是		1
曹鉴徵	字徵之	《玉树楼词》	4
周　琏	字上衡	《疑梦词》	8
陆　淮	字秀壑		5
丁颖浧	字兹兔		5
徐之陵	字子京		1
周振璜	字渭扬		5

续表

姓 名	字 号	词 集	入选词数
魏允枚	字卜臣		8
朱以洽	字禋颂		3
毛櫛	字羲上		2
蒋会贞	字鸣大		2
倪晋	字廷伯		4
朱遹成	字求仲		2
钱黯	字书樵		1
李煃	字阐尚		1
周振瑗	字辚声		1
孙鋙	字古纯		1
毛楠	字让木		1
孙鈵	字古喤	《词意》	8
蒋璨	字禹书		3
周珂	字越石		8
朱梦来	字台祥		1
王国瑛	字鸣佩		3
陈学谦	字廷益		3
叶世倌	字星期		2
沈案	字木公		5
陈昌	字汉彬		5
沈玄龄	字延年		3
唐虞	字协闻		2
沈汝雄	字孝平		1

续表

姓　名	字　号	词　集	入选词数
蒋　睿	字存鲁		4
吴自求	字永言		4
凌如恒	字欲上		9
计　敬	字勖丹		6
朱泗潚	字师鲁		2
郁自振	字玄处		2
钱　炯	字上子		6
吕　升	字翼汝		3
王廷标	字史名		2
孙以錞	字叔和		6
钱　霞	字赤城		3
曹鉴平	字掌公		11
戈元颖	字长鸣		9
陈谊臣	字仲严		2
陈晖吉	字履旋		2
庞　椿	字炳城		2
郁　荃	字远心		1
沈　鳟	字木门		2
钱士贲	字岩烛		11
曹尔垣	字彦师		5
周振藻	字肃陶		2
魏允札	字州来	《东斋词略》	2
孙玄鉴	字古陶		1

续表

姓　名	字　号	词　集	入选词数
支毓祺	字修龄		4
钱　煐	字蔚宗	《息深斋诗馀》	11
孙　煌	字次彬		2
盛　峣	字子峻		1
陆　凝	字楚湄		2
孙序皇	字子黄		3
陈哲庸	字孔益		6
钱　㷀	字介子		4
毛　穗	字茂裔		2
曹尔埏	字彦博		4
陈哲伦	字安上		6
孙复炜	字载蕃		4
曹鉴章	字达夫		4
陈谋道	字心微	《百尺楼词》	11
曹尔埴	字彦范		4
施　鉴	字况清		4
李　烱	字盈川		2
陈霆万	字紫驭		1
孙　涛	字巨源		3
魏允桓	字虎臣		1
李光尧	字楚望		1

　　邹祗谟《倚声初集》录词人 384 家，其中柳洲词人 102 家，其中顾朝桢（字以宁）、胡苃（字幼倩）、陈舒（字元舒）、毛羽宸（字公阮）、张逸（字泰庵）、张我朴（字伯还）、李栋 7 家不见于《柳洲词选》；陈维崧《今词苑》收嘉善词人 13 家，曹鉴伦（字彝士）未见录于《柳洲词

选》；蒋景祁《瑶华集》收词人 507 家，其中柳洲词人 36 家，内夑丹生（字山夫）、柯崇朴（字寓匏）、柯维桢（字翰周）、魏坤（字禹平）、钱永基（字烛臣）、顾戬宜（字穀臣，号海岸）、陈钺（字云铭）、柯煜（字南陔）、柯刚灿（字斗威）、柯炳（字纬昭）、柯煐（字惕闻）11 家不见于《柳洲词选》。王昶《明词综》所录嘉善词人冯盛世（字念罗）、沈懋德（字云嵩）亦未见于《柳洲词选》。又据光绪《嘉善县志》，未见录于《柳洲词选》的嘉善词人尚有钱士壮（有《佩露轩词》）、孙衍（有《花署联吟》）、程孙济（有《宝善堂词》）、叶永成（有《漪南词》）、丁裔沆（有《香湖草堂词》）、章恺（有《蕉雨秋房词》）。此外，周庆云《历代两浙词人小传》所录未见于上述诸书的嘉善词人尚有杨恒（有《赏静轩词》）。据此，明清之际柳洲词人已达 186 家。又，清初词选，多录方外与闺秀之词，如顾璟芳《兰皋明词汇选》、陈维崧《今词苑》、蒋景祁《荆溪词初集》等，但《柳洲词选》未录方外与闺秀之词。若将此补入，当不止此数。如刻于康熙二十三年（1684）的《古今名媛百花诗馀》，就选录了嘉善闺秀沈栗词 21 首、梅素贞词 6 首、李淑贞词 1 首、姜氏词 2 首。邹祗谟《远志斋词衷》谓"词至柳洲诸子，几二百馀家，可谓极盛"，洵非虚语。

第二节　柳洲词派的家族背景

柳洲词人以曹尔堪、钱继章和魏学渠三人词名最著。事实上，从柳洲词人名录可以看出，柳洲词派基本上是一个以嘉善曹氏、钱氏、魏氏三大家族为中心的词人群，只要看一下这几个家族的世系网络即可明了了。

姚思孝《礼部右侍郎兼翰林院侍读学士进阶正治卿中奉大夫峨雪曹公暨配二品夫人徐氏合葬墓志铭》云："公之先为宋武惠王裔，世居华亭。自信庵公彦明仕元为儒学提举，没葬东干，四传至松月公麒，捐粟四千斛赈饥，授义官。松月公弟芸阁公豹登弘治己未进士，官郏县令。孙景坡公铣登隆庆戊辰进士，官漳州守。曾孙芝亭公蕃，万历丁酉举人，授荆州倅。代多闻人。松月公第三子斗庵公珮以廷贡官归德别驾，是为公之高祖。其迁嘉善则始于公曾祖藩幕双桂公镴。祖吴塘公津遂为善庠诸生，食饩，岁荐官广文，著《周礼集》，传行于世。吴塘公生赠公泰宇穗，即公考。早岁入泮辄弃去，精性命之学，所撰《易通》《诗义》《尚书解》《性理杂说》，皆独抒心蕴，尽扫陈诠。洛闽以来，微言复续，则公学脉之昆仑星宿也。子五：尔堪，娶太学吴公志遂（吴亮中父吴志远之兄）女；尔坊，娶邑丞周公宗武女；尔垣，娶岁贡蒋公莳女；尔埏，娶进士李公延榘女；尔埴，娶太学顾公朝桢女。女五，长适藩幕沈公至道子廷纶，次适宪副蒋公英子睿，次适孝廉钱公继章子士贡，二女未字。孙男五：鉴平，娶礼部主事陈公龙正子文学陈公略女，鉴章，娶光禄少卿周公宗文子孝廉周公瓒女，尔堪出；鉴伦，尔坊出；鉴泰，尔垣出；鉴祖，尔埴出。孙女三：长适学宪孙公籥子复炜，次适吏部郎中钱公楝子烨，次适给谏柯公耸子崇朴，俱尔堪出。曾孙女二，鉴平出。"可见曹氏与嘉善吴氏、钱氏、陈氏、周氏、顾氏、蒋氏、沈氏、孙氏均有姻亲关系。参以《嘉兴府志》《干巷志》及《曹氏惇叙录》，可以列出曹氏世系：

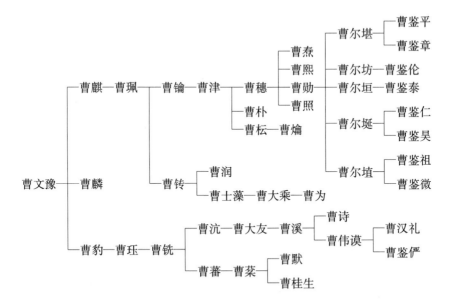

始祖曹彦明号信庵，元朝平江路儒学提举，明初避兵福山，后隐居华亭胥浦里之干巷镇，卒葬于此，子孙遂家焉。彦明长子曹华字乐善，次子曹成字希庵。曹文豫字梅轩。曹麒字松月，曹麟字守愚。曹豹，字文蔚，一字芸阁。弱冠充邑践更，为有司所答，发愤力学，入金山卫学。中弘治十二年（1499）进士。金山卫庠有科第自曹豹始。授河南郏县令，修县志，创"崇正书院"，聘名士为师，士习丕变。抚按论荐，以监察御史召，卒于途，年五十五岁。曹珏字廷贵，一字怀松，或谓系曹豹从子。曹铧字后松，曹勋《曾叔祖后松公像赞》谓其"少也迈俗，老焉嗜古"。曹铣字子良，一字景坡，隆庆二年（1568）进士，授行人，出守漳州。曹津字元会，一字吴塘，以岁贡生授青阳县训导，晋升南安府庠教授。曹润字元彩，号春容。曹士藻字元芳，号春池，曹勋分别撰有《叔祖春容公遗像赞》《春池叔祖像赞》。曹沆字元及，号位宇。曹蕃原名藩，字价人，号芝亭，万历二十五年（1597）举人，选授荆州通判。曹穗（1551—1623）字大有，号泰宇，生平见曹勋《曹宗伯全集》卷一〇《先君行略》。曹朴字以素，一字完甫，曹勋有《以素叔像赞》。曹大友原名棠，字于伯，一字望舒，号虚所。不乐仕进，《答温阁学员峤书》颇可见其性情："仆与足下为布衣交，焚膏僧舍，咿唔声犹在梦寐间。自足下登金门，仆未尝通寒暄一语。足下谅仆疏狂，不加督过。猥欲饰鸂鶒以羽毛，假蛰虫以鳞甲，谬矣。仆之不欲游成均，有不能者三，有不可者二。足下徒见仆好为诗，而不知仆之诗直写性情，不拘格律，若欲限以应制之体，如唐人早朝扈从诸作，仆所未能者一也。足下又见仆好学书，幼时逮事莫中江先生，窃闻山阴用笔之法，遇纸辄深，若鸾台凤阁之书，点画皆有绳尺，仆所未能者二也。鄙性疏直，客有不当意者，不能强为笑语，乃欲使之折腰王公之前，束带矜持，仆所不能者三也。且先君子为诸生祭酒，一旦游成均，自谓科目可立，致卒偃蹇辟雍以老，仆何忍复向桥门而观听哉，其不可者一也。仆有老母在堂，有园圃可以备果蔬，陂池可以供菱芡，春秋佳日，奉板舆以娱老亲，岂忍舍天伦之乐，而窃仕宦之名哉，其不可者二也。仆自分以沟壑老矣，愿足下勿复相嬲。虽然，仆亦有献于足下者。令亲吴生来述，足下将有宫僚之命。青宫为国根本（时东宫未立，即光宗也），古来人主牵于私爱，不早建立，所恃师傅得人，挽回调护。激切以回主眷，不若诚恳以格上心，留侯史丹诸传，愿公留意焉。仆野人，不知忌讳，区区刍荛，所以报也。"曹棻字叔芳，为陆陇其外祖。陆陇其《越凡曹公传》："外祖曹公叔芳讳棻，越凡其别号也，世居华亭之东干里。祖景坡公，隆庆戊辰进士，福建漳州郡守。父芝亭公，万历丁酉顺天榜第四人，湖广荆州别驾。芝亭公生四子，外祖行在第三。生长华胄，不修贵介之容。

游学京师数载，公见尊人功名坎坷，伏阕上书，奔驰水陆者无暇晷，屡试于有司，不得志，杜门读书，意泊如也。荆州公挂冠归，公承意色养，家庭愉悦，不自居孝弟之名，躬行无忝而已。佳晨夕探荆州公所，乐见之客，折柬相邀，或赋诗饮酒，或啜茗弹琴以相娱。性不能饮而喜客饮，更喜与父之客饮，所谓承欢者，殆何如也。公性坦适，不耐尘嚣，独处斗室中，无求于人，亦无累于人，浩浩落落，作逍遥齐物之观，近于老氏之学，而不欲废弃一切以鸣高，疏水曲肱，浮云富贵，其中有真乐，识者服公精于养生之术云。娶大参杨公讳钦孙女，是为我外祖母。女德淳备，相敬如宾，终身不闻谇詈之声，诚贤母也。生三子三女。长女即我母，归先府君，以孝敬为妯娌式。母舅三人：长说若公，讳默，游平湖庠，有声胶序，娶高氏；次舜遗公，好学食贫，娶李氏，早卒；季桂生公，娶翁氏，以舌耕奉养，好植名花异卉，插槿编篱，艺菊数十种，每当秋风木脱，与二三知己觞咏于东篱盘谷之间，不愧清白吏子孙也。”见《干巷志》卷六。

曹勋（1589—1655）字允大，号峨雪，崇祯元年（1628）进士。姚思孝《礼部右侍郎兼翰林院侍读学士进阶正治卿中奉大夫峨雪曹公暨配二品夫人徐氏合葬墓志铭》：“峨雪曹公卒于顺治乙未十二月廿四日。……公讳勋，字允大，号峨雪，以葩经魁天启辛酉浙江乡试，崇祯戊辰擢会元，廷试迕时宰，置二甲第二，改庶吉士。己巳乞假省母。癸酉还朝，授编修，思庙御讲筵，充展书官。是年兼值起居注，纂修六曹，奉敕赠父封母。甲戌分较南宫，乙亥册封鲁藩礼成，归里，请告终养。癸未即家，晋左春坊左庶子兼翰林院侍读，未赴。甲申鼎革，乙酉春留都拥立，诏起原官，升礼部右侍郎兼翰林院侍读学士，掌翰林院事，加从二品服俸，覃恩赠曾祖考以下如公官，曾祖妣以下暨配俱赠夫人。……梁溪高中宪公谈道东林，公鼓箧从游，参承微奥，忻然自以为立夜雪坐春风，不是过也。魏忠节公少执经赠公门，公素兄事之。忠节迕珰被逮，长君子敬潜身随行，公倾橐醵赠，长歌送行，论者以比周吏部吴门订婚、高总宪皋桥夜话，为一时高谊鼎足云。……甲午二月就道纡程徐行，四月抵潞河，以违部限，奉旨先十日报罢。公意大惬。顾庵迎养邸舍，日与戊辰同籍在朝诸公赋诗饮酒。陶陶香山洛社，留连快聚。念仲子尔坊病衄，家邮久绝，公心动趣棹南还，杪秋抵子舍，则仲子先于重九前二日溘逝矣。……明年乙未春闱，顾庵以分较所得门下士二十二人驰觞寿公。公色喜，然而北门学士之荣，卒莫解西河爱子之痛，嘉平月示疾庭前，有星陨之异，俄而公卒，寿六十有七。"曹勋曾与曹燊、钱继登诸人于万历四十一年（1613）举兰亭社，其《兰亭社记》言之甚详。后又与曹氏群从举小兰亭社。《干巷志》卷三："小兰亭在紫兰堂后，亦景坡太守筑。崇祯中，峨雪宗伯曾于此举诗社。时谾仙、顾庵、烟客、澹兮、起㓑、子翼、中郎、彦博、裴则、彦范、次典、赞可、十经、上衡、子畏凡十六人咸与焉。单狷庵题壁有'四十一贤输一姓，古今应数邺中才'之句。一时倡和，不减黄初永和之风。有《小兰亭唱酬集》行世。"谾仙名溪，号空谷山人，晚年所作曰《吟历》，有钱士升、曹勋序。曹燊字子翼，崇祯七年（1634）入松江府庠，与朱泾沈迥（字子凡）结儿女姻。顾庵即曹尔堪（1617—1679），生平见施闰章《施愚山先生学馀文集》卷一九《翰林院侍讲学士曹公顾庵墓志铭》及沈季友《檇李诗系》卷二六。曹尔埁字彦范，一字季子，与兄曹尔垣（字彦师，一字中郎）、曹尔埏（字彦博，号博庵）称"三彦"，以廪贡官桃源教谕，与陆陇其结儿女姻。曹重原名尔垓，字十经，配李玉燕。其父曹焜字允明，配华亭通判吴丕显孙女吴䏚（字方恒，一字华生，又字凝真，号冰蟾子）。其女曹鉴冰字月娥，号苇坚，适娄县张曰瑚。烟客名炀，澹兮名炯，赞可名塯，上衡名埈，子畏名恃。裴则即曹元曦，字御扶。起㓑即曹诗，号德园。次典即曹伟谟，号南陔，配魏学渠妹，有子二：长子曹汉礼字祖绵，次子曹鉴俨字若思，一字二休。《干巷志》卷四有曹伟谟诗《癸亥花朝前一日为余花甲初度，一事无成，俄惊衰老，口占八律，聊用解嘲》，其一云："千卷缥缃一敝裘，平生壮志每添愁。文场大小百馀战，锁院朝昏四十秋。运厄苏威频典试，数奇李广不封侯。少年同学朱颜贵，似我花前几白头。"自注："余以壬午（1642）秋试受知刘钦中先生，首荐见格。自戊子（1648）迄辛酉（1681），屡为有司所赏，皆报罢。"按，"癸亥"为康熙二十二年（1683），时曹伟谟年届花甲，则其当生于明天启四年（1624）。又，据《干巷志》，曹伟谟为康熙四十四年乙酉（1705）岁贡，则其享年应在八十以上。

曹勋一女适钱士贲（字岩烛），曹尔堪一女适钱烨（1639—1658，字子明），则曹氏与钱氏姻亲网络尤密。乾隆四年（1739）钱佳刻本《赐馀堂集》前有钱士升门人许重熙撰《赐馀堂年谱》一卷。《年谱》云："公姓钱氏，讳士升，字抑之，号御冷，又号塞庵，晚自称息园老人。其先出吴越武肃王后裔，始迁祖国冯，元时为嘉兴镇守万户，因家焉。四传名琼，始徙魏塘镇之梅花里，后析为嘉善。五传名世华，遂廪于善庠。六传名尊，精岐黄术，撰《医林会海》四十卷。八传名贞，隆庆丁酉举人，令尤溪，有惠政，历汝宁郡臣，祀名宦。是为公曾祖。九传名吾仁，号心亭，以诸生入太学，为人倜傥，以孝友闻郡国。是为公祖。十传名继科，号忠所，鸿胪寺丞，文行兼至，里中有太邱彦方之目。是为公父。三世皆以公贵，累赠光禄大夫、太子太保、礼部尚书兼东阁大学士。曾祖妣李氏、继吴氏，祖妣曹氏、妣陆氏，俱一品夫人。公举万历丙辰廷试第一人，历仕至光禄大夫、太子太保、文渊阁大学士，年七十八卒。门人谈迁等私谥公曰文贞先生。"辅以《嘉兴府志》及《浙善钱氏世系续刻》，去其芜杂，钱氏世系（传记参钱以垲《嘉善钱氏家传》）如下：

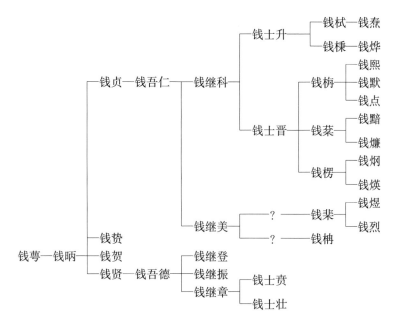

钱尊字木庵，配为袁祥女。则钱氏与袁氏也为姻亲。袁祥（1447—1504）字文瑞，号怡性。子袁仁（1479—1546，字良贵，号参坡）、孙袁黄［1533—1606，原名表，字坤仪，号了凡，万历十四年（1586）进士］均有词入选《柳洲词选》。袁黄子袁俨（1581—1627）原名天启，字若思，号素永,天启五年(1625)进士,广东高要县知县。配嘉善陈于王女,与吴江叶绍袁(1589—1648)结儿女姻。《柳洲词选》入录的叶世佺即叶绍袁子叶燮。钱吾仁字廓如,号心亭;钱吾德字湛如,隆庆四年(1570)举人,任江西宁州知州,与袁了凡、冯具区并称三名家。钱继科字忠所,生平见顾宪成撰《墓志铭》及陈继儒撰《行状》。钱继美字成所。钱士升(1575—1652)字抑之,号御冷,一号塞庵,万历四十四年(1616)进士,生平见许重熙《赐馀堂年谱》及曹勋《曹宗伯全集》卷一〇《光禄大夫太子太保礼部尚书兼东阁大学士塞庵钱公神道碑》。钱士晋(1577—1635)字康侯,号昭自,万历二十八年(1600)举人,历官至云南巡抚。钱栻(1610—1642)原名格,字去非,崇祯三年(1630)举人,吴志远婿。吴志远之子吴亮中(? —1657)为"柳洲八子"之一。钱棅(1619—1645)字仲驭,号约庵,崇祯十年(1637)进士,陈龙正婿。由于二子均先己而逝,钱士升遂以弟士晋仲子钱棻为嗣。钱棻字仲芳,崇祯十五年(1642)举人,有《萧林初集》八卷,崇祯刻本。《感怀》诗二十首,颇见钱氏性情,如其二:"怪尔卢敖汗漫游,九州何处着浮游。幽窗有雪人同玉,曲突无烟命似沤。赋奏长杨仍落魄,才名仙鬼亦虚舟。祇疑天上能容我,只恐天工也怕愁。"卷三有《秦楼月·郊园词和家尔斐》十八首。钱栴(? —1647)字彦林,崇祯六年(1633)举人,其婿即夏完淳。钱楞字芃生,顺治三年(1646)随征入闽,授将乐县知县,殉难。钱焘(1630—1659)字子寿,配吴江大理寺卿叶绍颙(1594—1670)女。一女适山东道御史丁颖洤子丁汝楫。钱熙(1620—1646)字漱广。钱默,字不识,崇祯十六年(1643)进士,授嘉定县知县,1645年弃家为行脚,别号霜华道人。钱点字鉴涛,早夭。钱黯(1631—1725)字长儒,号书樵,顺治十二年(1655)进士,池州府推官。与陈谊臣同为沈德滋婿。钱燫(1639—1725)字介子,号韦公,配周宗文女。钱炯(1633—1726)字尚子。钱煐(1637—1717)字蔚宗,号愚谷,配孙籀女。孙籀即孙复炜父,孙复炜为曹尔堪婿。钱煜(1633—1651)原字子与,更字用晦。钱烈(1668—1731)字尊靖,配陈舒孙女、陈谊臣女。此外,钱灿(1647—1716)字唯公,一女适陈舒孙、陈睿臣子陈凤喈。

嘉善陈氏亦为望族。曹勋《曹宗伯全集》卷一三《福建按察使颖亭陈公行状》云:"公讳于王,字伯襄,别号颖亭,姓陈氏,世居嘉兴之王带镇，宣德中镇析隶嘉善，遂为嘉善人。高祖惠，曾祖芬，祖罍，父卿，以公贵，累赠礼部精膳司郎中。……公生以嘉靖甲寅三月十有七日，卒以万历乙卯十月十有六日，享年六十有二。配盛氏，封宜人，无妾媵。子二：山毓，县学生，娶顾氏侍御海旸公女；龙正，吴江县学生，娶丁氏，光禄寺署丞谦所公女。女一，适兵部主事了凡袁公子县学生俨。孙男七：舒，聘吴江光禄寺寺丞宁庵沈公（即沈璟）孙女；歟，聘秀水太学湘石沈公女；临，聘刑部主事龙门钱公（即钱继登）女；庞，未聘；山毓出。聚，未聘；脩，聘吴江仁和县令季侯周公女；更，未聘；龙正出。孙女六：一适廉州府太守桂海冯公（即冯盛典）子县学生季鸿，一字孝廉宁瑕支公子允坚，一字大中子学濂，一未字，山毓出；一字吴江太仆寺少卿苤庵赵公孙，其一未字，龙正出。"曹氏此文作于万历四十五年（1617），故于陈氏此后之谱系未能谈及。陈龙正（1585—1645）长子陈揆所撰《陈祠部公家传》云："祠部公讳龙正，字惕龙，别号几亭，世居嘉善之胥山乡。高祖南山公讳芬，曾祖西畴公讳罍，代有隐德。祖赠膳部双桥公讳卿，为善尤著，邑志称其荒岁贷米不责偿，人以昌后为祝。父廉宪公讳于王，号颖亭，为万历中循卓名臣。廉宪公娶盛淑人，生二子，长讳山毓，字贾闻，私谥靖质先生，次即公。公生于万历乙酉六月庚子朔。……孺人生于万历十五年丁亥二月十一日，殁于崇祯十五年十一月十八日，享年五十有六。不孝揆同弟脩、弟略、弟养奉公命，以甲申五月三日，安葬孺人于胥山乡之中下栅。公尝筑室读书其间，命曰屏林者。不意明年乙酉闰六月二十一日辛丑，公复殁。"则龙正四子为揆、脩、略、养，与曹勋所言不尽相同。陈龙正词凡八首，《一剪梅·东阿道中》："东风萧萧暗晨霞。天接桃花，山涌桃花。绿杨随步变横斜。遮遍人家，露出人家。　孤影湿征沙。忙碌天涯，闲浪天涯。吴山虽远亦惊笳。渐隔京华，转忆京华。"词作于天启二年（1622），有"闲静之思，萧散之致"（《几亭全书》卷五六《四子诗馀序》）。另外，陈哲伦、陈哲询、陈秉、陈宝砚、陈昌、陈谋道六人均为陈龙正之孙，冯盛世乃陈山毓之亲家冯盛典弟。

陈山毓娶顾氏侍御海旸公女，而海旸公正是曹勋之母舅。曹勋《明故中宪大夫太仆寺少卿海旸顾公行状》云："家慈同胞两舅氏，长惺台公，次即闾卿海旸公。公登己丑策，勋始生。……己丑成进士，时年二十有七。……公讳□□，字良甫，海旸其别号也。生嘉靖癸亥八月十三日，卒崇祯戊寅九月初七日，年七十有六。配凌氏，先公三年卒。子男三：朝衡，廪例监生，以客游亡于燕，娶沈氏吏部淮槎公女；朝枢，辛酉举人，娶王氏侍御邃初公女，先公卒，俱凌恭人出；朝桢，附例监生，娶盛氏宪副南桥公孙中翰行所公女，侧室严氏出。女二，一适廉宪颖亭陈公子解元山毓，凌恭人出；一适藩幕宾兰孙公子庠生缵祖，侧室余氏出。孙男五：从先，邑庠生，娶郡公□□王公子国学□□公女，继娶侍御卿云魏公女，又继娶国学□□张公女，朝衡出。荣嗣，娶云南巡抚昭自钱公（即钱士晋）女；荣胤，邑庠生，娶文学哲初曹公女，朝枢出。荣成，邑庠生，娶宪副瞻云蒋公（即蒋玉立之父）女；荣昌，聘孝廉吉先张公女，朝桢出。"

与曹氏、陈氏、钱氏、蒋氏均有姻亲关系的还有周氏。曹勋《光禄寺少卿开鸿周公合葬墓志铭》云："公生万历癸酉四月廿七日，卒顺治辛卯十一月十二日，享年七十有九。娶李氏，继黄氏，皆赠孺人，早世。子五：长宸藻，戊子科举人，侧室刘出，娶福建布政使梓木赵公女；次宏藻，廪膳生，侧室卫出，娶太常卿四可李公女；次瓒，辛卯科举人，宸藻同母，娶苏松道兵备副使瞻云蒋公女；次珽，府庠生，侧室张出，娶中丞龙门钱公女，继娶太学观中徐公女；次希珍，侧室王出，娶太仆卿海旸顾公子文学叔夏公女。女三：长适孝廉回阳孙公子文学世振，次适兵科给事中健庵黄公子文学金镕，次适孝廉仲芳钱茱子文学㻛。孙男十一人。宸藻出者四：必世，聘文学绘先郁公女；持世、安世、高世俱未聘。瓒出者六：仪世、光世、靖世、雍世、翊世、匡世，俱未聘。珽出者一，平世，聘文学梁先郁公女孙。女六人。宸藻出者二：长字明经若子蒋公子□，次字孝廉子存魏公子□。宏藻出者二：长字文学彦翀毛公子械，次字文学文韬陈公子□。瓒出者二：一字余孙鉴章，一未字。"

魏学渠与周宸藻结儿女姻，而嘉善魏氏与曹氏关系尤密，上述曹伟谟为魏学渠妹夫为一例。再看魏氏世系：

魏大中（1575—1625）字孔时，号廓园，万历四十四年（1616）进

士。据魏大中《藏密斋集》卷一三《先考继川府君行实》，魏邦直
（1537—1592）原名德成，字君贤，别号继川。子一，即大中。女三：长适
凌守义，次适吴濬，三适沈应逵。孙男三：长学浒，聘吴邦辅女，次学濂，
聘陈山毓女，三学洙（1614—？）未聘。孙女一，适曹焘（允晦）子培。
据《藏密斋集》卷一《自谱》，魏大中曾于万历十九年（1591）从曹穗学，
"曹师一见予文，亦即视为相长之友"。其《寿泰翁曹先生七十序》云：
"岁庚申，泰翁先生春秋七十高矣。十二月甲子，其诞辰也，里社亲知，
旅往为寿，谓大中执杖履之日久，又通婚姻焉，以文见属。中自惟束发而
事先生，无闻，未能光先生之教。"

魏学濂与支允坚均为陈山毓婿。支氏世系详参支大伦《支华平先生
集》卷三五、三六，此仅录相关者：

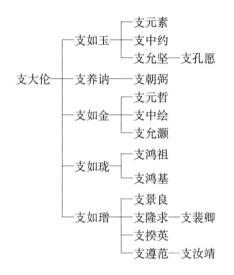

支大伦（1534—1604），字心易，号华平，万历二年（1574）进士。
本集附录一卷乃其子支如璔所辑有关乃父的生平文献，包括李维桢《明进
士文林郎华平支公墓志铭》、刘世教《支华平先生行状》、黄彦士《明故文
介先生华平支公墓表》、曹蕃《华平支先生墓碑记》、冯盛世《华平先生
传》、支如玉《先考华平府君行述》、支如金《三虞泣诔》等。李维桢《明
进士文林郎华平支公墓志铭》云："公名大伦，字心易，三岁端静不妄语，
五岁能属对，八岁通举子业，十二岁诣平山社，社中三试其文，应手而
成，人有神童之目。……甲子举于乡，出少司徒毛公之门。戊辰周文恪公

奇其文傀，上第而失之。甲戌成进士，出大司徒陈公之门。……公生嘉靖甲午四月一日，卒万历甲辰四月二十有一日，年七十有一。"大伦有子五女六。支如玉字宁瑕，万历二十八年（1600）举顺天乡试，配曹沆女，有子三：元素、中约、允坚。元素娶华亭徐瑛女，中约娶顾尧京女，允坚娶陈山毓女。女二：一适冯盛典子冯季鹍，一适余允功子余秉正。支养讷（1572—1591）字去藻，更字逸仲，别号启宸。支如玉《弟逸仲行略》（《支华平先生集》卷三六）云："乙亥已四岁，从家大人宦豫章"，"辛卯八月廿六日端坐而逝，不及乱，年甫二十。庚寅举一子，名朝弼，才廿月耳"。支朝弼娶薛瑞熊女，支元哲娶叶培忠女。又，支隆求与钱灼（1657—1728，字文仲）结儿女姻。钱灼三弟钱焯（1662—1730）字星若，为曹尔堪婿，六弟钱炳（1681—1730，字书豪）为陈哲庸婿。

柯崇朴亦为曹尔堪婿。柯氏世系如下：

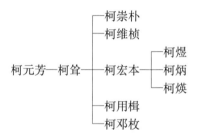

此外，戈氏、丁氏、沈氏、朱氏、毛氏、孙氏、陆氏、凌氏、蒋氏、计氏、郁氏等家族，也都进入了整个嘉善文化姻缘网络，而且大都班班可考。

柳洲词人多为忠直之士。这些忠直之士大致可分为二类：第一类是明廷忠臣，如袁黄（1533—1606）、魏大中（1575—1625）、钱士升（1575—1652）、徐石麒（1578—1645）、陈龙正（1585—1645）等，这或许与他们多从东林党人游有关。如钱士升万历十三年（1585）学于顾宪成之门，魏大中于万历三十九年（1611）执弟子礼于高攀龙，而陈龙正更是自言"生平风操学谊，得师友之助为多"（陈撰《陈祠部公家传》），这师友就包括高攀龙、吴志远、袁黄、魏大中等。第二类是复社成员，如钱继章、钱继振、钱栴、钱棻、钱栻、钱默、钱熙、魏学濂、魏学洓、魏学渠、曹尔堪、支如璔等。他们或殉国，或死难。如徐石麒，乃天启二年（1622）进士，官工部主事，因忤魏忠贤被削职，福王时召为吏部尚书，与马士英、阮大铖不合，罢归，清兵克嘉兴，自缢死。又如钱栴，崇祯六年（1633）举人，南明时官兵部职方郎，南京陷，与婿夏完淳共死。至于逃禅如沈泓，遁世如钱棻，也都抱节终身。惟柯氏一系，多投怀清廷。如柯耸（？—1679），顺治六年（1649）进士，历谏垣十八年，至康熙十三年（1674）始转通政司乞归。但这不足以改变柳洲词人的总体风貌。魏学渠在《柳洲诗集序》中着意提及柳洲文士"尚节义"，是颇堪玩味的。

第三节　曹尔堪与柳洲词派词学思想

曹尔堪（1617—1679）字子顾，号顾庵，顺治九年（1652）进士，与宋琬、施闰章、沈荃、王士禛、王士禄、汪琬、程可则称"海内八家"，撰有《词笺》《南溪词》等，还曾选辑《诗馀五集》。[4]曹尔堪在康熙初曾参与三次词坛唱和。一是江村唱和，成《三子倡和词》一卷，刊于康熙四年（1665），有徐士俊序（徐士俊另有《满江红·宋荔裳观察王西樵考功曹顾庵学士一时同在西湖倡和二十四章属余评定即次原韵赠三先生》词）。毛先舒《潠书》卷二《题三先生词》云："始莱阳宋夫子为浙臬，持宪平浙，以治未一岁，而无妄之狱起，既而新城王西樵、吾乡曹子顾亦先后以事或谪或削，久之得雪。今年夏月，适相聚于西湖，子顾先倡《满江红》词一韵八章，二先生和之，俱极工思，高脱沉壮，至其悲天悯人、忧谗畏讥之意，尤三致怀焉而不能已。呜呼，何其厚也！"此对江村唱和的缘起、经过表述得极为明白。二是广陵唱和，成《广陵倡和词》一卷，附刻于孙默《国朝名家诗馀》四十卷之后，有龚鼎孳、孙金砺序（1667）。唱和者除曹尔堪、宋琬、王士禄外，尚有宗元鼎、邓汉仪、季公琦、陈世祥、陈维崧、孙枝蔚、冒襄、孙金砺、汪楫、范国禄、沈泌、谈允谦、程邃、李以笃14人，人得《念奴娇》词各12首。龚鼎孳《广陵倡和词序》云："余惟自昔名人胜士，放废屈抑，往往作为文词以自表见。即或流连香粉，称说铅华，类宋玉之繁靡，等陈思之绮妮，要其厥指所托，非属苟然，忠爱之怀于斯而寓，则又不仅歌场舞榭擘轴题笺，仅作浅斟低唱柳七之伎俩已也。"此于广陵唱和词之寓意极为有见。三是秋水轩唱和，成《秋水轩倡和词》二十六卷，刻于康熙十一年（1672），有王士禄题词、汪懋麟词序、杜濬词引、曹尔堪纪略。秋水轩唱和以"扁"字韵《贺新凉》为调，"词非一题，成非一境"，各人所作词数亦不等，其中曹尔堪填词七首。综上所述，曹尔堪是清初填词历时最久、交游最广、成就最高、词名最著的柳洲词人，朱彝尊《振雅堂词序》谓"崇祯之际，江左渐有工之者，吾乡魏塘诸子和之，前辈曹学士子顾雄视其间。守其派者，无异豫章诗人之宗涪翁也"，认定曹尔堪为柳洲词派之宗主，是符合词史实际的。

李调元谓曹尔堪《南溪词》"多咏妓作，亦词人之玷也"（《雨村词话》卷四），其实并不契合实际；陈维崧评曹尔堪词"老颠欲裂……较量词品，稼轩白石山谷"（《念奴娇·读顾庵先生新词》），乃是就其晚年之作而言。若就其一生主要作品而言，其词之风格则以萧散清峭为主，如邹祗谟评其《望江南·戊寅初夏》云："顾庵诸词，有务观之萧散，无后村之粗豪，南宋当家之技。"[5]萧散清峭其实也是所有柳洲词人的词学面貌，而柳洲词人之词作之所以呈此种面貌，除了现实境遇和个人性情的因素外，也与柳洲词人的词学思想相关联。

柳洲词人的词学思想首先体现在诸词人为王屋《草贤堂词笺》所作的序中。王屋《草贤堂词笺》共十卷，有钱继登、曹勋、魏学濂、徐柏龄、夏缙、支允坚、董升七人序和自序。曹勋作于崇祯四年（1631）的《草贤堂词笺序》（《曹宗伯全集》卷七作《无名氏诗馀序》）云："无名于书无所不读，发为乐府诗歌，无不入妙。耕石田，故恒贫；薄时之游人多见贵客，故隐于塾。惟笃于文章，节义之好，则不问穷通。……古人如屈宋之骚，班扬之赋，汉魏之乐府，唐人之近体，辛稼轩之诗馀，关汉卿、王实甫之曲，虽时变体更，要莫不有性情之寄，故其至处，可以异世同符，而正亦不必兼举众体，以博长才之誉于天下后世。"曹氏从文学本体论的层面指出，骚、赋、乐府、近体、诗馀和曲虽然体制不同，际世殊异，但皆本于人之性情。这与其诗文"直写性灵，不摹今，不袭古，横襟冲口，自成一家"的实践是一致的。这种性情不仅是指向伦理道德，更是指向自然欲望。对此，钱继登作于崇祯八年（1635）的《草贤堂词笺序》有所补充："黄鲁直好为小词，秀铁面呵之为犯绮语戒。夫人苦不情至耳，有至情必有至性。歌词之道微矣，谓忠臣孝子之慨慷，羁人怨女之喁切，有性与性之分，知道者不作是歧观也。"这不啻是给以道德君子自居而贬斥艳词者的一记棒喝，给以道德文章自恃而视词为小道者的一次警醒。再看徐柏龄（字节之，号殷长）的《草贤堂词笺序》：

> 至于词品，则指之祸诗，斥彼纤技。嗟夫！词者，有腔有律，案谱案宫。攒唇撮口，并步伐之严；联字分疆，同鼓金之节。方且才人缩手，抑将墨士攒眉。而概列之曰夭种，弃之为艳篇，亦何以使人心折气降也哉。且夫词之赋情繁丽，墨致芬华，残月晓风，固独宜袖红之绮阁；淡月疏树，要只长茶绿之萧斋。然亦兴会一时，才情偶动耳。使其激壮悲鸣，沉雄恢博，指言切事，风人忧国之情；崇论鸿裁，学士诠经之牍，则亦岂抱摈夫曼靡，致忧于卑弱也。故夫洪纤之致，雅俗之流，盖实人心，匪繇格制。必以情致之丽天，篇章之华绮，而抑不列乎骚坛，狱独深夫大雅，则亦格制有受过之时，而人心有谢怨之路矣。况夫陈诗三百，多半闺思，不闻共刺其范，而复或诽其正也。

徐柏龄这段论词文字是一份振兴词体的理论宣言。自南唐北宋以来，词人们大致以为人生应致力于建功立业，在政事之馀可以作诗，作诗之馀始可作词，如南宋强焕云："文章政事，初非两途。学之优者，发而为政，必有可观；政有其暇，则游艺于咏歌者，必其才有馀辨者也。"（《片玉词序》）因而，他们常称词为"小词"，认定词之功能是"娱宾而遣兴"（陈世修《阳春集序》）。在"怜才者少，卫道者多"（刘克庄《后村先生大全集》卷一——《汤野孙长短句跋》）的时代，更有人视词为"极舞裙之逸乐，非惟违道，适以伐性"（张侃《拙轩词话》）。徐柏龄对于词被"指之祸诗，斥彼纤技"的现象提出三点异议：从体格上说，词"有腔有律，案谱案宫"，为之绝非易事，故"列之曰夭种，弃之为艳篇"不能使人"心折气降"，反而有"假正大之说而掩其不能"（周密《浩然斋雅谈》卷下）的嫌疑；从内涵上说，词有色貌如花者，也有肝肠似火者，"洪纤之致，雅俗之流，盖实人心，匪繇格制"，不能以词多写人心之纤细一端而斥词之体格"卑弱"；从渊源上说，与词一样，《诗经》亦"多半闺思"，但并没有人"斥彼纤技"，因而也就没有理由视词为艳科。徐氏这振兴词体的三点理由，较之以长短句式和"诗人之旨"攀附诗骚的尊体路径，显然更具理论性和说服力。

　　流派是一流动的实体。流动不仅指人员的增减，更指观念的消长。柳洲词派的词学观念也有一个演进的轨迹。曹勋、钱继登、徐柏龄从文学本体论层面强调诗词之同，曹尔堪则进一步从文学体性论层面强调诗词之异。曹尔堪指出："词之为体如美人，而诗则壮士也；如春华，而诗则秋实也；如夭桃繁杏，而诗则劲松贞柏也。"（徐喈凤《荫绿轩词证》引）这就进一步突出了词之为词的独具面目，尽管这种"突出"也在一定程度上泯灭了词"肝肠似火"的一面。曹尔堪《柳塘词评》云："余数过柳塘，与偶僧唱和小词，如按辔徐行于康庄大堤，不似矜奇斗险驰逐于巉岩峭壁以为工者。然亦时出新警之句，藻思亦不犹人，正徐文长所云：'读之陡然一惊也。'"（聂先《百名家词钞》）徐渭"陡然一惊"之说，沈雄《古今词话·词品》下卷"读词"条言之更详："读词如冷水浇背，陡然一惊便是。兴观群怨，应是为佣言借貌一流人说法。夫温柔敦厚，诗教也；陡然一惊，固是词中佳境。"徐渭从读者接受的角度指出词不必背负"诗教"的重任，"可以兴，可以观，可以群，可以怨"，只要给人以"陡然一惊"的美学享受，便已达到佳境。曹尔堪既然认同徐渭之说，也就表明他尤为强调诗词体性的差异。关于诗词体性特征的不同，本书第三章第二节曾援引过徐士俊的一段形象解说："诗之一道，譬诸康庄九逵，车驱马骤，不能不假步其间；至于词，则深岩曲径，丛竹幽花，源几折而始流，桥独木而方度。"[6]"康庄九逵"是阔，是大，故能"车驱马骤"；"深岩曲径"是狭，是深，故未易染指。徐士俊从诗词创作易难程度的不同表明诗词境界的迥不相侔，是颇有道理的。但曹尔堪谓自己与沈雄唱和小词"如按辔徐行于康庄大堤，不矜奇斗险驰逐于巉岩峭壁"，并不是着眼于诗词之辨，而是要彰显自己的词学审美理想在于自然不在于雕镂。

　　追求自然是清初众多词人的共同理想，但这些词人所谓的"自然"大多仅就语言而言，并且强调自然须从雕琢中来，如彭孙遹云："词以自然为宗，但自然不从追琢中来，便率易无味。"（《金粟词话》）柳洲词人当然也讲求语言层面的自然，如曹鉴平云："今人睹工致绮靡者，辄曰《花间》致语；览婉变流动者，辄曰《草堂》丽句。虽刻画摩拟，犹去一尘，以神韵未到者。"（梁清标《棠村词话》）但更多的是指抒写性灵的自然，这从魏学渠的三卷《青城词》中可以见出。魏学渠《青城词自序》云："迨申（1644）、酉（1645），江左鼎沸，屡遭兵燹，生平诗文杂稿俱不可问矣。亥（1647）、子（1648）、丑（1649）、寅（1650）间，家居寓感叹之音，出门纪凭吊之什，片纸寸咫，间有存者。迨庚子（1660）入蜀，凡耳目之所睹记，山川之所登涉，半以长短句述之。至于浮湛金马，赠答为多，憔悴荆湘，讽咏杂见，皆如候虫时鸟，自鸣其志，不问工拙，亦不欲以工拙问人耳。"所谓"自鸣其志，不问工拙"，即不假涂饰，独抒性灵。钱继章《青城词序》云："近世填词家，不曰秦柳，则曰辛刘，然琢句妍丽者，往往不协于律；而考律精核者，又自然之趣寡。求其匠心独裁、体兼众制如魏子者，未之见也。"显然，钱继章尤为强调的是"自然之趣"，而这"自然之趣"无疑就是"不问工拙"喷薄而出的性灵。

但我们并不能由此就认定柳洲词人的抒写性灵是毫无条件的。确切地说，柳洲词人在所抒写的性灵方面有一定的相承性，这是其作为流派得以存在的前提；但在性灵怎样抒写方面又有一定的变异，这是其作为流派得以延续的保证。支允坚《草贤堂词笺序》云："夫词之难，雅则近腐，丽亦伤俗，正不艰于典博，所甚贵乎纤秾。或托思艳粉，则高楼怀怨而眉结表也；或萦愁巧黛，则长门下泣而破面成痕。或寄兴樵渔，吟高月露；或怆怀边塞，字挟风霜。宛转狷鲜，无不备矣。慷慨磊落，时亦间焉。所谓摩坡仙之垒、登放翁之堂者欤。"这表明柳洲词派第一代词人不仅在性灵上主张多样，而且在风格上强调多元。曹尔堪所为词则不若是。试看两则对曹尔堪之词的评语：

> 诗家有王、孟、储、韦一派，词流惟务观（陆游）、仙伦（刘仙伦）、次山（严仁）、少鲁（严参）诸家近似，与辛、刘徒作壮语者有别。近惟顾庵学士情景相生，纵笔便合，酷似渭南老人。
> ——邹祗谟《远志斋词衷》
> 近日词家，烘写闺襜，易流狎昵，蹈扬湖海，动涉叫嚣，二者交病。顾庵独以深长之思，发大雅之音……第其品格，应在眉山（苏轼）、渭南（陆游）之间，会须呵周、柳为小儿，嗤辛、刘为伧父。
> ——尤侗《南溪词序》

邹祗谟、尤侗二人都认为曹尔堪词之品格迹近苏轼、陆游，这一点与支允坚谓王屋之词"摩坡仙之垒，登放翁之堂"是一致的。但曹尔堪"呵周柳为小儿，嗤辛刘为伧父"的姿态绝非其先辈所有，曹勋、支允坚的《草贤堂词笺序》言之甚明。兹再以艳词一端详言之。曹尔堪填词原本"香艳"（李陈玉《魏里八子序》），他却说："余性不喜艳词，亦惟笔性之所近而已。曾闻衡山（文徵明）先辈端方之至，不受污亵，而《水龙吟》《风入松》《南乡子》诸调，复咏吴闾丽人及闺情之作，想亦词用情景，有必然者。乃知欧、晏虽有绮靡之语，而亦无关正色立朝之大节也。"（沈雄《古今词话·词话》下卷）文徵明为人素以温雅端方著称，其所为词既有慷慨激烈、感愤淋漓如《满江红·题宋思陵与岳武穆手敕墨本》者，亦有缠绵婉娈、柔艳秾纤如《南乡子》者，这本可从"词不如其人"的文化命题中得到解释。但曹尔堪的关注点并不在此，他所谓"欧、晏虽有绮靡之语，而亦无关正色立朝之大节"，并不是想给"词固不可概人"（况周颐《蕙风词话》卷一）的结论提供一个注解，而是想给"为宰相而作小词可乎"（魏泰《东轩笔录》卷五）的设问提供一个答案。"为宰相而作小词"既然无关正色立朝之大节，表明绮语艳词无伤大雅亦无关紧要，作亦可，不作也罢。这正是曹尔堪"性不喜艳词"所致。

魏允札对艳词的态度不像曹尔堪那般坚决拒斥，但又给艳词附上"寄托"的标签。他说：

　　昔有楚屈平者，仁义道德忠信人也，被谗而不得于其君，作为《离骚》，援美人以喻君王，指香草以拟君子，其言抑何柔妩婉娈，此岂有不宜于憔悴枯槁须眉之屈平耶？至《九歌》中丽句，实已为词家作祖矣。又晋之陶潜，振古高洁人也，乃有《闲情》一赋。唐人艳体诗首推李商隐，然其寄托深远，多藉美人幽离之思、靡曼之音以写之，盖得楚骚之遗意者。古之才人，凡其胸中抑郁不平而不得申者，正言之不可，泛言之不可，乃意有所触以发端，而抒其莫能言之隐也。作词者亦是志而已矣，夫何病夫！[7]

《离骚》"其称文小而其指极大，举类迩而见义远"（司马迁《史记·屈原贾生列传》）自不待言；陶渊明之《闲情赋》，昭明太子以为"白璧微瑕"，其实亦是"伤己之不遇，寄情于所愿，其爱君忧国之心惓惓不忘，盖文之雄丽者也"（王观国《学林》卷七）；至于李商隐之诗"寄托深远"，亦非赘说，如其"刻意伤春复伤别"（《杜司勋》）之句，伤春伤别而"刻意"，凄怨情怀的流露，总使人感到其中真有万不得已者在。就诗而言，魏允札所谓"古之才人，凡其胸中抑郁不平而不得申者"借寄托"抒其莫能言之隐"无疑是有依据的。词借美人香草以"抒其莫能言之隐"者亦不乏其例，刘克庄就曾说："叔安刘君落笔妙天下，间为乐府，丽不至亵，新不犯陈，借花卉以发骚人墨客之豪，托闺怨以寓放臣逐子之感。"（《后村题跋》卷二《跋刘叔安感秋八词》）但总的来说，"艳词而有寄托"实际包含两个层面的内容：① 作者有不能直言的苦衷、不能直吐的怨恨、不能直抒的怀抱，而又不得不言，不得不吐；② 采用香草美人的比兴手法而并不停留于香艳题材。词史上的许多艳词并无寄托之意，如温庭筠的词，张惠言以为其《菩萨蛮》有"《离骚》初服"之意，显然是一种不顾实际的臆测比附。魏允札没有具体甄别不同类型的艳词，而从诗的比兴传统出发笼统地说"作词者亦是志"，显然有失偏颇。但魏允札的这种"偏颇"是有意的，因为他自己也曾填过香艳之词。魏允札对于艳词既为之而又曲辩之的态度，与其先辈大胆回护艳词相比，显然相去甚远，而这种差别正好显现了柳洲词派词学观念历史演进的轨迹。

康熙十年（1671），年届五十五的曹尔堪为朱彝尊《江湖载酒集》作序，称其"芊绵温丽，为周、柳擅场，时复杂以悲壮，殆与秦缶燕筑相摩荡，其为闺中之逸调邪，为塞上之羽音邪。盛年绮笔，造而益深，固宜其无所不有也"，自谓"发已种种，力衰思钝，望其旗矗精整，郁若荼墨，为之曳戈却走，退三舍避之已"。康熙十八年（1679），曹尔堪卒。同年，《浙西六家词》刻成，以朱彝尊为宗主的浙西词派正式确立。柳洲词派最终归入浙西词派。

柳洲词派以浙西词派为结穴，表现有二：一是柳洲词人成了浙西词人的有力合作者。如曹尔堪之婿何崇朴，与弟柯维桢和朱彝尊同举康熙十八年（1679）博学鸿词，曾协助朱彝尊辑成《词综》30 卷，使《词综》全篇"先后之次可得而稽，词人之本末可得而尚论"（柯崇朴《词综后序》）。柯崇朴还尝与浙派词人周篔同辑《词纬》36 卷。柯维桢则为朱彝尊编定《蕃锦集》两卷，并撰序梓行。二是柳洲词人成了浙西词人的积极追随者。如柯崇朴侄子柯煜曾从朱彝尊受业，其作于康熙二十三年（1684）的《绝妙好词序》云："于今风雅，殆胜曩时，翡翠笔床，人宗石帚；琉璃砚匣，家拟梅溪。""宗石帚""拟梅溪"正是浙派宗风，柯煜无疑也加入了追随这一宗风的行列。[8]上述由叶燮为柯煜《小丹丘词》作序而引发的魏允札的词学主张，正是柳洲词派改而追随浙西词派的理论表现。至于也从朱彝尊学词的魏大中从孙魏坤，更是得朱彝尊真传，据朱彝尊《曝书亭集》卷四〇《水村琴趣序》，魏坤不仅在词学思想上独信朱彝尊之持论，而且所填之词几可与朱彝尊之作乱真。蒋景祁《刻瑶华集述》云："浙为词数，六家（二李一朱一龚二沈）特一时偶举耳，固未足概浙西之妙。魏塘柯氏，三世（岸初先生、寓匏昆仲、南陔群从）济美，武林陆君，二难（茞思、云士）分标，其他作家，不可枚数。"此语原意是指浙西词派不应拘于"六家"，而应旁及邑人，故从地缘的角度将柳洲词派并入浙西词派。但从柳洲词人的上述两个表现看，从词学思想的角度将柳洲词派并入浙西词派，也是完全有理由的。

注释:

〔1〕参吴熊和师《〈柳洲词选〉与柳洲词派》，《吴熊和词学论集》第378页，杭州大学出版社1999年。

〔2〕沈季友《槜李诗系》卷二五"吴亮中"条云："亮中字寅仲，号易庵，嘉善人，尝与钱继振、郁之章、魏学濂、学洙、学渠、曹尔堪、蒋玉立为文字饮，称'柳洲八子'。"钱佳《魏塘诗陈》卷九"钱继振"条云："钱继振，字尔玉，号冰心，继登弟，与同邑魏学濂、学洙、学渠、吴亮中、蒋玉立、郁之章、曹尔堪结社柳洲，称'柳洲八子'。"曹庭栋《魏塘纪胜》（一名《产鹤亭诗三稿》）中《柳洲亭》诗序云："明嘉靖间，郡守刘悫因北城外伍子塘水势冲突，筑台障之，四围栽柳，覆亭其上，时称刘公台，又名柳洲亭。万历间建大士殿、真武殿、文昌阁，阁旁建祠，以祀刘公。东偏有环碧堂，崇祯间，钱尔玉、郁光伯、魏子一、吴寅仲、魏子闻、魏子存、蒋亭彦、家学士顾庵始社于此，时号'柳洲八子'，邑侯李陈玉题其堂，曰八子会文处。"又《续魏塘纪胜》（一名《产鹤亭诗七稿》）中《七子文社》诗序云："我邑柳洲八子名最著……已见前《纪胜》中，其先更有文社。当明天启间，称'魏塘七子'，七子者，卞洪勋、支如玉、孙茂芝、冯盛世、盛楙中、卞玄枢、陆锡瑞也，各富著述，名盛一时。"

〔3〕曹尔堪有《词笺》五卷词308首，作于1630—1634年之间，刊于崇祯八年（1635）；《南溪词》二卷词230首，作于1635—1665年之间，刊于康熙六年（1667）；《秋水轩唱和词》7首，作于康熙十年（1671）。参王树伟《明刊本曹尔堪〈词笺〉跋》，《河北师院学报》1987年第2期。

〔4〕参沈雄《古今词话·词话》下卷。

〔5〕邹祗谟《倚声初集》卷一。沈雄《古今词话·词评》下卷作吴伟业语，似误。

〔6〕徐士俊《付雪词序》，见陆进《巢青阁集》卷首。沈雄《古今词话·词评》下卷亦

引此语，字句略有出入。按，欧阳修《六一诗话》有云："余尝与圣俞论此，以谓譬如善驭良马者，通衢广陌，纵横驰逐，惟意所之。至于水曲蚁封，疾徐中节，而不少蹉跌，乃天下之至工也。"

〔7〕叶燮《小丹丘词序》，《已畦集》卷八。

〔8〕参吴熊和师《〈柳洲词选〉与柳洲词派》，《中国文哲研究通讯》第7卷第4期。

第五章

广陵词人群与明清之际
词学思想的嬗变

　　邹祗谟的《远志斋词衷》中，曾录存自己过去为王士禛《衍波词》所作序文的一段话，并加以补足："余向序阮亭词云：'同里诸子，好工小词，如文友之儇艳，其年之矫丽，云孙之雅逸，初子之清雅，无不尽东南之瑰宝。'今则陈、董愈加绵渺，二黄益属深妍。更如庸庵之醇洁，风山之超爽，卓人之精腴，介眉之隽练，公阮之幽峭，紫曜之鲜圆，陶云之雅润，赓明之秀濯，含英咀华，彬彬称颂。词虽小道，读之亦觉风气日上。"这是邹祗谟对兰陵词人群的一个总体概评，亦足见兰陵词苑之盛。兰陵主要词人存见于下：

　　　　邹祗谟（1627？—1670），字讦士，号程村，武进人。有《丽农词》。
　　　　董以宁（1630—1669），字文友，武进人。有《蓉渡词》。
　　　　陈维崧（1625—1682），字其年，号迦陵，宜兴人，有《乌衣词》。
　　　　黄永（1621—1680后），字云孙，号艾庵，武进人。有《溪南词》。
　　　　黄京，字初子，黄永弟。有《续花庵词》。
　　　　孙自式（1628—？），字衣月，号风山。
　　　　毛重倬（1617—1685），字卓人，号阆仙，曹亮武岳父。
　　　　龚百药（1619—？），字介眉，号琅霞。
　　　　钱珵，字紫曜。
　　　　杨大鲲，字九挦，一字陶云，号天池。
　　　　杨大鹤（？—1715），字九皋，一字芝田。有《稻香楼词》。

陈玉璂（1636—1699 后），字赓明，号椒峰。有《耕烟词》。

董元恺（？—1687），字舜民，号子康。有《苍梧词》。

兰陵词人群的兴起大致始于顺治六年（1649）。陈维崧在《湖海楼文集》卷二《任植斋词序》中回忆说："忆在庚寅、辛卯间与常州邹、董游也，文酒之暇，河倾月落，杯阑烛暗，两君则起而为小词。方是时，天下填词家尚少，而两君独矻矻为之，放笔不休，狼藉旗亭北里间。"邹祇谟《远志斋词衷》亦云："己丑、庚寅间，常与文友取唐人《尊前》《花间》集，宋人《花庵词选》及《六十家词》，摹仿僻调将遍。"己丑是顺治六年（1649）。而此前二年，云间词派之第一代人物陈子龙、李雯等已相继谢世。以此观之，兰陵词人群实是继云间而起。

吴绮云："词家旧推云间，次数兰陵，今则广陵亦称极盛。"（沈雄《古今词话·词话下卷》引）然则兰陵词人群后有广陵词人群继起，明矣。

广陵词人群的主要成员有：

郭士璟（1600—1679），字眉枢，号饮霞，江都人。有《句云堂词》。

吴绮（1619—1694），字园次，一字丰南，江都人。有《艺香词钞》。

陈世祥，字善百，号散木，通州人。有《含影词》。

宗元鼎（1620—1698），字定九，号梅岑，江都人。有《芙蓉词》。

汪懋麟（1640—1688），字季角，号蛟门，江都人。有《锦瑟词》。

郑侠如，字士介，号休园，江都人。有《休园诗馀》。

郑熙绩，字懋嘉，侠如孙，有《蕊栖词》。

黄云（1621—1702），字仙裳，泰州人。有《倚楼词》。

黄泰来，字交三，一字竹舫，黄云子、宗元鼎婿。有《洗花词》。

邓汉仪（1617—1689），字孝威，泰州人。有《青帘词》。

徐石麒，字又陵，号坦庵，原籍邗上，流寓江都。有《坦庵诗馀》。

徐元端（1650—？），字延香，徐石麒女。有《绣闲集》。

罗煜，字然倩，号霞汀，原籍黄山，流寓江都。有《霞汀诗馀》。

范荃（1633—1702 后），本名恒美，字德一，号石湖，江都人。有《春雨词》《秋吟》。

汪耀麟，字叔定，又字北阜，江都人。

夏九叙，字次功，一字凤冈，江都人。

陈志谌，字君三，泰州人。

韩魏，字醉白，江都人。

阮子悦，字月樵，江都人。

鲁澜，字紫漪，别字桐门，江都人。

虽然扬州本土有如许词人，但广陵词坛的高筑，应从王士禛于顺治十七年（1660）出任该府推官时算起。王士禛在扬州前后任职五年，周围集聚了大批著名词人，其中有扬州本籍的吴绮、汪懋麟、宗元鼎和涉足扬州的邹祗谟、董以宁、彭孙遹等。从总体上看，扬州词坛不是由本土词人所构筑，而是由外籍词人所把持。正是由于广陵词坛不如云间、西陵、柳洲那样以地域为限，各地名贤硕彦在摩荡融汇中相互切磋，各取所长，表现出涵纳兼容各种审美情趣的宽宏气象，因此，广陵词坛虽然仍时时呈现云间馀韵的形态，但已逗露出清初词学思想将发生嬗变的契机。从这个意义上讲，广陵词坛是明清词风交接转化的一个重要环节。

鉴于兰陵词人群与广陵词人群之词学思想因王士禛的存在而有一致之处，故于本书中合而论之（并径称广陵词人群）。而列名于兰陵词人群的陈维崧则由于其在此后开创了阳羡词派，故此处暂不涉及。

第一节　王士禛的词学活动与广陵词坛的词学思想主流

王士禛是广陵词坛的领袖人物，但其本人的词学活动并非自出任扬州推官才开始。王士禛《阮亭诗馀略自序》云："向十许岁，学作长短句，不工，辄弃去。今夏楼居，效比丘休夏自恣。……偶读《啸馀谱》，辄拈笔填词，次第得三十首。易安《漱玉》一卷，藏之文笥，珍惜逾恒，乃依其原韵尽和之，大抵涪翁所谓'空中语'耳。……余落魄之馀，聊以寄兴，无心与秦七、黄九较工拙。"以此观之，王士禛于十许岁时就已开始填词，但大量作长短句则在"今夏"。蒋寅先生以为"今夏楼居"是顺治九年（1652）王士禛会试落第后的事，[1] 笔者不敢苟同。按，《阮亭诗馀略》一卷，有唐允甲、邱石常、丁弘海、邹祗谟、沈履夏、徐夜及王士禛七人序，共收词46首，前29首（王序称30首，盖举其成数）与后和李清照《漱玉词》的17首分列。这些词作大多作年不可考，但也有几首可考。如五首《柳枝词》，王士禛自选集《渔洋精华录》卷三《赵北口见秋柳感成二首》题下原注有云："顺治乙未，予上公车，与家兄吏部、傅彤臣御史赋《柳枝词》于此，忽忽十馀年矣。堤柳婆娑，无复曩时，不胜攀枝折条之感，因赋是诗。"可知《柳枝词》作于顺治十二年（1655）春。又如《满江红·同家兄西樵观海》，与《渔洋精华录》卷一《蠡勺亭观海》诗写景抒情如出一辙，当都是王士禛于顺治十三年（1656）四月赴东莱省王士禄时所作。另外，王士禛少年之诗皆以某年名卷，以收载本集之《新城王氏杂文诗词》一书而论，亦有《壬寅诗》《癸卯诗》《甲辰诗》诸卷。康熙本《阮亭诗馀略》题下注"丙申"二字，揆之诗例，《阮亭诗馀略》中之词作当多作于"丙申"，即顺治十三年（1656），此其一。王氏自序有"余落魄之馀，聊以寄兴"之语，考之王氏生平，能谈得上"落魄"的，唯有顺治九年至顺治十四年这一段家居时期。王士禛在这段时期有"落魄"之感的只有二事：一是顺治九年会试被落，二是顺治十二年会试中式而未殿试归。据邹祗谟序"阮亭年少才丰"和徐夜序"贻上弱龄"诸语，可知《阮亭诗馀略》乃王士禛年少时之作，但揆之王氏自序，《阮亭诗馀略》当是作于王士禛20岁之后。若《阮亭诗馀略》作于顺治九年，则王士禛时方19岁，与"向十许岁，学作长短句，不工，辄弃去"相矛盾。因此，《阮亭诗馀略》当作于顺治十二年之后，这与上述的考证正相符，此其二。《阮亭诗馀略》有徐夜、邱石常的评点。徐夜与王士禛定交于顺治十年（1653），顺治十三年（1656）与王士禛同游长白山，刻《长白游诗》一卷；次年八月，又游济南，集诸名士于大明湖，举"秋柳社"，时邱石常亦与焉。如此说来，最适合于徐、邱二人评点《阮亭诗馀略》的时间，当在顺治十四年秋前后，[2] 而《阮亭诗馀略》著成于顺治十四年之前，亦不言自明，此其三。

指出王士禛开始大量填词在顺治十三年，主要想说明两点：一是王士禛是清初较早从事填词的一位，二是清初人填词有一个业馀性的背景。李渔《笠翁馀集自序》云："三十年以前，读书力学之士皆殚心制举业。作诗赋古文辞者，每州郡不过一二家，多则数人而止矣，馀尽埋头八股为干禄计。……乃今十年以来，因诗人太繁，不觉其贵，好胜之家又不重诗而重诗之馀矣。一唱百和，未几成风，无论一切诗人皆变词客，即闺人稚子，估客村农，凡能读数卷书、识里巷歌谣之体者尽解作长短句。"（《笠翁一家言全集》卷八）李渔此序作于康熙十七年（1678），三十年前正当顺治初，照他所述，当时社会上还没有填词之风气。陈维崧在《任植斋词序》中回忆顺治七、八年间与邹祗谟、董以宁文酒之暇作小词的情景时说："方是时，天下填词家尚少。"如此看来，在顺治前期的十年，填词一道还是颇为萧条的。因此，王士禛在顺治十三年大量填词，虽不能说是清初最早的填词者，但确是清初较早从事填词的一位。但从《阮亭诗馀略自序》看，王士禛填词是落魄之馀聊以寄兴的，徐夜《阮亭诗馀略序》亦谓"斯固擅场之馀事"。值得指出的是，清初视填词为"馀事"的并非仅王士禛一家，杨岱序董以宁《蓉渡词》时也认为"填词特董子馀事耳"（《国朝名家诗馀·蓉渡词》）。这表明清初"读书力学之士皆殚心制举业"，于填词纯是出其馀绪，游戏为之。

　　李渔认为"一切诗人皆变词客"是"今十年以来"（即康熙六、七年以后）之事，这也是符合史实的。吴本嵩大致作于康熙十年的《今词苑序》云："诗词之道，盖莫盛于今日矣。娄东、庐江振其宗，长水、盐官树其表。云间则宋陆方驾，魏塘则钱曹一门。琅琊昆季，则奕奕三王；西陵宾徒，则翩翩十子。黄金台畔，沈李篇章；锦帆泾边，袁尤标格。黄州则茶村轶宕，青山则耕坞清疏。秉三湘之秀，则黄王轸轨后先；擅大东之奇，则宋赵渊源正变。李翰林实淮南宗匠，丁仪曹乃浙右名家。华亭则董氏二难，颍川则刘家七颂。顾弘文钱秘书，薇郎才望；嵇临安吴吴兴，刺史风流。金粟则婉秀高华，散木则缠绵绮丽。南州陈子，偶涉亦工；钱塘沈郎，穷研逾妙。孙豹人三原豪士，故解新声；朱锡鬯携李异才，尤多杰作。二宫挟太史之藻，是有凤毛；三申振吏部之英，何惭珠树。钟山则纪子，长兼庾鲍；梁苑则彭生，采擅邹枚。延令柱史，间赋广平之花；鸳水侍郎，岂乏欧阳之句。柯黄门之澹逸，魏学宪之清妍。禹穴左右，则有方蒋姜黄；邗沟上下，则有宗黄邓石。云阳贺老，艳体专家；湖畔毛生，闲情雅构。沪水则周郎小隐；骥沙则徐孺侨居。屈指南兰，有称词数。《倚声》而后，邹董犹生。黄计曹伯仲齐名，杨庶常埙篪迭和。吴参军言情何婉，龚孝廉赋物能工。椒峰则才华健举，不废雕虫；舜民则兴致遄飞，时工染翰。对岩实今之淮海，气更清超；苏友虽迹比富春，语尤雄丽。"至康熙十四年（1675）陆次云作《见山亭古今词选自序》，亦谓"诗馀一道，骎骎乎驾古人而上"，"《香岩》《梅村》《棠村》《衍波》《南溪》《容斋》《寄愁》《扶荔》《炊闻》《乌丝》《百末》《艺香》《延露》《含影》《二乡》《丽农》《樗亭》《庶阁》《山晓》《雁楼》《蓉渡》《付雪》《洗铅》《峡流》诸刻，莫不韵轶《金荃》，香逾《兰畹》"，诚可谓彬彬称盛。张台柱《词论》亦云："昭代词人之盛，不特凌铄元、明，直可并肩唐宋。如《香岩》之雄赡，《棠村》之韶令，《容斋》之新秀，《衍波》之大雅，《延露》之俊逸，《丽农》之宏富，《东江》之绵缈，《弹指》之幽艳，《乌丝》之悲壮，《艺香》之浓鲜，《玉凫》之清润，《兰思》之真致，《玉蕤》之周密。馀如秋岳、锡鬯、容若、云士、舒凫、夏珠、昉思诸公，未窥全豹，微露一斑。而《二乡》《远山》《云诵》《扶荔》《鸾情》《南溪》《炊闻》《百末》《含影》《支机》《蓉渡》《锦瑟》《柳村》《遏云》《当楼》《青城》《蝶庵》《秋水》《峡流》《吹香》《椒峰》《萝村》《菊庄》《移春》《山晓》《梨庄》《红蕉》《柯亭》诸集，可谓家操和璧，人握隋珠，一时群聚。噫，盛矣！"〔见佟世南刊于康熙十七年（1678）的《东白堂词选》〕。那么，填词从顺治初的萧条到康熙初的昌盛，其契机是什么呢？笔者认为，是王士禛在扬州的词学活动。

王士禛到扬州之前，早已诗名远播。奠定其诗名的，一是顺治十四年秋与诸名士云集济南大明湖赋《秋柳》诗四章，二是顺治十六年在京城与彭孙遹、汪琬、程可则、叶方蔼等诗词唱和，刻《彭王唱和集》。王士禛带着如许诗名来到歌吹沸天的扬州，"日了公事，夜接词人"，自然成了扬州文坛的领袖人物。王士禛在扬州倡导的大型文学创作活动有三次：第一次是康熙元年夏的修禊红桥，与会的有袁于令、杜濬、邱象随、蒋阶、朱克生、张养重、刘梁嵩、陈允衡、陈维崧等，王士禛填《浣溪沙》词三阕；第二次是康熙三年春的修禊红桥，与会的有林古度、孙枝蔚、张纲孙、程邃、孙默、许承宣、许承宗等，王士禛赋《冶春》诗20首；第三次是康熙四年春的如皋水绘园修禊，与会的有冒襄、邵潜、陈维崧、冒禾书、冒丹书、毛师柱、许嗣隆等，王士禛成七言古诗十章。三次修禊，只有第一次是填词。不过，小规模的唱和酬赠是极其频繁的，这只要翻一下他们的词集就可明白。如《丽农词》中有《菩萨蛮·咏青溪遗事画册和阮亭韵》《海棠春·闺词和阮亭韵》《西施·为阮亭赋余氏女子绣浣沙图》《阳台路·为阮亭题余氏女子绣高唐神女图》《南浦·为阮亭题余氏女子绣洛神图》《潇湘逢故人·为阮亭赋余氏女子绣柳毅传书图》《黄河清慢·阮亭招观竞渡竟日即席同方坦庵楼冈邵村唐耕坞诸先生分赋用晁次膺韵》《绮罗香·广陵阮亭署中酬赵千门见赠原韵》《望远行·蜀冈眺望怀古和阮亭韵》《泛清波摘遍·为阮亭咏庭前金鲫》《翠羽吟·为阮亭赋庭前鹦鹉》《透碧霄·同阮亭饮吴陵宫紫悬先辈小西湖》《三台·用琅琊氏事赠王阮亭三十初度戏用辛稼轩用陆氏事送玉山陆令体》《戚氏·辑〈倚声集〉将成复得阮亭新词并简》等。王士禛在扬州的词学创作较其顺治十二年居家时的词学创作更具意义,毕竟那时的创作只是偏于一隅的个人举动,而此时的创作鼓起了遍及全国的填词之风。不过,此次填词唱和不是王士禛扬州词学活动的全部,也不是扬州词学活动中最重要的。王士禛在扬州最重要的词学活动是支持并与邹祇谟联名合编了大型词选《倚声初集》,支持孙默汇刻《国朝名家诗馀》并对之作了评点。康熙十六年(1677),汪懋麟为梁清标《棠村词》作序,云:“本朝词学,近复益盛,实始于武进邹进士程村《倚声集》一选。同时休宁孙无言复有《三家诗馀》之选,由是广为六家,又十家,今且十六家,势不百家不已,岂不与毛氏争雄长哉!”《倚声初集》是在明清词学创作交接期上具有集大成性质的大型词选;《国朝名家诗馀》是真正属于清代词的第一批名家之集,陆次云、张台柱为表明昭代词学之盛而提及的词,大多来于此词集。而此二集的选编,王士禛都曾厕身其间。顾贞观说:“渔洋之数载广陵,实为斯道总持。”(《栩园词弃稿序》)作为对王士禛在广陵词坛的功绩的评价,此语实不为过。

王士禛的词学活动并未在他离去扬州之时就宣告终结,[3] 蒋景祁《刻〈瑶华集〉述》谓王士禛“《衍波》以后,禁不作词”,其实并不准确。孙默刻《衍波词》在康熙三年(1664),而王士禛康熙二十八年(1689)四月过宿章丘县同年刘渡家绣江园时,尚题《点绛唇》一阕于壁,见其《居易录》卷二。顾贞观谓“渔洋复位高望重,绝口不谈”,亦误。王士禛的笔记如《香祖笔记》《古夫于亭杂录》《分甘馀话》,均有论词之文字,而此三部笔记分别成书于康熙四十四年(1705)、四十五年(1706)和四十八年(1709),可见其论词是持续到晚年的。王士禛及其追随者早年的创作均从艳词着手。王士禛“沿凤洲、大樽绪论,心摹手追,半在‘花间'"（谢章铤《赌棋山庄词话》卷八），如最为人称艳的《蝶恋花·和漱玉词》，就是典型的"花间"隽语，"极哀艳之深情，穷情盼之逸趣"（唐允甲《阮亭诗馀略》）。邹祗谟和董以宁填词较王士禛更早，邹祗谟曾说："忆庚寅、辛卯间，与文友取唐宋诸集僻调，摹填殆遍。"（《倚声初集》卷一《董以宁〈一叶落·本意〉评》）庚寅、辛卯为顺治七年、八年。今《丽农词》中可以系年的最早一首是《苏幕遮·丙戌过南曲作》，[4] 丙戌为顺治三年（1646）。邹、董二人早年也以填艳词著称，黄周星就曾说："兰陵邹祗谟、董以宁辈分赋'十六艳'等词，云间宋徵舆、李雯共拈'春闺''风雨'诸什，遁浦沈雄亦合叟丹生、汪枚、张赤共仿玉台杂体。"（沈雄《古今词话·词话》下卷）今《丽农词》中"庚寅夏作"的《惜分飞·本意》十六首尚在，可窥见其侧艳之风尚。至于顺治十六年曾与王士禛有《香奁酬和集》之刻的彭孙遹，其三卷《延露词》更是以"惊才绝艳""吹气如兰"著称，[5] 如《卜算子·赋艳》："又报玉梅开，笑泥青娥饮。去岁留心直到今，醉里如何禁。　身作合欢床，臂作游仙枕。打起黄莺不放啼，一晌留郎寝。"可谓浮艳之至。又如《风中柳·离别》："槐树阴浓，小院晚凉时节。别离可奈肠如结。歌喉轻嗾，听唱阳关彻。情脉脉、几回呜咽。　细语丁宁，道且自消停歇。灯火高城更未绝。残妆重整，送向门前别。拼今宵、为伊啼血。"王士禛评云："仆尝戏谓彭十是艳情专家，骏孙辄怫然不受。试以此举似他人，得不云吾从众耶。"[6] 徐釚曾说："广陵诸子，如善百、园次、梅岑、鹤问，各自名家。今又得蛟门，吐华振藻，駸駸乎轶苏黄而驾周秦矣。"（《锦瑟词话》引）陈世祥字善百，号散木，江南通州人，与扬州的宗元鼎（字定九，号梅岑）为表兄弟，有其《念奴娇·怀宗梅岑表弟兼柬鹤问》词为证。广陵词坛的各类活动中，他几乎始终在场。但他"以孤骞简傲之性而为填词，则妍越妩媚、淫放荡逸，如冶容靓妆，目遇心摇"（孙金砺《含影词序》）。"三风太守"吴绮之词亦本擅艳情，[7] 为他带来"红豆词人"美誉的《醉花间·春闺》，亦无非是"调和音雅，情态亦浓"的"词中小品"（陈廷焯《白雨斋词话》卷三）。广陵各词家中年齿较晚的汪懋麟，曾受业于王士禛，所为词"旖旎香茜处，觉秦七、黄九犹惭伧父"（《锦瑟词话》引彭孙遹语），如《误佳期·闺怨》："寒气暗侵帘幕，辜负芳春小约。庭梅开遍不开来，直恁心情恶。　独抱影儿眠，背看灯花落。待他重与画眉时，细数郎轻薄。"至其"沉眠周柳"（宗元鼎《锦瑟词序》）的《醉公子》"十索"之类词，则纯属"香脆欲绝"（《锦瑟词话》引李良年语）的香奁体了。朱彝尊《一剪梅·题〈锦瑟词〉》云："锦瑟新词凤阁成，赢得才名，不减诗名。风流异代许谁并？是柳耆卿，是史邦卿。"虽不尽确，亦非无据。

广陵词坛多侧艳之风，是与扬州这一特定地域密切相关的。"扬州"之称始于隋开皇八年（589），自隋代大运河开通以来，它就成了水路要津。此后，"扬一益二""淮左名都"的称号便与扬州结下不解之缘。但扬州最为动人的人文景观不在它的经济力，而在它的风流梦。自从杜牧以其生花妙笔写下那首脍炙人口的《遣怀》绝句之后，"扬州梦"得到后代文人的不断敷衍，于邺《扬州梦记》、乔吉《扬州梦》杂剧、嵇永仁《扬州梦》传奇、黄之隽《梦扬州》、陈栋《维扬梦》等，无不着眼于杜牧逸游之事，侈谈风月，以至于"扬州梦"一词，几乎成了"风月繁华"的同义语。大凡经历、怀念、感叹、向往这种"风月繁华"生活的，概可言之以"扬州梦"，如王士禛《送陈其年归宜兴》："与君五载扬州梦，细马吟春皂荚桥。"清顺、康之交，扬州已成盐运要枢，富商蜂集，豪贾蚁聚，奢靡之风复炽。风雅才俊之士置此烟花之场，销金之窟，自然会征诗逐酒，尽显风流。如初业贾后避居扬州，以布衣受知王士禛的孙枝蔚，"奉金结好友，夜夜陈歌筵。易贫亦易富，快意贵当前"（《溉堂前集》卷一《坿斋诗》）。这是广陵词坛多侧艳之风的现实依据。扬州不单纯是朝歌暮舞的烟花场，它还残存着宋词营造的艺术氛围。欧阳修、苏轼曾任扬州太守，留下了平山堂等胜踪遗迹，辛弃疾、姜夔曾取道淮扬，勾起"冷月无语""红药独生"的无穷感慨。才俊之士踏上扬州这块氤氲着宋词流风余韵的土地，就不可能没有感触，不可能没有怀想。这是广陵词坛多酬唱之风的历史背景。有了这样的历史背景和现实依据，广陵词坛勃兴并以柔靡绮丽为指归，自在情理之中。对此，尤侗《西堂杂俎二集》卷二《彭骏孙〈延露词〉序》说得明白："诗以馀亡，亦以馀存，非诗馀之能为存亡，则诗馀之人存亡之也。……盖维扬佳丽，固诗馀之地也。……故登芜城，宜赋西风残照；吊隋苑，宜赋金锁重门；过玉钩斜，宜赋晓星明灭；上二十四桥，问吹箫玉人，宜赋衣染莺簧；载酒青楼，听竹西歌吹，宜赋并刀如翦；进雷塘，观八月潮，宜赋玉虹遥挂。岂惟平山栏槛，让文章太守挥毫独步哉？……今以骏孙之才，江山助之，折大堤之杨柳，对官阁之梅花。

选楼公子，盥手装书；殿脚美人，画眉捧砚。宜其提柳扳秦，含周吐李，与红杏尚书、花影郎中平分风月。则维扬固诗馀之地，而彭子乃诗馀之人也。有其地，有其人；有其人，有其词。"

创作上擅长于侧艳，并不意味着在审美理想上专注于绮丽。"所长"与"所尚"毕竟不是同一概念，其所长不等于其所尚。彭孙遹曾说："词以艳丽为本色，要是体制使然。"（《金粟词话》）其实，他所谓"以艳丽为本色"的"词"，仅指艳词而已，并不针对各种格调的词。如他肯定宋徵舆《长相思》十六阕"刻画无馀，令人色飞魄断"，这是符合实际的。但宋徵舆之词色貌上的绮丽，并非词之体制使然，而是他的词学观使然。如果将"艳丽"归于词之体制，则他所谓"范希文《苏幕遮》一调，前段多入丽语，后段纯写柔情，遂成绝唱。'将军白发征夫泪'，亦复苍凉悲壮，慷慨生哀"，就无法得到合理的解释。实际上，广陵词人在词学审美理想上追求的不是艳丽，而是自然。如宗元鼎云："词以艳丽为工，但艳丽中须近自然本色。若流为浅薄一路，则鄙俚不堪入调矣。"（徐釚《词苑丛谈》卷四引）王士禄云："词固以艳丽为工，尤须蕴藉，始号当行。"（汪懋麟《锦瑟词话》引）从他们的叙述语气看，词要"艳丽"而"自然"。这里的"艳丽"乃就词之所入情事而言，"自然"则就词之所出格调而言。"艳丽"是他们的"所长"，"自然"是他们的"所尚"。

王士禛论诗重"神韵"，于词亦然。但他词学中之"神韵"并非从诗学中移植而来，而是基于对词的独立见解。而且，王士禛以"神韵"论词似还早于论诗。[8]就笔者浏览所及，王士禛于诗学中标举"神韵"，始于康熙元年（1662）宦游扬州时，他为了"课其二子"，选唐人五七言律绝，名《神韵集》。但顺治十七年大冶堂刻本《倚声初集》中已有其以"神韵"论词之文字，如《倚声初集》卷五评沈亿年《更漏子·春昼》云："神韵合不必字句之工。"王士禛的"神韵"说是一个整体，但有两个侧面，分别侧重于"神"与"韵"。"神"相对于"形"而言，指形貌之外的精神；"韵"相对于"迹"而言，是痕迹之外的妙思。就咏物词而言，侧重于"神"。王士禛赞同邹祗谟"咏物不取物而取神，不用事而用意"的观点（见《花草蒙拾》），[9]对彭孙遹《宴清都·萤火》"叹为传神"（《延露词》卷三），就和韵词而言，侧重于"韵"。王士禛自谓平生"不耐为和韵诗"（《渔洋诗话》卷上），但诚如王士禄所云，"诗不宜次韵，次韵则虑伤逸气；词不妨次韵，次韵或逼出妙思"（王士禛《池北偶谈》卷一一引）。王士禛今存《阮亭诗馀略》收词 46 首，和韵词占了一半，其中和李清照词 17 首。邹祗谟评其《如梦令·和漱玉词》"押韵天然，复自出新意，芊绵婉逸，胜方千里之和清真也"，又评其《凤凰台上忆吹箫·和漱玉词》"清照原阕自佳，此独有元曲意。阮亭此和，不但与古人合缝无痕，殆戛戛上之"。综此观之，"神韵"作为一种词学理想，是指向天然的。王士禛评词就常以"天然"为绳衡标尺，如评邹祗谟《鱼游春水·感旧》"传情绘景，投袂赴节，都近自然"，评董以宁《长相思·舟泊》"两起句押，妙出天然"，评彭孙遹《菩萨蛮·除夕阮亭广陵署中守岁》"天然淡隽"，评黄永《满江红·闻笛》"冲口而出，渐近自然"。

　　天然意味着反雕琢，王士禛就曾说"神韵合不必字句之工"（《倚声初集》卷五），"欧、晏正派，妙处俱在神韵，不在字句"（汪懋麟《锦瑟词话》引）。他的审美理想是"风韵天成，不烦追琢"（《倚声初集》卷一李昌垣《望江南·夏夜》评）。王士禛又说："前辈谓史梅溪之句法、吴梦窗之字面，固是确论。尤须雕组而不失自然，如'绿肥红瘦''宠柳娇花'，人工天巧，可谓绝唱。"（《花草蒙拾》）他虽然首肯"雕组"，但重点在"自然"。"雕组而不失自然"可以说是广陵词坛的一个总体倾向，[10] 如王士禄"（梁清标）词复婉约俪艳，雕组天然"（《棠村词话》引），董以宁"《锦瑟词》唯雕组而不失自然，故佳"（《锦瑟词话》引）。早期填词路数、终身仕途走向与王士禛几无二致的彭孙遹，词学理想也大致与王士禛相同。如论咏物词，彭孙遹认为，"咏物词极不易工，要须字字刻画，字字天然，方为上乘。即间一使事，亦必脱化无迹乃妙"（《金粟词话》）。所谓"字字刻画，字字天然"，即"雕组而不失自然"。彭孙遹云："词以自然为宗，但自然不从追琢中来，便率意无味，如所云'绚烂之极，乃造平淡'耳。若使语意淡远者，稍加刻画，镂金错绣者，渐近天然，则罍罍乎绝唱矣。"（《金粟词话》）"自然"要从"追琢"中来，但归结点还是在"自然"，仍是"雕组而不失自然"之意。彭孙遹与王士禛的不同之处仅在于，王士禛以其实践表明他对和韵词颇多首肯，彭孙遹虽然谓王士禛《蝶恋花·和漱玉词》"神绝"，但对和韵词基本上较少认同。其《红豆词序》云："北宋以前，作者林立，而未有次韵。苏、黄两公，间一为之，犹不免小作狡猾。稼轩、后村乃始逞奇斗博，短篇长阕，靡所不有，虽其才气使然，非词之正也。……《红豆词》一卷，率取古人佳咏，依韵和之，此犹绝尘之骑，不走长楸大堤，而驰骤于巉岩深岨，意若欲以俊自见者。然其逸思风生，妙意天属，片言只字，与古人争长于毫发之间，固其胜场也。假使辛、刘复起，与澄江擘笺分赋，刻烛联题，正未知颔下骊珠，定属谁手。又使澄江巧心瓶获，不为和韵所拘，吐珠玉于行间，标风云于字里，不知惊心动魄，更当若何也。"三卷《延露词》，和韵之作甚少，可见其态度。但小异不掩大同，广陵词坛的主流思想是：在内容上擅长侧艳，在格调上崇尚自然。

应当说，王士禛的"神韵"说在其后有一定的影响，如孙默"（《锦瑟词》）瑰姿逸颖，却喜其神韵可赏"（汪懋麟《锦瑟词话》引），曹鉴平"今人睹工致绮靡者，辄曰《花间》致语；览婉娈流动者，辄曰《草堂》丽句。虽刻画摹拟，犹去一尘，以神韵未到者"（梁清标《棠村词话》引），钱璜"词之一道，近来作者颇多，求其神韵之合于绳墨者，亦几难之矣"（郑景会《柳烟词》引），项韦庵"《柳烟》佳制，不以剪彩为工，全得唐宋神韵"（同上），都以"神韵"为论词标准。至于徐大文所谓"词有神境，有绝调，有本色，上可参乐府，下不堕元曲，镂金错采，凿冰雕琼，皆无预于神韵兴象也"（同上），更是同王士禛批评卓人月时所说的"乃其自运，去宋人门庑尚远，神韵兴象，都未梦见"（《花草蒙拾》）如出一辙。但是，王士禛及其追随者的词学观也是有渊源的，它是对云间词派词学观的赓续和传承。就内容言，云间词人基本上以《花间集》中所载为宗，力主摹写艳情，如陈子龙《幽兰草题词》云："自金陵二主以至靖康，代有作者，或秾纤婉丽，极哀艳之情；或流畅淡逸，穷盼倩之趣。"王士禛写过不少"和云间诸公春闺""和《湘真词》"的清娱之作，这些词如唐允甲《阮亭诗馀略序》所说，"作为'花间'隽语，极哀艳之深情，穷倩盼之逸趣"。唐允甲评论王士禛词的文字，正来自陈子龙，其间消息，不言自明。谢章铤谓"阮亭沿凤洲、大樽绪论，心摹手追，半在《花间》"（《赌棋山庄词话》卷八），把握是确切的。就格调言，云间词人崇尚"自然"，如陈子龙谓宋人作词"天机所启，若出自然"（《王介人诗馀序》），又谓宋末词人之咏物词"巧夺天工"，即"镂裁至巧，若出自然"（《三子诗馀序》）。王士禛也从"自然"出发称赏宋末咏物词，认同张炎"咏物最难，体认稍真，则拘而不畅；摹写差远，则晦而不明"的论调，赞誉史达祖《双双燕·

咏燕》词"人巧极，天工错"（《延露词》卷三《宴清都·萤火》评）。

广陵词坛赓续了云间词派的词学观，还可从《倚声初集》中得到印证。这里首先要指出的是，《倚声初集》虽然是邹祗谟、王士禛共同署名，王士禛也声称《倚声初集》是他和邹祗谟合力操选的结果，如他说"二十年前，予在扬州与故友武进邹程村撰《倚声集》，起万历末，迄顺治初年，以继卓珂月、徐野君《词统》之后"（《居易录》卷四），又说"余昔与邹程村同定《倚声集》，长调有《秋思耗》者，余嫌其名不雅，改为《画屏秋色》，今诗馀遂有此名，余所改也"（《古夫于亭杂录》卷一），但主要功劳应归于邹祗谟的名下。尤侗《香草亭词序》："往邹子程村选倚声词，恨未见予全稿。乙巳（1665）春同客骦沙，从篋衍搜得之，激赏不置。因与泛论词体，偶摘《倚声集》中某人某调某句不叶，某人某调某韵不叶。程村益爽朗自失，命予序其《词话》，推辨及之，将欲校正重锓。未果，而程村已作古人。"（《西堂杂俎三集》卷四）可见邹祗谟对《倚声初集》一选的态度是极为严肃的。尤侗《西堂杂俎二集》卷二《倚声词话序》亦透露出邹祗谟是极为看重《倚声初集》的。如果邹祗谟对《倚声初集》没有投注很多心血，他对《倚声初集》的态度就无法得到合理的解释，此其一。《倚声初集》中大凡王士禛之评语，均冠以"阮亭曰"字样，而邹祗谟之评语则多不署名。如《倚声初集》卷一董以宁《一叶落·本意》评语云："忆庚寅、辛卯间，与文友取唐宋诸集僻调，摹填殆遍，刻集十不存五，兹更存一二合体者，聊志唱和之勤，且深悔少年浪滥笔墨也。"这与邹祗谟《远志斋词衷》所谓"己丑、庚寅间，常与文友取唐人《尊前》《花间》集，宋人《花庵词选》，及《六十家词》，摹仿僻调将遍"正合。由此可见，《倚声初集》中未署名之评语应归属邹祗谟。此种署名方式表明，《倚声初集》之操选本是邹祗谟的学问事业，此其二。据宗元鼎《丽农词序》，邹祗谟顺治十七年（1660）秋重游广陵，其《引驾行·深秋复有广陵之行先简寄阮亭羡门》词当作于此时。这表明邹祗谟和王士禛早在此前就已相识，因此，他们在扬州引为知己并共同担当选政之操，亦是情理中之事。不过，《倚声初集》的操选虽然应主要归功于邹祗谟，但它所表露的词学观是代表邹、王二人的意见的。《倚声初集》共录384人词1914首，其中入选词数20首以上者凡16人：

邹祗谟（199）	董以宁（123）	王士禛（112）	陈子龙（68）
宋徵舆（67）	龚鼎孳（60）	曹尔堪（60）	彭孙遹（43）
陈维崧（39）	贺　裳（36）	计南阳（34）	俞　彦（33）
李　雯（32）	陈世祥（26）	黄　永（24）	吴伟业（21）

上述 16 人入选词数多，表明他们之词得到了操选政者的认同，如对 16 人中年代最早的俞彦，王士禛云："仆尝与程村论近代词人，断当以少卿为当行第一。"（《倚声初集》卷一评俞彦《长相思·拟古》）陈子龙、李雯、宋徵舆三人号"云间三子"，是王士禛的词学前辈；邹祗谟、董以宁、陈维崧、黄永四人称"毗陵四子"，是王士禛的侪辈。邹祗谟《远志斋词衷》："阮亭既极推'云间三子'，而谓入室登堂，今惟子山、其年。"《倚声初集》前 16 名入选词人中，陈子龙、李雯、宋徵舆、计南阳、陈维崧五人俱在，可见邹氏之语不虚，也表明广陵词坛是奉云间为正朔的。

第二节　广陵词坛的开放格局与明清之际词学思想的嬗变

广陵词坛的词学思想虽然赓续和传承了云间词派的流风余韵，但又不是云间词派词学观的简单重复。从格调上说，"自然"虽然占据了广陵词坛的主导地位，但绝不是其核心价值的体现。广陵词人既有对云间词人明确的不满，又有对云间词学观无言的修正。修正意味着突破。广陵词人对云间词派的突破，主要体现在他们在词学思想上视界更加开放。

开放的表现之一是他们无论在创作上还是在理论上都追求风格的多样化。王士禛虽然极力推崇"神韵"，但他的创作又绝非"神韵"二字所能牢笼。彭孙遹《衍波集序》云："《衍波》一集，体备唐宋，珍逾琳琅，美非一族，目不给赏。如'春去秋来'二阕（《沁园春·偶兴与程村羡门同作》）以及'射生归晚，雪暗盘雕'（《南浦·寄兴》）、'屈子离骚，史公货殖'（《踏莎行·醉后作》）等语，非稼轩之托兴乎？《扬子江上》（《水龙吟》）之'风高雁断'，《蜀冈眺望》（《望远行》）之'乱柳栖鸦'，非坡公之吊古乎？《咏镜》（《踏莎行》）之'一泓春水碧如烟'，《赠雁》

（《御街行》）之'水碧沙明，参横月落，远向潇湘去'，非梅溪、白石之赋物乎？'楚簟凉生，孤睡何曾著'（《尾犯·秋怀》）、'借锦水桃花笺色，合鲛泪和入鄜糜，小字重封'（《塞翁吟·和清真韵》），非清真、淮海之言情乎？约而言之，其工致而绮靡者，《花间》之致语也；其婉娈而流动者，《草堂》之丽字也。洵乎排秦轶黄，凌周驾柳，尽态穷姿，色飞魂荡矣。"（《松桂堂集》卷三七）对王士禛创作的这种评价，是准确的。王士禛在总体上是以《花间》《草堂》为归依的，其作于康熙三、四年间的论词著作《花草蒙拾》，[11]就是阅读《花间》《草堂》的札记。但总体倾向并不是唯一追求，至少并不意味着将别种格调统统拒斥。王士禛说："词家绮丽、豪放二派，往往分左右祖，予谓第当分正变，不当分优劣。"（《香祖笔记》卷九）又说："诗馀者，古诗之苗裔也。语其正，则南唐二主为之祖，至漱玉、淮海而极盛，高、史其嗣响也。语其变，则眉山导其源，至放翁、稼轩而尽变，陈、刘其馀波也。有诗人之词，唐、蜀、五代诸人是也。有文人之词，晏、欧、秦、李诸君子是也。有词人之词，柳永、周美成、康与之之属是也。有英雄之词，苏、陆、辛、刘是也。"（《倚声集序》）尽管诗人、文人、词人、英雄的区分难以论定，但这段重视事实的认识甚于重视工拙的价值判断的论词文字，至少表明王士禛对不同格调的词的态度是通脱的，他的审美眼光不再如陈子龙那般褊狭。在广陵词坛，具有如此开放胸襟的当然并非仅王士禛一人，而是一种普遍现象。如孙金砺作于康熙六年（1667）的《六家诗馀序》云："予自委弃来，虽未专工，亦尝游泳于此道，最喜唐温庭筠、韦庄、牛峤、欧阳炯，南唐李后主，宋柳永、晏殊、周邦彦、苏轼、秦观、李清照、辛弃疾、刘过、陆游诸家之词，虽风格不同，机杼各妙，谓作者不可不参互其体。"（《国朝名家诗馀》）汪懋麟《棠村词序》云："予尝论宋词有三派，欧、晏正其始，秦、黄、周、柳、姜、史之徒备其盛，东坡、稼轩放乎其言之矣。其馀非无单调只句，可喜可诵，苟求其继，难以哉。若今之专事故实，蠹窃幽隐，神韵索然，恐莫知其派之所由矣。"（《百名家词钞》）在词史上，首次正式揭示"词派"之理念的，应数滕仲因，其作于嘉定元年（1208）的《笑笑词后记》云："词章之派，端有自来，溯源徂流，盖可考也。昔闻张于湖（孝祥）一传而得吴敬斋（镒），再传而得郭遁斋（应祥），源深流长。"但滕仲因之语只是对个别现象的分析，而汪懋麟之论则是对整个词史的归纳。当然，汪懋麟的归纳尚流于空疏，没有指出各派的具体特色（其后王鸣盛、谢章铤承袭汪懋麟的"三派"说，并指明了各自的特质）。[12]但不管怎么说，王士禛、汪懋麟对词风、词派的初步划分和客观评价，是云间词派所不曾有的。

开放的表现之二是他们对南宋词尤其是辛弃疾词持首肯态度。云间词派虽然对南宋词有所肯定，如陈子龙赞赏宋末咏物词，宋徵璧褒扬张孝祥、刘过、吴文英、姜夔、蒋捷、史达祖、黄升诸家"能用意""能使气""能累字""能琢句""能作态""能刷色""能审格"，但总的来说，他们认为南宋词"寄慨者亢率而近于伧武，谐俗者鄙浅而入于优伶"（陈子龙《幽兰草题词》）。广陵词人则不然，王士禛《花草蒙拾》云："宋南渡后，梅溪、白石、竹屋、梦窗诸子，极妍尽态，反有秦、李未到者，虽神韵天然处或减，要自令人有观止之叹。正如唐绝句，至晚唐刘宾客、杜京兆，妙处反进青莲、龙标一尘。"其评彭孙遹《白苎·春暮》词又云："词以少游、易安为宗，固也，然竹屋、梅溪、白石诸公极妍尽态处，反有秦、李未到者。譬如绝句，至刘宾客、杜京兆，时出青莲、龙标一头地。羡门刻意高、史，故多神妙之诣，程村亦首肯予言。"（《延露词》卷三）王士禛一再称道南宋姜夔、史达祖、高观国诸人之词"极妍尽态"，表明他对南宋词确乎是赞许的。而邹祗谟对王士禛之论调的首肯，又可见出对南宋词的推崇是广陵词坛的普遍倾向。如对史达祖，虽然王士禛指出"其人乃韩侂胄堂吏"，但并不以人品定词品，还是称其为"南渡后词家冠冕"（《居易录》卷八）。而被王士禛认为"刻意高、史"的彭孙遹评史达祖时亦云："南宋词人，如白石、梅溪、竹屋、梦窗、竹山、诸家之中，当以史邦卿为第一。昔人称其分镳清真，平睨方回，纷纷三变行辈，不足比数，非虚言也。"（《金粟词话》）王士禛及其追随者对姜夔、史达祖等南宋词人的价值重估是其后浙西词派推崇雅词的先声。但广陵词坛推崇的南宋词，绝不是仅限于姜、史等风雅词人的南宋词，而是同样包容辛弃疾等豪放词人在内的南宋词。王士禛《花草蒙拾》云："张南湖论词派有二：一曰婉约，一曰豪放。仆谓婉约以易安为宗，豪放惟幼安称首，皆吾济南人，难乎为继矣。"将词明确分为婉约和豪放，始于明张綖，见其《诗馀图谱·凡例》。但张綖的婉约、豪放之分，是就"体"而言，非就"派"立论，王士禛说张"论词派有二"，是对张綖的误解。而且，王士禛以济南人李清照、辛弃疾为婉约、豪放二派的宗主，也有私阿乡党之嫌，难以令人首肯。尽管如此，王氏此语还是极具理论和现实意义：一方面，由于李清照通常被视为北宋人，而辛弃疾是南宋人，二安并举透露出王士禛对南北两宋词不分轩轾的价值判断；另一方面，张綖将词分为婉约、豪放，并提出"词体以婉约为正"，但没有认为婉约、豪放有优劣之分，崇婉约抑豪放是王世贞的论调，王世贞的论调后来遭到孟称舜的批驳，孟称舜认为婉约、豪放"皆填词之所宗，不可以优劣言"，但孟氏之论没能彻底破除以婉约为优的定势，陈子龙在这个问题上又回到王世贞的老路（当然并不完全相同），王士禛认为婉约、豪放"第当分正变，不当分优劣"，表面上是接续张綖的观点，其实是对云间词派词学观的无言修正。王士禛《花草蒙拾》"坡词豪放"条云："名家当行，固有二派。苏公自云：'吾醉后作草书，觉酒气拂拂，从十指间出。'黄鲁（直）亦云：'东坡书挟海上风涛之气。'读坡词当作如是观。"又"辛词磊落"条云："石勒云：'大丈夫磊磊落落，终不学曹孟德、司马仲达狐媚。'读稼轩词，当作如是观。"其《古夫于亭杂录》卷四亦云："词如少游、易安，固是本色当行，而东坡、稼轩，直以太史公笔力为词，可谓振奇矣。……自是天地间一种至文，不敢以小道目之。"可见王士禛并不排斥豪健之风，[13]他对词之趣味是极为通脱的。他自所为词，亦是"既和漱玉，复仿稼轩，千古风流，遂欲一身兼并"（沈雄《古今词话·词评》下卷引汪懋麟语）。[14]不过，王士禛对辛弃疾在极度推崇之后尚有些许微词，他说："凡诗文贵有节制，即词曲亦然。正调至秦少游、李易安为极致，若柳耆卿则靡矣。变调至东坡为极致，辛稼轩豪于东坡而不免稍过，若刘改之则恶道矣。"（《分甘馀话》卷上）相较而言，彭孙遹对辛弃疾的态度比王士禛更少保留。彭孙遹对词之格调颇能兼容并蓄，他说："龚中丞（鼎孳）芊绵温丽，无美不臻，直夺宋人之席。熊侍郎（文举）之清绮，吴祭酒（伟业）之高旷，曹学士（尔堪）之恬雅，皆卓然名家，照耀一代。"（《金粟词话》）但在众多格调中，他最崇尚辛弃疾之激昂，他说："稼轩之词，胸有万卷，笔无点尘，激昂措宕，不可一世。今人未有稼轩一字，辄纷纷有异同之论，宋玉罪人，可胜三叹。"（《金粟词话》）彭孙遹虽然填过许多侧艳之词，但那些侧艳之词乃是他在扬州起兴和王士禛《衍波》而作，不能概见其心貌。他的词作其实"率多悲壮，不减稼轩"（李调元《雨村词话》卷四），如《画屏秋色·芜城秋感》《念奴娇·长歌》《沁园春·酒后作歌与擎庵》等，无不感慨悲凉，激越凄楚。这就难怪王士禛称其为"艳词专家"时，他却"欲怫然不受"了。

开放的表现之三是他们对长调词极为重视。云间词派崇尚南唐北宋，因而较钟情小令，于慢词甚少涉足，邹祗谟就说云间诸子"所微短者，长篇不足耳"（《远志斋词衷》）。毛先舒《诗辩坻》卷一云："至于唐世乐府，绝句为多，而章句俳齐，稍同文侯恐卧之响，故填词出焉。尔时但有小令，听者苦尽，故宋人之慢调出焉。慢调者，长调也。"在毛氏看来，词是先有小令，后有慢调，慢调即长调。其实不然。"小令""中调""长调"之名，始于明张綖《诗馀图谱》，但对后世影响很大的则是顾从敬《类编草堂诗馀》。毛先舒《填词名解》援用其说并予以界定云："凡填词五十八字以内为小令，自五十九字始至九十字止为中调，九十一字以外者俱长调也，此古人定例也。"（《填词名解》卷一）事实上，就字数言，令未必最短，慢亦未必最长，如《婆罗门令》为86字，《婆罗门引》为76字，《丑奴儿近》为146字，《丑奴儿慢》为90字。令有长至215字者，如《胜州令》，慢有短至56字者，如《卓牌子慢》。就词调发展之历史看，亦非先有令后有慢，晚唐人钟辐已有《卜算子慢》一首见诸著录。令、慢本是音乐上之分类，与后人所谓文字上的分类迥不相侔。李式玉云："论古词而由其调，则诸调各有所属。后人但以小令中长分之，不复问某调在九宫，某调在十三调，竞制新犯名目，矜巧争奇，不知有可犯者，有不可犯者。"（王又华《古今词论》引）毛先舒撰《填词名解》虽按"小令""中调""长调"分卷，但"小令"中列有"好事近""太常引""青门引"等调；"中调"中列有"唐多令""品令""解佩令"等调；"长调"中列有"六么令""三台令""迷仙引"等调，可见其所谓"小令""中调""长调"者，纯粹是文字尺度上之标准，与其乐调究属何种类别无关。邹祗谟、王士禛选《倚声初集》，亦沿袭"三分法"，卷一至卷十为小令，卷十一至十四为中调，卷十五至二十为长调。小令、长调之出现虽然并无时间先后，但从总体上看，唐、五代、北宋以小令为多，南宋以长调为多。即便就字数而言，由于字数多寡不同，小令、长调在创作上各有要求，如"小调换韵，长调多不换韵"（邹祗谟《远志斋词衷》）、"小调要言短意长，忌尖弱；中调要骨肉停匀，忌平板；长调要操纵自如，忌粗率"（沈谦《填词杂说》）、"小令叙事须简净，再着一二景物语，便觉笔有馀闲；中调须骨肉停匀，语有尽而意无穷；长调切忌过于铺叙，其对仗处，须十分警策，方能动人"（王又华《古今词论》引李式玉语）。在格调上亦各具风神，如顾璟芳"词之小令犹诗之绝句，字句虽少，音节虽短，而风情神韵，正自悠长。作者须有一唱三叹之致，淡而艳，浅而深，近而远，方是胜场"（《兰皋明词汇选》卷一），李葵生"词虽贵柔情曼声，然第宜于小令，若长调而亦喁喁细语，则失之弱矣。故须慷慨淋漓，沈雄悲壮，乃为合作。其不转韵，以调长，恐势散而气不贯也"（《兰皋明词汇选》卷六）。因此，邹祗谟认为填词小令当师北宋，长调宜法南宋，"余常与文友论词，谓小调不学《花间》，则当学欧、晏、秦、黄。《花间》绮琢处，于诗为靡，而于词则如古锦纹理，自有黯然异色。欧、晏蕴藉，秦、黄生动，一唱三叹，总以不尽为佳。《清真》《乐章》以短调行长调，故滔滔莽莽处，如唐初四杰作七古，嫌其不能尽变。至姜、史、高、吴，而融篇炼句琢字之法，无一不备"（《远志斋词衷》）。邹祗谟对南宋人的长调词是极为称赏的，其《远志斋词衷》云："朱承爵《存馀堂诗话》云：'诗词虽同一机杼，而词家意象，与诗略有不同。句欲敏，字欲捷，长篇须曲折三致意，而气自流贯，乃得。'此语可为作长调者法。盖词至长调而变已极，南宋诸家凡以偏师取胜者，无不以此见长。而梅溪、白石、竹山、梦窗诸家，丽情密藻，尽态极妍。要其瑰琢处，无不有蛇灰蚓线之妙，则所云一气流贯也。"他又说："长调惟南宋诸家，才情蹀躞，尽态极妍。阮亭尝云：'词至姜、吴、蒋、史，有秦、李所未到者，正如晚唐绝句，以刘宾客、杜紫微为神诣，时出供奉、龙标一头地。'彭十金粟所作数十阕长调，妙合斯旨。"彭孙遹曾对今人专写小令表示不满："长调之难于小调者，难于语气贯串，不冗不复，徘徊宛转，自然成文。今人作词，中小调独多，长调寥寥不概见，当由兴寄所成，非专诣耳。"（《金粟词话》）他自己填词是小令、长调兼擅，今存《延露词》三卷凡词215首，其中小令127首，中调33首，长调55首。如果将这个数字与云间词人的创作实际作一比较，就可见出彭孙遹渐重慢词的倾向。宋实颖说："羡门惊才绝艳，长调数十阕固堪独步江左。至其小词，啼香怨粉，怯月凄花，妙于蕴蓄之中，含情无限，恐温、李目之，犹显唐突也。"（《延露词》卷一）。此语若仅就彭孙遹词小令、长调之数量而言，亦颇堪玩味。

　　开放的表现之四是他们对词要有寄托的强调。云间词派宗主陈子龙曾要求"言情之作，必托于闺襜之际"，但由于他所说的"情"大都指向"闺情"，因而他的寄托论的内涵就相对有限。广陵词人则不然。邹祗谟《远志斋词衷》在论及广陵词人时说："广陵诸子，善百、园次，巧于言情；宗子梅岑，精于取境。然宗固是艳才，刻意避香奁语，岂畏北海无礼之呵耶？"但陈世祥、吴绮所言之"情"并不相同，而"避香奁语"者中亦有吴绮。陈世祥论词有云："句拈本色求圆净，柳周香艳词天性。"（《菩萨蛮·赠友人》）可见陈氏所谓"情"专指艳情。吴绮于词称"吾独言情"（《饮水词二刻序》），但他所谓"情"泛指性情，兼容艳情和豪情。故他论词云："夫词者，诗之馀也。诗号三唐，极骚坛之变化；词称两宋，尽乐府之源流。然风雅所传，不能有王韦而无温李；岂声音之道，乃可右周柳而左辛苏？"（《范汝受十山词序》）不过，吴绮虽然也认可艳情，但他极力反对"写思妇之情，罔顾风人之旨"（《史云臣〈蝶庵词〉序》），他认为词"体以靡丽而多风，情以芊艳而善入，虽有《花间》《兰畹》之目，实则美人香草之遗"（《汪晋贤〈桐叩词〉序》）。吴绮一再强调词"词原靡丽，体虽本于《房中》；语必遥深，义实通于《世说》"（《钱葆馚〈湘瑟词〉序》），"托美人香草之词，抒其幽愤；用残月晓风之句，寄彼壮怀"（《周屺公〈澄山堂词〉序》），"寓幽情于湘芷，托骚思于蘼芜"（《家镜秋侄〈香草词〉序》）。吴绮在创作中也常提及开创"美人香草"模式的《离骚》，如《采桑子·题悔庵读离骚杂剧》："潇湘千古伤心地，歌也谁闻，怨也谁闻，我亦江边憔悴人。　　青山剪纸归来晚，几度招魂，几度销魂，不及高唐一片云。"《茅山逢故人·醉题》："满目乱山无数，一片寒潮来去。故业何存，故人何在，故乡何处？　　《离骚》一卷长怀，莫向西风空诉。才子无时，美人无对，英雄无路。"吴绮曾说："读《离骚》而无泪，夫独何心？歌《长恨》以善怀，我能无感？"（《周屺公〈澄山堂词〉序》）"我亦江边憔悴人"的自我定位，"才子无时，美人无对，英雄无路"的人生无奈，与纳兰性德"读《离骚》，愁似湘江日月潮"（《忆王孙》）同一感慨。如果说吴绮的寄托论多从《离骚》引申而出，片言只字，未成系统，那么邹祗谟的寄托论则从《诗经》脱化而来，已具理论形态。邹祗谟《倚声初集序》云："若夫诗有比有兴有赋，而词人之致，庄言之不足则谐言之，质言之不足则寓言之，简直伉激以言之不足则缠绵恍惚纡徐斐亹以言之，而乃错综变秩，缘情假物，或因欢冶而起凄愁，或缘感恻而归澹宕，绪引于此而思寄于彼，辞见乎离而意趋于合，兴比什六，赋言什四，则谓始于六义焉，可也。"《诗经》之"六义"，"赋""比""兴"一般被视为艺术手法。当"比兴"统言时，一般指寄托方法，也就是"缘情假物"，"绪引于此而思寄于彼"。邹祗谟认为《诗经》中的这些手法于词也同样适用，而且词中用"比兴"较用"赋"为多。[15]词在初起时并无寄托，如《花间》词原本是士大夫歌筵酒席间之作，无与于个人襟抱和社会民生。后来文人把词也看作是一种抒情诗体，于词中引进作者情性，词之寄托论于焉萌芽。至南宋刘克庄所谓"借花卉以发骚人墨客之豪，托闺怨以寓放臣逐子之感"（《跋刘叔安感秋八词》），已是较为自觉的寄托论了。遗憾的是，由于词体观念的变化，明人几乎不再提"词要寄托"。邹祗谟在顺治十七年（1660）颇具理论色彩地重新提出以"寄托"论词，无疑是很有意义的。此后其同邑词论家如张惠言论词极重"寄托"，但就其《词选序》所谓词"缘情造端，兴于微言……莫不恻隐盱愉，感物而发"看，当亦是得益于邹祗谟"缘情假物"说。至若论词多取常州派的沈祥龙，其《论词随笔》所谓"诗有赋比兴，词则比兴多于赋"的论调，更是对邹祗谟"兴比什六，赋言什四"的直接承递。

开放的表现之五是他们在操选政时没有狭隘的地域观念。邹祗谟、王士禛共同操选的《倚声初集》分小令10卷，选词1 116首；中调4卷，选词364首；长调6卷，选词434首，共录384家词1 924首，举凡明清之际以来各种风格流派的作家、作品，靡有所遗。如果说《倚声初集》因重在"续《词统》"而汇合众流、备陈诸体，因而不足以说明他们没有狭隘地域观念的话，那么宗元鼎的《诗馀花钿集》可以补足说明。今存康熙刻本《诗馀花钿集》凡三卷并卷首一卷，现将其所录词人及所收词数列表如下：

姓　名	字　号	里　籍	入选词数
吴伟业	字骏公，号梅村	太仓	15
钱谦益	字受之，号牧斋	常熟	1
黄周星	字九烟	上元	1
李元鼎	字吉甫，号梅公	吉水	2

续表

姓　名	字　号	里　籍	入选词数
熊文举	字公远，号雪堂	新建	3
唐允甲	字祖命，号耕坞	宣城	2
周亮工	字元亮，号栎园	祥符	1
龚鼎孳	字孝升，号芝麓	合肥	24
曹尔堪	字子顾，号顾庵	嘉善	7
郑侠如	字士介，号休园	江都	21
王士禄	字子底，号西樵	新城	9
			以上卷首
梁清标	字玉立，号棠村	真定	15
汪懋麟	字季甪，一字蛟门	江都	16
金　镇	字长真	山阴	8
徐　釚	字电发，号虹亭	吴江	7
			以上卷一
王士禛	字贻上，号阮亭	新城	25
汪耀麟	字叔定，一字北皋	江都	17
顾有孝	字茂伦	吴江	3
夏九叙	字次功，一字凤冈	江都	10
姜　垚	字汝皋，一字柯亭	余姚	2
汪鹤孙	字闻远	钱塘	1
			以上卷二
郑　重	字山公	建安	4
金维宁	字德藩	上海	4
谢超宗	字石公	瓯宁	4
戴　常	字菊岩	盛京	3
王廷机	字岩士	松江	1
陈志谌	字君三	泰州	4
俞　瑞	字懋宣，一字秋岩	华亭	2

姓　名	字　号	里　籍	入选词数
黄泰来	字交三，一字竹舫	泰州	5
王士禧	字礼吉	济南	1
陈维崧	字其年	宜兴	9
韩　魏	字醉白	江都	3
范　箴	字心一	青浦	3
何嘉延	字奕美，一字五园	山阴	5
徐喈凤	字鸣岐，号竹逸	宜兴	2
彭　桂	字爱琴	溧阳	13
阮子悦	字月樵	江都	2
鲁　澜	字紫漪，一字桐门	江都	21
			以上卷三

重视长调词、推崇南宋词等，都是广陵词人突破云间词派樊篱的重要标志，更是广陵词人转变清初词风的重要标志。清初阳羡词派推崇辛弃疾，浙西词派推崇姜夔，无不与广陵词坛有关。这将留待以后的章节论述。现在的问题是，广陵词坛的词风转变是如何发生的。笔者认为，这既与广陵词人身处扬州这座城市有关，又与他们的崇"变"意识有关。

扬州是一绿杨城郭，但它又绝非烟花绮罗所能穷尽底蕴。南朝的战火，曾烧得广陵变成"芜城"；唐末的割据，又把"歌吹"与"明月"化为鼙鼓和战云；金兵的铁蹄，教"淮左名都""荠麦青青"；明初的动乱，又杀得城中居民只剩"十八家"。至于清初的屠戮，只要翻看一下王秀楚的《扬州十日记》，便能听到死难者的幽咽与哀怨。二分明月、十里春风的扬州霎时变成一片废墟，其惨烈不能不令人惊悚。"扬州十日"后十年，吴嘉纪《过兵行》提及扬州时还是这般模样："扬州城外遗民哭，遗民一半无手足。贫延残息过十年，蔽寒始有数椽屋。大兵忽说征南去，万里驰来如疾雨。东邻踏死三岁儿，西邻虏去双鬟女。女泣母泣难相亲，城里城外皆飞尘。……"扬州也有冻饿，也有乱离，也有呻吟，每一个踏上扬州这块土地的人对这一切无法熟视无睹。如彭孙遹《画屏秋色·芜城秋感》："野照芜城夕，送远目、云水苍茫不极。琼蕊音遥，青楼梦杳，玉钩人寂。

何处认隋宫，见衰草寒烟堆积。攒一片、伤心碧。听柳外衰蝉，风高响滞，如诉兴亡旧恨，声声无力。　　　今昔。可胜凄恻。莫重问、锦帆消息。竹西歌吹，淮南笙鹤，尽成陈迹。转眼又西风，辞巢越燕还如客。落叶千重萧槭。万事总销沉，唯有清江皓月，曾照昔人颜色。"凄楚悲凉，感慨无极。况广陵词坛构成之际，正值江南风波迭起之时。"科场案""通海案""奏销案"接踵而至，江南士人鲜能逃离厄运。尤其是"奏销案"，连累所及，衣冠扫地，"学校、仕籍，为之一空"（董含《三冈识略》卷四），董含、董俞、王昊、邵长衡、顾予咸、徐元文、汪琬、吴伟业、计东、钱陆灿、秦松龄、宋实颖、曹尔堪、彭孙遹、邹祗谟等，都在"奏销案"中罹罪。并不遥远的历史记忆和更加切近的自身遭际，使广陵词人再也无法以秾丽的艳情或平淡的疏景去抒写心中的郁结。如彭孙遹，"少时喜为艳情之什，兴会所之，跌宕风月，描摹闺阁，尽态极妍，当使温、李失声，和、韩却步。登第日，即与新城先生无题唱和，传诵都门，真一时风流绝唱也。盖由公天才绮合，文采葩流，以六朝之金粉，洗一代之铅华，往往于空中设想，作青琴玉女之思。少年藉以发抒才藻，中年以后遂屏除绮语勿为，亦犹渊明生平味道，何碍《闲情》一赋也"（《松桂堂集》卷三一《金粟闺词一百首》引徐景穆语）。所谓"中年以后"，当是指顺治十八年（1661）因"奏销案"落职之后。彭孙遹说自己弃绮语后求禅语，见其《赠上索艳词人〈倚声〉之选戏答》诗："听曲旗亭忆往年，彩毫落处竞鲜妍。红窗旧作空中语，白社新寻物外缘。画阁漫装云母研，清歌误拂雪儿弦。前身君是王摩诘，试共参求绮语禅。"（《松桂堂集》卷一〇）但犹如"绚烂之极，归于平淡"，禅语往往是愤慨语的极致。其《沁园春·偶兴和阮亭》二阕，王士禛谓"有长卿之慢世，仲容之作达，袁羊之遗狂，东坡之不合时宜，要非无故而作"（《延露词》卷三），如第二阕："我所思兮，白石清泉，复嶂层冈。看象外烟霞，能令公喜，眼前人物，谁得卿狂。中圣频呼，索郎屡顾，广大人间出世方。君莫问，有增城阆阪，汉武秦皇。　　　醉来泼墨淋浪。邀星渚支机作报章。叹铁马金戈，几番逐鹿，博游挟策，一样亡羊。经卷药炉，舞衫歌扇，天女维摩总道场。相期在，便海山兜率，谁是吾乡。"邹祗谟评云："学仙学佛，总是英雄人寄托胸中块垒，故须以酒浇之。"王士禛虽然没有为诸案所牵连，而且一生处世醇谨，如其《香祖笔记》云："释氏言：'羚羊挂角，无迹可求。'

古言云：'羚羊无些子气味，虎豹再寻不着。'九渊潜龙，千仞翔凤乎？此是前言注脚。不独喻诗，亦可为士君子居身涉世之法。"但他毕竟从这个时代走过，对于"通海案"，他还"理其无明验者出之，而坐告诘者""全活无算"（《渔洋山人自撰年谱》卷上），因此，他也不可能无动于衷，如《小重山·和湘真词》："行云如梦雨如尘。秣陵惆怅事、最伤心。当年琼树照临春。胭脂井，犹带落花痕。　　芳草碧氤氲。旧时朱雀桁、几回新。青溪休赛蒋侯神。风景换，红泪上罗巾。"此亦略露兴亡之感，只不过在程度上稍浅而已。

云间词人之词当然也有兴亡之感，但由于囿于特定的词学观念，尤其是蒋平阶师弟有明显的复古倾向，故他们专尚南唐。广陵词人对此不以为然。王士禛《花草蒙拾》云："近日云间作者论词有云：'五季犹有唐风，入宋便开元曲，故专意小令，冀复古音，屏去宋调，庶防流失。'仆谓此论虽高，殊属孟浪。废宋词而宗唐，废唐诗而宗汉魏，废唐宋大家之文而宗秦汉，然则古今文章，一画足矣，不必三坟八索，至六经三史，不几几赘疣乎。"此种言论于主复古者不啻为当头棒喝。王士禛之所以能不泥古，是因为他能正确地看待"变"，其《倚声初集序》就是从"声音之道势不可以终废"的观念出发，推衍出诗变为词的必然趋势。至于邹祗谟的《倚声初集序》，更是由"变"出发肯定词学演进史上出现的不同风格的词家："揆诸北宋，家习谐声，人工绮语。……至于南宋诸家，蒋、史、姜、吴，警迈瑰奇，穷姿构彩；而辛、刘、陈、陆诸家，乘间代禅，鲸呿鳌掷，逸怀壮气，超乎有高望远举之思。譬诸篆籀变为行草，写生变为皴劈，而云书穗迹、点睛益颊之风，颓焉不复。非前工而后拙，岂今雅而昔郑哉。"有了"识变异"的词学观，当然能走出那种囿于特定词学观念而故步自封的习气，当然能摈弃那种将词学导向逼仄褊狭之境的僵硬凝滞观念，当然能催生出丰富多彩而风神各异的词学新面目。这是必然之势。

注释：

〔1〕参蒋寅《王渔洋与清词之发轫》，《文学遗产》1996 年第 2 期。

〔2〕吴宏一据邱石常《阮亭诗馀序》中"贻上制艺，为学者宗师"之语云："所谓'贻上制艺，为学者宗师'，当然不会指落第时而言，而应指进士及第时才对。……因此，'贻上制艺，为学者宗师'应指顺治十二年或十五年之后。再配合王氏自序的'余落魄之馀'来看，我们有理由相信，《阮亭诗馀》的著成年代不出顺治

十二年到顺治十四这两三年间，换句话说，《阮亭诗馀》是作者二十二岁到二十四岁间所写的作品。"参其《清代词学四论》第 12 页，台湾联经出版事业公司1990 年。

〔3〕严迪昌先生认为"王氏词学活动在他离去扬州时也就告终结了"，见其《清词史》第 54 页，江苏古籍出版社 1990 年。

〔4〕严迪昌先生说邹祗谟"词集中可以系年的最早一首是《最高楼·丁亥答文友楚中寄词》"（《清词史》第 60 页）。

〔5〕宋实颖云："羡门惊才绝艳，长调数十阕固堪独步江左，至其小词，啼香怨粉，怯月凄花，妙于蕴蓄之中，含情无限，恐温、李目之，犹嫌唐突也。"（《延露词》卷一，冯金伯《词苑萃编》卷八、徐珂《清代词学概论》均引作严绳孙语，似误）王士禛评彭孙遹《浣溪沙·踏青》云："吹气如兰，每当十郎，辄自愧伧父。"（同上）王晫云："彭羡门惊才绝艳，词家推为独步。王阮亭称其吹气如兰，每当十郎，辄自愧伧父。"（《今世说》卷六）

〔6〕此语见彭孙遹《延露词》卷二，徐釚《词苑丛谈》卷五有引。邹祗谟《远志斋词衷》云："阮亭戏谓彭十是艳词专家。余亦云：词至金粟，一字之工，能生百媚。虽欲怫然不受，岂可得耶？"

〔7〕吴绮于康熙五年（1666）由郎中出为湖州知府，康熙八年（1669）以风雅好事失上官意而罢归。在任期间"多风力，尚风节，饶风雅"，故有"三风太守"之称。参《国朝先正事略》卷三九。

〔8〕这里之所以用一"似"字，是因为《倚声初集》虽然有邹祗谟、王士禛二人顺治十七年（1660）序，但其成书当在康熙初。邹祗谟《戚氏·辑〈倚声集〉将成复得阮亭新词并简》之词题亦可证《倚声初集》为随时补评而成。

〔9〕邹祗谟《远志斋词衷》云："咏物固不可不似，尤忌刻意太似。取形不如取神，用事不若用意。宋词至白石、梅溪，始得个中妙谛。今则短调必推云间，长调则阮亭《赠雁》，金粟《咏萤》《咏莲》诸篇，可谓神妙矣。"但邹、王二人之论当是本于卓人月。卓人月《古今词统》评史达祖《双双燕·咏燕》云："不写形而写神，不取事而取意。"

〔10〕董以宁《蓉渡词话》云："初子常云：'近来说词者，颇有彭、王、邹、董之目，其位置何如？'仆曰：'仆隽永不如阮亭，澹远不如金粟，精绮不如程村，但神韵偶到，时或相似耳。'初子曰：'君乃复以神韵自赏。'"既然四人以"神韵"相似，可见他们当时都以"神韵"自期。

〔11〕邹祗谟《远志斋词衷》、王士禛《花草蒙拾》、彭孙遹《金粟词话》、董以宁《蓉渡词话》四种，《倚声初集》前编俱有收录。《倚声初集》虽然不止于顺治十七年（1660），但最迟在康熙四年（1665）已经成书。尤侗《西堂杂俎三集》卷四《香草亭词序》云："往邹子程村选《倚声词》，恨未见予全稿。乙巳春，同客骧沙，从箧衍搜得之，激赏不置。因与泛论词体，偶摘《倚声集》中某人某调某句不叶，某人某调某韵不叶。程村益爽朗自失。"乙巳为康熙四年。《倚声初集》既然在康熙四年已经成书，则此四种词话至迟于是年已经成集。《远志斋词衷》"彭王齐名"条云："金粟《延露》、阮亭《衍波》，高才闲拟，濡笔奇工，合之双美，离之各擅，彭、王齐名，良云不忝。……近有以仆《丽农词》列为三家者，糠秕

谬先，当有子鱼龙尾之恶。"据宗元鼎《丽农词序》，《丽农词》于顺治十七年
（1660）"已梓成帙"。又按，陈维崧《湖海楼诗集》卷一《送孙无言由吴阊之海
盐访彭十骏孙》诗自注云："时无言刻程村、骏孙、阮亭三家词，特过海盐索骏
孙小令。"诗作于康熙二年（1663）。王士禛《渔洋诗话》卷上云："康熙癸卯，
岁将除，孙无言欲渡江，往海盐访彭十羡门。人问有何急事，答曰：将索其《延
露词》与阮亭《衍波》、程村《丽农词》合刻之。"（又见《居易录》卷六）"癸卯"
即康熙二年。故孙默刻成《三家诗馀》，在康熙三年（1664）。由邹祗谟"近有以
仆《丽农词》列为三家者"之语看，《远志斋词衷》当成于《三家诗馀》之后。
因此，《远志斋词衷》至早结集于康熙三年（1664）。《花草蒙拾》"欧苏平山堂
词"条云："仆向与诸子游宴红桥，酒间小有酬唱，江南北颇流传之。过扬州者，
多问红桥矣。"王士禛与诸名士修禊红桥，时在康熙元年（1662），则《花草蒙
拾》之成集必在康熙元年之后。《花草蒙拾》又云："程村尝云：咏物不取形而取
神，不用事而用意。二语可谓简净。"邹祗谟之语见其《远志斋词衷》，则《花草
蒙拾》之结集与《远志斋词衷》之结集大致同时。《金粟词话》"咏物词不易工"
条云："近在广陵，见程村、阮亭诸作，便为叹绝。"则《金粟词话》当亦大致成
于此时。《蓉渡词话》云："金粟谓近人诗馀，能作景语，不能作情语。仆则谓情
语多，景语少，同是一病。但言情至色飞魂动处，乃能于无景中着景，此理亦近
人未解。"彭孙遹之语，见其《金粟词话》："近人诗馀，云间独盛，然能作景语，
不能作情语。"则《蓉渡词话》亦当成于此时。不过，此四种词话大概都不是于
一年内完成，如《远志斋词衷》，"古词调名多属本意"条云："近阮亭、金粟与
仆题余氏女子诸绣……"王、彭、邹为扬州女子余韫珠所绣仕女图题词，时在顺
治十八年（1661）。"彭金粟词"条云："阮亭尝云：词至姜、吴、蒋、史，有秦、
李所未到者。正如晚唐绝句，以刘宾客、杜紫微为神诣，时出供奉、龙标一头
地。彭十金粟所作数十阕长调，妙合斯诣。阮亭戏谓彭十是艳词专家。余亦云：
一字之工，能生百媚，虽欲怫然不受，岂可得耶？"王士禛所云，见《延露词》
卷三《白苎·春暮》评。邹祗谟所云，见《延露词》卷二《风中柳·立春日平原
道上作》评（聂先《百名家词钞》作王士禛语，误）。而王、邹评《延露词》，时
在康熙三年（1664）。可见这些词话的撰写是与操选《倚声初集》同时进行的，
一个明显的例证是这些词话中的许多论词文字来自《倚声初集》，如《远志斋词
衷》"词选须从旧名"条云："阮亭亦易《秋思耗》为《画屏秋色》。"王士禛《古
夫于亭杂录》卷一："余昔与邹程村同定《倚声集》，长调有《秋思耗》者，余嫌
其名不雅，改为《画屏秋色》。"又"俞光禄论词"条云："阮亭极推俞光禄小词，
为近今第一手。"《倚声初集》卷一王士禛评俞彦《长相思·拟古》云："近代词
人，断当以少卿为当行第一。"《花草蒙拾》"陈大樽诗词温丽"条云："陈大樽诗
首尾温丽，《湘真词》亦然。然不善学者，镂金雕琼，正如土木被文绣耳。又或
者断断格律，不失尺寸，都无生趣，譬若安车驷马，流连陌阡，殊令人思草头一
点之乐。"王士禛《香祖笔记》卷九云："四十年前，在广陵与邹讦士同定《倚声
集》，予评陈卧子词云：'如香车金犊，流连陌阡，反令人思草头一点之乐。'"

〔12〕谢章铤《赌棋山庄词话续编》卷四引王鸣盛云："北宋词人原只有艳冶、豪宕两
派，自姜夔、张炎、周密、王沂孙，方开清空一派。"又《赌棋山庄词话》卷九

云："宋词三派，曰婉丽，曰豪宕，曰醇雅。"

〔13〕严迪昌先生说"渔洋论词排斥豪健之风"，见《清词史》第 57 页。

〔14〕邹祗谟评王士禛《西江月》（汉武史称）云："阮亭尝称：'易安、幼安，二'安'俱济南人，各擅词家之胜。'阮亭曩已和《漱玉》，今复仿稼轩，千古风流，遂欲一时将去耶？"

〔15〕刘埙《隐居通议》卷七云："宋人诗体多尚赋而比兴寡，先生（指曾巩）之诗亦然。故惟当以赋体观之，即无憾矣。"吴乔《围炉诗话》自序云："唐诗最盛，惟兴、比、赋不违乎《风》《骚》而已。五代中原云扰，斯文道尽；吴、蜀犹有吟咏，而皆专意于词。其立言也，流连光景，鲜比、兴而多赋。宋虽诗、词并行，而未有见及于比、兴之亡者也。然而言能达意，赋意犹存。"细味吴氏此语，盖谓宋诗多赋而少比、兴，乃受填词之影响。此说极易引出"词盛而诗亡"之论，如吴乔《围炉诗话》云："宋人学问，史也，文也，词也，俱推尽善，字画亦称尽美。诗则未然，由其致精于词，心无二用故也。"

第六章

阳羡词派之词学
思想及其诗学背景

　　阳羡是今江苏宜兴市的古称。宜兴在清初属常州府所辖八县之一，因其境内有著名的荆溪，故又有荆溪的代称。阳羡词以"派"名始于何时未可确考。陆菜《瑞龙吟·赠史蝶庵》词有"荆溪一派，乍响沧溟窄"之语，而其《雅坪词谱》有康熙二十六年（1687）徐览序及蒋景祁跋，则阳羡词称"派"在康熙二十六年左右已经开始。又，尤侗作于康熙三十一年（1692）的《题求夏词》有云："其年《迦陵词》几及二千首，自填词以来，未有盛于此者，荆溪一派，皆从髯出，其子弟可知矣。"（《艮斋倦稿·文集》卷九）但名义上的称呼和事实上的形成不是同一概念，"形成"一般总在"称呼"之前。那么，阳羡词派形成于何时呢？流派构成的前提，是必须有一个领袖式的人物，有一群集聚于领袖式人物身边专注创作的作家，有一种大体相近而又有别于其他群体的审美主张。如果以此三项前提为出发点考核阳羡词派的形成时间，笔者认为当于康熙五年（1666）。

第一节　阳羡词派的存在期限与词人名录

　　考核阳羡词派形成的时间，首先必须确定阳羡词派宗主陈维崧词风成熟的时间。陈维崧填词甚早，其《任植斋词序》云："忆在庚寅、辛卯间，与常州邹、董游也，文酒之暇，河倾月落，杯阑烛暗，两君则起而为小词。方是时，天下填词家尚少，而两君独矻矻为之，放笔不休，狼藉旗亭北里间。其在吾邑中相与为唱和，则植斋及余耳。"庚寅、辛卯是顺治七年（1650）和八年，时陈维崧二十六七岁。关于陈维崧早期词之风貌，陈宗石《迦陵词全集跋》有云："伯兄少年见家门煊赫，刻意读书，以为谢郎捉鼻，麈尾时挥，不无声华裙屐之好，多为旖旎语。"陈维崧早期词基本上已在其生前自行增删，但据《倚声初集》所入选的 39 首词中不见于今存"湖海楼"各本的 31 首作品，陈宗石谓其"多为旖旎语"的评价基本属实。如其《明月斜·所见》："突遇荼蘼绝艳。幽店，早炉边。春城特筑花坛坫。丽杀，酒旗天。"邹祗谟评云："此等属其年少作，矜奥诡艳，从昌谷、西昆古诗中变出。"（《倚声初集》卷一）他如《定风波·杏花街记事》《画堂春·护灯花》也都绮丽冶荡，风致璀艳。陈维崧早期词之所以呈现此种色貌，与云间词人的影响不无关系。陈维崧于诗曾师事陈子龙，[1] 其《许漱石诗集序》云："忆余十四五时，学诗于云间陈黄门先生，于诗之情与声十审其六七矣。"（《陈迦陵文集》卷一）陈维崧与李雯定交于崇祯十二年（1639），[2] 是年李雯过阳羡，陈维崧出示《昭君曲》，李雯"徘徊叹赏，不去口实"（《陈迦陵文集》卷一《宋楚鸿古文诗歌序》）。三年后，李雯再到阳羡与陈维崧论诗，两人"私相叹赏，至于罢酒"（《陈迦陵文集》卷四《与宋尚木论诗书》）。陈维崧既然诗学"云间"，"诗之馀"亦不能例外，王士禛就曾评其《阮郎归·咏幔》"以拟陈大樽诸词，可谓落笔乱真"，以此，我们也就能理解"阮亭既极推'云间三子'，而谓入室登堂，今惟子山、其年"（邹祗谟《远志斋词衷》）。但陈维崧即便真的入"云间"之室登"三子"之堂，也只是一个摹写者，而没有自己独立的风格。陈维崧走出"云间"范围大致在顺治十三年（1656），而康熙五年（1666）《乌丝词》的问世则是其词风成熟的标志。陈宗石《迦陵词全集跋》云："未几鼎革，先大人裹足穷乡，誓墓不出，家日以促。至丙申先大人弃世，家益落，且有视予兄弟以为釜中鱼几上肉者，各散而之四方。"处境的变化自然引发心境的变化，心境的变化必然触动词境的变化。蒋景祁《陈检讨词钞序》云："其年先生幼工诗歌。自济南王阮亭先生官扬州，倡倚声之学，其上有吴梅村、龚芝麓、曹秋岳诸先生主持之。先生内联同郡邹程村、董文友，始朝夕为填词。然刻于《倚声》者，过辄弃去，间有人诵其逸句，至哕呕不欲听，因励志为《乌丝词》。"蒋氏的文字中"始朝夕为填词"一语易为人误解，以为陈维崧填词发端于王士禛官扬州时。不过，蒋氏之意重在"朝夕"。陈维崧与王士禛结识于顺治十七年（1660），[3] 此前，他于词只是偶一为之；此后，他于词则是兴趣骤增。《乌丝词》中的许多词就填于扬州，如《唐多令·广陵上巳》《减字木兰花·广陵旅邸送三弟纬云南归》《沁园春·广陵客邸送纬云弟之归德》《沁园春·山东刘孔集招饮广陵酒家系故郭石公宅》等。这自然与他结识了以王士禛为首的广陵词人有关。让我们看一下陈维崧在扬州与王士禛等人的交往：

　　顺治十八年（1661）秋，同冒襄赴扬州，与遇赦来扬州的周亮工交，作《贺周栎园先生南还广陵序》。是年春，王士禛以公事客金陵，居故老丁继之家，听其闲话秦淮旧事，乃属好手为画《青溪遗事》画册，自题《菩萨蛮》八首，陈维崧、邹祗谟、彭孙遹、董以宁均有和作。同年，扬州女子余韫珠绣仕女图《西施浣纱》。《洛神》《柳毅传书》《高唐神女》四幅，王士禛为作《题余氏女子绣浣纱洛神图》诗二首（见《渔洋精华录》卷二），并填《浣溪沙》（西施浣纱）、《解佩令》（洛神）、《望湘人》（柳毅传书）三词。陈维崧填《水调歌头》（西施浣纱）、《潇湘逢故人》（柳毅传书）、《高阳台》（高唐神女）、《多丽》（洛神）四词。彭孙遹、邹祗谟、董以宁诸人均有和作。又王士禛有《海棠春·闺词》四首，邹祗谟、彭孙遹同作，陈维崧和之。

　　康熙元年（1662）春，与王士禛、张养重、袁于令、杜濬、邱象随、朱克生、刘梁嵩、陈允衡、蒋阶等修禊红桥，见《居易录》卷四。八月，王士禛初度，与陈维崧"明烛连茵，颇极缠绵之致"（《同人集》卷四王士禛《与辟疆书》）。

　　康熙二年（1663）三月，与林古度、刘体仁小饮扬州红桥，有《招林茂之先生、刘公㦮比部小饮红桥野园。越日，茂之先生赋诗枉赠奉酬一首》诗。春暮，孙默之海盐访彭孙遹，陈维崧作《送孙无言由吴閶之海盐访彭十骏孙》诗。秋，作《贺新郎·贺阮亭三十》。

　　康熙三年（1664）夏，欲远游燕冀，北上经扬州为王士禛所留，遂在扬州与王士禛"流连极欢，无日不相见"（《同人集》卷四王士禛《与辟疆书》）。八月中秋，作《贺新郎·甲辰广陵中秋小饮孙豹人溦堂归歌示阮亭》词，有"知我者，阮亭子"之语。秋，遇周季琬于扬州，见其《湖海楼诗集》卷三《哭故友周文夏侍御五言古一百韵》诗。十一月，王士禄来扬州，陈维崧伏道相迎，并与孙枝蔚、邓汉仪、宗元鼎、雷士俊、孙金砺诸人相为狎宴。[4]十二月，陈维崧四十初度，邀陆圻、崔华共饮扬州酒家，有《玉楼春·生日邀陆景宣崔不雕饮广陵酒家醉后题壁》词（见《迦陵词全集》卷五）。是年陈维崧尚有《宝鼎现·甲辰元夕后一日次康伯可韵》《洞庭春色·甲辰除夕怀西樵司勋阮亭主客》诸词。

　　康熙四年（1665）七月，王士祯离扬赴京，七夕，陈维崧与诸名士集于扬州禅智寺相送，作《赠别王主客阮亭》和《七夕集蜀冈禅智寺硕公房送王阮亭入都》二诗，见《湖海楼诗集》卷二。是年，陈维崧有《八节长叹·乙巳元日》《绛都春·乙巳元夜》《贺新郎·乙巳端午寄友用刘潜夫韵》《念奴娇·乙巳中秋用东坡韵寄广陵诸旧游》《满江红·乙巳除夕立春》诸词。

　　康熙五年（1666）八月，赴扬州观潮，《湖海楼诗集》卷二《广陵秋兴和王雪洲（追骐）给事》诗可证。时宋琬将入都，[5]陈维崧作《水调歌头·送宋荔裳观察入都并寄寥天司业同顾庵、西樵赋》词。是年，陈维崧有《个侬·丙午元夕雨》《风流子·南徐春暮程昆仑别驾招饮南郊外园亭同方尔止孙豹人谈长益邹程村何雍南程千一赋》[6]《念奴娇·龙眠公坐上看诸客大合乐记丁酉中秋曾于合肥公青溪宅见此今又将十年矣援笔填词呈龙眠公并示楼冈太史邵村侍御与三孝廉》诸词。秋，《乌丝词》成。按，孙默将《乌丝词》刻入《国朝名家诗馀》在康熙七年（1668），但这并不意味着《乌丝词》的结集要迟至康熙七年。徐釚《菊庄词》有《念奴娇·题陈其年〈乌丝词〉》："彼髯何也，吐乌丝小字，公然满幅。细嚼高吟三百遍，句句响过哀玉。被冷香残，酒醒灯地，最怕霜毫秃。而今绝妙，依稀燕泥梁屋。却忆去岁春风，吴门绝句，数首江烟绿。谓与高人元叹说，许我香奁堪读。（原注：去岁其年过吴门作绝句十二首，其赠仆云：昨见高人顾元叹，说君诗比玉溪生。今朝恰读香奁作，喜汝风流遽老成）吹裂银笙，拓残金戟，一任歌征逐。何时斗酒，与君讯愁千斛。"绝句十二首为康熙五年陈维崧游吴门时所作，题为《春日吴阊杂诗》。此词既云"却忆去岁春风"，则当作于康熙六年。以此观之，则《乌丝词》至迟在康熙六年春已经结集。再考之《乌丝词》，其间收有康熙五年之作，但作于康熙六年（1667）的《烛影灯红·丁未元夜》却未见录。又宗元鼎《乌丝词序》云："丙午之秋，余与陈子其年俱落第，后会黄山孙子无言，意欲以吾两人诗馀梓以行世者。"则《乌丝词》当结集于康熙五年（1666）。至于孙默将

《乌丝词》刻入《国朝名家诗馀》，无非是扩大了陈维崧的知名度而已。

　　考察陈维崧与王士禛等广陵词人的交往，意在指出陈维崧之所以能走出"云间"范围，是与广陵词人的影响分不开的。由上引蒋景祁《陈检讨词钞序》可知，陈维崧是因为不满自己少作才"励志为《乌丝词》"的，其少作多未被收入《乌丝词》可为印证。从顺治十三年（1656）下半年到康熙六年（1667）上半年的近十一年中，陈维崧的生活重心在如皋。关于陈维崧从顺治十五年（1658）到康熙四年（1665）寄身冒襄水绘园的行实，严迪昌先生《阳羡词派研究》有精详的考辨，兹不赘述。但笔者以为，陈维崧"如皋八年"的困顿处境只是促使他词风启变的一个心态背景，就词学创作实际而言，广陵词人的影响则更为直接。由上一章的有关论述可知，广陵词人虽然对云间词派有所承袭，但已非云间词派所能牢笼。陈维崧《乌丝词》的基本色貌大抵与广陵词人相近。《乌丝词》四卷收词138调266首，其中三分之一是"闲情"及社集酬应之作，如《浣溪沙·赠王郎》《三字令·闺情》《海棠春·闺词和阮亭原韵》等，均未脱浮艳习气。而类似陈维崧那种悲凉慨然情韵的词作，广陵词人也并非绝无仅有，如邹祗谟《满江红·己丑感述》《苏武慢·述怀》，董以宁《贺新郎·淮阴祠》《满江红·乙巳述哀十二首》等，无不激越悲慨，歌哭无端。但是，我们也不能由此认定陈维崧的词风与广陵词人完全相同，至少陈维崧在追求词作的悲慨情韵上更为自觉，一个明显的表现是《倚声初集》卷二有其两首《醉公子·艳情》，邹祗谟评云："此等俱其年近作，如微之'双文'、致光'偶见'诸咏，喁喁呢呢，正是销魂动魄处。"然陈维崧未将这些"近作"收入《乌丝词》；而他那五首雄健奇爽的《满江红·怅怅词》，写得较早，已入选《倚声初集》，又一反常态收入《乌丝词》。尽管入不入《乌丝词》是创作之后的行为，但这一"删"一"选"，颇可见出陈维崧以雄健风神为追求目标的观念自觉。正由于有观念为先导，故陈维崧的这种词风不是如广陵词人那般流于随意，而是显得较为稳定，而相对稳定正是一种成熟的表现。

　　考核阳羡词派的形成时间，在确定阳羡词派宗主陈维崧词风成熟的时间之后，还必须考察此时陈维崧周围是否集聚着一批词学创作者，因为独木不成林，无"流"难成"派"。我们不可能也没有必要一一梳理所有阳羡词人与陈维崧的词学酬唱，只要厘清阳羡词坛的主要词人，如任绳隗、

史惟圆、徐喈凤、曹亮武、万树、史鉴宗等在康熙五年是否已与陈维崧结
识，是否正在从事与陈维崧《乌丝词》有同样情韵的词学创作，就可断定
阳羡词人群此时是否已经成"派"。据陈维崧《任植斋词序》，任绳隗在顺
治七、八年时就已与陈维崧以词唱和，但其早期词风多浮艳，最多也只能
如尤侗所说"隽永而曲致"（《西堂杂俎三集》卷三《直木斋集序》），如
其《鹧鸪天·晓妆和戴九韶》："纤手难扶半整鬟，晓风欲颤翠花钿。牙梳
掠鬓云边月，金镜观眉水底山。　愁不语，念间关，为临南浦一凭栏。
伤心惹得钗儿坠，何处归人叠锦帆。"王士禛评曰："丽情绮骨，疑是《金
荃》后身。"（《直木斋全集》卷八）自顺治十八年（1661）"奏销案"罢罪
后，他的词作一改艳靡风情，凸显苍凉格调，如《满江红·读南史有感步
陈其年韵》："旧日貂蝉，辜负了半生气象。忆江南五侯七贵，锦鞯殆荡。
奈比来新亭壁垒，全不是乌衣门巷。更愁人，是一派胭脂，随行帐。
得未有闻鸡怆。问若个，翻河上。想当年风景，依稀绝唱。跨鹤缠腰浑是
梦，金戈铁马谁人壮。到如今，何处好栖迟，溪山长。"穿越时空距离的
盛衰哀乐之感，令人悲风满耳，慨气填膺。陈维崧评此词曰："摇落江潭，
胜读庾兰成一赋。"（《直木斋全集》卷一〇）任绳隗有《直木斋词》三卷，
收词时限止于康熙十三年（1674），这表明他在康熙五年之时还从事词创
作，而且"词品亦其年季孟"。史惟圆与陈维崧本有亲谊，这从储大文
《存砚楼文集》卷一一《弟汜云诗序》称陈维崧为"祖姑丈"、称史惟圆为
"表叔祖"中可探知。陈维崧《迦陵文集》卷二《蝶庵词序》云："吾两人
论交三十年矣。向者脑满肠肥，年盛气得，俯仰顾盼，亦思有所建立。乃
者日月愈迈，老与贱俱，顾犹不自持，流浪于旗亭酒垆间，仅仅挟红牙檀
板，为北里梨园长价。沉思畴昔，知益不足道矣。"由此可知，史、陈二
人在长达三十年的交往中，不仅有相同的志趣抱负，而且有共同的填词经
历。当然，他们的词风并不完全一致，史惟圆曾将自己之词与陈维崧之词
作比较："譬之'子'，子学庄，余学屈焉；譬之'诗'，子师杜，余师李
焉"（陈维崧《蝶庵词序》），但他们词的总体风貌是一致的，这只要比较
史惟圆《望海潮·题徐渭文〈钟山梅花图〉》和陈维崧《沁园春·题徐渭
文〈钟山梅花图〉同云臣南耕京少赋》就可了然。曹贞吉谓史惟圆词之造
诣"平分髯客旗鼓"（《摸鱼儿·寄赠史云臣》），实为知言。徐喈凤填词
自康熙元年（1662）冬始，而且一开始填词就拒绝靡曼之调，这有他自己

的话为证。其《荫绿轩词证》云:"余素不读词,亦不作词。壬寅冬自滇南归,访邹程村于远志斋,见几上有《倚声集》,展而读之,其中有艳语焉,足以移我情也;有快语焉,足以舒我闷也;有壮语旷语焉,足以鼓我气而荡我胸也,遂跃然动填词之兴。及拈题拟调,语多径率,不能为柔辞曼声。顾庵学士云:竹逸自辟堂奥,不入前人窠臼,此道中五丁手也。虽曹学士善于护短,实仆一生知己之言。"聂先《百名家词钞•荫绿轩词》云:"荆溪其年昆仲,独倡声教,而先生鼓吹之功实多。"核之徐喈凤之创作实践,此言不虚。与陈维崧为姑表兄弟的曹亮武,与徐喈凤一样,填词起步较晚,而且也不受"花间"的影响,这一点陈维崧在《南耕词》卷一的跋语中说得明白:"南耕与余少同学,长以诗文相切劘。余好为长短句,数以咻南耕,南耕顾薄之,弗肯为。既乃独抱其志,溯楚江,越彭蠡,遂登匡庐,遍历香炉、双剑、上霄、铁船诸峰,爱其崒峭,葺废阁读书其中,阅两年始归,出编诗示余,余业已诧其横绝一世矣。久之,探其箧中,复得纪游及他词数十篇,盖奇绝有宋人所不及者。余骇出意外,问曹子素所不为者,何以能至是,而曹子亦不自知也。"曹亮武出游是在康熙之初,他由"素所不为"而转为著《南耕词》六卷的名词人,显然与陈维崧的"咻"之不已和其时陈维崧词作的潜在感染密切相关。原籍金坛而流寓宜兴的史鉴宗,据《迦陵文集》卷二《青堂词序》,与陈维崧相识相知在顺、康之际,词风豪健,颇类其人。综上观之,到康熙五年(1666),一个以陈维崧为首的阳羡词派已经初具规模了。

这里有必要说明一下阳羡词人理论建树的时间问题。一般而言,理论总是滞后于实践,阳羡词人主要的理论建树要待到康熙十年之后,但一些重要命题在康熙五年已经呈现。这种呈现有两个方面:一是理性的体认,二是实践的表白。理性的体认比较容易理解,据宗元鼎《乌丝词序》,康熙五年宗元鼎与陈维崧乡试落第时,孙默欲刻他们的词集,宗氏颇以"有神之笔"未能"致君尧舜上,再使风俗淳"而徒与"莺嘴啄红,燕尾点绿,争长于钩帘,借月染云为幌之间"为恨,陈氏则云:"是亦何伤。丈夫处不得志,正当如柳郎中使十七八女郎按红牙拍板歌'杨柳岸,晓风残月'以陶写性情。吾将以秦七黄九作萱草忘忧耳。"以词"陶写性情",就是在功能论上肯定词体。尽管这种认识并不深刻,但它无疑是阳羡词人填词的基石。阳羡词人后来的重要理论建树,正是在这种认识的基础上而成熟深刻的。以实践表白理论则多为人所漠视。实际上，研究古人的文学思想，既要重视其理论上的表述，也不得轻视其创作中的追求。譬如陶渊明，他并没有留下文学理论和文学批评的文字，但在中国文学思想史上不得不谈及，这是因为他的作品表白了一种美学取向。就阳羡词人而言，他们在康熙初年所创作之词，都呈现出一种豪健之风，这就表明他们有一种共同的美学追求，这种美学追求与他们对词的理性体认一样，也是他们的词学审美理想，尽管他们没有以理论的形态表达出来。基于此，我们认为，阳羡词人实际上在康熙五年（1666）已经有一种潜在的理论来指导创作。

阳羡词派形成于康熙五年（1666），至迟到康熙三十四年（1695）消散。康熙三十四年，蒋景祁去世。此时，较有成就的阳羡词人中，只有陈维岳、董儒龙尚在世，势单力孤，自然难撑令旗。就理论建树而言，自康熙二十五年（1686）蒋景祁编定《瑶华集》22 卷、康熙二十六年（1687）万树编定《词律》20 卷后，阳羡词人再也没有提出更多有价值的见解。至此，阳羡词派走向消亡已是无可挽回。

关于阳羡词派的组成人员，《荆溪词初集》有一张名单。《荆溪词初集》七卷，曹亮武、蒋景祁、潘眉于康熙十七年（1678）开始选编，数年刻成，共收录 96 人词 227 调 811 首。这 96 人是：

> 吴俨，字克温，号宁庵，谥文肃。
> 吴炳，字可先，号石渠。
> 卢象升，字建斗，号九台。
> 路迈，字子就，号广心。
> 吴洪化，字以蕃，号贰公，有《屑云词》。
> 许大就，字岂凡。
> 黄锡朋，字珍百。
> 吴湛，字又邨。
> 许肇籙，字埙友。
> 路遴，字子将，号屺望。
> 曹忱，字荩臣，号曹溪。
> 戴元韶，字九韶。
> 蒋永修，字纪友，号慎斋。

万廷士，字大士。

史惟圆，字云臣，有《蝶庵词》。

陈维崧，字其年，号迦陵，有《乌丝词》《迦陵词》。

周季琬，字禹卿，号文夏。

任绳隗，字青际，号植斋，有《直木斋词》。

徐喈凤，字鸣歧，号竹逸，有《荫绿轩词》。

徐亮枢，字翰明。

吴唐，字仲文。

潘廷选，字晓山。

万锦雯，字云缎，号怀蓼，有《诗馀初集》。

徐荪，字湘生，一字南高，有《峡猿词》。

徐翙凤，字竹虚。

吴白涵，字白涵（据《宜兴县志》，名固本），有《狎鸥词》。

汤思孝，字次曾，有《陶删词》。

岳骥，字观复。

陈维嵋，字半雪，一名文鹭，有《亦山草堂词》。

储欣，字同人。

毛重芳，字声奕。

徐江曧，字羽青。

储贞庆，字广期，号遁庵。

吴本嵩，字天石，有《都梁词》。

莫大勋，字圣猷，号鲁岩。

万树，字红友，有《娥鬘馀声》《红帘豆词》。

陈闻，字闻生，有《弦清词》。

吴梅鼎，原名雯，字天篆，有《醉墨山房词》。

吴逢原，字枚吉。

曹湖，字二隐（《今词苑》作"曹瑚"，字二应），有《青山草堂词》。

陈维岳，字纬云，有《红盐词》。

陈维岱，字鲁望，有《石间词》。

曹亮武，字南耕，有《南耕草堂集》。

徐景熙，字鸿溟。

孙引之，字绥禄。

孙朝庆，字子英，号云门，有《望岳楼词》。

徐森，字静嘉。

陈斑，字彬友。

张烺，字月陵。

陆禺，字上慎。

王于臣，字越生，有《凫亭词》。

储福宗，字天王，有《岳隐词》。

吴玶，字子述，号公瑜，有《梦云词》。

潘眉，字原白，号筠庵，有《樗年集》。

路念祖，字敬止，有《耐庵词》。

蒋景祁，字京少，有《梧月词》《罨画溪词》。

陈宗石，字子万，客籍商丘。

徐元珠，字渭文。

吴新

曹济，字弘九。

董儒龙，字蓉仙，号神庵，有《柳堂词》。

徐僎美，字声宫。

吴元臣，字邻俞，号恪斋，有《凌云阁词》。

路有声，字声以。

任观，字展文。

路锦程，字若瞻。

吴濚，字玉涛，有《静香词》。

陈履端，字求夏，有《炊馀词》。

徐思黯，字近儒。

吴曹直，字以巽，有《秋英词》。

潘宗洛，字书原。

陈枋，字次山，有《香草亭集》。

储右文，字云章，有《垂露词》。

徐瑶，字天璧。

　　徐师广，字晋遗。

　　曹臣襄，字思赞，号秋坪，改名在丰，字湛期。

　　潘祖义，字行廉。

名宦：谷继宗，号兰宗，山东历城人，嘉靖间邑令。

　　林鼎复，号天友，福建长乐人，郡别驾署邑事。

　　姚景崇，号翊唐，奉天海城人，邑令。

　　杨绿，号巽居，宣城人，学博。

流寓：史可程，字赤豹，号蘧庵，有《观槿堂词》，原籍北直。

　　龚云起，字仲震，原籍武进。

　　史鉴宗，字绳远，号远公，有《青堂词》，原籍金坛。

　　鲁钊，字桐声，原籍武进。

　　周而衍，字东汇，原籍金坛。

　　龙光，字二为，号凌波，原籍望江。

　　陈珏，字映玉，原籍溧阳。

　　程倬，字龄翁，原籍太平。

　　龚胜玉，字节孙，有《仿橘词》，原籍武进。

方外：原诘，字放庵，有《红豆词》。

　　宏伦，字叙粦，一字孝均，有《网花集》。

　　随时，字悦可。

　　超正，字方竹。

　　舒霞，贺氏，字赤浦。

　　以上 96 人，除去属明代的吴俨、吴炳、卢象升、路迈和"名宦"四人外，包括"流寓""方外"在内的阳羡词人共 88 家。此外，蒋景祁《瑶华集》共收阳羡词人 50 家，其中未入录《荆溪词初集》者 5 家：

　　陈于泰，字大来，号谦茹。

　　储福观，字耀远。

　　吴渊，字玉溪。

　　陈长庆，字其白。

　　吴沄，字玉洄。

陈维崧等编定于康熙十年（1671）的《今词苑》录阳羡词人 14 家，未见诸上述选本的词人 2 家：

> 吴贞度，字谨侯，号静安。
> 吴旦华，字颖飞。

又据聂先《百名家词钞》，阳羡词人尚有：

> 徐玑，字天玉，有《湖山词》。
> 路传经，字岁星，有《旷观楼词》。

总计以上诸著录，以康熙二十五年为时间下限，清初阳羡词派词人共 96 家（陈于泰卒于顺治六年，时阳羡词派尚未形成，故不计在内）。然而，阳羡词人肯定不止此数，吴本嵩大致作于康熙十年（1671）的《今词苑序》有云："若夫弹丸阳羡，不乏传家；以迨近日闺帏，雅多学者。况复名公新制，采掇不遑；兼之高隐鸿篇，见闻或阙。然而上下一十馀载，约略百四十家。揆诸唐宋，格已轶乎《花间》《草堂》；絜彼元明，体自胜于《金荃》《兰畹》。"可惜其他词家，不可考见。

阳羡词派一如柳洲词派，也是以当地的望族为支架。陈氏、史氏、储氏、任氏、万氏、徐氏、路氏、蒋氏、曹氏、吴氏，人人灵珠，家家荆玉，严迪昌先生《阳羡词派研究》已有发覆。若揆之谱乘，可织出一张姻亲网络。如陈于泰为吴亮（1562—1624）婿，陈维崧、吴逢源均为储懋学婿，周季琬、孙朝庆均为储懋朴婿，史孟麟与储昌祚结儿女姻，徐喈凤与路迈结儿女姻，潘眉分别与蒋庠复、储方庆结儿女姻，等等。

第二节　陈维崧与阳羡词派词学思想

阳羡词人的重要理论建树在康熙十年得到确立。这一年，集中反映阳羡词派词学思想的《今词苑》编定。《今词苑》三卷，陈维崧主编，吴逢原、吴本嵩、潘眉同辑，录 110 家词 462 首，有徐喈凤、吴逢原、吴本嵩、潘眉、陈维崧五人序。吴逢原序有云:"今秋陈其年归自中州,家孟天石、潘子原白亦自燕归,相聚谈心,怂恿为此选。"据此可知《今词苑》选政始于康熙八年秋。又,徐喈凤《今词苑序》所署日期为"康熙辛亥春暮",即康熙十年。以此,则陈维崧《今词苑序》亦当大致作于此时。陈维崧《今词苑序》(《迦陵文集》卷二作《词选序》)云:

> 客或见今才士所作文间类徐、庾俪体,辄曰"此齐梁小儿语耳",掷不视。是说也,予大怪之。又见世之作诗者辄薄词不为,曰:"为辄致损诗格。"或强之,头目尽赤。是说也,则又大怪。夫客又何知?客亦朱知开府《哀江南》一赋,仆射"在河北"诸书,奴仆庄骚,出入左国,即前此史迁、班椽诸史书未见礼先一饭。而东坡、稼轩诸长调又骎骎乎如杜甫之歌行与西京之乐府也。盖天之生才不尽,文章之体格亦不尽。上下古今,如刘勰、阮孝绪以暨马贵与、郑夹漈诸家所胪载文体,仅部族其大略耳,至所以为文不在此间。鸿文巨轴固与造化相关,下而谰语卮言,亦以精深自命。要之穴幽出险以厉其思,海涵地负以博其气,穷神知化以观其变,竭才渺虑以会其通,为经为史,曰诗曰词,闭门造车,谅无异辙也。今之不屑为词者,固无论;其学为词者,又复极意《花间》,学步《兰畹》,矜香弱为当家,以清真为本色;神瞀审声,斥为郑卫,甚或爨弄俚词,闺襜冶习,音如湿鼓,色若死灰。此则嘲诙隐廋,恐为词曲之滥觞所虑,杜夔左骐,将为师涓所不道,辗转流失,长此安穷?胜国词流,即伯温、用修、元美、徵仲诸家,未离斯弊,馀可识矣。余与里中两吴子、潘子戚焉,用为是选。嗟乎!鸿都价贱,甲账书亡,空读西晋之阳秋,莫问萧梁之文武。文章流极,巧历难推,即如词之一道,而馀分闰位,所在成编,义例凡将,阙如不作,仅效漆园马非马之谈,遑恤宣尼觚不觚之叹,非徒文事,患在人心。然则余与两吴子、潘子仅仅选词云尔乎?选词所以存词,其即所以存经存史也夫。

陈维崧的这篇序文,小而言之,是阳羡词派的理论纲领;大而言之,是对传统"词为小道"观的挑战宣言。其理论基石是"天之生才不尽,文章之体格亦不尽";其理论结穴是"为经为史,曰诗曰词,闭门造车,谅无异辙"；其理论宗旨是从本体论角度推尊词体。

词在兴起初始，内容并不褊狭，这有敦煌曲子词为证。但自文人介入后，它就走上了逼仄的险径：以清绝之辞，助娇娆之态。为此，它付出了背负"小道""末技"恶名的代价。历来有志为词洗刷这一恶名的词论家，想尽一切办法：或在音乐上绍祖乐府；或在句式上攀附诗骚；或在字面上兜圈子；或在内涵上作文章。但所有这些意愿可悯的词论家也许并没有意识到，他们的做法其实暗含着一个默认：词乃小道。他们无非是在认同词为小道的前提下想方设法地解释其不是小道。这种颇具嘲讽意味的做法虽然在客观上也提供了一些有价值的词学见解，但于推尊词体的主观意愿丝毫无补。陈维崧的贡献在于，高屋建瓴，直探本原，从发生论的角度，由客观实存（"天之生才不尽"）推出理论命题（"文章之体格亦不尽"）。从最本原的意义上讲，一切"文章"样式都是"才"人创造出来的，我们姑且不论同一个人在特定时代、特定背景、特定情境中所关注的文体各有偏重，不同的人，特别是不同时代的人，由于时代氛围、个人襟抱、审美情趣等的差异，对文体样式的需求往往相去甚远。"才"人的不断涌现既然是不争的事实，由"才"人创造的文体自然也不可能是铁板一块，各种文章体格必然有其演进变化的流程。既然各种文体都有其天然的合理性和必然性，那么文体之间也就不存在高下贵贱之分。陈维崧这种对文体起源的认识无疑是深刻的，其结论的推衍过程也是合乎逻辑的。这样一来，他对词体的认识就完全摆脱了此前词论家为推尊词体而将"词"与"诗"比并的局促境遇，直接将"词"提升到与"经""史"并肩的地位。陈维崧将"词"与"经""史""诗"等量齐观，在其有关词评中时有表现，如他评曹贞吉《百字令·咏史》（三台鼎峙）"置此等词于龙门列传、杜陵歌行，问谁曰不如？彼以填词为小技者，皆下士苍蝇声耳"；评任绳隗《满江红·读南史有感》"摇落江潭，胜读庾兰成一赋"；评史惟圆《洞仙歌·善权洞》"细削似郦道元《水经志》，幽杳似柳子厚《游山记》"。

理论与实践的不敷一致在词学思想史上比比皆是。在实践中是侏儒的理论巨人，其理论往往是有缺陷的，至少是不周全的，陈维崧对此很是明白："仆每怪夫时人，词则呵为小道。倘非杰作，畴雪斯言，以彼流连小物之怀，无非淘洗前朝之恨。"（《曹实庵咏物词序》）为驳斥"词乃小道"的谬说，除了理论上的阐述外，还必须有与"经""史"同等功能的词作来佐证。倘若不是如此，即便理论上头头是道，在创作上还是授人以"词乃小道"的口实，毕竟作品也是理论的一种体现。词要拥有与"经""史"并驾齐驱的功能，就必须具备强烈的历史感和鲜明的时代感，也就是陈维崧在大致与《今词苑序》作于同时的《任植斋词序》中所说的"深湛之思"。具体地说，就是要做到"穴幽出险以厉其志，海涵地负以博其气，穷神知化以观其变，竭才渺虑以会其通"。创作者只要在"思""气""变""通"四个方面"精深自命"，则其所创作之词就能达到意蕴充实、气象恢宏的境界，就能与"经""史""谅无异辙"。否则，"矜香弱为当家，以清真为本色"，深意空枵，真情缺失，不要说与"经""史"比美，恐怕连"词"之本性都难维持，而坠入旁门左道，流为艳辞淫曲。在这一点上，与陈维崧"论交三十年"的史惟圆有相同见解。史惟圆指出："今天下词亦极盛矣。然其所为盛，正吾所谓衰也。家温韦而户周秦，抑亦《金荃》《兰畹》之大忧也。夫作者非有《国风》美人、《离骚》香草之志意，以优柔而涵濡之，则其入也不微而其出也不厚。人或者以淫亵之音乱之，以佻巧之习沿之，非俚则诬。"(《迦陵文集》卷二《蝶庵词序》) 显然，在史惟圆看来，词之盛衰的标准，不在其数量，而在其内涵，若词人"家温韦而户周秦"，即陈维崧所批评的那样，"矜香弱为当家，以清真为本色"，就难以抵御"淫亵之音""佻巧之习"的侵袭，所创作之词就会走向"非俚即诬"的歧途；若词人有"《国风》美人、《离骚》香草之志意"，即陈维崧所刻意追求的"深湛之思"，所创作之词就能走向"入微出厚而不流于空枵"的大道。事实表明，陈维崧、史惟圆是严格遵循自己的词学要求去创作的，如陈维崧的《夏初临·本意》："中酒心情，拆绵时节，鬓腾刚送春归。一亩池塘，绿荫浓触帘衣。柳花搅乱晴晖，更画梁、玉剪交飞。贩茶船重，挑笋人忙，山市成围。　　蓦然却想，三十年前，铜驼恨积，金谷人稀。划残竹粉，旧愁写向阑西。惆怅移时，镇无聊，掐损蔷薇。许谁知？细柳新蒲，都付啼鹃。"小序注明作于"癸丑三月十九日"。"癸丑"为康熙十二年(1673)，农历三月十九日为明崇祯帝"甲申"自缢的忌日。陈维崧之前，很少有人以"词"这种体式去写"国丧"这种庄辞，因而，他写下这首"甲申"三十年祭式的《夏初临》，无疑是其以词"存经存史"主张的实践。又如史惟圆《沁园春·十月初五夜记鬼声之异》："有啸而啼，或泣而吟，萃于五更。正迷迷渺渺，月钩初没；萧萧冷冷，雨脚将成。魂倚枫根，灯移松影，鬼母乘车挈队行。声声苦，趁北风如箭，飞过重城。　　江头尚未销兵。只几点、寒霜伴晓钲。有沙场怨魄，漫随猿狖；荒郊愁火，空照髑髅。衣上花残，土中碧化，夜唱秋坟似此声。将兹事，付搜神续记，狐史闲评。"此词作于康熙十三年（1674），陈维崧、曹亮武诸人有同题之作。史氏此词将鬼啸的"声声苦"与"沙场怨魄""荒郊愁火"交相迭现，曲传的不是野史闲评，折射的正是人间苦难。阳羡词人诸如此类"敢拈大题目，出大意义"（谢章铤《赌棋山庄词话》卷八）的作品所在多有，它表明陈维崧等人的词学理论不是随口比附，也非故作高论，而是有实践为坚实支撑的。

从本体论的角度推尊词体不是陈维崧个人的态度，而是阳羡词人总体的主张，只不过各人的切入点不尽相同而已。让我们看一看任绳隗《学文堂诗馀序》为词体所作的辩说：

宋人词选，以"草堂"颜其编。说者谓："《忆秦娥》《菩萨蛮》两阕，昉于太白；太白诗名《草堂集》，'草堂'之义，盖取诸此。"然余观齐梁之月露风云，陈隋二主之《望江南》《后庭玉树》，虽未如宋元之按节宫商，栉比字句，而骎骎乎词家之蒿矢矣。以为仅始于太白，或未必然。顾又谓："词者，诗之馀也，大雅所不道也。故六代绮靡柔曼，几为词苑滥觞。自唐文三变，燕许李杜诸君子变而愈上，遂障其澜而为诗。宋人无诗，大家如欧苏黄秦，不能力追初盛，多淫哇细响，变而愈下，遂泛其流而为词。"此主乎文章风会言之也。或又以永叔名冠词坛，当时谤其与女戚赠答，大为清流所薄；晏元献天圣间贤辅，乃至以作小词致讥。此较乎立德与立言重轻之异也。以余衡之，要皆竖儒之论耳。自三百篇未尝袭《卿云》《纠缦》之歌，离骚楚些不必蹈《关雎》《麟趾》之什；嗣是而诵周诗者，岂见少乎大风天马也，推汉魏者宁庸置乎开府参军也？夫诗之为骚，骚之为乐府，乐府之为长短歌、为五七言古、为律为绝，而至于为诗馀，此正补古人之所未备也，而不得谓词劣于诗也。若杜元凯、张茂先、李文饶、文信国诸人，皆出入将相，倥偬军旅，而斐然作述，于今为昭，安见为宰相者乃至废书而仰屋哉？此余决其为竖儒之论盖无疑也。

　　《学文堂诗馀》是武进词人陈玉璂的词集，有沈泌、任绳隗、徐喈凤三人序。据任序中"吾有椒峰先生，年弱冠早已蜚声宇内。及今成进士，寰海名士从而问业者，车徒辐辏，所寄迹辄复成市"诸语，可知任序作于康熙六年（1667）陈玉璂成进士后不久，较陈维崧《今词苑序》早。关于《草堂诗馀》中"草堂"二字的释名，最早见于杨慎《词品自序》："昔宋人选填词曰《草堂诗馀》，其曰'草堂'者，太白诗名《草堂集》，见郑樵《书目》。太白本蜀人，而草堂在蜀，怀故国之意也。曰'诗馀'者，《忆秦娥》《菩萨蛮》二首为诗之馀，而百代词曲之祖也。今士林多传其书，而昧其名，故于余所著《词品》首著之云。"杨慎此论，毛晋已疑其非。[7] 而任绳隗此处，则是对杨慎以李白二词为"百代词曲之祖"（此论亦是沿袭黄升之说）提出质疑。不过，任绳隗在质疑的基础上提出"陈隋二主之《望江南》《后庭玉树》"为"词家之蒿矢"，亦无甚新义。但是，任氏此序的重点并不在于为词寻觅源头，而在于为词确立地位。任绳隗从两个方面展开他的论述：就词体本身价值而言，词体与《三百篇》、楚骚、汉乐府及五七言近体诗一样，都具有自足的抒情功能，也都难免表现各自的局限，文体流变的过程，就是一个不同文体不断补缺的过程。词之为体，可以"补"其他文学体式表现功能之不足，因而也就具备了不可替代的价值，也就不应为"大雅所不道"；就词体实践对象而言，并非文士歌姬、贩夫走卒才填词，"出入将相"者同样"斐然作述"，杜预、张华、李德裕、文天祥都是功勋显赫的大人物，他们并不因位居要津而废文辞，他们也有以创作去抒情的需要，以此衡之，欧阳修、晏殊填词本无可非议，他们"以作小词致讥"，只能表明"讥"者本身存在观念偏差。任绳隗以其理论睿智和实践例证有力地批判了"多淫哇细响，变而愈下，遂泛其流而为词"以及"为宰相者乃至废书而仰屋"的"竖儒之论"，要言不烦、举重若轻地为词争得不劣于其他文学体式的合理地位，为阳羡词派理论旗帜的树立迈出了坚实的一步。

　　这里必须声明的是，从本体论的角度指出诗词在抒情功能上的一致，并不意味着无视它们作为不同文学体式之间的差异。诗词作为创作者抒写性情的不同载体，具有各自独特的体性特征。阳羡词人并没有泯灭诗词的界限，如徐喈凤曰："从来诗词并称，余谓诗人之词真多而假少，词人之词假多而真少。如邶风《燕燕》《日月》《终风》等篇，实有其别离，实有其摈弃，所谓文生于情也。若词则男子而作闺音，写景也，忽发离别之悲，咏物也，全寓弃捐之恨，无其事，有其情，令读者魂绝色飞，所谓情生于文也。此亦诗词之辨。"[8]徐氏此说至少有两点值得称道：一是徐氏之前已有多人谈及诗词之别，如王士禛《花草蒙拾》云："或问诗词曲分界，予曰'无可奈何花落去，似曾相识燕归来'，定非香奁诗；'良辰美景奈何天，赏心乐事谁家院'，定非草堂词也。"但王氏之语即便确系别有会心，终亦流于玄奥，不如徐喈凤理性分析诗词之别来得显豁。二是"男子而作闺音"虽非所有词的共性，但在以词应歌的时代，"文生于情"的作品确实占据了词坛的主流。徐喈凤以简约的文字准确把握住词史上独特现象的命脉，不能不说慧眼独具。同样对诗词之别作出辨析的阳羡词人还有吴逢原，其《今词苑序》有云："大抵诗贵和平浑厚，虽言愁之作，古今不绝，而缠绵凄恻，如怨如诉，莫若诗馀之言愁，可以绘神绘声也。"尽管这样的辨析无甚理论色彩，但它至少表明阳羡词人并不以诗词抒情功能的一致为口实而混淆它们体性之间的分歧。

既然认定词与其他文学体式具有同等的功能，那么也就意味着词与其他文学体式一样，能够成为创作者抒写其真性情的载体。创作者因各自生活际遇、胸襟气度、审美情趣的差异，其所创作之词呈现出的面貌自会迥然不同。承认词是创作者抒写性情的载体，也就意味着主张在创作上情生于文，反对拟议前人；在风格上刚容乎柔，反对排斥异调。阳羡词派正是拥有这种充满生机和自信气度的文学流派。

关于在创作上主张情生于文而反对拟议前人，阳羡词人态度非常明确，如陈维崧《贺新郎·题曹实庵〈珂雪词〉》云："多少词场谈文藻，向豪苏腻柳寻蓝本。吾大笑，比蛙黾。"陈维崧此处倒并非对苏轼、柳永本人有所厚非，而是对向苏柳"寻蓝本"者给予批判。苏柳之词是有其自身的性情为依托的，后来者如果确系歌哭由衷，为情造文，"三千粉黛，掩周柳之香柔；丈八琵琶，驾辛苏之感激"（陈维崧《徐竹逸词序》），那也无可非议。问题是许多学苏柳者唯求表象不问意蕴，不从性情出发，但从文藻入手，如犬吠影，如蛙应声，失去了属于自己的精神和话语。此等因袭摹仿者的"创作"必然是没有个性的，不具个性的作品自然就没有存在的必要，阳羡词人将之置于反对之列，是对人情文性本原特征的准确把握。

对于这一认识，阳羡词派的后起之秀蒋景祁提供了相同的见解。蒋氏在晚年所作的《陈检讨词钞序》中有云："文章之源流，古今同贯，而历览作者，其所成就，未尝不各擅一家，虽累百变而不相袭，故读之者亦服习焉而不厌也。五经文字无敢轻议，后此则离骚祖风雅，词赋家祖骚，史家祖迁固，体制殊别，不能为易，然纵横变化，存乎其人。……词之兴，其非古矣。《花间》犹唐音也，《草堂》则宋调矣。元明而后，骎骎卑靡。学者苟有志于古之作者，而守其藩篱，即起温、韦、周、秦、苏、辛诸公于今日，其不能有所度越也已。……故读先生之词者，以为苏辛可，以为周秦可，以为温韦可，以为左国史汉、唐宋诸家之文亦可。盖既具什伯众人之才，而又笃志好古，取裁非一体，造就非一诣，豪情艳趣，触绪纷起，而要皆含咀酝酿而后出，以故履其阈，赏心洞目，接应不暇；探其奥，乃不觉晦明风雨之真移我情。噫，其至矣！向使先生于词墨守专家，沉雄荡激则目为伧父，柔声曼节或鄙为妇人。即极力为幽情妙绪，昔人已有至之者，其能开疆辟远、旷古绝今一至此也耶？"此处"文章之源流，古今同贯"，即陈维崧《今词苑序》"为经为史，曰诗曰词，闭门造车，谅无异辙"之意。蒋景祁认为，诗、骚、赋、史，体制殊别，但它们之间之所以能流衍转换，盖在于"纵横变化，存乎其人"。文体因时代迁移的必然性而导致诸多流变，作品因个人创造的独特性而呈现万千气象。就词而言，亦是"虽累百变而不相袭"，如"《花间》犹唐音也，《草堂》则宋调矣"。但这是以"流变"为前提所作的论断，倘若以"复古"为基点，守其藩篱，拘于方幅，则会失去"度越"的活力而流于空桍。有两个明显的例证：云间词派后学认为"五代犹有唐风，入宋便开元曲，故专意小令，冀复古音，屏去宋调"，结果将词导向逼仄的险径，而被王士禛讥为"拘于方幅，泥于时代"的"孟浪"之论；阳羡词派宗主认为"天之生才不尽，文章之体格亦不尽"，结果将词引入宽阔的通途，而被蒋景祁叹为"开疆辟远，旷古绝今"的"度越"之师。

需要指出的是，阳羡词人在理论上倡导写真性情，但在实践中对各种真性情并非均匀着力，而是偏重写真性情中的悲壮之情。如陈维崧作于康熙三年（1664）的《王西樵〈炊闻卮语〉序》云："王先生之穷，王先生之词之所由工也。……大约维崧之所谓'穷'者，不过旦夕不得志及弃坟墓去妻子以糊口四方耳。……盖维崧者'愁'矣，而未'穷'。故维崧之词将老而愈不能工。若甲辰三月王先生之'穷',则何如拘挛困苦于圜扉间,前后际俱断,彼思前日之事与后日之事,俱如乞儿过朱门,意所不期,魂梦都绝。盖已视此身兀然若枯木,而块然类异物矣。故其所遇最穷,而为词愈工。""穷而后工"作为一个理论命题,是欧阳修在《梅圣俞诗集序》中明确提出的,明代张煌言曾作过这样的解释:"欢愉则其情散越,散越则思致不能深入;愁苦则其情沉着,沉着则舒籁发声,动与天会。"(《张苍水集》卷一《曹云霖诗序》)这种从欢情的发散性、放逸性和愁情的收敛性、紧缩性的不同情感心理特点来解析"穷而后工",固然有一定道理,但"穷而后工"说把处逆境与出好诗看作必然的因果联系,隐含着一种绝对化、直线性思维,因而历来以其为非"定论"者大有人在,如侯方域《壮悔堂文集》卷二《宋牧仲诗序》云:"吾少而学焉,亦以欧公之论为然,最后读宋子《古竹圃诗》,乃知欧公之序圣俞,特有所寄寓,感慨以求工,其文非定论也。"那么,陈维崧论"穷而后工"是否也陷于线性思维的简单推衍中呢?笔者以为,答案是否定的。陈维崧《陈石书姜子嘉制艺合刻序》云:"士不幸具班张崔蔡之才,屈首陋巷,隐约无穷时,而求以有闻于世也实难。甚者辗轕日久,思智亦诎,才虑荒谢,荣华邈然。昔人云:'穷愁之言易工。'穷愁而言工,吾以为穷愁犹未甚耳,洵穷愁,奚能工也。"在此,陈维崧已经对"穷而后工"之论提出质疑。他在为宋荦《和松庵稿》所作的序中更是从理论上辩正"穷而后工"说的不周全性:"尝与友人说诗:作诗有性情有境遇。境遇者人所不能意计者也;性情者天之莫可限量者也,人为之也。……客若但言境遇,则余之境遇穷矣,流离困顿,濒于危殆者数矣,然而丝奋肉飞,辄不自禁犹能铺扬盛丽,形容声色,以奉上夜之欢,终不自知其愈也。夫以余之境遇,犹能为和乐之言,又何惑乎以宋子之境遇,顾何工愀怆之调乎哉?夫境遇之说不足以限中材,又何能以量贤智也?"(《迦陵文集》卷一)所谓"境遇",即是客观条件,是"人不可意计"的;所谓"性情",即是主观心态,是"天不可限量"的。人不可能选择"境遇",但人也不可能随意为"境遇"所左右,毕竟人是有自觉意识和自持能力的。所以,境遇的"穷"与由"人"所创作的作品是否"工"没有必然的关系。陈维崧既然已经意识到"穷"与"工"的此种关系,又说"王先生之穷,王先生之词之所由工也",只能表明他对悲情之词情有独钟。因为王士禄的《炊闻卮语》本多闲情逸致，但其中作于康熙三年（1664）"以蜚语下羁"（《王西樵〈炊闻卮语〉序》）期间的词，颇多悲思怨怀，而这些悲思怨怀之作，正是陈维崧所赞赏的。同样能说明陈维崧对悲壮之情倍加青睐的还有其《曹实庵咏物词序》，序云："溯夫皇始以来，代有不平之事。……或虾蟆陵上，暮年红袖所闲谈；或鹳鹊楼边，故老白头之夜话。或武担过客，曾看石镜于成都；或鳌屋居民，偶得铜盘于渭水。苟非目击，即属亲闻。事皆磊砢以魁奇，兴自颠狂而感激。槌床绝叫，蛟螭夭矫于胸中；踞案横书，蝌蚪盘旋于腕下。谁能郁郁，长束缚于七言四韵之间；对此茫茫，姑放浪于减字偷声之下。"曹贞吉《珂雪词》中的十首咏物词，有王士禛、宋荦、朱彝尊诸人评。宋荦之评云："今读实庵咏物十首，仿佛《乐府补题》诸作，而一种宵渺之思、瑰丽之辞与夫沉郁顿挫之气，直驾诸公而上之。"《乐府补题》的重新问世，时在清康熙十八年（1679），则陈维崧《曹实庵咏物词序》当作于其晚年。曹贞吉的十首咏物词"皆取其闻见所及"（王士禛语），不是类无事实。但曹贞吉"苟非目击，即属亲闻"之事当不都是"不平之事"，缘何一遇"不平之事"就真情难抑，逸兴遄飞？除了"谁能郁郁，长束缚于七言四韵之间；对此茫茫，姑放浪于减字偷声之下"，即词在表现深沉的历史感方面较诗更具特殊的艺术力量的因素外（这也表明任绳隈从"补"的角度为尊词体张目是有依据的），词人对悲壮之情的偏嗜无疑是一个重要原因。于曹贞吉，于陈维崧，都是如此。

　　"性情"也是关乎风格学的论题，因为不同的人"性情"必然不同，而"性情"的差异又必然导致风格的多样。承认人的不同性情，也就意味着容许词的多样风格。在创作上主张情生于文的阳羡词人，在风格上必然有兼容并蓄的宽宏气度。事实正是如此。让我们看一看徐喈凤在《荫绿轩词证》中的有关论述：

　　　　魏塘曹学士作《峡流词序》云："词之为体，如美人，而诗则壮士也；如春华，而诗则秋实也；如天桃繁杏，而诗则劲松贞柏也。"譬喻最为明快。然词中亦有壮士，苏辛也；亦有秋实，黄陆也；亦有劲松贞柏，岳鹏举、文文山也。选词者兼收并采，斯为大观。若专尚柔媚绮靡，岂劲松贞柏反不如天桃繁杏乎？
　　　　词虽小道，亦各见其性情。性情豪放者强作婉约语，毕竟豪气未

> 除；性情婉约者强作豪放语，不觉婉态自露。故婉约固是本色，豪放亦未尝非本色也。后山评东坡词"如教坊雷大使舞，虽极天下之工，要非本色"，此离乎性情以为言，岂是平论？

前文已经谈及，阳羡词人并没有泯灭诗词的界限，就美学风度而言，徐喈凤有言："诗贵庄而词不嫌佻，诗贵厚而词不嫌薄，诗贵含蓄而词不嫌流露。"（《荫绿轩词证》）但所谓"诗庄词媚，其体元别"（王又华《古今词论》引李式玉语），原本只是对诗词之别的一个感悟性知言，而非一个理性化断语。作为感悟性知言，"诗庄词媚"这一提法因其以简约的文字揭示了诗词的宏观差异而有其存在的必要，但若将其落实为对词史的理性化断语，它就无法合理解释诗词的微观趋同，毕竟词中也有"庄"者是一个不能无视的事实。在词已脱离律的羁绊而成为一种纯粹的抒情文体的时代，如果不是"离乎性情以为言"，我们就得对"劲松贞柏"和"夭桃繁杏"一视同仁，就没有理由在风格上出主入奴。从这个意义上说，徐喈凤"婉约固是本色，豪放亦未尝非本色"的见解确确实实是"平论"。

从"性情"出发在风格上刚容乎柔、不主一格，于阳羡词人并非自徐喈凤始，此前潘眉在《今词苑序》中也已论及。潘序云："夫体制匪殊，惟性情各异。弦分燥湿，关乎风土之刚柔；薪是焦劳，无怪声音之辛苦。譬之诗体，高岑韩杜，已分奇正之两家；至若词场，辛陆周秦，讵必疾徐之一致。要其不窕而不槬，仍是有伦而有脊。终难左袒，略可参观。"[9] 那么，《今词苑》的操选是否依其理论而行呢？让我们看一看《今词苑》的入选词人和词数：

龚鼎孳	31	曹尔堪	28	邹祗谟	24	吴伟业	21	陈维崧	18
王士禄	13	吴本嵩	13	吴逢原	12	黄永	12	朱彝尊	12
沈谦	12	纪映钟	10	王士禛	9	彭孙遹	9	钱继章	8
赵镮	7	陈世祥	7	尤侗	7	徐士俊	7	潘眉	7
徐喈凤	6	陈玉璂	5	徐籍	5	顾贞观	5	钱芳标	5
严绳孙	5	蒋阶	5	徐远	4	秦松龄	4	杜濬	4
董以宁	4	史鉴宗	4	曹亮武	4	吴刚思	3	丁澎	3

续表

堵菜	3	彭而述	3	戴重	3	俞士彪	3	陈维岳	3
钱继登	2	沈光裕	2	黄周星	2	季振宜	2	马绍曾	2
柯耸	2	李天馥	2	毛重倬	2	蒋玉立	2	龚百药	2
董俞	2	吴绮	2	毛先舒	2	周积贤	2	宗元鼎	2
王宗尉	2	石沠	2	王晫	2	董元恺	2	杨大鹤	2
曹瑚	2	陈维崌	2	钱士贡	2	徐宽	2	曹溶	1
宋徵璧	1	宋琬	1	吴贞度	1	杨大鲲	1	许之渐	1
赵子瞻	1	王岱	1	钱菜	1	魏学渠	1	陈允衡	1
李雯	1	袁于令	1	宫昌宗	1	邓汉仪	1	申涵光	1
孙枝蔚	1	沈亿年	1	蒋无逸	1	姜宸英	1	吴骐	1
蒋璪	1	石湘	1	曹鉴平	1	诸九鼎	1	诸匡鼎	1
方炳	1	金是瀛	1	计能	1	秦保寅	1	张烺	1
柳葵	1	吴雯	1	曹鉴伦	1	陆进	1	吴旦华	1
陆崑	1	陈维岱	1	曹鉴章	1	李葵生	1	林蕴	1
徐灿	16	贺洁	3	叶小纨	3	王郎	2	章有湘	1

　　《今词苑》共选以上 110 家词 462 首，另外有陈台孙、周亮工、单恂、嵇宗孟、李长文、吴国对、张一鹄、董含、米汉雯、贺裳、黄京、王绍曾、唐允甲 13 人录名未录词。对于《今词苑》，我们完全可以借用徐喈凤的话说："选词者兼收并采，斯为大观。"我们试将这 110 家词人作一地域分析：

　　云间词人 14 家：李雯、宋徵璧、蒋阶、周积贤、沈亿年、赵子瞻、董俞、钱芳标、吴骐、王宗尉、金是瀛、蒋无逸、陆崑、章有湘

　　西陵词人 10 家：徐士俊、沈谦、毛先舒、丁澎、俞士彪、诸九鼎、柳葵、诸匡鼎、王晫、陆进

　　柳洲词人 14 家：曹尔堪、钱继登、钱继章、徐远、柯耸、计能、李葵生、蒋玉立、魏学渠、钱菜、曹鉴平、曹鉴伦、钱士贡、曹鉴章

　　广陵词人 12 家：王士禛、彭孙遹、王士禄、石湘、石洢、宗元鼎、吴
　　　　　　　　　　绮、陈世祥、孙枝蔚、季振宜、邓汉仪、宫昌宗
　　兰陵词人 12 家：邹祗谟、董以宁、吴刚思、龚百药、杨大鲲、黄京、
　　　　　　　　　　黄永、董元恺、杨大鹤、许之渐、陈玉晖、毛重倬
　　阳羡词人 15 家：陈维崧、陈维嵋、陈维岳、陈维岱、曹瑚、曹亮武、
　　　　　　　　　　潘眉、吴本嵩、吴逢原、吴旦华、吴贞度、吴雯、徐
　　　　　　　　　　喈凤、张炓、史鉴宗

　　由此可见，《今词苑》所选"今"词苑之人并不偏于一隅。如前文所述，清初各地词人群体的词学审美理想并不完全相同，《今词苑》对各地词人不存偏见，正可见出阳羡词人在词学风格上不拘一格。

　　但是，在词学风格上不拘一格，并不是说阳羡词派没有自己的主导风格。事实上，没有一种占主导地位的风格，就不可能形成一种流派。和既在理论上倡导真性情，又在实践上偏重真性情中的悲壮之情一样，阳羡词人在风格学上既强调不拘一格，又偏重雄浑苍茫的词风。如陈维崧《贺新郎·题曹实庵〈珂雪词〉》云："满酌凉州酝。爱佳词、一篇《珂雪》，雄深苍稳。万马齐喑蒲牢吼，百斛蛟螭困蠢。算蝶拍莺簧休混。"曹实庵，名贞吉，其《珂雪词》"肮脏磊落，雄浑苍茫，是其本色，而语多奇气，惝恍傲睨，有不可一世之意"（王炜《珂雪词序》）。陈氏所云，既是对《珂雪词》的肯定，也是作者的自诩。又如其《水调歌头·读董舜民〈苍梧词〉题后》云："老屋数间耳，世事不关渠。堆墙牛腰蠹，巨束笋般粗。中有奇文兀傲，每夜必腾光怪，鳌掷与鲸呿。力压古聱叟，气慑万獠奴。"董舜民，名元恺，词集名《苍梧词》，凡十二卷，有陈维崧、尤侗、陈玉璂、董元名序。董氏"以抑塞磊落之才，使飞扬跋扈之气；以萧条寂寞之思，抒缠绵凄婉之怀。其为词也，或取之骚焉，或取之子焉，或取之诗与赋焉，或取之书与画焉，无不有也，无不似也"（尤侗《西堂杂俎三集》卷三《苍梧词序》），如其《洞仙歌·善权洞》，陈维崧评"不当以诗馀观，当作游记读"（《苍梧词》卷六）；又如《孤鸾·秋哀》，陈维崧评"如读李北地结肠篇，不能终此曲矣"（《苍梧词》卷八）；再如《菩萨蛮慢·龙虎山道中》，陈维崧评"直作一首昌黎南山诗读，一读一叫绝"（《苍梧词》卷一〇）。董元恺这些亦诗亦史之词，无疑与陈维崧的词学审美理想极为合拍，因此，陈维崧赞赏董元恺之词亦是题中应有之义，如其评《满

江红》(坚壁罗洋)"雄深雅健，神似稼轩"(《苍梧词》卷七)，评《声声慢·秋夜听蟋蟀声》"豪荡感激，写出蟋蟀如许关系，较之白石一词，真觉今能胜昔"(《苍梧词》卷八)。由于《苍梧词》的风格总体上趋于豪荡感激、雄放磊落一路，陈维崧对其深加赞赏，表明其于词学风格上亦是以雄浑苍茫为追求目标的，他的词作已经为此提供了很好的证明。

第三节　阳羡词风的历史渊源与诗学背景

任何一种词风的形成，必然有其历史的和现实的因缘。关于阳羡词风的历史渊源，严迪昌先生在《阳羡词派研究》一书中，从"苏轼'楚颂'神思的孕化"和"蒋捷'竹山'情韵的脉承"两个方面作了精辟而深入的研析。笔者基本上同意严先生的观点，并就"蒋捷'竹山'情韵的脉承"方面略作补充。

阳羡词人从不讳言受乡邑前贤蒋捷的影响，如徐喈凤《荫绿轩词证》云："义兴自蒋竹山以词名于宋，四百馀年，竟无嗣音者。近日词人蔚起，人秦柳户辛刘，可谓彬彬极盛。"曹贞吉还明确提到蒋捷对史惟圆的影响，其《摸鱼儿·寄赠史云臣》云："绕荆溪，数间茅屋，竹山旧日曾住。吟花课鸟无遗恨，领袖词场南渡。逐电去。谁更续哀弦、脆管红牙谱。湖山如故。又幻出才人，镂冰绘影，抒写断肠句。"但关于蒋捷对清初阳羡词派的影响，说得最为明白的还数蒋景祁。蒋氏《荆溪词初集序》云：

> 甚哉！吾荆溪之人文之盛也。吾荆溪自汉晋以来，素以节义著。及唐开元、大历间，吾先世将明父偕诸公，乃有文章名官翰林，且父子迭相继。至以词名者，则自宋末家竹山始也。竹山先生恬淡寡营，居滆湖之滨，日以吟咏自乐，故其词冲夷萧远，有隐君子之风。然其时慕效之者甚少。以观今日填词家，自一二士大夫而下，以至执经之士，隐沦散侠，人各有作，家各有集，即素非擅长而偶焉寄兴，单辞只调亦无不如吉光片羽，啧啧可传。其故何也？凡物莫不聚于所好，而人乐得其性之所近。聚于所好，故习之者多；性之所近，故工焉者众。荆溪故僻地，无冠盖文绣为往来之冲也，无富商大舶移耳目之诱

也，农民服田力穑，终岁勤动。子弟稍俊爽者，皆欲令之通诗书，以不文为耻。其文人率多斗智角艺，闭户著书，盖其所好然也，好之专，故其气常聚。而山川秀杰之致，面挹铜锋之翠，胸涤双溪之流，宜其赋质淳逊，尘滓消融也。故曰其性之近也。前辈如卢司马、吴学使尚矣，近则其年先生负才晚遇，俶居里门近十载，专攻填词，学者靡然从风，即向所等夷者，尚当拜其后尘，未可轻颉颃矣。然而英才霸气，老成宿学，非不扼腕镂心思有以胜之，且拟后来居上，其意亦未可没也。读南耕一选，可以得其概矣。抑吾闻之，词之兴也，源于唐，盛于五季，泛滥于宋元，迨明而桧下无讥焉。古之作者，大抵皆忧伤怨悱不得志于时，则托为倚声顿节，写其无聊不平之意。今生际盛代，读书好古之儒，方当锐意向荣，出其怀抱，作为雅颂，以黼黻治平，则吾荆溪之人之文，不更可传矣乎？而词之选不亦可以已乎？予既以自悔，且与南耕重有感也。

蒋氏此序约作于康熙二十年（1681），非常自觉而周详地分析了阳羡词派得以形成的诸多因素。在蒋氏看来，阳羡词派的形成，除去阳羡子弟"以不文为耻"的人文背景和阳羡"山川秀杰之致"的自然地缘外，主要得益于蒋捷的影响。这里首先需要声明的是，从谱系上说，蒋景祁属蒋捷后裔，但蒋景祁谓阳羡"至以词名者，则自宋末家竹山始"，并不能说仅是出于夸饰本望族的先贤的目的。据唐圭璋《两宋词人占籍考》，宋代阳羡词人仅蒋璨、蒋捷、王谌、沈刚孙四家，而此四家仅蒋捷以词名世。因此，蒋景祁以蒋捷为阳羡词学先辈，只是指出一种客观事实，并无私阿之意，不在蒋氏谱系的徐喈凤亦谓"义兴自蒋竹山以词名于宋"，可以印证。蒋捷对阳羡词人的影响，主要表现在人品和词品两个方面。从人品上说，蒋捷"抱节终身"（《蕙风词话》卷一），具有狷介品格；从词品上说，蒋捷"语多创获"（《艺概·词曲概》），具有悲峭情韵。为说明蒋捷的人品和词品对阳羡词人的影响，让我们试着比较蒋捷和陈维崧的"元夕"词：

蕙花香也。雪晴池馆如画。春风飞到，宝钗楼上，一片笙箫，琉璃光射。而今灯漫挂。不是暗尘明月，那时元夜。况年来心懒意怯，羞与蛾儿争耍。　　江城人悄初更打。问繁华谁解，再向天公借。剔残红灺。但梦里隐隐，钿车罗帕。吴笺银粉砑。待把旧家风景，写成闲话。笑绿鬓邻女，倚窗犹唱，夕阳西下。

——蒋捷《女冠子·元夕》

　　上元晴也。盈盈霁景堪画。夹城况有，琼苞千斛，翠瀫双叠，冷辉交射。一轮圆月挂。越显人间天上，十分良夜。想谁家年少此际，正逐暗尘嬉耍。　　六街春谜慵猜打。叹浮生故国，难把前欢借。蜡珠红灺。总湿透昔日，传柑双帕。春罗愁细砑。也料写他不尽，十年前话。约东风选梦，惹人重到，旧樊楼下。

——陈维崧《女冠子·癸丑元夕用宋蒋竹山韵》

　　蒋词上阕写昔盛今衰，形成强烈对比：昔日，钗楼一片笙箫之声，池馆一片琉璃之色，元夕之气氛热闹非凡；而今，"暗尘随马去，明月逐人来"（苏味道《正月十五日夜》）的欢乐场景已不复存在，灯不是那时的灯，元夜不是那时元夜。对此，怎不令人"心懒意怯"？故国已驻留于过去，繁华难借乞于天公，要温旧事，唯求梦中。词人于梦中隐约见到了旧日元夜的"钿车罗帕"，并想以最精美的纸张写下"旧家风景"，让它长驻人间。而邻女将范周当年叙写元夕盛况的《宝鼎现》（夕阳西下）从容地歌唱，又表明活在元代的宋人是多么地怀想往事前尘。身遭世变而抱节终生的词人于不经意中流露出的悲苦，又被清初的后辈重新唤起。陈词作于康熙十二年（1673），情感基调与蒋词大致相同：追寻旧日元夕的欢乐——旧日欢乐的有影无形——沉入梦中找回失去的温暖。本来，我们不能由两首词情感基调的相近来判定他们两人之间有词学渊源，但如果考虑到这样的事实，即蒋捷的元夕词大都与孟元老《东京梦华录》相联系，抒发亡国之痛，如"旧说'梦华'犹未了，堪嗟。才百馀年又'梦华'"（《南乡子·塘门元宵》），"华胥仙梦未了，被天公颥洞，吹换尘世"（《齐天乐·元夜阅梦华录》）；而陈维崧于"元夕"词亦颇多瞩意，先后填了《绛都春·乙巳元夜》《烛影摇红·丁未元夜》《探春令·庚戌元夜》《春从天上来·壬子元夕》《春风袅娜·甲寅元夜》《琐春寒·乙卯元夕東云臣竹逸竹虚》《满庭芳·丙辰元夕》《月边娇·己未长安元夕》《百字令·长安元夕和家山农倡和原韵》《丰乐楼·辛酉元夜》等词，这些词如同其《任植斋词序》所云，"以为《金荃》之丽句也，抑亦《梦华》之别录也"，我们就完全有理由说，陈维崧确乎从蒋捷那里汲取了情韵神理，只是这种情韵神理不限于语辞，而在于心态，在于深沉的历史沧桑感。正因这相通的历史沧桑感，原本慕效者甚少的蒋捷之词在清初得到接续。蒋景祁说词是古今作者"忧伤怨悱不得志于时，则托为倚声顿节，写其无聊不平之意"，正是抓住了古今作者相通的真实心态，从而凸显上下数百年的历史传承。

关于阳羡词风形成的诗学背景，历来少人谈及。但我们无法无视这样两个事实：一是陈维崧早期的词作面貌与诗学有很大关系。陈维崧于诗"幼好玉台、西昆、长吉诸体"（《与宋尚木论诗书》），其早年词亦是尚奇好僻，如《明月斜·所见》，邹祗谟评曰："此等属其年少作，矜奥诡艳，从昌谷、西昆古诗中变出。"（《倚声初集》卷一）二是陈维崧曾一度弃诗不作，专意填词。核检《湖海楼诗集》，陈维崧从康熙十一年（1672）四月到康熙十七年（1678）八月的六年半时间里，仅于康熙十五年（1676）作诗 12 首，康熙十六年（1677）作诗 1 首，其馀一片空白。而据他作于康熙十五年（1676）的《与王阮亭先生书》所说，这段时间他"大有作词之癖，《乌丝》而外，尚计有二千馀首"（《迦陵文集》卷四）。蒋景祁《陈检讨词钞序》说他"向者诗与词并行，迨倦游广陵归，遂弃诗弗作。伤邹、董又谢世，间岁一至商丘，寻失意归，独与里中数子晨夕往还，磊砢抑塞之意，一发之于词，诸生平所诵习经史百家古文奇字，一一于词见之"，无疑是符合其创作实情的。现在的问题是，陈维崧为何于康熙十年（1672）之后"弃诗弗作"？他早期词作与诗关系密切，"癸丑（1673）至丁巳（1677）则肆力于词"（陈宗石《湖海楼诗集跋》）是否也与诗有关？

清初诗学思想的主流可概括为"桃唐祢宋"。邵长蘅《青门剩稿》卷四《研堂诗稿序》云："杨子（地臣）之言曰：'今天下称诗虑亡不桃唐而祢宋者。'予曰：'然。'诗之不得不趋于宋，势也。盖宋人实学唐而能夐逸唐轨，大放厥辞。唐人尚酝藉，宋人喜迳露。唐人情与景涵，才为法敛；宋人无不可状之景，无不可罄之情。故负奇之士不趋宋，不足以泄其纵横驰骤之气，而逞其赡博雄悍之才，故曰势也。"邵氏此序既概括了唐宋诗的主要差异——唐诗含蓄蕴藉，宋诗径直发露；又分析了清人疏唐亲宋的原因——不如此不足以逞才泄气。但同时指陈了一个事实："桃唐祢宋"的诗学思想在清初流布甚广。清初"祢宋"诗学思想始于钱谦益，尤侗《彭孝绪诗文序》有云："大抵云间诗派源流七子，迨虞山著论诋諆，相率而入宋元一路。"此后，"祢宋"思想急剧扩张，呈蔓延之势。至康熙十年（1671）《宋诗钞》刻成，清初"祢宋"诗学思想可谓达到了一个高峰。明末清初的宋诗选本，《宋诗钞》之前有李蓘《宋艺圃集》22 卷和曹学佺《石仓宋诗选》107 卷，之后有吴绮编定于康熙十七年的《宋金元诗永》20 卷。曹学佺《石仓宋诗选》乃其所编《石仓历代诗选》的一部分，也就是说，曹氏无心刻意推崇宋诗。吴绮《宋金元诗永》的编定既后于《宋诗钞》，又不完全以推崇"宋"诗为目的，因而于"祢宋"思想虽然厥功甚伟，终难与《宋诗钞》相提并论。至于成书于隆庆元年（1567）的《宋艺圃集》，虽然选录诗作不少，凡 237 位诗人的作品 2 000 馀首，但就其选录标准看，则如吴之振《宋诗钞序》所言："李蓘选宋诗，取其远离于宋而近附乎唐者；曹学佺亦云：'选始莱公，以其近唐调也。'以此义选宋诗，其所谓唐终不可近也，而宋人之诗则已亡矣。"《宋诗钞》由吴之振、吴自牧叔侄和吕留良、黄宗羲共同编选，始于康熙二年（1663）夏，成于康熙十年（1671）秋，原拟选宋诗 100 家，实际后十六家有目无文，可知当时尚未编完，近人管庭芬、蒋光煦始为补足。康熙十年（1671）冬，吴之振携《宋诗钞》赴京师，以之分赠友人。次年春，吴之振由京师返乡，在京文章巨子如徐乾学、王士禛、陈维岳、严沆等近 30 人写了《赠行》诗，诗中大都提及其赠书情状。这表明《宋诗钞》的编刻和传播在当时引起很大轰动。宋荦《漫堂说诗》云："近二十年来，乃专尚宋诗。至余友吴孟举《宋诗钞》出，几于家有其书矣。"邵长蘅《青门剩稿》卷四《二家诗钞序》有云："嗟乎！自祧唐祢宋之说盛，后生靡然，且谓两先生（指王士禛、宋荦）亦尝云尔。顾两先生诗具在，其所为溯源风骚，斟酌汉魏三唐，以自成其家者，各有根柢，虽间亦取于宋人，第以资泛滥耳。学者病不好学深思，不能知前人根柢所在，而争剽贩于景响形模之间，妄分畛畦，前肤附唐人而赝，今肤附宋人而亦赝。"邵氏此语意在说明王、宋二人的诗学思想不是"祧唐祢宋"，却无意中逗露出康熙中期"祧唐祢宋"诗学思想风靡诗坛的情形。而这种局面的出现，无疑是康熙早期吕留良、吴之振等人倡导宋诗运动的结果。

清初"祢宋"诗学思想在总体上并没有对宋诗的审美特征作正面的肯定，但有两点颇可注意：一是主"变"，二是主"情"。"变"是理论基石，"情"是诗学精神。"变"有二义：一是文体随时而变，不拘方幅。汪懋麟

《百尺梧桐阁文集》卷二《宋金元诗选序》云："近世言诗者多矣。动眇中、晚，必称初、盛，追摹汉魏，上溯《三百篇》而后快，于宋人则云无诗，何有金、元？噫！所见亦少隘矣。世非一代，代不一人，信诗止于唐，则《三百篇》后不当有苏、李，《六经》以降不当有左丘明。四唐之目，本见于庸人，时会所至，何能强而同之也！近人且言不读宋以后书，是士生今日，皆当为黔首自愚，无事雕心镂肾，希一言之得，可传于后世也。"二是作者随缘而化，不泥古人。潘耒《遂初堂集》卷六《五朝名家诗选序》云："自嘉靖七子有唐后无诗之说，至今耳食者从而和之，宋、元诸名家之诗禁不一寓目。复于唐代独尊初盛，自大历以还割弃不取，斤斤焉划时代为鸿沟，别门户如蜀洛，既以自域，又以訾人。一字之生新，弃而不用，曰惧其堕于中晚也；一句之刻露，辄以相语曰：'惜其入于宋元也。'天与人以无穷之才思，而人自窘之；地与人以日新之景物，而人自拒之。其亦陋而可叹矣。"有此两点，诗体由唐而宋，顺乎时势；清人祧唐祢宋，合乎情理。诗主"情"，是其原质，并无新义，但认为性情有深浅，有一时之性情和万古之性情的区别，却是富有时代色彩的诗学命题。黄宗羲《马雪航诗序》云："诗以道性情，夫人而能言之。然自古以来，诗之美者多矣，而知性者何其少也。盖有一时之性情，有万古之性情。夫吴歈越唱，怨女逐臣，触景感物，言乎其所不得不言，此一时之性情也。孔子删之以合乎兴、观、群、怨、思无邪之旨，此万古之性情也。""一时之性情"指一己当下的荣辱得失、悲欢离合的个体之情，"万古之性情"指具有深厚的历史内涵和国家社会关怀的群体之情。对于黄宗羲，"万古之性情"则主要指遗民故国之思，其《缩斋文集序》隐晦而又充分地透露了这一点。

　　事实上，对于清初诗人尤其是由明入清的诗人来说，推崇宋诗，提倡"万古之性情"，不只是出于艺术趣尚，更是一种在特定历史背景下产生的文化现象（当然，也有明遗民而贬抑宋诗者，如王夫之）。清入主中原，使汉族士人很自然地想到四百年前为元所灭的大宋王朝。汉族政权当然不止于宋，但他们不去怀念历史上更为辉煌的汉官威仪、盛唐气象，偏于天水一朝情有独钟，正是因为历史上被"异族"所灭的汉族政权，唯有赵宋王朝可与朱明王朝相比并。故在他们看来，宋诗绝不仅是一种与唐诗相对立的诗学范式，而是上一个同样被"异族"征服的王朝所留下来的文化遗产。无论是出于对故国旧君的深情眷恋，还是出于同病相怜的类比联想，他们对于宋诗的重新发现，实际上带有爱屋及乌的意味。[10]对于胜国遗民借宋诗以寄托故国之思，清廷自然有所觉察并予以制裁。毛奇龄《西河诗话》卷五有云："初、盛唐多殿阁诗，在中、晚亦未尝无有，此正高文典册也。近学宋诗者率以为板重而却之。予入馆后，上特御试保和殿，严加甄别。时同馆钱编修以宋诗体十二韵抑置乙卷，则已显有成效也。""予入馆后"云云，当指毛奇龄于康熙十八年（1679）经过鸿博之试后，入《明史》馆为纂修官。此时，"长安言诗者……自称宋诗，逃胶焉诟明而诋唐，物有迂夸不入市者，辄以唐人诗呼之"（《西河文集》序三一《徐宝名诗集序》），不惟长安，其时全国诗坛也已形成了宗宋风气，顾景星作于康熙十八年夏五月的《篯稿诗序》云："今海内称诗家，数年以前，争趋温、李、致光，近又争称宋诗。"宋荦《漫堂说诗》亦云："明自嘉、隆以后，称诗家皆讳言宋，至举以相訾；故宋人诗集庋阁不行。近二十年来，乃专尚宋诗。"《漫堂说诗》定稿于康熙三十七年（1698），前溯二十年乃康熙十八年，与顾景星所言相合。"钱编修"当即钱中谐。钱中谐仅因写宋体诗就被抑置乙等，可见康熙帝本人是极其反对宋诗的。而康熙帝不惜以铨选手段贬抑宋诗，又可见出在他心中宋诗不仅仅是一种区别于唐诗的文学作品，而是积淀有民族精神的文学遗产。这一点从冯溥的话中亦可觉察到。施闰章为冯溥《佳山堂集》作序云："窃尝论诗文之道，与治乱终始，先生则喟然叹曰：'宋诗自有其工，采之可以综正变焉。近乃欲祖宋元而祧前，古风渐以不竟，非盛世清明广大之音也。愿与子共振之。'"冯溥时为台阁重臣，颇有领袖群伦创立台阁体诗风，以弘扬清王朝的文治武功之意，但在他看来，宋诗"非盛世清明广大之音"，是不应在此时得到流衍的，言下之意是奉康熙圣旨，制裁宋诗。上述二事都发生在康熙十八年（1679）左右，但清廷对诗文的监视远在此之前就已经开始，归庄《归庄集》卷一〇《杂著》云："苏州陈太仆皇士尝选启祯两朝遗诗，自名卿以至处士皆有之，卷帙甚多。……诸诗中多有感慨时事、指斥今朝者，固选者失检点，亦以顺治时禁锢疏阔也。康熙初，为国史事杀戮多人，自此文网渐密。"

陈维崧不是明遗民，他自顺治十七年始参加清廷的科举考试凡七次，[11]并最终出任了清廷的明史检讨，这足以证明陈维崧于清廷并无多大的民族怨恨。但陈维崧毕竟是胜国望族的子弟，往日荣光与今朝落魄之间的强烈对比，使他无法掩抑心头的怅恨，因而，其于清初所作的诗，即便不是"犹屈子之赋《离骚》，靖节之赋《归来》"（张自烈《芑山文集》卷一四《陈其年诗集序》），也有别于作于明代的诗。对此，姜宸英说得极为明白："其年生长江南无事之日，方其少时，家世鼎盛，鲜裘怒马，出与豪贵相驰逐，狂呼将军之筵，醉卧胡姬之肆，其意气之盛，可谓无前，故其诗亦雄丽宕逸，可喜称其神明。及长，遇四方多故，夹江南北，残烽败羽惊心动魄之变，日接于耳目，回视向时笙歌促席之地，或不免践为荆棘以栖冷风，故其诗亦一变而激昂嘘唏，有所怆然以思，愀然以悲，亦其遭时之变以然也。"[12]这些"怆然以思，愀然以悲"之作，自然亦"非盛世清明广大之音"，因而，在清廷整肃江南士人的视野已经注目于诗这一文化地带时，想在清廷谋取一官半职的陈维崧在创作那与时代要求不甚和谐的诗篇时，姿态不得不有所收敛乃是情理中之事，对此，陈维崧虽然未曾明言，但已多次间接谈及，如其作于康熙十五年（1676）秋的《和荔裳先生韵亦得十有二首》，不仅在诗题中写明"余不作诗已三年许矣"（《湖海楼诗集》卷五），而且在第六首诗里还这样写道："诗律三年废，长暗学冻乌。倚声差喜作，老兴未全孤。辛柳门庭别，温韦格调殊。烦君铁绰板，一为洗蓁芜。"陈维崧于"诗益进"之时忽然"长暗学冻乌"，不是他不会诗，而是他不能诗（"不会"与"不能"是两回事），这是与当时诗易兴狱的文化背景密切相关的。[13]

邵长蘅《青门剩稿》卷四《水榭诗序》云："（荆溪）人物往往负奇气，能以节义功名见于世。……荆溪士君子崇尚实学。……本朝文治垂六十年，以予所见，荆溪人士其文章足自不朽者，仅得吾亡友陈君其年。"注重"实学"是清初的学术取向，影响及诗学，即是强调诗要"质实"，要有"意"。生长于"崇尚实学"之地的阳羡士人，对此几无二致，如陈维崧"夫言者心声也，声成文谓之音，故刘勰有言曰：为情造文要约而写旨，为文造情淫丽而烦滥。然则维情与声，舍意吾将安仿"（《许漱石诗集序》），徐喈凤"贺黄公《词筌》云：词虽以险丽为工，实不及本色语之妙。盖本色语能以意胜，便览而有馀，诵而不穷。若专以险丽胜，恐一字之工，终属雕虫小技"（《荫绿轩词证》）。因此，当阳羡士人因诗易兴狱而不作时，自然会将"磊砢抑塞之气，一发之于词"，在他们看来，词应该而且能够担负诗的抒情功能。这一点，与吴之振刊刻《宋诗钞》同在康熙十年（1671）的秋水轩唱和这一有意味的词学活动可为印证。关于秋水轩唱和的起因，曹尔堪有《纪略》叙其详："周子雪客至京师，侨居于孙少宰（按，孙承泽，字耳伯，号北海，又号退谷）之秋水轩。轩在正阳门之西，背城临河，葭芦秀其阴。当夏雨暴涨，水痕啮岸，卷帘凭几而观之，不啻秋水一壑，心骨俱清，此亦都市中之濠濮也。雨后晚凉，停鞭小坐，见壁间酬唱之诗，云霞蒸蔚，偶赋《贺新凉》一阕，厕名其旁。大宗伯公携尊饯客，见而称之，即席和韵。既而露垂泉涌，叠奏新篇，可谓濯绮笔于锦江，吐绣肠于沙籀者矣。檗子、分虎同授餐于宗伯，亦击钵而赓焉，均工组练，并擅赋心。"今存《秋水轩唱和词》26卷，共收26家词176首，其中曹尔堪7首、梁清标2首、龚鼎孳22首、纪映钟17首、徐倬22首、王豸来12首、陈维岳12首、沈光裕2首、宋琬1首、王士禄6首、龚士稚8首、陈祚明3首、张劭3首、曹贞吉4首、吴之振1首、汪懋麟2首、杜首昌4首、周在浚15首、王概4首、王蓍5首、宗元鼎4首、蒋文焕6首、冯肇杞5首、吴宗信1首、黄虞稷6首、张芳2首。秋水轩唱和虽然没有明确提出任何主张，但由唱和篇什中所激射的莫名的悲哀和难言的惆怅，我们完全可以感觉到一种"心骨俱清"为貌、"纵横排宕"其神的离心情绪，这是与当时的宋诗运动极为合拍的词创作活动。因此，写诗与填词在有忤文网方面其实并无区别，写诗易致祸而填词可脱险，只能说明词在"小道""末技"等习惯眼光的遮蔽下，当时尚未引起统治者的重视而已。这一点，李一氓的论断极为有见："清顺、康间，词风大盛，就其表达方法而论，极为自由放纵而又委曲隐讳。此一代作家同具有明清易代之感受，唯词足以发抒之。卓尔堪选《明遗民诗》，录五百馀家，其中有大半入《瑶华集》，为诗选作序者即为同一宋荦也。当时统治阶级尚来不及注意此一文体，故作者数量既多，词作亦五花八门，蔚为一时之胜。"[14]

弄清阳羡词派的"祢宋"诗学背景，就能明白这么几点：① 阳羡词派诗词"谅无异辙"的词体观，虽是词学小范围内的卓识，亦是诗学大背景下的通论，如陈维崧"天之生才不尽，文章之体格亦不尽"推尊词体的理论前提，与清初"文章之道，以变化为能，以日新为贵，天之生才无穷，事物之变态无穷"[15]衍扬宋诗的理论基石，在观照角度和思维逻辑上如出一辙。② 阳羡词派在词创作实践中"敢拈大题目，出大意义"，既与阳羡士人"崇尚实学"的人文背景相关，亦与其倡导抒写"万古之性情"的"祢宋"诗学思想难分。③ 阳羡词派在词学风格上没有出主入奴的褊狭，没有厚古薄今的拘泥，是以性情的不断流变为依托的，而这难以与"祢宋"诗学思想解脱干系，因为"祢宋"诗学思想的一个核心观点就在于认为性情随时而变，随人而异。

注释：

〔1〕陈维崧《湖海楼诗集》卷四《酬许元锡》云："嘉隆以后论文笔，天下健者陈华亭。……忆昔我年十四五，初生黄犊健如虎。华亭叹我骨格奇，教我歌诗作乐府。"见乾隆乙卯本《湖海楼全集》。

〔2〕冒襄《同人集》卷九《〈往昔行〉跋》："己卯，陈定生应制来金陵，携发覆额之才子其年在寓。其年方负笈从吴次尾、侯朝宗入雍，以万金治装，才名踔厉，与顾子方（杲）、梅朗三（朗中）、方密之（以智）、张尔公（自烈）、周勒卣（立勋）、李舒章（雯）及余定交。"

〔3〕陈维崧《陈迦陵文集》卷六《祭王西樵先生文》："既阮亭司李维扬，余适馆夫东皋冒氏。其幸邀盼睐，殊不愧古昔之赠缟与班荆。……盖自庚子以来，余之从游于两先生日久。""庚子"为顺治十七年（1660）。

〔4〕参陈维崧《湖海楼诗集》卷一《赠王司勋西樵》，《迦陵文集》卷六《祭王西樵先生文》及《渔洋山人自撰年谱》《考功年谱》。

〔5〕邓汉仪《诗观》卷七有宗元鼎《王西樵先生属萧灵曦画云舟图作歌题赠并示萧子》诗，序云："乙巳岁，司勋王西樵先生与宋荔裳观察、杨执玉太常同客湖上。……越岁，丙午秋，司勋与观察重晤维扬时，太常已复燕游，而观察又将北去入京。"

〔6〕方文《嵞山续集》卷二有《程昆仑别驾招饮潘园赋谢》诗，题下有注曰："同集者：孙豹人（枝蔚）、陈其年（维崧）、邹訏士（祗谟）、谈长益（允谦）、何雍南（黎）、程千一（世英）。"诗编入丙午稿，由此可知陈维崧《风流子》作于康熙五年（1666）。

〔7〕参毛晋《词苑英华》本《草堂诗馀·刻跋》。萧鹏认为杨慎对《草堂诗馀》的解释是错误的，"以'草堂'名集，实际上就是山林隐逸的意思，就是江湖的意思"，见《群体的选择——唐宋人选词与词选通论》第 143 页，台湾文津出版社 1992 年。

〔8〕见徐喈凤《荫绿轩词证》。田同之《西圃词说》援引此论而未出处，历来论词者都以其为田氏之说，误。

〔9〕康熙乙巳本《陈迦陵俪体文集》卷七和乾隆乙卯本《湖海楼全集·俪体文集》卷五均收有潘眉《今词苑序》，盖误作陈维崧文。

〔10〕参张仲谋《清代文化与浙派诗》第 17 页，东方出版社 1997 年。

〔11〕顺治十七年（1660）秋，陈维崧首次应乡试不第，其《张孺子（圯授）诗序》有

云："庚子秋，陈生年三十六，下第不能归。"此后每隔三年，陈维崧均参加乡试。如康熙二年（1663），陈维崧应乡试不第，其《将发如皋留别冒巢民先生》诗有"两战两不收，霜蹄一朝蹶"之语，冒襄《朴巢诗集》卷五《六集和其年留别原韵兼寄阮亭先生》序亦云："其年读书水绘庵七载，昨岁下第，决计游燕。"陈、冒二诗均作于康熙三年（1664），"昨岁"当指康熙二年（1663）。又如康熙五年（1666）秋，陈维崧应乡试又不第，宗元鼎《乌丝词序》有云："丙午之秋，余与陈子其年俱落第。"

〔12〕姜宸英《陈其年湖海楼诗序》，见《湛园未定稿》卷二。按，此序又见徐乾学《憺园集》卷二一，或以之为徐氏文，误。康熙己巳本《湖海楼诗集》八卷，有任玑、徐乾学、李应鸢三人序；乾隆乙卯本《湖海楼诗集》12卷补遗1卷，有姜宸英、尤侗二人序及陈履端识。姜、徐二序相去甚远。

〔13〕可参阅吴伟业作于康熙七年（1668）的《宋尚木抱真堂诗序》："自念平生操觚，不至于抵滞，今每申有纸，怛焉心悸，若将为时世之所指摘，往往辍翰弗为。"（《梅村家藏稿》卷二八）

〔14〕李一氓《康熙本〈瑶华集〉跋》，《一氓题跋》第192页，读书·生活·新知三联书店1981年。

〔15〕徐乾学《憺园集》卷一九《宋金元诗选序》。按，徐氏此文虽有衍扬宋诗之意，但并不意味着他是积极衍扬宋诗者。

第七章

浙西词派与清代词学
审美思想的确立

浙西词派崛起于康熙十八年（1679），是一个既有自身词学传统、又接纳云间词派、柳洲词派、西陵词人群的词学流派。由于它存在时间长，辐射范围广，因而成为清代最具深远影响的两大词派之一（另一个是常州词派）。囿于本书的论述范围，这一章不能对浙西词派做全面的考察，而仅探讨其初创期的词学思想。

第一节 《梅里词辑》与浙西词派的崛起

梅里，又名梅会里、王店，位于嘉兴县（今浙江省嘉兴市）南三十六里，为嘉兴四大镇之一。王庭《梅里社稿序》云："夫梅里，故僻壤也，夹湖而市，襟带及三数里，合四隅村落，不能万家，农者、贾者、工者、佣者与士，倍将百一。然而材智辈出，文章驰誉者，略有数家，至于束脩闭门之彦，勤勤著书，日见累积。或闻而疑之，以为培塿之邱，蹄涔之水，无异材巨鳞之产。呜呼！拘墟之见，智者乌称乎？夫制艺小道，关乎人事，梅里虽小，于当今之世，未有多让也。"（《梅里志》卷一五）王氏此处说的只是制艺，其实就词而言，梅里亦是"于当今之世，未有多让"，《梅里词辑》可为佐证。《梅里词辑》，乾隆五十一年（1786）薛廷文原辑，道光九年（1829）冯登府重编，同治八年（1869）沈爱莲补订。薛廷文，字鲁斋，号春雨，有《听雪斋诗馀》。薛氏原辑名

《梅里词绪》，二卷，有武进赵怀玉序："往者李君耕麓尝辑《梅会诗选》，而诗馀则缺焉，有待薛君卤斋，踵而成之，录里中之词曰《词绪》，共六十馀家，得词三百六十馀首，自明万历迄今，单篇只调，搜采略备，用力可谓勤矣。康熙间，钱塘龚氏刊《浙西六家词》，梅里居其半，是梅里于近时，尤以词著，宜薛君之惓惓桑梓而不能已也。且君之所谓'绪'者，馀也，寻也，网罗散佚，使里中词脉一线可寻，乃知前辈流风馀蕴之有在矣。"李稻塍，字耕麓，一字蜕庵，乾隆三十二年（1767）采同里前辈诗为《梅会诗选》，凡三集三十三卷。《梅里词辑》卷六录李稻塍词六首，卷八录薛廷文词五首。冯登府，字云伯，号勺园，又号柳东，嘉庆二十五年（1820）进士，有《种芸仙馆词》。冯氏以为薛廷文《梅里词绪》"去取评骘，间有失当，故广搜遗稿，厘为八卷"，易名《梅里词辑》，其自序云："浙西多词人，我里居六家之半，海内为倚声之学者必及焉。同里薛卤斋布衣，五十岁始学为诗，有《听雪斋集》。五言雅近韦、柳。间为词，亦清婉可诵。所辑《词绪》七十一家，都词三百六十五首。惟中间去取及评骘，间有失当。余广搜遗稿，重为增补润泽之，名曰《词辑》，共八十六家。盖窃愿附许晦堂先生《诗辑》之后也。"许篥，字衡紫，一字晦堂，尝辑《梅里诗辑》。《梅里词辑》录许篥词三首，录冯登府室李畹（字梅卿）词五首。沈爱莲，字远香，其补订之《梅里词辑》，亦为八卷，有全椒薛时雨序："浙西多词家，而盛于嘉禾。……自长水塘而南为梅会里，国初以来，号称词数。……沈君远香隐梅里，以著述自娱，所为诗文词，洒然绝异。尝撰《梅里词辑》八卷，令子士风、广文寄示余。余读其书，本里中薛氏廷文、冯氏登府旧辑，而远香积十馀年之力补订成之，于梅里词家搜采无所不备。夫竹垞、秋锦、耒边为词苑大宗尚矣，乃其同里诸彦，亦各能以幽微窈眇之思，空灵婉约之旨，沿浙西词派，流为嗣响，岂独渊源有自，抑亦其风土使然欤？"

　　沈氏《梅里词辑》所录词人上起明清之际，下迄嘉庆期间，凡 92 家（其中闺秀 7 家）词 400 首。《梅里词辑》卷一至卷五所录为清初期词人，凡 35 家。若依年叙次，或论作词先后，大体可分为三类。

　　第一类是梅里词人的前驱，即《梅里词辑》卷一的缪崇正、褚醇、范路、王翃、王庭、胡山、周篑、周篁和卷二的朱一是、缪永谋、钱枋、徐梗、杜致远、沈进，共14人。缪崇正，字仲逸，一字贞甫，自号冰壶，明万历间处士，《词辑》录其词二首。褚醇，字灏为，一字啬斋，明季诸生，《词辑》录其词一首。范路，字遵甫，明季布衣，有《灵兰馆集》，《词辑》录其词二首。王翊，字介人，明季布衣，于崇祯初年即已开始填词，至崇祯末，词名已甚著。据谈迁《北游录·王介人传》，其于崇祯十六年（1643）入越谒陈子龙，陈"大善之，序其词，推冠当代"。作词多至3 000首，超过陈维崧，可惜今仅存《秋槐堂词存》二卷，《词辑》录其词八首。王庭，字言远，一字迈人，顺治六年（1649）进士，官至山西布政使，不久致仕归，"足迹不入城市几三十年"，有《秋闲词》一卷，《词辑》录其词八首。胡山，初名日新，字无岫，一字莃汀，明季诸生，原籍宜兴，流寓梅里，有《与众集》，《词辑》录其词四首。周筼，字青士，一字箬谷，明季布衣，有《箬谷集》，《词辑》录其词12首。周篆，字林於，一字鸥塘，周筼之弟，布衣，有《金间旅草》，《词辑》录其词一首。朱一是，字近修，一字欠庵，崇祯十五年（1642）举人，明亡不仕，原籍海宁，徙居梅里，有《梅里词》二卷，《词辑》录其词三首。缪永谋，字天自，更名泳，字于野，一字一潜，又号潜初，缪崇正之孙，范路弟子，明季处士，有《荇溪词》，《词辑》录其词20首。钱枋，字尔载，一字改斋，王庭之婿，桐乡学生，徙居梅里，有《长圃诗馀》，《词辑》录其词一首。徐㮣，字庾清，一字西溪，诸生，有《西溪词》一卷，《词辑》录其词五首。杜致远，字静公，一字大宁，有《石园研屏词稿》，《词辑》录其词11首。沈进，字山子，一字蓝村，诸生，有《蓝村诗馀》，《词辑》录其词五首。

第二类是梅里词人的中坚，即《梅里词辑》卷三的朱彝尊和卷四的李绳远、李良年、李符，共四人。朱彝尊，字锡鬯，号竹垞，顺治六年（1649）自练浦移居梅里，康熙十八年（1679）以布衣应鸿博试，除翰林院检讨，有《曝书亭集》等，《词辑》录其词53首。李绳远，字斯年，一字寻壑，自号樵岚山人，又号补黄村农，后皈礼牧云和尚，于"三李"中"独不以词鸣"（朱彝尊《耒边词序》），有《寻壑外言》五卷，《词辑》录其词一首（谢章铤《赌棋山庄词话》卷一一谓李绳远"不为词"，误）。李良年，初名法远，字武曾，号秋锦，诸生，游幕四方，有《秋锦山房集》22卷，《词辑》录其词36首。李符，初名符远，字分虎，号耕客，又号桃乡农，客游四方，生平见高层云《布衣李君墓表》，有《香草居集》七卷，

《词辑》录其词 29 首。

　　第三类是梅里词人的后进，即《梅里词辑》卷五的钱炎、郭维垣、蔡耀、冯瑛、史先震、顾仲清、闵荣、戴锜、郭徵、朱昆田、徐在、朱愿为、沈良诒、李琇、沈翼、金大海、徐怀仁，共十七人。钱炎，字又持，一字昀亭，钱枋之子，朱彝尊之婿，桐乡贡生，侨寓梅里，有《楚江诗馀》，又有《集唐百家衣词》，步趋妇翁的《蓍锦集》，《词辑》录其词四首。郭维垣，字大邦，号耕隐，有《耕隐草》，《词辑》录其词一首。蔡耀，字远士，《词辑》录其词一首。冯瑛，字民在，号在莽，有《宣阳草》，《词辑》录其词三首。史先震，字卯君，一字雷门，诸生，有《萍园诗馀》，《词辑》录其词一首。顾仲清，字咸三，一字中村，又号松墅，诸生，有《唱月斋词》，《词辑》录其词二首。闵荣，字湘衡，一字渔村，德清县学生，侨居梅里，有《缶笑斋诗馀》，薛廷文谓其为"竹垞太史弟子，诗词得其旨趣。尝拟香奁体诗一百韵，人谓堪与太史《风怀》诗后先相映"，《词辑》录其词三首。戴锜，字坤釜，一字碧川，朱彝尊弟子，原籍休宁，侨居梅里，有《鱼计庄词》，《词辑》录其词五首。郭徵，原名旭，字景升，号皋门，朱彝尊弟子，有《西年楼稿》，《词辑》录其词一首。朱昆田，字文盎，一字西畯，朱彝尊之子，《词辑》录其词二首。徐在，初名元宸，字文果，更字皆山，原籍海昌，徙居梅里，有《演溪词》，《词辑》录其词一首。朱愿为，字不为，一字求俟，朱一是之子，有《紫薇轩诗馀》，《词辑》录其词一首。沈良诒，字孙谋，一字可权，沈进之族子，《词辑》录其词一首。李琇，字补山，一字瑑亭，有《道南堂诗馀》，《词辑》录其词三首。沈翼，字寅中，号凿坏，又号菜畦，沈进之子，朱彝尊弟子，贡生，《词辑》录其词二首。金大海，字逊修，周篔弟子，诸生，有《琉璃集》，《词辑》录其词二首。徐怀仁，字元仲，一字柘南，徐刚振之孙（按，徐刚振为王庭之婿，其室王元珠为王庭幼女，字淑龄，一字餐霞，有《竞秀阁小稿》，《梅里词辑》卷八录其词一首），诸生，有《柘南词草》三卷，《词辑》录其词十首。

　　据上所述，我们可以得出这么几点：① 清初确实存在一个以王翃为前驱、以朱彝尊为核心的梅里词人群；② 梅里一地的词学唱和，并不比云间、西陵、柳洲三地晚，梅里与云间、西陵、柳洲三地几乎同时在崇祯年间兴起填词，证明清词复兴始于晚明；③ 梅里词人群原是一个以在野文士和下层小吏为主体的词人群体，它的存在表明后来浙西词派排斥《草堂诗馀》、推崇醇雅正是时世转移的结果。

清初词人群每以地望为名，云间、西陵、柳洲、梅里、阳羡等，无不如此。但云间、西陵、柳洲、阳羡，都是一郡一邑之名，而梅里则是一镇之名，梅里一镇在词学上能与一郡一邑之西陵、柳洲相匹敌，正可见出清初梅里一地的词学之盛。西陵、柳洲、梅里三地相距并不远，它们在明清之际从事词学创作时却各自独立，这表明词学在晚明的兴盛并不是一个自觉的行动。随着词学创作的盛行、词人交往的频繁，词人在对词史做理性思考后，复兴词学的意愿日益迫切，词学流派于焉应运而生。浙西词派本以《浙西六家词》之刻而得名。"浙西六家"中，"梅里居其半"：朱彝尊、李良年、李符是梅里人，沈皞日、沈岸登为平湖人，龚翔麟为仁和人。由此可见，浙西词派是在梅里词人群的基础上形成的。就浙西地区而言，原本是西陵、柳洲、梅里三足鼎立，至康熙十八年（1679），由于时世的转移和朱彝尊的崛起，三地词人遂归于一，共奉朱彝尊为宗主，因而有浙西词派。这是清初浙西词坛的一个嬗变过程。[1]

那么，朱彝尊在康熙十八年（1679）为何能被奉为宗主呢？

侯方域《壮悔堂文集》卷二《彭容园文序》云："自古文章之事，必有其人以任之，而后衰者以兴，弊者以起。举天下之习俗气韵，莫不举于正，所系若是，其不易也。而是人者，必有其望与其时与其地也，三者必具，而后能以所操移易乎天下。"出于梅里的朱彝尊在康熙十八年可谓集地、时、望于一身。先说其地。朱彝尊《孟彦林词序》云："宋以词名家者，浙东、西为多。钱塘之周邦彦、孙惟信、张炎、仇远，秀州之吕渭老，吴兴之张先，此浙西之最著者也。"朱氏此说无疑是符合词史实际的，据唐圭璋《两宋词人占籍考》，两宋有词流传至今者凡871人，其中浙江省216人，约占四分之一，在宋代，浙地词风之盛，无可置疑。具有词学传统的浙西，在清初又成了词学渊薮，蒋景祁在《刻瑶华集述》中就说："浙为词薮，六家特一时偶举耳，故未足概浙西之妙。魏塘柯氏，三世（岸初先生、寓匏昆仲、南陔群从）齐美；武林陆君，二难（荩思、云士）分标。其他作家，不可枚数。"蒋氏此语意在指出浙西词派仅举六家，事出偶然，门庭未广，应将清初的西陵、柳洲二地词人并入浙西词派。据上文，清初西陵词人超过280家，柳洲词人几近200家，再加上梅里词人，浙西词人超过 500 家，这个数字表明，"浙为词薮"并非虚语。浙西，原是一方词学沃土。再说其时。至康熙十八年（1679），清初三四十年间骋雄词坛的耆宿已先后谢世：吴伟业卒于康熙十年（1671），龚鼎孳、王士禄卒于康熙十二年（1673），曹尔堪卒于康熙十八年（1679），康熙初总持广陵词坛的王士禛于倚声之道已意兴阑珊，以创作"非盛世清明广大之音"而难合时宜的陈维崧于此后三年含恨病故，"欲尽招海内词人，毕出其奇"的纳兰成德亦于此后六年英年早逝，词坛空缺一席领袖位置。最后说其人。朱彝尊平生于填词甚为自得，其《答胡司臬书》云："平生无大过人处，惟诗、词不入名家，文不入大家，庶几可以传于后耳。"在他看来，他的词是可以置身大家之列的。那么，朱彝尊从什么时候开始创作这让他一生引以为豪的词的呢？朱彝尊《静惕堂词序》云："彝尊忆壮日从先生南游岭表，西北至云中，酒阑灯灺，往往以小令慢词更迭倡和，有井水处，辄为银筝檀板所歌。"其《茉边词序》亦云："二十年来，诗人多寓声为词，吾里若右吉、庚清、青士、山子、武曾，咸先予为之者也。逮余客大同，与曹使君秋岳相倡和，其后所作日多，谬为四方所许。"以此观之，朱氏之填词始于"南游岭表"居广东布政使曹溶幕下时，而大量填词则在他"西北至云中"居山西按察副使曹溶幕下时。朱彝尊客游广东在顺治十三年（1656），往返两载，成诗《南车草》一卷；北上大同，则已在康熙三年（1664），曹溶《锡鬯远访云中赠诗三首》之一略云："昔我登罗浮，灵云翼飞轩。……有美俨相从，盛作游览言。……矢口吐嘉藻，众宾称我贤。"（《静惕堂诗集》卷六）但我们不能由此说朱彝尊在顺治十三年之前就肯定没有填词，收入《江湖载酒集》上卷的《忆王孙》，就是他于顺治十二年（1655）与周筼、缪泳、沈进同游山阴鉴湖时所作。[2] 到康熙十八年（1679），朱彝尊已词名享誉天下。他不仅在此前编定了三种词集：《静志居琴趣》（1667）、《江湖载酒集》（1672）、《蕃锦集》（1678），而且还与汪森操选了《词综》30 卷。而恰在这一年，他又以"名布衣"被征召应"鸿博"之试，中了第一等第十七名，得了一个"检讨"的官职。可以这么说，浙西培育了朱彝尊的词情，京师成就了朱彝尊的词名。朱彝尊在康熙十八年具备了"其望与其时与其地"，自然能"移易乎天下"，成为当时词坛的执牛耳者。

第二节　朱彝尊与浙西词派词学思想

朱彝尊的词学思想是以反思明代词学为逻辑起点的。这主要体现在他对《草堂诗馀》的态度上。朱彝尊对《草堂诗馀》的批判可谓不遗余力，这只要看看下面几则论词文字就可了然：

> 填词最雅无过石帚，《草堂诗馀》不登其只字，见胡浩（然）"立春""吉席"之作，蜜殊"咏桂"之章，亟收卷中，可谓无目也。
>
> ——《词综·发凡》
>
> 纬云之词，原本《花间》，一洗《草堂》之习。
>
> ——《红盐词序》
>
> 词虽小道，为之亦有术矣，去《花庵》《草堂》之陈言，不为所役。
>
> ——《孟彦林词序》
>
> 蔗庵词，心情淡雅，寄托遥深，能尽洗《草堂》陋习。
>
> ——《词苑萃编》卷八引

由于《草堂诗馀》在明代极为盛行，因而几乎就成了明代词学的代名词。对《草堂诗馀》的批判，究其实即是对明代词学的批判。朱彝尊对明代词学的总体状况是不满的，其《振雅堂词序》云："宋元诗人，无不兼工乐章者，明之初亦然。自李献吉论诗，谓唐以后书可勿读，唐以后事可勿使。学者笃信其说，见宋人诗集，辄屏置不观。诗既屏置，词亦在所勿道。焦氏编《经籍志》，其于二氏百家搜采勿遗，独乐章不见录，宜作者之日寥寥矣。"朱彝尊认为明词作者寥寥是明人复古诗学导致的结果，有一定的合理性，但朱彝尊的结论是不周全的，明词不振显然不能排除当时戏曲勃兴这一因缘。在朱彝尊看来，明词的弊端主要有三：一是语言陈旧俚俗，如"钱塘马浩澜，以词名江南，陈言秽语，俗气熏人骨髓，殆不可医"（《词综·发凡》）；二是内涵艳冶浅陋，如他认为"自词以香艳为主，宁为风雅罪人之说兴，而诗人忠厚之意微矣"（《百名家词钞》引《艺香词》评）；三是词律乖舛不谐，如他指出"词自宋元以后，明三百年无擅场者，排之以硬语，每与调乖，窜之以新腔，难与谱合"（《水村琴趣序》）。朱彝尊对明词的三点意见作为事实判断无疑是合乎史实的，但他由此而批判明词的价值判断只能说是一种合目的性的举动，因为他纯粹是以自己的词学审美理想为绳衡标准，而没有顾及明词之所以呈现这种面貌的实际生存状况。事实上，即便就词本身而言，朱彝尊的判断也有明显的不足。因为语言俚俗并非词的专利，古诗也有俚俗之作，朱氏为何能容忍？即便俚俗为词所独具，也没有理由对其一笔抹杀，毕竟俚俗之词并非都不可卒读，此其一；内涵浅陋，其实只是相对于有寄托而言，词作为抒情的载体，并非一定要有寄托，明人关注的自然情感作为人的生理本能，付诸词学实践也未尝不可，此其二；词要合律固然不错，但词在明清时期早已成为案头文学，而非音乐文学，合律与否，不应作为衡量词之重要标尺，此其三。

朱彝尊批判《草堂诗馀》的目的在于确立与《草堂诗馀》的美学取向相对立的词学审美理想，那就是醇雅，如他说："倚声虽小道，当其为之，必崇尔雅，斥淫哇，极其能事，则亦足以宣昭六义，鼓吹元音。"（《静惕堂词序》）"醇雅"其实是朱彝尊文学思想的核心，而并不仅仅是他对词的追求。就诗而言，他认为贾竦诗"特醇雅"（《书唐贾竦华岳庙诗石刻后》），庞垲诗"雅而醇"（《丛碧山房诗序》）；就文而言，他盛称王彝"文特醇雅"（《王彝传》），又谓"古文至南宋，日趋于冗长，独罗鄂州小集所存无多，极其醇雅"（《书新安志后》）。朱彝尊于词推崇醇雅，从其对宋代几部词选的态度中可以见出。让我们看看朱彝尊下面几则论词文字：

> 曩见鸡泽殷伯岩、曲周王湛求、永年申和孟、随叔言作长短句，必曰雅词，盖词以雅为尚。得是篇，《草堂诗馀》可废矣。
>
> ——《乐府雅词跋》
>
> 《花间》《尊前》而后，言词者多主曾端伯所录《乐府雅词》。今江淮以北称倚声者辄曰雅词，甚矣，词之当合乎雅矣。自《草堂》选本行，不善学者流而俗不可医。读《秋屏词》，尽洗铅华，独有本色，居然高竹屋、范石湖遗音，此有井水饮处所必歌也。
>
> ——《秋屏词题辞》

　　词人之作，自《草堂诗馀》盛行，尽去《激楚》《阳阿》，而巴人之唱齐进矣。周公谨《绝妙好词》选本虽未全醇，然中多俊语，方诸《草堂》所录，雅俗殊分。

——《书绝妙好词后》

　　据此可知，在朱彝尊看来，《乐府雅词》和《绝妙好词》是雅词的代表，而《草堂诗馀》和《花庵词选》则是俗词的代表（其《孟彦林词序》谓要"去《花庵》《草堂》之陈言"）。曾慥《乐府雅词》辑成于绍兴十六年（1146），凡三卷，另有拾遗二卷，是已知最早的一部宋人选宋词，除无名氏之外，共计选录词人 33 家，词 700 馀首。曾慥《乐府雅词引》叙述其体例缘起云："余所藏名公长短句，裒合成篇，或后或先，非有诠次。多是一家，难分优劣，涉谐谑则去之，名曰《乐府雅词》。"以此观之，《乐府雅词》矛头所向，主要是俚俗。所谓"涉谐谑则去之"，也就是朱彝尊所说的"无只字流于鄙俚诙笑嬉亵之习"（《王学士西征草序》）之意。周密《绝妙好词》大约编选于元代至元年间后期，《宋史艺文志补》和黄虞稷《千顷堂书目》的著录均作八卷，但今传世之本均为七卷。《绝妙好词》是最早的一部完整的断代词选，共录 132 家词 390 首（其中六首残缺）。据厉鹗《题绝妙好词》所说，"是书在元时已为难得，有明三百年，乐府家未曾见其只字"。康熙二十三年（1684），"是书从虞山钱遵王述古堂传出，柯煜、高士奇校刊以传，此后乃流布人间"。是书的重新问世，在当时引起了浙西词人的强烈关注，周篔、沈进、柯煜甚至欲操《绝妙好辞今缉》。[3] 柯煜《绝妙好词刻序》云："数南渡之才人，无非妍手；咏西湖之丽景，尽是专家。薄醉樽前，按红牙之小拍；清歌扇底，度白雪之新声。况乎人间玉碗，阙下铜驼，不无荆棘之悲，用志黍离之感。文弦鼓其凄调，玉笛发其哀思。亦有登山临水，胜情与豪素争飞；惜别怀人，秀句共邮筒俱远。凡斯体制，有待纂编，于是草窗周氏汇次成书。"柯氏此序基本上概括了《绝妙好词》的三类词作：一为丽情之小唱，风格秀整清雅；二为历史之沉吟，风格苍凉沉重；三为雅人之高歌，风格超远清虚。如果说朱彝尊对《乐府雅词》的称誉还只是在语言层面表现出一种亲雅倾向，那么他对《绝妙好词》的推崇，实际上就是给雅词划定了较为具体的审美标准：一是以骚雅清空为体的高格响调，二是以寄托人品襟抱、借词言志为特征的深沉内涵，三是以严格协律、按谱受制于词乐为准则的外在形式。这一点若与他对《花庵词选》的贬抑加以比较就更为明白。黄升《花庵词选》成书于淳祐九年（1249），由两部相对独立的词选构成：《唐宋诸贤绝妙词选》十卷和《中兴以来绝妙词选》十卷，两种共计选唐五代至南宋后期词人 223 家词 1 277 首。据黄升《词选自序》，其选词的构思是在时代上继《乐府雅词》和《复雅歌词》，补出南渡以后至当时词坛的一段空白历史。[4] 正因为《花庵词选》是一部意在存史的选本，因而它所展示的就不是某一个词人群或某一种词学风格，而是各种词人群的各样词学风格，胡德方在序《花庵词选》时已经提及此点："玉林此选，博观约取，发妙音于众乐并奏之际，出至珍于万宝毕陈之中，使人得一编，则可以尽见词家之奇。"若将以存史为目的的《花庵词选》与以立派为宗旨的《绝妙好词》两相对照，可以明显见出其间的差异。如，同是选南宋词，周密只着眼于清雅婉丽之什，而黄升则无美不收；于张孝祥，周密只选其《念奴娇·过洞庭》、《西江月·丹阳湖》、《清平乐》（光尘扑扑）、《菩萨蛮》（东风约略吹罗幕）四首，黄升还兼选到《六州歌头》（长淮望断）、《水调歌头》（猩鬼啸篁竹）、《水调歌头》（青嶂度云气）等大气磅礴之作；于辛弃疾，周密只选其《摸鱼儿》（更能消几番风雨）、《瑞鹤仙》（雁霜寒透幕）、《祝英台近》（宝钗分）三首，以证其骚雅沉郁之主张，而不在乎是否反映了辛词的全貌，黄升则八面兼顾，选辛词多至 42 首。但也正因为此，《花庵词选》难以幸免"博而杂"（王士祯《倚声初集序》）的缺陷，如他也选录柳永《昼夜乐·赠妓》之类的淫冶之词、康与之《喜迁莺·丞相生日》之类的媚灶之语。朱彝尊所要去的《花庵》陈言，显然不是指《花庵词选》中与《绝妙好词》相同的典雅有味之什，而是指黄升为求存史而选录的一些鄙俚淫哇之作。而这正反映了朱彝尊追求醇雅的词学主张。

论词标举醇雅，并非朱彝尊首创，对此，他自己说得十分明白"昔贤论词，必出于雅正。是故曾慥录《雅词》，铜阳居士辑《复雅》也"（《群雅集序》），"言情之作，易流于秽，此宋人选词多以雅为目"（《词综·发凡》）。因此，朱彝尊的醇雅说并没有独到的理论新义，而只有片面的实际意义。而且，我们还必须看到，朱彝尊的醇雅说虽有矫枉时弊之效能，但也存在着明显的缺陷：一是限制了词的抒情功能，二是倒置了词的立意源泉。朱彝尊于词力主醇雅，实际上是对词提出了清婉深秀、中正醇和的要求，而这也就意味着他要排斥"言情者或失之俚，使事者或失之亢"（汪森《词综序》）的词作，但事实上，在朱彝尊看来"失之俚"和"失之亢"的词作并非没有存在的合理性。词在清初已成为一种抒情的载体，而人的情感是极其丰富的，不同的情感需要不同的表现方式，因而词的色貌呈现多元之态是必然的。如果一定要以"醇雅"作为绳衡词之优劣的唯一标尺，那么也就意味着诸多不宜以醇雅之态呈现的情感不能在词这一文体中得到抒发，而这于词的发展是极为不利的。同样于词的发展极为不利的是朱彝尊以学问为通向醇雅之途的梯航。词作为文学，其活力的源泉应当是社会生活，这是毫无疑问的。但朱彝尊说"六经者，文之源也，足以尽天下之情之辞之政之心"（《答胡司臬书》），朱右"所作一以经为本"，故"其文深醇精确"（《朱右传》）。就诗而言，他对严羽"诗有别材，非关学也；诗有别趣，非关理也"的说法不以为然，[5]主张"师古人"，如其《赠缪篆顾生》诗云："一艺期至工，必也醇乎雅。请君薄流俗，专一师古人。"而他所谓的"师古人"，其实就是从古人的学问中讨生活，其评鹊华山人诗所谓"其取材也愈博，宜其诗之雅以醇"（《鹊华山人诗集序》）的断语，就是有力证明。由于朱彝尊认为"词者，诗之馀，然其流既分，不可复合。……要其术则一而已"（《紫云词序》），因而他对诗的论断，也即他对词的主张。宗六经、重学问于"去《花庵》《草堂》之陈言"显然是有一定功用的，但仅仅为了使词不为陈言所役而趋于醇雅，不惜以割裂词与现实生活的关系为代价，实乃得不偿失之举，后来浙西词人走上"巧构形似之言"的狭路，再次表明这个代价太大。

"醇雅"是与南宋词联系在一起的，朱彝尊评沈尔燝《月团词》的话十分明确地点出了此种关联："《月团词》绮而不伤雕绘，艳而不伤醇雅，逼真南宋风格，安得不叹其工。"（沈雄《古今词话·词评》下卷引）词宗南宋，于朱彝尊并非自成为浙西词派宗主后才开始，他在作为梅里词人群之核心时，就已经与同道一起推崇南宋词了，只不过其时尚未以理论形态呈现而已，如其编成于康熙九年（1670）的《江湖载酒集》中就有这样的词句："词人试数诸姜，算尧章擅场"（《醉太平·题姜开先赠歌者李郎秦楼月词》）、"吾最爱姜史，君亦厌辛刘"（《送钮玉樵宰项城》）、"不师秦七，不师黄九，倚新声玉田差近"（《解佩令·自题词集》）。至康熙十八年（1679），朱彝尊不再是仅从感性欣赏的角度指出自己爱好南宋词的事实，更是从理性分析的层面指出自己之所以推崇南宋词的原因，那就是其《词综·发凡》中的一句名言："世人言词，必称北宋，然词至南宋始极其工，至宋季而始极其变。"不管在康熙十八年之前还是之后，朱彝尊所推崇的南宋词并非所有南宋词人创作的词，而主要是指南宋中后期临安词人所创作的词，这从朱彝尊《黑蝶斋诗馀序》为浙西词人开具的拟议对象名单中可以看出："词莫善于姜夔，宗之者张辑、卢祖皋、史达祖、吴文英、蒋捷、王沂孙、张炎、周密、陈允平、张翥、杨基，皆具夔之一体。"朱彝尊操选《词综》，无非是为这份名单提供词作范例，只要看一下《词综》入选词人的词数就会了然。30卷本《词综》中入录词数达10首的词人共40家，名单如下：

温庭筠	33	李　煜	11	韦　庄	19	欧阳炯	11	李　珣	15
孙光宪	13	冯延巳	20	欧阳修	21	晏几道	22	张　先	27
柳　永	21	苏　轼	15	秦　观	19	晁补之	15	毛　滂	21
周紫芝	14	周邦彦	37	吕渭老	17	蔡　伸	12	朱敦儒	13
辛弃疾	35	程　垓	16	姜　夔	22	陆　游	15	张　辑	11
黄　机	12	卢祖皋	14	高观国	20	史达祖	26	吴文英	45
蒋　捷	21	陈允平	22	周　密	54	王沂孙	31	张　炎	38
石孝友	13	李清照	11	元好问	21	张　翥	27	邵亨贞	12

由这份名单可知，朱彝尊所开具的拟议对象悉数在目，周密、吴文英、张炎还位居三甲。姜夔与辛弃疾大致同时，《词综》在选词数量上辛多于姜，但考虑到朱彝尊辑选《词综》时，所据辛词为《稼轩乐府》12卷，而姜词只有《白石词》一卷，[6]则知姜词的入选率远比辛词高。以此，我们又可知朱彝尊称誉周密《绝妙好词》的另一个原因，那就是《绝妙好词》所录词人也大多是以周密为核心的宋末临安词人。[7]

论词标举醇雅、推崇宋末临安词人，于浙西词人并非个人行为，而是群体选择。如龚翔麟，所为词"大率以石帚为宗，而旁及于梅溪、碧山、玉田、蘋洲、蜕岩、西麓各家之体格"（李符《红藕庄词序》）；又如沈皥日，所为词"况之古人，殆类王中仙、张叔夏"（龚翔麟《柘西精舍词序》)。至于李良年，朱彝尊《征士李君行状》谓其"于词不喜北宋，爱姜尧章、吴君特诸家，故所作特颖异"，其《秋锦山房集》卷一五《钱鱼山词序》更是明确宣告自己推崇南宋的主张："宋固多专于词者，至南宋而盛，白石、玉田、梦草二窗，极专家之能事矣。……或谓北宋诸家，多有温厚之音，豪宕之气，后此似不逮，子何独偏袒南渡？予谓如君言，论诗近矣，词则否。倚声按拍，在绮筵朱栏香奁锦瑟之傍，杂以壮夫庄士，斯婵娟却步矣。"李良年《秋锦山房集》卷十一、十二有词108首，大体实践其词学主张，如其《高阳台·过拂水山庄感事》："屋背空青，墙腰断绿，沙头晚叠春船。一笛东风，斜阳淡压荒烟。尚书老去苍凉甚，草堂西、南渡明年。倚香奁，天宝宫娥，爱说开元。　　松楸马鬣都休问，却土花深处，也当新阡。白氎红巾，是非付与残编。石家金谷曾拼坠，甚游人尚记生前。更凄然，燕又双飞，柳又三眠。"陈廷焯评此词云："感慨无限。情韵之妙，不减白石；情词凄切，别乎其年、竹垞外，自成高手。"(《云韶集》卷一六)

　　但朱彝尊谓"词至南宋始极其工，至宋季而始极其变"，只是与北宋词相较而言，并不意味着他完全排斥北宋词，如他说李符原本"殆善学北宋者"，后"益精研于南宋诸名家"，而"词愈变而极工"(《耒边词序》)。再如他对黄庭坚词的态度。其《词综·发凡》云："是集于黄九之作，去取特严，不敢曲徇后山之说。"陈师道认为，"今代词手，惟秦七、黄九耳"，又谓己词"不减秦七、黄九"(《后山诗话》)，可见其于秦观、黄庭坚之词甚为推崇。朱彝尊既谓"不敢曲徇后山之说"，自然于词"不师秦七，不师黄九"(《解佩令·自题词集》)。其《祝英台近·丁雁水韬汝词稿》称誉丁炜之词亦云："史梅溪，姜石帚，涩体梦窗叟。不事形摹，秦七与黄九。试论北宋南唐，偷声比调，谁得似，玉昆金友。"但其《百字令·酬陈纬云》又云："新词赠我，居然黄九秦七。"朱彝尊尝谓陈维岳词"原本《花间》，一洗《草堂》之习"(《红盐词序》)，评价是肯定的，可见此处谓陈维岳词"居然黄九秦七"不仅没有贬抑之意，而且还有称赏之态。由此可知，朱彝尊对黄庭坚并非全无好感，徐釚就说他"填词与柳七、黄九争胜"(《词苑丛谈》卷五)。至于其《宋院判词序》，则从审音辨声的视角认同北宋词："言词于汴宋，若燕函秦庐，夫人而能之者也。然自金源变而为曲，中州言韵者四声乃去其一，按以大晟之律吕不能无误；

生于是土者，又必游览四方，交友之往来，审音于南北清浊之辨，用心专一而后可无憾焉。理藩院判宋君牧仲，倜傥好结客，其谈论古今，兢兢不倦。至为长短句，虚怀讨论，一字未安，辄历翻古人体制，按其声之清浊，必尽善乃已。故其所作，咸可上拟北宋，虽东南以词名者，或有逊焉。"朱彝尊于两宋词的真实态度是：小令宜师北宋，慢词宜师南宋。试看其以下几则词论：

> 予尝持论，谓小令当法汴京以前，慢词则取诸南渡。锡山顾典籍不以为然也，魏塘魏孝廉独信予说。
>
> ——《水村琴趣序》
>
> 窃谓南唐北宋惟小令为工，若慢词，至南宋始极其变。……（《东田词》）克兼南北宋之长，与予意合。
>
> ——《书东田词卷后》
>
> 曩予与同里李十九武曾论词于京师之南泉僧舍，谓小令宜师北宋，慢词宜师南宋，武曾深然予言。
>
> ——《鱼计庄词序》

　　南北宋词所指的两种不同类型，主要的分野是：在乐调选择上，北宋词以小令见长，南宋词以慢词取胜；在写作方式上，北宋词重自然的感发，显出天才之高，南宋词重人巧的精思，端赖学力之厚；在词学风格上，北宋词浑涵，语淡而情浓，有高远之姿，南宋词深美，文丽而情隐，有妍雅之态。[8]以此观之，朱彝尊的见解在总体上并不偏颇。朱彝尊的偏颇在于他所谓的"北宋""南宋"不是指称历史的事实，而是指称理念的预设。如前所述，他所谓的"南宋"，其实是特指南宋末临安词人，其《珂雪词评》云："词至南宋始工，斯言出，未有不大怪者，惟实庵舍人意与予合。今就咏物诸词观之，心摹手追，乃在中仙、叔夏、公谨，兼出入天游、仁近之间，北宋自方回、美成，慢词有此幽细绵丽否？"所言甚明。值得指出的是，朱彝尊慢词师南宋的主张，不是自己的独创之见，而是赓续了广陵词人的努力，这一点在谈广陵词人词学思想时已经有所涉及，兹不赘述。朱彝尊所谓的"北宋"，其实更多的是指唐五代花间词人，这从他对《花间集》和《草堂诗馀》的态度中可以见出。《花间集》与《草堂诗馀》一样，在明代极为流行，徐士俊"《草堂》之草，岁岁吹青；《花间》之花，年年逞艳"（冯金伯《词苑萃编》卷八引），概括得极为生动。朱彝尊诋毁《草堂诗馀》，但对《花间集》并无恶意，他说陈维岳之词"原本《花间》，一洗《草堂》之习"（《红盐词序》），表明他是将《花间集》看作《草堂诗馀》的对立之选的。从《词综》所选词人词数看，入录词数达10首的40位词人中，唐、五代词人占了7位，比例不可谓不重。蒋景祁《陈检讨词钞序》云："《花间》犹唐音也，《草堂》则宋调矣。"《草堂诗馀》入录词数最多的5位依次是周邦彦、苏轼、柳永、秦观、欧阳修，皆为北宋名贤，故"宋调"实为"北宋调"。朱彝尊排斥《草堂诗馀》，说到底即是对北宋词有所不满，这与他认定"词至南宋始工"的论调是一致的，尽管他并非完全排斥北宋词。《花间》具香艳之致，《草堂》备鄙俗之格，朱彝尊只反《草堂》不反《花间》，与他既推崇醇雅又刻写艳词（如《静志居琴趣》）的举动也是一致的。

第三节 浙西词派与阳羡词派之关系的再思考

关于浙西词派与阳羡词派之关系，很少有人论及。即便偶有涉及者，也只是对两者词风之差异作浅尝辄止的对举，而并无深入透辟的分析。而且，对于浙西词派与阳羡词派之关系，指出其间之歧异固然重要，但为了强调其间之歧异而无视其间之趋同，亦非明智之举。

朱彝尊《鱼计庄词序》云："曩予与同里李十九武曾论词于京师之南泉僧舍，谓小令宜师北宋，慢词宜师南宋，武曾深然予言。是时，僧舍所作颇多，钱塘龚蘅圃，遂以吾两人所著，刻入《浙西六家词》。夫浙之词，岂得以六家限哉？十年以来，其年、容若、羡园，相继奄逝，同调日寡，偶一间作，亦不能如向者之专且勤矣。休宁戴生锜，侨居长水，从予游。其为词，务去陈言，谢朝华而启夕秀，盖兼夫南北宋而擅场者也。在昔鄱阳姜石帚、张东泽，弁阳周草窗，西秦张玉田，咸非浙产，然言浙词者必称焉。是则浙词之盛，亦由侨居者为之助，犹夫豫章诗派不必皆江西人，亦取其同调焉尔矣。"《浙西六家词》刻成于康熙十八年（1679），高层云卒于康熙二十八年（1689），则朱氏此序当作于康熙二十八年，时陈维崧去世已七年。朱氏此序的主要内涵在于，犹如江西诗派是"诗江西，非人皆江西也"（杨万里《诚斋集》卷七九《江西宗派诗序》），浙西词派亦是取其词之同调，而非取其人之同里。关于浙西词派不能限于六家，蒋景祁于康熙二十五年（1686）在《刻瑶华集述》中已经提出："浙为词薮，六家特一时偶举耳，固未足概浙词之妙。"但最早对浙西仅举六家指出不足的是陈维崧，其《浙西六家词序》云："地则钱塘㯊李，家山只两郡之间。词如白石梅溪，风格轶群贤而上。厘为一卷，约有六家。……仆也红牙顾误，雅自托于伶官；绣幡填词，长见呵于禅客。铜官玉女，邑居不百里而遥；小令长谣，卷帙实千篇有羡。倘仅专言浙右，诸公固是无双。如其旁及江东，作者何妨有七。"陈氏此序有两层含义：一是从词史上看，"浙西"仅沿承姜夔骚雅格调是不够的，还须延续蒋捷悲峭情韵；二是就现实言，浙右诸公之词固然超轶侪辈，江东群贤之词亦是不趋流俗，可与浙右诸公并肩齐驱。陈维崧"如其旁及江东，作者何妨有七"的自得声明，并非自视为浙西词派成员之意，而是表明自己在词坛能与浙右诸公相抗衡的自信。朱彝尊引陈维崧为"同调"，原因只是在于，当朱彝尊开始词之创作实践而"世无好之者"时，陈维崧兄弟大力"称善"，使朱彝尊有"人情爱其所近，大抵然矣"（《红盐词序》）之感；当朱彝尊提出"南唐北宋惟小令为工，若慢词，至南宋始极其变"的词学主张而"人辄非笑"时，陈维崧"谓为笃论"，使朱彝尊有"信夫同调之难也"（《书东田词卷后》）之叹。朱彝尊对阳羡词人也是赞赏有加，如他谓陈维崧"诗馀妙绝天下，今之作者虽多，莫有过焉者也"（《红盐词序》），又认为史惟圆之词与己亦是同调："梅溪乐府真同调，把袂偏迟。曾寄相思。"（《采桑子·寄赠史云臣》）由此可见，朱彝尊为宗主的浙西词派与陈维崧为宗主的阳羡词派原本不是各树旗帜、自占营垒的，它们在词学思想上有诸多一致之处。让我们比较它们于词的功能论、变异论和声律观。

在谈论阳羡词派词学思想时，我们已经指出，阳羡词人认为，诗词在抒情功能上是一致的，尽管它们是两种不同的文体。浙西词人也是如此。他们首先认为诗词是不同的文体。汪森《词综序》云：

> 自有诗而长短句即寓焉，《南风》之操，《五子之歌》是已。周之《颂》三十一篇，长短句居十八；汉《郊祀歌》十九篇，长短句居其

五；至《短箫铙歌》十八篇，篇篇长短句，谓非词之源乎？迄于六代，《江南》《采莲》诸曲，去倚声不远，其不即变为词者，四声犹未谐畅也。自古诗变为近体，而五七言绝句传于伶官乐部，长短句无所依，则不得更为词。当开元盛日，王之涣、高适、王昌龄诗句流播旗亭，而李白《菩萨蛮》等词亦被之歌曲。古诗之于乐府，近体之于词，分镳并骋，非有先后；谓诗降为词，以词为诗之馀，殆非通论矣。西蜀、南唐而后，作者日盛。宣和君臣，转相矜尚。曲调愈多，流派因之亦别。短长互见，言情者或失之俚，使事者或失之伉。鄱阳姜夔出，句琢字炼，归于醇雅。于是史达祖、高观国羽翼之，张辑、吴文英师之于前，赵以夫、蒋捷、周密、陈允衡、王沂孙、张炎、张翥效之于后，譬之于乐，舞《箾》至于九变，而词之能事毕矣。

汪森原名汪文梓，字晋贤，号碧巢，与兄汪文桂、弟汪文柏称"汪氏三子"，[9]有《小方壶存稿》18卷，其中后三卷为词，凡175首。汪森是一位"非浙产"的浙西派词人，吴绮《桐叩词序》云："古调寝微，新声竞起，效周柳则折腰龋齿以呈姿，宗辛苏则努目张眉而骋快，安得以此颂诸乐府，悬以国门？"这也就指出了汪森之词不效周柳，不宗辛苏，而以姜张为鹄的。事实正是如此，如其《金缕曲·题〈浙西六家词〉》云："雨洗桐阴绿。卷疏帘、签犀细展，旋消幽独。今日填词西浙好，占尽湖山清淑。总一似、百泉飞瀑。二阮双丁都竞爽，更含香粉署金莲烛。招红袖，为吹竹。　　陂塘记共浮醽醁。况碧山、锦树凝秋，耒边耕玉。遥想吟窗增蝶梦，柘影疏篁低屋。是谁唱樵歌西麓。蟹舍渔村伴共载，听藕花深处菱洲曲。柳溪卷，许吾续。"汪森是朱彝尊编纂《词综》的合作者和支持者。朱彝尊因"痛感《草堂诗馀》所收尘下而其书最为流传，遂选录唐以来迄于元人词，得18卷，目曰《词综》，数年后又广为26卷。汪森又从苕雪一带藏书家处抄得秘籍，增益成30卷，刻本行世"。汪森的《词综序》历来被视为浙西词派理论代表作之一，原因在于此序提出了"古诗之于乐府，近体之于词，分镳并骋，非有先后；谓诗降为词，以词为诗之馀，殆非通论"[10]的尊体观，如江顺诒《词学集成》卷一引述此语后，进一步解释其尊体意义云："溯词于乐府，则词为大宗。而古近体诗，乃乐府之变调，不能叶律之乐府耳。诗自唐以后无歌者，词自宋以后无歌者，元曲出而古乐亡。如黄河南徙，今且夺淮入海之路。古近体诗，黄夺淮也，谓之黄而不谓之淮。词则碣石黄河之故道，其踪迹，知之者鲜矣。"事实上，汪森的尊体观是缺乏信实的理论依据的，因为句式的长短并不是词之特质，词之源起实系于音乐系统的变异。但是，汪森此序还是有价值的。价值之一在于它为朱彝尊的词论提供了范本，如朱彝尊《黑蝶斋诗馀序》为浙西词人所开具的拟议对象名单，与汪森所推崇的宋末词人几无二致；朱彝尊《水村琴趣序》叙述词之发展源流云："南风之诗，五子之歌，此长短句所由昉也。汉《铙歌》《郊祀》之章，其体尚质；迨晋、宋、齐、梁，《江南》《采菱》诸调，去填词一间耳。诗不即变为词，殆时未至焉。既而萌于唐，流演于十国，盛于宋。"用语都与汪森《词综序》十分相似。价值之二在于它表明汪森是清楚诗词有别的，汪森说"自有诗而长短句即寓焉"，但并没有说长短句诗即是词，而只是说它是"词之源"，尽管说它是"词之源"还是偏执之论；同样，汪森说六朝《江南》《采莲》诸曲"去倚声不远"，也没有说它们是词，尽管他说它们未变为词是"四声犹未谐畅"的缘故并不精确。

认定诗词是不同的文体，自然不会演绎出词劣于诗的结论，尽管词为"小技"的习惯性称呼依旧挂在浙西词人的嘴边。朱彝尊《红盐词序》更是指出了词为诗所未具备的功能："词虽小技，昔之通儒巨公往往为之，盖有诗所难言者，委曲倚之于声，其辞愈微，而其旨益远。"（朱彝尊《紫云词序》亦云："自唐以后，工诗者每兼于工词。宋之元老若韩、范、司马，理学若朱仲晦、真希元，亦皆为之。"）朱彝尊又说："善言词者，假闺房儿女子之言，通之于《离骚》、变雅之义，此尤不得志于时者所宜寄情焉耳。""假闺房儿女子之言"诉"不得志于时者"之幽愤，于诗乃是传统的主张。由此观之，在朱彝尊看来，诗词不仅在抒情功能上是一致的，而且在表述方式上亦无歧异，其《艺香词评》亦为此提供了佐证："诗降而词，取则未远。一自'词以香艳为主，宁为风雅罪人'之说兴，而诗人忠厚之意微矣。窃谓词之与诗，体格虽别，而兴会所发，庸讵有异乎？奈之何歧之为二也？"（聂先《百名家词钞》引）但是，朱彝尊在《紫云词序》中又有另一番议论："词者诗之馀，然其流既分，不可复合。……昌黎子曰：'欢愉之言难工，愁苦之言易好。'斯亦善言诗矣。至于词或不然，大都欢愉之辞工者十九，而言愁苦者十一焉耳。故诗际兵戈俶扰、流离琐尾而作者愈工，词则宜于宴嬉逸乐以歌咏太平，此学士大夫并存焉而不废也。"此段论述，从字面上看与上引《红盐词序》显非同调，为此，众多词论者争讼不已。[11] 其实，朱彝尊的这两种看法并不矛盾。首先，我们必须注意到，朱氏这两篇序文的写作年代与写作对象是不同的。《红盐词序》约作于康熙十三年（1674），[12] 是写给境遇坎坷的陈维岳的；丁炜《紫云词自序》作于康熙二十三年（1684），朱彝尊写给仕途通达的丁炜的《紫云词序》当大致于此时。这就是说，《红盐词序》所表露的是作为梅里词人核心的朱彝尊的词学观，而《紫云词序》所表露的是作为浙西词派宗主的朱彝尊的词学观。因此，即便二序观点不一致，也只能说康熙十八年前后朱彝尊本人的词学思想有所变化，而不能说浙西词派的词学思想未能一贯。其次，我们必须指出，朱彝尊说词"大都欢愉之辞工者十九，而言愁苦者十一焉耳"，其实只是对"欢愉之言难工，愁苦之言易好"的偏执之论的反驳，并不是一种具有普泛意义的理论归结。朱彝尊作于康熙四十七年（1708）的《雅坪诗稿序》云："余与雅坪幼同学，壮同官。……韩子云：穷苦之言易好，欢愉之词难工。岂不以境能转诗而诗不能夺境也欤？……必谓诗缘境转，穷乃益工者，此特愤时嫉俗而然，究非千古笃论也。"[13] 此论与上引陈维崧《和松庵稿序》所谓"作诗有性情有境遇。境遇者人所不能意计者也；性情者天之莫可限量者也，人为之也"如出一辙，都意在阐明作家这个创作主体具有自持性，境能转诗，诗亦能夺境，而能自我把握、不为外界所左右的性情（诗）自然是真性情（诗）。如此看来，境遇不同而诗亦不同，正是诗学思想一以贯之的表现。朱彝尊说诗词"其术则一"（《紫云词序》），陈维岳以词述失意之怀，丁炜以词歌太平之乐，自然并不抵牾，它们都是词抒情功能的体现。最后，我们还应顾及古代文人为他人文集作序时，往往带有一定的酬应性质。如尤侗曾指出"诗能穷人，非笃论也，至于词，尤不然"，"词不能穷人，殆达者而后工也。"（《西堂杂俎二集》卷三《三十二芙蓉词序》）这倒并不是说尤侗在词学理论上认定"词惟达者方工"，尤侗一向是认为"文生于情，情生于境"（《苍梧词序》）的。他之所以有词"殆达者而后工"之论，一方面在于他认为达者所述之情亦是一种真情，故其词亦可工；另一方面在于他是为"天下仰之如高山大河"的龚鼎孳词集作序，自然免不了一番恭维。丁炜大量填词始于康熙十七年（1678）结识陈维崧时，后又得朱彝尊"相为磨剧，辨缘讹，证离似"，[14]其《紫云词》一卷 205 首，正是朱彝尊所选。朱彝尊既选《紫云词》，又序而评之，自然要对丁炜"于层波之阁、八景之台，携宾客倚声酬和"的歌吟太平之作充分首肯。另外，我们还不应忽视这么一个耐人寻味的事实：徐釚将朱彝尊《红盐词序》中的论词文字用于评论丁炜之词："夫善言词者，必假闺帏儿女子之言，通《离骚》、变雅之义，故《读曲》《子夜》之歌，即为填词之祖。今天子首重乐章，凡于郊庙燕飨诸大典，其奏乐有声之可倚者，必命词臣豫为厘定。今先生《紫云词》既已流传南北，异日或有如周美成之为大晟乐正者，间采《紫云》一曲播诸管弦，含宫咀商，陈于清庙明堂之上，使天下知润色太平之有助也，不亦休哉。"（《南州草堂集》卷一九《紫云词序》）这也就是说，"通于《离骚》、变雅之义"并非只是"不得志于时"者"所宜寄情"，名公巨卿同样可以之"宣昭六义，鼓吹元音"（《静惕堂词序》）。

就变异论而言，阳羡词人态度极为明确：从"天之生才不尽，文章之体格亦不尽"的立论出发反对模拟习气。浙西词人亦然。朱彝尊《曝书亭集》卷三七《叶指挥诗序》云：

> 司马迁谓，古诗三千馀篇，孔子去其重复，取三百有五，其信矣夫。自后变而为骚、为乐府、为五言、为七言、为六言、为律、为长律、为绝句，降而为词、为北曲、为南曲，作之者恒虑其同，则变，变而其体已穷，则不得不复趋于古。譬之治金者，必异其齐，改煎而不耗，斯其为器，新而无穷，敝尽而无恶。故正考父奚斯之颂，不同乎周景差；宋玉之辞，不同乎屈平；孟郊、刘叉、卢仝、李贺诗，不必尽学退之；张、晁、秦、黄词，不必尽师苏氏。此其人皆以雷同剿说为耻，视其力之所变，莫肯附和。不知者，斤斤操葭黍圭臬以绳其非是，欲其派出于一，毋乃谬论欤！

此序是朱彝尊于康熙十五年（1676）为里人叶封而作。序之前半部分考察了古代诗体的流变，与阳羡词人任源祥所论有一致之处；[15]序之后半部分明确表示了追求创变、反对因袭的主张。朱彝尊求变异的主张在其咏物词中得到了鲜明的体现，让我们试比较《乐府补题》和《茶烟阁体物集》。

《乐府补题》是宋末王沂孙、周密等 14 位遗老逸民以五个词牌分咏五物的合集，是最早出现的社课词选，凡 37 首。此选在元明二朝被尘埋，至康熙十八年方复流播于世。[16]《乐府补题》的重新问世，掀起了一场大唱和。于是，如蒋景祁所说："得《乐府补题》而挈下诸公之词体一变。继此复拟作《后补题》，益见洞筋擢髓之力。"（《刻瑶华集述》）《乐府补题》中的咏物词，大都格调幽怨，具有沉重的人生忧患和历史悲哀，对此，朱彝尊心中很是明白，其《乐府补题序》就说："诵其词，可以观志意所存，虽有山林友朋之娱，而身世之感别有凄然言外者。其骚人《橘颂》之遗音乎？"但见于其《茶烟阁体物集》的 114 首咏物词，有意无意地背离了《乐府补题》诸词所寄托的基本精神。试比较两首咏蝉之作：

> 一襟馀恨宫魂断，年年翠阴亭树。乍咽凉柯，还移暗叶，重把离愁深诉。西窗过雨。怪瑶佩流空，玉筝调柱。镜暗妆残，为谁娇鬓尚如许。　　铜仙铅泪似洗，叹携盘去远，难贮零露。病翼惊秋，枯形阅世，消得斜阳几度。馀音更苦。甚独抱清高，顿成凄楚。漫想薰风，柳丝千万缕。
>
> ——王沂孙《齐天乐·蝉》
>
> 苓根化就初无力，温风便闻凄调。藕叶侵塘，槐花糁径，吟得井梧秋到。一枝潜抱。任吹过邻墙，馀音犹袅。蓦地惊飞，金梭为避栗留小。　　长堤翠阴十里，冠緌都不见，只唤遮了。断柳亭边，空山雨后，愁里几番斜照。昏黄暂悄。让吊月啼蛄，号寒迷鸟。饮露方残，晓凉嘶恁早。
>
> ——朱彝尊《台城路·蝉》

王沂孙之作，论者多以为有所寄托，如唐圭璋《唐宋词简释》云："此首咏蝉，盖咏残秋哀蝉也，妙在寄意沉痛。起笔已将哀蝉心魂拈出，故国沧桑之感尽寓其中。'乍咽'三句，言蝉之移栖，即喻人之流徙。'西窗'三句，怪蝉之弄姿揭响，即喻人之醉梦。'镜暗'两句，承'怪'字来，伤蝉之无知，即喻人之无耻，真见痛哭流涕之情矣。换头叹盘移露尽，蝉愈无以自庇，喻时易事异，人亦无以自容也。'病翼'三句，写蝉之难久，即写人之难久。'馀音'三句，写蝉之凄音，不忍重听，即写人之宛转呼号，亦无人怜惜也。末句，陡着盛时之情景，振动全篇。"而朱彝尊之作，更偏于铺叙蝉的整个自然生命历程。先从芳根化蝉、气候尚暖写起，定下全词的"凄调"。然后依次选择了三种富有代表性的自然物象，见出时序的迁移，并以"馀音犹袅"的描写，突出暮蝉的形象。收拍二句则进一步指出，在凄凉的氛围中，蝉还要承担忧惧和不安。下片紧扣住季节的流逝，先写十里长堤，唯馀蝉鸣，以见其深情；复写断柳空山，夕阳斜照，以见其寂寞；再写冷月寒天，啼蛄迷鸟，以见其孤独；最后以晓凉早嘶的情形与餐风饮露的传统意象相映衬，给人以有馀不尽之感。二词相较，前者实，重在写意，寄托遥深；后者虚，重在写形，情韵轻淡。

　　朱彝尊《茶烟阁体物集》中的咏物词很少有比兴寄托之意，但也并不是没有例外，其《长亭怨慢·雁》就被陈廷焯认为是"感慨身世，以凄切之情，发哀婉之调，既悲凉，又忠厚，是竹垞直逼玉田之作"（《词则·大雅集》卷五）。那么，朱彝尊的咏物词缘何偏离《乐府补题》的神韵和志意呢？我们认为，除了受清初以文化整肃为中心的禁锢政策拘限外，朱彝尊本人在创变意识的驱使下有意偏离和超越传统是一个重要因素。考察《茶烟阁体物集》，我们可以明显地感受到朱彝尊的咏物词有其鲜明的个人特色：一是朱彝尊的咏物词涉及题材极为广泛，植物花卉如茄子、芦苇、冬瓜、绣球、合欢、枇杷等，禽兽鱼虫如白鹇、鹭鸶、山鹧、骆驼、黄鼠、河豚等，均进入其叙写视野，这在其前是从未有过的；二是朱彝尊的咏物词刻画形象极为细致，如其《春风袅娜·游丝》，抓住典型特征，从不同侧面进行细腻的铺写，诚可谓穷形尽致，体物入微。[17]诚然，朱彝尊为了不为《乐府补题》的路数所囿，虽然在内容上拓展了咏物词的范围，在艺术上丰富了咏物词的手法，但也为此付出了一定代价，那就是他偏离了"志意"这个基本要求，部分作品一味逞才，竞用僻典，缺少一种生气贯注的力量，如其《雪狮儿·咏猫》四首，不仅是"为有苗氏作世谱"（谢章铤《赌棋山庄词话》卷九）的獭祭之作，而且开了浙西词派狂征僻典的弊端；《沁园春·拟艳》12首，分别咏额、鼻、耳、齿、肩、臂、掌、乳、胆、肠、背、膝等，极为无聊。谭献《箧中词》二云："《乐府补题》别有怀抱，后来巧构形似之言，渐忘古意，竹垞、樊榭不得辞其过。"这是有一定道理的。但是，如陈廷焯所云："咏物词至于碧山，可谓空绝古今，然亦身世之感使然，后人不能强求也。竹垞《茶烟阁体物集》二卷，纵极工致，终无关乎风雅。"（《白雨斋词话》卷七）以有无比兴寄托为唯一绳衡标准，从根本上否定其价值，也是不公允的。我们没有理由以求变实践中存在的问题为借口苛责词人追求创变的良好初衷。

　　还有必要补充说明的是陈维崧的咏物词与朱彝尊的咏物词之间的关系。当《乐府补题》重新问世之时，陈维崧也对之产生了浓厚兴趣，毛奇龄《西河集》卷三八《鸡园词序》云："《花间》《草堂》，各不相掩，其后迦陵陈君偏欲取南渡以后、元明以前，与竹垞朱君作《乐府补题》诸唱和，而词体遂变。"陈维崧对《乐府补题》的体认其实与朱彝尊并无二致，其《迦陵文集》卷七《乐府补题序》云："嗟乎！此皆赵宋遗民作也。粤自云迷五国，桥谶啼鹃；潮歇三江，营荒夹马。寿皇大去，已无南内之笙箫；贾相难归，不见西湖之灯火。三声石鼓，汪水云之关塞含愁；一卷金陀，王昭仪之琵琶写怨。皋亭雨黑，旗摇犀弩之城；葛岭烟青，箭满锦衣之巷。则有临平故老，天水王孙，无聊而别署漫郎，有谓而竟成逋客。飘零孰恤，自放于酒旗歌扇之间；惆怅畴依，相逢于僧寺倡楼之际。盘中烛灺，间有狂言；帐底香焦，时而谰语。援微词而通志，倚小令以成声。此则飞卿丽句，不过开元宫女之闲谈；至于崇祚新编，大都才老梦华之轶事也。""援微词而通志"，不过是"诵其词可以观志意所存"的另一种说法；"才老梦华之轶事"，即"身世之感别有凄然言外者"之意。[18]但理论并不能代替实践，朱陈二人对《乐府补题》的复出在理解上的一致并不意味着他们在借此发挥作用的着眼点上没有差异。李重华《贞一斋诗说》曾指出："咏物有两法：一是将自身顿在里面，一是将自身站立在旁边。"就朱陈二人所拟作的"后补题"之作看，陈维崧之作多属于"将自身顿在里面"一类，而朱彝尊之作则多属于"将自身站立在旁边"者。如陈维崧《齐天乐·蝉》较之前引朱彝尊《台城路·蝉》，就更为迹近《乐府补题》的传统脉络。让我们再录二人同题之作作一比较：

　　　　水明楼下相看，凉荷一色珑松地。赤栏低压，绿裳轻蘸，月明千里。小苑梨花，重门柳絮，算来相似。傍前汀白鹭，几番飞下，寻不见，迷花底。　　无数弄珠人戏，小酥娘、水天闲倚。明妆束素，非关只爱，把秾华洗。为怕秋来，满湖红粉，惹人憔悴。拼年年玉貌，江潭夜悄，凝如铅泪。

　　　　　　　　　　　　　　　　　　　　——陈维崧《水龙吟·白莲》

绿云十里吹香，轻纨剪出机中素。银塘一曲，亭亭何限，露盘冰柱。玉腕徐来，青泥不动，乍鸣柔橹。任沙鸥扑鹿，双飞不见，又何况，双栖鹭。　　好手画师难遇，倩崔吴、鼠须描取。翠衿小鸟，黄衣稚蝶，添成花谱。云母屏风，水晶帘额，冷光交处。为秋容太淡，嫣然开到，小红桥路。

————朱彝尊《水龙吟·白莲》

二词上阕都是状物，但陈词下阕振起，有人实在的情感倾注；而朱词下阕宕开，唯物虚设的形象呈现。一"实"一"虚"，一"意"一"韵"，迥不相侔。但是，这只是就他们的"后补题"之作而言，若就他们的全部咏物词而言，朱彝尊的咏物词并非绝无比兴寄托，而陈维崧的咏物词也并非都是摹神写意。如陈维崧《醉乡春·咏茶花》云："鼎内乳花将溜，瓶里玉花先逗。真皓洁，太玲珑，雪暗茶园如绣。　　叶与花情相斗，花与叶芬相糅。将嫩蕊，比幽兰，幽兰还逊三分瘦。"全词自始至终都在描摹茶花的状貌，尽管写得非常细腻，但内容很单薄。又如《河传·五色莺粟》云："晓莺无赖，也把啼痕，花间沾洒。几丝绒线，东风分派，暗将浓淡配。　　绣匀白白红红态，黄和黛，野圃层层界。朝来小摘帘外，趁他微雨卖。"词中不但意象是固定静止的，而且时空的张力也很小，几乎不涉周围的任何内容。陈维崧的此类专意状物之作，是没有什么微言大义可供寻味的，但它既显示了词人技巧的熟练，也使人们在常见的词牌之外看到了一个更为丰富的世界，因此，如同朱彝尊《茶烟阁体物集》中的咏物词不应被抹杀一样，陈维崧的此类咏物词也不应被简单地否定。

浙西词派与阳羡词派词学思想的相一致，还表现在它们的声律观上。阳羡词人虽然崇"意"重"情"，但并不以漠视声律为前提。陈维崧《词选序》中关于"音如湿鼓"的批评，即是从声律范畴指摘弊病；编著有《词律》[19]的万树更是在《南耕词跋》中表明了对"今之负才者"只知"工妙其语言"，而于"古词之所以可歌"的声律之义不加探究的现象的忧虑："词至今日为极盛矣，余独曰未也。何也？以古词之所以可歌者多不讲也。词与音比，其法甚严，为词者往往拘而不能骋。宋柳耆卿、周美成辈卓然为填词宗匠，然其意专在可歌，声律谐矣，虽或言之俚，弗恤也。此固非也。今之负才者多假借声律以工妙其语言，而人尤尚之，转相仿效，初若蚁漏，终于溃堤，而词不可问矣。"（《南耕词》卷四）浙西词人对词之声律也极为重视，如朱彝尊《锦瑟词题辞》云："词贵当行。方回肠断句，原不在字句纤艳。此集何减大晟乐正，急须合檀板银筝歌之。"朱彝尊赞赏《红盐词》的一个重要原因就在于它"含宫咀商，骎骎乎小弦大弦迭奏而不失其伦"（《红盐词序》）。他于明词作者认同杨基、高启、刘基，而对杨慎、王世贞颇有微词，也只是因为杨基等人之词"皆温雅芊丽，含宫咀商"，而杨慎等人之词"均与乐章未谐"（《词综·发凡》）。当然，浙西词人与阳羡词人讲求声律的方式有不尽相同之处，[20] 但兹事体小，无须赘言。

　　浙西词派与阳羡词派的主要区别在于风格。在谈阳羡词派词学思想时，我们已经提及，阳羡词人于风格主张兼收并蓄，反对出主入奴，但以雄浑苍茫为主。但浙西词人在风格上并没有如此宽大的襟怀，而是"以清脱疏淡定于一尊"。历来论浙西词派词学风格者，总是以"醇雅清空"称之。其实"醇雅"不是风格范畴的术语，它更多地指向内容。至于"清空"，据笔者所知见，清初只有施闰章、徐喈凤二人提及，[21] 浙派初期词人不但在理论上没有提及只字，而且在实践中也没有得其情韵。就朱彝尊而言，如前所述，他作于浙西词派成立之后的咏物词，大都抽去了真意的内核，而"清空"是不可能舍弃情志而不顾的。其他浙西词人也是如此，如邵瑸，乃是龚佳育女婿，"填词之学出于朱彝尊"（《四库全书总目提要》），为浙西第七家。其《情田词》三卷均作于康熙十八、十九年，凡255首，"缠绵温丽，多言闺阁裙裾之情"（龚翔麟《情田词序》）。高不骞《殢人娇·题情田词》云："韵比风恬，态如花妥。待说是无情怎可。一回摹写，一回传播。似梅子黄时，断肠推贺。　　竹里春眠，莺边卯坐。任减字偷声同作。须愁粉泽，更嫌尘涴。怅妙绝清真，有谁能和。"邵瑸《惜秋华·咏牵牛花》就是刷去粉泽、妙绝清真的清脱疏淡之作："能几番开，绕西风篱落，早来秋感。小字芳名，欲爱星河为伴。浑疑未了佳期，又翠朵、忽横凉院。藤软。最难分、嫩姿碧深朱浅。　　黛峰画偏淡。莫吴娘妆罢，已疏筠齐卷。承露无多，输与晓程人看。漫写一段幽情，试问谁、含颦千点。曾见。小青花，《竹山》吟卷。"

　　浙西词人在风格上"以清脱疏淡定于一尊"，只是总体上的说法，并不意味着浙西词人完全以此画地为牢。陆棻就是浙西词人中独树一帜的一位。陆菜是朱彝尊中表弟，与妹丈沈皞日均为"当湖七子"之一，其《雅坪词谱》三卷凡223首，既有"体致修洁，运掉清新，极刻划而不流倔强，极旖旎而不涉轻靡，真是姜白石、史邦卿佳境"（蒋景祁《雅坪词谱跋》）之作，亦有"寓冷于艳，涵远于近，含苍峭于浑雅流脱"（沈珩《雅坪词谱序》）之什。如《凤凰台上忆吹箫·望报恩寺塔欲登不果》："吾欲登临，百端交集，振衣心更踯躅。想六朝、金粉几局，樗蒲无数。针楼绮阁，刚剩得七宝浮屠。伤心处，掀髯大白，袖手昆吾。　　王都鞠为茂草，纵虎踞龙蟠，说甚雄图。恋一钩新月，索遍蟾蜍。后主风流无赖，老江总、按曲呼卢。还凭吊，英雄算来，尚数孙吴。"全词清脱中见刚健，疏淡中见凝重，慷慨苍凉，不亚陈髯，难怪沈岸登有"词史"之目。[22]惜乎浙西词人有此情韵之作，实在太少。浙西词人之词作很少有苍凉情韵，可能有诸如襟抱气度、现实境遇、地缘师承等方面的原因，但与浙西词派存在期相伴随的酷烈文祸无疑是一个重要因素，朱彝尊《曝书亭集》卷四三《书〈花间集〉后》中的一段话是颇耐人寻味的："《花间集》十卷，蜀卫尉少卿赵崇祚编。作者凡一十七人，蜀之士大夫外，有仕石晋者，有仕南唐、南汉者。方兵戈俶扰之会，道路梗塞，而词章乃得远播，选者不以境外为嫌，人亦不之罪，可以见当日文网之疏矣。"

注释：

〔1〕参吴熊和师《〈梅里词缉〉与浙西词派的形成过程》，《吴熊和词学论集》第436页，杭州大学出版社1999年。

〔2〕光绪二十二年（1896）常熟翁之润刊《曝书亭词拾遗》，跋后云："丁君叔雅（惠康）笃嗜词学，雅有同癖，前见是集，欣然许以《眉匠词》稿本录副见贻，并谓《眉匠词》乃竹垞先生少年之作，专师清真者。"按，朱彝尊《陈纬云红盐词序》云："方予与其年定交日，予未解作词，其年亦未以词鸣。不数年而《乌丝词》出，迟之又久，予所作亦颇多。"朱彝尊与陈维崧定交在顺治十年（1653），这也就意味着《眉匠词》不可能早于顺治十年。朱彝尊在顺治十年已经二十五岁，当不应称之为"少年"。朱彝尊《书〈东田〉卷后》云："余少日不喜作词，中年始为之。"此亦可证《眉匠词》非"少年"之作。今存《眉匠词》中唯一可系年的一首是《齐天乐》（栏干三面垂杨里），作于顺治十四年（1657）。

〔3〕周笈、沈进、柯煜有《征刻绝妙好词今缉启》，启云："古调浸微，新声竞起。才士握兰之制，佳人漱玉之篇。家宴尊前，无非妍手；红牙铁棹，并号专家。历代以还，于今为盛。则有金鱼贵彦，玉麈名流，象笔以翡翠为床，宝砚以琉璃作匣。残月晓风之句，户说屯田；暗香疏影之吟，家称石帚。虾须晨卷，霞笺映初

日俱红；鹍脑宵焚，秀句与新蟾竞彩。由来至性，多寄美人香草之中；大抵闲
情，半托减字偷声之内。然而断纨零墨，易至散亡；玉轴琼签，更伤沈秘。譬犹
众腋不集，何以为裘；假若明珠未贯，焉能作琲。顾惟先氏，业有成书。每念彼
南渡，才华斐然具在；用企我圣朝，文藻蔚尔同归。愿言合志，不有退心。酒边
琴趣，悉付典签；小令长谣，并陈记室。则温助教金荃丽句，首冠卫尉之书；史
梅溪春雪诸篇，半入玉林之集。萃柳思周情于此日，媲南宋北宋于当年矣。"见
《梅里志》卷一五。

〔4〕毛晋《词苑英华》本《花庵词选刻跋》云："（是书）所选或一首，或数十首，多
　　寡不伦。每一家缀数语纪其始末，铨次微寓轩轾，盖可作词史云。"

〔5〕朱彝尊《曝书亭集》卷三九《栋亭诗序》云："今之诗家，空疏浅薄，皆由严仪卿
　　'诗有别材非关学'一语启之，天下岂有舍学言诗之理？"又《静志居诗话》卷一
　　八"徐炯"条云："严仪卿论诗，谓'诗有别材，非关学也'。其言似是而实非，
　　不学墙面，焉能作诗？自公安、竟陵派行，空疏者得以藉口，果尔，则少陵何苦
　　读书破万卷乎？"于诗以学问求雅正非朱彝尊一人之蕲向，梅里诗人皆然。缪彤
　　《梅里诗钞序》云："余往在京师，与锡鬯（朱彝尊）、武曾（李良年）游，及家
　　一潜（缪永谋）、受兹（缪其器）昆弟，皆少长于梅里，而流风相尚，互相唱酬，
　　闻者侈之，以为梅里诗人之盛如此，抑知梅里诗人之盛不止于如此，而余之所见
　　者，且不及什一也。今籊谷（周筼）、山子（沈进）、澹园（李光基）有《诗钞》
　　之选，自先达诸公以及于能诗之家，缟素之侣，莫不含英咀华，为风雅鼓吹。人
　　逾百家，诗至二千馀首，盖綦盛矣。迹其源流所自，都以雅正为宗，末流好异，
　　稍趋而之变焉，然支分派别，各有攸归，虽正变不同，要皆规摹于古人，非偶然
　　而作之者，则其得于学者，有由然也。夫大江以南，风诗不见于古，而春秋于吴
　　越之间，载樏李独详，梅里之在樏李，不过一隅耳，然其诗之盛如此，虽与列国
　　之风并驱中原可矣，一隅云乎哉。"见《梅里志》卷一五。

〔6〕朱彝尊《词综·发凡》云："《白石乐府》五卷，今仅存二十馀阕也。"其《黑蝶斋
　　诗馀序》又云："《白石词》凡五卷，世已无传，作者惟《中兴绝妙词选》所录，
　　仅数十首耳。"按，黄升《中兴以来绝妙词选》卷六录姜夔词34首。朱彝尊既见
　　《中兴以来绝妙词选》，又谓姜词"仅存二十馀阕"，未知何故。

〔7〕周密《绝妙词选》入选词数达九首者凡11家：周密22首，吴文英16首，姜夔13
　　首，李莱老13首，李彭老12首，施岳12首，卢祖皋10首，史达祖10首，王沂
　　孙10首，高观国9首，陈允平9首。在自己操选的词选中自己之词数量第一，周
　　密当为始作俑者，此前从未有过，如黄升选《花庵词选》，不过附己作于选末，
　　数量既非第一，还惶恐地声明："又录余旧作数十首附于后，不无珠玉在侧之愧，
　　有爱我者，其为删之。"但此举在清初极为常见，如邹祗谟《倚声初集》选己词
　　199首，远过他人；张渊懿《词坛妙品》选己词100首，高居榜首；顾彩《草堂
　　嗣响》选己词76首，位居第一。

〔8〕参刘少雄《南宋姜吴典雅词派相关词学论题之探讨》第340页，台大出版委员会
　　1995年。

〔9〕据潘耒《遂初堂文集》卷一九《高州府通判汪君墓志铭》，汪文桃（1638—1687）
　　字尔绥，与汪文桂、汪森、汪文柏为伯仲叔季，然"仲、叔、季邃于文学，恂恂

恬雅，伯子独慷慨跌宕，慕节侠，喜功名"。汪文桂字周士，有《鸥亭漫稿》；汪文柏字季青，有《柯庭馀习》12 卷，其中卷一二为词，凡 56 首。

〔10〕汪森此语，冯金伯《词苑萃编》卷一谓引自汤显祖《花间集序》，但今存汤氏《花间集序》中无此语。

〔11〕严迪昌先生认为朱彝尊《紫云词序》的诗词分流说与其《红盐词序》相较，是"一种倒向退化的词学观念的表现"，见《清词史》第 252 页，江苏古籍出版社 1990 年。高建中先生认为"从'共体'的角度看，它是两种声音的共存主体——曾经易代之变、身处新朝羁縻环境的朱彝尊——不同心理侧面（积淀心底的悲凉情绪和安于逸乐的顺应心态）的投影。从'历时'的角度看，它映现出此伏彼起的心理倾斜，勾画了一道羁縻环境的效应轨迹"，见《中国词学批评史》第 230 页，中国社会科学出版社 1994 年。叶嘉莹先生认为朱彝尊的两种说法"反映了词之一体两面的一种美感特质"，见《清词论丛》第 119 页，河北教育出版社 1997 年。

〔12〕朱彝尊《红盐词序》云："其年与予别二十年，往来梁宋间，尝再至京师，一过长水，谓当相见矣，竟不值；而纬云留滞京师久，予至辄相见，极谭燕赠酬之乐，因得询其年近时情状。三人者，坎坷略相似也。方予与其年定交日，予未解作词，其年亦未以词鸣。"严迪昌先生认为朱彝尊与陈维崧"最初定交是在顺治十年（1653）的江南'十郡大社'集会上"（见《清词史》235 页），因而推定朱氏此序作于康熙十年（1671）左右（见《清词史》251 页），陈维岳《红盐词》三卷成于康熙十三年（1674）之前（见《阳羡词派研究》215 页）。朱彝尊《蒋京少〈梧月词〉序》云："吾友陈其年，偕里人蒋京少访予僧舍。其年别久，出其词多至三千馀；而京少所刻《梧月词》，凡二百四十馀阕。……京少年甫二十耳，为之不已，必至于三千无疑也。"按，此处"二十"当为"三十"之误。蒋景祁生于顺治三年（1646），"年二十"为康熙四年（1665）。据此序，朱陈二人当在康熙四年有过聚首。如果他们在康熙四年有过聚首，核之《红盐词序》"其年与予别二十年"之语，则《红盐词序》当作于康熙二十三年（1684）。但《红盐词序》作于康熙二十三年必误，因为陈维崧卒于康熙二十一年（1682），而朱彝尊作《红盐词序》时，陈维崧显然尚在世。朱彝尊既谓与陈氏兄弟"坎坷略相似"，又谓自己"糊口四方，多与筝人酒徒相狎"，则《红盐词序》作于康熙十七年之前是肯定的，康熙十七年之后的朱彝尊未曾有过此种坎坷境遇。另外，陈维崧在康熙四年填词不可能"多至三千馀"，陈维崧在康熙十五年（1676）时说："又数年以来，大有作词之癖，《乌丝》而外，尚计有二千馀首。"（《迦陵文集》卷四《与王阮亭先生书》）在作于康熙十七年（1678）冬的《寄吴汉槎书》中才说："弟近偶尔为诗馀，遂成三千馀首。"以此观之，朱彝尊《梧月词序》当作于康熙十七年，时蒋景祁不是"年甫二十"，取其成数，亦当谓"年甫三十"。

〔13〕此文见陆荣《雅坪诗稿》卷首，《曝书亭集》未收。按，韩愈"欢愉之辞难工，而穷苦之言易好"（《荆潭唱和诗序》）及欧阳修"穷者而后工"（《梅圣俞诗集序》）之论，清初虽然还有人赓续其意，如陈鹏年《朴村文集序》云"昔欧阳子尝谓：诗以穷而后工，非诗能穷人，穷乃益工尔。予谓于文亦然。方其掇巍科登肤仕，日敝敝于簿书期会，有靡盐之忧而无启居之暇，谁复能怀铅握椠而求工于

文？惟掘穴穷巷之士，进无所设施，退不甘与万物迁化，于是遗目前之务，营千载之功，乘其时力之所得，为纵横驰骛于古今上下之间。迨其久也，沉浸酴郁，发为文章，乃卓然成家而不囿于流俗。由是言之，文非待穷而工，穷者之于文，其时与力，尝相为给尔"（张云章《朴村文集》卷首，陈鹏年《道荣堂文集》卷三作《张汉瞻文集序》），但受到质疑则是普遍的。如侯方域《宋牧仲诗序》云"自梅圣俞为诗而欧公序之，有穷然后工之论，于是凡天下放废无聊之人，方外游旅之士，莫不自托于歌吟声咏之间，沾沾以为能，即有身世通显者，考其著作，亦多矫情曲意，务欲叩寂寞之音，绘幽忧之状，盖所谓和平者难工而愁叹者易好，沿袭仿佛莫之易也。吾少而学焉，亦以欧公之论为然，最后读宋子《古竹圃诗》，乃知欧公之序圣俞，特有所寄寓感慨以求工，其文非定论也"（《壮悔堂文集》卷二）；吴兆骞《奉徐健庵书》云"古今文章之事，或曰穷而后工，仆谓不然。古人之文自工，非以穷也。彼所谓穷，特假借为辞，如孟襄阳之不遇，杜少陵之播迁已尔"（《秋笳集》卷八）；高珩《术子石发诗序》云"昔人有言曰：'诗能穷人。'异哉斯言，一以危之，一以戒之。其诅楚之文乎，其送穷之文乎，是将以一丸泥塞风雅之关，悯黔娄而大铺之也。或则椎连环而解之曰：'非诗能穷人，乃诗以穷而后工。'是又为釜生鱼者曹邱生矣，予不能无疑焉。夫谓诗必能令人穷，《卿云》不累虞帝，《流火》不崇姬公乎？谓诗必待于穷乃益工，则蒙袂者掉鞅于词坛而翳桑之人皆可叶韵宫悬矣。是二说者，果可以为笃论欤"（《栖云阁文集》卷四）；陆菜《张鬘持诗集序》云"欧子曰：非诗能穷人，必穷者而后工。早朝应制，典丽可诵，何以称焉？而郊寒岛瘦，不足分光焰之什一，则穷亦未必尽工也。夫诗乌能穷，人穷乌能工？诗不穷于穷，其诗乃工。工于诗者，必居心旷达，感物流连，有蔼然不轻去其穷之情，有岸然不俯首于穷之气。浩浩洋洋，周流不拘，发而为诗，可歌可泣，可笑可怒，如天云水波，自然而成文，岂非不穷而工，穷而亦工者乎？"（《雅坪文稿》卷二）

〔14〕丁炜《问山文集》卷一《紫云词自序》。丁炜《紫云词自序》云："岁戊午，于燕亭交陈子其年，其年曰：'吾见子之诗矣，迩者将梓海内佳词为一集，子之词未有闻，宁可无以益吾集。'余乃退而肆力，谱图上下唐宋元明所作，于辛苏秦柳姜史高吴诸名家，尤致专心，虑莫有合。"陈维岳《紫云词序》云："昔亡兄丽竖摊笔之年，当先生玉马留京之日。披襟燕市，不废啸歌；把袂春明，共论风雅。属有今词之选，戏求名作之投。谓尚书虽未传红杏之吟，而郎中或竟乏花影之句。况乎荔浦凤号秀区，安得笋江不存绝调？先生笑而颔之，亦可尔耳。于是笔墨有灵，音徽便远，积有所作，不下几百首。"按，陈维崧《寄吴汉槎书》有云："弟近偶尔为诗馀，遂成三千馀首。又与容若成子有《词选》一书，盖继华峰而从事者。吾兄有暇，幸作填词寄我。旧作未携至京，新作又不能缮录，嗣有便鸿，当作长歌相寄，并填一词奉忆耳。又乐府题，弟辈在京俱有和章，欲刻一集。原词奉览，乞每题各和一首，觅便寄我。时正冬至，手冻不暇细叙情事总总。"（见吴兆骞《秋笳集》373页，上海古籍出版社1993年版）陈维崧与纳兰成德合编之《词选》一书，未见，不知是否尚存世。陈维崧《寄吴汉槎书》作于康熙十七年冬，与其在京师结识丁炜同时，则其所谓"将梓海内佳词为一集"者，当即是指《词选》。

〔15〕任源祥《鸣鹤堂文集》卷四《毛庆远诗馀序》云："词者，古乐府之流也。汉之乐府雄以高，魏之乐府清以丽，晋宋以下，稍稍骈矣。至于唐变为排律、律诗，曰近体。骈之至而别为一体，自足雄高千古，此初盛诸家之旗鼓也。而当时被之新声者，绝句耳。然则唐之绝句，古之乐府也。李供奉好为长短句，而其后因之以为词，谱为调。词之盛莫盛于宋，宋之词，古之乐府也。开元中谱曲诸伶，号为梨园子弟。迄于元，因盛为梨园之曲，名曰传奇。元之传奇，古之乐府也。汉魏间乐府，本诸风雅颂，而等而下之，至于传奇，陋矣。声音之道，关乎气运，故君子忧之。今天下不知乐府为何物也，宴会交际，都邑乡社，所用者，传奇耳。等传奇而上之曰词，等词而上之曰绝句，等绝句而上之曰古乐府，由此言之，毛子之为词，大复古之端也。"任氏纯是从"声"的角度在乐府谱系上论诗体流变，与朱彝尊的着眼点并不相同，但他们将词纳入古代诗体演变的流程中的态度是一致的。

〔16〕关于《乐府补题》重新问世的情况，朱彝尊《曝书亭集》卷三六《乐府补题序》有缕述："《乐府补题》一卷，常熟吴氏抄白本，休宁汪氏购之长兴藏书家。予爱而亟录之，携至京师。宜兴蒋京少好倚声为长短句，读之赏激不已，遂镂版以传。……度诸君子在当日唱和之篇，必不止此，亦必有序以志岁月，惜今皆逸矣。幸而是篇仅存，不为蟫蚀鼠啮，经四百年，藉二子之功复流播于世，词章之传，盖亦有数焉。"另参严迪昌先生《清词史》第 227 页，江苏古籍出版社 1990 年。

〔17〕参张宏生《清代词学的建构》第 48 页，江苏古籍出版社 1998 年。

〔18〕清初词人评词常有"且当《东京梦华录》"之语，但所评之词有的确实"有东京梦华遗意"，如徐釚所评的吴文英《绛都春》（见《词苑丛谈》卷七），有的则并无"身世之感别有凄然言外者"之意，如范文光《捣练子·赠金陵杨姬能》"曲儿高，月儿斜。春风场上说杨家。自是调高难得和，误将人面比桃花"，乃是游戏之作，邹祗谟评云："仲闻《续花间集》皆画船歌席题赠之词，小序更层次有致，博采以志前辈风流，且当《东京梦华录》也。"（《倚声初集》卷一）

〔19〕万树《词律》20 卷编于康熙二十六年（1687），共收唐、宋、金、元词 660 调 1 180 馀体，在词的声律方面的建设功绩卓著。吴白涵曰："唐宋词皆可歌者也，至元曲行而词之声遂亡。近者吾甥万子红友《词律》一书出，矩度森然，若国法之不可犯，盖声虽亡而所以可歌者，赖红友存之也。"（《南耕词》卷六）田同之《西圃词说》云："宋元人所撰词谱流传者少。自国初至康熙十年前，填词家多沿明人，遵守《啸馀谱》一书。词句虽胜于前，而音律不协，即《衍波》亦不免矣，此《词律》之所由作也。……故浙西名家，务求考订精严，不敢出《词律》范围以外，诚以《词律》为确且善耳。"但指摘《词律》者也大有人在，其中尤以秦巘所论为细密精当。秦巘《词系·发凡》云："康、乾间万红友订为《词律》，纠讹驳谬，苦心孤诣，允为词学功臣，至今翕然宗之。惜乎援据不博，校雠不审，其中不无缺失：如宫调不明，竟无一语论及，其缺一；调下不载原题，几不知词意所在，其缺二；专以汲古阁《六十家词》《词综》为主，他书未经寓目，凭虚拟议，其缺三；调名遗漏甚多，其缺四。不论宫调，专以字数比较，是为舍本逐末，其失一；所录之词，任意取择，未为定式，其失二；调名原多歧

出，务欲归并，而考据不详，颠倒时代，反宾为主，其失三；所据之本不精，字句讹谬，全凭臆度，其失四；前后段字数，必欲比同，甚至改换字句以牵合，殊涉穿凿，其失五；《图谱》等书，原多可议，哓哓辨论，未免太烦，其失六。”

〔20〕阳羡词人讲究词律，仍不忘词之真意，如史惟圆《南耕评》云："柳屯田'杨柳岸，晓风残月'之句，情景依依，灼然为古今绝唱，馀皆曲蘗粉黛中常语也。然歌工之论，亦贵其声之要眇耳。而谈者遂薄'大江东'为非词家正格，是岂足尽倚声之极致哉？今南耕之词，婉至矣，而豪气寓焉，风华矣，而真意存焉。盖兼苏柳之长而屏雷同附和之语，其无愧为大家也欤。世之言词者，专以软媚为工，或以粗豪为妙，兹编其良砭矣。"（《南耕词》卷二）蒋景祁《雅坪词谱跋》："宋词惟东坡、稼轩魄力极大，故其为言豪放不羁，然细按之，未尝不协律也。下此乃多入闺房亵冶之语，以为当行本色。夫所谓当行本色者，要须不直不逼，宛转回互，与诗体微别，勿令径尽耳。专谱艳辞狎语，岂得无过哉？"但浙西词人则有为词律而词律的倾向，如朱彝尊《词综》卷六评苏轼《念奴娇·赤壁怀古》云："按他本'浪声沉'作'浪淘尽'，与调未协。'孙吴'作'周郎'，犯下'公瑾'字。'崩云'作'穿空'，'掠岸'作'拍岸'。又'多情应是，笑我生华发'，作'多情应笑我，早生华发'，益非。今从《容斋随笔》所载黄鲁直手书本更正。至于'小乔初嫁'宜句绝，'了'字属下句，乃合。"朱氏所谓"合"者，当然是词律。但他为求合律而割裂词的语意，其实并不可取。关于这个问题，倒是毛先舒的看法比较公允："'小乔初嫁了雄姿英发'，论调则'了'字当属下句，论意则'了'字当属上句。'多情应笑我早生华发'，'我'字亦然。……文自为文，歌自为歌，然歌不碍文，文不碍歌，是坡公雄才自放处。他家间亦为之，亦词家一法。"（王又华《古今词论》引）

〔21〕施闰章《峡流词评》云："词贵清空，不尚质实。清空则灵，质实则滞，所以梦窗、白石，未免有偏胜之弊耳。词名'峡流'，则全以气胜，能使清空质实，相为表里，此丹麓之词在所必传也夫。"（王晫《霞举堂集》卷三一）徐喈凤《荫绿轩词证》云："《乐府指迷》云：词要清空，不要质实，此八字是填词家金科玉律。清空则灵，质实则滞，张玉田所以扬白石而抑梦窗也。"

〔22〕沈岸登评陆棻《凤凰台上忆吹箫·望报恩寺塔欲登不果》云："江左偏安，正似江流日下，雅坪可称词史。"（《雅坪词谱》卷三）"词史"有二义：一指事实判断上的词之发展的演变史程，一指价值判断上的词之内容的寓托史实。沈氏所言，显然指后者。但历来在这个意义上谈"词史"者，总是仅对周济"诗有史，词亦有史"（《介存斋论词杂著》）青睐有加，而不溯及其前的有关认识。

第八章

松陵及梁溪词人群对
浙西词派词学思想的反动

吕留良有一首长诗，题为《子度归自晟舍以新诗见示》，可谓是对整个明至清初 30 年间诗史的总批判，其中有句云："去春抱砚游吴门，吴门派作云间孙。"自注曰："西陵继云间，今吴门继西陵矣。"西陵十子之后而有吴门诗派，这是其他人从来没有提过的。诗如此，词亦然。沈雄《古今词话·词话》下卷引黄周星之语云："兰陵邹祗谟、董以宁辈，分赋十六艳等词，云间宋徵舆、李雯共拈春闺风雨诸什，遁浦沈雄亦合及丹生、汪枚、张赤共仿玉台杂体。"此亦以吴门词人群与兰陵词人群、云间词人群相提并论，可惜也未为人关注。

吴门词学之盛，非自明清之际始。远的姑且不论，明代的吴郡，词学就极为繁盛，这可从当时词人的唱和风气中感知。

有明一代词人唱和，以《江南春》词唱和为最，参与者约四十人：

倪瓒（1301—1374），字元镇，号云林，无锡人

沈周（1427—1509），字启南，号石田，长洲人

祝允明（1461—1527），字希哲，号枝山，长洲人

杨循吉（1456—1544），字君卿，吴县人

徐祯卿（1479—1511），字昌毂，吴县人

文徵明（1470—1559），字徵仲，号衡山居士，长洲人

唐寅（1470—1523），字伯虎，号六如居士，吴县人

蔡羽，字九逵，号仓山，吴县人

王守，字履约，号涵峰，吴县人

王宠（1494—1533），字履仁，号雅宜山人，吴县人

王穀祥，字禄之，号酉室，长洲人

钱藉，字汝载，号海山，常熟人

皇甫涝，字子安，长洲人

文嘉（？—1582），字休承，号文水，长洲人

彭年（1505—1566），字孔嘉，号羽泉，长洲人

袁表（1488—1553），字邦正，号宝华山人，吴县人

袁褧（1495—1560），字尚之，号谢湖居士，吴县人

袁袠（1502—1547），字永之，号横塘，吴县人

陆师道，字子传，号元洲，长洲人

袁裘（1509—1558），字绍之，号志山，吴县人

沈荆石，字玉父，号白浮山人

文伯仁（？—1575），字德承，号五峰，长洲人

袁袞（1499—1548），字补之，号尧峰山人，吴县人

金世龙，字孟阳，号冰涯，昆山人

陈沂，字宗鲁，号石亭，上元人

顾璘（1476—1547），字华玉，号东桥居士，上元人

沈大谟，字明卿，号元洲

张之象，字月鹿，号王屋，华亭人

王逢元，字子新，上元人

陈时亿，字仲极，号太华山人

景爵，字子位，号松麓

顾峙，字懋宁，号少峰

顾闻，字行之，号九峻山人，上元人

黄寿邱

严宾，字子寅，金陵人

景霁，字睨甫，号新林，金陵人

文彭（1498—1573），字寿承，号三桥，长洲人

顾源，字清甫，号丹泉，金陵人

路永昌，字崇德，号西岩

顾起元（1565—1628），字太初，江宁人

朱之蕃，字元价，号兰嵎，茌平人（籍贯金陵）

《江南春》词唱和并非一时之事。它由嘉靖年间的一群吴门文人赓和倪瓒《江南春》词发端，此后不断有人加入赓和行列，直至万历间朱之蕃将所有赓和者之词汇书成帙，并续和四章。这些唱和者彼此之间均有亲友关系，如沈周、唐寅、文徵明和仇英号"明四家"，唐寅、文徵明、祝允明、徐祯卿称"吴中四才子"，顾璘、陈沂和王韦为"金陵三俊"，袁表、袁裘、袁褧、袁裒、袁袠、袁褒（1499—1576）为"袁氏六俊"，王韦、王逢元乃父子，王守、王宠是兄弟，严宾为文徵明、顾璘之友，而文徵明及长子文彭、次子文嘉、三子文伯仁、弟子彭年共同参与唱和，颇可窥见当时唱和之情状。

沈雄《古今词话·词话》上卷"江南春与阿那曲"条云："钱谦益曰：白居易《江南春》词：'青门柳枝软无力，东风吹作黄金色。街前酒薄醉易醒，满眼春愁消不得。'王仲初《江南春》词：'良人早朝夜半起，樱桃如珠露如水。下堂把火送郎归，移枕重眠晓窗里。'未曾见有律作词者，两首毕竟是词而非诗。阿那曲本此。"嘉靖年间一群以吴门人为主体、彼此之间具有亲友关系的在野文人，在倪瓒的《江南春》中找到了一种精神意脉，于是开始了一场声势浩大的唱和。《江南春》词最早于嘉靖十八年（1539）由袁表序而刻之，后有袁袠跋。又，陈如纶（1499—1552，字德宣，号午江，别号二馀，太仓人）于嘉靖二十九年（1550）作《二馀词自序》云："吾州里诸君子，行敦道义，艺崇风雅，凡燕集过从，以词倡酬，或用韵，或限韵，恒循击钵刻烛故事，而相角不相下，骚坛称盛焉。予从诸君子后，其词成，必予及，予必和；予词成，必及诸君子，必和予。"此亦可见出嘉靖间吴门边缘一带词唱和之盛。

第一节　《松陵绝妙词选》与《梁溪词选》

周铭（1641—?），字勒山，原名曾璘，字苴承，曾于清康熙九年（1670）编成《林下词选》十卷，选120人词352首（其中宋65人142首，

元 10 人 20 首，明 40 人 158 首，清 5 人 32 首）。钱芳标《湘瑟词》卷一
《无闷·偶阅〈林下词选〉戏题》："拟尽香奁，只合算做，粉本临摹形似。
论真色终输，扫眉才子。五色胶东腻纸，单称缀、几行簪花字。谱绝调，
总是妆成清课，绣馀幽思。　　无事。变玉台，和二李仿佛，前身瑶水。
步虚一曲，阿母旧侍。遗响谪来能记，恨不令、鸾歌琅嬛倚。钤小印、露
沁脂绵，芸签别署艳体。"周铭《松陵绝妙词选》四卷附《华胥语业》一
卷，有康熙十一年（1672）刊本和民国十五年（1926）薛氏邃汉斋铅印
本，有许虬（竹隐）、顾有孝（茂伦）序及周铭自序。兹将《松陵绝妙词
选》四卷所录词人胪列如下：

姓　名	字　号	词　集	入选词数
史　鉴	字明古，别字西村	《西村集》	3
赵　宽	字栗夫，号半江	《半江集》	7
周　用	字行之，号白川		10
顾大典	字道行，号衡宇	《清音阁集》	2
沈　璟	字眒和，号宁庵、词隐		4
潘有功	字金城		10
袁　黄	字坤仪，号了凡		1
沈　瓒	字子勺，号定庵	《静晖堂集》	3
杨士修	字长倩		1
叶绍袁	字仲韶，号天寥		5
沈同治	字汝兴		2
庞秉道	字道卿，号斗华	《人籁篇》	5
沈自继	字君善	《平邱集》	6
沈自徵	字君庸		2
沈自骊	字君牧		1
吴　易	字日生，号惕斋、东湖		10
周永年	字安期	《怀响斋集》	8
吴有涯	字茂申		4

续表

姓　名	字　　号	词　　集	入选词数
沈自炳	字君晦，号闻华		8
张　逸	字泰庵		1
董斯张	字遐周		10
张　野	字莱民		1
翁　逊	字仲谦		2
沈自晋	字伯明，号鞠通生		2
周永言	字安仁	《晚芗庵诗馀》	5
杨　弘	字景夏		2
沈圣揆	字戒凡		2
杨　旭	字令爰		1
沈自友	字君张		2
沈自籍	字君嗣		3
杨　稠	字牧工		1
陈昌言	字瀛洲		2
沈肇开	字令贻	《语石轩稿》	1
吕　起	字蔓夫		1
周国新	字开始		1
赵　广	字隐翁		2
尤汝雷	字声甫		1
吴　梅	字克迈		2
徐　白	字介白，号笑庵	《寒秀亭词》	10
杜熙揆	字子亮，号端臣、庶陶		2
殳丹生	字山夫，号贯斋		6
张　赤	字文雨，号半庵	《花泾词》	4
徐　崧	字松之，号臞庵		2
戚　勋	字元功，号逃虚子	《町庐集》	2

续表

姓　名	字　号	词　集	入选词数
吴昌文	字修之，号瓶城		1
吴兆宽	字弘人		3
沈永令	字文人，号一指	《嗅霞阁词》	3
钱玄珠	字伴玉		2
周　安	字安节，号梅陂	《梅里集》	1
吴之纪	字小修，号慊庵		1
董汉策	字帏儒，号榴龛居士		3
张方起	字赓言，一字耕烟		1
李　黄	字经渊	《仕优草》	2
董　衡	字楚望		2
沈　雄	字偶僧，一字焕一		4
黄　鸿	字雪影，原名始，字静御	《绿香词》	4
吴　镕	字闻玮，一字玉山		2
金　范	字青虬		1
吴　旦	字海序		1
沈世潢	字茂弘，一字耕道	《东轩稿》	2
吕　律	字赓六，号元洲	《天涯草》	2
张　声	字天闻，号于野		2
沈世楙	字初授		1
叶舒颖	字学山		3
王　禧	字纯思		1
周　端	字五吉，号中立		2
陶日发	字沧岳		1
陶祝胤	字景锡		1
俞南史	字兀殊		4
陈　寅	字靖共	《西爽集》	3

姓　名	字　号	词　集	入选词数
尤本钦	字上官		1
俞　玚	字犀月		1
沈　虬	字次雪，号双庭		2
赵　漪	字若千		1
包　咸	字自根		1
赵　沄	字山子		8
陈启源	字长发，号见桃居士	《无是居诗馀》	8
叶　燮	字星期		2
沈　攀	字云步		2
吴　榷	字超士	《冰壶集》	8
沈永禋	字克将，号醒公	《渔庄词》	8
李受恒	字北山	《緱岭新声》	5
汤豹处	字雨七		1
徐　釚	字电发，号菊庄	《玉厄词》	6
汪　枚	字吉士		2
屠　璞	字在石，号介庵		2
何　法	字方恒，号明农		2
沈永启	字方思，号旋轮	《逊友斋词》	1
喻　指	字非指		2
黄　容	字叙九，号圭庵		1
孙祚隆	字玉浦	《花梦集》	1
赵申初	字无勘		1
钮　琇	字书城		1
周岵瞻	字孝思	《寒蝉吟》	2
吕绳武	字静远		2
金清琬	字亮升	《小涛诗馀》	1

续表

姓　名	字　号	词　集	入选词数
沈金镕	字天安		1
杨大受	字维箕		1
顾伯起	字元喜		1
陈　顾	字龙标		1
王　纮	字函三		1
杨　程	字万里		1
陈之教			1
金清琦	字次韩	《浣花词》	2
屠惟吉	字浩公		1

　　沈时栋，字成厦，一字城霞，号焦音，别号瘦吟词客，沈永启子。著有《瘦吟楼词》二卷，复选辑有《古今词选》12 卷，有康熙三十五年（1696）尤侗序、五十三年（1714）顾贞观序和五十四年（1715）自序。《古今词选》按词调字数多寡排列，前短章后长篇，共录词调 199 种，历代词 994 首，词人 286 家，其中唐五代 24 家、宋 120 家、金 5 家、元 9 家、明 28 家、清 100 家。清代 100 家中未见于《松陵绝妙词选》的吴江词人有：

　　　　沈自南，字留侯，号恒斋。
　　　　丘乘，字御六，有《纫秋词》。
　　　　沈霆，字威音。
　　　　叶舒崇，字元礼，有《谢斋词》。
　　　　唐维贞，字翰思，号莼村。
　　　　沈廷扬，字柯亭，号对圃。
　　　　叶舒璐，字景鸿，有《月佩词》。
　　　　沈丹楸，字凤岐，号井同。
　　　　吴景果，字勘初，号半松。
　　　　费元衡，字思任。

沈栩栩，字冬呈，有《醉花集》。

费鸿，字羽吉。

沈彤，字冠云。

沈关关，字宫音，沈自继女。

沈树荣，字素嘉，叶绍袁甥女，叶舒颖室，有《希谢词》。

沈友琴，字参符，沈永启长女，适同邑周钰，有《静闲居词》。

沈御月，字纤阿，沈友琴妹，适同邑皇甫锷，有《空翠轩词》。

当然，明清之际的松陵词人绝不止此，如尤侗（展成）、吴兆骞（汉槎）、徐籀（亦史）、王行（止仲），周铭和沈时栋都未曾将其列入各自之词选。

就《松陵绝妙词选》本身而言，从史鉴到沈自驷为卷一，凡 15 人词 62 首；从吴易到吴梅为卷二，凡 23 人词 72 首；从徐白到包咸为卷三，凡 37 人词 85 首；从赵沄到屠惟吉为卷四，凡 30 人词 76 首，共 105 人词 295 首。

从时代先后看，卷一、卷二为晚明人。如赵宽为成化十七年（1481）会元，仕至广东按察使；周用为弘治十五年（1502）进士，历官至大冢宰，谥恭肃；顾大典为隆庆二年（1568）进士，官提学副使；沈璟为万历二年（1574）进士，官铨曹主事；潘有功为嘉靖四十一年（1562）进士，官行人；袁黄为万历十四年（1586）进士，官兵部郎；沈瓒为万历十四年（1586）进士，官金宪；叶绍袁为天启五年（1625）进士，官虞部郎；吴易为崇祯十六年（1643）进士，官兵部职方；吴有涯为天启七年（1627）举人，官平阳令；沈圣揆为崇祯六年（1633）举人；沈自炳官中翰；沈自籀官教谕；周永言官中翰。卷三、卷四为清初人。如吴之纪为顺治六年（1649）进士，官荆西观察；张方起为顺治十八年（1661）进士；董衡为顺治十一年（1654）乡荐；包咸为康熙十一年（1672）乡荐；赵沄为顺治八年（1651）乡荐；叶燮为康熙九年（1670）进士；沈攀为康熙二年（1663）乡荐；沈永令官龙门令；沈虬官钱塘令；李黄官别驾；陈寅由中翰官刺史。

从词人履历看，明代 38 位词人中有仕历的 14 人，清代 67 位词人中有仕历的 11 人。有仕历的词人，尤其是清代有仕历的词人，或仕途短暂，或职位低微，可见松陵词人群是一个以在野文人为主体的词人群体。

从词人关系看，沈瓒为沈璟弟；沈肇开为沈瓒子；沈自继、沈自徵、沈自驸为兄弟；周永年为周用孙；陶日发为陶祝胤父；周端为周铭叔父；叶燮为叶绍袁子，杨程为杨旭子；沈金镕为沈自炳孙。可见松陵词人群也是具有家族性的（尤其是沈氏），只不过没有柳洲词派和阳羡词派那么明显而已。

从周铭词评看，松陵词人的词学风格不外两种：一种是韶秀幽澹，如史鉴"西村词，如远山凝黛，苍翠欲滴，而韶秀之中，气骨自具，天然设色，不与俗工争艳者也"，赵宽词"潇洒清俭，不忘江湖鱼鸟之乐，读其'轩冕虚花，身心实用'（《沁园春·秋山访隐作》）二语，几不知廊庙为何物"，周用词"苍秀"，袁黄词"幽澹"，沈瓒词"恬静闲适"，叶绍袁词"清丽欲绝"，沈同治词"缠绵幽艳"，周永年词"幽倩秀折"；一种是慷慨悲壮，如吴易词"雄深雅健，慷慨历落"，殳丹生词"悲壮"，董汉策词"摆宕有风骨"，徐釚词"磊宕多商声"。但总的来说，韶秀幽澹占据绝对主流。

邹祗谟《远志斋词衷》云："梁溪云门诸子，才华斐然。近对岩以苏友、乐天、景行、华峰、青莲及家黎眉词见示，合之山来、沛玄诸子旧作，笔古蕴藉，清艳兼长。"对岩即秦松龄，苏友即严绳孙，乐天即秦保寅，景行即顾景文，华峰即顾贞观，黎眉即邹登岩。以此知清初梁溪一带词人亦不在少数。康熙三十一年（1692），侯晰辑《梁溪词选》。侯晰（1654—1720）字粲辰，江苏无锡人。《梁溪词选》共选词18家，他们是：

秦松龄（对岩）《微云堂词》（29首）

顾贞观（梁汾）《弹指词》（34首）

严绳孙（藕渔）《秋水轩词》（34首）

杜诏（紫纶）《浣花词》（42首）

邹溶（二辞）《香眉亭词》（28首）

华侗（子愿，号镜几）《春水词》（38首）

顾岱（止庵）《澹雪词》（25首）

朱襄（赞皇）《织字轩词》（18首）

华文炳（象五）《菰月词》（32首）

汤煕（鞠劬）《栖筠词》（30 首）

张振（云企）《香叶词》（26 首）

释宏伦（叙彝）《泥絮词》（45 首）

邹祥兰（胎仙）《问石词》（20 首）

顾彩（天石）《鹤边词》（26 首）

蔡灿（汉明）《容与词》（30 首）

侯晰（粲辰）《惜轩词》（27 首）

侯文燿（夏若）《鹤闲词》（35 首）

顾贞立（文婉）《栖香阁词》（28 首）

　　除此以外，明清之际梁溪词人还有陈大成、华胥、顾景文、王允持、马翀、黄家舒（汉臣）、华长发（商原）、堵柰（芬木）等。

　　秦松龄（1637—1714），字汉石，号对岩，又号留仙。顺治十二年（1655）进士，改庶吉士，授检讨。"奏销案"发，削职归里。康熙十八年（1679）应荐赴博学鸿词试，举一等，复授检讨。二十年，充日讲起居注，历左春坊左谕德。二十三年，主顺天乡试，又因磨勘落职入狱。经徐乾学为之力解，得释放归，家居三十年而卒。著有《苍岘山人集》。《鹧鸪天·读少陵诗有感》："无恙江流日向东，当年战伐已成空。萧萧草木三秋雨，落落乾坤万里风。　持破卷，听疏钟，少陵诗句恨偏同。谁将一点孤臣泪，洒入长烟急浪中。"情味温厚，风神清幽。

　　严绳孙（1623—1702），字荪友，号藕荡渔人。康熙十八年（1679）以布衣召试博学鸿词，授检讨，与修《明史》。在史馆撰《隐逸传》，"容与蕴藉，多自道其志"（《鹤徵录》）。康熙二十年（1681）典试三晋，二十三年（1684）秋迁右春坊右中允兼翰林编修敕授承德郎，是年冬请归。次年春有诗云："十载青云双凤阙，三春红雨一渔矶。去来我亦无心者，何必从人定是非。"（《秋水集》卷七《春日蒙恩予假南归》）荪友之为人，"超然而古处，娟然而修洁，名闻利养，不挂其齿牙，世态尘容，不干其眉宇，寓宠辱而不惊，去纷华而若浼"（陆楣《铁庄文集》卷二《合刻秋水集序》）。其词虽不乏酸楚语、沧桑感，如《桂枝香·胥江怀古》《水龙吟·哀江离席》，但大抵以清寂凄婉为基调，所谓"婉约深秀"（《锡金县志·文苑》）、"雅而不艳"（朱彝尊《严中允墓志铭》）是也。

　　邹溶（1643—1707），字可远，号二辞，监生。《香眉亭词》中有《满江红·乙丑除夕余入狱已一周，慨然志感》词，知邹氏曾于康熙二十三年（1684）入狱；又其《无俗念·戊辰春题狱神堂梅树》有"而况南冠犹未脱"之语，则其于康熙二十七年（1688）尚在狱。侯文燿《金缕曲·送邹二辞戌秦用顾梁汾先生寄吴汉槎韵》有"五载图圉"之语，侯晰《金缕曲·送邹二辞遣秦》亦云"五载南冠魂欲断，醉酒耽诗而已"，则知邹氏之系狱在1684—1688年，而后又被遣秦。邹溶被遣秦，直至康熙三十八年（1699）方赦归。杜诏《金缕曲·题香眉亭词后》云："太息人间世，古今来，几人能得为知己死。肝胆如君真绝少，毕竟向谁人是问，公子何如无忌？此意从今才识取，为君歌一曲，千行泪，君不见，悲风起。　　心期肯便随流水，且由他翻云覆雨，置身何地。甚日飘然归去也，人在香眉亭里。重检点杏花残纸。未必邹阳长系狱，狱中书会达孤臣意。莫短尽，英雄气。"对邹氏接纳满族亡命客而系狱遣戍深致钦敬之意。

　　顾岱（1625？—1697），字商若，号舆山，又号止庵，顺治十五年（1658）进士。聂先曰："近之词家自命者，往往以组织藻缋为能事，初阅之不觉灿然可观，及取其情致婉丽者，则失之纤弱，气骨高华者，则失之放纵。惟《澹雪词》，才气纵横，词章绚烂，兼以细心老手出之，其精到处，使人惊心动魄，永叹沉吟而不能置，真是绝妙好词。"如《满江红·岁暮感怀》："愧偬登场，且休问荣华憔悴。每静数晨钟暮鼓，独醒无睡。离合何端俱是幻，悲愉有意都堪醉。听飞鸿彻夜叫残霜，秋心碎。　　非与是，谁长在；恩和怨，空相对。看眼前游戏，终霄百岁。绝塞漫留青冢恨，江州空染红裙泪。望孤山石屋卧麒麟，真无谓。"丁澎谓顾岱词"汪洋千顷，能以气胜"（聂先《百名家词钞》引），信然。

　　顾彩（1650—1718），字天石，一字湘槎，号补斋，又号梦鹤居士。曾官内阁中书。辑有《草堂嗣响》四卷，收120家词684首。其中选辑者顾彩词76首，参订者孔传铎和孔传铤分别为76首和66首。此外入选词数较多的是纳兰性德（47首）、陈维崧（39首）、朱彝尊（31首）、曹贞吉（30首）、顾贞观（22首）、彭桂（18首）、黄郑琚（18首）、陈聂恒（15首）、丁澎（11首）。顾彩之词风较为俊逸轻灵，如《相见欢》："秋风吹到江村，正黄昏，寂寞梧桐夜雨不开门。　　一叶落，数声角，断羁魂。明日试看衣袂有啼痕。"

顾贞立（1623—1675），原名文婉，字碧汾，顾贞观之姊，同邑侯晋（1620—1674）之妻。著有《栖香阁词》二卷。顾氏之词"语带风云，气含骚雅"（郭麐《灵芬馆词话》卷二），如《满江红·楚黄署中闻警》："仆本恨人，那禁得、悲哉秋气。恰又是、将归送别，登山临水。一派角声烟霭外，数行雁字波光里。试凭高、觅取旧妆楼，谁同倚？　乡梦远，书迢递；人半载，辞家矣。叹吴头楚尾，翛然孤寄。江上空怜商女曲，闺中漫洒神州泪。算缟綦、何必让男儿，天应忌。"

陈大成（1614—1685后），字集生，著有《影树楼词》。吴绮云："集生孝友性成，博综群籍，于友无有不交，于书无所不读，故发为文辞，调高而情笃，致远而声幽，真足鼓吹风雅，树帜词坛者也。"其《庆清朝慢·中秋》："天上月圆，人间月半，浮生几遍秋光。南楼旧时佳兴，劝酒持觞。长空如水，芙蓉清露湿衣裳。云屏外，疏帘半卷，桂子飘香。　都来是天涯客，此霄羁思，尽百遍清狂。斟酌发疑玉兔，语泣寒蛩。半夜江城铁笛，杨柳岸残月新凉。寻好梦，广寒宫阙，强半荒唐。"

华胥（1627—1687），字羲逸，著有《画馀谱》。杨大鹤（芝田）曰："羲逸一日出长短句见示，直臻神品，乐得而读之。虽须发星星，而姿媚之色，胜于二十年前，正十七八女郎，唱柳屯田杨柳岸时也。良由山川朋友之胜，有以助其笔端。"（聂先《百名家词钞》引）

顾景文（1631—1675），字景行，号匏园，顾贞观兄，著有《匏园词》。

王允持，字简在，有《陶村词》。聂先有云："简在以名进士起家，博极群籍，出其馀技选调谱声，绝无近人雕琢尖新之习。阳羡陈迦陵谓其有清真之秀丽，运白石之典雅，用梅溪之琢炼，运君特之工致。能不褒与当代诸公争雄长者，舍简在其谁哉？"王允持《一剪梅》："酒月琴风忆旧游，半在杭州，半在扬州。无端春色冷于秋，也为莺愁，也为花愁。　夜阑独自倚香篝，拈尽诗筹，数尽更筹。相逢何处木兰舟，梦断楼头，肠断江头。"丁澎曰："陶村令慢，能于蕴藉沉凝中，吐其柔淡芊绵之致，故于写景琢句处，字字工巧，读之神情洒然。"于《一剪梅》观之，所言差近。

马翀（1649—1678），字云翎，康熙七年（1668）入国子监，与纳兰性德交善。著有《未学草》。

梁溪词人群词学风貌总体趋向是"以真意取胜，无凌厉叫嚣之习"（朱彝尊《秋水集序》），这与梁溪地缘密不可分，当时词人周稚廉对严绳孙的剖析或可窥见一斑："锡山山不甚高，而平台曲榭，幽壑名泉，使人一往有濠濮间想。秋水会得此意，故于倚声能无驱花嵌草之语。"（夏先《百名家词钞》引）

第二节　尤侗之词学思想与创作取向

松陵词人之词学思想的代表是徐釚、沈雄和尤侗。

徐釚（1636—1708），字电发，号拙存，又号虹亭，晚号枫江渔父。康熙十八年（1679）举鸿博，官检讨。《枫江渔父图》题咏盛极一时，见《词苑丛谈》卷五。又顾景星《白茅堂全集》卷二六有《电发枫江垂钓图》诗，作于康熙二十五年（1686）。著有《南州草堂集》三十卷，续集四卷，《菊庄词》二卷、《菊庄词话》一卷、《青门集》一卷、《词苑丛谈》十二卷，编定梁允植《柳村词》，校刻龚鼎孳《七十二芙蓉长短句》（即《香严词》）。《菊庄词》有丁澎序（1674）、王嗣槐序（1674）和傅燮詷序（1694）。《菊庄词话》录尤侗、毛奇龄、宋荦、纪映钟、董含、汪懋麟、梁云麓、李渔、程康庄、董俞、曹鉴平、叶舒颖、吴权、吴符一、王晫、叶舒崇、吴敏文、宋思玉、周纶、周在浚、宗元鼎、梁允植、毛先舒、徐士俊等24人对《菊庄词》的评论文字。《词苑丛谈》之辑，"始于癸丑（1673），迄于戊午（1678），凡六年，所抄撮群书，不下数百种"。《四库全书总目提要》引《江南通志》谓"釚于倚声一道，自早岁即已擅长，故于论词，亦具有鉴裁，非苟作也"。但《词苑丛谈》基本上是对前人及时贤词论、词话成说的汇辑，大抵述而不作。

沈雄字偶僧，"所辑《诗馀笺体》，足为词学指南"（周铭《松陵绝妙词选》卷三）。聂先、曾王孙《百名家词钞》辑其《柳塘词》一卷，凡60馀首。徐士俊序其词曰："上不类诗，下不类曲者，词之正位也"。（《古今词话·词话下卷》）其《古今词话》十二卷与徐釚《词苑丛谈》十二卷都刊刻于康熙二十七年（1688），但又不同于《词苑丛谈》的述而不作，而是于汇辑之馀间出己见。《古今词话》虽有"集诸家而为大晟""综前说而出新编"之功，但从文献学的角度看，其缺陷同样明显。除了《四库全书总目提要》所谓的"征引颇为寒俭，又多不著出典"外，转述前人语而张冠李戴是致命硬伤。兹举几例，以见其误：

《古今词话·词话下卷》："孙执升曰：'顾宋梅常言词以艳冶为正则，宁作大雅罪人，弗带经生气。词至施子野《花影集》，旖旎极矣，宋梅独痛删之，良以词之视曲，其道甚远，词之去曲，其界甚微，又不能不为词家守壁耳。'"按，此非孙琮语，乃胡胤瑗语，见《兰皋明词汇选》卷一施绍莘《如梦令·扫地》词评。

《古今词话·词话下卷》："汪蛟门曰：'钱塘令君梁冶湄，欲合吴祭酒《梅村稿》、龚司马《香岩词》与其家司农《棠村集》，汇梓行世。夫祭酒骀宕，司马惊挺，司农起恒朔间，而有柳歌花�之致。'"按，此非汪懋麟语，乃顾豹文语，见顾豹文《柳村词序》。

《古今词话·词品上卷》："沈雄曰：'结句如《水龙吟》之"作霜天晓""系斜阳缆"，亦是一法。如《忆少年》之"况桃花颜色"，《好事近》之"放真珠帘隔"，紧要处，前结如奔马收缰，须勒得住，又似住而未住。后结如众流归海，要收得尽，又似尽而不尽者。'"按，此非沈雄语，乃张台柱语，见《东白堂词选》所录之张台柱《词论十三则》。

《古今词话·词品下卷》："宋徵璧曰：'情景者，文章之辅车也。故情以景幽，单情则露；景以情妍，独景则滞。今人景少情多，当是写及月露，虑鲜真意。然善述情者，多寓诸景。梨花榆火，金井玉钩，一经染翰，使人百思。哀乐移神，不在歌恸也。'""宋徵璧曰：'词家之旨，妙在离合，语不离则调不变宕，情不合则绪不联贯。每见柳永，句句联合，意过久许，笔犹未休，此是其病。'""宋徵璧曰：'词称绮语，必清丽相须，但避痴肥，无妨金粉。譬则肌理之与衣裳，钿翘之与环髻，互相映发，百媚斯生。何必裸露，翻称独立。且闺襜好语，吐属易尽，率露之多，秽亵随之矣。'"按，以上三则，均非宋徵璧语，乃毛先舒语，见《毛驰黄集》卷五《与沈去矜论填词书》。

《古今词话·词评下卷》："吴梅村曰：'顾庵诸词，有渭南之萧散，无后村之粗豪，南宋当家之技。'"按，此非吴伟业语，乃邹祗谟语，见《倚声初集》卷一《望江南》词评。

尤侗（1618—1704）字同人，一字展成，号悔庵，一号艮斋，又号西堂。顺治五年（1648）以贡生谒选永平推官，"坐擅打旗丁降调归"。康熙十八年（1679）举博学鸿词，授检讨，与修《明史》。居三年告归，徜徉林下二十馀年。著有《西堂全集》，论词文字多见于本集中。

鉴于《词苑丛谈》少有己见，《古今词话》多有缺陷，因此，在探讨松陵词人群的词学思想时，本节基本上以尤侗的词学观为核心而展开。而且，作为清初才学富赡的文学家，尤侗的主要成就虽然并不在词，但他几乎完整地历经泰昌、天启、崇祯、顺治、康熙五朝，可以说是明清之际词坛的一位见证人，因而，把尤侗作为主要审视对象，也是符合梳理明清之际词学思想流变史程的初衷的。

就词的原生状态而言，其题材和内容是极为广泛的，"有边客游子之呻吟，忠臣义士之壮语，隐居子之怡情悦志，少年学子之热望与失望，以及佛子之赞颂，医生之歌诀"（王重民《敦煌曲子词集·序言》）。如此广泛的内容，当然不可能以一种风格去叙写，因此，真正"本色"的词，其美学风度不是整齐划一的，其价值内涵应与诗相通。但由于真正"本色"的词如敦煌曲子者长久未被发现，以《花间集》为代表的婉曲绮丽之词窃居了"本色"地位，致使人们误认为《花间集》的风貌便是词之体性。而在诗教传统极为发达的中国古代，任何一种文类，要想跻身文学结构的中心，就不得不借鉴"诗骚"的抒情传统，否则便难以得到读者的承认和赞赏。因而，词论家们为了推尊词体，就不得不在误认词之体性的基础上使词攀附"诗骚"，即便在极注重词"自有一种风格"的明代也是如此。

将词体沟通诗学传统，即是将词纳入诗特别是古诗的范畴，使词取得"馀于诗"的资格。将词纳入古诗范畴，方式有三：一是从形体特征出发上接古诗，二是从"可歌"维度着眼攀附古诗，三是从精神内涵入手追溯古诗。

依照形体特征的类似推尊词体，最著名的是汪森，他在作于康熙十八年（1679）的《词综序》中从长短句式立论，指出"自有诗而长短句即寓焉"。对此，尤侗在作于康熙二十九年（1690）的《南耕词序》中加以辩驳，认为"词之异于诗者，非以其句之有长短也"。沈雄在《古今词话·词辨上卷》也有云："《玉台新咏》载徐陵、萧淳各有长短句，而非词也。"诗词之别既然不在于句式，那么，从长短句式角度尊体就毫无依据，此其一。退一步说，即便承认句式之长短乃诗词之别的一个方面，也无法推衍出词从古诗中来的结论，毕竟一种新文类确立在句式上的标志，应是从本质上（而不是数量上）改变了旧有文类的结构关系，并形成一种具有一定稳定性、有效性和持续性且为一批作家遵循的形式规范。长短句式虽早在《诗经》中已有运用，但那仅仅属于"暗与理合，匪由思至"（沈约《答陆厥书》），并没有形成一定的形式规范，因而不能说"自有诗而长短句即寓焉"，此其二。以此观之，不管尤侗批驳汪森的出发点是否正确，其结论显然是合乎实际的。

尤侗将词纳入古诗的范畴，首先从"可歌"的维度着眼。其《倚声词话序》云："诗词二道，相去不甚远也""词曲二道，相去亦不甚远也""凡词无不可歌者""若徒缀其文而求诸其声，非词人之极则也"。《名词选胜序》亦云："诗与词合，词与曲合，诗三百篇皆可歌也。"《倚声初集》20 卷，乃邹祗谟、王士禛所编选，成书于康熙初年。王士禛作于顺治十七年（1660）的《倚声集序》从倚"声"的角度认为"诗馀者，古诗之苗裔也"。因而，尤侗《倚声词话序》从"声"着眼推尊词体可能是由于《倚声初集》之书名和王序的影响。但作于康熙二十九年（1690）的《南耕词序》所谓"夫词者，古乐府之遗也，无论大晟乐章并奏教坊，即令出引子，率用词名，登场一唱，筝琶应之，虽宫谱失传，若使老教师分刌节度，无不可按红牙对铁板者，故填词家务令阴阳开阖，字字合拍，方无鳌拗之病"，颇可见出尤侗对词须"可歌"是确实看重的。与尤侗一样，沈雄、徐釚也很注重词的"可歌"，如沈雄谓梅尧臣《禽言》四章"与文与可题竹十字令，俱长短句，金元人皆有和词，而不可以被管弦者也，非词也"（《古今词话·词话上卷》），徐釚《嘉庄词序》"大抵词之为道，未有不源本汉魏古骚乐府，而后音节可歌，非止秖纤合度，绵丽擅长也"（《南州草堂集》卷一八），作于康熙三十三年（1694）的《词靓序》亦云："词至今日而极盛，亦至今日而极衰。盖古者里巷讴谣，皆被弦管，南唐北宋以来，凡所见于《花间》《草堂》者，莫不别其源流，严其声格，若圭景龠黍之纤毫，无以易也。故其时之作者，代不数十人，人不数十阕，按其音节，传于乐部，如周美成所为大晟乐正者，咸是物也。自姜白石辈间为自度曲，于是作者纷然。金元以后，遂不复能谱旧词矣。传至今日，放失益滋，染指者愈多，则舛缪者愈甚。余故以为极衰也。灵寿浣岚傅先生，自幼喜倚声为长短句，审音于南北清浊之间，用心专一，有一字未安，辄翻古人体制，叶其声之高下，必尽善乃已。故于填词一道，独能得其精奥。三十年来，苦心搜辑，宦游所至，舟车万里，上而名公巨卿，次而骚人韵士，以迄缁流羽客，乩仙闺房之作，侧出于断丸零素、旗亭驿壁间者，无不旁罗博采，纳诸古锦囊中，卷轴渐如牛腰，遂为之分别体裁，审定律吕，以今人之字法句法，合于古词之字法句法，即至移宫换羽而中矩中规，无尺寸之失，编成若干卷。此诚词苑之津梁，而目中所未觏也。"（《南州草堂集》卷二一）

　　但如同汪森从长短句式角度推尊词体不能成立一样，尤侗等人从倚"声"角度尊体也是不能成立的。词须"可歌"，即词要合乐，但合乐与否实际上并非诗、词之重要区别。从文学与音乐的关系这个较为宏观的视野看，诗、词跟音乐的合与离，走过了同样的历程，如果我们不认为乐府诗、唐声诗与徒诗是截然不同的文学样式，那么也就没有理由认为词与诗不能相通。从这个角度说，词只是一种新兴的诗体而已。如果说词所合之乐为特定的"燕乐"，与唐声诗的音乐系统不同，那么，《诗经》中风、雅、颂所合之乐亦自不同，楚辞又不同于《诗经》，汉魏乐府与晋宋新声也不同，但其辞都可称"诗"，则与"燕乐"相合的词与诗原无特殊的相异之处。合乐与否既非诗、词之重要区别，又怎能从"可歌"的维度推尊词体呢？而且，揆之尤氏《南耕词序》，其对词须"可歌"的倚重似是将是否"可歌"作为衡量词好坏的一个标尺，这在词早已成为案头文学的清初，显然也是迂腐之见。

　　尤侗令人称道的是，沿袭明代王世贞、俞彦等人的运作手法，从精神内涵的角度推尊词体。其《延露词序》云："'小楼昨夜'，《哀江头》之馀也；'水殿风来'，《清平调》之馀也；'红藕香残'，《古别离》之馀也；'将军白发'，《从军行》之馀也；'今宵酒醒'，《子夜》《懊侬》之馀也；'大江东去'，《鼓角》《横吹》之馀也。诗以馀亡，亦以馀存，非诗馀之能为存亡也，则诗馀之人存亡之也。""诗以馀亡，亦以馀存"的内涵，就在于"诗"之精神在"馀"（词）的肌体内获得延伸与承继。尤侗拈出李煜《虞美人》、孟昶《木兰花》、李清照《一剪梅》、范仲淹《渔家傲》、柳永《雨霖铃》、苏轼《念奴娇》，认定其为"《哀江头》之馀""《清平调》之馀""《古别离》之馀""《从军行》之馀""《子夜》《懊侬》之馀""《鼓角》《横吹》之馀"，比照是否恰当，对应是否妥帖，尚有商兑馀地，但他摆脱了形制表征的现象胪列，从质"实"入手，赋"名"以新义，确实堵住了由"诗馀"之"馀"而衍生诸如"小道""末技"观念的通道，尊体之意，不言自明。尤侗之所以认为吴伟业"诗可为词，词可为曲"，也正是因为他认定词曲在精神内涵上"要皆合乎国风好色、小雅怨悱之致"（《梅村词序》）。

但尤侗并未因此而混淆诗词之别，他能指出"诗人与词人有不相兼者"（《梅村词序》）的普遍现象，表明他是意识到诗词有别的。杨慎《词品序》云："诗圣如杜子美，而填词若太白之《忆秦娥》《菩萨蛮》者，集中绝无。宋人如秦少游、辛稼轩，词极工矣，而诗殊不强人意。"尤侗承其"馀"绪而益张其说："李、杜，皆诗人也，然太白《菩萨蛮》《忆秦娥》为词开山，而子美无之也。温、李，皆诗人也，然飞卿《玉楼春》《更漏子》为词擅场，而义山无之也。欧、苏以文章大手，降体为词，东坡'大江东去'，卓绝千古，而六一婉丽，实妙于苏。介甫偶然涉笔，而子固无之。眉山一家，老泉、子由无之。以辛幼安之豪气，而人谓其不当以诗名而以词名，岂诗与词若有份量，不可得而逾者乎？"[1]尤氏依凭士人结束创作历程后留下的实绩和开始创作阶段便可预见其何能何不能的记载，从作者才性、创造力的角度探索诗词不相兼的事实，彰显诗词"若有份量不可得而逾者"的体性之别，是颇具理论意义的。

我们在第一章第二节已经指出，就最根本的价值取向来说，儒道释都追求一种现世人生中超越的精神价值，而不是留驻于现世人生中的自然感性层面，因而，在情和理的关系中，情常处于被支配的从属地位。这种情形在明代嘉靖朝后有了明显改观，心学异端冲垮了理的堤坝，主情的文学观盛行一时。生活于明清之际的尤侗，接过了明人情性的旗帜："范文正之刚正，而词云：'酒入愁肠，化作相思泪。'欧阳文忠之劲直，而词云：'水晶双枕，傍有坠钗横。'故知情之所钟，老子于此兴复不浅。'为君援笔赋梅花，不害广平心似铁。'今道学先生才说着情，便欲努目，不知几时打破这个'性'字。汤若士云：'人讲情，吾讲性。'然性、情一也。有性无情，是气无情；有情无性，是欲非情。人孰无情？无情者鸟兽耳，木石耳。奈何以鸟兽、木石而呼为道学先生哉？"（《西堂杂俎》一集卷八《五九枝谭》）尤侗那"我用我法，我获我心"（《艮斋倦稿》文集卷三《今文存稿自序》）的自我评论，显然是独运性情的结果。尤侗的这种文化价值取向直接影响他的词学观，如其《袖拂词序》云："词莫盛于宋人，而道学先生无一字焉，岂非闲情绮语，为儒者所弗取乎？……要之陶咏性情，本归一致，苟通其故，则《花间》《草堂》未始非《三百篇》之遗也，又何必以倚声为病夫？"讲究正心诚意之学的道学先生弗取于事无补的"闲情绮语"，于情虽合，于理难通。按照道学先生的逻辑，则他们奉为"经"的《诗三百篇》也应"弗取"，因为"若《诗》之《溱洧》、《桑中》、《鹑奔》、《鸡鸣》，虽谓之今之淫曲可也"（任良幹《词林万选序》）。更何况，在"陶咏性情"上，诗词是"本归一致"的。可见，尤侗对道学先生"以倚声为病"深致不满。又，清初信奉释教者，多不言词，如曾填了不少词的龚鼎孳，"退食之暇，闭户坐香，不复作绮语"（沈雄《古今词话·词话》下卷）。导致此种做法的观念渊源有自，宋代的法云秀认为艳歌小词是邪言，是荡人淫心、逾礼越禁的罪恶之源，规劝黄庭坚不要做词曲；[2]胡仔批评惠洪身为僧徒却写艳词："忘情绝爱，此瞿昙氏（释迦牟尼）之所训。惠洪身为衲子，词句有'一枕思归泪'及'十分春瘦'之语，岂所当然。"[3]但尤侗对此不以为然，其《王西樵〈炊闻卮语〉序》云："或谓西樵方长斋绣佛，盥写名经，不当忓此绮语耶。不也，天上无懵懂仙人，西方岂有钝根佛子？设以《炊闻卮语》供养如来，如来必且微笑。"在尤侗看来，佛子亦人，"人孰无情"？有情之人所为之有情之文，乃真情之流露，自不当罢黜。有情之文，无论庄淫，自能得读者首肯，亦不必讳言。尤氏此论原本极为平常，但在当时弥足珍贵。需要指出的是，尽管尤侗不贬斥艳情，但由于尊体观念的根深蒂固，他又总是将艳词攀上《诗经》："宋之古文，欧、苏其首也。欧之'水晶双枕'，艳情独绝；苏之'枝上柳绵'，使人惘然有伤春意。二公之词，深得风人哀乐之旨，何尝以此贬其文价耶？"（《浣雪斋词序》）事实上，欧、苏填小词确实不曾贬其文价，但也不必以"深得风人哀乐之旨"为其维护。

在这一点上，徐釚与尤侗如出一辙。《南州草堂集》卷一九《紫云词序》云："夫善言词者，必假闺帏儿女之言，通离骚变雅之义。"《南州草堂集》卷二一《隔帘词序》云："或以词为流荡旖旎，近于郑卫之音。余窃以为不然。盖美人香草，自古骚人迁客，皆有所托而逃焉。今词曰诗馀，则词固《诗》之馀，而《诗》则未有不本于忠孝者也。故蓼莪本乎孝，繁霜本乎忠，下而至于白华、由庚以及寺人、巷伯之类，皆有忠孝之心，油然生焉。吾友林君中子，从其父小眉先生化碧流虹之后，茹荼集蓼垂三十年，羁孤郁结，每深衔恤之感，久而才气横轶，掉鞅词坛，一洗骄惰淫靡之习，可谓善承其家学者矣。一日出《隔帘集》见示，则固《金荃》《兰畹》之遗也。人或疑中子以贵公子孙，遭逢坎壈，犹当砥砺名节，讲学著书，似不宜溺志于红牙檀板间。噫，孰知其委曲倚声，托兴比物，假闺房儿女子之言，而通于变风变雅者哉？余故推原其志之所存，益信词为《诗》之馀而未有不本于忠孝者焉。"按，林嵋字小眉，号奚道人，莆田人。子林人中，字中子，号潄村。事实上，"假闺帏儿女之言"者，未必"通离骚变雅之义"；而未"通离骚变雅之义"之"闺帏儿女之言"，也未必就不是好词。徐釚硬是说"假闺房儿女子之言"者是"托兴比物"，这种"推原其志之所存"的做法未免有板滞的嫌疑。

与主情相表里，尤侗反对摹仿。他在《粘影轩词序》中说："诗馀一途，蚕丛未辟，柳郎中'晓风残月'，苏学士'大江东去'，后人衣钵，不出两家，作者自佳，但依样葫芦，描画增丑耳。"依样葫芦，即便摹仿逼真，也只能成为他人之诗文，不具自家之面目。没有自家面目，哪有自己的独特性情？没有自己性情，不能言诗，"诗无古今，惟真尔"（《牧靡集序》）。

与主情相关的另一观点，是对"境"的重视，这是尤侗独具的词学观。尤侗说："文生于情，情生于境"（《苍梧词序》），境遇不同，所填之词自当迥异，如苏轼与柳永，"二子立身各有本末，即词亦有雅俗之别，东坡'柳绵'之句，可入女郎红牙，使屯田赋'赤壁'，必不能制铁板之声也"（《三十二芙蓉词序》）。最明显的例子是彭孙遹。彭孙遹的三卷《延露词》向以"惊才绝艳""吹气如兰"著称，卢前《饮虹簃论清词百家》的《望江南》云："论彭十，怨粉与啼香。绝艳公然推独步，若言持律己迷方。岂可拟南唐？"其实，曾经"奏销"讧误的彭孙遹，所为词并非全属香艳，如其《玉楼春·五日饮虎丘山下题壁》下片云："醉后难平多少事，仰天欲问天何意？偏使鸡鸣狗盗生，却令赋客骚人死。"一"生"一"死"，感慨何限，枨触无端。李调元《雨村词话》卷四认为《延露词》"率多悲壮，不减稼轩"，虽不尽确，却也慧眼独具。以此，当王士禛称其为"艳词专家"时，难怪彭孙遹"怫然不受"（邹祗谟《远志斋词衷》）。《延露词》多为艳体，是因为这些侧艳之词原是起兴而和《衍波》，又是以客居扬州时为多，这一点尤侗说得很清楚："向读彭子羡门与王子阮亭无题倡和，叹其澹思古意，两玉一时。阮亭既官扬州，羡门有客信宿，会邹子程村初集《倚声》，于是《延露》之词成焉。然则《延露》者，其无题之馀乎？盖维扬佳丽，固诗馀之地也"。（《西堂杂俎》二集卷二《延露词序》）又如董元恺，"以抑塞磊落之才，使飞扬跋扈之气；以萧条寂寞之思，抒缠绵凄婉之怀"，颇受尤侗激赏："谁踞词坛？天下健者，独有董公"。（《沁园春·赠董舜民》）但董元恺的这种"气"和"怀"，也正来自他的生平遭际："董子以兰陵佳公子为名孝廉，忽遭讹误，侘傺不自得……有兴亡如梦，慷慨馀哀者矣。"（《苍梧词序》）

　　对"境"的重视使尤侗对"诗能穷人"之论提出质疑。自欧阳修在《梅圣俞诗序》中提出"诗穷而后工"的观点后，"天下放废无聊之人，方外旅游之士，莫不自托于歌吟声咏之间，沾沾以为能"，事实上，"欧公之序圣俞，特有所寄寓感慨以求工，其文非定论也"（侯方域《壮悔堂文集》卷二《宋牧仲诗序》）。尤侗指出，"诗能穷人，非笃论也，至于词，尤不然"，"词不能穷人，殆达者而后工也"（《三十二芙蓉词序》）。尤氏此语，很容易给人造成"达而后工"的误解。如果尤氏真的认为词"达而后工"，其片面其实与"穷而后工"并无二致。尤侗《孝思堂集序》有云："名公巨卿，以至郎官有司之属，上则高步岩廊，骄语经济，次亦早衙晏罢，支吾于簿书筐箧之间，何暇含毫吮墨，为文辞以自表见哉？"达者连"为文辞以自表见"都无暇，还奢谈什么工不工呢？可见尤侗并无"达而后工"之意。尤侗之所以有"词不能穷人，殆达者而后工也"之论，是因为他是给身居高位而颇富词情的龚鼎孳的词作序。实际上，在尤侗看来，诗词的工与不工，关键在于诗词能否从作者自身的境遇出发，"使垂绅正笏而述渔樵之话，抱瓮负锄而奏台阁之章，则失其真矣"（《蒋曙来诗序》）。

　　当然，词不从"境"出而工者并非绝对没有，在这一点上，徐釚的论述更为详尽。《南州草堂集》卷二〇《横江词序》云："或曰：昌黎子云'欢愉之言难工，愁苦之言易好'，大抵为诗言之也。至于词，则闺帏之绮语，婉丽芊绵，方始擅长。古人于宴嬉逸乐之时，往往假借声律，被诸弦管，此屯田待制诸君，或命双鬟女伎，按调于花下酒边，至今旗亭乐部之所流传，犹足令人开颜破涕，未有幽忧凄戾之音可以采入乐章者。词固非愁苦之所能言矣。余独以为不然。夫诗与词亦道人之性情耳，人当欢愉，则所言皆欢愉之语，人直愁苦，则所言皆愁苦之句，是虽不失为性情之正，然犹匹夫匹妇所能言耳。唯见道深者，则虽愁苦之时而犹得欢愉之旨，此即颜氏子箪食瓢饮之乐，而子舆氏所谓不动心者也。不然，彼灵均之憔悴放逐而犹寄兴于美人香草，亦何以哉？吾宗即山先生以名进士为京朝官，由谏垣领岳牧，扬厉中外，遂晋大藩，清节为天下第一。因内艰解组，时值军兴，需饷数十百万，先生以一手指擘画供给，仰佐荡平，而司农犹以综核未清，不即令去。五六年来，筑室高观山顶，一时亲故，有为之蹙额相对者。先生方携宾客酒肴，日倚声唱和于空香翠微之侧。其所为《横江词》，皆属温柔旖旎之作，从未见有幽忧凄厉之音，吾以为此真得颜氏之乐，较离骚之悲愤，犹未为见道矣。然则昌黎子所云，宁独为诗言之哉？"按，徐惺字子星，号即山，江宁人。所著《横江词》五卷，刻于康熙十八年（1679），有顾景星序（参聂先《百名家词钞》及顾景星《白茅堂集》卷四四《横江词小引》《横江词二集序》）。很显然，徐钒与尤侗一样，认为诗与词在"道人之性情"的功能上是一致的，就一般人而言，性情俱从"境"出，"人当欢愉，则所言皆欢愉之语，人直愁苦，则所言皆愁苦之句"。徐钒较尤侗更为周全的是，他认为"见道深者，则虽愁苦之时而犹得欢愉之旨"，也即言，词中所抒述的性情并非外在境遇的刻板反映。如徐惺，境遇并非畅达无碍，但其《横江词》如聂先所说，"格调俊逸，声致琳琅，能于闲远秀脱之中，寓其浓情丽语"，如《高阳台·赠歌者》："蝉噪花阴，鹤飞玉露，松风迭奏笙簧。雨过先秋，楚天新转清商。看谁不假匀脂粉，只芙蕖冷浸红裳。笑今日知音甚少，恼煞中郎。　　冰心净洗浓妆。厌人间韦杜，红粉苏张。鹭舞鸥回，聊添贺老清狂。欹枕何人空客梦，知别院绿染丝长。似风帆落霞秋水，早赋南昌。"

性情是词之内质，华彩乃词之外观。尤侗论词重内质，认为"词之佳者，正以本色渐近自然，不在镂金错采为工也"，[4]但并不摈斥华彩，其《月将堂近草序》云："如以诗论，苟无真意，则声华伤于雕琢，格律涉于叫嚣，其病臃肿；若舍其声华格律，而一味真意是求，则枵然山泽之癯而已。两者交失。"在尤氏看来，性情、真意与声华、格律二者相合，方为好诗。尽管尤侗在这里以诗为例，但亦通于词。其《南耕词序》云："律协而语不工，打油钉铰，俚俗满纸，此伶人之词，非文人之词也。文人之词，未有不情景交集、声色兼妙者。"所谓"情景交集、声色兼妙"，说到底无非是性情与华彩相融合。但两者相较，性情为重，毕竟"诗之至者，在乎道性情。性情所至，风格立焉，华采见焉，声调出焉"（《曹德培诗序》）。

松陵词人虽然属于同一地域内的群体，但词学宗风并不完全一致。叶舒颖在论徐釚《菊庄词》时说："同里诸子工作小词，大率酬唱于菰芦烟水中，多慷慨之音。独菊庄频年南北，登临赠答，兴酣落笔，虽抱文章憎命之感，而旷情逸致，流播人间。今读其词，真所谓一语之艳，一字之工，令人色飞魂绝。至于沉雄豪宕，正复不让长公、稼轩一流。"而同为松陵词人的钮琇则不然，朱彝尊在所作《水调歌头·送钮玉樵宰项城》中说："吾最爱姜史，君亦厌辛刘。"钮琇的二卷《临野堂诗馀》，清疏淡雅，实为浙派宗风，如《踏莎行·咏燕》："剪剪东风，萧萧社雨，一生何事长羁旅。画梁绣幕属他人，寄人庑下终当去。　　柳絮池塘，梨花院宇，春光半为营巢误。旧时王谢已无家，重来不见营巢处。"为显示松陵词人的创作取向，兹以尤侗为个案以窥斑知豹。

尤侗认为"尊铁板而绌红牙，非定论也"（《壁月词序》），但对当时的"铁板"和"红牙"也深以为病："烘写闺襜，易流狎昵；蹈扬湖海，动涉叫嚣"（《南溪词序》）。有趣的是，尤侗"自言之而自蹈之"（陈廷焯《白雨斋词话》卷六），"嘲风弄月，尝赋闲情，问鸟寻花，每题绮语；嬉笑怒骂，未免伤时，慷慨悲歌，亦嫌愤世"（尤侗《艮斋杂说》卷六），如"不敢骂檀郎，喃喃咒杜康"（《醉公子·本意》），终嫌纤巧；"天下山川吞八九，腹中人物容千百。任诸君、拍手笑狂生，乾坤窄"（《满江红·感遇》），殊乖蕴藉。不过，理论与实践的难敷一致，原本也是词论家中常见情状，而就创作实践看，尤氏之词也颇有可观者。

就价值内涵而言，尤侗词中所展露的儿女情、青衫情以及故国情，是令人品味不尽的。

尤侗的儿女情，在他的悼亡词中体现得最为突出。尤侗在 21 岁时娶了比他小三岁的曹令。此时，尤侗"居无十尺舍，郭无半顷田，仓无五斗米，囊无四铢钱，惟有书一卷，琴七弦，裘百结，食一簞"（《西堂杂俎》一集卷三《自祝文》）。曹令为支持他的举业，"名珠卖尽典钗梳，供奉郎君助读书"，而自己只能"蓬鬓荆钗不扫妆"（《哀弦集·哭亡妇曹孺人诗》）。顺治十三年（1656），尤侗因"擅责投充"而"改降两级调用"，曹令通情达理，支持丈夫挂冠而去，"镌其一官，孺人含笑"（《西堂年谱》卷上）。康熙十七年（1678），由于"特科"的开设，尤侗再次入都，但曹令在家乡病逝了。尤侗"故天下之情至之人，自命于千古者也"（黄与坚《于京集序》），遇此丧偶之痛，"肝肠断绝，声与泪俱"（《曹南耕悼亡词序》），于是便有了《浣溪沙·清明悼亡》：

> 陌上家家挂纸钱，东风客舍泪潜然。难携杯酒滴重泉。　　朱户几人同插柳，青山何事尚含烟？江南梦绕断肠天。

悼亡，是对生命结束的哀悼，是死亡之于人的缺憾，处于清醒状态的词人无法排遣这绝望的情怀。但这种情怀有不同的寄寓方式，一般情况下，作者总是选取与死者关系最为密切的遗物或生活场景作深情的回眸，如"空床卧听南窗雨，谁复挑灯夜补衣"（贺铸《半死桐》），"半月前头扶病，剪刀声犹共银釭"（纳兰性德《青衫湿遍·悼亡》）。尤侗这首"清明悼亡词"则不做情事的追溯，而重当下的感怀。清明时节，自当亲临陌上，拜祭亡灵，词人却"难携杯酒滴重泉"，情不能堪，纤毫毕现。"青山何事尚含烟？"此问无理而妙。在词人看来，青山在这悼亡之日也应与己同悲共泣。但青山无情，焉知人意？青山的春意盎然、烟景万状，愈发逗引了词人的弥天哀伤。陈廷焯谓此词"声情酸楚，不堪卒读"（《词则·别调集》卷三），信然。

曹尔堪《百末词序》谓尤侗词"天然绮艳，粉黛生妍"，是因为曹氏未窥其全貌（曹序作于康熙四年）。实际上，作为一名"真才子"和"老名士"，尤侗是常有"英雄末路"之叹的："漫说明妃出塞苦，不见玉关人老。更减尽、英雄怀抱"（《贺新郎·塞上》），"遮莫英雄老去也，山林经济如何"（《临江仙·遣兴》）。再看其《金人捧露盘·卢龙怀古》：

> 出神京，临绝塞，是卢龙。想榆关、血战英雄。南山射虎，将军霹雳吼雕弓。大旗落日鸣笳起，万马秋风。　　问当年，人安在，流水咽，古城空。看雨抛、金锁苔红。健儿白发，闲黄雀野田中。参军岸帻戍楼上，独数飞鸿。

卢龙塞位于河北喜峰口附近，汉将军李广曾镇守于此。尤侗在永平府任职三年，驻地也在卢龙。尽管尤侗后来对这段时期的生活颇多留恋："记少日，卢龙塞上，蛮府参军无事。戏逐孤儿，短衣匹马，射虎南山里。载黄獐满车，归从妻子夸示"（《十二时·观猎》），但当时是满腹哀怨。此词上阕对李广之千秋功过未加评说，但酣畅的笔墨中充溢着词人对李广的景仰之情。但如李广者今安在？自己虽对李广心向往之，但只能"闲驱黄雀野田中"，请缨无路，报国无门，词人能无"一腔热血洒何时，青衫湿"（《满江红·感遇》）之叹？词的最后，词人写自己袒胸露额，独倚戍楼，默数飞鸿。词人缘何"独数飞鸿"？是"弃燕雀之小志，慕鸿鹄而高翔"？是怜飞鸿之无迹，感自身之飘零？还是由鸿雁南飞而引发"他乡无处不凄其"（《阮郎归·旅思》）的乡思？词人没有明言，但读者可以体会得到这位"文高于命，宦薄于名"（吴绮《跋尤悔庵〈菩萨蛮〉后》）的"尤参军"的心灵律动。

对于尤侗的故国情，前人多有误解，如李慈铭说："西堂人品，余素薄之。其初注名社籍，驰骛声气，全不为根底之学。……未几而列仕籍，膺徵车，终以'真才子''老名士'之煌煌天语，炫耀邻里。立身若是，无怪其文章之浮薄也。"[5]李氏此语，除却人品决定文品的浅薄论断，还牵涉一个如何看待遗民与气节的问题。对于这个问题，尤侗自己曾说："国破家亡，主辱臣死，此卿大夫之责，非庶民妇女之事也。"（《鹤栖堂稿》文集卷三《张烈妇传》）按照此论，尤侗并不存在非得效忠朱明王朝的前提，因为他本人出身不属于官宦之家，在明末亦屡试不第，一直没有入仕。但即便如此，尤侗还是常"漫追亡国恨"（《临江仙·旧内》），如他与吴伟业这位"旧京人物"共忆"开元天宝事"（《念奴娇·赠吴梅村先辈用东坡赤壁韵》），其实正是对故国的缅怀；而他由项羽"恨江东小"而"暗伤亡国"（《虞美人·虞美人花》），难道没有亡国之痛？或许，尤侗在创作时已抛开了具体的王朝之别，但福王在胡马窥江之际犹"深拱禁中，惟渔幼女，饮火酒，杂伶官优人为乐"，[6]显然是引发其深沉历史感的触媒。由此，我们大可不必如李慈铭那般苛责尤侗。

尤侗一生，有两件事最令他终生难忘。一是顺治十三年（1656），他"凶坐挞旗丁为按臣参黜"而深感"仕路苍黄真反复，弹冠幞被同棋局"（《右北平集·长安道》）；二是康熙十七年（1678），"天子鼓吹休明，特开大科，将求非常之士，用之东南竹箭之丛"，[7] 尤侗没有兑现"倘城中有客访吾来，关门谢"（《满江红·思隐》之二）的诺言，声称"天子求贤下制书""不许休官赋遂初"（《于京集》卷一《赴召言怀》）。以此二事为界，尤侗词的创作历程大体可分为三期。前期之词，流于浮艳，"亦《花间》《草堂》之末"（《百末词》）。后期之词，颇涉肤浅，如他在《乐府补题》唱和中，没有深沉的故国哀思，只有平淡的风物体貌。唯有中期之词，情文相生，风流哀怨。试看《摸鱼儿·春怨》：

　　问东君、赚春何意，春来还见春去。满园花事刚三五，都付断肠风雨。花尚尔，又况是、红颜、薄命愁眉妩。美人日暮。便红豆歌成，翠盘舞罢，难买君王顾。　　看千古，总是风流易误。秭归空筑青墓。梅妃休怨楼东赋，吊取马嵬黄土。君莫诉。君不见英雄、失路还悲苦。楚歌楚舞。试去听琵琶，青衫红袖，双泪几行数。

尤侗这首"伤春"词，其"骚情雅意"显然脱胎于辛弃疾那首"肝肠似火，色貌如花"的《摸鱼儿》（更能消几番风雨）。开篇"春来还见春去"，就有"无计留春住"的惆怅之情。春光既去，春花焉附？在"断肠风雨"中，春花不能作主！美人如花，红颜难驻，岁月其徂，风流易误。憔悴芳容，自难得君王回顾。但美人迟暮，还比不上英雄失路悲苦。情至于此，能不心枯！我们无法指实此词的背景，但此词显然作于词人失意之时。尤侗曾说："士君子当蓬累之时，上不能视草庙堂之上，次不能飞檄军旅之间；仰屋梁以窃叹，挟铅椠而何之？于是刻画风云，绘绣丘壑，与禽鱼草木互相赠答，藉以消磨日月，驱策牢愁，大抵无聊之所为作也。"[8] 身际无聊之时，心系百结牢愁，面对"芳菲世界，游人未赏，都付与、莺和燕"（陈亮《水龙吟·春恨》）而"恐美人之迟暮"（屈原《离骚》），词人之伤春已超越了一己的意义，而抒述了自《诗》《骚》以来积淀的生命短暂的人生体验和希冀获得君王青睐而能成就功业的价值取向。从艺术风格上看，此词也没有"动涉叫嚣"。开篇以景入，兴发悲情自然；中间铺陈史实，比照境遇合理；结穴以情收，延续怅触顺畅。语境环环相扣，真意层层逼出，脉线明晰，境界浑成。陈廷焯云："西堂词，秾丽中寓感慨，《骚》《雅》变相也。"（《云韶集》卷一五）以此衡之，的是确评。

第三节　顾贞观词学思想论衡

顾贞观是清初的重要词人，与陈维崧、朱彝尊有"三绝"之称。光绪四年（1878），秦赓彤在《重刻弹指词序》中指出，"唐宋以来，词格凡几变矣。先生之词，穷其变而会其通，而极其至，神明变化，开前人未开之境，洵乎为一代之词宗"，[9]对顾氏之评价不可谓不高。

但总的来说，经过近三百年的历史积淀，顾氏在词史上的地位和影响实远逊于陈维崧、朱彝尊。顾贞观曾无限感慨地说："古今名迹，显晦有数存焉。"（《水龙吟》词序）由其生前自视己词"可信必传"的信念与身后其词颇受冷落的现实之间的反差，我们完全可以顺着他的话说：古今名人，显晦有数存焉。

首先征引顾贞观一段他人似未提及的论词文字：

> 元微之曰：余读诗至杜子美，而知古人之才，有所总萃焉，不复以青莲并称，文章光焰，顿觉轩轾。至于樊川，诗格拗峭，且力矫长庆，何有西昆诸子矣。然此但就诗论诗，若以长短句言之，则青莲之《菩萨蛮》《忆秦娥》，故非饭颗山头苦吟所及。而《金荃》小令，即阻风中酒者见之，当自逊能。虽云壮夫不为，实亦天分有限。宋人以词名者，指不胜屈，而其中若《寿域集》，吾无取焉。窃疑诗词不甚相远，何前后杜氏，才高若是，顾并优于彼而独黜于此也。[10]

关于杜甫能诗而不能如李白一样擅于填词，杨慎在《词品序》中就已提及，并推导出诗词"异曲分派"的结论。尤侗更是由"李、杜，皆诗人也，然太白《菩萨蛮》《忆秦娥》为词开山，而子美无之"断定诗词"若有分量不可得而逾者"（《梅村词序》）。顾贞观对杜甫、杜安世能诗而不能词（或不擅于填词）的现象不是从诗词体格的差异去找原因，而仅将之归于"天分"，显然还不如尤侗来得有理论深度。尽管如此，顾贞观认为诗词有"彼""此"之分还是显明的。但我们更为关注的是顾贞观对于词体本身的态度。

鲁超在作于康熙十六年（1677）的《今词初集题辞》中引顾贞观的话说："诗之体至唐而始备，然不得以五七言律绝为古诗之馀也。乐府之变，得宋词而始尽，然不得以长短句之小令、中调、长调为古乐府之馀也。词且不附庸于乐府，而谓肯寄闰于诗耶？"顾氏此语，有三层含义：一是乐府较之于"诗"，更具典源之义；二是词乃从乐府演变而来，而非"诗"之馀；三是词虽从乐府演变而来，但并非乐府之附庸。顾贞观这里所谓的"诗"，主要指唐代的"五七言律绝"，并非古诗，抑或《诗经》，因而，说乐府（指汉魏乐府，并非指唐代的新乐府）比"诗"更具典源之义，无疑是符合史实的。至于词乃从乐府演变而来而非"诗"之馀，实际上牵涉词之起源的问题。关于词之兴起背景，顾贞观之前约有三种说法：一是认为词源于《诗经》，为《诗经》之馀，如鲷阳居士；二是认为词源于乐府，如王灼；三是认为词源于唐代绝句，如胡仔。从上引文字看，顾贞观显然是承袭"乐府说"而反对"绝句说"。顾氏对以词为"诗"之馀的不满还可在李渔《名词选胜序》的眉批中找到有力的印证。李渔《笠翁一家言·文集》卷一《名词选胜序》云："盖以词名诗馀，似必诗有馀力，而后为之。夫既诗矣，焉得复有馀力哉？"顾贞观评曰："世人借此一字，文其浅率，今道破矣。"显然，顾氏赞同李渔词为创新之体而非"诗"之附庸的看法。

词是否从乐府演变而来，大可见仁见智，顾贞观不以词为乐府之附庸，显然是正确的。从内容上说，乐府是赋题的，而词是倚调的，同样题目的乐府，可以有不同的作法，但其内容则一，皆咏调名，而词则正好相反，调名和内容可以毫不相干，但其作法则需一致。从形式上看，乐府是自由的，而词是固定的；乐府的限制少，可长可短，平仄叶韵也没有一定的规格，但是词的规矩很多，不但字数、句式需一致，有时连平仄上去入都不可逾越。从音乐上看，乐府所配合的音乐是清商乐，是平和舒徐的；词所配合的音乐则是燕乐，是轻快活泼的。顾贞观本人或许并没有意识到词与乐府的如许差别，但承认了由乐府到词的演变实际上是一个形制体裁替代的事实。此其一。周在浚云："徐巨源云：'古诗者风之遗，乐府者雅之遗。苏、李变而为黄初、建安，变而为选体，流至齐梁俳律，及唐之近体，而古诗遂亡。乐府变而为吴趋、越艳，杂以捉搦、企喻、子夜、读曲之属，以下逮于词焉，而乐府亦衰。然子夜、懊侬，善言情者也。唐人小令，尚得其意，则诗馀之作，不谓之直接古乐府不可。'予谓巨源之论词之源于乐府，是矣。独所言'子夜、懊侬，善言情者也，唐人小令，尚得其意'，是词贵于言情矣。予意所谓情者，人之性情也，上至《三百篇》，以及汉魏三唐乐府诗歌，无非发自性情。"（《词苑丛谈》卷四引）按，周在浚所引徐世溥（巨源）之语，见其《悦安轩诗馀序》（《倚声初集》前编卷二）。顾贞观之以乐府为词之源，目的与周在浚一样，即强调词是抒写性灵的（详后）。此其二。由此，我们可以说，顾贞观是推尊词体的，他与纳兰性德"采集近时名流篇什，为《兰畹》《金荃》树帜"，正是"期与诗家坛坫并峙古今"（鲁超《今词初集题辞》）。

但尊体的观念在不同的推衍者笔下，往往蕴含着不同的内容，有的确实包含着扩大词境、丰富题材、严肃风调等方面的内容，有的则只是想改变以词为诗之附庸的历史现状，以争得与诗平起平坐的地位，并不包含更多的思想内容。顾贞观的尊体其实也只是力图将词从"附庸""寄闲"的阴影中解脱出来，而不是真正给词体一个独立的地位。因为顾贞观虽然反对以词为诗之馀，反对以词为乐府之附庸，但他并没有走出以词为诗之馀的历史命题。他作于康熙三十四年（1695）的《柳烟词序》云："词本于《诗》。"（这里的《诗》指《诗经》）其《浣花词序》亦云："诗在六朝曰绮靡，在三代以上曰温柔敦厚，此非词源之所自出者乎？"尽管视词为《诗》之苗裔也体现了一定的尊体努力，但这种尊体隐含的一个前提正是词体卑弱。清人的词体观大多没有摆脱这一具有反讽意味的怪圈。

康熙十六年（1677），毛际可作《今词初集跋》，谓顾贞观与纳兰性德共操选政，意在"铲削浮艳，舒写性灵"。光绪三十二年（1906），况周颐作《绝妙近词跋》（即《今词初集跋》），谓顾、纳兰二人所选之词"纯乎性灵语"。毛、况二人虽相隔230年，但对顾贞观选《今词初集》下了相同的断语。这个断语是契合顾贞观词学思想的。顾贞观在《十名家词序》中说："今人之论词，大概如昔人之论诗，主格者其历下之摹古乎？主趣者其公安之写意乎？迩者竞起而守晚宋四家，何异牧斋之主香山、眉山、渭南、遗山？要其得失，久而自定。"（况周颐《蕙风词话》续编卷一）此序约作于康熙二十八年（1689），此时在词坛上执牛耳的是阳羡词派与浙西词派，浙派宗风尤炽。顾氏这里所谓的"主格者"显然指浙西词派，而视阳羡词派为"主趣者"。由于宗南宋的浙西词派正如日中天，而阳羡词派由于宗主陈维崧在康熙二十一年（1682）的去世而呈衰颓之势，因而论者"竞起而守晚宋四家"。对这种情势，由"要其得失，久而自定"的叙述语气看，顾贞观显然没有苟同，相较而言，他更迹近于"主趣"的阳羡派。所谓"趣"，即"性灵"。公安派的袁宏道就曾说过："世人所难得者唯趣。……夫趣得之自然者深，得之学问者浅。当其为童子也，不知有趣，然无往而非趣也。……孟子所谓不失赤子，老子所谓能婴儿，盖指此也。"[11]因为崇尚性灵，故而顾贞观反对如"历下之摹古"，其作于康熙四十三年（1704）的《栩园词弃稿序》云："余受知香岩而于词尤服膺倦圃。容若尝从容问余两先生意指云何，余为述倦圃之言曰：词境易穷，学步古人，以数见不鲜为恨；变而谋新，又虑有伤大雅。子能免此二者，欧秦辛陆何多让焉？容若盖自是益进。"顾贞观正是不愿"学步古人"而又较能"变而谋新"的一个。他"平生偃蹇抑塞悲愤无聊之况，皆于词乎发之"（毛际可《安序堂文钞》卷一四《花间草堂记》），如"以词代书"寄吴兆骞的两首《金缕曲》，"纯以性情结撰而成"，"无一字不从肺腑流出，可以泣鬼神矣"（陈廷焯《白雨斋词话》卷三）。大而言之，抒写性灵，反对拟议，是以顾贞观为首的梁溪词人群的一个共同词学追求，如与顾贞观、秦松龄并称"三老"的严绳孙就曾云："文之有源者，无绊于经，无窒于理，本乎自得，抒中心所欲言，固不在袭古人以求同，离古人以自异也。"（朱彝尊《秋水词序》引）

但抒写性灵并不意味着不顾词之体格，在这一点上顾贞观与阳羡词派也有一定的偶合。顾贞观《古今词选序》云："温柔而秀润，艳冶而清华，词之正也。雄奇而磊落，激昂而慷慨，词之变也。然工词之家，徒取乎温柔秀润、艳冶清华，而于雄奇磊落、激昂慷慨者概皆弃之，何以尽词之观哉？虽然，执此论者，抑犹有未善焉。夫词调有长短，音有宫商，节有迟促，字有阴阳，此词家尺度不可紊也。今雄奇磊落、激昂慷慨者，任其才之所至，气之所行，而长短、宫商、迟促、阴阳诸律，置焉不问，则是狐其裘而羔其袖也。词之道，又不因是荡然乎？"这段似乎未引起治顾贞观词学思想者注意的论词文字作于康熙五十三年（1714），代表了顾氏晚年的观点。词之正变说，明人王世贞开其先河，他将李煜、二晏、柳永、秦观、周邦彦称为"词之正宗"，而将苏轼、辛弃疾称为"词之变体"。徐师曾在《文体明辨序说》中进一步指出词"当以婉约为正，否则虽极精工，终乖本色"。将词分为"正""变"，已含有正宗、非正宗的意味，从而表现出崇正抑变的倾向，如王世贞《艺苑卮言》云："词须宛转绵丽，浅至儇俏……乃为贵耳。至于慷慨磊落，纵横豪爽，抑亦其次，不作可耳。"至崇祯六年（1633），孟称舜作《古今词统序》，客观地分析了婉约、豪放二派的优长和缺点，得出了不可偏废的结论："故幽思曲想，张柳之词工矣，然其失则俗而腻也，古者妖童冶妇之所遣也；伤时吊古，苏辛之词工矣，然其失则莽而俚也，古者征夫放士之所托也。两家各有其美，亦各有其病。然达其情而不以词掩，则皆填词之所宗，不可以优劣言也。"清初王士禛承袭了这一说法，认为"词家绮丽、豪放二派，往往分左右祖。予谓第当分正变，不当分优劣"（《香祖笔记》卷九）。顾贞观在"正变"观上并没有超越王士禛之处，他进步的观点在于填词须顾及词"调有长短，音有宫商，节有迟促，字有阴阳"的尺度，而不能"任其才之所至，气之所行，而长短、宫商、迟促、阴阳，置焉不问"。顾氏填词正是遵循这样的尺度进行的。康熙二十一年（1682），姜宸英、吴兆骞等集顾贞观花间草堂就纱灯图绘古迹赋《临江仙》，姜、吴二人赋才半，顾贞观就"摘某字于声未谐，某句调未合"，以致姜宸英有"此事终非吾胜场"（《湛园未定稿》卷五《题蒋君长短句》）之叹。

但犹如顾贞观的尊体是不彻底的一样，他的"性灵"说也是有限制的，他的"性灵"是将柔艳之情排斥在外的。其作于康熙三十四年（1695）的《柳烟词序》云：

> 古诗三千馀篇，逸者十九，存者十一。统所存计之，柔情艳语，故不啻十一也。将无古之诗人，多所寄托，如楚辞之流连于美人香草者耶？后世不察，概目之为刺淫夫，然则屈宋以下，殆无往而非刺矣。词本于诗，忽云"词人之则丽以淫"，一体之中，强分泾渭，于是高者不屑为，而下者辄漫为之，致荡佚而不可返，填词之敝，职此其由。……（《柳烟词》）情之柔而语之艳，直仿佛《花间》《尊前》，要皆能自为之节，令柔者不致于溺，而艳者不失诸浮，含蕴既深，体裁复密，殊有合乎比兴之旨。由是以返，于诗径莫近焉。

这段论词要"有合乎比兴之旨"的文字，似未见治顾贞观词学思想者征引。顾贞观并不是艳词别有寄托之论的始作俑者，此前类似之观点已有不少人提及，如曹禾就曾在康熙十五年（1676）反对王世贞作词"宁为大雅罪人"之说，认为"文人之才，何所不寓，大抵比物流连，寄托居多。《国风》《离骚》，同扶名教。即宋玉赋美人，亦犹主文谲谏之义"。[12]顾贞观反对将《诗经》中的柔情艳语"概目之为刺淫夫"，这无疑是对的，但他认定这些柔情艳语都"如楚词之流连于美人香草"而"多所寄托"，实际上也犯了他所反对的人的同样错误。当然，顾氏此序并非专为"寄托"而发，他主要是针对当时词坛以"词人之则丽以淫"为借口而大肆填制艳词造成"填词之敝"的现状，以郑景会《柳烟词》为范例，表明词迹近"诗径"方为合作的审美理想。而这正从反面表明，艳词是不符合顾贞观的词学审美理想的。实际上，"性灵"原本是应涵括一切天生之性情的，以词表现真挚的艳情也未尝不可。顾贞观"铲削浮艳"的词学态度固然有其现实需要，但所谓"铲削浮艳，舒写性灵"，从学理上说只能是一个悖论，从实践上看也未能得到兑现，梁溪云门诸子如秦鸿、邹登岩、顾景文、严绳孙及顾贞观本人，都是"清艳兼长"（邹祗谟《远志斋词衷》）的。

顾贞观与朱彝尊的关系，并非形同水火。康熙二十一年（1682），朱彝尊曾和陈维崧、严绳孙、姜宸英、吴兆骞在顾贞观的花间草堂中饮酒赋词；[13]康熙二十五年（1686）秋，顾贞观也曾携垆及卷和孙致弥、姜宸英、周篔同坐朱彝尊古藤书屋烧茶联吟。[14]但是，顾、陈二人的词学观点却无法相容。朱彝尊《水村琴趣序》云："余尝持论，谓小令当法汴京以前，慢词则取诸南渡，锡山顾典籍不以为然也。"严迪昌先生据此说："在浙西词派正扬帜炽盛之际，如此直截了当表示'不以为然'的甚不多见。"[15]不过，这里需补充两点：一是顾贞观并非一开始就反对朱彝尊，成书于康熙十六年（1677）的《今词初集》选录了184位词人的作品，朱彝尊入选22首，仅次于陈子龙（29）、龚鼎孳（27）、顾贞观（24）、吴绮（23），排名第五；二是当时对朱彝尊表示异议的并非"甚不多见"，朱彝尊自己就曾说"词至南宋始工，斯言出，未有不大怪者，惟实庵舍人意与余合"（曹贞吉《珂雪词》卷首《珂雪词评》），"窃谓南唐北宋惟小令为工，若慢词，至南宋始极其变。以是语人，人辄非笑，独宜兴陈其年谓为笃论，信夫同调之难也"（《曝书亭集》卷五三《书〈东田词〉卷后》）。

　　朱彝尊说顾贞观对其"小令当法汴京以前，慢词则取诸南渡""不以为然"，其实并不完全契合顾贞观的本意，顾贞观"不以为然"的主要是"慢词则取诸南渡"，而不是"小令当法汴京以前"。顾氏是宗尚北宋的，姜宸英就曾指出"梁溪圆美清淡，以北宋为宗，陈（维崧）则颓唐于稼轩，朱（彝尊）则湔洗于白石"（《湛园未定稿》卷五《题蒋君长短句》），况周颐也说顾贞观操选《今词初集》，"北宋宗风，兹焉未坠"（《绝妙近词跋》）。顾贞观在《十名家词序》中说："余则以南唐二主当苏李，以晏氏父子当三曹，而虚少陵一席，窃比于钟记室、独孤常州之云。"他并没有给南宋词人以一席之地。北宋词人多工小令，而以顾贞观为首的梁溪词人群也基本上以小令著称，如严绳孙就受到厉鹗的赞赏："独有藕渔工小令，不教贺老占江南。"（《樊榭山房集》卷七《论词绝句》）

　　顾贞观宗尚北宋，但并不是说他完全肯定北宋词，他在《浣花词序》中就明确指出北宋杜安世之词"无取"。同样，顾贞观反对"慢词取诸南渡"，也并不意味着他完全摈斥南宋词，其《弹指词》中就有许多和史达祖韵的词，如《双双燕·本意用史梅溪韵》《万年欢·人日用史梅溪韵》《玲珑四犯·用史梅溪韵代送》《兰陵王·江行用史梅溪韵》《东风第一枝·用史梅溪韵》《百字令·荆溪雨泊用史梅溪韵留别陈其年史蝶庵诸同学》等。以此观之，朱彝尊所谓"曩与梁汾典籍论词，典籍以拙词近南宋人，意欲尽排姜史诸君"（《啸竹堂集题辞》），其实是误解顾贞观了。

　　顾贞观的崇北抑南其实只是相较而言，他曾说："南宋词最工，然逊于北，梦窗、白石，闻言俯首。"[16] 但由此产生的与朱彝尊的分歧显现了他们在词体美学风貌追求上的差异。我们在第七章第二节已经援引刘少雄先生的观点指出，北南宋词的主要分野是：北宋词浑涵，以少胜多，语淡而情浓，有高远之姿；南宋词深美，妍雅质实，文丽而情隐，有沉挚之感。在写作方式上，一重自然的感发，一重人巧的精思；前者显出天才之高，后者端赖学力之厚。顾贞观是反对雕琢的巧思而追求自然的境界的。蒋景祁《刻瑶华集述》云："昔人论长调，染指较难，然今作者率多工长句，盖知难而趋，才可以展，学可以副，数能为之。而如温韦诸公，短音促节，天真烂漫，遂拟于天仙化人，可望而不可即。顾舍人梁汾、成进士容若极持斯论，吾无以易之。"由此可见，顾贞观是反对以才学为词趋于雕琢而主张以性灵为词趋于自然的。顾贞观"尝见谢康乐春草池塘梦中句，

曰吾于词曾至此境"（诸洛《弹指词序》）。谢灵运《登池上楼》"池塘生
春草"一句，久已脍炙人口，宋叶梦得认为"此语之工，正在无所用意，
猝然与景相遇，借以成章，不假绳削，故非常情所能到"（《石林诗话》）。
不以苦思，造句工巧，不假雕琢，出语天然，正是顾贞观所欲达到的自然
之境。当然，这样的自然之境有点"可望而不可即"，不具备可操作性，
后来况周颐曾对此作了必要的补充（具见《蕙风词话》卷一）。

顾贞观对"自然"的追求是与曹溶的影响分不开的。朱彝尊《静惕堂
词序》云："彝尊忆壮日从先生南游岭表，西北至云中，酒阑灯灺，往往
以小令慢词更迭唱和，有井水处，辄为银筝檀板所歌。念倚声虽小道，当
其为之，必崇尔雅，斥淫哇，极其能事，则亦足以宣昭六义，鼓吹元
音。……数十年来，浙西填词者，家白石而户玉田，春容大雅，风气之
变，实由先生。"朱氏这番以宗主身份说的话，其实并非完全正确。诚然，
朱氏在云中曹溶幕时，他们确实是"更迭唱和"，这有曹溶自己的话作证。
曹溶《凤凰台上忆吹箫·题朱竹垞词集》下片云："真真。此番瘦也，酒
醒后新词，只索休频。待绣帆高挂，迟日江滨。齐列瑶筝檀板，携妙妓，
徐步香尘。归难定，寒宵坐来，一对愁人。"曹氏这里所说的"词集"，指
朱彝尊《江湖载酒集》。此词语意与朱序前半部分极其相似。但是，说
"浙西填词者，家白石而户玉田""实由先生"，却是强加于曹溶头上的
"勋章"。曹溶虽然曾说"见许柔情旖旎，笑铁板、髯苏粗绝。小红倚、白
石吹箫，西湖堪换枯骨"（《万年欢·答曾青藜兼留别雨文诸子》），但他
的词学观根本就与朱氏不同。这不仅表现在曹溶"写新词，龙蛇飞动，牢
骚心事"（《贺新郎·答横波见寿，时将行役云中》），与"崇尔雅"很不
投合，更表现在，曹溶从根本上就反对南宋习气。其《汪森〈碧巢词〉
评》云："诗馀起于唐人而盛于北宋，诸名家皆以春容大雅出之，故方幅
不入于诗，轻俗不流于曲。此填词之祖也。南渡以后，渐事雕绘。元明以
来，竞工俚鄙，故虽以高、杨诸名手为之，而亦间坠时趋。至今日而海内
诸君子，阐秦柳之宗风，发晏欧之光艳，词学号称极盛矣。晋贤宿擅时
名，学殖富而才思宏，其《月河》《桐叩》诸词，皆步武北朝，不坠南渡
以后习气。"汪森是浙派主将，其《词综序》是浙派的理论宣言，在这份
宣言中，他极力推崇南宋尤其是姜张之词。但曹溶并不以此来评价汪森，
反而认为其所为词"皆步武北朝，不坠南渡以后习气"。这固然有汪森理

论与实践不一致的原因，但更主要的是由于曹溶的审美取向。曹溶从词学发展史的角度指出，词以北宋为盛，南宋、元明之际趋于衰微，而今由于"阐秦柳之宗风，发晏欧之光艳"，故又彬彬称盛。而秦、柳、晏、欧，都是北宋词人。曹溶崇北抑南，无非是因为北宋词"春容大雅"，而南宋词"渐事雕绘"。曹溶认为"词以自然为宗"（《秋水词评》），"诗尚沉雄，忌纤靡；词喜轻婉，戒浮腻"（《万青词评》），故而他称赏顾贞观《弹指词》"有凌云驾虹之势，无镂冰剪彩之痕"（《弹指词评》），赞誉陈大成之词"能真吐性灵，不事雕绘"（《影树楼词评》）。曹溶谓佟世南词"缠绵温丽，无美不臻，其声调在柳郎中、秦淮海之间"（《东白词评》），谓李天馥词"清姿朗调，原本秦黄"（《容斋诗馀评》），表明他的心仪对象为秦柳等北宋词人，而这与朱彝尊推崇南宋的姜张，相去何远！曹溶这个一心追求"上拟元音，无南宋后习气"（《汪士式〈梦花窗词〉评》）的浙西词人，是不应被追认为浙西词派先河的。

从曹溶的词学观看，顾贞观自称"于词尤服膺倦圃"（《栩园词弃稿序》），所言不虚。这里再举一个有意味的佐证。曹溶《秋水词评》云："词以自然为宗，如秋水不事雕琢，而动中羽商，手和笔调，河南书法，几与怒猊渴骥并骋千载也。"曹氏由褚遂良与徐浩的书法虽具不同的美学趣尚但能"并骋千载"，认定"自然"之词绝不亚于"豪放"之词。顾贞观亦从书法史的角度评词云："评书者有言，唐人以法胜，宋人以意胜，惟晋人韵胜，非法与意可到。词如棠村，才当得一'韵'字。"（梁清标《棠村词话》）梁清标之词能否当得"韵"字姑且不论，顾贞观以"韵"高于"法""意"的观点是显明的。"法"即是"格"，为浙西词派所重；"意"为阳羡词派所重，"韵"即"自然"，当是顾贞观自己的审美理想。

康熙四十三年（1704），顾贞观作《栩园词弃稿序》，对清初词坛的概况有以下的描述：

> 国初辇毂诸公，尊前酒边，借长短句以吐其胸中。始而微有寄托，久则务为谐畅。香严倦圃，领袖一时。唯时戴笠故交，担簦才子，并与宴游之席，各传酬和之篇。而吴越操觚家闻风竞起。选者作者，妍媸杂陈。渔洋之数载广陵，实为斯道总持，二三同学，功亦难泯。最后吾友容若，其门地才华，直越晏小山而上之。欲尽招海内词

人，毕出其奇，远方駸駸渐有应者。而天夺之年，未几辄风流云散。渔洋复位高望重，绝口不谈。于是向之言词者，悉去言诗古文辞，回视花间、草堂，顿如雕虫之见耻于壮夫矣。虽云盛极必衰，风会使然，然亦颇怪习俗移人，凉燠之态，浸淫而入于风雅，为可太息。假令今日，更得一有大力者起而倡之，众人幡然从而和之，安知衰者之不复盛邪？故余之于词，不能无感[17]。

顾贞观这段文字，"于康熙初词场风气言之最晰"（谢章铤《赌棋山庄词话》卷七），是治清词者不容忽视的重要文献。顾贞观认为，词坛风气的转移，主要取决于"习俗"与"有大力者"两项因素，"前一因素是指'时势'，后一因素即所谓'人望'。而'人望'的确立又每取决于'时势'。"[18]词学的盛衰起伏，与时代宗尚及领袖人物息息相关。

先说人望。据顾贞观所述，清初领袖词坛的名家为龚鼎孳、曹溶，继而"吴越操觚家闻风竞起"。此所谓"吴越操觚家"，当包括武进的邹祗谟、陈玉璂、黄永、董以宁、董元恺，华亭的董俞，阳羡的陈维崧，吴江的徐釚，海盐的彭孙遹，秀水的朱彝尊，南通的陈世祥以及无锡的顾贞观等人。何焯评黄永《二郎神·吴门感旧》词云："此艾庵为吴门金氏作也。时集数郡名妓征歌角艺，连宵达旦，一时名士云集，各有品题。"（黄永《溪南词》）可见当时江南确曾扬起一股文酒弦歌之风。但需指出的是，当时社会上虽已颇行填词之风，但毕竟肆力于词者并不多见，而大多是以"馀事"填词，如杨岱序董以宁《蓉渡词》曰："董子著书满家，天下称之。填词特董子馀事耳。"（董以宁《蓉渡词》）徐夜评《阮亭诗馀》也说："斯固擅场之馀事。"（王士禛《衍波词》）"馀事"是当时填词创作的一般状况。

侯方域说："自古文章之事，必有其人以任之，而后衰者以兴，弊者以起，举天下之习俗气运，莫不举于正，所系若是，其不易也。而是人者，必有其望与其时与其地也，三者必具，而后能以所操移易乎天下。"（《壮悔堂文集》卷二《彭容园文序》）王士禛在赴任扬州的顺、康之交，正好具备了"望""时""地"三者。扬州固"诗馀之地"（尤侗《延露词序》），而此时填词兴趣正浓的扬州推官王士禛，"日了公事，夜接词人"，与扬州城内以及流寓扬州的一批风雅才俊之士，如吴绮、宗元鼎、汪懋麟、孙枝蔚、陈世祥等掀起了一股游从酬唱之风。因此，说"渔洋之数载广陵，实为斯道总持"，是符合词史的。王士禛离开扬州之后，虽然不是"绝口不谈"词，[19]但对词显然没有在扬州任时的那般热情。纳兰性德以其门地才华，本可于词坛树帜，其与顾贞观共选《今词初集》，正是他欲总持词坛的举动，可惜天不假年，英年殒命，因而"欲尽招海内词人"的梦想化为泡影。此时，以朱彝尊为首的浙西词派已踞事实上的词坛盟主之位，但由于顾贞观与朱彝尊词学思想不合，故并没有给朱彝尊以"有大力者"的称誉。而顾贞观作此序时，朱彝尊已垂垂老矣，故他期望陈聂恒成为"有大力者"，为词坛振衰起弊。

再说时势。由于词一直被认为是小道末技，因而清初词人尤其是遗民词人大多借助词这种体裁尽情倾吐胸中郁积的情意。如曹尔堪与宋琬、王士禄有《三子倡和词》一卷，刊于康熙四年（1665），皆是三人出狱后同寓西湖之作。曹尔堪词有"家已破，逢人羞语"，"馀齿偕归江海畔，浮生幸脱刀俎上"，可见遭受狱事之险。徐士俊序谓："盖三先生胸中各抱怀思，互相感叹，不托诸诗，而一一寓之于词，岂非以诗之谨严，反多豪放，词之妍秀，足耐幽思者乎。"但随着"盛世"的来临，文化整肃的兴起，作为"小道"的词也被列入了规范的视野，因而顺应"盛世"的词人由"微有寄托"转向"务为谐畅"实乃"风会使然"。以荐应试、授任翰林院检讨的朱彝尊，其改变初服、心甘自献的演迹，为这种风会提供了典型的例证。作为词人，与政治态度的趋同齐步，他在词的创作与词学观念的自我蜕变中构筑了"醇雅"的自足形态。而王士禛对词的淡漠，也不仅仅是因为"位高望重"，而是与这种风会密切相关的。"习俗移人"，诚不诬也。

总之，正如严迪昌先生所说，"顾贞观以清初词坛极盛时期的当事人和见证人，从纷繁的头绪中为人们提挈出一个盛衰消长的脉络，界限清其演变推进的大体轮廓，为今天梳理这段史实提供了足资参证的依据"，[20]治清词史及清代词学理论史者，都不应忽视顾贞观对词学发展的贡献。

注释：

〔1〕尤侗《梅村词序》，《西堂杂俎》三集卷三。按，《梅村词序》之作者，今人多认为是邹祗谟，如饶宗颐《全清词顺康卷序》云："邹氏序吴骏公词，许其诗可为词，

词可为曲。"施蛰存《词籍序跋萃编》、马兴荣等《中国词学大词典》亦然。就笔者涉猎所及，最早将此序属邹祗谟的，是陈乃乾《清名家词》。但此序尤侗文集中赫然在目，以之归尤侗，当不误。又，靳荣藩《吴诗集览》卷一九上有云："梅村为近代诗人冠冕，而尤展成谓其遗命□□□□，题以圆石，文曰'词人吴某之墓'。"《梅村词序》中有"予观先生遗命，于墓前立一圆石，题曰'词人吴某之墓'，盖先生退然以词人自居矣"之语，可见靳氏亦认为此序为尤侗所作。

〔2〕惠洪《冷斋夜话》卷一○。

〔3〕胡仔《苕溪渔隐丛话》前集卷五六。

〔4〕冯金伯《词苑萃编》卷八《品藻》引。

〔5〕李慈铭《文学词曲》，《越缦堂读书记》卷八。

〔6〕陆圻《酒色串戏》，《忏言》卷中。

〔7〕全祖望《与赵谷林兄弟书》，《鲒埼亭集》外编卷四六。

〔8〕尤侗《黄祖颛〈咏物三百律〉序》。按，此文尤侗本集未载，此据嘉庆《直隶太仓州志》卷五三引。黄祖颛（1633—1672），初名迁，字琐传，太仓人。

〔9〕顾贞观《弹指词》卷首，见《顾梁汾先生诗词集》。

〔10〕顾贞观《浣花词序》，见侯晰《梁溪词选》。

〔11〕袁宏道《叙陈正甫会心集》，见《袁宏道集笺校》第463页，上海古籍出版社1981年。

〔12〕曹禾《珂雪词话》，见曹贞吉《珂雪词》卷首。

〔13〕事载姜宸英《题蒋君长短句》，见《湛园未定稿》卷五。

〔14〕事载顾贞观《山泉》诗序，见《楚颂亭诗》卷上。

〔15〕严迪昌《清词史》第287页，江苏古籍出版社1990年。

〔16〕李渔《李渔全集》卷二第510页，浙江古籍出版社1992年。

〔17〕陈聂恒《栩园词弃稿》卷首。

〔18〕严迪昌《〈乐府补题〉与清初词风》，《词学》第八辑。

〔19〕王士禛于康熙二十八年（1689）四月，过宿章丘县同年刘渡家绣江园，题《点绛唇》一阕于壁。见《居易录》卷二。

〔20〕严迪昌《清词史》第31页，江苏古籍出版社1990年。

结　语

　　本书的用意仅在于厘清明清之际词人群体词学思想的历史面貌，而无意于勾勒明清之际词学思想的发展演变史程，因而，对于各群体之间词学思想的起承转合并未做明晰的梳理，尽管在论述的过程中也有一定的涉及。明清之际江南词人群体的词学思想并不等于明清之际的词学思想：一方面，明清之际有许多词人，如屈大均、贺裳、李渔、毛奇龄、毛际可、宋琬等，不仅在里籍上而且在思想上不隶属于上述词人群体，因而不能进入本文的叙述视野；另一方面，明清之际还有一些词人群体，如遗民词人群、京师词人群、岭南词人群等，由于在地域上不属于本书论述范围，故也没有作为考察对象。即便是江南词人群，也不是网罗无遗，如东皋词人群，汪之珩《东皋诗馀》四卷录 50 家词 502 首，本书也没有涉及，但他们的词学思想也是颇有胜义的。如魏际瑞对唐宋词的甄别，"宋人之词，农人之布粟也；唐人之词，美人之珠玉也。宋人之词如其文，唐人之词如其诗"（《魏伯子文集》卷一《钞所作诗馀序》），如魏礼对王世贞的辩驳"元美之所谓'工''艳'者，必儿女子闺房之辞而后可，然慷慨豪爽亦自有其'工'与'艳'，盖在气体句字节调之间也"（《魏季子文集》卷七《丽天堂诗馀序》），如顾璟芳对词衰于朱明的异议"刘、杨、王诸家为一代词手，尚矣。他若陆文裕之高华，董遐周之工艳，沈君鹿之幽凉，眉道人之萧散，周白川清和而调高，夏玉樊秀媚而善感，大樽意寄题外，琼章情在景中，古堂蕊园，孤奇别俗，浪仙雪馆，冷艳袭人，类烁宋镕元，独标风雅"（《兰皋明词汇选》卷六），如田肇丽对词工于南宋的匡正"词至宋始盛，近有至南宋始工之说。夫文章者，天地变化之所为也，天地变化与人心之精华交相击发，而文章之变化不可胜穷，诗词亦然。宋南北历二百馀年，畸人代出，其为词也，各有神髓，各有气候，犹唐人诗，开元天宝而后，有大历，又有元和、长庆。其不能不变者，时也；随时而变者，文人之心也。即一代之人，灵心慧业，各展杼轴，如吴梦窗则密，张玉田则疏，未尝寻条屈步，终其身为隶人而不自出也"（《有怀堂文集·题都梁词》），等等，无不慧眼独具，卓识毕呈。

至于上文已经述及的明清之际的词人群体，这里有必要补充指出的是它们与"三缘"（地缘、亲缘、学缘）之间的关系。

由明清之际的词人群体都带有地域名称可知，这一阶段的词人群体地缘色彩是极其浓厚的。这里所谓的"地缘"，不仅指向自然空间，更指向人文氛围。明清之际的词人群体，如上文提及的云间、西陵、柳洲、阳羡、梅里，基本上集中在江南地区（包括江宁、苏州、镇江、常州、太仓、杭州、嘉兴、湖州八府），其中又以苏州、常州、杭州、嘉兴四府最为突出。

明清之际江南地区的文化优势是显而易见的。"人物"一向被士人作为文化衡度的重要指标，兹试就"巍科"人物以观明清之际江南人文之状况。所谓巍科人物指的是科举制度下会试的第一人与廷试第一甲的三名与第二甲第一名，即所称会元、状元、榜眼、探花与传胪。明清江南"不识大魁为天下公器，竟视巍科乃我家故物"（陈夔龙《梦蕉亭杂记》卷二）的天下独盛的壮观，地方文献多有描述，如苏州"人文自有制科以来，名公巨儒先后飚起"（康熙《苏州府志》卷二一《风俗》）；如常州"科目蝉联，数代不绝"（康熙《常州府志》卷九《风俗》）；如松江"其掇巍科跻显位，上之为名宰相，次之为台阁侍从，以文章勋业名海内者，比肩相望"（康熙《上海县志》鲁超序）。这些概述性描述大致可信，但尚嫌笼统。兹据商衍鎏《清代殿试、会试历科首选姓名表》对顺治、康熙二朝之科第名录作一统计，据以了解清初江南科第的具体情形。顺治、康熙二朝共举行殿试会试29科（不计《满洲进士科》《博学鸿词科》等），录巍科人物145名，其中江、浙二省102名，占全国三分之二以上。就状元而言，江、浙二省在29个中占了26个。吴伟业说："吾吴如泰山出云，不崇朝而雨天下，命世名贤，接踵林立。"（《吴梅村全集》卷三七《申少观六十序》）林时对说："本朝一代伟人，皆吾浙产也。"（《荷闸丛谈》卷二）衡之上述江南为鼎甲萃薮的事实，此言决不为过。人物的隆起必然带来人文的鼎盛。吴伟业提供了关于"吾吴"的文化风流"三吴阛阓诗书，人物都丽"（《吴梅村全集》卷二九《白林九谷柏堂诗序》）；黄宗羲则就学术文化的视角认为："向无姚江，则学脉中绝；向无蕺山，则流弊充塞。凡海内之知学者，要皆东浙之所衣被也。"（《移使馆论不宜立理学传书》）就词曲而言，黄宗羲也认为其"正法眼藏，似在吾越中"（《胡子藏院本序》）。以此观之，明清之际词人群体多集中在江南，自是情理中之事。

　　吴越士人的说吴说越，也包括了对东南文化负面价值的批评和对西北文化历史情感的接受。[1]如钱谦益说"吴中人士轻心务华，文质无所根柢"（《牧斋有学集》卷二三《张子石六十寿序》）；而陈维崧序孙枝蔚诗集时则在"秦风"这一问题上回旋不已，"余少读诗，则喜秦风。每当困顿无聊时，辄歌《驷铁》以自豪也。继又自悲，悲而至于罢酒"，"余世家吴中，吴中诸里儿第能歌《西曲》《寻阳》诸乐府耳。乌衣、青溪之地，被轻纨而讴房中曲者，其声靡靡不足听也"。（《湖海楼全集·文集》卷一《孙豹人诗集序》）不过，对西北的历史情感的接受并不能说明明清之际士人对当下西北人文的肯定，[2]而对东南的负面价值的批评正可见出其地人文精神的发达，这不是文化偏见，而是地域性格。需要指出的是，文化比较中的排异在更为开阔的文化视野中又无不可看作是对"融合"这一实际进程的反映。明清之际士人客居南北而不赋归，与乡土疏离，对客地认同者所在多有。如刘献廷以顺天大兴人居吴30年，"垂老始北归，竟反吴卒焉"（全祖望《鲒埼亭集》卷二八《刘继庄传》）；孙枝蔚以陕西三原人久居扬州，返乡时竟有陌生之感："一过太行，土风椎鲁，不知诗酒唱和为何事，惟弟兄相对古署中，差免胸怀作恶耳。"（《溉堂集·文集》卷二《与王西樵考功》）这种主动的文化选择无疑影响士人的空间经验。朱彝尊《报李天生书》云："文章之本，期于载道而已。道无不同，则文章何殊之有。足下乃云：'南北分镳，各行其志。'岂非以于麟为北，而道思、应德、熙甫数子为南乎？""足下试取古人而神明之，勿规仿其字句，抗言持论，期大裨于世道人心，而不为虚发，将足下所谓分者，未始不合也。道一而已，何南北之殊途哉！"（《曝书亭集》卷三一）由此，我们认为，朱彝尊在《鱼计庄词序》中说到文学的地域现象（"在昔鄱阳姜石帚、张东泽，弁阳周草窗，西秦张玉田，皆非浙产，而言词者必称焉。是则浙词之盛，亦由侨居者为之助，犹夫豫章诗派，不必皆江西人，亦取其同调焉尔矣")时，虽然表面上是从风格的角度着眼，实际上也包含有士人的空间经验。明清之际各地词人群体的词选多录流寓词人之作（如《西陵词选》《荆溪词初集》），亦可从这个意义上进行解读。

　　与地缘相联系，明清之际词人群体的亲缘色彩同样浓厚。这里的"亲缘"包括血缘和姻缘。江南地区原本是世家望族繁盛之地，刘献廷《广阳杂记》卷一有云："东吴犹重世家。宜兴推徐、吴、曹、万，溧阳推彭、马、史、狄，皆数百年旧家也。"明清易代使江南世家惨遭重创。归庄《王奉常烟客先生七十寿序》云："自陵谷变迁以来，世家巨族，破者十六七。"（《归庄集》卷三）张履祥《遗安堂记》云："予维丧乱以来，远近士大夫家，栋宇崇深，墉垣宵遂，昔为歌舞燕乐夸耀里闾之观者，概已废为荒榛野砾，间有存者，姓已一易再易，子孙多不可问。"（《杨园先生全集》卷二七）夏完淳《狱中上母书》云："会稽大望，至今而零极矣。"（《夏完淳集笺校》卷九）[3]诚然，经明清易代而仍然科第绵延、簪缨不绝的不是没有，上海奉贤肖塘镇的宋氏家族就是一个。早在明代中叶，奉贤名士何良傅在其《祭宋敛斋叔丈文》中就指出："松之望族，首著肖塘；衣冠阀阅，诗礼文章。"（《云间两何君集》礼部三）宋琠，字克纯，明正统十年（1445）进士，授御史；其弟宋瑛，字克辉，明天顺元年（1457）进士，官工部营缮司主事。宋琠裔孙宋尧明，字宪卿，嘉靖四十三年（1564）举人，初任德化县教谕，升为归化知县，改调安远县令；其从弟宋尧武，字季鹰，隆庆二年（1568）进士，授信阳知州，改南雄通判，寻擢知惠州府。宋尧明从子宋懋澄，字幼清，万历四十年（1612）举人。宋尧武孙宋存标，字子建，崇祯十五年（1642）副榜，授南京翰林院待诏。宋存标弟宋徵璧，初名存楠，字尚木，崇祯十六年（1643）进士，授中书，充翰林院经筵展书官，入清荐授秘书院撰文中书，转礼部员外郎，历知潮州府；从弟宋徵舆（宋懋澄子），字辕文，清顺治四年（1647）进士，授刑部主事，历官至都察院左副都御史。宋存标长子宋思玉，字楚鸿，次子宋思宏，字汉鹭；宋徵舆长子宋泰渊，字河宗，次子宋祖年，字子寿。可见宋氏家族在明清二朝都科名赫奕。但此种情状毕竟为数甚少，尤其是清初的"奏销""科场"等案，将缙绅之厄推向了深渊，张履祥《杨园先生全集》卷二○《书改田碑后》云："予因叹近数年间，水旱接至，民之死于赋役者不可胜计，其势家子弟被缧绁而转为沟壑者相踵也。"但值得注意的是，这些斩断世家延续的厄运并没有彻底摧毁世家层累的文化风流，由明清之际各地域内的词人谱系看，两代三代从事填词的家族还是为数不少，如云间词派的周茂源、周纶、周稚廉，柳洲词派的曹勋、曹尔堪、曹鉴平，都是祖孙三代有事于词；西陵词人群的沈谦、沈圣昭，阳羡词派的蒋永修、蒋景祁，都是父子二代有事于词。至于兄弟共同填词的更是不胜枚举，如云间词派的宋存标、宋徵璧，西陵词人群的丁澎、丁潆，柳洲词派的钱继登、钱继振、钱继章，阳羡词派的陈维崧、陈维岳、陈维嵋。就姻缘而言，夏完淳为钱栴婿，柯崇朴为曹尔堪婿，陈维崧与曹亮武为中表兄弟，朱彝尊与陆棻为中表兄弟。如果细心勾勒，明清之际词人之间的关系是可以编织一张亲缘网的。

　　至于说明清之际词人群体中个体之间具有密切的学缘关系，更是一个不容置疑的事实。“学缘”可以包括两个方面：一是相互有酬唱联系的同道，二是直接有师承关系的师弟。明清之际的词人群体在这两个方面都有突出表现，而尤以前者为著。陈子龙、李雯、宋徵舆三人有唱和词集《幽兰草》，计南阳、徐允贞、王宗蔚三人有唱和词集《三子诗馀》，宋琬、王士禄、曹尔堪三人有唱和词集《三子倡和词》，曹尔堪、宗元鼎、陈维崧等17人有唱和词集《广陵倡和词》，曹尔堪、龚鼎孳、陈维岳等26人有唱和词集《秋水轩倡和词》，王士禛、陈维崧、蒋平阶等十人有《红桥倡和词》，曹亮武、吴白涵、汤思孝等十馀人有《岁寒倡和词》。而陈维崧的《迦陵填词图》、徐钆的《枫江渔父图》、王晫的《千秋雅调》，题辞和韵者都有数十上百人。这些人之间并没有直接的学习关系，但他们经由填词这一中介而走到了一起，或者说，他们走到一起后经由填词这一触媒而更加密切。在此基础上形成词人群体自是题中之义，广陵词人群可为佐证。直接有师承关系的，如周永年与沈雄、蒋平阶与沈亿年、徐士俊与陆进、沈谦与洪升、王士禛与汪懋麟、朱彝尊与柯煜，在词学思想上一脉相承，宜乎各自列于同一词人群体。

　　就“三缘”而言，每一词人群体并非仅以一“缘”相维系。事实是，每一词人群体中“三缘”关系是同时并存的。如云间词派，依托云间一隅，是为地缘；宋氏家族（宋存标、宋徵璧、宋徵舆、宋思玉、宋泰渊）一门填词，是为亲缘；宋氏兄弟子侄与陈子龙、钱毅有《倡和诗馀》之刻，是为学缘。又如柳洲词派，立足魏塘半壁，是为地缘；魏氏家族（魏学渠、魏允枏、魏允植、魏允札、魏允枚）一门填词，是为亲缘；魏氏兄弟（魏学洢、魏学濂、魏学渠）与曹尔堪、钱继振、蒋玉立等合称"柳洲八子"，诗文之馀兼工填词，是为学缘。但每一词人群体于"三缘"各有倚重，如云间、浙西主要依托地缘，柳洲、阳羡主要依附亲缘，西陵、广陵主要依赖学缘。相较而言，依附亲缘的词人群体，词人关系最为密切，故极易成"派"；依赖学缘的词人群体，组织形式略显疏散，故较难合"流"。

注释：

〔1〕参赵园《明清之际士大夫研究》，北京大学出版社 1999 年。

〔2〕明清之际对西北人文持肯定态度的有傅山、屈大均等，参傅山《霜红龛集》卷一六《序西北之文》、屈大均《翁山文外》卷二《关中王子诗集序》。但傅山本晋人，对"西北之文"自有文化感情；而屈大均的西北情结乃因其个人的理由：他所钟爱的继室王华姜是秦人。

〔3〕关于世家凌迟衰退的原因，说法不一。刘宗周将之归咎于"宗法亡"："世之降也，封建废而天下无善治，宗法亡而天下无世家久矣。"见《刘子全书》卷二一《石吴公家庙记》。黄宗羲将之归咎于科举制："盖流风善政，存于故家，不可忽也。晋之王谢，尚有此风。唐虽重氏族，然不能胜科举，而此意荡然矣。"见《黄宗羲全集·孟子师说》。陈子龙不同意黄宗羲的说法，《经世编序》云："六季以前无论矣。唐宋以科举取士，而世家鼎族相望于朝，家集宗功藏之祖庙。今者贵士多寒畯，公卿鲜贤裔，至有给简册于灶婢，易缃素于市儿者。"（《陈忠裕全集》卷二六）可为陈子龙之意见提供佐证的是，清初上海地区就有一些"家世业儒"的知识层人士以科甲起家而逐渐发展成为著姓望族，如金山县张堰镇的王广心家族就是一个科第蝉联、簪缨鼎盛的家族。王广心，字伊人，号农山，"故儒家子也"，少工诗文，明崇祯五年（1632）入几社，清顺治六年（1649）成进士，授行人，迁兵部主事，擢御史，以御史巡视仓场。王广心有子三人：长子王顼龄（1642—1725），字颛士，康熙十五年（1676）进士，累官武英殿大学士、太子太傅；次子王九龄，字子武，康熙二十一年（1682）进士，官至左都御史；季子王鸿绪（1645—1723），字季友，号俨斋，又号横云山人，康熙十二年（1673）进士，曾充任《明史》总裁官，升擢为左都御史。叶梦珠《阅世编》卷五《门祚一》谓王氏"一家父子四登科，三入词林，亦吾郡近来科名最盛者"。事实上，小民的"焚掠"给明清之际的世家的打击是直接而致命的，《明季南略》卷四云："黟县与休宁俱属徽州府。乙酉四月，清兵犹未至也，邑之结十二寨，索家主文书，稍拂其意，即焚杀之，皆云：'皇帝已换，家主亦应作仆事我辈矣。'主仆皆兄弟相称。"当然，世家巨族内部的败坏也是一个重要原因。张履祥《与周鸣皋》云："十馀年来，里中子弟，或衣冠之后，或素封之馀，祖父所遗非不丰也，未几室庐田亩，尽属他人，并妻子非其有，以身陷于刑戮者，多见矣。"（《杨园先生全集》卷七）

附录一

田同之《西圃词说》考信

田同之字彦威，一字在田，山东德州人。康熙五十九年（1720）举人。其晚年所作之《西圃词说》，于后世影响极大。但正如田同之《西圃词说自序》所说，此书乃其"追述所闻，证诸所见，而诸家词话之切要微妙者，又复采择之，参酌之"而成，并非其本人之词学创见。但是，田同之在"采择""参酌""诸家词话"时并未注明资料来源，致使后人在引用《西圃词说》时，常以田同之所引之词学见解作为田同之本人的词学主张。有鉴于此，考辨《西圃词说》资料来源就显得十分必要。本文以德州田氏丛书本《西圃词说》为依据，对《西圃词说》的 92 则词学资料一一加以考辨。对一时不能考辨的，则暂付阙如，以俟他日。

（1）倚声之道，抑扬抗坠，促节繁音，较之诗篇，协律有倍难者。上而三代无论，彼汉歌乐府，具仿三百遗意，制有黄门、郊祀、铙歌、房中诸乐章。延至六朝，以暨开元、天宝、五代十国，尤工艳制。泊宋崇宁间，立大晟乐府，有一十二律、六十家、八十四调，调愈多，流派因之以别，短长互见。迨金、元接踵，遂增至一百馀曲。相沿既久，换羽移商，宫调失传，词学亦渐紊矣。

（2）词虽名诗馀，然去雅、颂甚远，拟于国风，庶几近之。然二南之诗，虽多属闺帏，其词正，其音和，又非词家所及。盖诗馀之作，其变风之遗乎。惟作者变而不失其正，斯为上乘。

按，此则见徐喈凤《词证》。徐喈凤《词证》凡 15 则，附于《荫绿轩词》后。第一则云："词名诗馀，以其近于诗也。然去雅、颂远甚，拟于国风，庶几近之。然二南之诗，虽多属闺襜，其词正，其音和，又非词家所及。盖诗馀之作，其变风之遗乎。惟作者变而不失其正，斯为上乘。"

（3）从来诗词并称，余谓诗人之词，真多而假少，词人之词，假多而真少。如邶风燕燕、日月、终风等篇，实有其别离，实有其摈弃，所谓文生于情也。若词则男子而作闺音，其写景也，忽发离别之悲，咏物也，全寓弃捐之恨。无其事，有其情，令读者魂绝色飞，所谓情生于文也。此诗词之辨也。

按，此则见徐喈凤《词证》。《词证》第二则云："从来诗词并称，余谓诗人之词，真多而假少，词人之词，假多而真少。如邶风燕燕、日月、终风等篇，实有其别离，实有其摈弃，所谓文生于情也。若词则男子而作闺音，写景也，忽发离别之悲，咏物也，全寓弃捐之恨。无其事，有其情，令读者魂绝色飞，所谓情生于文也。此亦诗词之辨。"

（4）魏塘曹学士云："词之为体如美人，而诗则壮士也。如春华，而诗则秋实也。如夭桃繁杏，而诗则劲松贞柏也。"罕譬最为明快。然词中亦有壮士，苏、辛也。亦有秋实，黄、陆也。亦有劲松贞柏，岳鹏举、文文山也。选词者兼收并采，斯为大观。若专尚柔媚，岂劲松贞柏，反不如夭桃繁杏乎？

按，此则见徐喈凤《词证》。《词证》第三则云："魏塘曹学士作《峡流词序》云：'词之为体如美人，而诗则壮士也。如春华，而诗则秋实也。如夭桃繁杏，而诗则劲松贞柏也。'罕譬最为明快。然词中亦有壮士，苏、辛也。亦有秋实，黄、陆也。亦有劲松贞柏，岳鹏举、文文山也。选词者兼收并采，斯为大观。若专尚柔媚，岂劲松贞柏，反不如夭桃繁杏乎？"曹学士即曹尔堪，《峡流词》为王晫词集。

（5）词与诗体格不同，其为抒写性情，标举景物，一也。若夫性情不露，景物不真，而徒然缀枯树以新花，被偶人以衮服，饰淫靡为周、柳，假豪放为苏、辛，号曰诗馀，生趣尽矣，亦何异诗家之活剥工部，生吞义山也哉？

按，此则见徐士俊《荫绿轩词序》。《荫绿轩词序》云："词与诗虽体格不同，其为抒写性情，标举景物，一也。若夫性情不露，景物不真，而徒然缀枯树以新花，被偶人以衮服，饰淫靡为周、柳，假豪放为苏、辛，号曰诗馀，生趣尽矣，亦何异诗家之活剥工部，生吞义山也哉？余故谓词至今日而已臻其盛，正恐自今日而渐底于衰，宁无砥柱中流，蝉联韵事，合南唐北宋而为一家者。"

（6）李易安云："五代干戈，斯文道熄，独江南李氏君臣尚文雅，故有'小楼吹彻玉笙寒''吹皱一池春水'之词，语虽奇，所谓'亡国之音哀以思'也。逮至本朝，礼乐大备，又涵养百馀年，始有柳屯田者，变旧声作新声，出《乐章集》，大得声称于世，虽协音律，而词语尘下。又有张子野、宋子京兄弟，沈唐、元绛、晁次膺辈继出，亦时时有妙语，而破碎何足名家。至晏元献、欧阳永叔、苏子瞻，学际天人，作为小歌词，直如酌蠡水于大海，然皆句读不葺之诗尔，又往往不协音律者。何也？盖诗文分平仄，而歌词分五音，又分五声，又分音律，又分清浊轻重。且如近世所谓《声声慢》《雨中花》《喜迁莺》，既押平声韵，又押入声韵。《玉楼春》本押平声韵，又押上去声，又押入声。夫本押仄声韵，如押上声则协，如押入声则不可歌矣。王介甫、曾子固，文章似西汉，若作小歌词，则人必绝倒，不可读也。乃知别是一家，知之者少。后晏叔原、贺方回、秦少游、黄鲁直出，始能知之。又晏苦无铺叙。贺苦少典重。秦即专主情致，而少故实，譬如贫家美女，非不妍丽，而终乏富贵。黄虽尚故实，而多疵病，如良玉有瑕，价自减半矣。"

按，此则见胡仔《苕溪渔隐丛话·后集》卷三三。李清照原文云："……五代干戈，四海瓜分豆剖，斯文道熄，独江南李氏君臣尚文雅，故有'小楼吹彻玉笙寒''吹皱一池春水'之词，语虽奇甚，所谓'亡国之音哀以思'者也。逮至本朝，礼乐文武大备，又涵养百馀年，始有柳屯田永者，变旧声作新声，出《乐章集》，大得声称于世，虽协音律，而词语尘下。又有张子野、宋子京兄弟，沈唐、元绛、晁次膺辈继出，虽时时有妙语，而破碎何足名家。至晏元献、欧阳永叔、苏子瞻，学际天人，作为小歌词，直如酌蠡水于大海，然皆句读不葺之诗尔，又往往不协音律者。何耶？盖诗文分平仄，而歌词分五音，又分五声，又分六律，又分清浊轻重。且如近世所谓《声声慢》《雨中花》《喜迁莺》，既押平声韵，又押入声韵。《玉楼春》本押平声韵，又押上、去声，又押入声。本押仄声韵，如押上声则协，如押入声则不可歌矣。王介甫、曾子固，文章似西汉，若作一小歌词，则人必绝倒，不可读也。乃知别是一家，知之者少。后晏叔原、贺方回、秦少游、黄鲁直出，始能知之。又晏苦无铺叙。贺苦少典重。秦即专主情致，而少故实，譬如贫家美女，虽极妍丽丰逸，而终乏富贵态。黄即尚故实，而多疵病，譬如良玉有瑕，价自减半矣。"此则文字徐釚《词苑丛谈》卷一已有摘录，田同之《西圃词说》实据《词苑丛谈》间接转载，非从《苕溪渔隐丛话·后集》直接援引。

（7）渔洋王司寇云："自七朝五十五曲之外，如王之涣《凉州》，白居易《柳枝》，王维《渭城》，流传尤盛。此外虽以李白、杜甫、李绅、张籍之流，因事创调，篇什繁多，要其音节，皆不可歌。诗之为功既穷，而声音之秘，势不能无所寄，于是温、和生而《花间》作，李、晏出而《草堂》兴，此诗之馀，而乐府之变也。语其正，则南唐二主为之祖，至漱玉、淮海而极盛，高、史其嗣响也。语其变，则眉山导其源，至稼轩、放翁而尽变，陈、刘其馀波也。有诗人之词，唐、蜀、五代诸人是也。文人之词，晏、欧、秦、李诸君子是也。有词人之词，柳永、周美成、康与之之属是也。有英雄之词，苏、陆、辛、刘是也。至是声音之道，乃臻极致，而诗之为功，虽百变而不穷。《花间》《草堂》尚已。《花庵》博而杂。《尊前》约以疏。《词统》一编，稍撮诸家之胜。然详于隆、万，略于启、祯，故又有《倚声》续《花间》《草堂》之后。"

按，此则见王士禛《倚声集序》。《倚声集序》云："……唐诗号称极备，乐府所载自七朝五十五曲之外，不概见。而梨园弟子所歌，率当时诗人之作，如王之涣之《凉州》，白居易之《柳枝》，王维《渭城》一曲，流传尤盛。此外虽以李白、杜甫、李绅、张籍之流，因事创调，篇什繁富，要其音节，皆不可歌。诗之为功既穷，而声音之秘，势不能无所寄，于是温、和生而《花间》作，李、晏出而《草堂》兴，此诗之馀，而乐府之变也。诗馀者，古诗之苗裔也。语其正，则南唐二主为之祖，至漱玉、淮海而极盛，高、史其嗣响也。语其变，则眉山导其源，至稼轩、放翁而尽变，陈、刘其馀波也。有诗人之词，唐、蜀、五代诸人是也。有文人之词，晏、欧、秦、李诸君子是也。有词人之词，柳永、周美成、康与之之属是也。有英雄之词，苏、陆、辛、刘是也。至是声音之道，乃臻极致，而诗之为功，虽百变而不穷。《花间》《草堂》尚矣。《花庵》博而杂。《尊前》约以疏。《词统》一编，稍撮诸家之胜。然详于隆、万，略于启、祯。邹子与予盖尝叹之，因网罗五十年来荐绅隐逸宫闱之制，汇为一书，续《花间》《草堂》之后，使夫声音之道，不至湮没而无传。"又，王士禛《倚声初集序》既刊于《倚声初集》，又收入《渔洋文集》卷三，二者文字略有差异。田同之《西圃词说》乃据《渔洋文集》卷三而节录。

（8）诗词风气，正自相循。贞观、开元之诗，多尚淡远。大历、元和后，温、李、韦、杜渐入香奁，遂启词端。《金荃》《兰畹》之词，概崇芳艳。南唐、北宋后，辛、陆、姜、刘渐脱香奁，仍存诗意。元则曲胜，而诗词俱掩，明则诗胜于词，今则诗词俱胜矣。

按，此则见徐喈凤《词证》。《词证》第十三则云："余观诗词风气，正自相循。贞观、开元之诗，多尚淡远。大历、元和后，温、李、韦、杜渐入香奁，遂启词端。《金荃》《兰畹》之词，概崇芳艳。南唐、北宋后，辛、陆、姜、刘渐脱香奁，仍存诗意。元则曲胜，而诗词俱掩，明则诗胜于词，今则诗词并胜。将来风气，有词盛于诗之势。"

（9）诗贵庄而词不嫌佻。诗贵厚而词不嫌薄。诗贵含蓄而词不嫌流露。之三者，不可不知。

按，此则见徐喈凤《词证》。《词证》第十三则后半部分云："盖诗贵庄而词不嫌佻，诗贵厚而词不嫌薄，诗贵含蓄而词不嫌流露。今日风气与词相近，余是以知其必胜也。"

（10）王元美论词云："宁为大雅罪人。"予以为不然。文人之才，何所不寓，大抵比物流连，寄托居多。《国风》《骚》《雅》，同扶名教。即宋玉赋美人，亦犹主文谲谏之义。良以端言之不得，故长言咏叹，随所指以托兴焉。必欲如柳屯田之"兰心蕙性""枕前言下"等语，不几风雅扫地乎。

按，此则见曹禾《珂雪词话》。曹禾《珂雪词话》8则，乃于康熙十五年（1676）为曹贞吉《珂雪词》而作。《珂雪词话》第七则云："王元美论词云：'宁为大雅罪人。'予以为不然。文人之才，何所不寓，大抵比物流连，寄托居多。《国风》《离骚》，同扶名教。即宋玉赋美人，亦犹主文谲谏之义。良以端言之不得，故长言咏叹，随所指以托兴焉。必欲如柳屯田之'兰心蕙性''枕前言下'等语，不几风雅扫地乎。实庵词无一语无寄托者，予之所以服膺也。"

（11）言情之作，易流于秽。此宋人选词，多以雅为尚。法秀道人语涪翁曰："作艳词当堕犁舌地狱。"正指涪翁一等体制而言耳。填词最雅，无过石帚，而《草堂诗馀》不登其只字，可谓无目者也。

按，此则见朱彝尊《词综·发凡》。朱彝尊《词综·发凡》云："言情之作，易流于秽。此宋人选词，多以雅为目。法秀道人语涪翁曰：'作艳词当堕犁舌地狱。'正指涪翁一等体制而言耳。填词最雅，无过石帚，《草堂诗馀》不登其只字，见胡浩'立春''吉席'之作，蜜殊'咏桂'之章，亟收卷中，可谓无目者也。"

（12）小调不学《花间》，则当学欧、晏、秦、黄，欧、晏蕴藉，秦、黄生动，一唱三叹，总以不尽为佳。清真以短调行长调，滔滔莽莽，嫌其不能尽变。至姜、史、高、吴，而融篇炼句琢字之法，无一不备矣。

按，此则见邹祗谟《远志斋词衷》。《远志斋词衷》云："余尝与文友论词，谓小调不学《花间》，则当学欧、晏、秦、黄。《花间》绮琢处，于诗为靡，而于词则如古锦纹理，自有黯然异色。欧、晏蕴藉，秦、黄生动，一唱三叹，总以不尽为佳。清真、乐章，以短调行长调，故滔滔莽莽处，如唐初四杰，作七古嫌其不能尽变。至姜、史、高、吴，而融篇炼句琢字之法，无一不备。"

（13）云间诸公，论诗宗初盛，论词宗北宋，此其能合而不能离也。夫离而得合，乃为大家。若优孟衣冠，天壤间只生古人已足，何用有我。

按，此则见曹禾《珂雪词话》。《珂雪词话》第八则云："云间诸公，论诗宗初盛唐，论词宗北宋，此其能合而不能离也。夫离而得合，乃为大家。若优孟衣冠，天壤间只生古人已足，何用有我。实庵与予意合，其词宁为创不为述，宁失之粗豪不甘为描写，妍媸好丑，世必有能辨之者。"

（14）今人论词，动称辛、柳，不知稼轩词以"佛霾祠下，一片神鸦社鼓"为最，过此则颓然放矣。耆卿词以"关河冷落，残照当楼"与"杨柳岸、晓风残月"为佳，非是则淫以亵矣。此不可不辨。

按，此则见《珂雪词·咏物词评》引宋荦语。《珂雪词·咏物词评》云："宋牧仲先生曰：今人论词，动称辛、柳，不知稼轩词以'佛霾祠下，一片神鸦社鼓'为最，过此则颓然放矣。耆卿词以'关河冷落，残照当楼'与'杨柳岸、晓风残月'为佳，非是则淫以亵矣。迨白石翁崛起南宋，玉田、草窗诸公互相唱和，戛戛乎陈言之务去，所谓如'野云孤飞，去留无迹'者，此竹垞论词必以南宋为宗也。"

（15）姜夔尧章崛起南宋，最为高洁，所谓"如野云孤飞，去留无迹"者。惜乎《白石乐府》五卷，今已无传，惟《中兴绝妙词》，仅存二十馀阕耳。

按，此则见朱彝尊《词综·发凡》及《黑蝶斋诗馀序》。《词综·发凡》云："世人言词，必称北宋，然词至南宋始极其工，至宋季而始极其变，姜尧章氏最为杰出，惜乎《白石乐府》五卷，今仅存二十馀阕也。"《黑蝶斋诗馀序》云："《白石词》凡五卷，世已无传，传者惟《中兴绝妙词选》所录，仅数十首耳。"又，张炎《词源》谓"姜白石词如野云孤飞，去留无迹"。黄升《中兴以来绝妙词选》卷六录白石词34首。

（16）白石而后，有史达祖、高观国羽翼之，张辑、吴文英师之于前，赵以夫、蒋捷、周密、陈允衡、王沂孙、张炎、张翥效之于后。譬之于乐，舞箾至于九变，而词之能事毕矣。

按，此则见汪森《词综序》。《词综序》云："鄱阳姜夔出，句琢字炼，归于醇雅。于是史达祖、高观国羽翼之，张辑、吴文英师之于前，赵以夫、蒋捷、周密、陈允衡、王沂孙、张炎、张翥效之于后。譬之于乐，舞箾至于九变，而词之能事毕矣。"

（17）元时，中原人士往往沉于散僚，关汉卿为太医院尹，郑德辉杭州小吏，宫大用均台山长，沉困簿书，老不得志，而杂剧乃独绝于时。自元迄明，词与曲分，无复以诗馀入乐府歌唱者，皆可为叹息也。

（18）明初作手，若杨孟载、高季迪、刘伯温辈，皆温雅芊丽，咀宫含商。李昌祺、王达善、瞿宗吉之流，亦能接武。至钱塘马浩澜以词名东南，陈言秽语，俗气熏入骨髓，殆不可医。周白川、夏公谨诸老，间有硬语，杨用修、王元美则强作解事，均与乐章未谐。

按，此则见朱彝尊《词综·发凡》。《词综·发凡》云："明初作手，若杨孟载、高季迪、刘伯温辈，皆温雅芊丽，咀宫含商。李昌祺、王达善、瞿宗吉之流，亦能接武。至钱塘马浩澜以词名东南，陈言秽语，俗气熏入骨髓，殆不可医。周白川、夏公谨诸老，间有硬语，杨用修、王元美则强作解事，均与乐章未谐。"

（19）词始于唐，盛于宋，南北历二百馀年，畸人代出，分路扬镳，各有其妙。至南宋诸名家，备极变化。盖文章气运，不能不变者，时为之也。于是竹垞遂有词至南宋始工之说。惟渔洋先生云："南北宋止可论正变，未可分工拙。"诚哉斯言，虽千古莫易矣。

按，此则见田肇丽《有怀堂文集·题都梁词》。田肇丽（1661—?），字苍臣，田雯子，田同之父。《题都梁词》云："词，诗之馀也。唐人诗自高延礼区别初盛中晚，谈诗者非之。词至宋始盛，近有'至南宋始工'之说。夫文章者，天地变化之所为也，天地变化与人心之精华交相击发，而文章之变化不可胜穷，诗词亦然。宋南北历二百馀年，畸人代出，其为词也，各有神髓，各有气候，犹唐人诗，开元、天宝而后，有大历，又有元和、长庆。其不能不变者，时也，随时而变者，文人之心也。即一代之人，灵心慧业，各展杼轴，如吴梦窗则密，张玉田则疏，未尝寻条屈步，终其身为隶人而不自出也。渔洋王公之论词曰：'南北宋人，止可论正变，未可分工拙。'诚哉斯言，虽千古莫易。唯是词家言情之作，易流于秽，南宋人深鉴法秀道人对涪翁之语，一归于娴雅、恬澹，此变之善者也。"

（20）昔人云，填词小道，然鲁直谓晏叔原乐府为高唐、洛神之流，张文潜谓贺方回"幽洁如屈、宋，悲壮如苏、李"。夫屈、宋，三百之苗裔，苏、李，五言之鼻祖，而谓晏、贺之词似之，世亦无疑二公之言为过情者，然则填词非小道，可知也。

按，此则见《珂雪词·怀古词评》引王士禛语。《珂雪词·怀古词评》云："王阮亭先生曰：'填词，小道也。'然鲁直谓晏叔原乐府为高唐、洛神之流，张文潜谓贺方回幽洁如屈、宋，悲壮如苏、李。夫屈、宋，三百之苗裔，苏、李，五言之鼻祖，而谓晏、贺之词似之，世亦无疑二公之论为过情者，然则填词非小道，可知也。"

（21）填词亦各见其性情，性情豪放者，强作婉约语，毕竟豪气未除；性情婉约者，强作豪放语，不觉婉态自露。故婉约自是本色，豪放亦未尝非本色也。

按，此则见徐喈凤《词证》。《词证》第五则云："词虽小道，亦各见其性情，性情豪放者，强作婉约语，毕竟豪气未除；性情婉约者，强作豪放语，不觉婉态自露。故婉约自是本色，豪放亦未尝非本色也。后山评东坡词'如教坊雷大使舞，虽极天下之工，要非本色'，此离乎性情以为言，岂是平论。"

（22）弇州谓美成能作景语，不能作情语。愚谓词中情景，不可太分，深于言情者，正在善于写景。

按，此则见徐喈凤《词证》。《词证》第七则云："弇州谓美成能作景语，不能作情语。愚谓词中情景，不可太分，深于言情者，正在善于写景。"

（23）词自隋炀、李白创调之后，作者多以闺词见长。合诸名家计之，不下数千万首，深情婉至，摹写殆尽。今人可以不作矣。即或变调为之，亦须别有寄托，另具性情，方不致张冠李戴。

按，此则见徐𪩘凤《词证》。《词证》第八则云："词自隋炀、李白创调之后，作者多以闺词见长。合诸名家计之，不下数千万首，深情婉致，摹写殆尽。今人可以不作矣。即或变调为之，终是拾人牙后。"

（24）陈眉公曰："幽思曲想，张、柳之词工矣，然其失则俗而腻也。伤时吊古，苏、辛之词工矣，然其失则莽而俚也。两家各有其美，亦各有其病。"斯为词论之至公。

按，此则见徐𪩘凤《词证》。《词证》第十则云："陈眉公曰：'幽思曲想，张、柳之词工矣，然其失则俗而腻也。伤时吊古，苏、辛之词工矣，然其失则莽而俚也。两家各有其美，亦各有其病。'斯为词论之至公。"陈眉公即陈继儒，此语见其《诗馀广选序》。

（25）《乐府指迷》云："词要清空，不要质实。"此八字是填词家金科玉律。清空则灵，质实则滞，张玉田所以扬白石而抑梦窗也。

按，此则见徐𪩘凤《词证》。《词证》第四则云："《乐府指迷》云：'词要清空，不要质实。'此八字是填词家金科玉律。清空则灵，质实则滞，张玉田所以扬白石而抑梦窗也。"又，"词要清空，不要质实"一语出自张炎《词源》，而非沈义父《乐府指迷》。

（26）词以神气为主，取韵者次也，镂金错采其末耳。

按，此则见曹禾《珂雪词话》。《珂雪词话》第五则云："词以神气为主，取韵者次也，镂金错采其末耳。"

（27）词之一道，纵横入妙，能转法华，则本来寂灭，不碍昙花。文字性灵，无非般若。频呼小玉，亦可证入圆通矣。

按，此则见高珩《珂雪词序》。《珂雪词序》云："……至于纵横入妙，能转法华，则本来寂灭，不碍莺花。文字性灵，无非般若。频呼小玉，亦可证入圆通，有馀矣。"又，此文高珩《栖云阁文集》卷五题为《实庵词序》，但上述引文已被删去。

（28）填词要诀无他，惟能去花庵、草堂之陈言，不为所役，俾滓秽涤濯，以孤技自拔于流俗。绮靡矣，而不戾乎情。镂琢矣，而不伤夫气。夫然后足与古人方驾焉。

按，此则见朱彝尊《孟彦林词序》。《孟彦林词序》云："词虽小道，为之亦有术矣，去《花庵》《草堂》之陈言，不为所役，俾淬窳涤濯，以孤技自拔于流俗。绮靡矣，而不戾乎情。镂琢矣，而不伤夫气。夫然后足与古人方驾焉。"

（29）竹垞朱检讨云："宋人编集歌词，长者曰慢，短者曰令，初无中调、长调之目。自顾从敬编草堂词，以臆见分之，后遂相沿，殊为牵率。"

按，此则见朱彝尊《词综·发凡》。《词综·发凡》云："宋人编集歌词，长者曰慢，短者曰令，初无中调、长调之目。自顾从敬编草堂词，以臆见分之，后遂相沿，殊属牵率。"

（30）《花间》体制，调即是题，如《女冠子》则咏女道士，《河渎神》则为送迎神曲，《虞美人》则咏虞姬是也。宋人词集，大约无题。自《花庵》《草堂》，增入闺情、闺思、四时景等，深为可憎。

按，此则见《词综·发凡》。《词综·发凡》："《花间》体制，调即是题，如《女冠子》则咏女道士，《河渎神》则为送迎神曲，《虞美人》则咏虞姬是也。宋人词集，大约无题。自《花庵》《草堂》，增入闺情、闺思、四时景等题，深为可憎。"

（31）渔洋云："温、李齐名，温实不及李。李不作词，而温为花间鼻祖，岂亦同能不如独胜之意耶？古人学书不胜，去而学画，学画不胜，去而学塑，其善于用长如此。"

按，此则见王士禛《花草蒙拾》。《花草蒙拾》云："温、李齐名，然温实不及李。李不作词，而温为花间鼻祖，岂亦同能不如独胜之意耶。古人学书不胜，去而学画，学画不胜，去而学塑，其善于用长如此。"

（32）又云："或问《花间》之妙，曰：'蹙金结绣而无痕迹。'问《草堂》之妙，曰：'采采流水，蓬蓬远春。'"

按，此则见王士禛《花草蒙拾》。《花草蒙拾》云："或问《花间》之妙，曰：'蹙金结绣而无痕迹。'问《草堂》之妙，曰：'采采流水，蓬蓬远春。'"

（33）又云："宋南渡后，梅溪、白石、竹屋、梦窗诸子，极妍尽态，反有秦、李未到者。虽神韵天然处或不及，自令人有观止之叹，正如唐绝句，至刘宾客、杜京兆，妙处反进青莲、龙标一尘。"

按，此则见王士禛《花草蒙拾》。《花草蒙拾》云："宋南渡后，梅溪、白石、竹屋、梦窗诸子，极妍尽态，反有秦、李未到者。虽神韵天然处或减，要自令人有观止之叹，正如唐绝句，至晚唐刘宾客、杜京兆，妙处反进青莲、龙标一尘。"

（34）华亭宋尚木徵璧曰："吾于宋词得七人焉，曰永叔秀逸，子瞻放诞，少游清华，子野娟洁，方回鲜清，小山聪俊，易安妍婉。若鲁直之苍老，而或伤于颓。介甫之劖削，而或伤于拗。无咎之规检，而或伤于朴。稼轩之豪爽，而或伤于霸。务观之萧散，而或伤于疏。此皆所谓我辈之词也。苟举当家之词，如柳屯田哀感顽艳，而少寄托。周清真蜿蜒流美，而乏陡健。康伯可排叙整齐，而乏深邃。其外则谢无逸之能写景，僧仲殊之能言情，程正伯之能壮采，张安国之能用意，万俟雅言之能协律，刘改之之能使气，曾纯甫之能书怀，吴梦窗之能叠字，姜白石之能琢句，蒋竹山之能作态，史邦卿之能刷色，黄花庵之能选格，亦其选也。词至南宋而繁，亦至南宋而敝，作者纷如，难以概述矣。"

按，此则见徐釚《词苑丛谈》卷四。《词苑丛谈》卷四云："华亭宋尚木徵璧曰：'吾于宋词得七人焉，曰永叔，其词秀逸；曰子瞻，其词放诞；曰少游，其词清华；曰子野，其词娟洁；曰方回，其词新鲜；曰小山，其词聪俊；曰易安，其词妍婉。他若黄鲁直之苍老，而或伤于颓。王介甫之劖削，而或伤于拗。晁无咎之规检，而或伤于朴。辛稼轩之豪爽，而或伤于霸。陆务观之萧散，而或伤于疏。此皆所谓我辈之词也。苟举当家之词，如柳屯田哀感顽艳，而少寄托。周清真蜿蜒流美，而乏陡健。康伯可排叙整齐，而乏深邃。其外则谢无逸之能写景，僧仲殊之能言情，程正伯之能壮采，张安国之能用意，万俟雅言之能叶律，刘改之之能使气，曾纯甫之能书怀，吴梦窗之能累字，姜白石之能琢句，蒋竹山之能作态，史邦卿之能刷色，黄花庵之能选格，亦其选也。词至南宋而繁，亦至南宋而敝，作者纷如，难以概述。夫各因其姿之所近。苟去前人之病而务用其所长，必赖后人之力也夫。'"又，上引文字原见于宋徵璧作于顺治七年（1650）的《倡和诗馀序》，邹祗谟《倚声初集》前编卷二首先节录，并以"后人"二字置换原文中的"诸子倡和"四字，名之曰"宋徵璧论宋词"。徐釚《词苑丛谈》卷四复从《倚声初集》录载。而田同之《西圃词说》复从《词苑丛谈》录载。

（35）彭羡门云："词家每以秦七、黄九并称，其实黄不及秦远甚。犹高之视史，刘之视辛，虽齐名一时，而优劣自不可掩。"

按，此则见彭孙遹《金粟词话》。《金粟词话》云："词家每以秦七、黄九并称，其实黄不及秦甚远。犹高之视史，刘之视辛，虽齐名一时，而优劣自不可掩。"

（36）长调之难于短调者，难于语气贯串，不冗不复，徘徊宛转，自然成文。今人作词短调独多，长调寥寥不概见，当由寄兴所成，非专诣耳。

按，此则见彭孙遹《金粟词话》。《金粟词话》云："长调之难于小调者，难于语气贯串，不冗不复，徘徊宛转，自然成文。今人作词，中小调独多，长调寥寥不概见，当由兴寄所成，非专诣耳。"

（37）邹程村曰："词品云：'填词于文为末，而非自选《诗》、乐府来，不能入妙。李易安词"清露晨流，新桐初引"，乃全用世说语。'愚按，词至稼轩，经子百家，行间笔下，驱斥如意。近则娄东善用南北史，江左风流，惟有安石，词家妙境，重见桃源矣。"

按，此则见邹祗谟《远志斋词衷》。《远志斋词衷》云："词品云：'填词于文为末，而非自选诗、乐府来，不能入妙。李易安词"清露晨流，新桐初引"，乃全用世说语。'愚按，词至稼轩，经子百家，行间笔下，驱斥如意。近则娄东善用南北史，江左风流，惟有安石，词家妙境，重见桃源矣。"

（38）宗梅岑曰："词以艳丽为工，但艳丽中须近自然本色方佳。近日词家极盛，其卓然命世者，如百宝流苏，千丝铁网。世人不解，谓其使事太多，相率交诋，此何足怪。盖寻常菽粟者，不知石蚨海月为何物耳。"

按，此则见徐釚《词苑丛谈》卷四。《词苑丛谈》卷四云："宗梅岑曰：'词以艳丽为工，但艳丽中须近自然本色，若流为浅薄一路，则鄙俚不堪入调矣。近日词家极盛，其卓然命世者，真如百宝流苏，千丝铁网。世人不解，谓其使事太多，相率交诋，此何足怪。盖寻常菽粟者，不知石蚨海月为何物耳。'"

（39）作词必先选料，大约用古人之事，则取其新僻，而去其陈因。用古人之语，则取其清隽，而去其平实。用古人之字，则取其鲜雅，而去其腐俗。不可不知也。

按，此则见彭孙遹《金粟词话》。《金粟词话》云："作词必先选料，大约用古人之事，则取其新颖，而去其陈因。用古人之语，则取其清隽，而去其平实。用古人之字，则取其鲜丽，而去其浅俗。不可不知也。"

（40）僻词作者少，宜浑脱，乃近自然。常调作者多，宜生新，斯能振动。

按，此则见沈谦《填词杂说》。《填词杂说》云："僻词作者少，宜浑脱，乃近自然。常调作者多，宜生新，斯能振动。"

（41）沈东江曰："中调长调转换处，不欲全脱，不欲明粘，如画家开合之法，须一气而成，则神味自足，以有意求之，不得也。"又，"长调最难工，芜累与痴重同忌，衬字不可少，又忌浅熟"。

按，此则见刘体仁《七颂堂词绎》，非沈谦语。《七颂堂词绎》云："中调长调转换处，不欲全脱，不欲明粘，如画家开合之法，须一气而成，则神味自足，以有意求之，不得也。""长调最难工，芜累与痴重同忌，衬字不可少，又忌浅熟。"刘氏此语，徐釚《词苑丛谈》卷一已有摘录，田同之《西圃词说》实据《词苑丛谈》间接转载，而非从《七颂堂词绎》直接援引。

（42）词中对句，正是难处，莫认作衬句。至五言对句、七言对句，使观者不作对疑，尤妙。

按，此则见刘体仁《七颂堂词绎》，非沈谦语。《七颂堂词绎》云："词中对句，正是难处，莫认作衬句。至五言对句、七言对句，使观者不作对疑，尤妙。"刘氏此语，徐釚《词苑丛谈》卷一已有摘录，田同之《西圃词说》实据《词苑丛谈》间接转载，而非从《七颂堂词绎》直接援引。又，刘体仁之语，来自俞彦《爰园词话》。《爰园词话》云："词中对句，须是难处，莫认为衬句。正唯五言对句、七言对句，使读者不作对疑，尤妙，此即重叠对也。"

（43）词中语句，无论长短，不宜叠实，合用虚字呼唤，一字如正、但、任、况之类，两字如莫是、又还之类，三字如更能消、最无端之类，却要用之得其所。

按，此则见张炎《词源》。《词源》云："词与诗不同，词之句语，有二字、三字、四字，至六字、七、八字者，若堆叠实字，读且不通，况付之雪儿乎。合用虚字呼唤，单字如正、但、任、甚之类，两字如莫是、还又、那堪之类，三字如更能消、最无端、又却是之类，此等虚字，却要用之得其所。若使尽用虚字，句语又俗，虽不质实，恐不无掩卷之诮。"此语徐釚《词苑丛谈》卷一已有摘录，田同之《西圃词说》实据《词苑丛谈》间接转载，而非从《词源》直接援引。

（44）句法中有字面，盖词中有生硬字用不得，须是深加锻炼，字字敲打得响，歌诵妥溜，方为本色语。如贺方回、吴梦窗，皆善于炼字者，多于李长吉、温庭筠诗中来。字面亦词中起眼处，不可不留意也。

按，此则见张炎《词源》。《词源》云："句法中有字面，盖词中一个生硬字用不得，须是深加锻炼，字字敲打得响，歌诵妥溜，方为本色语。如贺方回、吴梦窗，皆善于炼字面，多于温庭筠、李长吉诗中来。字面亦词中之起眼处，不可不留意也。"此语徐釚《词苑丛谈》卷一已有摘录，田同之《西圃词说》实据《词苑丛谈》间接转载，而非从《词源》直接援引。

（45）承诗启曲者，词也，上不可似诗，下不可似曲。然诗与曲又俱可入词，贵人自运。

按，此则见沈谦《填词杂说》。《填词杂说》云："承诗启曲者，词也，上不可似诗，下不可似曲。然诗曲又俱可入词，贵人自运。"此语徐釚《词苑丛谈》卷一已有摘录，田同之《西圃词说》实据《词苑丛谈》间接转载，而非从《填词杂说》直接援引。

（46）小调要言短意长，忌尖弱。中调要骨肉停匀，忌平板。长调要纵横自如，忌粗率。能于豪爽中着一二精致语，绵婉中着一二激厉语，尤见错综。

按，此则见沈谦《填词杂说》。《填词杂说》云："小调要言短意长，忌尖弱。中调要骨肉停匀，忌平板。长调要操纵自如，忌粗率。能于豪爽中着一二精致语，绵婉中着一二激厉语，尤见错综。"此语徐釚《词苑丛谈》卷一已有摘录，田同之《西圃词说》实据《词苑丛谈》间接转载，而非从《填词杂说》直接援引。

（47）白描不得近俗，修饰不可太文，生香真色，在离即之间，不特难知，亦难言。

按，此则见沈谦《填词杂说》。《填词杂说》云："白描不可近俗，修饰不得太文，生香真色，在离即之间，不特难知，亦难言。"此语徐釚《词苑丛谈》卷一已有摘录，田同之《西圃词说》实据《词苑丛谈》间接转载，而非从《填词杂说》直接援引。

（48）小令、中调有排荡之势者，吴彦高之"南朝千古伤心事"，范希文之"塞下秋来风景异"是也。长调极狎昵之情者，周美成之"衣染莺黄"，柳耆卿之"晚晴初"是也。于此足悟偷声变律之妙。

按，此则见沈谦《填词杂说》。《填词杂说》云："小令、中调有排荡之势者，吴彦高之'南朝千古伤心事'，范希文之'塞下秋来风景异'是也。长调极狎昵之情者，周美成之'衣染莺黄'，柳耆卿之'晚晴初'是也。于此足悟偷声变律之妙。"此语徐釚《词苑丛谈》卷一已有摘录，田同之《西圃词说》实据《词苑丛谈》间接转载，而非从《填词杂说》直接援引。

（49）徐师川："门外重重叠叠山，遮不断愁来路。"欧阳永叔："强将离恨倚江楼，江水不能流恨去。"古人语不相袭，又能各见所长。

按，此则见沈谦《填词杂说》。《填词杂说》云："徐师川'门外重重叠叠山，遮不断愁来路'、欧阳永叔'强将离恨倚江楼，江水不能流恨去'。古人语不相袭，又能各见所长。"此语徐釚《词苑丛谈》卷一已有摘录，田同之《西圃词说》实据《词苑丛谈》间接转载，而非从《填词杂说》直接援引。

（50）邹程村曰："填词结句，或以动荡见奇，或以迷离称隽，着一实语，败矣。康伯可'正是销魂时候也，撩乱花飞'，晏叔原'紫骝认得旧游踪，嘶过画桥东畔路'，秦少游'放花无语对斜晖，此恨谁知'，深得此法。"

按，此则见沈谦《填词杂说》，非邹祗谟语。《填词杂说》云："填词结句，或以动荡见奇，或以迷离称隽，着一实语，败矣。康伯可'正是销魂时候也，撩乱花飞'，晏叔原'紫骝认得旧游踪，嘶过画桥东畔路'，秦少游'放花无语对斜晖，此恨谁知'，深得此法。"此语徐釚《词苑丛谈》卷一已有摘录，田同之《西圃词说》实据《词苑丛谈》间接转载，而非从《填词杂说》直接援引。

（51）咏物贵似，然不可刻意太似。取形不如取神，用事不若用意。

按，此则见邹祗谟《远志斋词衷》。《远志斋词衷》云："咏物固不可不似，尤忌刻意太似。取形不如取神，用事不若用意。宋词至白石、梅溪，始得个中妙谛。"

（52）词要不亢不卑，不触不悖，蓦然而来，悠然而逝。立意贵新，设色贵雅，构局贵变，言情贵含蓄，如骄马弄衔而欲行，粲女窥帘而未出，得之矣。

按，此则见沈谦《填词杂说》。《填词杂说》云："词要不亢不卑，不触不悖，蓦然而来，悠然而逝。立意贵新，设色贵雅，构局贵变，言情贵含蓄，如骄马弄衔而欲行，粲女窥帘而未出，得之矣。"此语徐釚《词苑丛谈》卷一已有摘录，田同之《西圃词说》实据《词苑丛谈》间接转载，而非从《填词杂说》直接援引。

（53）男中李后主，女中李易安，极是当行本色。

按，此则见沈谦《填词杂说》。《填词杂说》云："男中李后主，女中李易安，极是当行本色。"此语徐釚《词苑丛谈》卷一已有摘录，田同之《西圃词说》实据《词苑丛谈》间接转载，而非从《填词杂说》直接援引。

（54）词家多翻诗意入词，虽名流不免。吾常爱李后主《一斛珠》末句云："绣床斜凭娇无那。烂嚼红绒，笑向檀郎唾。"杨孟载春绣绝句云："闲情正在停针处，笑嚼红绒吐碧窗。"此却翻词入诗，弥子瑕竟效颦于南子。

按，此则见贺裳《皱水轩词筌》。《皱水轩词筌》云："词家多翻诗意入词，虽名流不免。吾常爱李后主《一斛珠》末句云：'绣床斜凭娇无那。烂嚼红绒，笑向檀郎唾。'杨孟载春绣绝句云：'闲情正在停针处，笑嚼红绒唾碧窗。'此却翻词入诗，弥子瑕竟效颦于南子。"此语徐釚《词苑丛谈》卷一已有摘录，田同之《西圃词说》实据《词苑丛谈》间接转载，而非从《皱水轩词筌》直接援引。

（55）词中本色语，如李易安"眼波才动被人猜"，萧淑兰"去也不教知，怕人留恋伊"，孙光宪"留不得、留得也应无益"，严次山"一春不忍上高楼，为怕见、分携处"，观此种句，即可悟词中之真色生香。且"怕人留恋伊""为怕见分携处"，两"怕"字用来妙不可言，若用一"恐"字，亦未尝说不去，然毫厘差，则千里谬矣。盖词中雅俗字，原可互相胜负，非文理不背，即可通用，此仅可为解人道也。

按，此则见贺裳《皱水轩词筌》。《皱水轩词筌》云："词虽以险丽为工，实不及本色语之妙。如李易安'眼波才动被人猜'，萧淑兰'去也不教知，怕人留恋伊'，魏夫人'为报归期须及早，休误妾、一身闲'，孙光宪'留不得、留得也应无益'，严次山'一春不忍上高楼，为怕见、分携处'，观此种句，觉红杏枝头春意闹尚书，安排一个字，费许大气力。"此语徐釚《词苑丛谈》卷一已有摘录，田同之《西圃词说》实据《词苑丛谈》间接转载，而非从《皱水轩词筌》直接援引。

（56）凡写迷离之况者，止须述景，如"小窗斜日到芭蕉""半窗斜月疏钟后"，不言愁而愁自见。因思韩致光"空楼雁一声，远屏灯半灭"，已足色悲凉，何必又赞"眉山正愁绝"耶？

按，此则见贺裳《皱水轩词筌》。《皱水轩词筌》云："凡写迷离之况者，止须述景，如'小窗斜日到芭蕉''半床斜月疏钟后'，不言愁而愁自见。因思韩致光'空楼雁一声，远屏灯半灭'，已足色悲凉，何必又赞'眉山正愁绝'耶？觉首篇'时复见残灯，和烟坠金穗'，如此结句，更自含情无限。"此语徐釚《词苑丛谈》卷一已有摘录，田同之《西圃词说》实据《词苑丛谈》间接转载，而非从《皱水轩词筌》直接援引。

（57）柴虎臣："旨取温柔，词取蕴藉，昵而闺帏，勿浸而巷曲，浸而巷曲，勿堕而村鄙。"又云："语境则'咸阳古道''汴水长流'，语事则'赤壁周郎''江州司马'，语景则'岸草平沙''晓风残月'，语情则'红雨飞愁''黄花比瘦'，可谓雅畅。"

按，此则见毛先舒《诗辨坻》。《诗辨坻》云："柴虎臣云：'指取温柔，词归蕴藉，昵而闺帏，勿浸而巷曲，浸而巷曲，勿堕而村鄙。'又云：'语境则"咸阳古道""汴水长流"，语事则"赤壁周郎""江州司马"，语景则"岸草平沙""晓风残月"，语情则"红雨飞愁""黄花比瘦"，可谓雅畅。'"此语徐釚《词苑丛谈》卷一已有摘录，田同之《西圃词说》实据《词苑丛谈》间接转载，而非从《诗辨坻》直接援引。

（58）董文友《蓉渡词话》曰："词与诗曲，界限甚分，似曲不可，而似诗仍复不佳，譬如拟六朝文，落唐音固卑，侵汉调亦觉伧父。"

按，此则见董以宁《蓉渡词话》（《倚声初集》前编卷二）。《蓉渡词话》云："严给事与仆论词云：近日诗馀，好亦似曲。仆谓词与诗曲，界限甚分，似曲不可，似诗仍复不佳，譬如拟六朝文，落唐音固卑，上侵汉调亦觉伧父。"此语徐釚《词苑丛谈》卷一已有摘录，田同之《西圃词说》实据《词苑丛谈》间接转载，而非从《蓉渡词话》直接援引。

（59）张玉田谓词不宜和韵，盖词语句参错，复格以成韵，支分驱染，欲合得离，如方千里之和《片玉》，张杞之和《花间》，首首强叶，纵极肖，能如新丰鸡犬，尽得故处乎。

按，此则见邹祗谟《远志斋词衷》。《远志斋词衷》云："张玉田谓词不宜和韵，盖词语句参错，复格以成韵，支分驱染，欲合得离。能如李长沙所谓善用韵者，虽和犹如自作，乃为妙协。……但不可如方千里之和《片玉》，张杞之和《花间》，首首强叶，纵极意求肖，能如新丰鸡犬，尽得故处乎。"此语徐釚《词苑丛谈》卷一已有摘录，田同之《西圃词说》实据《词苑丛谈》间接转载，而非从《远志斋词衷》直接援引。

（60）词有隐括体，有回文体。回文之就句回者，自东坡、晦庵始也。其通体回者，自义仍始也。

按，此则见邹祗谟《远志斋词衷》。《远志斋词衷》云："词有隐括体，有回文体。回文之就句回者，自东坡、晦庵始也。其通体回者，自义仍始也。"此语徐釚《词苑丛谈》卷一已有摘录，田同之《西圃词说》实据《词苑丛谈》间接转载，而非从《远志斋词衷》直接援引。

（61）或问诗词曲分界，曰："无可奈何花落去，似曾相识燕归来"，定非香奁诗。"良辰美景奈何天，赏心乐事谁家院"，定非草堂词也。

按，此则见王士禛《花草蒙拾》。《花草蒙拾》云："或问诗词词曲分界，予曰'无可奈何花落去，似曾相识燕归来'，定非香奁诗；'良辰美景奈何天，赏心乐事谁家院'，定非草堂词也。"此语徐釚《词苑丛谈》卷一已有摘录，田同之《西圃词说》实据《词苑丛谈》间接转载，而非从《花草蒙拾》直接援引。

（62）词有定名，即有定格，其字数多寡、平仄、韵脚较然。中有参差不同者，一曰衬字，文义偶不联畅，用一二衬字密按其音节虚实间，正文自在。

按，此则见沈际飞《草堂诗馀四集发凡·铨异》。《草堂诗馀四集发凡·铨异》云："调有定名，即有定格，其字数多寡、平仄、韵脚较然。中有参差不同者，一曰衬字，文义偶不联畅，用一二衬之，密按其音节虚实间，正文自在。如南北剧'这'字、'那'字、'正'字、'个'字、'却'字之类，从来词本，即无分别，不可不知。"此语徐釚《词苑丛谈》卷一已有摘录，田同之《西圃词说》实据《词苑丛谈》间接转载，而非从《草堂诗馀四集发凡·铨异》直接援引。

（63）李氏、晏氏父子、耆卿、子野、美成、少游、易安，至矣，词之

正宗也。温、韦艳而促，黄九精而刻，长公丽而壮，幼安辨而奇，又其次
也，词之变体也。

　　按，此则见张綖《诗馀图谱》。《诗馀图谱》云："李氏、晏氏父子、
耆卿、子野、美成、少游、易安，至矣，词之正宗也。温、韦艳而促，黄
九精而刻，长公丽而壮，幼安辨而奇，又其次也，词之变体也。"此语徐
钒《词苑丛谈》卷一已有摘录，田同之《西圃词说》实据《词苑丛谈》间
接转载，而非从《诗馀图谱》直接援引。

　　（64）袁箨庵曰："词有三法：章法、句法、字法。有此三者，方可称
词。噫！难言矣。"

　　按，此则见徐钒《词苑丛谈》卷一。《词苑丛谈》云："袁箨庵曰：
'词有三法：章法、句法、字法。有此三者，方可称词。噫！难言矣。'"

　　（65）陈其年云："马浩澜作词四十年，仅得百篇，昔人矜慎如此。今
人放笔颓唐，岂能便得好句？"

　　按，马洪《花影集自序》云："予始学为南词，漫不知其要领……求
二公（苏轼、柳永）词而读之，下笔略知蹊径。然四十馀年，仅得百篇，
亦不可谓不难矣。"

　　（66）大抵一调之始，随人遣词命名，初无定准，致有纷拿。至《花草
粹编》，异体怪目，渺不可极。或一调而名多至十数，殊厌披览。此类宋
人极多，张宗瑞词一卷，悉易新名。近人亦多如此。故渔洋常云："词选
须从旧名。"有以也。

　　按，此则见邹祗谟《远志斋词衷》。《远志斋词衷》云："大抵一调之
始，随人遣词命名，初无定准，致有纷拿。至《花草粹编》，异体怪目，
渺不可极。或一调而名多至十数，殊厌披览。后世有述，则吾不知。愚
按，此类宋词极多，张宗瑞词一卷，悉易新名。近来名人，亦间效此。阮
亭尝云：'词选须从旧名。'"

　　（67）词之纥那曲、长相思，五言绝句也。小秦王、阳关曲、八拍蛮、
浪淘沙，七言绝句也。阿那曲、鸡叫子，仄韵七言绝句也。瑞鹧鸪，七言
律诗也。款残红，五言古诗也。体裁易混，征选实繁。故当稍别之，以存
诗词之辨。

　　按，此则见邹祗谟《远志斋词衷》。《远志斋词衷》云："词之纥那曲、
长相思，五言绝句也。柳枝、竹枝、清平调引、小秦王、阳关曲、八拍

蛮、浪淘沙，七言绝句也。阿那曲、鸡叫子，仄韵七言绝句也。瑞鹧鸪，
七言律诗也。款残红，五言古诗也。体裁易混，征选实繁。故当稍别之，
以存诗词之辨。"此语徐𬭚《词苑丛谈》卷一已有摘录，田同之《西圃词
说》实据《词苑丛谈》间接转载，而非从《远志斋词衷》直接援引。

（68）词以艳丽为本色，要是体制使然。如韩魏公、寇莱公、赵忠简，
非不忠心铁骨，勋德才望，照映千古。而所作小词，有"人远波空翠"
"柔情不断如春水""梦回鸳帐馀香嫩"，皆极有情致，尽态穷妍。乃知广
平梅花，政自无碍，竖儒辄以为怪事耳。

按，此则见彭孙遹《金粟词话》。《金粟词话》云："词以艳丽为本色，
要是体制使然。如韩魏公、寇莱公、赵忠简，非不冰心铁骨，勋德才望，
照映千古。而所作小词，有'人远波空翠''柔情不断如春水''梦回鸳帐
馀香嫩'等语，皆极有情致，尽态穷妍。乃知广平梅花，政自无碍，竖儒
辄以为怪事耳。司马温公亦有'宝髻松'一阕，姜明叔力辨其非，此岂足
以诬温公，真赝要可不论也。"

（69）柳七亦自有唐人妙境，今人但从浅俚处求之，遂使《金荃》《兰
畹》之音，流入挂枝、黄莺之调，此学柳之过也。

按，此则见彭孙遹《金粟词话》。《金粟词话》云："柳七亦自有唐人
妙境，今人但从浅俚处求之，遂使《金荃》《兰畹》之音，流入挂枝、黄
莺之调，此学柳之过也。"

（70）顾璟芳云："词之小令，犹诗之绝句，字句虽少，音节虽短，而
风情神韵，正自悠长。作者须有一唱三叹之致，淡而艳，浅而深，近而
远，方是胜场。且词体中，长调每一韵到底，而小令每用转韵，故层折多
端，姿态百出，索解正自不易。"璟芳之论韪矣。而专攻长调者，多易视
小令，似不足以炫博奥。即遇小令之佳者，亦不免短兵狭巷之讥。而岂知
乐府之古雅，全以少许胜多许乎？且柔情曼声，非小令不宜，较之长调，
难以概论。而必欲以长短分难易，宁不有悖词旨哉。

按，此则顾璟芳之语见《兰皋明词汇选》卷一。《兰皋明词汇选》卷
一录顾璟芳语云："词之小令，犹诗之绝句，字句虽少，音节虽短，而风
情神韵，正自悠长。作者须有一唱三叹之致，淡而艳，浅而深，近而远，
方是胜场。且词体中，长调每一韵到底，而小令反用转韵，故层折多端，
姿态百出，索解正自不易。"

（71）北宋秦少游妙矣，而尚少刻肌入骨之语，去韦庄、欧阳炯诸家，尚隔一尘。黄山谷时出俚俗，未免伧父。然"春未透，花枝瘦，正是愁时候"，新俏亦非秦所能作。

按，此则见贺裳《皱水轩词筌》。《皱水轩词筌》云："少游能曼声以合律，写景极凄婉动人。然形容处，殊无刻肌入骨之言，去韦庄、欧阳炯诸家，尚隔一尘。黄九时出俚语，如'口不能言，心下快活'，可谓伧父之甚。然如'钗胃袖，云堆臂。灯斜明媚眼，汗浃瞢腾醉'，前三语犹可入画，第四语恐顾、陆不能著笔耳。黄又有'春未透，花枝瘦，正是愁时候'，新俏亦非秦所能作。"

（72）南宋词人，如白石、梅溪、竹屋、梦窗、竹山，诸家之中，当以史梅溪为第一。昔人称其"分镳清真，平睨方回，纷纷三变行辈，不足比数"，非虚言也。

按，此则见彭孙遹《金粟词话》。《金粟词话》云："南宋词人，如白石、梅溪、竹屋、梦窗、竹山，诸家之中，当以史邦卿为第一。昔人称其'分镳清真，平睨方回，纷纷三变行辈，不足比数'，非虚言也。"

（73）稼轩雄深雅健，自是本色，俱从南华冲虚得来。然作词之多，亦无如稼轩者。中调多，小令亦间作妩媚语，观其得意处，真有压倒古人之意。

按，此则见邹祗谟《远志斋词衷》。《远志斋词衷》云："稼轩雄深雅健，自是本色，俱从南华冲虚得来。然作词之多，亦无如稼轩者。中调短令亦间作妩媚语，观其得意处，真有压倒古人之意。"

（74）词韵上去之分，判若黑白，其不可假借处，关系一调，不得草草。古词之妙，全在于此，若总置不顾，而任便填之，则作词何难，而必推知音者哉。

（75）仄声中两上两去，最所当避。盖上声舒徐和软，其腔低。去声激厉劲远，其腔高。相配用之，方能抑扬有致。

（76）古人名词中转折跌宕处，多用去声。盖三声之中，上入二者，可以作平。去则独异。故论声虽以一平对三仄，论歌则当以去对平上入也。其中当用去者，非去则激不起。用入且不可，断断乎勿用平上也。

（77）更韵之体，唐词为多，有换至五六者，又有用平仄通叶者，惟《词律》所证，了如指掌。

（78）锡鬯《群雅集序》云："词曲一道，小令当法汴京以前，慢词则取诸南渡。否则排之以硬语，每与调乖，窜之以新腔，难与谱合。""故终宋之世，乐章大备，四声二十八调，多至千馀曲，有引、有序、有令、有慢、有近、有犯、有赚、有歌头、有促拍、有摊破、有摘遍、有大遍、有小遍、有转踏、有转调、有增减字、有偷声。惟因刘昺所编《宴乐新书》失传，而《八十四调图谱》不见于世，虽有解人，无从知当日之琴趣箫谱矣。"

按，此则前半见朱彝尊《水村琴趣序》，后半见朱彝尊《群雅集序》。《水村琴趣序》云："予尝持论，谓小令当法汴京以前，慢词则取诸南渡。……夫词自宋元以后，明三百年无擅场者，排之以硬语，每与调乖，窜之以新腔，难与谱合。"《群雅集序》云："终宋之世，乐章大备，四声二十八调，多至千馀曲，有引、有序、有令、有慢、有近、有犯、有赚、有歌头、有促拍、有摊破、有摘遍、有大遍、有小遍、有转踏、有转调、有增减字、有偷声。惟因刘昺所编《宴乐新书》失传，而《八十四调图谱》不见于世，虽有歌师、板师，无从知当日之琴趣箫笛谱矣。"

（79）诗有韵，词有腔，词失腔，犹诗落韵。诗不过四五七言而止，词乃有四声五音均拍重轻清浊之别。若言顺律舛，律协言谬，俱非本色。或一字未合，一句皆废，一句未妥，一阕皆不光采，信戛戛乎其难矣。古人有言曰："铅汞炼而丹成，情景交而词成。"指迷妙诀，当于玉田、梦窗间求之。

按，此则见仇远《玉田词题辞》。《玉田词题辞》云："世谓词者诗之馀，然词尤难于诗。词失腔犹诗落韵。诗不过四五七言而止，词乃有四声五音均拍重轻清浊之别。若言顺律舛，律协言谬，俱非本色。或一字未合，一句皆废，一句未妥，一阕皆不光采，信戛戛乎其难。……古人有言曰：'铅汞交炼而丹成，情景交炼而词成。'指迷妙诀，吾将从叔夏北面而求之。"

（80）词与辞字通用，释文云："意内而言外也。"意生言，言生声，声生律，律生调，故曲生焉。《花间》以前无杂谱，秦、周以后无雅声，源远而派别也。张玉田著《词源》上下卷，推五音之数，演六六之谱，按月纪节，赋情咏物，自称得声律之学，馀情哀思，听者泪落。昔柳河东铭姜秘书，闵王孙之故态；铭马淑妇，感讴者之新声，言外之意，异世谁复知者。

按，此则见陆文奎《玉田词题辞》。《玉田词题辞》云："词与辞字通用，释文云：'意内而言外也。'意生言，言生声，声生律，律生调，故曲生焉。《花间》以前无杂谱，秦、周以后无雅声，源远而派别也。西秦玉田张君著《词源》上下卷，推五音之数，演六六之谱，按月纪节，赋情咏物，自称得声律之学于守斋杨公、南溪徐公。淳祐、景定间，王邸侯馆，歌舞升平，君王处乐，不知老之将至。梨园白发，濛宫娥眉，馀情哀思，听者泪落。君亦因是弃家，客游无方，三十年矣。昔柳河东铭姜秘书，闵王孙之故态；铭马淑妇，感讴者之新声，言外之意，异世谁复知者。"

（81）士大夫帖括之外，惟事于诗，至于长短之音，多置不论。即间有强作解事者，亦止依稀仿佛耳。故维扬张氏据词为图，钱塘谢氏广之，吴江徐氏去图著谱，新安程氏又辑之，于是《啸馀》一谱，靡不共称博核，奉为章程矣。而岂知触目瑕瘢，通身罅漏，有不可胜言哉。

（82）作长调最忌演凑。须触景生情，复缘情布景，节节转换，秾丽周密，譬之织锦家，真窦氏回文梭矣。

按，此则见贺裳《皱水轩词筌》。《皱水轩词筌》云："作长调最忌演凑。如苏养直'兽镮半掩'，前半皆景语也。至'渐迤逦，更催银箭，何处贪欢，犹系骄马。旋剪灯花，两点翠眉谁画。香灭羞回空帐里，月高犹在重帘下。恨疏狂，待归来，碎揉花打'，则触景生情，复缘情布景，节节转换，秾丽周密，譬之织锦家，真窦氏回文梭也。"

（83）诗馀者，院本之先声也。如耆卿分调，守斋（原文作"诚斋"）择腔，尧章著鬲指之声，君特辨煞尾之字，或随宫造格，或遵调填音，其疾徐长短，平仄阴阳，莫不守一定而不移矣。乃近日词家，谓词以琢句练调为工，并不深求于平仄句读之间，惟斤斤守《啸馀》一编，图谱数卷，便自以为铁板金科，于是词风日盛，词学日衰矣。

（84）词中有顺句，复有拗句，人莫不疑拗而改顺矣。殊不知今之所疑拗句，乃当日所谓谐声协律者也。今之所改顺句，乃当日所谓捩喉扭嗓者也。但观清真一集，方氏和章，无一字相违者。如可改易，彼美成、千里辈，岂不能制为婉顺之腔，换一妥便之字乎。且词谓之填，如坑穴在前，以物实之而恰满，倘必易字，则枘凿背矣，又安能强纳之而使安哉？

（85）自沈吴兴分四声以来，凡用韵乐府，无不调平仄者。至唐律以后，浸淫而为词，尤以谐声为主，平仄失调，即不可入调。周、柳、万俟等之制腔造谱，皆按宫调，故协于歌喉。以及白石、梦窗辈，各有所创，未有不悉音理而可造格律者。今虽音理失传，而词格具在，学者但依仿旧作，字字恪遵，庶不失其中矩矱耳。

（86）曲调不可入词，人知之矣。而八犯玉交枝、穆护砂、《捣练子》等，亦间收金、元通于词曲者，何也？盖《西江月》等，宋词也，《玉交枝》等，元词也，《捣练子》等曲，因乎词者也，均非曲也。若元人之后庭花、干荷叶、小桃红、天净沙、醉高歌等，俱为曲调，与词之声响不侔。况北曲自有谱在，岂可阑入词谱，以相混淆乎？

（87）或云："诗馀止论平仄，不拘阴阳。若词馀一道，非宫商调，阴阳协，则不可入歌固已。"第唐、宋以来，原无歌曲，其梨园弟子所歌者，皆当时之诗与词也。夫诗词既已入歌，则当时之诗词，大抵皆乐府耳，安有乐府而不叶律吕者哉？故古诗之与乐府，近体之与词，分镳并骋，非有先后。谓诗降为词，以词为诗之馀，词变为曲，以曲为词之馀，殆非通论矣。况曰填词，则音律不精，性情不考，几何不情文踳驳，宫商偭背乎。于是知古词无不可入歌者，深明乐府之音节也。今词不可入歌者，音律未谐，不得不分此以别彼也。此词与曲之所以分也。然则词与曲果判然不同乎。非也。不同者口吻，而无不同者谐声也。究之近日填词者，固属模糊。而传奇之作家，亦岂尽免于龃龉哉？

（88）诗变而为词，词变而为曲，历世久远，声律之分合，均奏之高下，音节之缓急，过度不得尽知。至若作家才思之浅深，初不系文字之多寡，顾世之作谱者，类皆从《归字谣》（原文作"《归自谣》"）铢累寸积，及于《莺啼序》而止。中有调名则一，而字之长短分殊，安能各得其所？莫如论宫调之可知者叙于前，馀以时代论先后为次序，斯世运之升降，可以知已。

按，此则见朱彝尊《群雅集序》。《群雅集序》云："姚江楼上舍俨若工于词，曩留京师，辑《词觷》一书，开业雕榻行，既而悔之，告于予曰：'诗变而为词，词变而为曲，历世久远，声律之分合，均奏之高下，音节之缓急，过度既不得尽知。至若作者才思之浅深，初不系文字之多寡，顾世之作谱者，类从《归字谣》铢累寸积，及于《莺啼序》而止。中有调名则一，而字之长短分殊，安能各得其所？莫如论宫调之可知者叙于前，馀以时代先后为次序，斯世运之升降，可以观焉。'"

（89）词调之间，可以类应，难以牵合。而起调毕曲，七声一均，旋相为宫，更与周礼三宫、汉志三统之制相准。须讨论宫商，审定曲调，或可得遗响之一二也。

（90）本朝士夫，词笔风流，自彭、王、邹、董，以及迦陵、实庵、蛟门、方虎并浙西六家等，无不追宗两宋，掉鞅后先矣。而其间惟实庵先生，不习闺襜靡曼之音，既细咏之，反觉妩媚之致，更有不减于诸家者，非其神气独胜乎。由是知词之一道，亦不必尽假裙裾，始足以写怀送抱也。

按，此则见曹禾《珂雪词话》。《珂雪词话》第五则云："词以神气为主，取韵者次也，镂金错采其末耳。本朝士大夫词笔风流，几上追南唐北宋，彭、王、邹、董，凤擅微声。近来同人中，惟锡鬯、蛟门、方虎、实庵，超然并胜。实庵不为闺襜靡曼之音，我视之更觉妩媚，其神气胜也。"

（91）今人作诗馀，多据张南湖《诗馀图谱》，及程明善《啸馀谱》二书。《南湖谱》不无鱼豕之讹，且载调太略，如《粉蝶儿》与《惜奴娇》本系两体，但字数稍同及起句相似，遂误为一体。至《啸馀谱》，则舛错益甚，如《念奴娇》之与无俗念、百字谣、大江乘，《贺新郎》之与《金缕曲》，金人捧露盘之与上西平，本一体也，而分载数体。燕春台之即燕台春，大江乘之即大江东，秋霁之即春霁，棘影之即疏影，本无异名也，而误仍讹字。或列数体，或逸本名，甚至错乱句读，增减字数，强缀标目，妄分韵脚。又如千年调、六州歌头、阳关引、帝台春之类，句数率皆淆乱。成谱如是，学者奉为金科玉律，乞无驳正，不已误乎。

按，此则见邹祗谟《远志斋词衷》。《远志斋词衷》云："今人作诗馀，多据张南湖《诗馀图谱》，及程明善《啸馀谱》二书。《南湖谱》平仄差核，而用黑白及半黑半白圈以分别之，不无鱼豕之讹，且载调太略，如《粉蝶儿》与《惜奴娇》本系两体，但字数稍同及起句相似，遂误为一体，恐亦未安。至《啸馀谱》，则舛误益甚，如《念奴娇》之与无俗念、百字谣、大江乘，《贺新郎》之与《金缕曲》，金人捧露盘之与上西平，本一体也，而分载数体。燕春台之即燕台春，大江乘之即大江东，秋霁之即春霁，棘影之即疏影，本无异名也，而误仍讹字。或列数体，或逸本名，甚至错乱句读，增减字数，而强缀标目，妄分韵脚。又如千年调、六州歌头、阳关引、帝台春之类，句数率皆淆乱。成谱如是，学者奉为金科玉律，何以迄无驳正者耶。"此语徐釚《词苑丛谈》卷一已有摘录，田同之《西圃词说》实据《词苑丛谈》间接转载，而非从《远志斋词衷》直接援引。

（92）宋元人所撰词谱流传者少。自国初至康熙十年前，填词家多沿明人，遵守《啸馀谱》一书。词句虽胜于前，而音律不协，即《衍波》亦不免矣，此《词律》之所由作也。其云得罪时贤，盖指《延露》而言，匪他人也。如《莺啼序》创自梦窗，平仄字句，一定难移，当遵之。首句定是六字起，次段第二句必用四仄，乃为定体。首段第五第六，二七字句，断不可对，《词律》逐句考订，实为精详。而《延露》夏景一阕，竟改为四字起。帘幕重重二句，竟且作对。至"薄铅不御"四字中夹一平，尤为大误。故浙西名家，务求考订精严，不敢出《词律》范围之外，诚以《词律》为确且善耳。至于《钦定词谱》，虽较《词律》所载稍宽，而详于源流，分别正变，且字句多寡，声调异同，以至平仄，无不一一注明，较对之间，一望了然。所谓填词必当遵古，从其多者，从其正者，尤当从其所共用者，舍《词谱》则无所措手矣。

附录二
明清之际词学年表

万历元年癸酉（1573）

来继韶生。

万历二年甲戌（1574）

曹学佺生。

支大伦成进士。

万历三年乙亥（1575）

钱士升生。

魏大中生。

万历四年丙子（1576）

俞琬纶生。

万历五年丁丑（1577）

徐石麒生。

钱士晋生。

万历八年庚辰（1580）

吴兴茅一桢（叔贞）凌霄山房刊行订释温
博《花间集补》二卷。

万历十年壬午（1582）

顾梧芳刻《尊前集》。

周永年生。

钱谦益生。

万历十一年癸未（1583）

陈耀文刻《花草粹编》12卷。

万历十三年乙酉（1585）

陈龙正生。

万历十四年丙戌（1586）

袁黄成进士。

董斯张生。

万历十五年丁亥（1587）

卓发之生。

万历十六年戊子（1588）

施绍莘生。

万历十七年己丑（1589）

叶绍袁生。

曹勋生。

万历十八年庚寅（1590）

沈宜修生。

万历十九年辛卯（1591）

沈自徵生。

万历二十年壬辰（1592）

王时敏生。

万历二十二年甲午（1594）

常州董逢元（善良）成《唐词纪》16卷。

李廷机批评、翁正春校正《新刻注释草堂
诗馀评林》六卷由书林郑世豪宗文书
舍刊。

钱继登生。

毛莹生。

孟称舜生。

万历二十三年乙未（1595）

李元鼎生。

万历二十四年丙申（1596）

邹式金生。

万历二十五年丁酉（1597）

周履靖刊《唐宋元酒词》。

张岱生。

万历二十七年己亥（1599）

谢天瑞《诗馀图谱补遗》十二卷刊行。

毛晋生。

陈洪绶生。

邹兑金生。

龚贤生。

万历二十九年辛丑（1601）

张綖《增正诗馀图谱》由游元泾补订刊行。

查继佐生。

万历三十年壬寅（1602）

徐士俊生。

王崇简生。

万历三十一年癸卯（1603）

王翃生（参《王介人集》卷首王庭《王介人传》）。

万历三十二年甲辰（1604）

来集之生。

万寿祺生。

支大伦卒，年七十一。

万历三十三年乙巳（1605）

陈之遴生。

吴刚思生。

万历三十四年丙午（1606）

欢赏斋刊焦竑《澹园集》（卷四载词32首）。

卓人月生。

史可程生。

贺贻孙生。

傅山生。

袁黄卒，年七十四。

万历三十五年丁未（1607）

胡桂芳重辑《类编草堂诗馀》三卷，黄作霖等刊。

王庭生。

陈之遑生。

万历三十六年戊申（1608）

陈子龙生。

张怡生。

魏学濂生。

傅占衡生。

李雯生。

梁清远生。

万历三十七年己酉（1609）

吴伟业生。

纪映钟生。

汪价生。

万历三十八年庚戌（1610）

叶纨纨生。

陆世仪生。

钱栻生。

范路生。

万历三十九年辛亥（1611）

眉州张养正刊瞿汝稷（式耜之叔）集（卷五载词38首）。

杜濬生。

李渔生。

黄周星生。

方以智生。

冒襄生。

万历四十年壬子（1612）

黄冕仲跋、汪□编《诗馀画谱》（见《四部总录·艺术编》）。

吴易生。

高珩生。

张芳生。

钱陆灿生。

周亮工生。

刘体仁生。

万历四十一年癸丑（1613）

曹溶生。

叶小纨生。

孙默生。

周茂源生。

程康庄生。

万历四十二年甲寅（1614）

钱允治、陈仁锡同辑《类编笺释草堂诗馀》二卷《类编笺释国朝诗馀》五卷。

茹天成作《重刻绝妙词选引》。

宋琬生。

陆圻生。

魏学洙生。

金堡生。

曹垂灿生。

沈永令生。

陈大成生。

万历四十三年乙卯（1615）

汤显祖作《花间集序》。

龚鼎孳生。

彭孙贻生。

徐继恩生。

万历四十四年丙辰（1616）

武林朱元亮辑刊《青楼韵语》四卷。

钱继登成进士。

钱士升成进士。

余怀生。

叶小鸾生。

胡介生。

柴绍炳生。

吴百朋生。

蒋永修生。

魏裔介生。

陆瑶林生。

毛重倬生。

陈孝逸生。

万历四十五年丁巳（1617）

曹尔堪生。

陆求可生。

邓汉仪生。

严沆生。

万历四十六年戊午（1618）

尤侗生。

柳是生。

施闰章生。

宋徵舆生。

俞琬纶卒。

万历四十七年己未（1619）

新安程明善《啸馀谱》刊行。

王夫之生。

吴绮生。

张丹生。

孙治生。

龚百药生。

史惟圆生。

钱栋生。

万历四十八年泰昌元年庚申（1620）

闽抚南居益刊徐渤《鳌峰集》（卷二八有
　　词14首）。

闵映璧作《花间集跋》。

谭尔进作《南唐二主词题词》。

朱之藩作《词坛合璧序》。

宗元鼎生。

梁清标生。

陆嘉淑生。

毛先舒生。

王嗣槐生。

孙枝蔚生。

吴骐生。

赵进美生。

周季琬生。

计南阳生。

沈谦生。

钱熙生。

天启元年辛酉（1621）

杨肇祉辑《词坛艳逸品》。

顾景星生。

宋实颖生。

任绳隗生。

黄云生。

天启二年壬戌（1622）

丁澎生。

徐喈凤生。

朱中楣生。

张锡怿生。

史鉴宗生。

李式玉生。

天启三年癸亥（1623）

毛奇龄生。

严绳孙生。

董汉策生。

顾贞立生。

周赟生。

天启四年甲子（1624）

魏允枏生。

曾王孙生。

韩纯玉生。

储福观生。

徐倬生。

彭师度生。

曹伟谟生。

天启五年乙丑（1625）

徐士俊与卓人月定交。《徐卓晤歌》成。

陈子龙与夏允彝、彭宾、宋徵璧等定交。

陈维崧生。

天启六年丙寅（1626）

王士禄生。

曾灿生。

何采生。

天启七年丁卯（1627）

叶燮生。

王昊生。

华胥生。

唐梦赉生。

冷士嵋生。

来继韶卒。

崇祯元年戊辰（1628）

曹勋成进士。

姜宸英生。

田兰芳生。

沈进生。

孙自式生。

徐翔凤生。

赵吉士生。

林云铭生。

董斯张卒。

崇祯二年己巳（1629）

张溥合诸文社而一，名曰复社。

陈子龙与李雯订交（参《陈忠裕全集》卷
二五《仿佛楼诗稿序》，但据《蓼斋集》

卷三四《陈卧子属玉堂诗叙》，陈李当
订交于天启七年，未知孰是）。

孟称舜作《古今词统序》。

朱彝尊生。

黄虞稷生。

储贞庆生。

梁佩兰生。

崇祯三年庚午（1630）

胡震亨作《宋名家词叙》。

陆莱生。

董以宁生。

蒲松龄生。

屈大均生。

陈维嵋生。

崇祯四年辛未（1631）

陆云龙翠娱阁《词菁》刊行。

曹勋作《草贤堂词笺序》。

夏完淳生。

储欣生。

周金然生。

孙枝蔚生。

顾景文生。

彭桂生。

陈恭尹生。

彭孙遹生。

吴兆骞生。

钱黯生。

崇祯五年壬申（1632）

王士祜生。

吴兴祚生。

王项龄生。

吴农祥生。

杜首昌生。

叶小鸾卒。

叶纨纨卒。

崇祯六年癸酉（1633）

卓人月、徐士俊同辑《古今词统》刊行。

毛际可生。

高层云生。

钱炳生。

范荃生。

崇祯七年甲戌（1634）

宋徵舆与陈子龙定交。

宋荦生。

曹贞吉生。

王士禛生。

方中通生。

崇祯八年乙亥（1635）

云间词派大致形成于是年。

济南王象晋刊张綖《诗馀图谱》。

曹尔堪《词笺》五卷刊刻。

钱继登、王屋等作《草贤堂词笺序》。

文震孟作《秋佳轩诗馀序》。

陈龙正作《四子诗馀序》。

钱芳标生。

李良年生。

刘榛生。

田雯生。

陈维岳生。

丁炜生。

冒禾书生。

陶孚尹生。

沈宜修卒。

钱士晋卒。

崇祯九年丙子（1636）

潘游龙刊《古今诗馀醉》十五卷。

徐釚生。

查容生。

王晫生。

孙琮生。

汪楫生。

陈玉璂生。

卓人月卒。

崇祯十年丁丑（1637）

柳洲词派大致形成于是年前。

云间诗派大致形成于是年。

张慎言作《诗馀图谱序》。

毛先舒《白榆堂诗》镂版刊行。

陈子龙成进士。

钱棅成进士。

顾贞观生。

李天馥生。

秦松龄生。

嵇永仁生。

曹亮武生。

周斯盛生。

邵长蘅生。

钱煌生。

沈皞日生。

崇祯十一年戊寅（1638）

陈维崧学诗于陈子龙。（参《迦陵文集》

卷一《许漱石诗序》）

陈继儒为万惟檀《诗馀图谱》二卷作序。

叶映榴生。

卓发之卒。

崇祯十二年己卯（1639）

陈维崧与李雯、冒襄、周立勋、侯方域等

定交。（参冒襄《同人集》卷九）

沈谦访毛先舒于郡城清平山，从此定交。

毛先舒与张丹结交。（参《毛驰黄集》卷

二《赠张祖望》）

孙治与张丹结交。（参《张宇台集》卷九

《张母沈太夫人寿序》）

李符生。

沈岸登生。

冒丹书生。

钱烨生。

钱嫌生。

崇祯十三年庚辰（1640）

南洙源作《秋佳轩诗馀序》。

邹式金成进士。

方以智成进士。

来集之成进士。

汪懋麟生。

蒲松龄生。

叶舒崇生。

周在浚生。

潘炳孚卒，年八十八。

崇祯十四年辛巳（1641）

陈子龙至绍兴任司李。

陈子龙与毛先舒结师友之谊。

金烺生。

周铭生。

沈自徵卒。

崇祯十五年壬午（1642）

毛先舒游云间谒夏允彝并结识其子夏
　完淳。

吴骐、周茂源、陶冰修立雅似堂社。

孙致弥生。

王顼龄生。

钱棅卒。

崇祯十六年癸未（1643）

陈子龙作《王介人诗馀序》。

宋徵璧成进士。

钱默成进士。

高珩成进士。

梁清标成进士。

王崇简成进士。

邹溶生。

汪鹤孙生。

崇祯十七年顺治元年甲申（1644）

沈谦与张丹、毛先舒登南楼饮酒赋诗，凭
　吊千古，时称"南楼三子"。

陈继儒《晚香堂词》刊行。（词乃作者58
　岁前夕游三泖之作）

贺裳刻所著《皱水轩词筌》一卷。

贺裳作《红牙集自序》。

吴雯生。

吴棠桢生。

魏学濂卒。

顺治二年乙酉（1645）

万寿祺避居淮阴，与友人唱和，成《隰西
　草堂词》。

王鸿绪生。

洪升生。

高士奇生。

徐石麒卒。

钱棅卒。

陈龙正卒。

顺治三年丙戌（1646）

陈维崧与任源祥、顾贞观等结国仪之社。
　（参《鸣鹤堂文集》附《任源祥传》）

梁清远成进士。

蒋景祁生。

魏坤生。

潘耒生。

曹学佺卒。

邹兑金卒。

吴易卒。

沈自炳卒。

钱熙卒。

顺治四年丁亥（1647）

宋徵舆中进士。

孙自式成进士。

侯文灿生。

曹章生。

尤珍生。

吴仪一生。

陈子龙卒，有《湘真阁存稿》。

夏完淳卒，著有《玉樊堂词》。

李雯卒，著有《蓼斋词》。

周永年卒。

钱梅卒。

顺治五年戊子（1648）

宋徵璧编成《唐宋词选》。（参宋徵舆《林
　屋文稿》卷三《唐宋词选序》）

沈谦作《词韵》，毛先舒为之括略，载于
　其所著《韵学通指》。

孔尚任生。

侯文燿生。

董儒龙生。

叶绍袁卒。

顺治六年己丑（1649）

陆进始从徐士俊、毛先舒、沈谦学词。

周茂源成进士。

王庭成进士。

何采成进士。

沈朝初生。

冯舒卒。

顺治七年庚寅（1650）

毛先舒所辑《西陵十子诗选》十六卷刊行。

毛先舒作《与沈去矜论填词书》、沈谦作《答毛稚黄论填词书》。

毛先舒与陈维崧定交。（参《思古堂集》卷二《与吴志伊书》）

宋徵璧作《唱和诗馀序》。

陈之遴作《拙政园诗馀序》。

此年前后，邹祗谟、董以宁、陈维崧时有交游，广泛学习唐宋名家词。

沈岸登生。

顾彩生。

查慎行生。

张潮生。

博尔都生。

余光耿生。

钱凤纶生。

徐元端生。

查昇生。

顺治九年壬辰（1652）

蒋平阶《支机集》三卷行世。

毛先舒《诗辩坻》四卷成书。

彭宾作《二宋倡和春词序》。（见《彭燕又先生文集》卷二）

蒋平阶与陈维崧定交。

曹尔堪成进士。

张芳成进士。

周季琬成进士。

杨文言生。

钱肇修生。

朱昆田生。

陈洪绶卒，著有《宝纶堂词》。

王铎卒，著有《拟山园词集》。

钱士升卒。

顺治十年癸巳（1653）

汪森生。

卓尔堪生。

干㧑卒，著有《秋槐堂词存》二卷。

万寿祺卒，著有《遁渚唱和集词》。

顺治十一年甲午（1654）

顾贞观与顾景文、秦保寅、严绳孙等结云门社。

周亮工刊孙承宗《高阳集》，内有词49首。

纳兰性德生。

侯晰生。

侯方域卒。

曹尔坊卒。

顺治十二年乙未（1655）

丁澎成进士。

黄永成进士。

严沆成进士。

秦松龄成进士。

万锦雯成进士。

钱黯成进士。

林以宁生。

徐逢吉生。

高不骞生。

曹勋卒。

顺治十三年丙申（1656）

陈枋生。

宫鸿历生。

陈贞慧卒。

顺治十四年丁酉（1657）

吴兆骞遣戍宁古塔。

朱彝尊游广州在布政使曹溶所。

西爽堂刊李雯《蓼斋集》。

张梁生。

顺治十五年戊戌（1658）

赵进美刊《清止堂诗馀》。

王士禛成进士。

邹祗谟成进士。

李天馥成进士。

顾岱成进士。

徐瑶生。

曹寅生。

龚翔麟生。

张大受生。

钱烨卒。

顺治十六年己亥（1659）

王士禛选扬州府推官，以翌年三月抵郡城。

彭孙遹成进士。

杨大鲲成进士。

刘壮国成进士。

毛晋卒。

顺治十七年庚子（1660）

《柳洲词选》刊刻于是年前。

邹祗谟、王士禛合辑《倚声初集》，成于康熙初。

邹祗谟、王士禛各作《倚声集序》。（见《倚声初集》及《渔洋文集》卷三）

陈维崧与王士禛结交。

焦袁熹生。

傅占衡卒，著有《湘帆堂词》。

方大猷卒，著有《涂鸦词》。

顺治十八年辛丑（1661）

王士禛在金陵属好手画《青溪遗事》一册，并以词八阕摹画坊曲琐事，和者甚众。

魏裔介《怀舫词》刊行。

盛枫生。

何焯生。

田肇丽生。田肇丽字苍臣，为田雯子、田同之父。

汪灏生。

徐玑生。

康熙元年壬寅（1662）

顾炎武初访曹溶于山西大同。（参《静惕堂诗集》卷六《答顾宁人》）

王士禛以《浣溪沙》词二首咏红桥，一时和者甚众。

程以善《啸馀谱》刊行。

顾璟芳等编《兰皋明词汇选》八卷、《兰皋诗馀近选》二卷，并刊行。

周金然中进士。

赵执信生。

康熙二年癸卯（1663）

孙默自扬州至海盐，谋刻《三家词》。

宋琬冤得解，赋《感皇恩》。

陈鹏年生。

康熙三年甲辰（1664）

朱彝尊先在京，后游居庸关，至大同访曹溶。

曹溶偕顾炎武访孙承泽于香山。（参《静惕堂诗集》卷三四《同宁人饭北海斋》）

孙默刊《三家诗馀》，杜濬为序。

陈维崧作《王西樵〈炊闻卮语〉序》。

曹贞吉成进士。

陈王猷生。

钱谦益卒。

柳是卒，著有《戊寅草》。

胡介卒，著有《旅堂词》。

康熙四年乙巳（1665）

曹尔堪、宋琬、王士禄在杭州以《满江红》相唱和，引起词坛注意。

万树游陕西兴平石亭，作《游石亭记》散文词。

尤侗作《倚声词话序》。（见《西堂杂俎二集》卷二）

曹尔堪作《百末词序》。

康熙五年丙午（1666）

阳羡词派大致形成于是年。

朱彝尊与顾炎武结识。（参《顾亭林诗文集·朱处士彝尊过余于太原东郊赠之》）

屈大均与顾炎武、李因笃定交于山西。（参吴怀清《天生先生年谱》）

陈维崧《乌丝词》问世。

杜诏生。

沈元沧生。

柯煜生。

陈之遴卒，著有《素庵诗馀》一卷。

康熙六年丁未（1667）

朱彝尊编定《静志居琴趣》。

孙默刊《六家诗馀》，孙金砺为序。

卢绂刊《四照堂乐府》二卷。

孙金砺作《广陵倡和词序》。

陈玉璂成进士。

汪懋麟成进士。

陆荥成进士。

宋徵舆卒，著有《海闾香词》。

季来之卒，著有《季先生词》。

康熙七年戊申（1668）

董俞《玉凫词》刊行。

孙默刊《十家诗馀》，有汪懋麟序。

宋琬游吴兴，序吴绮《艺香词》。

陈维崧作《国朝名家诗馀序》。

梁清标作《扶荔词集序》。

是年前后，万树与陈维崧讨论词律。

黄之隽生。

方苞生。

周季琬卒，著有《梦墨轩词》。

康熙八年己酉（1669）

陈玉璂作《蓉渡词序》。

楼俨生。

董以宁卒，著有《蓉渡词》。

康熙九年庚戌（1670）

毛莹与郑国任等结词社于苏州。

徐士麒编《坦庵订正词韵》四卷成。

周铭编成《林下词选》十卷。（参周铭《莺啼序·林下词选题词》）

沈白作《南浦词引》。

林麟焻中进士。

岳端生。

邹祗谟卒，著有《丽农词》二卷及《远志斋词衷》。

沈谦卒，著有词三卷、《填词杂说》一卷、《词韵略》一卷。

李元鼎卒，著有《文江词》。

柴绍炳卒。

吴百朋卒。

康熙十年辛亥（1671）

曹尔堪、龚鼎孳、纪映钟、陈维岳、周在浚等在北京以《贺新郎》调为"秋水轩唱和"，一时和者甚众。今存《秋水轩唱和词》一卷，计收 22 家 175 首。

陈维崧辑刊《今词苑》三卷。

余怀编次七年间所作词为《玉琴斋词》。

曹尔堪为朱彝尊《江湖载酒集》作序。

沈士鼎作《延碧堂诗馀汇选序》。

冯班卒。

单恂卒，著有《竹香庵词》。

吴伟业卒，著有《梅村词》一卷。

吴绡卒，著有《啸雪庵诗馀》。

方以智卒。

周亮工卒。

康熙十一年壬子（1672）

吴绮与陈维崧定交。（参蒋景祁《瑶华集》例言）

嵇永宗刊行《立命堂二集》十三卷，包括词集《酒古董》。

周铭辑刊《松陵绝妙词选》四卷，许虬、顾有孝为序。

朱彝尊编成《江湖载酒集》。

徐釚编定龚鼎孳《七十二芙蓉长短句》。（参《南州草堂集》卷一九《龚叔损词序》）

徐士俊作《兰思词序》。

周亮工卒。

吴伟业卒。

朱中楣卒。

陆世仪卒，著有《桴亭词》。

陈维嵋卒，著有《亦山草堂词》二卷。

周茂源卒，著有《鹤静堂词》。

李天植卒，著有《蜃园词》。

徐之瑞卒于是年后，著有《横秋堂词》。

康熙十二年癸丑（1673）

顾璟芳编成《唐词蓉城汇选》四卷《蓉城词钞》一卷。

梁允植刊行梁清标《棠村词》，有汪懋麟序。

丁澎作《定山堂诗馀序》。

沈德潜生。

陈聂恒生。

归庄卒。

宋琬卒，著有《二乡亭词》。

王士禄卒，著有《炊闻词》二卷。

龚鼎孳卒，著有《定山堂诗馀》。

彭孙贻卒。

康熙十三年甲寅（1674）

方象瑛避乱寓杭，过访毛先舒并与定交。（参《健松斋集》卷六《思古堂雅集记》）

万树至无锡访侯文灿，共订《词律》。

梁允植《柳村词》刊行，顾豹文、丁澎为序，徐釚题跋。

徐釚刻所著《菊庄词》，丁澎、王嗣槐作序。

孙琮刊行《山晓阁词集》一卷。（参吴胤熙《山晓阁词集序》）

史惟圆以所著《蝶梦词》二卷贻王晫。

朱彝尊《红盐词序》约作于是年。

邹天嘉生。

史鉴宗卒，著有《青堂词》一卷。

康熙十四年乙卯（1675）

陆进、俞士彪陆续编成《西陵词选》八卷。

陆次云、章陈编成《见山亭古今词选》三卷，有严沆等序。

徐倬成进士。

王时翔生。

王崇简卒。

顾贞立卒。

顾景文卒，著有《匏园词》一卷。

商景兰卒，著有《锦囊诗馀》。

刘体仁卒。（参金陵生《清初诗人刘体仁卒年考辨》，《文学遗产》1997年第1期）

康熙十五年丙辰（1676）

徐釚刊《棠村词》于钱塘，有丁澎序。

董元恺编定所自作词为《苍梧词》十二卷。

丁炜刻《问山诗馀》。

曹贞吉刊《珂雪词》。

曹禾作《珂雪词话》。（见《未庵初集·文稿》卷二及曹贞吉《珂雪词》）

纳兰性德与顾贞观结交。

顾贞观以词代简作《金缕曲》二首寄吴兆骞宁古塔。

卓回作《黎庄词序》。（参卓回《词汇缘起》）

吴骐作《宋南陔词序》。（见《延陵处士集》卷一七）

钱尔复、汪琬、曹贞吉作《耒边词序》。

徐釚作《跋汪蛟门锦瑟词》。

吴焯生。

嵇永仁卒。

康熙十六年丁巳（1677）

彭桂刊其所著《初蓉词》三卷，吴绮、纪映钟等为序。

顾贞观和纳兰性德合编《今词初集》二卷刊行。

孙默陆续编纂并世人词，定为十六家词刊行（实为十七家），有邓汉仪序。

蒋平阶作《陈其年词集序》。[据南开大学图书馆藏《迦陵词》手稿第二册（石册）前所录之署名为"同学友弟蒋平阶大鸿撰"之《陈其年词集序》一文，蒋氏曾叙及"予与其年壬辰（顺治九年）定交……迄今二十五年。……今复示予《迦陵词集》五卷"云云，知蒋氏此序作于是年。]

尤侗作《溉堂词序》。（见《西堂杂俎三集》卷三及孙枝蔚《溉堂集》）

吴绮跋尤侗《菩萨蛮·丁巳九月病中有感》。

查继佐卒。

邹式金卒。

康熙十七年戊午（1678）

吴兆骞在宁古塔，以新刻《菊庄词》《侧帽词》《弹指词》托人携至朝鲜出售。

李渔刻所著《耐歌词》五卷。

蒋景祁编定所作《梧月词》二卷。

朱彝尊编定《蕃锦集》，辑《词综》，陆续得三十四卷。

周稚廉《容居堂词钞》一卷刊行，宋思玉、张李定等为序。

钱芳标《湘瑟词》刊行，吴绮、陈维崧、

金是瀛、董俞作序。

顾贞观、吴绮校刊纳兰性德《饮水词》。

张渊懿、田茂遇辑成《清平初选后集》十卷（一名《词坛妙品》），有计南阳序。

佟世南、陆进、张星曜合纂《东白堂词选》十五卷刊行。

曹亮武、陈维崧等刊行《荆溪词初集》七卷。

汪森序《词综》初刊二十六卷。

朱彝尊序蒋景祁《梧月词》。

朱彝尊《蕃锦集》成，柯维朴序刊之。

陈维崧、蒋景祁访朱彝尊于京师僧舍。

释大汕作《迦陵填词图》。

孙默卒，编有《国朝名家诗馀》。

吴刚思卒。

严沆卒。

陈之遴卒。

叶舒崇卒，著有《谢斋词》。

储贞庆卒，著有《雨山词》。

钱光绣卒，著有《删后词》。

徐灿卒于此年后，著有《拙政园诗馀》三卷。

汪价卒于是年后，著有《半舫词》。

康熙十八年己未（1679）

云间词派解体。

柳洲词派解体。

浙西词派形成。

朱彝尊约于此年携《乐府补题》进京，蒋景祁为之刊行。

卓回等编成《古今词汇》初编十二卷、二编四卷、三编八卷。

查继超编成《词学全书》。

龚翔麟编成《浙西六家词》。

王又华《古今词论》成于是年前。

陆进作《巢青阁集诗馀自序》。

顾景星作《横江词小引》。（参《百名家词钞》引蒋景祁《横江词评》）

吴农祥作《姜宸贻池上楼词序》。（见《流铅集》卷一〇）

杨大鹤成进士。

曹鉴伦成进士。

赵执信成进士。

陆求可卒，著有《月湄词》四卷。

王昊卒，著有《硕园词稿》一卷。

曹尔堪卒，著有《南溪词》。

程康庄卒，著有《衍愚词》。

钱芳标卒，著有《湘瑟词》。

张岱卒。

康熙十九年庚申（1680）

王晫《峡流词》刊行。

金堡卒，著有《遍行堂词》四卷。

李渔卒，著有《耐歌词》。

黄周星卒。

王时敏卒。

纪映钟卒。

康熙二十年辛酉（1681）

吴兆骞获还乡。

王霖刊陆求可《月湄词》。

林云铭刻《吴山鷇音》四卷。

朱彝尊为吴文定手抄本《尊前集》题跋。

王庭作《槐堂词序》。（见《梅里志》卷一五）

蒋景祁《荆溪词初集序》约作于是年。

唐梦赉与吴陈琰作《辛酉同游倡和集》，其中唐词116首，吴词127首。

王士祜卒。

徐士俊卒，著有《云诵词》。

康熙二十一年壬戌（1682）

龚翔麟刊《浙西六家词》，陈维崧为序。

俞颜为周在浚《花之词》题辞。

沈尔燝成进士。

尤珍成进士。

许嗣隆成进士。

顾炎武卒。

陈维崧卒，著有《迦陵词》三十卷。

陶汝鼐卒，著有《荣木堂诗馀》一卷。

徐槤卒，著有《西溪词》。

刘俞清卒，著有《虎溪渔叟诗馀》。

来集之卒，著有《倘湖诗馀》。

钱继章卒于是年后，著有《菊农词》。

康熙二十二年癸亥（1683）

万树纂《词律》二十卷。

蒋景祁刻所编《瑶华集》二十二卷。

王庭《秋闲词》刊行。

朱彝尊序柯崇朴《振雅堂词》。

施闰章卒。

李式玉卒。

孙治卒。

康熙二十三年甲子（1684）

曹亮武编其所著《南耕词》六卷、《岁寒词》一卷。

丁炜《紫云词》一卷刊行。

孙枝蔚《溉堂诗馀》刊行。

闵奕仕《载云航舫》附词一卷刊行。

柯煜作《绝妙好词序》。

史可程卒，著有《观槿词》。

徐继恩卒。

吴嘉纪卒。

蒋永修卒。

孟称舜卒。

吴兆骞卒，著有《秋笳词》二卷。

梁清远卒，著有《袚园诗馀》。

于成龙卒，著有《于山诗馀》一卷。

谢良琦卒于是年后，有词一卷。

康熙二十四年乙丑（1685）

王晫征集《千秋雅词》。

柯崇朴刊行《绝妙好词》七卷，又与柯炳同校《古今名媛百花诗馀》四卷刊行。

曹溶作《古今词话序》。

纳兰性德卒，著有《侧帽词》《饮水词》，辑有《词韵正略》。

曹溶卒，著有《静惕堂词》。

李因卒，著有《竹笑轩诗馀》。

丁澎卒，著有《扶荔词》三卷、《词变》一卷。

查容卒，著有《浣花词》。

毛重倬卒。

傅山卒。

康熙二十五年丙寅（1686）

蒋景祁《瑶华集》刊行，有宋荦序。

自是年始，聂先、曾王孙陆续编成《百名家词钞》刊行。

吴绮、程洪刊《记红集》三卷《词韵简》一卷。

王庭作《徐庾清词序》。（见《梅里志》卷一五）

陆培生。

张庚生。

魏裔介卒，著有《怀舫词》。

计南阳卒于是年后。

康熙二十六年丁卯（1687）

万树《词律》二十卷编成。

顾景星作《瑶华集序》。（见《白茅堂集》卷四四及蒋景祁《瑶华集》）

陈玉琇作《苍梧词序》。

杜濬作《吴秋屏词跋》。（见《变雅堂文集》卷三）

金农生。

杜濬卒，著有《扫花词》。

华胥卒，著有《画馀谱》一卷。

董元恺卒，著有《苍梧词》十二卷。

顾景星卒，著有《白茅堂词》一卷。

周筼卒，著有《采山词》，辑有《词纬》30卷、《今词综》十卷。

孙枝蔚卒，著有《溉堂诗馀》。

康熙二十七年戊辰（1688）

徐釚刊行《词苑丛谈》十二卷。

沈雄《古今词话》刊行。

宋荦刊行《枫香词》。

尤侗作《曹南耕悼亡词序》。（见《艮斋倦稿·文集》卷二）

项以淳刊《清啸集》二卷并为序。《清啸集》共收词120调286首。

梁佩兰成进士。

查昇成进士。

马曰琯生。

董俞卒，著有《玉凫词》二卷。

万树卒，著有《香胆词选》六卷。

曹垂灿卒，著有《竹香亭词》。

毛先舒卒，著有《鸳情集选填词》《填词

名解》四卷。

汪懋麟卒，著有《锦瑟词》三卷。

叶映榴卒，著有《苍岩词》。

陆瑶林卒于是年后，著有《九畹阁诗馀》。

康熙二十八年己巳（1689）

侯文灿辑冯延巳诸人词为《十名家词集》刊行。

侯文灿《亦园词选》刊行。

陈维崧《迦陵词》刊行。

傅燮调编成《词觏初编》三十二卷。

徐树敏、钱岳辑成《众香词》六卷，有尤侗序。

周清源自定所著《浣初词》。

蒋进词集成，姜宸英为题词。

朱彝尊作《鱼计庄词序》。

毛际可作《月听轩诗馀序》。（见《安序堂文钞》卷二七）

邓汉仪卒，著有《青帘词》。

徐喈凤卒，著有《荫绿轩词》。

龚贤卒，著有《半亩园词草》。

李符卒，著有《耒边词》。

贺贻孙卒，有词一卷。

王岱卒。

曾灿卒。

高层云卒，有《改虫斋词》。

陆嘉淑卒，有《辛斋诗馀》。

康熙二十九年庚午（1690）

尤珍《静啸词》刊行。

尤侗作《南耕词序》。（见《艮斋倦稿·文集》卷三）

吴绮作《众香词序》。

卢见曾生。

丘园卒，著有《梅圃诗馀》。

刘榛卒，著有《董园词》。

康熙三十年辛未（1691）

汪森裘杼堂再刊《词综》。

高士奇作《竹窗词序》。

陈宗石为陈维嵋《亦山草堂遗词》作序。

钱肇修成进士。

梁清标卒，著有《棠村词》二卷。

张锡怿卒，著有《树滋堂诗馀》。

董汉策卒。

沈进卒。

顾景文卒。

康熙三十一年壬申（1692）

先著、程洪选成《词洁》六卷。

尤侗作《惜树词序》及《题求夏词》。（见《艮斋倦稿·文集》卷九）。

侯晰作《梁溪词选序》。

徐是效为林企忠《翠露轩诗馀初集》作序。

厉鹗生。

王夫之卒，著有《姜斋词》。

赵进美卒。

史惟圆卒。

吴棠桢卒，著有《凤车词》。

陈枋卒，著有《香草亭词》。

康熙三十二年癸酉（1693）

何嘉延作《绿意词题辞》。

毛际可作《绘空词序》。（见释大汕《离六堂集》卷首）

胡以旌等作《蓼花词序》。

郑燮生。

查为仁生。

蒋进卒，著有《此山中诗馀》。

王庭卒，著有《秋闲词》。

冒襄卒，编有《同人集》。

康熙三十三年甲戌（1694）

徐钪作《词觏序》。

傅燮调作《菊庄词序》。

吴绮卒，著有《艺香词钞》。

徐翔凤卒。

李良年卒，著有《秋锦山房词》。

仲恒卒于是年后，著有《雪亭词》。

康熙三十四年乙亥（1695）

阳羡词派至迟于是年解体。

徐钪刊《菊庄词》。

毛奇龄作《柳烟词序》。（见郑景会《柳烟词》及《西河集》卷四九）

马曰璐生。

黄宗羲卒。

冒丹书卒，著有《西堂词》。

余怀卒，著有《玉琴斋词》。

吴骐卒，著有《杜鹃楼词》《芝田词》。

张怡卒，著有《古镜庵词集》六卷。

吴景旭卒于是年后，有词一卷。

张芳卒于是年后，著有《安晚堂集》。

康熙三十五年丙子（1696）

李良年《秋锦山房集》刊行。（卷十一、十二有词108首）

尤侗作《古今词选序》。

屈大均卒，著有《道援堂词》。（一名《骚屑》）。

范国禄卒，著有《赋玉词》。

沈进卒。

丁炜卒，著有《紫云词》。

高珩卒。

周在浚卒于是年后，著有《花之词》《梨庄词》。

康熙三十六年丁丑（1697）

陈至言成进士。

康熙三十七年戊寅（1698）

高士奇重刊《绝妙好词》。

沈永令卒，著有《嚷霞阁词》。

宗元鼎卒，著有《芙蓉词》，编有《诗馀花钿》。

钱陆灿卒。

储福观卒。

吴兴祚卒，著有《留村词》。（参秦松龄《苍岘山人文录》）

曹贞吉卒，著有《珂雪词》二卷。

方中通卒，著有《陪词》。

唐梦赉卒，著有《志壑堂诗馀》一卷。

曹章卒，著有《观澜堂诗馀》。

杜首昌卒于是年后，著有《绾秀园诗词选》。

康熙三十八年己卯（1699）

蒋景祁卒，著有《梧月词》《罨画溪词》。

郭士璟卒，著有《白云堂词》。

李天馥卒，著有《容斋诗馀》。

陈玉璂卒，著有《耕烟词》。

陆荛卒，著有《雅坪词谱》。

李符卒。

汪楫卒。

朱昆田卒。

曾王孙卒。

姜宸英卒。

康熙三十九年庚辰（1700）

潘谦辑所作为《纬萧词》。

王一元著《芙蓉舫岁寒咏物词》。

周稚廉卒，著有《容居堂词》。

彭孙遹卒，著有《延露词》三卷。

陈恭尹卒，著有《独漉堂诗馀》。

何采卒，著有《南涧词选》二卷。

王隼卒。

康熙四十年辛巳（1701）

黄云作《小红词集序》。

吴敬梓生。

钱曾卒。

安致远卒，著有《吴江旅啸》一卷。

康熙四十一年壬午（1702）

黄云卒，著有《倚楼词》。

严绳孙卒，著有《秋水词》。

沈岸登卒，著有《黑蝶斋词》。

金烺卒，著有《绮霞词》五卷。

韩纯玉卒，著有《蘧庐词》一卷。

沈朝初卒，著有《不遮山阁诗馀》。

康熙四十二年癸未（1703）

王一元纂《词家玉律》十六卷。

汤斌《借庵词》刊行。

查慎行成进士。

叶燮卒。

沈皞日卒，著有《柘西精舍词》。

徐嘉炎卒，著有《玉台词》。

康熙四十三年甲申（1704）

楼俨助孙致弥纂《词鹄》。

岳端《桃坂诗馀》刊。

陈聂恒《栩园词弃稿》刊行。

毛宸校订毛晋《诗词杂俎》。

尤侗卒，著有《百末词》。

洪升卒，著有《昉思词》。

高士奇卒，著有《蔬香词》《竹窗词》《独
　居词》各一卷。

岳端卒。

吴雯卒。

阎若璩卒。

康熙四十四年乙酉（1705）

孙致弥刊其所编《词鹄初编》十五卷，有
　陈聂恒序。

全祖望生。

梁佩兰卒，著有《六莹堂诗馀》。

魏坤卒，著有《水村琴趣》四卷。

余光耿卒，著有《蓼花词》。

宋实颖卒。

范荃卒。

康熙四十五年丙戌（1706）

孔传铄《清涛词》刊行。

江昱生。

储欣卒。

赵吉士卒，著有《万青阁诗馀》。

康熙四十六年丁亥（1707）

沈辰垣等奉旨编成《历代诗馀》百二十卷。

徐钒谋刊沈璟《古今词谱》。

朱彝尊序汪森《小方壶存稿》。（卷十六、
　十七、十八有词175首）

盛枫卒。

查昇卒。

邹溶卒，著有《香眉亭词》。

张潮卒于是年后，著有《花影词》。

康熙四十七年戊子（1708）

龚翔麟作《情田词序》。

徐钒卒，著有《菊庄词话》《词苑丛谈》。

吴农祥卒，著有《梧园词》。

周斯盛卒，著有《证山堂诗馀》。

毛际可卒，著有《浣雪词钞》二卷。

博尔都卒。

潘耒卒。

康熙四十八年己丑（1709）

赵式《古今别肠词选》刊行。

顾彩《草堂嗣响》四卷刊行。

朱彝尊卒，著有《曝书亭集》。

孙致弥卒，著有《别花馀事词》二卷、
　《梅沜词》四卷、《衲琴》一卷。

王九龄卒，著有《松溪诗馀》一卷。

邵瑸卒，著有《情田词》三卷。

陶孚尹卒，著有《欣然堂词》。

康熙四十九年庚寅（1710）

毛宸作《词海评林序》。

康熙五十年辛卯（1711）

王士禛卒，著有《衍波词》二卷、《花草
　蒙拾》。

侯文灿卒，著有《亦园词选》八卷。

杨文言卒，著有《楚江词》一卷。

徐倬卒，著有《水香词》。

冷士嵋卒，著有《江泠阁诗馀》。（参民国
　《丹徒县志撷馀》卷八）

康熙五十一年壬辰（1712）

侯晰刻所辑《梁溪词选》十八卷。

郭巩《诗馀谱式》二卷刊行。

杨祖楫入翰林院，与修《词谱》。

曹寅卒，著有《楝亭词钞》一卷。

陈维岳卒，著有《红盐词》。

康熙五十二年癸巳（1713）

吴贯勉《绿意词》《秋屏词》刊行，陈鹏
　年作序。

徐倬卒，著有《水香词》。

宋荦卒，著有《枫香词》。

康熙五十三年甲午（1714）

徐旭旦《世经堂集唐诗词删》八卷刊行。

顾贞观作《古今词选序》。

秦松龄卒，著有《微云词》一卷。

顾贞观卒，著有《弹指词》二卷，编有
　《唐五代词删》《宋词删》。

康熙五十四年乙未（1715）

沈时栋作《古今词选自序》。

《钦定词谱》四十卷刊行。

杨大鹤卒，著有《稻香楼词》。

蒲松龄卒，著有《聊斋词》。

康熙五十五年丙申（1716）

沈时栋《古今词选》刊行。

袁枚生。

查礼生。

陶元藻生。

毛奇龄卒，著有《毛翰林词》《西河词话》
　　二卷。

康熙五十六年丁酉（1717）

钱煐卒。

康熙五十七年戊戌（1718）

顾嘉容、金寿人辑《本朝名媛诗馀》四卷
　　刊行。

孔尚任卒，著有《绰约词》。

龚翔麟卒，著有《红藕庄词》三卷、辑有
　　《浙西六家词》。

宫鸿历卒，著有《墨华词》。

华炳微卒，著有《考槃诗馀》二卷。

顾彩卒，著有《鹤边词》一卷，辑有《草
　　堂嗣响》四卷。

董儒龙卒于此年后，著有《柳堂词稿》。

康熙五十八年己亥（1719）

曹士勋《翠羽词》刊行。

王国涟约卒于此年，著有《三瞩草堂诗
　　馀》一卷。

康熙五十九年庚子（1720）

楼俨作《白云词韵考略》。

汪棣生。

侯晰卒，著有《惜轩诗词钞》四卷。

康熙六十年辛丑（1721）

吴镇生。

徐瑶卒。

张九钺生。

尤珍卒，著有《静啸词》。

康熙六十一年壬寅（1722）

吴泰来生。

王鸣盛生。

张大受卒，著有《匠门书屋词》一卷。

雍正元年癸卯（1723）

戴震生。

陈鹏年卒，著有《喝月词》。

王鸿绪卒。

雍正二年甲辰（1724）

吴贯勉为《秋屏词续编》（一名《江花唱
　　晚》）作序。

陆培成进士。

王昶生。

顾斗光生。

雍正三年乙巳（1725）

楼俨序杜诏《浣花词》。

卓允基等为盛禾《稼轩填词》作序。

蒋士铨生。

赵文哲生。

张熙存生。

钱黯卒。

钱嫌卒。

王顼龄卒，著有《螺舟绮语》一卷。

雍正四年丙午（1726）

曹炳曾重刻《山中白云词》。

汪森卒，著有《桐扣词》《虫天志名家词
　　话》。

钱炳卒。

雍正五年丁未（1727）

赵翼生。

江昉生。

查慎行卒，著有《馀波词》。

雍正六年戊申（1728）

张梁刻所著《幻花庵词钞》八卷。

钱大昕生。

侯文燿卒。

雍正七年己酉（1729）

董潮生。

徐玑卒。

雍正八年庚戌（1730）

毕沅生。

陈王猷卒，著有《蓬亭偶存诗馀草》。

雍正九年辛亥（1731）

王崇炳作《学稼堂诗馀自序》。

姚鼐生。

顾光旭生。

许宝善生。

林以宁卒于此年后。

雍正十年壬子（1732）

厉鹗成《论词绝句》12 首。

雍正十一年癸丑（1733）

翁方纲生。

沈元沧卒，著有《云旅词》《念旧词》。

吴焯卒，著有《珍珠帘词》。

雍正十二年甲寅（1734）

李调元生。

雍正十三年乙卯（1735）

毛大瀛生。

段玉裁生。

邹天嘉卒，著有《耦渔词》一卷。

焦袁熹卒，著有《此木轩直寄词》二卷。

乾隆元年丙辰（1736）

张梁、储国钧为史承谦《小眠斋词》作序。

郑燮成进士。

杜诏卒，著有《云川词》。

柯煜卒，著有《月中箫谱》一卷、《小丹
　丘词》一卷。

参 考 文 献

（按作者姓氏拼音字母排列）

B

毕振姬《西北文集》四卷　　康熙刊本

博尔都《问亭诗集》十卷《也红词》一卷　　清刻本

C

曹葆宸《嘉善曹氏惇叙录》不分卷　　民国二十二年（1933）刻本

曹尔堪《秋水轩倡和词》二十六卷　　康熙十年（1671）遥连堂刻本

曹尔堪《三子倡和词》一卷　　康熙四年（1665）刻本

曹禾《未庵初集·文稿》四卷　　陶社丛书本

曹恒吉《曹江集》十卷　　康熙三十五年（1696）愿学堂刊本

曹亮武《南耕词》六卷《叠韵词》一卷《岁寒词》一卷　　康熙刻本

曹溶《静惕堂诗集》四十四卷　　雍正三年（1725）檇李曹氏刊本

曹庭栋《魏塘纪胜》一卷《续魏塘纪胜》一卷　　乾隆七年（1742）刻本

曹学诗《香雪文钞》六卷　　清刊本

曹勋《东干诗草》一卷　　清初刻本

曹勋《曹宗伯全集》十六卷　　清初刻本

曹勋《南溪诗草》不分卷　　清初刻本

曹章《观澜堂诗集》九卷文集九卷　　康熙四十六年（1707）刊本

曹贞吉《珂雪集》一卷《珂雪二集》一卷《珂雪词》二卷　　康熙刻本

柴杰《国朝浙人诗存》十二卷　　乾隆三十三年（1768）洽礼堂刻本

柴绍炳《柴省轩先生文钞》十二卷外集一卷　　康熙刻本

陈恭尹《独漉堂诗集》十五卷、《独漉堂文集》十五卷　　清刊本

陈淏《精选国朝诗馀》一卷　　清初刻本

陈敬璋《尔室文钞》二卷　　民国铅印本

陈龙正《几亭全书》六十四卷　　康熙云书阁刻本

陈谋道《柳洲词选》六卷　　清初刻本

陈乃乾《清名家词》　　上海书店 1982 年

陈聂恒《栩园词弃稿》四卷　　康熙四十三年（1704）陈氏且朴斋刻本

陈鹏年《陈恪勤集》三十九卷　　康熙刻本

陈鹏年《道荣堂文集》六卷　　乾隆二十七年（1762）刊本

陈确《陈确集》　　中华书局 1979 年

陈廷敬《午亭文编》五十卷　　康熙四十七年（1708）林佶写刻本

陈王猷《蓬亭偶存诗草》十五卷《诗馀草》一卷　　康熙间世馨堂刻道光二十九年
　　（1849）补刻本

陈维崧《今词苑》三卷　　康熙刻本

陈维崧《湖海楼诗集》　　康熙二十八年（1689）刻本

陈维崧《湖海楼全集》　　乾隆六十年（1795）刻本

陈维嵋《亦山草堂遗稿》六卷遗词二卷　　康熙三十年（1691）刻本

陈耀文《花草粹编》十二卷　　民国二十二年（1933）南京国学图书馆影印本

陈寅恪《柳如是别传》　　上海古籍出版社 1980 年

陈应麟《海宁陈氏家谱》二十四卷　　嘉庆十年（1805）刻本

陈玉璂《学文堂集》二十四卷　　《常州先哲遗书》本

陈增新《柳洲诗集》十卷　　顺治刻本

陈章《孟晋斋诗集》二十二卷《竹香词》二卷　　乾隆二十年（1755）刻本

陈之遴《浮云集》十一卷　　康熙五年（1666）刻本

陈子龙《陈忠裕公全集》三十卷　　嘉庆八年（1803）刻本

陈子龙《安雅堂稿》十五卷　　宣统二年（1910）上海时中书局铅印本

陈子龙《幽兰草》三卷　　明末刻本

陈子龙《皇明诗选》十三卷　　华东师范大学出版社 1991 年

陈祖武《清初学术思辨录》　　中国社会科学出版社 1992 年

陈作霖《国朝金陵词钞》八卷　　光绪二十八年（1902）刊本

程康庄《自课堂集》三卷　　《山右丛书初编》本

程可则《海日堂集》文二卷诗五卷　　道光五年（1825）重刊本

程千帆《全清词》（顺康卷）　　中华书局 1994 年

成肇麐《唐五代词选》三卷　　光绪十三年（1887）刻本

储方庆《储遁庵文集》十二卷　　康熙五十二年（1713）刊本

储寿平《丰义储氏分支谱》三十八卷　　民国十年（1921）胪欢堂木活字本

储欣《在陆草堂文集》六卷　　光绪十七年（1891）刻本

D

戴璐《藤阴杂记》　　上海古籍出版社 1985 年

戴名世《戴名世集》　　中华书局 1986 年

邓长风《明清戏曲家考略》　　上海古籍出版社 1994 年

邓长风《明清戏曲家考略续编》　　上海古籍出版社 1997 年

邓长风《明清戏曲家考略三编》　　上海古籍出版社 1999 年

邓立光《陈乾初研究》　　文津出版社 1992 年

邓之诚《清诗纪事初编》　　中华书局香港分局 1976 年

丁丙《西泠词萃》　　光绪十三年（1887）钱塘丁氏刻本

丁澎《扶荔堂文集》十二卷《诗集》十二卷、《扶荔词》四卷　　康熙十九年（1680）刻本

丁绍仪《清词综补》　　中华书局 1986 年

丁炜《问山文集》八卷、《诗集》十卷、《紫云词》一卷　　咸丰四年（1854）重刊本

董逢元《唐词纪》十六卷、《词名徵》一卷　　钞本

董以宁《正谊堂文集》不分卷、《诗集》二十卷、《蓉渡词》三卷　　康熙刻本

董俞《南村渔舍诗草》不分卷　　清刻本

董元恺《苍梧词》十二卷　　康熙刻本

杜濬《变雅堂文集》八卷、《诗集》十卷　　光绪二十年（1894）黄冈沈致坚重刊本

杜诏《云川阁集》十四卷　　雍正九年（1731）刊本

F

范承谟《范忠贞公文集》五卷　　康熙四十七年（1708）刻本

方苞《方苞集》　　上海古籍出版社 1983 年

方象瑛《健松斋集》二十四卷续集十卷　　康熙四十年（1701）刻本

方智范等《中国词学批评史》　　中国社会科学出版社 1994 年

方中履《汗青阁文集》四卷　　康熙四十九年（1710）刻本

冯溥《佳山堂诗集》十卷《佳山堂诗二集》九卷　　康熙十九年（1680）刻本

傅山《霜红龛集》　　山西人民出版社 1985 年

傅占衡《湘帆集》二十六卷　　康熙六十一年（1722）刻本

G

高不骞《商榷集》三卷　　康熙刻本

高珩《栖云阁文集》十五卷　　乾隆三十年（1765）刻本

高儒《百川书志》二十卷　　古典文学出版社 1957 年

高士奇《高江村全集》　　康熙三十九年（1700）刻本

龚鼎孳《定山堂诗集》四十三卷《诗馀》四卷　　光绪九年（1883）刻本

龚炜《巢林笔谈》六卷续编二卷　　中华书局 1981 年

龚翔麟《浙西六家词》　　康熙钱塘龚氏玉玲珑阁刻本

顾宝珏《顾氏分编泾里支支谱》九卷　　民国二十二年（1933）惇叙堂木活字本

顾彩《草堂嗣响》四卷　　清辟疆园刻本

顾从敬《古香岑草堂诗馀》正集六卷新集五卷别集四卷续集二卷　　童涌泉刻本

顾沅《凤池园集》　　上海古籍出版社 1980 年影印本

顾璟芳《兰皋明词汇选》八卷　　康熙元年（1662）顾氏双桂轩刻本

顾璟芳《唐词蓉城汇选》四卷《蓉城词钞》一卷　　康熙十二年（1673）刻本

顾景星《白茅堂全集》四十六卷　　光绪二十八年（1902）刊本

顾贞观《顾梁汾先生诗词集》九卷　　民国二十三年（1934）石印本

顾贞观《今词初集》二卷　　光绪二十三年（1897）雪浪山房重刻本

顾震涛《吴门表隐》二十卷　　江苏古籍出版社 1986 年

归淑芬《古今名媛百花诗馀》四卷　　康熙二十四年（1685）刻本

归允肃《归宫詹集》四卷　　嘉庆十年（1805）刻本

归庄《归庄集》　　上海古籍出版社 1984 年

郭麐《灵芬馆诗三集》四卷《灵芬馆杂著》二卷　　嘉庆十二年（1807）刻本

郭则沄《清词玉屑》十二卷　　民国二十五年（1936）刊本

H

韩纯玉《蓬庐词》一卷　　康熙凤晨堂刻本

韩菼《有怀堂文稿》二十二卷诗稿六卷　　康熙四十二年（1703）有怀堂刊本

何采《南涧词选》二卷　　康熙五十四年（1715）归云堂刻本

何良俊《四友斋丛说》三十八卷　　中华书局 1959 年

贺裳《红牙集》一卷　　顺治刻本

贺贻孙《水田居文集》五卷　　同治间赐书楼刻《水田居全集》本

洪升《洪升集》　　浙江古籍出版社 1992 年

侯方域《壮悔堂文集》十卷《四忆堂诗集》六卷　　乾隆十五年（1750）强善堂刊本

侯文灿《亦园词选》八卷　　康熙二十八年（1689）刊本

侯文灿《名家词集》十卷　　《宛委别藏》本

侯晰《梁溪词选》　　民国初云轮阁抄本

侯学愈《锡山东里侯氏八修宗谱》二十卷　　民国八年（1919）木活字本

胡世安《秀岩集》三十一卷　　康熙三十四年（1695）胡蔚光修补本

黄升《花庵词选》　　辽宁教育出版社 1997 年

黄兆显《乐府补题研究及笺注》　　香港学文出版社 1975 年

黄之隽《唐堂集》五十卷续集八卷补遗二卷　　乾隆十三年（1748）刊本

黄之隽《香屑集》十八卷　　同治十年（1871）近文堂刊本

黄宗羲《黄梨洲先生集》　　康熙二十一年（1682）西爽堂刻本

J

计东《改亭诗集》六卷文集十六卷　　乾隆十三年（1748）读书乐园刻本

嵇尔霖《嵇氏宗谱》八卷　　光绪三十三年（1907）木活字本

姜宸英《湛园未定稿》六卷　　家刻本

姜垚《柯亭词》一卷　　康熙十六年（1677）刻本

江闿《江辰六文集》九卷　　《黔南丛书》本

蒋重光《昭代词选》三十八卷　　乾隆三十二年（1767）经锄堂刻本

蒋聚祺《西馀蒋氏宗谱》十六卷　　民国九年（1920）世德堂木活字本

蒋景祁《荆溪词初集》七卷　　康熙刻本

蒋景祁《瑶华集》二十二卷　　康熙二十五年（1686）宜兴蒋氏刻本

蒋平阶《支机集》三卷　　顺治刻本

焦循《雕菰集》二十四卷　　道光四年（1824）刊本

焦循《仲轩词》一卷　　清钞本

靳荣藩《绿溪初稿》一卷《绿溪诗》四卷《绿溪词》一卷　　乾隆刻本

金人瑞《唱经堂批欧阳永叔词十二首》一卷　　贯华堂才子书汇稿本

金埴《不下带编》七卷《巾箱说》一卷　　中华书局 1982 年

K

孔凡礼《全宋词补辑》　　中华书局 1981 年

孔尚任《湖海集》十三卷　　康熙二十七年（1688）介安堂刻本

L

来秉奎《萧山来氏家谱》五十五卷　　光绪二十六年（1900）会宗堂木活字本

蓝鼎元《东征集》六卷　　雍正十年（1732）刊本

冷士嵋《江泠阁绪风吟》三卷　　民国二十五年（1936）陶风楼影印本

李绂《穆堂诗文钞》十一卷　　嘉庆二十五年（1820）刊本

李绂《穆堂初稿》五十卷　　乾隆五年（1740）无怒轩刊本

李调元《童山文集》二十卷《童山诗集》四十二卷　　嘉庆刻本

李符《香草居集》七卷　　同治刊本

李良年《秋锦山房集》二十二卷　　康熙三十五年（1696）刻本

李绳远《寻壑外言》五卷　　康熙刊本

李式玉《巴馀集》十卷　　康熙十五年（1676）刻本

李天馥《容斋千首诗》不分卷　　清刊本

李雯《蓼斋集》四十七卷《蓼斋后集》五卷　　顺治十四年（1657）西爽堂刻本

李邺嗣《杲堂文钞》　　《四明丛书》本

李一氓《一氓题跋》　　三联书店 1981 年

李因笃《受祺堂文集》四卷　　道光七年（1827）刻本

李渔《笠翁一家言全集》　　康熙十七年（1678）芥子园刊本

李元鼎《石园全集》三十卷　　康熙四十一年（1702）木活字本

李泽厚《美的历程》　　文物出版社 1981 年

梁佩兰《六莹堂集》九卷二集八卷　　《粤十三家集》本

梁佩兰《六莹堂集》　　中山大学出版社 1992 年

梁清标《焦林诗集》不分卷　　康熙十七年（1678）刻本

梁清标《棠村词》一卷　　康熙十五年（1676）刻本

梁允植《柳村词》一卷　　康熙刻本

林玫仪《词学考诠》　　联经出版事业公司 1987 年

林企忠《翠露轩诗馀初集》三卷　　清红秋馆刻本

林云铭《挹奎楼选稿》十二卷　　康熙三十五年（1696）陈一夔刻本

刘理顺《刘文烈公全集》十二卷　　康熙四十六年（1707）刊本

刘少雄《南宋姜吴典雅词派相关词学论题之探讨》　　台大出版委员会 1995 年

刘体仁《七颂堂诗集》十卷文集二卷　　同治刊本

刘献廷《广阳杂记》五卷　　中华书局 1957 年

刘榛《虚直堂文集》二十四卷　　康熙二十七年（1688）刻本

刘子壮《屺思堂文集》八卷诗集不分卷　　乾隆五十年（1785）刻本

柳如是《柳如是诗文集》　　中华全国图书馆文献缩微复制中心 1996 年

龙榆生《龙榆生词学论文集》　　上海古籍出版社 1997 年

卢绖《四照堂文集》三十卷　　康熙二年（1663）刻本

陆次云《澄江集》七卷　　康熙刻本

陆次云《北墅绪言》五卷　　康熙二十三年（1684）宛羽斋刻增修本

陆次云《见山亭古今词选》三卷　　康熙十四年（1675）见山亭刻本

陆萼庭《清代戏曲家丛考》　　学林出版社 1995 年

陆进《巢青阁集》十卷附陆曾禹《巢青阁学言》六卷　　康熙三十九年（1700）刻本

陆进《西陵词选》八卷　　康熙刻本

陆陇其《三鱼堂文集》十二卷《三鱼堂外集》六卷　　康熙四十年（1701）老扫叶山房
　　刊本

陆楣《铁庄文集》八卷《疏快轩诗》二卷《疏快轩诗馀》一卷　　光绪二十一年
　　（1895）曹氏乐善堂木活字本

陆求可《陆密庵文集》四卷　　康熙十九年（1680）刊本

陆莱《雅坪文稿》十卷《雅坪诗稿》二十卷《雅坪词谱》三卷　　康熙传经阁刻本

陆垫《旷庵词》一卷　　当湖陆氏求是斋抄本

M

毛际可《安序堂文钞》三十卷　　康熙二十八年（1689）刊本

毛晋《词苑英华》　　汲古阁刻本

毛晋《词海评林》三卷　　清刊本

毛晋《汲古阁书跋》　　古典文学出版社 1958 年

毛先舒《毛驰黄集》八卷《鸾情集选》一卷《东苑文钞》二卷诗钞一卷《螺峰说录》二
　　卷《濮书》八卷《思古堂集》四卷《小匡文钞》四卷《蕊云集》一卷《晚唱》一卷
　　康熙刻思古堂十四种书本

毛先舒《西陵十子诗选》十六卷　　顺治七年（1650）辉山堂刻本

茅暎《词的》四卷　　民国三十七年（1948）保公藩乐是簃写本

梅文鼎《绩学堂诗文钞》文六卷诗四卷　　乾隆十七年（1752）刻本

缪泳《南枝词》三卷　　台北文海出版社 1982 年影康熙稿本

缪钺《诗词散论》　　上海古籍出版社 1982 年

N

纳兰成德《纳兰词笺注》　　上海古籍出版社 1995 年

纳兰成德《通志堂集》　　上海古籍出版社 1979 年影印本

聂先《百名家词钞》一百卷　　康熙绿荫堂刻本

钮琇《临野堂诗集》十三卷文集十卷诗馀二卷　　清钞本

P

潘光旦《明清两代嘉兴的望族》　　上海书店 1991 年

潘耒《遂初堂集》四十卷　　康熙四十九年（1710）刊本

潘天成《铁庐集》六卷　　乾隆十二年（1747）刻本

潘游龙《精选古今诗馀醉》十五卷　　明末十竹斋刻本

彭宾《彭燕又先生文集》三卷诗集一卷　　康熙六十一年（1722）彭士超刻本

彭定求《南畇文稿》十二卷诗稿十卷　　光绪七年（1881）刻本

彭桂《初蓉词》三卷　　康熙十六年（1677）刻本

彭师度《彭省庐先生文集》七卷诗集十卷　　康熙六十一年（1722）隆略堂刻本

彭孙贻《茗斋诗馀》二卷　　《别下斋丛书》本

彭孙遹《松桂堂集》三十七卷　　乾隆八年（1743）刊本

蒲松龄《蒲松龄集》　　上海古籍出版社 1986 年

Q

齐治平《唐宋诗之争概述》　　岳麓书社 1984 年

钱陈群《香树斋诗集》十八卷续集三十六卷文集二十八卷续钞五卷　　乾隆三年
　　（1738）刻本

钱芳标《湘瑟词》四卷　　康熙十七年（1678）刻本

钱棻《萧林初集》八卷　　崇祯刻本

钱鸿文《浙善钱氏世系续刻》三卷　　民国三年（1914）铅印本

钱继章《雪堂词笺》一卷　　崇祯刻本

钱佳《魏塘诗陈》十五卷　　嘉庆刻本

钱谦益《牧斋初学集》　　上海古籍出版社 1985 年

钱谦益《列朝诗集小传》　　上海古籍出版社 1983 年

钱士升《赐馀堂集》十卷　　乾隆四年（1739）钱佳刻本

钱以垲《嘉善钱氏家传》四卷　　康熙五十八年（1719）研云堂刻本

钱允治《类编笺释草堂诗馀》二卷《国朝诗馀》五卷　　万历四十二年（1614）刻本

秦巘《词系》　　北京师范大学出版社 1996 年

邱维屏《邱邦士文集》十七卷　　光绪元年（1875）重刊本

屈大均《道援堂诗集》十三卷　　清刊本

屈大均《翁山文外》十六卷　　民国九年（1920）吴兴刘氏嘉业堂刊本

屈大均《翁山诗外》十九卷　　宣统二年（1910）上海国学扶轮社铅印本

R

饶宗颐《文辙：文学史论集》　　台湾学生书局 1991 年

任道斌《方以智年谱》　　安徽教育出版社 1983 年

任绳隗《直木斋全集》十二卷　　道光七年（1827）香荫楼刻本

任源祥《鸣鹤堂文集》十卷诗集十一卷　　光绪十五年（1889）刊本

阮元《研经室文集》十八卷　　嘉庆十二年（1807）自刻本

S

商衍鎏《清代科举考试述录》　　三联书店 1958 年

邵瑛《情田词》三卷　　光绪二十四年（1888）石帆书屋刻本

邵长蘅《邵子湘全集》二十八卷　　康熙刻本

申涵光《聪山文集》三卷诗选八卷　　光绪五年（1879）定州王氏谦德堂刻本

沈爱莲《梅里词辑》八卷　　台北文海出版社 1982 年影同治刻本

沈尔燝《月团词》三卷　　清初刻本

沈丰垣《兰思词钞》二卷　　康熙十一年（1672）吴山草堂刻本

沈季友《学古堂诗集》六卷　　乾隆刻本

沈季友《槜李诗系》四十二卷　　康熙四十九年（1710）刻本

沈谦《东江集钞》九卷　　康熙十五年（1676）刻本

沈谦《东江别集》五卷集外诗一卷　　民国九年（1920）铅印本

沈时栋《古今词选》十二卷　　康熙五十五年（1716）锄经书屋刻本

沈思孝《吾美堂集》八卷《陆沉漫稿》六卷《溪山堂草》四卷　　康熙二十五年
　　（1686）快雪堂刻本

沈友《雪初堂集》六卷　　明末刻本

盛熙祚《棣华乐府》六卷　　乾隆二年（1737）刻本

施闰章《施愚山先生学馀文集》二十八卷诗集五十卷　　康熙四十七年（1708）刊本

施是式《道园遗稿》四卷　　康熙五十二年（1713）刻本

施议对《词与音乐关系研究》　　中国社会科学出版社 1985 年

史柏生《义庄史氏宗谱》四十一卷　　民国三十八年（1949）宗海堂铅印本

史承谦《小眠斋词》二卷　　乾隆刻本

释大汕《离六堂集》十二卷《离六堂近稿》一卷　　康熙三十八年（1699）刻本

释澹归《遍行堂集》十六卷　　宣统三年（1911）铅印本

宋荦《绵津山人诗集》二十六卷　　康熙二十七年（1688）刻本

宋荦《枫香词》一卷　　康熙二十七年（1688）刻本

宋琬《安雅堂未刻稿》八卷　　乾隆三十一年（1766）刻本

宋徵璧《倡和诗馀》六卷　　清顺治刻本

宋徵璧《抱真堂诗稿》八卷　　顺治九年（1652）自刻本

宋徵舆《林屋文稿》十六卷诗稿十四卷　　康熙九籥楼刻本

孙琼《山晓阁诗》十二卷　　康熙刻本

孙琼《山晓阁词集》一卷　　康熙十三年（1674）刻本

孙尔准《泰云堂集》二十五卷　　同治九年（1870）刻本

孙康宜《晚唐迄北宋词体演进与词人风格》　　联经出版事业公司 1994 年

孙康宜《陈子龙柳如是诗词情缘》　　允晨文化实业股份有限公司 1992 年

孙立《词的审美特性》　　文津出版社 1995 年

孙默《国朝名家诗馀》四十一卷　　康熙留松阁刊本

孙枝蔚《溉堂集》二十八卷　　上海古籍出版社 1979 年影印本

孙致弥《秋左堂集》诗六卷词四卷　　乾隆刻本

孙致弥《词鹄初编》十五卷　　康熙四十四年（1705）自刻本

T

谭莹《乐志堂诗略》二卷《文略》四卷　　光绪元年（1875）南海谭宗浚刻本

谈九叙《是山词草》三卷　　光绪刻本

唐圭璋《全宋词》　　中华书局 1992 年

唐圭璋《全金元词》　　中华书局 1994 年

唐圭璋《词话丛编》　　中华书局 1996 年

唐圭璋《宋词四考》　　江苏古籍出版社 1985 年

唐梦赉《志壑堂诗集》十二卷文集十二卷　　康熙十八年（1679）刻本

唐梦赉《志壑堂词》二卷　　康熙二十五年（1686）刻本

唐孙华《东江诗钞》十二卷　　上海古籍出版社 1979 年影印本

唐祖命《殢花词》一卷　　《武进唐氏所著书十七种》本

田同之《砚思集》六卷　　乾隆七年（1742）钞本

田雯《古欢堂诗集》十四卷文集十四卷　　康熙五十二年（1713）德州田氏刊本

佟世临《梁园倡和词》一卷　　清初刻本

佟世南《东白堂词选》十五卷　　康熙十七年（1678）刻本

佟世思《与梅堂遗集》十二卷　　康熙四十年（1701）刻本

屠倬《耶溪渔隐词》二卷　　光绪三年（1877）刻本

W

万寿祺《隰西草堂诗》二卷文一卷词一卷　　《徐州二遗民集》本

万树《璇玑碎锦》二卷　　乾隆五年（1740）扬州江氏柏香堂刻本

万树《词律》　　上海古籍出版社 1984 年

万惟檀《诗馀图铺》二卷　　崇祯十年（1637）自刻本

王昶《春融堂集》六十八卷　　嘉庆十二年（1807）塾南书舍刻本

王昶《明词综》十二卷《国朝词综》四十八卷二集八卷　　嘉庆八年（1803）青浦王氏
　　三泖渔村刻本

王崇炳《学耨堂文集》八卷诗稿九卷诗馀二卷　　乾隆五十三年（1788）刻本

王崇简《青箱堂文集》十卷诗集三十三卷　　清初刻本

王夫之《愚鼓词》一卷　　民国四年（1915）湖南船山学社印本

王昊《硕园编年诗选》二卷　　抄本

王培荀《乡园忆旧录》　　齐鲁书社 1993 年

王时翔《小山诗近稿》二卷　　康熙五十二年（1713）刻本

王士禛《带经堂集》九十二卷　　七略书堂刻本

王士禛《衍波词》　　广东人民出版社 1986 年

王士禛《蚕尾集》十卷　　刊本

王士禛《池北偶谈》　　中华书局 1982 年

王士禛《分甘馀话》二卷《陇蜀馀闻》一卷　　上海有正书局民国五年（1916）刊本

王士禛《古夫于亭杂录》五卷　　文渊阁四库丛书本

王士禛《居易录》三十四卷　　带经草堂集本

王士禛《香祖笔记》　　上海古籍出版社 1982 年

王式丹《楼村诗集》二十五卷　　雍正四年（1726）刻本

王隼《大樗堂初集》十二卷　　粤十三家集本

王同《唐栖志》二十卷　　光绪十六年（1890）刻本

王屋《草贤堂词笺》十卷《檗弦斋词笺》一卷《杂笺》一卷　　崇祯刻本

王顼龄《世恩堂经进集》三卷　　清刻本

王应奎《柳南随笔》六卷《续笔》四卷　　中华书局1983年

王又旦《黄湄诗集》十卷　　康熙刻本

王誉昌《含星集》十二卷　　清顾氏小石山房钞本

王晫《霞举堂集》三十五卷　　康熙三十年（1691）刻本

汪懋麟《百尺梧桐阁集》　　上海古籍出版社1980年

汪如洋《葆冲书屋诗集》四卷外集二卷诗馀一卷　　家刻本

汪森《小方壶存稿》十八卷　　康熙刻本

汪琬《钝翁文录》十六卷　　光绪十三年（1887）木活字本

汪琬《尧峰文钞》四十卷诗钞十卷　　民国二十四年（1935）影印本

汪文柏《柯庭馀习》十二卷　　康熙四十四年（1705）古香楼刻本

汪之珩《东皋诗馀》四卷　　乾隆三十一年（1766）刻本

卫咏《古文小品冰雪携》不分卷　　清刻本

魏大中《藏密斋集》二十四卷　　崇祯刻本

魏际瑞《魏伯子文集》十卷　　《宁都三魏文集》本

魏坤《倚晴阁诗钞》不分卷　　康熙三十四年（1695）刊本

魏礼《魏季子文集》十六卷　　《宁都三魏文集》本

魏禧《魏叔子文集》二十二卷　　易堂刻本

魏学渠《青城词》三卷　　康熙刊本

魏允札《东斋诗删》不分卷　　清钞本

吴贯勉《绿意词》一卷《秋屏词续编》一卷　　康熙五十二年（1713）扬州书局刻本

吴宏一《清代词学四论》　　联经出版事业公司1990年

吴宏一《清代诗学初探》　　牧童出版社1977年

吴嘉纪《吴嘉纪诗笺校》　　上海古籍出版社1980年

吴康《北湖三家词钞》十卷　　嘉庆十五年（1810）白苧草堂刻本

吴农祥《流铅集》十六卷　　清钞本

吴绮《林蕙堂全集》　　乾隆四十一年（1776）巾箱本

吴绮《亭皋集》六卷　　康熙刻本

吴绮《艺香词》六卷　　康熙刻本

吴绮《宋金元诗永》二十卷补遗二卷　　康熙十七年（1678）思永堂刻本

吴绮《选声集》三卷《词韵简》一卷　　清大来堂刻本

吴绮《记红集》三卷《词韵简》一卷　　康熙二十五年（1696）自刻本

吴骐《延陵处士集》三十二卷　　乾隆间钞本

吴骐《颛顼集》不分卷　　康熙青村草堂刻本

吴仁安《明清时期上海地区的著姓望族》　　上海人民出版社1997年

吴泰来《古香堂诗集》·七卷词集二卷　　康熙刻本

吴伟业《吴梅村全集》　　上海古籍出版社1990年

吴伟业《梅村词》　　广东人民出版社1985年

吴雯《莲洋集》二十卷　　上海扫叶山房石印本

吴熙《非水居词笺》三卷　　崇祯刻本

吴锡麒《有正味斋诗文词集》七十三卷　　嘉庆十三年（1708）刻本

吴锡麒《有正味斋骈体文笺》二十四卷　王广业笺　咸丰九年（1859）刊本

吴熊和《吴熊和词学论集》　　杭州大学出版社 1999 年

吴一清《北渠吴氏族谱》八卷　　民国十九年（1930）木活字本

吴隐《山阴州山吴氏族谱》三十一卷　　民国十三年（1924）刻本

吴应箕《楼山堂集》二十七卷　　顺治十五年（1658）逢原斋刻本

吴兆骞《秋笳集》　　上海古籍出版社 1993 年

吴之振《黄叶村庄诗集》八卷续集一卷后集一卷　　光绪四年（1878）吴康寿重刊本

吴焯《渚陆鸿飞集》一卷　　雍正七年（1729）刊本

吴焯《药园诗稿》二卷　　民国十二年（1923）仁和吴氏重刊本

吴子孝《玉霄仙明珠词选》一卷　　清抄本

X

夏秉衡《清绮轩词选》十三卷　　清立敬堂刻本

项以淳《清啸集》三卷　　康熙二十七年（1688）刻本

谢国桢《明清之际党社运动考》　　中华书局 1982 年

谢国桢《明末清初的学风》　　人民出版社 1982 年

熊文举《雪堂先生集选》十一卷　　顺治刻本

徐灿《拙政园诗馀》三卷　　《拜经楼丛书》本

徐嘉炎《抱经斋文集》六卷诗集十四卷　　康熙三十八年（1699）刻本

徐喈凤《荫绿轩词》一卷　　清刻本

徐珂《历代词选集评》　　民国十六年（1927）商务印书馆铅印本

徐乾学《憺园集》三十六卷　　康熙三十六年（1697）刊本

徐釚《南州草堂集》三十卷　　康熙徐氏菊庄刻本

徐釚《词苑丛谈》　　上海古籍出版社 1981 年

徐师曾《文体明辨序说》　　人民文学出版社 1962 年

徐士俊《雁楼集》二十五卷　　康熙五年（1666）刻本

徐世溥《榆墩集》十一卷　　康熙舫斋刻本

徐树高《宜兴上阳徐氏家乘》八卷　　民国三十一年（1942）追远堂木活字本

徐树敏《众香词》六卷　　康熙二十九年（1690）锦树堂刻本

徐旭旦《世经堂初集》十二卷　　康熙四十八年（1709）刊本

徐旭旦《世经堂集唐诗词删》八卷　　康熙五十三年（1714）世经堂刻本

徐倬《修吉堂文稿》八卷《道贵堂类稿》二十一卷　　康熙刻本

徐作肃《偶更堂文集》二卷诗稿二卷　　上海古籍出版社 1982 年影印本

许虬《万山楼诗集》二十四卷　　康熙四十九年（1710）刻本

许尚质《酿川集》十三卷　　清刻本

许瑶光《嘉兴府志》　　光绪四年（1878）鸳湖书院刻本

Y

阎尔梅《白耷山人诗》四卷文二卷　　《徐州二遗民集》本

颜光敏《乐圃集》七卷补遗一卷　　康熙刻十子诗略本

严迪昌《近代词钞》　　江苏古籍出版社 1996 年

严迪昌《清词史》　　江苏古籍出版社 1990 年

严迪昌《阳羡词派研究》　　齐鲁书社 1993 年

严绳孙《秋水集》十卷　　民国六年（1917）无锡图书馆校刊本

杨谦《梅里志》　　《中国地方志集成》本

杨兆鲁《遂初堂文集》九卷外集一卷　　康熙十三年（1674）刻本

姚阶《国朝词雅》二十四卷　　嘉庆三年（1798）刻本

叶恭绰《全清词钞》　　中华书局 1982 年

叶嘉莹《清词丛论》　　河北教育出版社 1997 年

叶梦珠《阅世编》　　上海古籍出版社 1981 年

叶燮《己畦集》十四卷　　康熙二弃草堂写刻本

叶奕苞《经锄堂诗稿》十卷诗馀一卷　　清刻本

叶映榴《叶忠节公遗稿》十二卷　　嘉庆九年（1804）刻本

叶子奇《草木子》四卷　　中华书局 1959 年

易宏《云华阁诗略》六卷《坡亭词钞》一卷　　《粤十三家集》本

应㧑谦《应潜斋文钞》一卷　　道光八年（1828）姚氏钞本

尤侗《西堂全集》　　康熙二十四年（1685）云溪阁刊本

尤侗《西堂诗集》三十卷　　康熙二十三年（1684）刊本

尤侗《尤太史西堂馀集》　　康熙刊本

尤珍《沧湄诗文稿》五十一卷　　康熙二十四年（1685）刊本

俞琬纶《自娱集》十卷诗馀一卷　　康熙三十八年（1699）刻本

余光耿《一溉堂诗集》一卷　　康熙刻本

余光耿《蓼花词》一卷　　康熙三十二年（1693）刻本

袁行云《清人诗集叙录》　　文化艺术出版社 1994 年

Z

曾王孙《清风堂文集》二十三卷　　康熙刊本

查继超《词学全书》　　书目文献出版社 1986 年

查礼《铜鼓书堂遗稿》三十二卷　　乾隆五十七年（1792）刻本

查容《浣花词》一卷　　民国七年（1918）罗振玉据手稿本影印

查世倓《龙山查氏族谱》十六卷　　嘉庆十三年（1808）刻本

查为仁《蔗塘未定稿》　　乾隆八年（1743）刊本

查学《半缘词》一卷　　乾隆刻本

张綖《张南湖先生诗集》四卷　　嘉靖三十二年（1553）张守中刻本

张大受《匠门书屋文集》三十卷　　雍正八年（1730）顾诒禄刻本

张丹《张秦亭诗集》十三卷补遗一卷　　康熙石甑山房刻本

张宏生《清代词学的建构》　　江苏古籍出版社 1998 年

张健《明清文学批评》　　国家出版社 1983 年

张九钺《陶园全集》　　道光二十三年（1843）刻本

张荣《空明子诗馀》二卷　　清谦益堂刻本

张舜徽《清人文集别录》　　中华书局 1980 年

张綖《诗馀图谱》三卷　　崇祯八年（1635）刻本

张英《笃素堂文集》十六卷　　康熙四十年（1701）刻本

张渊懿《词坛妙品》十卷　　宣统三年（1911）上海澄衷学堂石印本

张云章《朴村文集》二十四卷诗集十一卷　　康熙五十三年（1714）刊本

张贞《杞田集》十四卷遗稿一卷　　康熙四十九年（1716）春岑阁刻本

张仲谋《清代文化与浙派诗》　　东方出版社 1997 年

章藻功《思绮堂文集》十卷　　康熙六十一年（1722）刊本

赵吉士《万青阁自订诗》一集八卷二集六卷　　康熙二十五年（1686）刊本

赵式《古今别肠词选》四卷　　康熙四十八年（1709）遗经堂刻本

赵园《明清之际士大夫研究》　　北京大学出版社 1999 年

赵执信《饴山文集》十二卷诗集二十卷　　乾隆三十九年（1774）因园刊本

赵尊岳《明词汇刊》　　上海古籍出版社 1992 年

郑景会《柳烟词》四卷　　清红尊轩刻本

支大伦《支华平先生集》四十卷　　万历清旦阁刻本

钟振振《北宋词人贺铸研究》　　文津出版社 1994 年

周金然《饮醇堂文集》二十卷《抱膝庐诗草》十一卷　　康熙刻本

周金然《娱晖草》十一卷《南浦词》三卷　　康熙刻本

周亮工《赖古堂集》　　上海古籍出版社 1979 年影印本

周茂源《鹤静堂集》十九卷　　康熙二十年（1681）刻本

周铭《林下词选》十卷　　康熙十年（1671）吴江周氏宁静堂刻本

周铭《松陵绝妙词选》四卷《华胥语业》一卷　　民国十五年（1926）薛氏邃汉斋铅
　印本

周庆云《浔溪词徵》二卷　　民国六年（1917）梦坡室刻本

周庆云《历代两浙词人小传》十六卷　　民国十二年（1923）周氏梦坡室刻本

周容《春酒堂文存》四卷诗存六卷　　《丛书集成续编》本

周斯盛《证山堂集》八卷　　康熙刻本

周篔《词纬》三十六卷　　稿本

周在浚《梨庄词》一卷《花之词》一卷　　康熙刻本

周稚廉《容居堂词钞》一卷　　康熙十七年（1678）刻本

诸匡鼎《说诗堂集》二十卷　　康熙刻本

朱崇才《词话学》　　文津出版社 1995 年

朱栋《干巷志》六卷　　《中国地方志集成》本

朱鹤龄《愚庵小集》　　上海古籍出版社 1979 年影印本

朱经《燕堂诗钞》八卷《小红词集》一卷　　康熙刻本

朱书《杜溪文稿》九卷　　康熙三十九年（1700）德聚四德堂刻本

朱彝尊《朱彝尊词集》　　浙江古籍出版社 1994 年

朱彝尊《曝书亭集》　　商务印书馆 1935 年

朱彝尊《词综》三十卷　　康熙十七年（1678）汪氏裘杼楼刻本

朱之俊《排青楼诗》不分卷　　康熙二年（1663）刻本

卓回《古今词汇》初编十二卷二编四卷三编八卷　　康熙十八年（1679）刻本

卓人月《古今词统》十六卷《徐卓晤歌》一卷　　崇祯六年（1633）刻本

宗元鼎《芙蓉集》十七卷　　康熙元年（1662）刻本

宗元鼎《诗馀花钿集》三卷卷首一卷　　康熙刻本

邹仁溥《邹氏家乘》三十六卷　　光绪二十九年（1903）中和堂木活字本

邹祗谟《倚声初集》二十卷前编四卷　　顺治十七年（1660）大冶堂刻本